Katie Hickman

Die Liebenden von Konstantinopel

Historischer Roman

Aus dem Englischen
von Maja Ueberle-Pfaff

Weltbild

Die englische Originalausgabe erschien 2008 unter dem Titel
The Aviary Gate bei Bloomsbury Publishing, London.

Die Verse aus T.S. Eliots „Vier Quartette" wurden zitiert nach:
Werke 4: Gesammelte Gedichte 1909-1962. Herausgegeben und mit
einem Nachwort von Eva Hesse, © Englische Texte dieser Ausgabe
Mrs Valerie Eliot, © Deutsche Übersetzung Suhrkamp Verlag,
Frankfurt a. M. 1972/1988.
Die Vorsatzkarte stammt von John Gilkes.

Besuchen Sie uns im Internet:
www.weltbild.de

Genehmigte Lizenzausgabe für Verlagsgruppe Weltbild GmbH,
Steinerne Furt, 86167 Augsburg
Copyright der Originalausgabe © 2008 by Katie Hickman
Copyright der deutschen Ausgabe © 2008
by Ullstein Buchverlage GmbH, Berlin
Erschienen im Marion von Schröder Verlag.
Übersetzung: Maja Ueberle-Pfaff
Umschlaggestaltung: Zeichenpool, München
Umschlagmotiv: Shutterstock.com / Corbis, Düsseldorf
Gesamtherstellung: GGP Media GmbH, Pößneck
Printed in the EU
ISBN 978-3-8289-9527-7

2012 2011 2010 2009
Die letzte Jahreszahl gibt die aktuelle Lizenzausgabe an.

© Neil Bennett

Katie Hickman hat in Europa, Asien und Lateinamerika gelebt. Neben Reisebüchern verfasste sie zwei erfolgreiche Sachbücher zu historischen Themen. Heute lebt sie mit ihren Kindern und ihrem Mann, dem Philosophen A. C. Grayling, in London.

Der Harem im Jahr 1599

1. Gebetsraum der Valide Sultan
2. Schlafkammer der Valide Sultan
3. Wohnräume der Valide Sultan
4. Suite der Valide
5. Hof der Cariye
6. Bad der Cariye
7. Wohnung des Oberhaupts der Schwarzen Eunuchen
8. Quartier der Schwarzen Eunuchen
9. Bad der Valide Sultan
10. Sultansbäder
11. Wohnräume der Haseki Gülay
12. Hof der Valide Sultan
13. Celia Lampreys Kammer
14. Goldener Weg
15. Thronsaal
16. Quartier der Cariye
17. Schlafgemach des Sultans
18. Haremgärten

— 1599
— heute

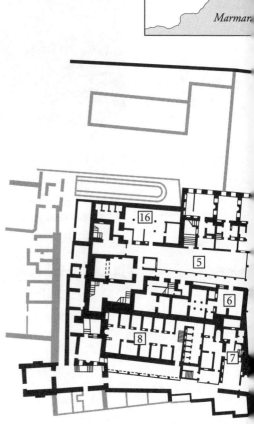

Dieses Buch ist für meinen Sohn
Luke
Nū-r 'Aynaiya
Licht meiner Augen,
der ganz zu Anfang da war

In der Erinnerung widerhallen Schritte
Den Gang entlang, den wir niemals beschritten,
Gegen die Tür zum Rosengarten hin,
Die wir nie geöffnet. So hallen meine Worte wider
In deinem Sinn.

T.S. Eliot – Die vier Quartette

Personenliste

Engländer

*Paul Pindar – Kaufmann der Levante-Kompanie, Sekretär des englischen Gesandten
John Carew – sein Diener, Meisterkoch
*Sir Henry Lello – der englische Gesandte in Konstantinopel
*Lady Lello – seine Frau
*Thomas Dallam – englischer Orgelbauer
*Thomas Glover – Kaufmann der Levante-Kompanie, Sekretär des englischen Gesandten
*Jonas und William Aldridge – Kaufleute, englische Konsuln in Chios und Patras
*John Sanderson – Kaufmann der Levante-Kompanie
John Hangar – sein Lehrling
Mr Sharp und Mr Lambeth – Kaufleute der Levante-Kompanie aus Aleppo
Reverend May – Pfarrer an der englischen Gesandtschaft in Konstantinopel
*Cuthbert Bull – Koch der englischen Gesandtschaft
Thomas Lamprey – Schiffskapitän
Celia Lamprey – seine Tochter
Annetta – Celias Freundin

Osmanen

*Safiye, die Valide Sultan – Mutter des Sultans Mehmet III.
*Esperanza Malchi – die *kira* der Valide
Gülbahar, Aysche, Fatma, Türkan – Dienerinnen der Valide
Gülay, Haseki Sultan – die Lieblingskonkubine des Sultans
*Handan – Konkubine des Sultans und Mutter des Prinzen Ahmet
Hanza – eine junge Frau im Harem
Hassan Aga, auch Kleine Nachtigall genannt – Oberhaupt der Schwarzen Eunuchen
Hyazinth – ein Eunuch
Suleiman Aga – hochrangiger Eunuch
Cariye Lala – Zweite Bademeisterin in den Haremsbädern
Cariye Tata und Cariye Tusa – Haremsdienerinnen
*Sultan Mehmet III. – osmanischer Sultan, 1595–1603
*Nurbanu – Mehmets Mutter, ehemalige Valide Sultan
*Janfreda Khatun – ehemalige Haremsvorsteherin
Jamal al-Andalus – Astronom

Andere

De Brèves – französischer Gesandter
Bailo – venezianischer Repräsentant in Konstantinopel

(*historisch verbürgte Personen)

Prolog

Oxford, Gegenwart

Die Handschrift, die Elizabeth fand, war bernsteinfarben und brüchig wie welkes Laub.

Der kleine Bogen war mit Bedacht dreimal gefaltet worden, damit er genau zwischen die Seiten des Buches passte. In einem der Falze war ein Wasserzeichen sichtbar. Elizabeth vergewisserte sich durch einen kurzen Blick auf den Katalogeintrag – *opus astronomicus quaorum prima de sphaera planetarium* – und faltete das Blatt wieder zusammen.

Ich habe es gefunden.

Ihre Kehle war wie zugeschnürt. Elizabeth blickte auf die Uhr an der gegenüberliegenden Wand: fünf Minuten vor sieben.

Ihr blieben höchstens noch fünf Minuten bis zur Schließung der Bibliothek, vielleicht weniger. Die Glocke hatte schon geschrillt, und die meisten anderen Leser packten ihre Sachen zusammen. Aber Elizabeth brachte es immer noch nicht über sich, das Blatt auseinanderzufalten. Stattdessen nahm sie das offene Buch vorsichtig in beide Hände und hob es hoch, bis es fast ihr Gesicht berührte. *Vorsichtig, ganz vorsichtig*, ermahnte sie sich.

Dann schnupperte sie mit geschlossenen Augen daran wie eine wachsame Katze. Und roch es sofort: Schnupftabak und alten Staub, ein zartes Aroma von Kampfer. Und dann das Meer, ganz unzweifelhaft das Meer. Und noch etwas war da, aber was nur? Sie atmete noch einmal langsam und tief ein.

Rosen. Traurigkeit.

Mit zitternden Händen legte Elizabeth das Buch zurück.

Kapitel 1

Konstantinopel: 31. August 1599

Nacht

Sind sie tot?«

»Das Mädchen ja.«

Eine zarte Gestalt, um deren Fußgelenke sich zwei dünne Goldkettchen wanden, lag ausgestreckt und mit dem Gesicht zwischen den Kissen auf dem Fußboden.

»Der andere?«

Die *kira* der Valide Sultan, die Jüdin Esperanza Malchi, hielt ihre Laterne ein wenig näher an das Gesicht der zweiten Gestalt, die mit ausgebreiteten Gliedmaßen auf dem Diwan lag. Sie zog aus der Tasche ihres Gewandes einen kleinen, mit Edelsteinen besetzten Spiegel und hielt ihn dem Liegenden dicht vor die Nase. Ein hauchdünner, kaum sichtbarer Film überzog das Glas. »Nein, Majestät. Noch nicht.«

Im Schatten der Tür zu dem kleinen Schlafraum zog Safiye, die Valide Sultan, die Mutter von Gottes Schatten auf Erden, ihren Schleier ein wenig enger um die Schultern, als wolle sie sich gegen die Nacht wappnen. Das Licht aus Esperanzas Laterne streifte den taubeneigroßen Smaragd an ihrem Finger, der wie ein Katzenauge aufblitzte. »Aber es kann nicht mehr lange dauern. Was meinst du?«

»Es wird nicht mehr lange dauern, Majestät. Soll ich nach dem Arzt schicken?«

»Nein!«, lautete die scharfe Antwort. »Kein Arzt. Noch nicht.«

Sie wandten sich der sterbenden Gestalt auf dem Diwan zu, deren Leib sich wie ein gewaltiger schwarzer Fleischberg wölbte. Auf dem Fußboden neben dem Diwan lag eine umgestürzte Schale, deren

Inhalt sich auf den Fußboden ergossen hatte. Spritzer einer dunklen Flüssigkeit, Essen oder Erbrochenes, befleckten die weichen Kissen. Etwas Dunkles rann aus dem Ohr des Bewusstlosen.

»Gift?«

»Ja, Majestät.« Esperanza nickte kurz. »Seht her ...« Sie beugte sich vor und hob etwas auf, das zwischen den Porzellanscherben lag.

»Was ist das?«

»Ich bin mir nicht sicher. Ein Kinderspielzeug. Ich glaube ... ein Schiff.«

»Es sieht nicht wie ein Schiff aus.«

Esperanza unterzog den Gegenstand einer eingehenden Prüfung, und dabei löste sich ein Stückchen. »Nein, kein Spielzeug«, erklärte sie nachdenklich. »Eine Süßspeise, etwas aus Zucker Gefertigtes.« Sie machte eine Bewegung, als wolle sie ein Stück davon abbeißen.

»*Nicht in den Mund!*« Safiye hob den Arm, schien kurz davor, ihr das Schiff aus der Hand zu schlagen. »Ich nehme es an mich, Esperanza. Gib es mir ...«

Hinter dem Diwan befand sich ein offenes Fenster. Es führte zu einem grünweiß gekachelten Korridor, in dem Jasminpflanzen wuchsen. Aus dieser Richtung drang plötzlich ein Geräusch in die drückende Stille der Nacht.

»Schnell, die Lampe!«

Esperanza senkte ihr Öllämpchen. Einige Augenblicke lang lauschten die Frauen reglos.

»Eine Katze, Majestät«, flüsterte Safiyes Dienerin, verhüllt wie ihre Herrin, sodass Esperanza ihr Gesicht nicht sehen konnte.

»Wie spät ist es, Gülbahar?«

»Nur wenige Stunden vor Tagesanbruch, Majestät.«

»So spät?«

Durch das Fenster sah man über den hohen Mauern des Korridors einen schmalen Streifen Nachthimmel. Gerade teilten sich die Wolken, und helles Mondlicht flutete in den Raum. Esperanzas Lampe wurde überflüssig. Die Kacheln an den Wänden des kleinen Schlafgemachs schimmerten silbrig blau und grün wie Wasser in einem mondbeschienenen Teich. Auch der reglose Körper, der abgesehen von einem dünnen Musselintuch um die Lenden nackt war, lag im kühlen Mondlicht. Jetzt konnte Safiye seine Umrisse genauer erkennen. Es war der weiche, fast haarlose Körper einer Frau – ausladende, dunkle Hüften, schwere Brüste mit melassefarbenen Brustwarzen. Eine monumentale fleischerne Skulptur. Die Haut, die bei Tag tiefschwarz glänzte, wirkte nun stumpf und staubig, als hätte das Gift alles Licht aus ihr herausgesogen. Und zwischen den dicken, hibiskusroten Lippen hatten sich Schaumbläschen gebildet.

»Majestät ...« Der Blick der Jüdin wanderte flackernd zu Safiye. »Sagt uns, was zu tun ist, Majestät.«

Doch Safiye schien sie nicht zu hören. Sie trat einen Schritt vor. »Kleine Nachtigall, mein Freund ...«, flüsterte sie kaum vernehmbar.

Die schweren Oberschenkel lagen wie bei einer gebärenden Frau gespreizt auf den Kissen. Die Katze, die die Essensreste auf dem Boden beschnuppert hatte, sprang jetzt auf den Diwan. Die Bewegung brachte den dünnen Musselinstoff in Unordnung, sodass die Körperteile darunter entblößt wurden. Esperanza machte Anstalten, sie wieder zu bedecken, aber die Valide Sultan hinderte sie mit einer raschen Handbewegung daran. »Nein. Lass mich hinsehen. Ich will es sehen.«

Sie trat noch einen Schritt vor. Ihre Dienerin Gülbahar stieß einen gedämpften Laut aus, ein fast unhörbares Seufzen. Wie der Rest des Körpers war auch die Leistengegend völlig unbehaart. Zwischen den Oberschenkeln, wo sich das Geschlecht hätte befinden sollen, war nichts. Nur eine hässliche Narbe, sehnig und glatt wie nach einer Verbrennung, dort, wo einst in einem unvorstellbar fernen Moment seines unvorstellbar langen Lebens ein einziger Messerschnitt den Penis und die Hoden abgetrennt hatte, und geblieben war Hassan Aga, das Oberhaupt der Schwarzen Eunuchen der Valide Sultan.

Auf einer Wolke von Schmerz schwebend, nahm Hassan Aga, genannt Kleine Nachtigall, irgendwo in seinem schwindenden Bewusstsein wahr, dass sich die Valide Sultan in seiner Nähe befand. Das Geflüster der Frauen verwirrte ihn, es klang wie Summen in seinen Ohren, aber ihren Duft – Myrrhe und Ambra, mit dem sie ihre Untergewänder, die Haut ihrer glatten Schenkel, ihren Bauch und ihr verbotenes Geschlecht parfümierten –, diesen Duft hätte er mit keinem anderem verwechselt, nicht einmal jetzt auf dem Totenbett.

Ihm schwanden abermals die Sinne. Der Schmerz, der wie ein Dämon an seinen Eingeweiden zerrte, hatte ein wenig nachgelassen, als hätte die maßlose Qual seinen Körper gefühllos gemacht. Er trieb in einem Zwischenreich dahin. War er wach oder träumte er nur? Schmerzen kannte er seit frühester Jugend. Vor seinen Augen tauchte das Bild eines kleinen Jungen auf. Ein kleiner, kräftig gebauter Junge mit dichten, gekräuselten Haaren, die seinen Kopf wie eine tief ins Gesicht gezogene schwarze Mütze bedeckten. Irgendwo in seinen Träumen hörte er eine Frau schreien und dann die Stimme eines Mannes – sein Vater? Aber wie war das möglich? Hassan Aga, der Oberste der Schwarzen Eunuchen, hatte keine Eltern. Oder vielleicht hatte er doch welche gehabt, in jenem anderen Leben vor langer Zeit, als er noch heil und vollständig gewesen war.

Am Rande seines Bewusstseins zogen wie in einem Wachtraum andere Bilder vorbei, wirbelten durch seine Gedanken, die ihm immer mehr entglitten. Nun lag vor ihm ein Horizont, ein weiter, blauer Horizont. Der Junge mit den kurz geschorenen Haaren lief einen schier endlosen Weg entlang, er lief und lief. Manchmal sang er sich etwas vor, um den Mut nicht zu verlieren, aber meistens ging er nur stumm durch Wälder und Dschungel, über Flüsse und weite Ebenen. Einmal hatte in der Nacht ein Löwe gebrüllt. Ein anderes Mal war ein Schwarm Vögel mit leuchtend blaurotem Gefieder wie ein Feuerwerk aus den Tiefen des Waldes hervorgebrochen.

Waren noch andere da gewesen? Ja, viele andere, die meisten Kinder wie er, alle an Händen und Füßen aneinandergekettet. Sie stolperten häufig, und manche blieben liegen, wo sie gefallen waren. Er versuchte, sich an den Hals zu fassen, aber da war kein Gefühl mehr. Wo waren seine Arme und Beine geblieben? Und wo war sein Hals?

Ihn überkam eine vage Neugier und dann ein Gefühl von Orientierungslosigkeit, so unermesslich und schwindelerregend, dass er glaubte, all seine Körperteile seien voneinander losgelöst und so fern wie Sonne und Mond.

Aber er ängstigte sich nicht deswegen, denn dieses Gefühl hatte er schon einmal gehabt. Sand. Es hatte etwas mit Sand zu tun. Er lief jetzt nicht mehr, und vor ihm lag ein neuer Horizont, erbarmungslos und goldfarben. Seine Augen hatten gebrannt, wenn er in diese Richtung sah.

Es war Nacht, als sie zu ihm kamen, und es war kühl. Da war eine Hütte, und die Männer darin hatten ihm etwas zu trinken gegeben, was er zuerst ausgespuckt hatte. Aber sie hatten ihn nicht in Ruhe gelassen. Hatte er für sie gesungen? Er erinnerte sich an das schwache Funkeln in ihren Augen, als sie am Feuer hockten, und wie sich ihm der Kopf gedreht hatte, und an den schlechten Geschmack im Mund. Er war froh, als sie ihn am Feuer niederlegten. Dann ertönte ein Geräusch von Metall auf Stein, und er empfand eine große Hitze. Die sanfte Hand eines Mannes hatte ihm das Hemd bis zur Taille hochgezogen und seine Genitalien freigelegt. Sie steckten ihm ein Stück Holz zwischen die Zähne, aber er verstand immer noch nicht, was mit ihm geschah.

»Es gibt drei Arten.« Jetzt sprach ein Mann, der anders aussah als die anderen. Um seinen Kopf war ein Turban aus gedrehtem Tuch geschlungen, nach dem Brauch der Männer aus der nördlichen Sandwüste. »Bei den ersten beiden können die Hoden entweder zerquetscht oder vollständig entfernt werden. Der Penis bleibt erhalten, aber die Person wird danach nicht mehr fruchtbar sein. Es ist sehr schmerzhaft, und es besteht das Risiko eines Wundbrands, aber die meisten überleben – vor allem die jungen. Bei der dritten Art werden alle Geschlechtsteile entfernt.« Der Junge bemerkte verschwommen, dass der Mann ihm ins Gesicht starrte. »Das Risiko ist natürlich viel größer – ihr mögt eure ganze Fracht verlieren –, aber die Nachfrage nach diesen ist sehr groß. Vor allem nach den hässlichen ... und hoho!« – er lachte in sich hinein –, »dieser ist hässlich wie ein Flusspferd.«

»Wie sind die Chancen?«

»Wenn sich der Heilkundige keine Mühe gibt, überleben nur sehr wenige diese dritte Art. Wenn sie nicht durch den Schmerz dem Wahnsinn verfallen, bringt das Fieber sie um, das danach kommt. Und wenn sie das Fieber nicht umbringt, besteht die Gefahr, dass ihre Geschlechtsteile ganz zuwachsen, wenn die Wunde heilt. Der Arzt muss dafür sorgen, dass ein Ausgang offen bleibt, durch den der Urin des Patienten austreten kann. Denn wenn dies nicht beachtet wird, gibt es keine Hoffnung mehr, dann wird der Tod eintreten. Der schlimmste und schmerzhafteste Tod von allen. Was jedoch mich betrifft – da ich in dieser Kunst sehr bewandert bin, stehen die Chancen gut: Ungefähr die Hälfte meiner Patienten überlebt. Und in diesem Fall …«.

Wieder nahm der Junge wahr, dass sich das Gesicht mit dem Turban seinem näherte. »Nun, er sieht mir recht kräftig aus. Ihr werdet ihn in den Harem des Großen Gebieters schicken können, da bin ich mir sicher.«

Die Männer, die um das Feuer saßen, besprachen sich halblaut, und dann ergriff der erste, der ihr Anführer zu sein schien, das Wort.

»Unsere Fracht ist wertvoll. Wir sind von sehr weit her gekommen – dreitausend Wegstunden von den Wäldern am großen Fluss –, und wir haben auf der Reise schon zu viel Frachtgut verloren, um ein solches Risiko einzugehen. In Alexandria, unserem Ziel, werden wir die restlichen leicht als Sklaven verkaufen können. Der Profit ist uns gewiss. Aber es verhält sich, wie du sagst: Mit einem von dieser Art kann man ein großes Vermögen erwerben. In diesen Zeiten vor allem für einen Jungen aus der Gegend hier. Einer von ihnen, heißt es, bringt so viel ein wie alle anderen zusammen. Auf den Märkten von Alexandria und Kairo geht das Gerücht, dass die osmanischen Herren sie den Weißen Eunuchen vorziehen, die aus den östlichsten Bergen im Reich des Großen Türken kommen. Die Schwarzen Eunuchen können sich nur die reichsten Harems im Reich leisten. Luxusgüter, könnte man sagen, wie Straußenfedern, Goldstaub, Safran und das Elfenbein, das viele der Karawanen, die die Sandwüsten durchqueren, ihnen liefern. Wir werden nur bei einem das Wagnis eingehen: Möge es dieser Junge sein, da er, wie du sagst, kräftig aussieht und wohl überleben wird. Wir werden es mit deinen Künsten versuchen, Kopte, nur dieses eine Mal.«

»Der singende Junge. So soll es sein.« Der Mann mit dem Turban nickte zustimmend. »Du bist ein kluger Kaufmann, Massouf Bhai. Ich werde kochendes Öl benötigen, um die Wunde auszubrennen«, fügte er nüchtern hinzu. »Und vier deiner stärksten Leute, die den Jungen festhalten müssen. Der Schmerz verleiht ihnen die Kraft von zehn Männern.«

Fast vierzig Jahre später ging eine leichte Bewegung durch Hassan Agas nackten Körper, seine Finger spreizten sich und schlugen flatternd wie monströse Motten gegen die Kissen auf dem Diwan. Dann sank sein getrübter Geist wieder zurück in die Vergangenheit.

Es war immer noch Nacht. Als es vorüber war, hatten die Männer auf Anweisung des Kopten im Sand hinter der Hütte ein Loch gegraben. Es war ein schmales, aber tiefes Loch, gerade groß genug, um den Jungen bis zum Hals darin einzugraben, sodass nur noch sein Kopf herausragte. Dann gingen die Männer fort und ließen ihn allein. An das Eingraben konnte sich der Junge nicht mehr erinnern, nur noch daran, wie er einige Zeit später das Bewusstsein wiedererlangte und von einer großen, kühlen Masse Sand umschlossen war, und an ein Gefühl, als wären ihm Arme und Beine eng an den Körper gefesselt worden, als hätte eine Riesenspinne ihn eingewickelt.

Wie lange hatten sie ihn dort allein gelassen, lebendig begraben in diesem Loch? Fünf Tage? Eine Woche? In den ersten Tagen, als ihn das Fieber ergriff, war ihm jeder Zeitbegriff abhanden gekommen. Trotz der brennenden Hitze am Tag, bei der die Sonne das Blut in seinen Ohrmuscheln zum Sieden zu bringen schien, klapperten seine Zähne im Fieberwahn. Und der Schmerz zwischen seinen Beinen war so grauenhaft, dass ihm die bittere Galle in die Kehle stieg. Doch schlimmer noch war der Durst, ein schrecklicher, alles umfassender Durst, der ihn heimsuchte, ihn unablässig peinigte. Aber wenn er nach Wasser schrie, *scheinbar* schrie, drang seine Stimme, nicht lauter als die eines Kätzchens, an kein menschliches Ohr.

Einmal kam er zu sich, als der Mann mit dem Turban, den sie den Kopten nannten, auf ihn heruntersah. Er hatte den Anführer der Sklavenhändler mitgebracht, einen Mann schwarz wie die Nacht, der ein langes, hellblaues Gewand trug.

»Das Fieber ist gefallen?«

Der Kopte nickte. »Wie ich gesagt habe: Der Junge ist kräftig.«

»Dann kann ich meine Fracht jetzt haben?«

»Geduld, Massouf Bhai, das Fieber ist gefallen, aber die Wunde muss heilen, und zwar vollständig verheilen. Wenn du deine Fracht in einem guten Zustand willst, musst du warten, bis der Sand sein Werk getan hat. Er darf noch nicht bewegt werden.«

»*Wasser...*« Hatte er gesprochen? Die Lippen des Jungen waren so ausgetrocknet, dass sie bei dem geringsten Versuch zu sprechen aufsprangen. Seine Zunge war derart geschwollen, dass sie ihn fast erstickte. Aber die beiden Männer waren ohnehin schon gegangen.

In jener Nacht kam das Mädchen zum ersten Mal zu ihm. Zunächst sah er es nicht, sondern wachte erst aus einem unruhigen Halbschlaf auf, als er etwas Kühles auf der Stirn und den Lippen spürte. Bei der Berührung wollte ein trockener Schmerzenslaut aus seiner geschwollenen Kehle aufsteigen, aber es kam kein Geräusch. Die Feuchtigkeit des Tuchs brannte wie ein Messer.

Neben ihm im Sand kniete eine schemenhafte Gestalt.

»*Wasser...*« Mit großer Anstrengung formten seine Lippen das Wort.

»Nein, das geht nicht.« Der Junge blinzelte mühsam und sah das breite, glatte Gesicht eines kleinen Mädchens vor sich. »Du darfst noch nicht trinken. Erst gesund werden, dann trinken.«

Sie war nicht mit auf dem Treck gewesen, dessen war er sich ziemlich sicher, aber ihr Tonfall klang vertraut, und er nahm an, dass sie auch aus den Wäldern jenseits des großen Flusses stammte. Die Augen des Jungen begannen zu brennen, doch sie waren sogar für Tränen zu trocken.

Das Mädchen machte sich jetzt mit einem Tuch sanft an seinem Gesicht zu schaffen. Vorsichtig wischte sie ihm den Sand aus Augenlidern, Nasenlöchern und Ohren, aber als sie noch einmal versuchte, seine Lippen zu berühren, zuckte er fast gewaltsam zurück und ein unverständliches Krächzen brach aus seiner Kehle hervor.

»Schschsch!« Sie legte den Finger an ihre Lippen, und er sah in der Dunkelheit das Weiße in ihren Augen leuchten. Dann presste sie ihren Mund an sein Ohr. »Ich komme wieder.«

Sie raffte ihr dünnes Hemdchen und verschwand in die Nacht. Der Junge sah ihr nach. Er fühlte noch ihren warmen Atem auf seiner Wange.

Als sie das nächste Mal kam, trug sie ein Fläschchen in der Hand. Sie hockte sich neben ihn und legte wieder den Mund an sein Ohr. »Das Öl nehmen sie zum Kochen. Es wird dir nicht wehtun.«

Sie tauchte einen kleinen Finger in das Öl und betupfte vorsichtig seine Unterlippe. Der Junge zuckte, aber er schrie nicht mehr auf.

Danach wartete er jede Nacht auf sie, und sie kam tatsächlich jede Nacht, wusch mit ihrem kühlen Tuch den Sand von seinem Gesicht und betupfte seine Lippen mit Öl. Sie weigerte sich beharrlich, ihm Wasser zu geben – weil er sonst nicht gesund werden würde, sagte sie –, aber sie brachte ihm dünne Gurken- und Kürbisscheiben, die sie in ihrer Hemdtasche versteckt hatte. Diese schob sie ihm zwischen die Lippen, und er war imstande, sie dort zu halten, und sie kühlten und besänftigten seine geschwollene Zunge. Die beiden Kinder sprachen nicht miteinander, doch manchmal blieb das Mädchen, wenn es fertig war, noch für ein Weilchen neben ihm sitzen und sang. Und da man ihn seiner eigenen Stimme beraubt hatte, hörte er ihr wie verzaubert zu, während er zu den fernen, blinkenden Sternen hochblickte, die über ihnen am Wüstenhimmel ihre Bahn zogen.

Wie der Kopte vermutet hatte, war der Junge kräftig genug und überlebte. Nachdem sie ihn aus dem Sand gezogen hatten, behandelten sie ihn besser. Sie hüllten ihn in ein neues Gewand, grün mit weißen Streifen, und ein Tuch, das er sich um den Kopf wickeln musste. Außerdem gab man ihm zu verstehen, dass er nicht länger an die anderen angekettet sein würde, sondern mit dem Sklavenhändler auf dessen Kamel reiten dürfte, wie es dem kostbarsten ihrer Güter zukam. Seine Wunde war gut verheilt, und seine Harnröhre war zwar noch empfindlich, aber nicht zugewachsen. Der Kopte gab ihm ein dünnes, hohles Silberstäbchen und zeigte ihm, wie er es in seinen Körper einführen musste. »Wenn du pinkeln willst, steckst du es so hinein, verstehst du?«

Als es Zeit zum Aufbruch war, sah der Junge, dass sich in der kleinen Karawanserei eine weitere Gruppe von Kaufleuten mit ihrer Ware auf den Weg machte. Eine Schar von Männern und Frauen, die am Hals und an den Fußgelenken angekettet waren, drückte sich dicht an eine Wand, um sich so gut wie möglich vor dem heftigen Wind zu schützen, der ihnen die Sandkörner ins Gesicht peitschte. Am Ende der Reihe erkannte der Junge in einer schmalen Gestalt das Mädchen, das ihm geholfen hatte. »Wie heißt du?«, rief er ihr zu.

Sie drehte sich verdutzt um, und er begriff, dass sie ihn in seinem neuen, grünweißen Gewand, hinter dem Kameltreiber sitzend, nicht gleich erkannt hatte.

»Wie heißt du?«

»Li …«

Sie rief etwas zurück, aber der Wind riss ihr die Worte vom Mund und wirbelte sie in die Luft. Leder knirschte, Glöckchen klingelten, und die Karawane setzte sich schwerfällig in Bewegung. Das Mädchen legte die Hände wie einen Trichter vor den Mund und rief noch einmal etwas. »Li …«, schrie sie in den Wind. »Lily.«

Während Hassan Aga noch in den ungewissen Gefilden zwischen Erinnerung und Tod verharrte, brach endlich über dem Goldenen Horn der Morgen an. Auf der anderen Seite des Horns, in einem Stadtteil, den man Pera nannte – dem Stadtviertel der Ausländer und Ungläubigen –, saß der Botschaftskoch John Carew auf der Mauer des Gartens der englischen Gesandtschaft und knackte Nüsse.

Die Nacht war schwül und warm gewesen. Auf dem Mäuerchen sitzend, was ihm der Gesandte ausdrücklich verboten hatte, genoss Carew mit bloßem Oberkörper, was ebenfalls streng verboten war, die noch einigermaßen frische Morgenbrise. Vor ihm fiel das Gelände steil ab, wodurch er einen unverstellten Blick über Haine mit Mandel- und Aprikosenbäume hatte. Am Ufer konnte er das dichte Gewirr der hölzernen Hausboote ausmachen. Sie gehörten den reicheren Kaufleuten und den ausländischen Gesandten.

Obwohl der erste Gebetsruf für die Muselmanen schon vor einer Stunde erschollen war, herrschte auf dem Wasser und in der dahinterliegenden Stadt noch wenig Geschäftigkeit. Ein leichter Dunst, in den sich eine sehr zarte rosenfarbene Tönung mischte (eine Farbe, die nicht nur für den Sonnenaufgang in Konstantinopel typisch war, wie Carew festgestellt hatte, sondern auch noch genauso aussah wie die hier so geschätzte Rosenkonfitüre), lag über der Wasserfläche und dem anderen Ufer. Ein einzelnes kleines Kaik, das schmale Ruderboot des Bosporus, tauchte aus dem Dunst auf und bewegte sich gemächlich auf die Küste von Pera zu. Carew hörte das leise Eintauchen und Plätschern der Ruder und dann den Schrei der Seemöwen, die mit ihren weißgolden glänzenden Bäuchen im Morgenlicht über dem Boot kreisten.

Dann hob sich unvermittelt der Morgennebel vom gegenüberliegenden Ufer, und plötzlich lag der Sultanspalast mit seinen wie aus dunklem Papier ausgeschnittenen Zypressen, seinen Kuppeln, Minaretten und Türmchen vor ihm: eine verzauberte Stadt in Rosen- und Goldtönen, die wie von Dschinns getragen über dem dunstigen Gewässer zu schweben schien.

»Früh auf, Carew«, ertönte hinter ihm eine Stimme aus dem Garten, »oder hast du nicht geschlafen?«

»Mein Gebieter.« John Carew blieb ungerührt sitzen, grüßte in Richtung der Stimme und fuhr fort, Nüsse zu knacken.

Paul Pindar, der Sekretär des englischen Gesandten Sir Henry Lello, überlegte kurz, welche der Rügen, die ihm auf der Zunge lagen, er aussprechen sollte, verwarf sie jedoch allesamt. Wenn er in all den Jahren mit Carew eines gelernt hatte, dann dass man so besser nicht mit ihm umging – eine Erkenntnis, die er dem Gesandten nicht hatte nahebringen können und wohl auch nicht mehr begreiflich machen würde. Nach einem kurzen Blick auf das schlafende Haus schwang er sich stattdessen selbst auf die Mauer.

»Nimm eine Nuss.« Dass Paul die Augenbrauen kurz hob, schien Carew nicht zu bemerken, jedenfalls reagierte er nicht.

Paul betrachtete den Faulenzer nachdenklich: Das Haar hing ihm lockig und ungekämmt auf die Schultern, der Körper war schmal, aber sehnig und wohlproportioniert und voller unterdrückter Energie, wie ein gespannter Bogen. Paul beobachtete Carew oft bei der Arbeit und staunte über die Anmut und Präzision, mit der sich dieser noch in den beengtesten und heißesten Räumen bewegte. Eine blasse Narbe, das Ergebnis einer Prügelei, zog sich von einem Ohr über die Wange bis zum Mundwinkel. Eine Zeit lang saßen die beiden Männer in entspanntem Schweigen nebeneinander, einem Schweigen, das ihnen in den vielen Jahren ihrer ungewöhnlichen Freundschaft vertraut geworden war.

»Und was für Nüsse sind das?«, fragte Paul schließlich.

»Sie nennen sie ›pistach‹. Sieh nur, was für ein Grün, Paul!« Carew lachte auf. »Hast du schon jemals so viel Schönheit in einer simplen Nuss gesehen?«

»Wenn der Gesandte dich hier entdeckt, Carew, nachdem er ausdrücklich …«

»Von mir aus kann sich Lello aufhängen.«

»Vorher hängst du, mein Freund«, erwiderte Paul ruhig. »Das habe ich schon immer gesagt.«

»Er will, dass ich nicht mehr koche, wenigstens nicht in seinem Haus. Ich soll die Küche diesem plattfüßigen Fettkloß Cuthbert Bull überlassen – diesem ungehobelten Pavian, der nicht mal weiß, wie man bosnischen Kohl zubereitet …«

»Nun ja.« Paul nahm noch eine Nuss. »Du bist selbst schuld daran.«

»Weißt du, wie sie ihn nennen?«

»Nein«, sagte Paul. »Aber du wirst es mir sicher gleich unterbreiten.«

»›Grützkopf‹.«

Paul antwortete nicht.

»Soll ich dir sagen, warum?«

»Danke, ich kann es mir denken.«

»Du lächelst, Sekretär Pindar.«

»Ich? Ich bin der ergebenste Diener seiner verehrten Exzellenz.«

»Sein Diener, aber an dir ist nichts Ergebenes, wie er sehr wohl bemerken würde, wenn er genug Verstand hätte.«

»Du weißt alles über Ergebenheit, nehme ich an.«

»Im Gegenteil, über dieses Thema weiß ich gar nichts, wie dir sehr wohl bekannt ist. Ich weiß allerdings alles über Diener.«

»Längst nicht genug, Carew. Mein Vater hat das in den vielen Jahren immer gesagt, in denen du bei ihm in Diensten standest – wenn ›Dienste‹ überhaupt das richtige Wort für deine Possen ist, was ich bezweifele«, sagte der Ältere mit milder Stimme. »Unser verehrter Gesandter hat damit jedenfalls ganz recht.«

»Ah, aber dein Vater hat mich geliebt.« Geschickt knackte Carew mit einer Hand die nächste Nuss. »Wenn Lello mir meine Küche nicht zurückgibt, soll er sich einen Strick nehmen. Hast du ihn an dem Morgen gesehen, als Thomas Dallam und seine Männer endlich die große Kiste geöffnet haben, und das wertvolle Geschenk war zerbrochen und verschimmelt? Unser Thomas – der für einen Kerl aus Lancashire gar nicht schlecht mit Worten umgehen kann – hat zu mir gesagt, und das ist wirklich eine Seltenheit, er hat gesagt, Sir Henry habe ausgesehen, als würde er einen Backstein scheißen.«

»Weißt du, manchmal gehst du wirklich zu weit, Carew.« Obwohl Pauls Tonfall immer noch milde war, verriet die Geste, mit der er eine Handvoll Nussschalen wegwarf, seine Gereiztheit. »Er ist Gesandter und deshalb gebührt ihm dein Respekt.«

»Er ist ein Kaufmann der Levante-Kompanie.«

»Er ist ein Gesandter der Königin.«

»Aber in allererster Linie ist er Kaufmann. Das wissen die Ausländer hier in Konstantinopel sehr wohl, vor allem die anderen Gesandten, der Bailo von Venedig und der Repräsentant Frankreichs, und sie verachten uns deswegen.«

»Dann sind sie Narren«, versetzte Paul scharf. »Wir sind jetzt alle Kaufleute, da wir alle im Dienst der Ehrenwerten Kompanie stehen, und das gereicht uns nicht zur Schande. Im Gegenteil: Unser

Schicksal – deines und meines und das Schicksal des ganzen Landes, merk dir das gut – hängt davon ab. Und diese Tatsache hat unserem Ansehen bei den Türken noch nie geschadet. Sie schätzen uns jetzt sogar mehr als früher.«

»Aber nur, wenn es für sie politisch von Nutzen ist.«

»Genau das ist es: von großem Nutzen«, bestätigte Paul entschieden. »Nicht nur für den Handel, der ihnen ebenso nutzt wie uns, sondern auch im Hinblick auf unseren gemeinsamen Feind Spanien. Sie versuchen vielleicht, uns gegen die Venezianer und die Franzosen auszuspielen, aber das ist eben nur ein Spiel. In Wirklichkeit brauchen sie uns genauso wie wir sie. Wusstest du, dass die Sultaninmutter, die Valide Sultan Safiye, die allem Anschein nach eine mächtige Frau ist – obwohl Lello das leider nie zugeben wird –, persönlich mit der Königin korrespondiert? Sie hat ihr bereits Geschenke zukommen lassen, wie umgekehrt wir ihr welche von der Königin mitgebracht haben, und sie wird es wieder tun, wie man mir sagt. Ich werde die Geschenke mitnehmen, wenn ich zurücksegle.«

»Wie kann jemand, der an diesem Ort eingeschlossen ist, Macht haben?« Carew deutete auf die Kuppeln und Turmspitzen am anderen Ufer der schimmernden Wasserfläche. »Der Großtürke selbst ist nur ein Gefangener, sagen unsere Janitscharen.«

Der frühmorgendliche Dunst hatte sich inzwischen vollständig aufgelöst, und ein gutes Dutzend Kaiks sowie einige größere Schiffe fuhren mit ihren Handelsgütern an der Küste entlang.

»Es heißt, dass Hunderte von Frauen dort leben, die alle Sklavinnen und Konkubinen des Sultans sind, und dass sie ihr Leben lang ihr Gesicht keinem anderen Mann zeigen dürfen«, fuhr Carew fort.

»Sicher, ihre Lebensweise gleicht nicht der unseren, aber vielleicht ist es auch nicht ganz genau so, wie wir es uns vorstellen.«

»Sie sagen noch etwas anderes über die Valide Sultan.« Carew wandte sich Paul zu. »Dass sie von einer großen Sympathie zu dem kultivierten Sekretär Pindar erfasst wurde, als er ihr die Geschenke der Königin überbrachte. Großer Gott!« Carews Augen funkelten.

»Grützkopf muss mehr als einen Backstein geschissen haben, als er das gehört hat.«

Unwillkürlich musste Paul lachen.

»Sag schon, Paul, wie sieht sie aus? Die Sultaninmutter, die Favoritin des alten Türken, des Sultans Murad. Man sagt, in ihrer Jugend sei sie so schön gewesen, dass er ihr über zwanzig Jahre lang treu blieb.«

»Ich habe sie nicht gesehen. Wir haben uns durch ein Gitterfenster unterhalten. Sie hat Italienisch mit mir gesprochen.«

»Ist sie Italienerin?«

»Nein, das glaube ich nicht.« Paul sah die schattenhafte Gestalt hinter dem Gitter wieder vor sich, die er, wie ein Priester im Beichtstuhl, mehr erspürt als gesehen hatte. Er erinnerte sich an ein starkes Parfüm, geheimnisvoll wie ein nächtlicher Garten, süß und erdig zugleich; an einen undeutlichen Schimmer von kostbarem Schmuck, und an die wunderbare, dunkle und samtige Stimme. »Sie spricht nicht wie eine gebürtige Italienerin«, sagte er, und fügte dann gedankenverloren hinzu: »aber ihre Stimme ist schöner als jede andere, die ich im Leben gehört habe.«

Stumm blickten die beiden Männer über das Wasser der Bucht hinweg auf die fernen, schwarzen Speerspitzen der Zypressen und die halb verborgenen Türme des Sultanspalasts. Plötzlich war es nicht länger möglich, den wahren Grund zu verschweigen, der sie am frühen Morgen in der Abgeschiedenheit des Gartens zusammengeführt hatte.

»Das Mädchen, Paul …«

»Nein.«

»Sie ist da drinnen, Paul.«

»Nein!«

»Nein? Ich *weiß* es!«

»Woher weißt du es?«

»Weil ich sie gesehen habe. Ich habe Celia mit eigenen Augen gesehen.«

»Unmöglich!« Paul packte Carew am Handgelenk und schüttelte ihn grob. »Celia Lamprey ist tot.«

»Ich sage dir, ich habe sie gesehen.«

»Du hast sie mit eigenen Augen gesehen? Ich steche dir diese Augen aus, Carew, wenn du mich anlügst.«

»Bei meinem Leben, Pindar. Sie war es.« Schweigen. »Frag Dallam. Er war bei mir.«

»Oh, keine Sorge, das werde ich tun.« Er ließ Carews Handgelenk los. »Aber hör gut zu, John, wenn irgendein Türke auch nur ein Sterbenswort von diesem Abenteuer erfährt, sind wir todgeweiht.«

Kapitel 2

Oxford: Gegenwart

*W*as hast du gefunden?« Eve warf die Umhängetasche, in der sie ihre Bücher trug, auf den Stuhl neben Elizabeth und setzte sich ihr gegenüber. Sie hatten sich im Café im oberen Stockwerk der Buchhandlung Blackwell in der Broad Street verabredet.

»Den Text über die Verschleppung, von dem ich dir erzählt habe.«

»Echt? Sag bloß!« Eve zerrte sich die Wollmütze vom Kopf, woraufhin ihre kurzen schwarzen Haare nach allen Seiten abstanden. »Wo?«

»Im Orient-Lesesaal. Jedenfalls bin ich mir ziemlich sicher, dass er es ist. Ich konnte ihn noch nicht lesen. Ich habe ihn buchstäblich zwei Minuten vor Bibliotheksschluss entdeckt, aber ich musste es einfach jemandem erzählen.«

Elizabeth berichtete ihr von dem Blatt, das sie zusammengefaltet in einem Buch gefunden hatte.

»Und woher willst du wissen, was es ist? Es könnte alles Mögliche sein – eine Einkaufsliste zum Beispiel.«

»Nein, könnte es nicht. Es geht um Celia Lamprey. Es *muss* um sie gehen.«

»Ohne Scheiß, Sherlock.« Eve lugte wie eine Eule durch ihre dicken Brillengläser. »Eine deiner seltsamen ›Intuitionen‹« – sie malte mit den Fingern Anführungszeichen in die Luft –, »wie ich annehme?«

»So ähnlich.« Elizabeth stellte ihre Tasse ab. »Hör zu, hol dir schnell einen Kaffee. Ich will dir den Rest erzählen.«

Sie sah Eve nach, die gehorsam zur Theke ging – eine kleine, drahtige Gestalt in einem rotweiß gemusterten Baumwollkleid wie aus den 1950er Jahren und Doc-Martens-Stiefeln.

»Handschrift oder Druck?«, fragte Eve, als sie zurückkam.

»Handschrift«, erwiderte Elizabeth prompt. »Nehme ich an«, fügte sie einschränkend hinzu.

Es entstand eine nachdenkliche Pause.

»Du weißt aber, dass es übersinnlichen Kram nicht gibt?«, fragte Eve nach einer Weile. »Schon gar nicht, wenn es um Forschungsstipendien geht.« Sie sprach wie mit einem kleinen Kind.

»Also bitte!« Elizabeth verdrehte die Augen. »Was du manchmal für einen Quatsch redest!«

»Quatsch? Hüte deine Zunge, meine Liebe. Aber ich muss zugeben, mir ist schon aufgefallen, dass du mit deinen Ahnungen nicht selten ins Schwarze triffst. Also gut, ich wette fünfzig Pfund, dass du recht hast mit diesem Ding, das du gerade gefunden hast.«

»Was? Aber genau das habe ich doch gerade gesagt!«

»Du hast selbst zugegeben, dass du noch keinen Blick darauf geworfen hast. Wie kannst du dann so sicher sein?«

Elizabeth zuckte die Achseln. Das weiß nur Gott, dachte sie. Aber ich kann mir sicher sein. Konnte so etwas schon immer. Elizabeth dachte an den schwach wahrnehmbaren Duft und wie sie endlich ihren Fingern erlaubt hatte, über das Papier zu streichen. Da hatte sie etwas empfunden wie – wie was? Eine Meeresbrise, die eine glatte Oberfläche kräuselt, ein leises Flüstern auf ihrer Haut. So … präzise, irgendwie. »Intuition. Das ist alles.«

»Pech, dass du in Bezug auf die Gegenwart nicht auch diese Art von Intuition hast.«

»Was ist das hier? Die spanische Inquisition? Können wir die Gegenwart bitte rauslassen?«

Wieder ein scharfer Eulenblick, dann gab Eve nach.

»Okay.«

Das Café war voll von Menschen, die ihre ersten Weihnachtseinkäufe erledigten und vor der Kälte Zuflucht gesucht hatten. In der Luft lag der muffige Geruch von feuchter Wolle und Kaffeebohnen.

»Also – willst du mir davon erzählen?«

»Ich hatte wirklich unglaubliches Glück ...« Elizabeth rückte ihren Stuhl näher an Eves heran. »Du weißt, dass ich nach einem Thema für eine Doktorarbeit über Verschleppungsgeschichten gesucht habe.« Seit Monaten brütete Elizabeth über Berichten von Europäern, die eine Gefangennahme – vor allem durch Mittelmeer-Korsaren – überlebt hatten. »Neulich las ich den Bericht eines gewissen Francis Knight. Knight war ein Kaufmann, der vor der Küste von Nordafrika von algerischen Korsaren verschleppt wurde und sieben Jahre in Algier verbrachte.«

»Wann war das?«

»1640. Der Bericht war Paul Pindar gewidmet, einem ehemaligen Gesandten am osmanischen Hof. Das kam mir seltsam vor, denn warum sollte sich Pindar besonders für Verschleppte interessiert haben?« Elizabeth schwieg für einen Moment. »Und dann fand ich etwas noch Aufregenderes. Jemand hatte auf das Vorsatzblatt neben den Namen des Widmungsempfängers etwas geschrieben, und zwar: ›siehe auch den Bericht von Celia Lamprey‹.« Das hat mich stutzig gemacht, weil von Frauen vor dem achtzehnten Jahrhundert keine Berichte über Verschleppungen bekannt sind, und selbst aus der späteren Zeit sind sie sehr rar. Aber der andere Name, Pindar, Paul Pindar, kam mir irgendwie bekannt vor.«

»Hast du etwas über ihn gefunden?«

»Es gibt einen ziemlich langen Eintrag im *Dictionary of National Biography*. Pindar war Kaufmann und zwar ein unglaublich erfolgreicher. Er ging mit siebzehn bei einem Londoner Händler namens Parvish in die Lehre, der ihn ein Jahr später nach Venedig schickte, damit er dort als sein Faktor auftrat. Er scheint etwa fünfzehn Jahre in Venedig geblieben zu sein, wo er sich einen, wie es heißt, ›überaus umfänglichen Besitz‹ erwarb.«

»Demnach war er reich?«

»Sehr. Im späten sechzehnten Jahrhundert ging es gerade erst damit los, dass die Kaufleute durch den Handel mit anderen Ländern viel Geld verdienten, regelrechte Vermögen, wie später die Krösusse der Ostindien-Kompanie, und Pindar hatte enormen Erfolg. Einen so großen, dass ihn die Levante-Kompanie als Sekretär des neuen englischen Gesandten Sir Henry Lello, auch ein Kaufmann, nach Konstantinopel schickte. Das war 1599. Von da an hatte er anscheinend mehrere diplomatische Posten inne, er war unter anderem Konsul in Aleppo, und kam dann wieder nach Konstantinopel zurück, diesmal als erster Gesandter Jakobs I. Aber diese Posten scheinen nicht so wichtig gewesen zu sein. Der entscheidende Moment für Pindar war die Mission von 1599, als offenbar der gesamte Zugang zum Mittelmeerhandel für die Briten von der Überreichung eines Geschenks an den neuen Sultan abhing, einer außergewöhnlichen mechanischen Uhr ...«

»Aber was hat das alles mit Celia Lamprey zu tun?«

»Genau das ist die Frage – ich konnte nicht das Geringste über sie herausfinden. Es ist immer dasselbe: jede Menge Informationen über den Mann, kein Wort über die Frau – bis jetzt.«

»Wieso?«, fragte Eve ungeduldig. »Nun komm schon zum Punkt.«

»Es stellt sich heraus, dass Paul Pindar ein Freund von Thomas Bodley war, und als Bodley die Bibliothek hier in Oxford gründete, packte er bekanntermaßen all seine Freunde am Schlafittchen und überredete sie, Bücher für ihn zu sammeln. Bei seinen vielen Reisen in exotische Länder muss Pindar der ideale Sammler gewesen sein. Wie auch immer, Pindar hat der Bibliothek tatsächlich Bücher hinterlassen, und heute bin ich hin und habe sie mir angesehen. Es waren ziemlich wenige, um die zwanzig, hauptsächlich in arabischer und syrischer Sprache. Soweit ich es verstehen konnte, handelt es sich im Wesentlichen um medizinische und astrologische Texte. Und dann, ganz zufällig, ja durch einen unglaublichen Zufall, als ich gerade meine Sachen packen und nach Hause gehen wollte, habe ich eines der Bücher an einer beliebigen Stelle aufgeschlagen, und da lag dieses Blatt Papier, und ich wusste *sofort* ...« Elizabeth versagte die Stimme.

»Du wusstest sofort ...?«, wiederholte Eve. Dann sah sie Elizabeths Miene. »Was ist passiert? Du siehst aus, als hättest du einen ...«

Eve wollte sich umdrehen, aber Elizabeth hielt sie am Handgelenk fest.

»Schau nicht hin, bitte. Rede einfach weiter.«

»Marius?«

»Rede mit mir, Eve. Bitte!« Elizabeth drückte die freie Hand gegen den Solarplexus.

»Marius.« Eve spuckte den Namen fast aus. Aber sie sah sich nicht um. Stattdessen nahm sie die Brille ab und begann, sie mit kurzen Stakkato-Bewegungen an einer Falte ihres Kleids zu putzen. Ohne die Brille waren ihre Augen mandelförmig, sehr schwarz und leuchtend. »Wen hat er diesmal dabei?«

»Weiß nicht«, antwortete Elizabeth. »Jemand ... anderen.«

Sie warf einen verstohlenen Blick zu dem Tisch auf der anderen Seite des Cafés, an dem Marius jetzt saß. Sie hatte ihn seit über einer Woche nicht gesehen.

Die Frau, die ihn begleitete, saß mit dem Rücken zu ihnen, und alles, was von ihr zu sehen war, war ein blonder Haarschopf. Bei ihrem Anblick krampfte sich Elizabeths Magen so heftig zusammen, dass sie befürchtete, sich übergeben zu müssen.

Im King's Arms holte Eve für sich und Elizabeth zwei doppelte Wodkas und trug sie zu einem Ecktisch, der so weit wie möglich von den anderen Freitagabendtrinkern entfernt stand.

»Es ist sehr anständig, dass du nichts sagst«, brach Elizabeth das Schweigen, nachdem sie an ihrem Wodka genippt hatte. Sie merkte, dass Eve bei dem Versuch, taktvoll zu sein, fast platzte. »Also los, spuck's aus.«

»Nein. Ich habe alles gesagt, was ich dazu zu sagen habe. Mehrfach.« Eve wühlte in ihrer Tasche, zog ein Tuch heraus, das genauso bunt gemustert war wie ihr Kleid, und wickelte es sich unwirsch um den Kopf. Jetzt sah sie aus wie eine Waschfrau.

»Du meinst, er benutzt mich, und ich bin viel zu gut für ihn, und alle Männer sind Schweine?«

Eve antwortete nicht.

»Hör auf zu fummeln.«

»Warum soll ich nicht fummeln?«

»Du fummelst nur, wenn du wütend bist.«

»Hmm.«

»Bist du wütend auf mich?«

»Großer Gott, Elizabeth!« Eve stellte ihre Tasche weg. »Dieser Mann macht dich traurig. Er spielt mit deinem Herzen. Es ist so viel ... so viel negative Energie an dir, wenn du mit ihm zusammen bist oder etwas mit ihm zu tun hast, dass es richtig knistert. Am Ende macht er dich noch krank. Körperlich krank.«

Ich bin doch schon krank, hätte Elizabeth gern erwidert. Das, was ich da fühle, ist eine Krankheit. Aber sie schwieg und trank einen Schluck Wodka. *Er spielt mit deinem Herzen.* Das hätte auch ihre Großmutter sagen können. Hatte Eve diese Worte tatsächlich ausgesprochen, oder hatte sie sich das nur eingebildet?

»Liebst du ihn?« Eve blickte sie aufmerksam an.

»Ich glaube schon.«

»Aber er behandelt dich wie Dreck.«

»Nur manchmal«, brachte Elizabeth mit einem leisen Lachen hervor.

»Siehst du ...« Eve nahm gleich das nächste Thema aufs Korn. »Früher hast du immer gelacht. Du lachst nicht mehr, Liz.«

»Das ist nicht wahr.« Der Wodka brannte in ihrer Kehle. »Gerade habe ich gelacht.«

»Du weißt, was ich meine.«

»Er ist nicht mein fester Freund, Eve. Das war er nie.« Elizabeth versuchte, nicht resigniert zu klingen. »Marius ist mein Geliebter.«

»Ach so, ich verstehe. Dein Geliebter. Sagt *er* das? Wie ausgesprochen glamourös. Aber soll ich es für dich übersetzen, aus der Marius-Neusprech? Es bedeutet, du tanzt nach seiner Pfeife und er kann dich wieder fallen lassen, wann immer es ihm verdammt noch mal beliebt. Uaahh!«, stöhnte sie aufgebracht. »Ich verstehe nicht, warum er dich nicht einfach in Ruhe lässt ...«

Elizabeths Handy klingelte. Eine SMS von Marius. Ihr Herz schlug bis zum Hals. *hallo schöne warum so traurig?*

Elizabeth überlegte ein paar Sekunden lang konzentriert, dann textete sie zurück: *ich? traurig?*

Die Antwort kam prompt: *du trinkst wodka baby*

Ihr Kopf ruckte hoch – und da stand er vor ihr. Gleich darauf glitt er auf den Platz neben ihr. »Hallo, meine Schöne«, sagte Marius und nahm besitzergreifend ihre Hand. Sein ungekämmtes Haar fiel ihm auf die Schultern, die Jacke, die er immer trug, roch – umwerfend erotisch, fand Elizabeth – nach Zigaretten und feuchtem Leder.

»Hallo, Eve. Unterwegs zu einer Karnevalsparty?«

Eves mandelförmige Augen verengten sich zu schwarzen Schlitzen. »Hallo, Marius.«

Er lachte. »War das ein Lächeln oder hast du mir gerade die Zähne gezeigt?«

Er blinzelte Elizabeth komplizenhaft zu, und sie musste gegen ihren Willen lachen. Marius konnte sie immer zum Lachen bringen, konnte ihr das wunderbare Gefühl geben, der Mittelpunkt seines Universums zu sein. Er griff nach Elizabeths Glas und kippte den Rest Wodka in einem Zug herunter.

»Mmmm, Grey Goose, sehr nobel. Aber keine Sorge, Mädels, ich werde euer kleines Tête-à-Tête nicht stören, ich wollte nur schnell Hallo sagen.«

Er beugte sich vor und küsste Elizabeth auf den Nacken. Bei seinem Geruch und seiner Berührung – seiner gefährlichen Berührung – überlief sie ein Schauer des Lust.

»Liegt es an mir, oder ist deine Freundin absolut kugelsicher?«, flüsterte er ihr ins Ohr. Elizabeth unterdrückte ein Lächeln. »Ach, geh nicht«, begann sie, »bleib und trink etwas mit uns.« Aber er erhob sich schon aus der Bank.

»Tut mir leid, Darling, kann nicht bleiben. Fakultätssitzung in einer halben Stunde.«

»An einem Freitagabend?«, bemerkte Eve eisig. »Sie arbeiten wirklich hart, Herr Doktor.«

Marius ignorierte sie. »Ich rufe dich bald an, versprochen«, sagte er zu Elizabeth, und dann tauchte er winkend in der hereindrängenden Menschenmenge unter.

»Er ist dir hierher gefolgt!« Eve starrte ihm böse nach. »Er *muss* dir gefolgt sein. Warum kann er dich nicht einfach dein Leben weiterleben lassen? Er will dich nicht wirklich, aber er kann dich auch nicht in Ruhe lassen ... Ach, verdammt, ich hole uns noch zwei Drinks.« Sie stand auf. »Außerdem müsste ihm mal jemand verklickern, dass er zu alt für Lederhosen ist«, schloss sie boshaft.

Elizabeth machte sich nicht die Mühe zu protestieren. Plötzlich fühlte sie sich sehr erschöpft. Das Hochgefühl, dass sie bei Marius' unerwartetem Anblick überkommen hatte, war verflogen. Jetzt spürte sie nur noch eine Leere in sich.

Dann summte ihr Handy wieder. *bei mir in einer halben stunde?* Sie legte das Handy in die Tasche zurück. Ich weiß, ich sollte nicht hingehen, aber ich werde es tun. Ihr Kopf fühlte sich heiß an. Und ihr Herz – mit dem gespielt wurde? – schwang sich wieder in den Himmel auf.

»Sorry, Schatz. Ich muss los.«

»Hoffentlich ist es das wert«, brummte Eve.

»Was wert?«

»Der Sex.«

Elizabeth küsste Eve im Gehen auf den Scheitel.

»Hab dich lieb«, war alles, was sie darauf erwiderte.

Später sah Elizabeth Marius beim Anziehen zu. Er war geistesabwesend, doch das störte sie nicht. Noch von dem warmen Zauber seiner Aufmerksamkeiten umhüllt, fühlte sie sich stark und ausgeglichen. Sie hatte ihm schon immer gern beim Anziehen zugesehen. Für einen Mann über vierzig hatte er in ihren Augen noch einen schönen Körper. Sie liebte seine schlanken Hüften, die Art, wie sich die Haare um seinen Nabel kräuselten. Er zog sich ein Paar verblichene Jeans über. Seine Beine sahen gut aus in Jeans, fand sie. Der Ledergürtel schloss sich mit einem klackenden Geräusch.

Sie wollte ihm von der Handschrift erzählen. Aber wie sollte sie es anstellen? *Ich habe heute etwas Aufregendes entdeckt ...* Sie komponierte den Satz sorgfältig im Kopf. *Wenigstens glaube ich das ...* Bei dem Gedanken an ihre Entdeckung flammte ihre Freude wieder auf, doch sie hielt sich nicht lange. Sie konnte sich genau vorstellen, wie Marius reagieren würde. Lieber abwarten, bis sie Gewissheit hatte.

»Wo musst du hin?«

»Zu der Fakultätssitzung, von der ich gesprochen habe.«

»Oh.«

»Na ja, es ist keine richtige Sitzung, nur ein Treffen, bei dem ein paar Sachen diskutiert werden.« Er lächelte ihr flüchtig zu. »Tut mir leid.«

Was sollte *das* nun bedeuten? Marius war ein Meister im Nichtbeantworten von Fragen. Mit wem triffst du dich wirklich? Mit einer anderen Frau? Der Frau, mit der ich dich heute bei Blackwell gesehen habe? Und wer zum Teufel war sie überhaupt? Elizabeth wusste instinktiv, wie verärgert er sein würde, wenn sie ihm eine dieser Fragen stellte. Sie schluckte sie hinunter.

»Und was machst du heute noch?« Er setzte sich zu ihr aufs Bett.

Sie nahm seine Hand und führte sie an ihre Lippen, als wolle sie ihn so davon abhalten, jetzt schon zu gehen.

»Kann ich hierbleiben?«, fragte sie in bemüht lässigem Ton.

»Äh ..., wenn du willst.«

Überzeugend klang das nicht, aber Elizabeth ignorierte ihr Unbehagen. »Ich halte dir das Bett warm.«

»Okay.« Er entzog ihr die Hand sachte. »Es könnte allerdings spät werden.«

»Das macht nichts.«

Ein paar Minuten darauf hörte sie die Tür zuschlagen, und er war weg.

Elizabeth lag in Marius' Bett und schaute zur Decke. Es war ein schöner Raum, oder wenigstens die Architektur war schön. Hohe, längs unterteilte Spitzbogenfenster, die auf den viereckigen Innenhof des College hinausgingen. An Sommervormittagen war der ganze Raum von Sonnenlicht durchflutet. Elizabeth erinnerte sich an ihre erste gemeinsame Zeit, nachdem sie sich im vorigen Juni kennengelernt hatten. Sie lagen nackt auf seinem Bett, und das Licht fiel in den Regenbogenfarben auf ihre Körper. Hatte er sie damals glücklich gemacht? Wahrscheinlich.

Jetzt spürte sie, wie ihr Seelenfrieden langsam schwand. Es war noch früh, erst halb zehn. Kalter Regen klatschte gegen die Fensterscheiben. Elizabeth blickte sich verloren um. Ohne Marius war das Zimmer einsamer als irgendein anderer Ort, den sie kannte, und kam ihr seltsam geschmacklos vor. Für einen Mann mit einem so scharfen Intellekt war er ziemlich unordentlich. Benutzte Kleidungsstücke lagen zusammengeknüllt auf dem Boden. Schmutzige Teetassen mit vertrockneten Teebeuteln stapelten sich auf der Kommode neben der Spüle, daneben stand ein halb leerer Milchkarton, in dem die Milch, wie sie aus Erfahrung wusste, sauer geworden war, obwohl der Raum kalt war wie eine Gruft.

Ihr ganzer Körper tat weh. *Hoffentlich ist der Sex das wert*, hatte Eve gesagt. Ja, für ihn vielleicht, aber für mich nicht, dachte sie bitter. Nicht einmal das. Sie wickelte sich fester in die Decke und suchte nach seinem Geruch, bemüht, das warme Gefühl seiner Umarmung heraufzubeschwören. Sie fühlte sich zutiefst gedemütigt. Warum mache ich das? *Er spielt mit deinem Herzen*. Eve hat recht. Das ist keine Liebe, das ist eine Qual. Ich halte es nicht mehr aus, dachte Elizabeth. Sie verspürte eine solche Leere in sich, dass sie Angst bekam, darin zu versinken.

Später, viel später, wachte sie auf und bemerkte, dass jemand vor dem Bett stand und sie betrachtete.

»Marius?«

»Du bist noch da.« Hörte sie Überraschung in seiner Stimme? Er setzte sich neben sie und zog die Decke von ihren nackten Schultern. »Du siehst so süß aus, wenn du schläfst, wie eine kleine Haselmaus. Geht es dir gut?«

»Ja …« Sie drehte sich schläfrig um, froh, dass er in der Dunkelheit ihre geschwollenen Lider nicht sehen konnte. »Also nein, eigentlich nicht. Wie spät ist es?«

»Spät. Ich habe nicht damit gerechnet, dass du noch hier bist.«

»Marius …« Die Tatsache, dass sie ihn nicht richtig sehen konnte, machte sie mutig. »Ich kann so nicht weitermachen.«

»Warum nicht?« Nachdenklich fuhr er mit den Fingern die warme Rundung ihrer Schulter nach. »Ich dachte, es gefällt dir.«

»Du weißt, was ich meine.«

»Nein, weiß ich nicht.« Er fing an, sich auszuziehen, kickte die Schuhe von den Füßen, knöpfte das Hemd auf. »Du hast wieder mit Madame Gulag geredet, was?«

»Sag so etwas nicht. Eve ist eine gute Freundin.« Normalerweise hätte sein Scherz sie zum Lachen gebracht, aber jetzt war ihr nicht danach zumute. »Sie sagt, dass du mich nicht wirklich willst, aber dass du mich auch nicht loslassen kannst«, murmelte Elizabeth in die Dunkelheit hinein.

»Bah …«, brummte Marius unverbindlich. Sie hörte die Schließe des Gürtels zu Boden fallen, und dann kletterte er neben ihr ins Bett. »Komm her.« Er legte die Arme um ihre kalt gewordenen Schultern und zog sie an sich, sodass ihr Kopf in seiner Armbeuge lag. Sie streckte sich aus und schmiegte sich an ihn, bis ihr ganzer Körper seinen berührte und sich an ihm wärmte.

»Entschuldige«, sagte sie.

»Eve sollte öfter ausgehen.« Sein Atem roch nach Whisky. »Du weißt doch, dass ich dich liebe, oder?«, fragte er und streifte ihre Stirn mit den Lippen.

»Weiß ich das?«, fragte sie in die Dunkelheit.

»Natürlich, Frau«, entgegnete er nicht unfreundlich. Dann drehte er sich um. »Aber können wir jetzt bitte endlich schlafen?«

KAPITEL 3

KONSTANTINOPEL: 1. SEPTEMBER 1599

Sonnenaufgang

Die Residenz des Gesandten war ein großes, viereckiges Gebäude, im osmanischen Stil aus Kalk und Stein erbaut. Die Fenster wurden von kunstvoll verzierten Holzläden vor der Sonne geschützt. Nur ein kleines Stück außerhalb des Distrikts Galata gelegen, hatte die Residenz mit ihrem großen, ummauerten Garten und den angrenzenden Weinbergen das Flair eines ländlichen Herrensitzes. Im Winter war es dort eiskalt, im Sommer angenehm luftig. Im Hof sprudelte eine Fontäne und an den inneren Säulen rankte Jasmin bis zu den Balkonen hinauf. Eine geräumige und äußerst komfortable Zimmerflucht im oberen Stockwerk wurde von dem Gesandten, Sir Henry Lello, und seiner Frau bewohnt. Diejenigen, die dem Rang nach dem Gesandten am nächsten standen, so auch sein Sekretär Paul Pindar, waren in kleineren angrenzenden Räumen untergebracht. Die anderen schliefen in Schlafsälen im Erdgeschoss.

Das Haus erwachte eben erst. Paul schickte einen Diener zu Thomas Dallam, und dann gingen er und Carew über die Treppe in Pauls Zimmer, wo man sie nicht belauschen konnte. Bald hörten sie Dallams schweren Schritt auf den hölzernen Dielen.

»Einen guten Tag wünsche ich, Thomas.«

»Guten Tag, Sekretär Pindar.« Thomas Dallam, ein untersetzter Mann in mittlerem Alter, nickte ihnen zu, betrat den Raum aber nicht. Er trug Straßenkleidung – ein weites, türkisches Gewand über seinem englischen Anzug. Dies war eine Sitte, die alle in Konstantinopel lebenden Ausländer beachten mussten.

»Tretet ein, Tom«, sagte Paul. »Ich weiß, Ihr habt es eilig, in den Palast zu kommen, deshalb will ich Euch nicht lange aufhalten. Sagt mir, wie steht es mit dem wunderbaren Instrument? Wird der Großtürke der Ansicht sein, es habe sich gelohnt, auf das Geschenk zu warten?«

»Aye«, bestätigte Dallam einsilbig. »Die Ehrenwerte Kompanie wird ihre Wahl nicht bereuen.«

»Das hoffe ich doch.« Paul lächelte. »Denn die Ehrenwerte Kompanie hat uns hier vier Jahre lang Däumchen drehen lassen, während sie beratschlagte, was sie ihm senden solle. Man sagt, der Großtürke sei ganz vernarrt in Uhren und Automaten und alle Arten von mechanischen Apparaturen.«

»Ganz recht.« Dallam grinste. »Er schickte seinen Diener fast täglich, um zu fragen, ob meine Arbeit beendet ist.«

»Und ... ist sie das?«

»Alles zu seiner Zeit, Sekretär Pindar.«

»Schon gut, Thomas. Ich will Euch nicht drängen.«

Es war bekannt, dass Dallam schnell gereizt war und auf jede Einmischung ungehalten reagierte, wenn er kritische Töne über sich oder seine Männer hörte. Von denen hatten ihn nicht weniger als fünf an Bord der *Hektor* auf der sechsmonatigen Seereise begleitet, auf der das Geschenk zum Sultan nach Konstantinopel transportiert worden war.

»Ich habe gehört, dass Ihr den Schaden, den die Orgel auf der Reise hierher erlitten hat, vollständig behoben habt. Aber Sir Henry meint, es werde einige Zeit dauern, bis Ihr und Eure Männer sie im Palast wieder zusammensetzen könnt. Das ist sicher eine schwierige Aufgabe, mein Freund.«

»Allerdings.« Bei der Erwähnung des Gesandten kratzte sich Dallam, der den Hut abgenommen hatte, ungeduldig am Kopf und setzte ihn wieder auf. »Wenn Ihr so weit seid, Sekretär Pindar? Das Kaik ist bereit, und unsere Janitscharen warten nicht gern.«

»Natürlich, natürlich.« Paul hob die Hand. »Nur noch eins.«

»Ja?«

»Carew sagte mir, Ihr hättet ihn gestern mitgenommen.«

»Aye, Sir.« Dallams Blick huschte zu Carew. »Einer meiner Männer – Robin, der Tischler – fühlte sich krank. Und nach dieser Sache in der Küche, mit Bulls Finger und all dem« – er drehte verlegen den Hut –, »wir wissen ja, wie geschickt John mit den Händen ist.«

»Sag ihm, was wir gesehen haben, Tom.« Carew, der am Fenster lehnte, mischte sich zum ersten Mal in das Gespräch ein.

Dallam schwieg.

»Ich dachte, wir beide wären uns einig gewesen?«, sagte er schließlich mit unsicherer Stimme.

»Das waren wir auch. Es tut mir leid, Tom, aber ich kann nichts daran ändern. Ich verbürge mich für Sekretär Pindar. Er stellt keine Gefahr dar, das schwöre ich.«

»Ich fühle mich geehrt, dass man so über mich spricht …« Paul ging mit schnellen Schritten auf die Tür zu. Er packte Thomas Dallam am Arm, zog ihn in die Mitte des Zimmers und schloss die Tür. »Genug jetzt. Erzählt mir, was Ihr gesehen habt«, forderte er ihn mit bleichem Gesicht auf. »Berichtet mir alles, von Anfang an, und es bleibt unter uns dreien.«

Thomas Dallam warf Paul einen entschuldigenden Blick zu, und begann zu erzählen.

»Wie Ihr wisst, gehen meine Männer und ich seit einem Monat täglich in den Palast, um das Geschenk der Ehrenwerten Kompanie an den Sultan zusammenzubauen. Man hat uns zwei Wächter zugeteilt und einen Dragoman, der dolmetscht. Sie geleiten uns jeden Tag durch den Ersten und Zweiten Hof bis zu einer geheimen Pforte. Dahinter liegt ein Garten, der zum Wohntrakt des Sultans gehört. Dort bauen wir die Orgel zusammen. Wir können das nur tun, weil der Großtürke selbst sich dort nicht viel aufhält. In dieser Jahreszeit ist er häufig unterwegs, von einem Sommerpalast zum anderen, und er nimmt den Großteil seines Hofstaats und seiner Frauen mit. Aus diesem Grund herrscht im Palast so ausgelassene Stimmung …« Dallam verstummte, und schien Mühe zu haben, die folgenden Worte auszusprechen.

Pindar saß mit gekreuzten Armen vor ihm. »Weiter, Thomas.«

»Unsere beiden Wächter sind nette Burschen, schon fast alte Bekannte, könnte man sagen, nach der langen Zeit im Palast. Die beiden haben uns ... wie soll ich sagen ... herumgeführt.« Dallam hüstelte nervös. »Manchmal zeigten sie uns andere Teile der Privatgärten, manchmal die kleinen Vergnügungspavillons, die sie Kiosk nennen, ein- oder zweimal sogar die Privatgemächer des Sultans. Aber gestern – wie es der Zufall wollte, genau der Tag, an dem Carew bei mir war – zeigten sie mir etwas anderes.«

»Was war das, Tom?«

Dallam zögerte wieder, aber Carew nickte ihm aufmunternd zu.

»Während meine beiden Zimmerleute bei der Arbeit waren, führte einer der Wächter Carew und mich über einen kleinen, mit Marmor gepflasterten viereckigen Hof, und in der Mauer zeigte er uns dann ein kleines Gitter. Es war niemand außer uns da, deshalb machte der Wächter ein Zeichen mit den Händen, so wie es Brauch ist im Palast, dass wir näher treten sollten. Er selbst blieb zurück.

Als wir uns dem Gitter näherten, sahen wir, dass die Mauer sehr dick war und dass auf beiden Seiten starke Eisenstäbe angebracht waren. Und als wir hindurchschauten, sahen wir einen zweiten, geheimen Hof, und darin spielten etwa dreißig Konkubinen des Großtürken mit einem Ball.«

»Zuerst hielten wir sie für junge Männer«, ergänzte Carew, »denn sie trugen eine Art halblanger Hosen. Aber als wir genauer hinsahen, bemerkten wir, dass sie lange Haare hatten, die ihnen über den Rücken hingen. Es waren lauter Frauen, und schöne dazu.«

»John und ich ...« Dallam holte tief Luft. »Wir wussten, dass wir nicht hinsehen durften. Und sogar unser Wächter wurde wütend, weil wir uns zu lange aufhielten, und stampfte mit dem Fuß auf, damit wir zurückkämen. Aber wir konnten nicht. Wir standen wie erstarrt da, wie gebannt.«

»Konnten die Frauen euch sehen?«

»Nein, das Gitter ist sehr klein. Aber wir beobachteten sie eine lange Zeit. Sie waren sehr jung, die meisten fast noch Mädchen. Ich habe noch nie etwas gesehen, Sekretär Pindar, das mich derart entzückte.« Dallam räusperte sich umständlich. »Aber was ich Euch auf

Johns Wunsch sagen soll, ist Folgendes: Unter den Frauen war eine, die anders aussah als die anderen. Sie fiel mir auf, weil sie unter all den Dunkelhaarigen besonders hervorstach. Ihre goldblonden Haare fielen nicht auf den Rücken, sondern waren um den Kopf geschlungen und mit einer Perlenschnur befestigt. Sie schien mir etwas älter als die anderen zu sein und prächtiger gekleidet, sie trug Juwelen an den Ohren und auf der Brust. Aber ihre Haut zog unsere Blicke am meisten auf sich, denn sie war so wundervoll weiß und strahlend wie der Mond. John packte mich am Arm, und ich hörte ihn sagen: ›Gott steh uns bei, Tom, das ist Celia. Celia Lamprey.‹ Das ist alles, was ich weiß.«

Stille breitete sich aus und erfüllte den Raum, auch noch lange, nachdem Dallam fort war. Hinter den hölzernen Fensterläden gurrten unter der Dachtraufe heiser die Tauben, und Pindar musste bei diesem Geräusch auf einmal an Sommernachmittage in England denken. Wie lange war er nicht mehr in England gewesen? Achtzehn Jahre insgesamt, seitdem er als Faktor für Kaufmann Parvish nach Venedig gereist war und sich dann selbstständig gemacht hatte. Er stieß das Fenster auf und blickte, wie schon so oft, auf das Goldene Horn und die sieben Hügel der Altstadt, die sich dahinter erhoben.

»Das war ein ordentlicher Redeschwall – für einen Mann aus Lancashire.«

»Ich sagte dir doch: Er weiß mit Worten umzugehen.«

Paul setzte sich auf das Fenstersims. Verglichen mit Carews freizügigem Gebaren wirkte sein Erscheinungsbild nüchtern und schlicht. Der schlanke, wohlproportionierte Körper war in das übliche Schwarz gekleidet. Pindar fuhr sich mit den Fingern durch das dunkle Haar, und dabei blinkte sein einziges Schmuckstück auf, ein goldener Ring, der ein Ohrläppchen zierte.

»Celia ist tot.« Paul sprach leise, mit dem Rücken zu Carew. Er zog einen runden Gegenstand aus vergoldetem Messing aus der Jackentasche, dessen Größe und Form ungefähr einer Taschenuhr entsprach, und spielte geistesabwesend damit. »Ertrunken. Bei einem Schiffbruch. Vor zwei Jahren. Du irrst dich, John. Es ist unmöglich, dass du sie gesehen hast, hörst du? Ganz unmöglich.«

Carew antwortete nicht.

Paul spannte mit dem Daumen den Verschluss des metallenen Gegenstands, sodass der Deckel aufsprang und kleine Metallscheiben sichtbar wurden. Eine von ihnen, die wie eine Miniatur-Sonnenuhr mit einem Zifferblatt versehen war, hielt er sich vor die Augen, als wolle er darauf etwas lesen.

»Du kannst mit deinem Kompendium so manches entdecken«, bemerkte Carew trocken, »aber Celia wirst du damit nicht finden.«

Mit einer abrupten Bewegung stand Paul auf. Im Stehen war er einen halben Kopf größer als Carew.

»Niemand blickt in das Innere eines Harems im Sultanspalast. Niemand, kein Türke und schon gar nicht ein Christ oder Jude. Und du, der du gerade erst angekommen bist, du spazierst hinein und erwartest, dass ich das glaube? Nein, John. Selbst nach deinen Maßstäben ist das zu viel verlangt.«

»Mir passieren solche Dinge nun mal, du weißt, wie es ist«, sagte Carew achselzuckend. »Aber es muss ein Schock für dich sein, und das tut mir leid.« Er fuhr sich über seine Narbe. »Nach so langer Zeit ... Ich weiß, wie du dich fühlen –«

»Nein, das weißt du nicht«, unterbrach Paul ihn schroff. »Du weißt nicht, wie ich mich fühle. Niemand weiß, wie ich mich fühle.« Er ließ das Instrument zuschnappen. »Nicht einmal du.«

Unvermittelt sank er wieder auf einen Stuhl. »Wir müssen sicher sein, absolut sicher. Aber selbst dann – was können wir unternehmen, John?« Er vergrub das Gesicht in den Händen und presste die Finger gegen die Augenlider, bis er nur noch Lichtfunken sah. »Selbst wenn wir wüssten, dass sie da ist, wie können wir je zugeben, dass wir es wissen? Es würde alles gefährden. Vier Jahre haben wir Däumchen gedreht, während die Ehrenwerte Kompanie überlegte, welches Geschenk sie dem Sultan machen will ..., und nun das. Nein, es geht alles zu schnell. Zuerst müssen wir einen Beweis haben, einen hundertprozentigen Beweis.« Nervös fuhr er sich durch die Haare. Dann wandte er sich Carew zu. »Du warst im Inneren des Palasts. Wie schwierig wäre es, ihr eine Botschaft zukommen zu lassen? Was meinst du?«

Carew zuckte gleichmütig mit den Achseln und lächelte. »Nicht schwer.«

»Mir gefällt dieses Lächeln nicht, Carew«, sagte Pindar nach einer Weile. »Ich kenne es zu gut.« Er legte Carew eine Hand auf die Schulter und drückte einen Finger gegen dessen Kehlkopf. »Was hast du getan, Carew, du Galgenvogel?«

»Etwas Raffiniertes.«

»Etwas aus Zucker?«

»Meine Spezialität. Ein Schiff ganz und gar aus Spinnzucker. Der alte Bull hat ein bisschen geschnaubt, weil ich all seine Vorräte aufgebraucht habe, aber es ging nun mal nicht anders. Ein komplettes Handelsschiff, eines meiner schönsten ...«

Paul erhöhte den Druck.

»... schon gut, es war ein Modell der *Celia*.«

»Dass ich dich auch richtig verstanden habe: Du hast eine raffinierte kleine Zuckerarbeit in Form der *Celia* – Lampreys Handelssegler, der untergegangen ist – in den Sultanspalast geschickt?« Er ließ Carew los.

»Nicht nur in den Palast, in den Harem.« Carew rieb sich den Hals und fuhr dann sanftmütig fort: »Grützkopf wollte, dass wir den Frauen des Sultans Süßigkeiten schicken. Anscheinend ist das große Mode bei der französischen und der venezianischen Gesandtschaft, und wir dürfen ihnen in nichts nachstehen, wie du sehr wohl weißt.«

»Und du fandest, du solltest sie ein wenig beeindrucken?«

»Dazu bin ich da, oder nicht? Um die Türken zu beeindrucken. Um unserem stumpfen Freund Grützkopf etwas Glanz zu verleihen. Haha, ich scherze natürlich.« Carew legte den Kopf zur Seite. »Wer könnte es sonst mit mir aushalten?«

»Eines muss man dir lassen, Carew, du hast manchmal die merkwürdigsten Ideen. Aber das –« Pindar drehte sich plötzlich um und boxte Carew in den Oberarm – »das war eine verdammt gute Idee!

Brillant, würde ich fast sagen. Wenn es je in ihre Nähe gelangt, was ich bezweifle.«

»Hast du eine bessere Idee?«

Paul antwortete nicht. Er stand auf und trat ans Fenster. Noch einmal holte er sein kleines rundes Instrument hervor und drehte es so, dass man am Rand das eingravierte Motto lesen konnte. »Wie Tag und Stunde rasch verwehn, so muss des Menschen Zeit vergehn«, las er. »Sei dessen eingedenk, bewahr dein Glück, verlorne Stund bringt keine Macht zurück.« Dann ließ er es aufschnappen und suchte mit dem Zeigefinger einen zweiten, verborgenen Riegel an der Unterseite. Ein weiterer Deckel sprang auf, und ein Porträt wurde sichtbar.

Die Miniatur eines Mädchens. Rotgoldenes Haar, Perlen auf milchweißer Haut. *Celia*. War es möglich?

»Ich habe schon genug Zeit verloren«, sagte er leise, wie zu sich selbst. Dann fuhr er lauter fort: »Aber wir müssen mehr in Erfahrung bringen.«

»Was ist mit dem Weißen Eunuchen in der Palastschule? Der, von dem sie sagen, er sei Engländer und zum Türken geworden?«

»Es gibt mehrere Dragomanen dieser Art. Sie sind vielleicht einfacher zu erreichen. Einer stammt sogar aus Lancashire, hat man mir erzählt. Vielleicht sollten wir Dallam auf ihn ansetzen ... Aber nein, diesen Konvertiten kann man nicht trauen. Außerdem haben angeblich nur die Schwarzen Eunuchen Zutritt zu den Frauenquartieren. Nein. Wir brauchen jemanden, der den Palast betreten darf, dort aber nicht wohnt. Eine Person, die nach Belieben kommen und gehen kann.«

»Gibt es denn solche Personen überhaupt?«

»Natürlich. Sehr viele. Jeden Tag. Wir haben nur das kleine Problem, den Richtigen zu finden«, seufzte Paul und ließ den Blick aus dem Fenster schweifen.

Carew stellte sich neben ihn. Obwohl die Sonne schon hoch am Himmel stand, war die bleiche Scheibe des Vollmonds über dem Horizont noch sichtbar. Carew stützte die Ellenbogen auf das Fenstersims und legte den Kopf in den Nacken. »Vielleicht können uns die Sterne einen Rat geben. Du solltest deinen Freund fragen – wie heißt er?«

»Meinst du Jamal?«

»Wenn das sein Name ist? Der Sterngucker.«

»Ja, das ist er. Jamal. Jamal al-Andalus.« Paul war schon dabei, sich seinen osmanischen Kaftan umzulegen. »Ruf den Janitscharen, aber sei diskret. Komm, wir haben keine Zeit zu verlieren.«

Kapitel 4

Oxford: Gegenwart

Theurer Freund, hab ich bekomen Euren brieff &ct. Ihr wolt erfaren was sich zugetragen vnd begeben hat bei der unseligen fahrt vnd dem unthergang vun dem gros schiff Celia *vun die traurig historie der Celia Lamprey, tochter des verstorben Capitans vun selbigem schiff, welche am vorabend vun irer hochzeit mit einem khauffmann aus der Levante Kompanie, nachmals Sir Paul Pindar, Ehrenwerter Bottschafter Seiner Majestaet in Constantinopol, als sklafin vun den turken geraupt vnd in Constantinopol verkaufft vnd allda zur* cariye *erkoren worden ist, als dinerin im Seraglio, welcher gehoret dem Groß Signor, vnd werde ich sie so wahrhafftig als goth es mir erlaupt Euch anzeigen und mittheilen.*

Elizabeths Herz raste. Ich wusste es! Obwohl die Tinte zu einem schwachen Sepiabraun verblasst war, konnte man die ebenmäßige, nicht zu enge Schrift noch gut lesen. Es war die klare, nüchterne Handschrift eines Menschen, der von Berufs wegen viel schrieb. Abgesehen von dem undeutlichen Wasserzeichen an einem der Falze war das Papier in einem viel besseren Zustand, als sie zu hoffen gewagt hatte.

Elizabeth blickte auf. Es war Samstagvormittag, kurz nach neun, und sie saß fast allein im Orient-Lesesaal an einem der Ecktische, möglichst weit entfernt von der Ausleihtheke des Bibliothekars. Bald würde sie ihnen ihre Entdeckung zeigen müssen, aber erst wollte sie selbst die Chance haben, sie in Ruhe zu lesen und zu kopieren, ohne dass jemand ihr über die Schulter sah.

Gespannt beugte sie sich über das Papier und las.

Die Celia *hat segel gesezt vnd ist mit einem starken wind den 17. vun Venedig in see gestochen, mit vil seyden, sammet vnd golden tuch, glass, zin, huner vnd sultaninen, die lezte fahrt so Capitan Lamprey vor den heftigen winther winden hat wagen wolen. Bey nacht des 19., zehn tagreißen vun Ragusa an dem zerrissenen gestad von Dalmatia, hat es goth gefallen ein wust wetter zu schicken. Es ist ein grosser sturm windt khommen vun norden vnd alsbald so gewaltig wurden, dass alle leutt auf dem schiff litten angst umb ir leben ...*

Die nächsten Zeilen waren durch das Wasserzeichen am Falz unleserlich geworden, doch die darauf folgenden Zeilen konnte Elizabeth wieder entziffern.

Dieweil die Celia *ist in ein gefahrvol schife lage gekomen vnd waren alle luken offen vnd deßhalben standen leeseitig die truhen mit seyden, sammet vnd golden tuch im wasser, welch etliche nit khauffmansware gewesen, sondern morgengab der brauth, vnd all die anderen sachen, so zwischen den decks verteut gewesen, sind davun geschwomen, vnd das geschutz, so befestiget gewesen, sturzete heraus vnd zur seiten wobei es ein gros loch in das schiff geschlagen vnd vil schaden gethan.*

Hier folgten wieder ein paar unleserliche Stellen.

Alsdann erbliketen sie ein segel vun west her komen vnd danketen dem almechtigen, dieweil sie ihre errettung nahe geglaupt ... vun vmb die 100 tonnen vnd darumb haben sie ein turkisch krigsschiff erkennt. Wie Capitan Lamprey es gesehen hat er gewußt das nit hofnung auf entkomen sey, sondern das nunmehr allein ein kampf geboten sey oder die umbker an das gestad allwo die felsen sie zerschmetern teten. Darumb hat der Capitan seine leutte gerufen und gefraget, ob sie ihm nach krefften zur seitten stehen vnd wie men-

ner widerstand thun wollen, so niemand soll sagen, sie seien vor der turken geschutz davunlaufen.
… alsdann hat Capitan Lamprey alle weyber mitsampt den nonnen vun dem closter Santa Clara unter das deck geschikt umb sich darin zu verschlisen vnd die thure zu vun innen zu verrigeln vnd sonder die junge nonne zu bewaren, so sich allhie befand, vnd auch seine tochter Celia, vnd sie verwart halten, bis er ihnen hinauskumen erlaubt.

Mehrere Zeilen waren zu undeutlich, dann folgte wieder ein längerer Absatz in gestochen scharfer Schrift.

Aber alls Capitan Lamprey sie gesehen, schalt er sie gothlose, reudige, vermaledeite hundsfott, aber sie mochten alles bekomen, silber vnd huner vnd Piastes, was sie mit sich tragen kunnten, so sie dann nur abziehen vnd das es allhie nichts anders für sie gebe. Aber ein commandante vun den mennern, welcher ein Renegado war vnd vermocht anglisch reden, hat drohet: elendter hund, so ich finde, das du mir was verschwigen hast, wird die straffe folgen vnd du bekomst 300 mal prugel, vnd alsdann werfe ich dich in die see. Aber Capitan Lamprey schwig still …
Derweilen waren die weybsbylder allesamt unter deck verwart vnd haben gros forcht umb ir leben gehapt. Das wasser ist inen bis hoch an den laib standen vnd ire klaider waren so schwer alls wie plei. Darumb sie der Capitan ermanet, ist kein laut aus irem mund drungen aber sie haben goth in irem hertze angeflehet umb erlesung vun irer schweren pein vnd haben angst gehapt, so die turken sie nicht greyffen, mochten sie elendt versaufen im wasser.
Vnd drei menner haben selbigen auf den boden geschleift vnd beuchlings auf das holtz geleget, zwei sind auf seinen beinen vnd einer seinem naken gesessen, vnd haben ihn geprugelt, derhalben seine tochter flugs die thure aufgethan hat, obgleich die nonnen sich an sie geklammert haben vnd ist aus ihrem gefengknis gelaufen vnd hat verzweiflett geschrey gemacht haltet ein, nehmt mich verschont meinen armen vater ich flehe euch an, vnd da sie gesehen das ir va-

ter aus 6 oder 7 wunden plutet, ist sie auf die knie nider fallen vnd ir gesicht war leichen blaß vnd hat die turken wider umb gnad gebeten, das sie sie greyffen vnd von ihm ablassen. Worauf der turken Capitan sie alsbald gefeslet hat vnd in seim hitzig plut vor iren augen den vater mit seinem sebel in die seite gehauen vnd ihn an die bruckenthure gestellt vnd geschlagen entzwey ...

»Und da hört es auf, einfach so?«

»Ja, mitten im Satz. Was ich für einen ganzen Bericht gehalten hatte, entpuppt sich schließlich nur als Fragment.«

Der Lesesaal schloss samstags um eins, und Elizabeth hatte sich mit Eve zu einem späten Mittagessen bei Alfie's in der Markthalle verabredet. Obwohl es bis Weihnachten noch sechs Wochen waren, trug die Kellnerin eine rotweiß gemusterte Schürze und ein kitschiges grünes Rentiergeweih.

»Aber hör mal, das ist doch ein erstaunlicher Fund!« Eve bestrich ihre letzte Brotscheibe mit Butter. »Und ich darf dich daran erinnern, dass du mir einen Fünfziger schuldest.«

»Klar doch.«

»Na, wenigstens habe ich dir ein Lächeln entlockt.« Eve grinste zufrieden. »Du siehst heute geradezu fröhlich aus, Süße ...« Sie schien etwas hinzufügen zu wollen, besann sich dann aber eines Besseren. Soll ich ihr von letzter Nacht erzählen? überlegte Elizabeth, die noch immer innerlich glühte, aber Eve schien so milde gestimmt, dass es ein Jammer gewesen wäre, die gute Stimmung durch einen neuerlichen Streit über Marius zu verderben.

»Und was jetzt? Wirst du noch mal einen Blick darauf werfen können?«

»Sie haben es ihrem Fachmann für frühe Manuskripte gegeben, wie zu erwarten war. Aber der Bibliothekar war der Ansicht, es würde wieder bei der Orientalistik landen – nach einer gewissen Zeit.«

»Verlass dich nicht darauf«, sagte Eve sarkastisch. »Meiner Erfahrung nach gibst du den Experten etwas und – puff! – weg ist es. Es wird nie mehr das Tageslicht erblicken. Du hättest es bei dir behalten sollen.«

Elizabeth zuckte die Achseln. »Ach, jetzt ist es zu spät.«
»Konntest du etwas kopieren?«
»Das Meiste, aber es hat Lücken.« Elizabeth erzählte von dem Wasserzeichen. »Trotzdem reicht es, um damit zu arbeiten. Die Frage der Urheberschaft, zum Beispiel ...« Die Kellnerin brachte zwei Tassen Kaffee. »Es ist zwar in der dritten Person geschrieben, aber der Bericht ist so unglaublich lebendig, dass ich mir kaum vorstellen kann, dass die Person, die das geschrieben hat, nicht dabei war.«
»Und hat dir der Brief irgendeinen Hinweis gegeben?«
»Überhaupt keinen. Nur dass der Bericht auf Verlangen einer bestimmten Person verfasst wurde, aber man erfährt nicht, wer dieser Jemand war. Es ist ein Geheimnis.«
»Wie aufregend! Ich liebe Geheimnisse.« Eve nippte an ihrem Kaffee und ihre Brille beschlug durch den aufsteigenden Dampf. »Sonst noch was?«
»Ich habe gestern ewig lange gegoogelt. Dreimal darfst du raten: natürlich keine Einträge unter Celia Lamprey.«
»Und unter Pindar?«
Elizabeth schüttelte den Kopf. »Du wirst es nicht glauben, aber es gibt hunderte, buchstäblich hunderte. Natürlich nicht alle über Pindar selbst. Ziemlich viele über diesen Pub, den *Sir Paul Pindar* in Bishopsgate, der an der Stelle erbaut wurde, wo Pindar mal ein Haus hatte.« Elizabeth führte den letzten Löffel Suppe zum Mund. »Ein ziemlich feudales Teil muss das gewesen sein, so wie es klingt, es gehörte zu dem Herrenhaus, das er sich als Ruhesitz gebaut hat. Er wurde im neunzehnten Jahrhundert abgerissen, als sie die Liverpool Street Station erweitert haben. Aber das ist nicht so wahnsinnig spannend.« Sie wedelte mit ihrem Löffel durch die Luft. »Das Interessanteste an ihm scheint seine Mission für die Levante-Kompanie gewesen zu sein, die er 1599 übernommen hat.«
»Das hast du schon erwähnt, ich erinnere mich.«
»Ich stoße immer wieder darauf. Die Kompanie wollte ihre Handelsverträge in dem von den Osmanen kontrollierten Teil des Mittelmeers erneuern, und quasi als Vorleistung dafür verlangte die

Etikette, dass sie dem Sultan ein besonders schönes Geschenk machten. Etwas, das die Geschenke aller anderen übertraf – vor allem die der Franzosen und Venezianer, ihren Handelsrivalen. Nach langem Gezänk beauftragten sie schließlich einen Orgelbauer namens Thomas Dallam, für sie ein erstaunliches mechanisches Spielzeug zu bauen.«

»Hattest du nicht von einer Uhr gesprochen?«

»Mehr eine Art Automat, teils Uhr, teils Musikinstrument. Die Uhr war der Hauptmechanismus, aber wenn sie die Stunde schlug, passierte alles Mögliche – Glöckchen klingelten, zwei Engel spielten auf Silbertrompeten, auf der Orgel erklang eine Melodie und künstliche Amseln und Drosseln auf einem Stechpalmenstrauch schüttelten ihr Gefieder und zwitscherten.«

»Und hat es geholfen?«

»Es wäre fast ein komplettes Desaster geworden. Thomas Dallam begab sich mit seinem erstaunlichen Apparat auf die lange Reise nach Konstantinopel – sechs Monate auf der *Hektor*, einem Schiff der Kompanie –, und als er ankam, stellte er fest, dass sein Werk durch die Seereise praktisch unbrauchbar geworden war. In die Kiste war Seewasser eingedrungen, und das Holz war zum größten Teil nicht nur nass, sondern sogar schon verrottet. Die Kaufleute waren natürlich am Boden zerstört. Sie hatten vier Jahre auf das Geschenk für den Sultan gewartet. Aber es gab keine Alternative – Thomas Dallam musste die ganze Orgel neu zusammensetzen. Er hat über seine Abenteuer selbst einen Bericht geschrieben«, – Elizabeth blätterte in ihren Notizen – »ja, das ist er: *Beschreybung von einer Orglen und ihrer Rayss zum Grand Seignor, und andere curios Begebenheiten, 1599.*«

»Ich frage mich, was das wohl für andere kuriose Begebenheiten sind.«

»Ich werd's dich wissen lassen.« Elizabeth klappte ihr Notizbuch zu. »Ich hoffe, es heute Nachmittag herauszufinden.«

Eve warf einen Blick auf ihre Armbanduhr. »O Gott, ist es schon so spät? Tut mir leid, Schätzchen, ich muss los.« Sie sprang auf, fischte eine 10-Pfund-Note aus der Tasche und warf sie auf den Tisch. »Meinst du, das genügt?«

»Ja, natürlich, geh schon.«

Elizabeth sah zu, wie sich Eve den pinkfarbenen Mohairmantel überwarf, den sie an diesem Tag trug. Auf halbem Weg zur Tür machte sie noch einmal kehrt und stürzte zum Tisch zurück.

»Gut gemacht!«, lobte sie leise und beugte sich vor, um Elizabeth rasch auf die Wange zu küssen.

Elizabeth hatte es nicht eilig. Sie bestellte noch eine Tasse Kaffee und blätterte in ihren Notizen. Die Aussicht auf ihr Vorhaben beflügelte sie und gab ihr neuen Schwung. Sie war voller Energie und konzentrierter als seit Tagen.

Erst nach einer Weile nahm sie wahr, dass sich am Tisch hinter ihr zwei Frauen unterhielten. Sie wandte leicht den Kopf und erkannte in der Älteren eine amerikanische Gastdozentin und Kollegin von Marius. Sie hatte sie im vergangenen Sommer einmal bei einem Umtrunk des Englischen Seminars getroffen, zu dem er sie in der Frühphase ihrer Affäre eingeladen hatte. Aus Gründen, an die sie sich nicht mehr erinnern konnte, hatte Elizabeth die Frau nicht besonders gemocht. »Irgendetwas ist … unecht an ihr«, hatte sie zu Marius gesagt, »aber wie komme ich darauf?« Er hatte nur gelacht.

Trotz der winterlichen Temperaturen trug die Amerikanerin weiße Birkenstock-Sandalen. Ihre Haut war tief gebräunt und sah aus wie Tropenholz – und fühlt sich wahrscheinlich auch so an, dachte Elizabeth mit untypischer Häme. Die Frau hatte damals Elizabeth mit derselben Arroganz behandelt wie jetzt die junge Frau, die neben ihr saß – eine ihrer Studentinnen, nahm Elizabeth an. Ihre Stimme hatte diesen Klang, der für manche Akademikerinnen typisch war: nicht direkt schrill, aber irgendwie … unerbittlich. Die Sprachmelodie mit den langen, flachen Vokalen erinnerte Elizabeth an das Auf und Ab des Pazifischen Ozeans. Die beiden Frauen unterhielten sich über Dissertationen; in ihrem Gespräch tauchten in regelmäßigen Abständen die Worte ›Gender‹ und ›Diskurs‹ auf.

Elizabeth wandte sich wieder ihren Notizen zu und versuchte, sich zu konzentrieren. Doch die beiden Frauen saßen so dicht hinter ihr, dass sie wohl oder übel ihren Dialog mitbekam. Sie wollte gerade der Kellnerin winken, als der Name Marius fiel.

»Ein guter Freund von mir hat gerade einen Artikel über exakt dieses Thema publiziert. Dr. Jones. Marius Jones. Ich nehme an, Sie kennen ihn?«

Die Studentin kicherte und erwiderte etwas, das Elizabeth nicht verstand.

»Ah ja, natürlich, jedes weibliche Wesen auf dem College kennt Marius.«

Plötzlich ärgerte sich Elizabeth über die Vertrautheit, mit der die Amerikanerin Marius' Namen in den Mund nahm. Geradezu dreist. *So gut kennst du ihn nun auch nicht, Lady*, dachte sie. Ihr Ärger war absurd, aber trotzdem ...

»Zu diesem Thema muss ich noch anmerken ...« Die Stimme der Frau wurde leiser und verschwörerisch. »Ich weiß, ich sollte nicht, doch ...« Die nächsten Worte verstand Elizabeth nicht, sie klangen ungewollt ernst. »... absolut verrückt nach ihr. Und wissen Sie, was das Beste ist? Sie macht sich nicht die Bohne aus ihm. Seine anderen Flittchen sind völlig am Boden zerstört ...«

Elizabeth wartete nicht auf die Rechnung. Sie legte eine weitere Zehn-Pfund-Note neben Eves und verließ so würdevoll wie möglich das Restaurant. An der Tür stieß sie fast gegen eine blonde Frau, die das Restaurant betrat und sich suchend umsah. Durch die Scheibe sah Elizabeth noch, wie sie die Amerikanerin und die Studentin begrüßte und sich einen Stuhl nahm. Kein Zweifel, das war die Blonde, die Elizabeth bei Blackwell gesehen hatte. Sie konnte ihr Gesicht nicht erkennen, nur das der Amerikanerin, die gerade zu ihr aufschaute. Ein sympathisches Gesicht, älter, als es auf den ersten Blick wirkte, dazu sonnengebleichtes, schulterlanges Haar. Und hinter dem Lächeln eine solche innere Einsamkeit, dass Elizabeths Feindseligkeit schwand.

Oh, mein Gott. Du etwa auch? Dann wundert mich gar nichts mehr. Oh, Marius!

Kapitel 5

Konstantinopel: 1. September 1599

Sonnenaufgang

An selbigem Morgen – als John Carew auf der Mauer der englischen Gesandtschaft Nüsse knackte und Hassan Aga auf seinen Tod zutrieb – saß die Valide Sultan Safiye in ihrem Wohnraum, dem einzigen Raum, von dem aus sie die Wasserfläche des Goldenen Horns überblicken konnte, und betrachtete den Sonnenaufgang.

Obwohl ihre vier Kammerdienerinnen zugegen waren, herrschte in dem Raum die übliche tiefe Stille. Die jungen Frauen standen mit dem Rücken zur Wand, still wie gläserne Statuen, und so würden sie stehen bleiben und, wenn es sein musste, den ganzen Tag und die ganze Nacht warten, bis sie einen Befehl erteilt bekamen oder mit einer Geste entlassen wurden.

Ohne erkennbare äußere Regung saß Safiye vor der Fensteröffnung, den Blick scheinbar ausschließlich auf die rosagrauen Gewässer unter ihr geheftet. In Wirklichkeit unterzog sie ihre Frauen, geschult durch lange Gewohnheit und einen geheimnisvollen sechsten Sinn, einer eingehenden Prüfung.

Die erste, die an jenem Morgen offensichtlich in zu großer Hast aufgestanden war, hatte ihre Kappe schief auf den Haaren festgesteckt; die zweite konnte immer noch nicht von dieser unschönen Angewohnheit ablassen, andauernd von den Fersen auf die Zehen zu wippen. Begriff sie nicht, dass sie dadurch aussah wie ein Elefant an der Kette? Und Gülbahar, die dritte – die dabei gewesen war, als sie Kleine Nachtigall entdeckt hatte –, war blass und hatte dunkle Ringe unter den Augen.

»Es ist, als hättet Ihr Augen im Hinterkopf«, hatte ihr Cariye Mihrimah oft bewundernd zugeraunt.

»Nur ein Trick, den mir mein Vater beigebracht hat«, hatte Safiye ihr flüsternd erklärt. »In meinem Land, in den Bergen, sind wir alle Jäger, verstehst du? Du musst wissen, was du zu tun hast, um den anderen voraus zu sein. Ich bringe es dir bei, Cariye Mihrimah.«

Aber Cariye Mihrimah hatte schließlich nicht lange genug in ihrer Nähe gelebt, um viel zu lernen, außer, wie sie ihr hübsches Geschlecht mit Ambra parfümieren und die Spitzen ihrer Kleinmädchenbrüste rosarot färben konnte.

Die Valide wandte ihre Gedanken wieder der vergangenen Nacht zu. Esperanza würde schweigen, dessen war sie sich sicher. Aber vielleicht war es ein Fehler gewesen, Gülbahar einzuweihen? Eine leichte Brise wehte durch das Fenster herein und ließ Safiye erschauern. Es war zwar erst Anfang September, doch morgens fühlte sich die Luft schon kühler an, und am Laub der Bäume in den Palastgärten flammten die ersten herbstlichen Rottöne auf. Safiyes schwere Ohrgehänge aus glänzenden Perlen und auffällig großen Cabochon-Rubinen fingen das hereinströmende Licht auf. Durch ihr Gewicht pulsierten ihre Ohrläppchen, und Safiye hätte den Schmuck gern abgenommen. Aber sie war es seit Langem gewohnt, körperliches Unwohlsein zu ignorieren, wie sie überhaupt nie Schwäche oder Erschöpfung erkennen ließ.

»Aysche«, sagte Safiye und wandte den Kopf ein wenig, »meinen Pelz.«

Aysche, die vierte und neueste Dienerin, hatte ihren Wunsch bereits erahnt und eilte herbei, um ihr einen bestickten, mit Zobel gesäumten Schal um die Schultern zu drapieren. Aysche stellt sich gut an, dachte Safiye, mit den Gedanken rasch wieder in die Gegenwart zurückgekehrt, und schenkte dem Mädchen ein Lächeln. Sie war aufgeweckt und besaß die Fähigkeit, immer vorauszuahnen, was man von ihr erwartete – ein wertvolles Talent im Haus der Glückseligkeit. Es war richtig gewesen, die Geschenke der Favoritin anzunehmen, Aysche und dieses andere Mädchen – wie hieß es gleich? Safiye sah zu, wie Aysche den Schal geschickt unter ihren Füßen feststeckte. Die eine so dunkel und die andere so hell ... Der Teint des anderen Mädchens war wundersam durchscheinend. Nicht ein Makel. Mehmet, ihr Sohn, der Sultan mit den extravaganten Vorlieben, hatte sich in der letzten Nacht zweifellos an ihr ergötzt. Alles, was ihn von seiner Vernarrtheit in die Favoritin abbrachte, die im Harem immer nur ›die Haseki‹ genannt wurde, war von Vorteil. Er musste von ihr fortgelockt werden, und zwar so schnell wie möglich. Dafür würde sie schon sorgen.

Auf dem Gang, der am Frauenhof vorbei zu den Quartieren der Eunuchen führte, klirrte leise edles Porzellan. Die Kaffeemeisterin und ihr Gefolge warteten vor der Tür. Safiye Sultan hätte auch ohne dieses Geräusch gewusst, dass dort draußen etliche Frauen standen – durch ein flüchtiges Gefühl der Anspannung, eine Verdickung der Luft. Woher dieses Wissen kam, hätte sie nicht erklären können, aber wozu auch?

Obwohl sie die ganze Nacht wach gewesen war, hatte Safiye Anweisung erteilt, sie nicht zu stören. Sie brauchte weder Erfrischungen noch Schlaf; die lebenslange Wacht am Bett ihres Herrn, des alten Sultans Murad, hatte sie gelehrt, ohne beides auszukommen. Was sie jetzt brauchte, waren Stille und Zeit zum Nachdenken.

Nach Safiyes Eintritt in das Haus der Glückseligkeit hatte es eine Zeit gegeben, in der die Stille sie bedrückt und gestört hatte. Alles war anders als im Palast von Manisa. Dort waren die drei Nachtigallen immer zusammen gewesen. Wenn sie an jene Tage zurückdachte, schienen sie ihr wie von ewigem Sonnenlicht erfüllt. Doch nach all den Jahren, seit sie Valide Sultan geworden war, hatte sie nun endlich die Stille als das erkannt, was sie war: ein Werkzeug, das man nutzte, eine Jagdlist wie alle anderen, die sie kannte.

Während sie den Pelz enger um sich zog, wandte sie sich wieder der vertrauten Aussicht auf das Goldene Horn zu. Auf der gegenüberliegenden Seite erhoben sich die Lagerhäuser der ausländischen Kaufleute und dahinter die wohlbekannte Silhouette des Galata-Turms. Die Häuser der Gesandten am Hang waren von Weinbergen umgeben. Gerade schob sich die Sonne über den ersten Hügel.

Safiye erinnerte sich an Nurbanu, die vornehme Griechin, die vor ihr als Valide Sultan auf eben diesem Diwan gesessen und dieselben schweren Rubin- und Perlohrringe getragen hatte, während sie sich von Safiye bedienen ließ. »Sie glauben, ich weiß nicht, dass sie draußen warten«, hatte ihre Vorgängerin einmal zu ihr gesagt. »Sie glauben, ich höre nichts. Sie glauben, ich sehe nichts. Aber in dieser Stille, Safiye, existiert nichts, was ich nicht sehe. Mein Blick dringt durch Wände.«

Die ersten Sonnenstrahlen erreichten die aufwändig geschnitzten hölzernen Fensterläden und verwandelten ihre Perlmutt-Intarsien in gleißende Lichtpunkte. Safiye zog einen Arm unter dem Schal hervor und legte ihn auf das Fenstersims, von dem ein zartes Aroma nach warmem Holz aufstieg. Die Haut an ihren Armen war milchweiß und glatt, noch immer die Haut einer Konkubine, wie durch ein Wunder von den Jahren nicht angetastet. Und an ihrem Finger steckte, von der Sonne beschienen, Nurbanus Smaragd, in dessen schwindelerregenden Tiefen ein schwarzes Feuer glühte.

Was würdest *du* jetzt tun, überlegte Safiye, wenn du in meiner Haut stecktest?

Sie schloss kurz die Augen und spürte endlich die Sonne auf ihrem Gesicht. Wieder stieg das Bild von Kleine Nachtigall in ihr auf, sein aufgeschwollener Körper, die fehlenden Genitalien. Und endlich meldete sich eine entschiedene Stimme in ihrem Kopf: »Unternimm nichts. Es ist Bestimmung.«

Doch nicht Nurbanu hatte ihr geantwortet, sondern eine andere Stimme, eine Stimme von jenseits des Grabes.

»Cariye Mihrimah?«

»Unternimm nichts. Es ist Bestimmung, nach all diesen Jahren. *Kismet*. Das Einzige, was du nicht überlisten kannst. Nicht einmal du.«

»Fatma!« Safiye riss so unvermittelt die Augen auf, dass sogar die flinke Aysche zusammenzuckte.

»J... ja, Majestät?« Fatma, die erste Kammerdienerin, hatte nicht aufgepasst, stotterte und wurde rot.

»Was, schläfst du, Mädchen?« Die Valide äußerte ihren Tadel wie immer mit leiser Stimme, aber es schwang eine solche Schärfe darin mit, dass das Mädchen feuchtkalte Hände bekam und ihr das Blut in den Ohren rauschte.

»Nein, Majestät.«

»Mein Kaffee. Wenn du so freundlich wärst.«

Auf lautlosen Füßen glitten Safiyes Dienerinnen durch den Raum, um ihre Wünsche zu erfüllen.

Selbst wenn die Sonne hoch am Himmel stand, drang ihr Licht nie ganz in alle Gemächer der Valide, denn diese Räume im Zentrum des Hauses der Glückseligkeit lagen bis auf den Wohnraum nach innen. Die Kammern der Frauen, die größeren Wohnräume der Lieblingskonkubinen des Sultans und sogar die Privatgemächer des Sultans waren mit denen der Valide verbunden. Niemand, nicht einmal die Haseki, konnte sich im Harem bewegen, ohne ihr Reich zu betreten.

Mit Ausnahme der Sultansgemächer war die Zimmerflucht der Valide bei Weitem die größte. Ihr schattiges, in Grün- und Blautöne getauchtes Innere war im Sommer kühl und im Winter durch Kohlebecken und Pelzdecken gewärmt. Die Dienerinnen glitten wie kleine Silberfische durch bläuliche Tiefen, als folgten sie einem unsichtbaren Ballett.

Innerhalb von Sekunden stand auf einem Holzständer ein Messingtablett vor Safiye, unter das ein winziges Kohlepfännchen mit duftendem Zedernholz geschoben wurde. Vor Safiye kniend, hielt die erste Dienerin eine Schüssel, während die zweite langsam aus einem kristallenen Wasserkrug einen dünnen Strahl Rosenwasser goss, der lediglich die Fingerspitzen benetzte. Die jungen Frauen zogen sich lautlos zurück und wurden von der dritten Dienerin ersetzt, die ihrer Herrin, ebenfalls kniend, ein winziges, besticktes Taschentuch reichte, damit sie sich die Finger abtrocknen konnte. Als Nächstes wurde ihr kniend der Kaffee serviert. Eine der Frauen hielt ein winziges, juwelenbesetztes Tässchen, die zweite goss den Kaffee ein, die dritte stellte vorsichtig ein zweites Messingtablett auf einen Tisch, auf dem auf einem Bett aus gezuckerten Rosenblüten pralle Granatäpfel, Aprikosen und Feigen arrangiert waren. Die vierte brachte frische Servietten.

Safiye nippte langsam an ihrem Kaffee und spürte, wie sich ihr Körper entspannte. Schließlich konnte sie an ihren Frauen keinerlei Nervosität entdecken, was ein erster und sicherer Hinweis darauf gewesen wäre, dass im Harem Gerüchte kursierten. Es war ein außerordentlich glücklicher Umstand, dass sich die meisten Frauen und Eunuchen noch in der Sommerresidenz aufhielten. Der Sultan hatte unerwartet beschlossen, für eine Nacht in seinen Palast zurückzukehren, und sie hatte ihn mit einer Handvoll der zuverlässigsten Frauen begleitet. Wäre das Haus der Glückseligkeit vollständig bewohnt, hätte man die nächtlichen Vorfälle unmöglich geheim halten können. Esperanza und Gülbahar waren loyal, das stand außer Frage. Dennoch war es eine gute Idee gewesen, sie für eine Weile stehend warten zu lassen – daran zeigte sich erfahrungsgemäß immer die wahre Nervenstärke. Die erste Dienerin war zwar fahrig, aber das war sie oft, vor allem, seit die Haremsvorsteherin bei ihr Liebesbriefe des Eunuchen Hyazinth gefunden hatte, Beweise für eine unselige kleine Affäre, von der sie geglaubt hatte, sie könne sie geheim halten.

»Handle nie in Eile«, hatte Nurbanu ihr einmal eingeschärft. »Und vergiss nie: Wissen ist Macht.«

Du täuschst dich, Cariye Mihrimah, widersprach Safiye im Stillen. Es mag *kismet* sein, wie du meinst – in Gedanken beugte sie sich vor und küsste Cariye Mihrimah auf die Wange –, aber wann hat mich das je daran gehindert, meine Ziele zu verfolgen?

»Nun hört mir gut zu, ihr alle.« Safiye trank ihre Tasse aus und stellte sie auf die Untertasse zurück. »Ich habe Hassan Aga, euren Schwarzen Obereunuchen, für einige Tage nach Edirne geschickt, damit er sich dort um meine Angelegenheiten kümmert.« Das waren mehr Einzelheiten, als sie gewöhnlich preisgab: Würden sich die Frauen über ihre Beredsamkeit wundern? Doch dieses Risiko musste sie eingehen. »Gülbahar, du bleibst bei mir, ich brauche dich, um eine Nachricht zu überbringen. Ihr anderen – geht jetzt.« Mit einer Geste entließ sie die Frauen.

»Und Aysche …«

»Ja, Majestät?«
»Bring mir deine Freundin, das andere neue Mädchen, ich habe ihren Namen vergessen ...«
»Meint Ihr Kaya, Majestät?«
»Ja. Warte draußen mit ihr, bis Gülbahar euch holt. Und lass vorher niemanden ein.«

Hassan Aga erwachte mit einem Ruck. Kurze Momente der Klarheit durchbrachen seltsame, fantastische Träume, aber er wusste nicht, wie lange er in diesem Zustand verharrt hatte. Über Jahre daran gewöhnt, dass das geringste Geräusch, die winzigste Abweichung von der üblichen Haremsroutine ihn in Alarmbereitschaft versetzte, öffneten sich seine Augen wie von selbst. Er lag nicht mehr in seiner Kammer, so viel war sicher, doch wohin hatten sie ihn gebracht? Es war dunkel hier, dunkler als die Nacht. Sogar noch dunkler, als wenn er die Augen schloss und unter den Lidern Lichtkaskaden wie Sternschnuppen durch die Dunkelheit sprühten.

War er schon tot? Die Möglichkeit ging ihm kurz durch den Sinn, und er stellte fest, dass sie ihn nicht erschreckte. Aber ein brennender Schmerz im Leib und seltsamerweise auch in den Ohren sprach dagegen. Er versuchte, sein Gewicht zu verlagern, aber durch die Anstrengung brach ihm auf der Stirn der kalte Schweiß aus. Ein metallischer Geschmack lag auf seiner Zunge. Sein Körper bäumte sich auf, doch im Magen war nichts mehr, was er hätte hinauswürgen können. Ein Klumpen, der sich wie ein Stein anfühlte, drückte in seinen Nacken, und die Luft roch muffig und klamm. Befand er sich irgendwo unter der Erde, und wie war er hierhergekommen?

Dann glitt Hassan Aga, so plötzlich, wie er erwacht war, wieder in die Bewusstlosigkeit zurück. Wie lange er in diesem eigenartig dunklen Zwischenreich lag, wusste er nicht. Doch dann, am Ende von Äonen, die vielleicht nur wenige Stunden gewesen waren ... ein Licht.

Zuerst nahm er nur zwei dünne Linien wahr, eine horizontale und eine vertikale. Sie waren sehr schwach erkennbar, blass wie das schmutzige Grau der anbrechenden Morgendämmerung. Während er sie beobachtete, verschmolzen sie plötzlich zu einem einzigen Lichtpunkt. Und hinter dem Lichtpunkt wurden die Schatten von zwei Frauen sichtbar, zwei Frauen, die auf ihn zukamen.

Eine Stimme sprach: »Kleine Nachtigall ...«

Aus weiter, weiter Ferne hörte er seine eigene Stimme antworten.

»Lily«, sagte seine Stimme, »bist du das?«

Kapitel 6

Istanbul: Gegenwart

*E*lizabeth rief Eve von ihrem Zimmertelefon aus an.
»Was hast du gesagt, wo du bist?« Eves Stimme klang ungewohnt gedämpft.
»In Istanbul«, wiederholte Elizabeth und hielt dann den Hörer ein Stück von ihrem Ohr weg.
»*Istanbul?*« Eine Pause entstand. »Was um Himmels willen treibst du dort?«
»Ich bin hergeflogen. Gestern Abend.«
»Aber wir haben zusammen Mittag gegessen! Du hast keinen Ton gesagt!«
»Es war ein Stand-By-Flug. Ich hatte einfach Glück.«
Elizabeth wollte ihr von der Amerikanerin erzählen und davon, was bei Alfie's passiert war, aber sie brachte es nicht über die Lippen, nicht einmal Eve gegenüber.
»Ich muss …«, begann sie und kämpfte gegen den Kloß in ihrem Hals an. »Ich muss mit alldem aufhören.« Das Schweigen am anderen Ende der Leitung bedeutete, dass Eve gespannt zuhörte. »Du weißt schon … mit allem«, wiederholte sie kläglich.
Es abschneiden. Herausreißen. Ausbluten lassen. Ich würde mir diese schreckliche Sache mit eigenen Fingern aus dem Leib reißen, wenn ich nur wüsste, wie … Wurde sie allmählich hysterisch?
»Es soll nur … aufhören. Bitte.«
»Alles wird gut, verlass dich darauf.« Eves Stimme klang besorgt. »Sag nichts, atme nur tief ein. Hörst du?. Nur tief atmen …«
Elizabeth musste unter Tränen lachen. »Liebe Eve, du weinst ja auch.«

»Ich kann nicht anders.« Sie hörte, wie sich Eve laut schneuzte. »Es ist ansteckend.« Dann holte sie Luft und schimpfte: »Weißt du, das wäre in Oxford alles viel leichter!«

Elizabeth drückte den Daumenballen ihrer freien Hand auf die brennenden Augenlider. »Aber darum geht es doch gerade. Ich muss ... mich wieder in den Griff kriegen. Ich halte es mit mir selbst nicht mehr aus.« Selbstmitleid überwältigte sie. »Ach, ich gehe dir bestimmt auf die Nerven.«

»Süße, Liz, du gehst mir nie auf die Nerven, nie ...«

»Ich habe beschlossen, mich von Marius zu trennen. Diesmal gibt es kein Zurück.« So, jetzt war es heraus. Sie hatte es ausgesprochen, demnach musste es stimmen. »Wenigstens habe ich ihm gesagt, dass ich ihn nicht mehr sehen kann«, fügte sie wahrheitsgemäß hinzu.

Sie spürte, wie Eve aus der Ferne die Sachlage abzuschätzen versuchte. Aber als sie wieder etwas sagte, war ihr die Erleichterung anzumerken.

»Du hast ihn abserviert? Oh, gut gemacht. Bravo, Lizzie!« Stille. »Und diesmal endgültig?«

»O ja, diesmal endgütig.«

»Wo bist du denn überhaupt? Dein Hotel, meine ich. Du wohnst doch in einem Hotel, oder?«

»Also eigentlich ...« Elizabeth blickte sich um. Sie hatte keine Ahnung, wie das Hotel hieß. Ein Taxi hatte sie am Abend zuvor hier abgesetzt. Es gab ein Bett, und das war sauber. Sie war zu müde gewesen, um Fragen zu stellen. »Ich bin in Zimmer 312.« Die Nummer stand auf dem Sockel des altmodischen Bakelittelefons an ihrem Bett. »Und hier steht eine Nummer.« Sie las sie vor.

Eve schien zufrieden. »Wie lange willst du bleiben?«

»Weiß nicht.« Elizabeth zuckte die Achseln. »So lange es dauert.«

»Um Marius von der Festplatte zu löschen?«

»Ja.« Elizabeth lachte. »Aber ich werde auch ein bisschen arbeiten. Als ich meiner Doktormutter von dem Fragment erzählt habe, meinte sie, ich solle doch versuchen, in den hiesigen Archiven nachzuforschen, und das kann ich ja nun tun.« Alles, nur nicht in Oxford bleiben und mich womöglich zu einer Versöhnung hinreißen lassen, dachte sie. »Dr. Alis ist auch meiner Meinung, dass sich die andere Hälfte von Celias Bericht irgendwo befinden muss, und ich habe so eine Ahnung, dass er hier sein könnte. Erinnerst du dich an Berin Metin?«

»Vom Austauschprogramm?«

»Ja. Ich habe sie angerufen, nachdem … nun, gestern Nachmittag, und sie hat gesagt, sie kann mir einen Leseausweis für die Bosporus-Universität besorgen. Es gibt dort eine englischsprachige Bibliothek, da kann ich weiter recherchieren, während ich auf die Zugangserlaubnis für die Archive warte.«

Nachdem sie den Hörer aufgelegt hatte, legte sich Elizabeth auf das Bett. Es war noch früh in Istanbul, sieben Uhr Ortszeit. Doch in England war es noch früher – erst fünf Uhr, begriff sie plötzlich. Arme Eve!

Das Zimmer war groß, aber sehr nüchtern. Zwei Betten mit schmiedeeisernen Gestellen. Ein altmodischer Schrank. Am Fenster eine Nische, wie ein kleiner Alkoven, in dem ein einfacher Kartentisch und ein Stuhl standen. Die Dielenbretter, die zur Tür hin leicht abfielen, waren dunkelbraun verfärbt, und nicht einmal ein einfacher Baumwollläufer lag darauf, ganz zu schweigen von schmückenden Kelimteppichen. Nichts in diesem Raum gab zu erkennen, dass man sich in Istanbul befand.

Vorsichtig legte Elizabeth eine Hand an die Wand. Sie schloss die Augen und strich sachte über den Verputz. Nichts. Der Raum hatte die keusche, schmucklose Aura eines Klosterschlafsaals. Oder eines Schiffs.

Morgen lege ich los, versprach sie sich.

Sie machte es sich wieder auf dem Bett bequem. Aus ihrer Umhängetasche kramte sie die Notizen, die sie im Orient-Lesesaal gemacht hatte.

… derhalben seine tochter flugs die thure aufgethan hat, obgleich die nonnen sich an sie geklammert haben vnd ist aus ihrem gefengknis gelaufen vnd hat verzweiflett geschrey gemacht haltet ein, nehmt mich verschont meinen armen vater ich flehe euch an, vnd

da sie gesehen das ir vater aus 6 oder 7 wunden plutet, ist sie auf die knie nider fallen vnd ir gesicht war leichen blaß vnd hat die turken wider umb gnad gebeten, das sie sie greyffen vnd vun ihm ablassen. Worauf der turken Capitan sie alsbald gefeslet hat vnd in seim hitzig plut vor iren augen den vater mit seinem sebel in die seite gehauen vnd ihn an die bruckenthure gestellt vnd geschlagen entzwey ...

Celia. Arme Celia.

Das Blatt Papier an die Brust gedrückt, fiel Elizabeth in einen traumlosen Schlaf.

Kapitel 7

Konstantinopel: 1. September 1599

Vormittag

Aysche, die Dienerin der Valide, fand Kaya neben dem Brunnen im Hof der Favoritinnen.

»Sie will dich sehen.«

Im Haus der Glückseligkeit musste man nicht einmal den unerfahrensten Neulingen erklären, wer ›sie‹ war.

»Sofort?«

»Ja, komm mit. Schnell – aber nicht rennen.« Aysche hielt das junge Mädchen am Arm zurück. »Sie mögen es nicht, wenn wir rennen.«

»Reg dich nicht auf – hier sieht uns doch niemand.«

Der jährliche allgemeine Auszug aus der Sommerresidenz der Valide am Bosporus, in der nur eine Handvoll der jüngsten *kislar* und der ältesten Dienerinnen zurückgeblieben waren, hatten in den äußeren Bereichen des Harems ein Gefühl von Muße und Ungezwungenheit entstehen lassen.

»Hast du denn noch gar nichts begriffen?«, fragte Aysche verärgert. »Dich sieht immer jemand. Immer.«

Aysche führte Kaya über die gefliese Terrasse mit dem Brunnen zu einer Treppe und in die Palastgärten hinunter, wo die beiden schmalen, in Gold und Scharlachrot gekleideten Gestalten wie flirrende Libellen durch die Stille des morgendlichen Gartens huschten.

»Bleibst du hier? Oder wirst du mit ihr zurückkehren, was meinst du?« Kaya stolperte fast, als sie sich Aysches raschem Schritt anzupassen versuchte. »Nicht so schnell!«

»Beeil dich doch! Und hab Geduld – ich erzähle es dir, wenn wir drinnen sind.«

»Geduld! Wenn du wüsstest ... Ich schwöre dir, ich bin es so leid, immer Geduld zu haben!«

An der Gartenmauer wandten sie sich scharf nach links und eilten am Haremsspital vorbei und anschließend durch einen zweiten Innenhof. Dann bogen sie noch einmal nach links ab und stiegen eine steile Holztreppe hinauf, die zu einem viereckigen, gepflasterten Hof im Herzen der Frauengemächer führte. Dort, in einem kleinen Vestibül am Ende des Steinkorridors, der zum Quartier der Eunuchen führte, blieb Aysche endlich stehen.

»Was jetzt?«

»Wir müssen hier warten.« Aysche zuckte die Achseln. »Wenn sie bereit ist, wird sie Gülbahar nach dir schicken.«

»Wie lange wird das dauern?«

»Woher soll ich das wissen, du Gänschen?«, schalt Aysche. »Eine Stunde? Zwei Stunden?«

»Zwei Stunden!«

»Pssst, sei still!«

Die beiden jungen Frauen stellten sich nebeneinander an die Wand des Korridors und richteten sich auf eine längere Wartezeit ein. Kaya presste die schweißnassen Hände zusammen und versuchte, ihren keuchenden Atem und ihr wild pochendes Herz zu beruhigen.

An diesem Morgen waren nur wenige Frauen unterwegs. Zwei betagte schwarze Sklavinnen, die mit dem Alter zu gebrechlich und müde geworden waren, um die Valide auf ihren Ausflügen zu begleiten, fegten den Hof mit alten Palmwedeln.

»Fort mit euch – geht!« Ungeduldig scheuchte Aysche die beiden Frauen davon. »Bald kommt die Valide hier entlang, und sie will ihre Blicke nicht von zwei hässlichen alten Krähen besudelt haben.«

»Ja, *kadin* ...« Die beiden Sklavinnen entfernten sich unter respektvollen Verbeugungen rückwärts. »Ja, Herrin.«

Kaya warf ihrer Freundin einen verwunderten Blick zu. »Was haben sie dir denn getan?«

»Ich will nicht, dass wir belauscht werden, weiter nichts. Von niemandem. Und senke auch du deine Stimme.« Aysche sprach jetzt sehr leise. »Ich schwöre dir, sie hört alles.«

»Was will sie von mir, weißt du das?« Kaya spürte, wie sich ihr Magen vor Nervosität zusammenkrampfte.

»Frag doch nicht so dumm! Wahrscheinlich will sie wissen, ob du ... du weißt schon ...« Aysche legte sich die Hand vor den Mund, um ihr Lächeln zu verbergen. »Ob du noch *gödze* bist – ›im Auge des Sultans‹.« Sie sah ihre Freundin neugierig an. »Bist du?«

»Ach, aber das wüsste sie doch.«

»In der Tat«, pflichtete Aysche ihr säuerlich bei. »Bestimmt sieht sie selbst heimlich dabei zu.«

Kaya stieß einen Laut des Erschreckens aus.

»Doch, ich meine es ernst. Es gibt nichts, was sie nicht in Erfahrung bringen will.«

»Ja, aber niemand würde *dabei* zusehen.« Kaya warf ihrer Freundin einen scheuen Seitenblick zu. »Sie schreiben es in ein Buch. Das weiß ich, Hassan Aga hat es mir gezeigt.« Sie verstummte. »Nein, mich haben sie noch nicht eingetragen.«

Die beiden standen für eine Weile stumm nebeneinander, mit einem Mal verlegen geworden. Ein Streifen Sonnenlicht schob sich träge über den Hof, in dem die alten Frauen gefegt hatten. Die Stimmen der Dienerinnen und das Geräusch von Wasser, das auf Stein klatschte, drang aus dem Hamam der Frauen, der an eine Seite des Hofs grenzte. Kaya, die noch nicht an die langen Wartezeiten gewöhnt war, wippte ungeduldig hin und her und trat von einem kleinen, mit weichem Ziegenleder bekleideten Fuß auf den anderen.

»Wie lange noch? Der Rücken tut mir weh ...«

»Geduld, Gänschen.«

»Das hast du schon einmal gesagt.«

»Und zappele nicht so, um Himmels willen! Sie hasst das. Steh still, gib dir Mühe.«

Schweigen.

»Du fehlst mir, Annetta.«

»Du mir auch, Celia.«

Ein dünnes Rinnsal floss langsam durch den Spalt unter der Tür des Hamam auf den heißen Steinboden des Innenhofs.

»Nicht weinen, Gänschen.«

»Ich? Ich weine nie.«

»Dadurch bekommst du nur eine rote Nase.«

»Das hat er gesagt, weißt du noch? Am Tag, an dem wir verkauft wurden.«

»Ja. Ich erinnere mich.«

Wie hätte sie es je vergessen können? Celia dachte an den Tag, an dem sie das Haus der Glückseligkeit zum ersten Mal betreten hatten. Nach dem Schiffbruch – wie lange war das her? Zwei Sommer schon, nach ihrer Zählung. Erst eine lange Reise, und dann ein noch längerer Aufenthalt bei der Sklavenhändlerin in Konstantinopel, und dann war eines Tages, vor wenigen Monaten erst, ganz unerwartet eine von Eunuchen getragene Sänfte erschienen, in die man die beiden jungen Frauen gesetzt hatte. Anschließend wurden sie zum Palast gebracht. Eine vornehme Dame hatte sie als Geschenk für die Mutter des Sultans gekauft, so erklärte man ihnen. Sie hießen nun nicht mehr Celia und Annetta, sondern Kaya und Aysche, aber abgesehen davon hatte es niemand für nötig befunden, ihnen zu sagen, was mit ihnen weiter geschehen sollte.

Celia erinnerte sich an das Schwanken der Sänfte auf dem Weg durch die Stadt, bei dem ihr übel geworden war, und wie sie zuletzt ein mit Messingnägeln verziertes Tor durchquert hatten, das größer und furchterregender war als alle, die sie bisher gesehen hatte. Dahinter war es so dunkel, dass sie zuerst kaum etwas hatte erkennen können. Aber sie erinnerte sich an ihre Angst, als die Eunuchen sie aus der Sänfte gehoben hatten, und wie sie kläglich »*Paul, o Paul!*« gerufen hatte. Dann war das Tor hinter ihnen ins Schloss gefallen.

Ein plötzliches Flattern und Flügelschlagen schreckte die beiden wartenden Mädchen auf; zwei Tauben hatten sich auf dem schrägen Dach über ihren Köpfen niedergelassen.

»Annetta?«

»Was?«

»Glaubst du, wir werden sie je vergessen? Unsere echten Namen, meine ich. Ich habe Gülbahar einmal gefragt, und sie hat gesagt, sie wüsste ihren nicht mehr.«

»Aber sie war erst sechs, als sie herkam. Natürlich werden wir uns immer erinnern! An alles.« Annettas Augen wurden schmal.

»Und du willst dich doch auch erinnern, oder?«

»Natürlich will ich, Gänschen. Aber wir sind jetzt hier, und wir müssen das Beste daraus machen. Weißt du, Celia, vielleicht wäre es klüger, wenn wir ...« Annetta erstarrte. »Psst!«

»Ich höre nichts.«

»Gülbahar kommt.«

»Aber wie ...?

»Ich beobachte sie.« Annetta hatte den Mund ganz nahe an Celias Ohr gelegt und flüsterte. »Kümmere dich nicht darum: Hör mir nur zu. Bemühe dich vor allem, nicht zu viel zu sprechen. Sie wird alles, was du zu ihr sagst, verwenden, *capito*? Und ich meine *alles*. Aber sie will auch keine Heulsuse. Und versuch auf keinen Fall, das Dummchen zu spielen.« Ihre dunklen Augen huschten immer wieder zur Tür. Celia stand jetzt starr wie eine Statue neben ihr und spürte ihr Herz wie den Flügelschlag eines kleinen, ängstlichen Vogels hinter dem Ohr. »Glaub mir, Celia: Es ist etwas vorgefallen ...«

»Was denn?« Celia drehte sich erschrocken zu ihr um. »Und woher ... woher weißt du das?«

»Es ist nur so ein Gefühl.« Annetta drückte sich die Hand auf den Magen. »Denke immer daran, was ich dir gesagt habe, mehr kann ich nicht für dich tun. Jetzt ... geh!«

Celia hatte sich natürlich schon häufig in der Gegenwart der Valide aufgehalten, seit sie und Annetta ins Haus der Glückseligkeit gebracht worden waren.

Es gab viele Anlässe im Leben der Palastfrauen, bei denen die Valide sich zeigte – Lustbarkeiten und Tänze für den Sultan, Picknicks im Freien oder in den Palastgärten und Bootsfahrten auf dem Bosporus. Wenn dann die Musik aufspielte und der helle Klang fröhlicher Frauenstimmen die rosenduftende Luft erfüllte, wenn sie ans

Marmara-Meer gebracht wurden, um dem Spiel der Delfine zuzusehen, oder wenn das Mondlicht auf dem Bosporus funkelte und die kleinen Boote der Frauen wie leuchtende Glühwürmchen dem Sultan und seiner Mutter in deren Barke folgten, die am Heck mit Edelsteinen besetzt und rundum mit Elfenbein und Perlmutt, Walrosszahn und Gold verziert war – nun, zu *jenen* Zeiten konnte man sich tatsächlich vorstellen, dass die Valide ihrer aller Mutter war, fand Celia. Das waren gesegnete Stunden, in denen die Palastfrauen tatsächlich die glücklichsten und beneidenswertesten Frauen im Reich des Sultans zu sein schienen. Zu jenen Zeiten kontrollierte, überwachte und spionierte niemand. Förmlichkeit und Etikette waren vergessen. Und vergessen waren auch der Schmerz und die Angst, und das seltsam beengte Gefühl, das sie nun fast immer begleitete, an ihrer linken Körperseite, gleich unter den Rippen.

Aufgrund ihrer verschiedenen Ämter sahen die Palastfrauen die Valide Sultan oft, viele sogar täglich, aber nur sehr wenigen wurde der Zutritt zu ihren Privatgemächern gestattet. Dazu gehörten die vier von der Valide handverlesenen Kammerdienerinnen, die Oberaufseherin des Harems, rechte Hand der Valide und zweitmächtigste Frau im Palast, die Meisterinnen der Garderobe und der Vorräte, die Kaffeemeisterin und die Gießkannenmeisterin, sowie einige der anderen hohen Amtsträgerinnen, die für die täglichen Abläufe in den Frauenquartieren verantwortlich waren: die Schatzmeisterin, die Schreiberin und die große stumme Friseurmeisterin.

Als Celia nun von Gülbahar zur Valide geführt wurde, blieb sie, wie man es ihr beigebracht hatte, mit gesenktem Kopf stehen und wagte es nicht, aufzublicken. Gülbahar hatte sich geräuschlos zurückgezogen. So stand Celia eine lange Zeit und nahm nur die tiefe Stille wahr, die in der Kammer der Valide herrschte. Die hohen Wände und Kuppeln waren von einem kühlen, grüngoldenen Licht erfüllt.

»Du darfst den Blick heben.«

Dann stimmte es also, was man sagte. Die Stimme war sanft und dunkel, geheimnisvoll und wie in Gold getaucht, die Stimme eines Engels, hieß es.

»Komm her, *cariye*.« Eine Hand hob sich, an der ein grüner Smaragd aufblitzte. »Komm, Sklavin, und zeige dich mir.«

Celia machte drei kleine Schritte auf die Stimme zu. Eine aufrecht sitzende Gestalt hob sich gegen das Fenster ab. Um ihre Schultern lag lose ein Pelzumhang. An den Ohren und am Hals funkelten Juwelen, und das glatte Gewand unter dem pelzbesetzten Stoff bestand aus reinen Goldfäden. In das Haar, das ihr wie der Zopf einer Meerjungfrau über die Schulter hing, waren Ketten aus winzigen Perlen eingeflochten.

»Wie ist dein Name?«

»Kaya ... Majestät.«

Immer noch ängstlich hob Celia den Kopf. Zu ihrer Überraschung lächelte die Valide sie an. Der Pelzumhang rutschte ein Stück zur Seite, und Celia sah, dass eine große Katze zusammengerollt auf ihrem Schoß lag. Sie hatte ein weißes Fell, ein blaues und ein grünes Auge.

»Ah.« Der grüne Smaragd winkte. »Dann setz dich her, kleine Kaya. Setz dich ein Weilchen zu mir.« Die Valide deutete auf einen Kissenberg neben dem Diwan. »Das ist Kater. Magst du Katzen? Mein Sohn, der Sultan, hat ihn mir geschenkt. Es ist kein sehr origineller Name, fürchte ich, aber so nennen die Eunuchen ihn, und er passt irgendwie zu ihm.« Die Stimme klang freundlich, sogar huldvoll. »Siehst du seine Augen?« Das Tier, das merkte, dass von ihm gesprochen wurde, fixierte Celia mit einem gelassenen, undurchdringlichen Blick. »Sie stammen aus Van, diese Katzen, aus dem Osten unseres Reiches, nahe den Bergen des Kaukasus. Sie sind schön, nicht wahr?«

»Ja.« Celia nickte zaghaft. Dann fielen ihr Annettas Worte ein und sie fügte mutiger hinzu: »Ich mochte Katzen schon immer.«

»Ach, wirklich?« Safiyes Stimme klang, als würde ihr diese Mitteilung allergrößtes Vergnügen bereiten. »Dann haben wir etwas gemeinsam, du und ich.« Die geschmückten Finger kraulten die Katze unter dem kleinen Kinn. »Und du, *Signorina* Kaya? Wo hast du gelebt, bevor du zu uns gekommen bist? *Di dove vieni?*« Sie lachte laut und fröhlich auf. »Du siehst, ich spreche die Sprache von Venedig. Erstaunt dich das? Du stammst aus Venedig, nicht wahr?«

»Nein … Ich meine, ja, Majestät«, sagte Celia, bemüht, die Valide nicht zu enttäuschen. »Das heißt, ich bin mit meinem Vater oft dorthin gereist. Er war Kaufmann, er handelte mit Venedig, bevor er … bevor er starb.«

»*Poverina.*« Die Valide sprach sanft und tröstlich.

»Ich komme aus England. Annetta stammt aus Venedig.« Celia hoffte, dass sie sich nicht verplapperte. »Wir waren auf demselben Schiff, als wir …« Sie verstummte. Wie sollte sie das brutale und blutige Geschehen umschreiben, das sie immer noch in ihren Träumen heimsuchte? »Das heißt«, korrigierte sie sich, »bevor wir hierher gebracht wurden. Ins Haus der Glückseligkeit.«

»Annetta? Du meinst Aysche, deine dunkelhaarige Freundin?«

Celia nickte. Sie hatte sich etwas entspannt und lehnte sich nun bequemer gegen die Kissen.

»Ich glaubte, deine Freundin sei in Ragusa geboren, woher ihre Mutter stammt«, sagte die Valide.

»Ach, das wusstet Ihr?«

»Aber natürlich.« Der Kater auf dem Schoß der Valide gähnte plötzlich und zeigte dabei weiße, rasiermesserscharfe Zähne. »Es gibt sehr wenig, was ich über meine Frauen nicht weiß, aber darüber hat sie dich sicher unterrichtet, oder nicht?«

»Nein …« Celia neigte errötend den Kopf. »Ja, Majestät.«

»Du sprichst die Wahrheit, das ist sehr gut. Aysche ist ein kluges Mädchen. Sie sieht Dinge, aber sie ist schlau genug zu verbergen, was sie weiß. Die meiste Zeit wenigstens. Sie kann es weit bringen. Doch das ist nicht der einzige Grund, aus dem ich sie zu einer meiner *cariye* ausgewählt habe. Kennst du den wahren Grund?«

Celia schüttelte den Kopf.

»Ich habe sie ausgesucht, weil sie aus der Nähe meines Geburtsortes stammt, dem Dorf Rezi im Bergland Albaniens. Ragusa hat auch einmal den Venezianern gehört. Unsere Berge liegen auf dem Land des Sultans, aber so nahe, dass unser Volk noch die venezianische Sprache spricht. Verstehst du?«

Safiye drehte sich um und blickte durch das Fenster auf die Wasserfläche, die jetzt in der gleißenden Sonne fast farblos wirkte.

»Berge!« Sie seufzte leise. »Als ich in deinem Alter war, sehnte ich mich sehr danach, sie wiederzusehen. Ich will dir etwas bekennen, *cariye*, selbst ich bin manchmal einsam. Überrascht dich das? Ja, sogar inmitten von alldem hier.« Ihre geschmückten Finger beschrieben einen anmutigen Bogen. »Mein Herr, der alte Sultan, ist tot. Fort sind auch fast alle unsere Gefährten aus den Tagen von Manisa. Bevor wir nach Konstantinopel zogen.«

Celias Gesicht spiegelte ihre Verwirrung.

»Wir alle kommen als Sklavinnen her, als Sklavinnen des Sultans. Wir geben alles auf, sogar unsere Namen. Es ist doch merkwürdig, findest du nicht, dass keine von uns als Osmanin geboren wurde und wir nicht einmal Muselmaninnen sind. Nicht eine einzige. Uns verbindet nichts anderes, als dass uns die Ehre zuteil wurde, Frauen des Sultans zu sein. Und vergiss das nicht, *cariye*: Eine größere Ehre gibt es nicht.« Safiye schwieg, um ihren Worten Nachdruck zu verleihen. »Ich entschied mich als Kind hierherzukommen, ich wählte dieses Leben aus freien Stücken, wie viele von uns das tun. Aber das weißt du sicher. Alle reden davon, nicht? Jede Frau hier hat ihre Geschichte. Wie du, *poverina*. Auch du hast deine Geschichte, und eines Tages wirst du sie mir erzählen.«

Safiye schwieg, während sie ein englisches Handelsschiff betrachtete, das auf der anderen Seite der Meerenge vor Anker lag. Rote und weiße Wimpel flatterten in der Nachmittagsbrise. Die *Hektor*. Ein mächtiges Schiff, bei Weitem das größte im Hafen, was zweifellos von den Engländern so gewollt war, denn es sollte ein Symbol für die Macht ihres Landes sein. Safiye erinnerte sich an das Aufsehen, das seine pompöse Einfahrt ins Goldene Horn vor wenigen Tagen erregt hatte. Dieser Gedanke brachte sie auf den Engländer, der mit Geschenken der englischen Königin zu ihr gesandt worden war. Eine bemerkenswerte, ganz in schwarz gekleidete Gestalt. Blasse Haut, harte Augen. Sie konnte sich nicht erklären, warum der Gedanke an ihn sie immer noch beschäftigte. War es möglich, war es denkbar, dass das Zuckerschiff, das sie in der Kammer von Kleine Nachtigall gefunden hatte, von ihm stammte? Es würde ganz den englischen Interessen entsprechen – sie taten alles, um die

Aufmerksamkeit auf sich zu ziehen und ihren Vorteil nicht zu verspielen. Und hatte nicht an der Seite des Schiffs ein Name gestanden? Aber nicht *Hektor* …

Sie riss sich von ihren Überlegungen los und schenkte Celia ein strahlendes Lächeln. »Für jede von uns gibt es etwas, das uns daran erinnert, was wir einst waren. Bei mir sind es die Berge. Die Berge von Rezi, wo ich geboren wurde. Aber was mag es für dich sein? Komm näher.« Sie winkte Celia zu sich. »Schau hinaus und sage mir, was du siehst.«

Celia blickte durch die Fensteröffnung. »Ich sehe Wasser.«

»Und was noch?«

»Die Wipfel der Bäume im Palastgarten«, fuhr Celia fort, wohl wissend, dass die Valide sie scharf beobachtete. »Wolken.«

Eine Pause.

»Was ist mit Schiffen?«

»Schiffe. Natürlich, die auch.«

Die Safiye Sultan zwirbelte eine Strähne ihres perlengeschmückten Haares um den Zeigefinger. »Als ich jung war, sah ich mir oft die Schiffe auf dem Bosporus an«, sagte sie nach einer Weile. »Ich habe mich gefragt, welche von ihnen wohl aus meinem Land kommen, und ob sie mich je dorthin zurückbringen werden. Aber ich war klug, schon als Kind. Ich wusste, dass ich nie zurückkehren würde, nicht einmal, wenn ich es gekonnt hätte.« Die Valide schien wie aus einem Tagtraum zu erwachen. »Doch genug! Ich habe dich nicht holen lassen, um dich in Geschichte zu unterrichten.«

Ungehalten sprang der Kater von Safiyes Schoß, blieb vor ihr stehen, und schüttelte gereizt eine Pfote. Dabei klingelte ein Glöckchen, das an einer goldenen Kette um seinen Hals hing.

»Gut so, Kater, fort mit dir. Geh weg!« Spielerisch scheuchte die Valide die Katze fort. Zu Celia gewandt, sagte sie mit einem leisen Lächeln: »Als ob Kater jemals tun würde, was ich ihm sage. Nicht einmal der Sultan kann einer Katze Vorschriften machen. Deshalb lieben wir sie so, habe ich nicht recht, *cariye*?«

»So ist es, Majestät.« Celia hielt dem Kater ihre Fingerspitzen zum Schnuppern hin.

»Ah, sieh an, er mag dich. O nein, er mag dich sogar lieber als mich! Er will auf deinem Schoß sitzen.«

Der Kater schmiegte sich an Celia und erlaubte ihr, ihn zu streicheln. Sie fühlte unter dem dicken Fell seine Knochen und den überraschend schmalen Brustkorb.

»Und es gibt noch jemanden, von dem ich mir wünsche, dass er dich bevorzugt, *cariye*«, fuhr die Valide in schmeichelndem Ton fort. »Eine Person, die, wie ich meine, dich bald sehr schätzen wird. Letzte Nacht allerdings hast du deine Rolle noch nicht gut gespielt, nicht wahr?«

Der plötzliche Themawechsel traf Celia unvorbereitet. Sie wurde rot und schlug die Augen nieder.

»Der ... Sein ... Ich war nicht ...«

Welches war das richtige Wort? Wie konnte sie den Akt benennen, der letzten Endes doch nicht stattgefunden hatte?

»Ich wurde ... letzte Nacht nicht geehrt, nein.«

»Still. Ich habe dich nicht geholt, um dich zu tadeln. Bin ich nicht deine Freundin? Aber du zitterst ja! Gib mir deine Hand, törichte Kaya.« Die Valide griff nach dem Handgelenk des Mädchens und lachte ihr goldenes Lachen. »Was haben sie dir nur erzählt? Ich bin nicht gar so furchterregend, wie man sagt, oder doch?« Celia spürte, wie leichte, weiche Finger ihre Handfläche streichelten. »Es wäre nicht sehr klug von mir, diejenige zu tadeln, die die neue Konkubine des Sultans werden könnte – oder eines Tages gar seine Favoritin, seine Haseki.«

Celia brachte ein schwaches Lächeln zustande.

»So ist es besser. Nun wirst du mir alles berichten. Aber erst, kleine Kaya« – ihre Hand schloss sich um Celias Finger –, »sag mir deinen Namen. Ich meine den Namen, mit dem du geboren wurdest. Den Namen, den dein Vater dir gegeben hat.«

»Mein Name war Celia, Majestät.« Warum hatte sie den Eindruck, dass bei der Erwähnung ihres Namens ein Schatten des Unwillens über das Gesicht der Valide huschte? »Mein Name war Celia Lamprey.«

Kapitel 8

Istanbul: Gegenwart

Elizabeth wachte so übergangslos auf, dass sie sich ein, zwei Sekunden lang nicht sicher war, ob sie überhaupt geschlafen hatte. Ihre Uhr zeigte zehn. Doch, sie hatte drei Stunden geschlafen. Sie zog sich an, ging nach unten und stellte fest, dass in einem kleinen, fensterlosen Raum im Untergeschoss noch für das Frühstück gedeckt war. Es war niemand außer ihr da, deshalb holte sie sich selbst vom Buffet Eier, Oliven, Gurken und Tomaten, Brötchen und eine klebrige, rosarote, offenbar selbst gemachte Rosenblüten-Konfitüre.

Auf dem Rückweg in ihr Zimmer fiel ihr eine alte Frau auf, die im Flur saß. Die Frau hatte ihren Stuhl – ein merkwürdiges Objekt, das aussah wie aus Schnüren hergestellt – am Fuß der Treppe zwischen zwei große Palmen in Messingkübeln platziert, ein Ort, von dem aus sie alles im Blick hatte. Sie war ganz in Schwarz gekleidet.

»Entschuldigung«, sagte Elizabeth und trat näher, »ich weiß, die Frage klingt merkwürdig, aber können Sie mir den Namen dieses Hotels nennen?«

Die Frau, die in einer türkischen Zeitung las, spähte über eine Hornbrille hinweg zu ihr hoch. Zu ihrem abgetragenen schwarzen Kleid trug sie exquisite goldene Ohrringe im byzantinischen Stil.

»Ein Hotel? Meine Liebe, das ist kein Hotel.«

»Nicht?«

Elizabeth klang ganz offensichtlich alarmiert, denn die Frau lächelte sie amüsiert an. »Sie müssen nicht erschrecken. Bitte ...« Sie deutete auf einen zweiten geflochtenen Stuhl neben sich.

Elizabeth war so überrascht, dass sie sich setzte.

»Haben Sie gut geschlafen?«

»Ja.« Elizabeth starrte sie an. »Danke.«

»Ich bin froh. Sie haben geschlafen, Sie haben gegessen, und gleich erzählen Sie mir von Ihren Plänen. Aber bitte, trinken Sie erst einen Tee mit mir. Haben Sie unseren Apfeltee gekostet?«

»Nein ...« Elizabeth wurde bewusst, dass ihr Starren allmählich unhöflich wurde. Sie zwang sich, den Blick abzuwenden.

»Nein? Dann müssen Sie ihn versuchen. Mein Name ist übrigens Haddba. Ich freue mich sehr, Ihre Bekanntschaft zu machen.«

»Ganz meinerseits«, hörte sich Elizabeth sagen, und sie ergriff automatisch die ausgestreckte Hand. »Entschuldigen Sie, aber wenn das hier kein Hotel ist ...«

»Einen Augenblick bitte – Rashid!«

Ein Junge von ungefähr zehn Jahren erschien und wurde losgeschickt, Tee zu holen.

»Nun ...« Haddba sah Elizabeth prüfend an. Ihre schönen dunklen Augen hatten, wie Elizabeth bemerkte, die Form von Tränen. Die schweren, samtigen Lider erweckten den Eindruck von Schläfrigkeit, ein Eindruck, dem der scharfe Blick vollkommen widersprach. »Ich denke, ich sollte es Ihnen erklären. Wir sind ein Gästehaus, kein Hotel.«

»Ah, ich verstehe«, antwortete Elizabeth erleichtert. »Deshalb haben Sie keinen Namen.«

»Hier in Beyoglu kennt man uns als Nummer 159.« Die Frau nannte den Namen der Straße. »Das ist die Adresse, die Sie Ihren Bekannten geben.« Ihr Englisch, das einen starken Akzent aufwies, war so ausgefeilt, als habe sie es aus einem Lehrbuch des beginnenden 20. Jahrhunderts gelernt. »Unsere Gäste bleiben gewöhnlich einige Zeit, mehrere Wochen, manchmal auch Monate.« Die schweren Lider klappten langsam auf und zu – einmal, zweimal. »Man versucht, nicht in den Reiseführern verzeichnet zu sein.«

»Ich frage mich, warum das Taxi mich ausgerechnet hierher gebracht hat.«

»Aber Sie planen doch einen langen Aufenthalt.« Eine Aussage, keine Frage.

»Nun ja.« Elizabeth runzelte die Stirn. »Aber ich kann mich nicht erinnern, das dem Fahrer gesagt zu haben.«

»Es war spät.« Mit einer Geste übertriebener Pedanterie zupfte Haddba eine weiße Fussel von ihrer Strickjacke. »Und sicher hat er die Größe Ihres Koffers bemerkt.« Sie lachte, und ihre goldenen Ohrringe tanzten.

Kapitel 9

Konstantinopel: 31. August 1599

Tag und Nacht

Abgesehen von der Valide war keine der höher gestellten Frauen des Palasts im Haus der Glückseligkeit dabei gewesen, als Celia zum Sultan gebracht wurde – und das war ungewöhnlich, denn es bedeutete, dass die rituellen Vorbereitungen wie die Parfümierung ihrer Kleider und ihres Körpers, die sorgfältige Wahl des Gewandes und der Schmuckstücke und all die anderen Maßnahmen, denen sich eine neue Konkubine unterziehen musste, in ihrem Fall von Cariye Lala, der Zweiten Bademeisterin, verrichtet wurden.

Niemand erinnerte sich mehr, wann Lala ins Haus der Glückseligkeit eingetreten war. Die anderen *cariye* vermuteten, sie sei schon vor der Ankunft der Valide Sultan da gewesen und habe diese als junge Frau kennengelernt, und sie sei eine der wenigen, die noch unter der alten Valide Nurbanu und ihrer Haremsvorsteherin, der mächtigen Janfreda Khatun, gedient hatte. Beim Tod von Sultan Murad waren die meisten weiblichen Mitglieder seines Hofstaats, seine Frauen und Töchter, dem Brauch gemäß in den Eski Saray, den alten Palast umgezogen. »Den ›Palast der Tränen‹ nennen sie ihn«, belehrte Cariye Lala die jungen Frauen, die sie neugierig nach ihrem Leben ausfragten. »Ich erinnere mich noch an den Tag, als alle fortgingen. Wie wir weinten. Und die kleinen Prinzen tot, alle tot, erwürgt, damit der neue Sultan nichts zu fürchten hat.« Ihre geröteten Augen wurden feucht. »Etliche von ihnen waren noch Säuglinge. Wir weinten, bis wir glaubten, von Tränen blind zu werden.«

Cariye Lala, deren Rücken gebeugt war und deren Haut im Laufe der Jahre immer faltiger wurde, war nicht einmal in ihrer Jugend schön genug gewesen, um die Aufmerksamkeit des Sultans zu erregen. Nachdem sie an den Palast verkauft worden war, hatte sie, wie alle Neuen, eine Ausbildung in allen Bereichen des Palasts durchlaufen und war schließlich bei der Meisterin der Bäder geblieben, unter deren Aufsicht sie nun, viele Jahre später, immer noch stand. Obwohl sie, wie man vermutete, nicht ehrgeizig genug war, um selbst an die Spitze der Hierarchie gelangen zu wollen, war sie inzwischen aus dem Palastleben nicht mehr wegzudenken, wie ein letztes Bindeglied zu den alten Zeiten, eine Autorität in Bezug auf Palastrituale und Etikette.

»Es ist nicht die einzige Art von Etikette, bei der sie sich auskennt«, hatte die erste Dienerin einmal den beiden neuen Sklavinnen Aysche und Kaya anvertraut.

»Man sagt, sie kenne alle Tricks«, pflichtete ihr die zweite Dienerin bei.

»Was für eine Art von Tricks?«, fragte Celia.

Aber die anderen hatten sie bloß mit großen Augen angestarrt und gekichert.

»Dann musst du sie eben bestechen, damit sie sie dir verrät«, hatte Annetta in ihrer unverblümten Art an jenem Morgen gesagt, an dem Morgen, als Celia erfahren hatte, dass sie *gödze* war.

»Sie bestechen?« Celia war verwirrt.

»Mit Geld natürlich, du Schaf. Hast du etwas gespart?«

»Ja, wie du mir geraten hast.« Celia zeigte auf ihre Geldtasche.

Annetta zählte das Geld schnell nach. »Hundertfünfzig Asper! Gut. Ich habe noch einmal hundert. Was habe ich dir gesagt? Sinnlos, es für irgendwelchen Plunder auszugeben wie die anderen. So ist unser täglicher Sold gut angelegt. Hier, nimm es.«

»Annetta, das kann ich nicht ...«

»Fang keinen Streit an. Nimm es einfach.«

»Aber das sind zweihundertfünfzig Asper!«

»Wahrscheinlich nicht mehr als ein Wochensold für unsere alte Lala«, bemerkte Annetta lakonisch, »nicht viel für die Erfahrungen eines ganzen Lebens. Hoffen wir, dass sie nicht damit geizt. Ich kann nur sagen: Sie sollte sich anstrengen! Mir fällt dabei ein Gedicht ein, das meine Mutter früher oft aufgesagt hat – bevor sie mich ins Kloster schickte.« Annetta rezitierte mit einem spöttischen Unterton: »*Così dolce e gustevole divento / Quando mi trovo con persona in letto* ... So süß und appetitlich werde ich / Wenn ich im Bett bin / Mit dem, der mich liebt und ehrt / Dass unsere Lust alles Maß übersteigt ... Du sollst in Erfahrung bringen, wie du dich süß und appetitlich machst, das ist alles. Arme Celia!«

Celia krümmte sich und legte beide Hände auf die schmerzende Stelle links unter den Rippen. »Könntest du nicht statt meiner gehen?«, stöhnte sie leise.

»Warum?«, fragte Annetta scharf. »Weil ich in einem Bordell aufgewachsen bin? *Santa Madonna*, das fehlte noch.«

»Aber du ... du kennst dich mit diesen Dingen aus.«

»Ich nicht, süße Celia«, erwiderte Annetta leichthin, »ich nicht.«

»Doch, du weißt über so vieles Bescheid. Aber ich« – Celia zuckte verzweifelt die Achseln –, »ich tappe im Dunkeln.«

»Psst! Bist du verrückt?« Annetta kniff Celia entrüstet in den Arm. »Au!«

»Verstehst du nicht? Hast du nicht bemerkt, wie dich alle ansehen, wo du jetzt *gödze* bist? Erspar uns dein Kleinmädchengetue«, zischte ihr Annetta ins Ohr, »man hat uns eine Chance gewährt, und das bist du, meine Liebe. Und es könnte unsere erste und letzte sein.«

Sie kamen später am Tag, um Celia abzuholen, und führten sie ohne viel Aufhebens direkt in den privaten Hamam der Valide. Dort erwartete Cariye Lala sie.

»Zieh dich aus, zieh dich aus, sei nicht so schüchtern.« Cariye Lala musterte Celia von Kopf bis Fuß. Ihre Augen waren von einem für ihr Alter erstaunlich klarem Blau.

Ihre Dienerin, ein sehr junges schwarzes Mädchen, nicht älter als zwölf, half Celia, das lange Obergewand und das Unterkleid abzulegen. Vor lauter Respekt wagte sie kaum, den Kopf zu heben. Ihre Hände mit den rosaroten Handflächen zupften nervös an der langen Reihe winziger, steifer Perlenknöpfe an Celias Kleid.

Wo du wohl herkommen magst, dachte Celia. Bist du glücklich hier, wie viele Frauen es zu sein behaupten, oder wärst du lieber wieder zu Hause, so wie ich? Wünschst du es dir auch in jeder Sekunde eines jeden Tages? Eine unvermittelte Welle von Mitgefühl für die Kleine überkam sie. Sie versuchte, ihr ermutigend zuzulächeln, aber ihr Lächeln schien das Mädchen nur noch mehr in Verwirrung zu stürzen.

Sie muss glauben, dass ich haushoch über ihr stehe, dachte Celia mit plötzlicher Einsicht. Die neue Konkubine des Sultans! Oder vielleicht auch nicht, weil er mich schließlich nicht selbst ausgesucht hat, sondern ich ein Geschenk seiner Mutter, der Valide bin. Wie anders wäre die Situation, wenn Annetta statt meiner ausgewählt worden wäre. Annetta – klug, rastlos, scharfsinnig wie ein Äffchen – wüsste genau, wie sie ihre Rolle zu spielen hätte. Für mich dagegen fühlt sich das alles seltsam unwirklich an.

Cariye Lala nahm Celia bei der Hand und half ihr in ein Paar hohe Holzschuhe, die an der Seite mit Perlmutt besetzt waren. Aus der Auskleidekammer führte sie sie in einen zweiten Raum. Hier war es wärmer und fast dunkel, nur in einer Ecke glühte ein kleines Kohlebecken. Die Luft war von Dampfschwaden erfüllt, die einen Eukalyptusduft verbreiteten. An drei Seiten befanden sich Marmornischen, aus denen Wasserkaskaden sprudelten. Sie erfüllten den Raum mit ihrem Rauschen.

»Leg dich hin – da drüben.«

Cariye Lala deutete auf eine achteckige Marmorplatte in der Mitte des Raums. Darüber wölbte sich in der Decke eine kleine Kuppel, die an den Seiten durchbrochen war, damit das Tageslicht einströmen konnte.

Vorsichtig stakste Celia mit den ungewohnt hohen, laut klappernden Holzschuhen durch den Raum. Obwohl sie jetzt zehn Zentimeter größer war als sonst, gab ihr die Nacktheit das Gefühl, geschrumpft zu sein. Zum ersten Mal zögerte sie. Statt sich hinzulegen, setzte sie sich ungelenk auf die Platte und spürte den kalten weißen Marmor unangenehm an ihrem Gesäß. In einer Hand hielt sie verlegen die Geldtasche, die Annetta ihr gegeben hatte.

Celias Herz klopfte jetzt schneller. Sie durfte es nicht länger aufschieben. Was aber, wenn Cariye Lala nicht verstand? Wie sollte sie ihr erklären, was sie im Tausch gegen das viele Geld zu erhalten hoffte – zweihundertfünfzig Asper, ein kleines Vermögen für Celia, die, obwohl sie *gödze* war, zu den rangniedrigsten Haremsfrauen gehörte. Schon allein bei dem Gedanken daran brannten ihr die Wangen vor Scham. Dann dachte sie an Annetta und zwang sich, mutig zu sein.

»Cariye Lala?«

Aber Cariye Lala war ganz in ihre dampfende Welt der Lotionen und Enthaarungscremes eingetaucht; vor ihr standen in glänzenden Reihen wie im Schaufenster eines Apothekers unbezahlbare Phiolen mit Rosenöl und Mekka-Balsam sowie Töpfchen mit honigduftenden Salben. Sie sang, während sie arbeitete, und ihre wohlklingende, klare Stimme hallte von den Marmorwänden wider. Celias Mund war trocken. Winzige Schweißtröpfchen perlten auf ihrer Stirn. Verzweifelt gab sie sich einen Ruck und stand auf.

»Für Euch, Cariye Lala.« Celia berührte die alte Frau leicht am Arm. Diese nahm wortlos die Geldtasche entgegen. Im nächsten Moment war das Geld verschwunden. Hatte sie es in einer geheimen Falte ihres Gewandes versteckt? Celia blinzelte erstaunt. Wo war es hin? Zweihundertfünfzig Asper!

Sie wusste nicht recht, was jetzt von ihr erwartet wurde, aber Cariye Lala führte sie resolut zurück zur Marmorplatte. In dem kleinen Raum war es noch heißer als zuvor. Erschauernd stellte sich Celia die unsichtbaren Hände vor, die den Ofen hinter der Mauer mit riesigen Holzklötzen fütterten, welche eigens auf den Holzkähnen des Sultans aus den Wäldern am Schwarzen Meer gebracht wurden. Die Frauen hatten oft zugesehen, wie sie über den Bosporus auf die Palastgärten zufuhren.

Celia lag jetzt bäuchlings auf dem Marmor. Die Waschprozedur war eine sehr nasse Angelegenheit. Als Vorbereitung darauf hatte sich Cariye Lala fast nackt ausgezogen; um die knochigen Hüften hatte sie ein dünnes Tuch geschlungen, aber ihre Brüste mit den langen, runzligen, pflaumenfarbenen Warzen baumelten bei jeder

Bewegung ungehindert hin und her. Manchmal klatschten sie gegen Celias Rücken oder ihre Beine.

Was jetzt? fragte sich Celia befangen. Wie soll ich mich verhalten? Soll ich etwas zu ihr sagen oder besser nicht? Der mittlerweile heiße Marmor brannte an Wange und Hals. Die Kraft, die die *cariye* an den Tag legte, hätte man einer scheinbar so gebrechlichen Frau gar nicht zugetraut. Sie packte Celia am Oberarm und machte sich ans Werk.

Während sie arbeitete, reichte ihr das Mädchen Wasser in Silberkrügen, zuerst heiß, dann eiskalt. Cariye Lala goss und schrubbte. Über eine Hand hatte sie einen Jutehandschuh gezogen, mit dem sie Celia am ganzen Körper abrieb. Celias Haut war so hell, dass die milchig weiße Farbe, die den Sultan in ein paar Stunden betören und ihm zum Genuss dargeboten werden sollte, nach kurzer Zeit von einem rosigen Hauch überzogen war und schließlich hochrot erglühte. Celia stöhnte leise. Sie versuchte, sich zu befreien, aber die Badefrau hielt sie mit eisernem Griff fest.

Nachdem die Alte Celia auf den Rücken gedreht hatte, machte sie sich mit neuer Energie an die Arbeit. Kein Teil von Celias Körper entging ihrem unerbittlichen Säuberungsdrang – nicht die zarte Haut an Brüsten und Bauch, nicht die Sohlen und der Spann ihrer hübschen Füße. Kein Körperteil war zu intim. Celia errötete und zuckte zurück, als Lalas Hand ihre Gesäßhälften spreizte und die zarten, rosenfarbenen Falten zwischen ihren Beinen befingerte.

Nun brachte das Mädchen ein kleines Tontöpfchen voller Lehm herüber, der *ot* genannt wurde. Seit sie ins Haus der Glückseligkeit gekommen war, hatte sich Celia an die regelmäßigen Gänge ins Bad gewöhnt, die bei den Palastfrauen Brauch waren; rituelle Reinheit war ein Gebot der neuen Religion, an die sich alle halten mussten und die normalerweise in fröhlichen, überfüllten, von schwatzenden Stimmen erfüllten Gemeinschaftsbädern im Hof der *cariye* erreicht wurde. Dergleichen Aktivitäten hätten ihre deutlich weniger badefreudigen englischen und italienischen Bekannten mit Verblüffung und vermutlich sogar Entsetzen betrachtet. Celia jedoch gewöhnte sich nach ihrer Ankunft im Palast schnell an diese langen, genussvollen Stunden im Badehaus – kostbare Zeiten, in denen sie und Annetta sich ungehindert und unbewacht im Flüsterton mit den anderen Mädchen unterhalten konnten. Doch die Anwendung von *ot* war eine der Erfordernisse des Badens, die Celia immer noch Abscheu und Furcht erfüllten.

Cariye Lala nahm ein hölzernes Gerät, das einem abgeflachten Löffel ähnlich sah, schöpfte etwas Paste aus dem dargereichten Töpfchen und strich sie mit kraftvollen Bewegungen hier und da auf Celias Haut. Das *ot*, eine klebrige, lehmartige Substanz, fühlte sich zuerst nicht unangenehm an, es war weich und warm und roch gut. Celia versuchte sich zu entspannen und den Atem zu verlangsamen – ein Hinweis, den ihr Gülbahar gegeben hatte, nachdem sie beim ersten Mal nicht gewusst hatte, was auf sie zukam und sich schändlich blamiert hatte, indem sie der Bademeisterin eine Ohrfeige versetzte. Aber es nutzte nichts. Die empfindliche Haut ihres Geschlechts brannte wie Feuer, als hätte man sie mit einem glühenden Eisen gebrandmarkt, und Celia setzte sich mit einem Schrei auf.

»Kind! So ein Getue!«, rügte Cariye Lala erbarmungslos. »Das muss nun einmal sein. Sieh her, wie weich und reizend du dich nun anfühlst.«

Celia sah an sich hinunter und bemerkte nadelstichgroße Blutströpfchen auf ihrer haarlosen Haut. Wo vor wenigen Minuten noch ein goldenes, frauliches Haarbüschel zwischen den Beinen gewesen war, erblickte sie nun fasziniert und erschrocken zugleich die nackte, aprikosenförmige Knospe eines kleinen Mädchens.

Aber Cariye Lala war noch nicht fertig. Sie drückte Celia wieder auf den Marmor zurück und zupfte mit einer kleinen goldenen Pinzette alle einzelnen Härchen aus, die das *ot* noch übrig gelassen hatte. Die Dienerin hielt eine Kerze so dicht über ihren Händen, dass Celia befürchtete, das heiße Wachs werde auf ihre Haut tropfen. Aber trotz des Kerzenlichts musste sich die alte Frau so tief über sie beugen, dass Celia ihren heißen Atem und ihre kratzigen Haare auf dem brennenden Fleisch spürte.

Wie lange sie Cariye Lalas energischen Händen ausgeliefert war, hätte Celia nicht sagen können. Als die Zweite Bademeisterin endlich zufrieden war, war kein einziges unerwünschtes Haar mehr an ihrem Leib und sie durfte sich wieder aufsetzen. Ihre helle Haut, die geschrubbt und gezupft und mit einer Reihe von Kräutern und Salben eingerieben worden war, verströmte im schimmernden Halbdunkel des Hamam einen geradezu überirdischen Glanz. Celias Nägel waren poliert worden. In ihr getrocknetes und gewelltes Haar, das wie eine matte Sonne leuchtete, waren Bänder mit kleinen Frischwasserperlen eingeflochten worden. Weitere Perlen hingen an ihren Ohren und an einem Collier um ihren Hals.

Nach und nach gelang es Celia, sich ein wenig zu entspannen; sie wusste nicht, ob es an der Hitze im Badehaus lag oder an dem nach Myrrhe duftenden Räucherwerk aus dem Kohlepfännchen, unter dem das Mädchen in einer Ecke ein Feuer schürte. Cariye Lala war manchmal etwas ruppig, aber sie hatte Celia nicht absichtlich wehgetan, im Gegensatz zu manch anderen der älteren Frauen, die sie beim kleinsten Regelverstoß verstohlen kniffen oder an den Haaren zogen. Eine Art Apathie gegenüber ihrem Schicksal hatte Celia überkommen. Cariye Lalas langsame, geübte Bewegungen hatten einen beruhigenden Effekt. Es war angenehm, nicht denken zu müssen.

Deshalb ließ Celia es mit nur mäßigem Widerwillen zu, dass ihre Lippen und Brustwarzen mit rosenfarbenem Puder gefärbt wurden. Doch das Unbehagen nahm zu, als Cariye Lala eine Hand geschickt zwischen ihre Beine schob. Ein Finger teilte die Schamlippen, tastete mit kundigem Griff weiter und drang dann in sie ein.

Mit einem Schrei sprang Celia auf, als hätte etwas sie gebissen. Das Töpfchen mit *ot* rollte über den Boden, stieß gegen die Wand und ging in Scherben. »Lasst mich!«

Sie flüchtete in die hinterste Ecke des Raums und fand sich in einer unbeleuchteten Nische wieder, dem dritten der Verbindungsräume zum Hamam der Valide. Es gab hier nichts außer den Schatten, mit dem sie ihre Blöße hätte bedecken können. Irgendwo über ihr plätscherte fließendes Wasser. Celia drückte sich mit dem Rücken an die Wand. Etwas Warmes, Dunkles rann zwischen ihren Beinen hinab.

Cariye Lala machte keinen Versuch, ihr zu folgen. Celia sah sie lachen und den Kopf schütteln. Dann drehte sie sich zu der kleinen Dienerin um und gab ihr durch Gesten – die übliche Verständigung mit den Palastdienerinnen – eine kurze Anweisung.

»Du kannst jetzt herauskommen.« Cariye Lala stand im Eingang zu der Nische, die Arme in die Hüften gestemmt. »Hab keine Angst.«

Celia klopfte das Herz bis zum Hals. Aber die alte Frau klang nicht verärgert.

»Es war das hier, dummes Kind, sieh her.« Sie hielt ihr eine winzige Dose aus Zedernholz mit silberner Filigranarbeit hin. »Parfüm.« Celia schnupperte an der Dose. »Die Valide selbst hat es für dich geschickt.«

»Geht weg.« Celia spürte, dass sich ihre Augen mit Tränen füllten.

»Ts, ts, ts.« Unzufrieden schnalzte Cariye Lala mit der Zunge. »Das hast du doch gewollt, oder nicht?« Sie legte den Kopf schräg und ihre Augen funkelten wie die einer kleinen, alten Amsel. »Hier – ich nehme nur diesen Finger.«

Sie hielt die Hände hoch und Celia sah, dass sie an allen Fingern lange, gebogene Nägel hatte. Nur der Nagel am Zeigefinger der rechten Hand, den sie jetzt hin und her bewegte, war kurz. »Du kannst dich glücklich schätzen. Die anderen schneiden ihre nicht immer.«

Celia ließ sich mit gutem Zureden in den zweiten Raum zurücklocken. Sie hatte nicht mehr die Kraft sich zu widersetzen. Ein fast durchsichtiges Unterkleid aus feinem Batist wurde ihr übergestreift. Cariye Lala plapperte und plapperte, manchmal mit sich selbst, manchmal an Celia gewandt, halb mahnend, halb beruhigend. »Was ist das nur für ein Theater, es gibt nichts, wovor du Angst haben müsstest. Er ist schließlich auch nur ein Mann. Und schau doch, wie schön deine Haut ist, genau wie sie gesagt haben, weiß wie Sahne, ohne einen Makel. Genuss, wie viel Genuss dies bereiten kann! Aber wir dürfen keine Angst haben, nein, nein, das wäre nicht gut, gar nicht gut.«

Sie unternahm keinen Versuch mehr, Celia anzufassen. Stattdessen suchte sie unter all den Töpfchen, die sie zur Verfügung hatte, zwei kleinere aus, eines aus Silber und eines aus Gold. Sie schlurfte damit in die Mitte des Raums, wo diffuses Tageslicht die Dampfschwaden durchdrang, öffnete beide Gefäße und begutachtete sie sorgfältig.

»Hm, hm ... heiß? Oder warm?«, hörte Celia sie murmeln. Sie beobachtete verdutzt, wie Cariye Lala beide Dosen auf der Handfläche hielt und mit den gespreizten Fingern der anderen Hand wie mit einer Wünschelrute über sie hin und her fuhr. »Warm? Oder heiß?« Sie warf Celia einen abschätzenden Blick zu. »Nein, nicht das Verlangen, noch nicht.«

Aus dem goldenen Gefäß nahm sie etwas, das für Celia wie eine bunte Perle aussah, und reichte es ihr. »Iss das.«

Es war eine kleine, von Blattgold umhüllte Pastille. Gehorsam schluckte Celia sie hinunter.

Die kleine Dienerin betrat den Raum mit einem Tässchen, in dem ein heißes Getränk dampfte, und mit einer wohl gefüllten Obstschale. Cariye Lala nahm ihr beides ab und winkte das Mädchen weg. Sie nahm eine längliche, schmale Birne aus der Schale und setzte sich neben Celia. »Wie ist es, Mädchen« – sie tätschelte ihr den Arm –, »du hast jetzt keine Angst mehr?« Es war halb Frage, halb Ermahnung.

»Nein, Cariye Lala«, antwortete Celia. Doch gleichzeitig klopfte ihr das Herz ein paar Mal hart und schmerzhaft in der Brust.

»Keine Sorge, wir haben noch Zeit.«

Cariye Lala hielt die Birne hoch, als wolle sie sie Celia anbieten. Celia schüttelte den Kopf; der Gedanke an Essen verursachte ihr Übelkeit. Aber dann sah sie, dass die alte Frau die Frucht anscheinend selbst essen wollte.

»Schau gut zu«, sagte Cariye Lala und umschloss das runde Ende der Birne fest mit den Fingern. »Sieh her: Erst hältst du ihn so. Achte darauf, dass du den Daumen dahin legst.« Ihr Daumen beschrieb kleine Kreise an der grün gefleckten, runden Unterseite der Birne.

Celias Blick flackerte von der Birne zu Cariye Lala und wieder zurück. Die alte Frau hob die Frucht an die Lippen, als wolle sie abbeißen, aber statt den Mund ganz zu öffnen, schob sie nur ihre Zunge durch die Lippen, die die Kreisbewegung des Daumens am Stamm der Birne aufnahm. Ein warmes, prickelndes Gefühl stieg in Celia auf, das sich in ihren enthaarten Achselhöhlen sammelte und sich über Schultern und Hals bis auf die Wangen ausbreitete. Cariye Lalas immer noch kreisende Zunge glitt an der Birne aufwärts bis zu ihrer Spitze, umkreiste diese kurz und glitt dann wieder hinunter. Auf ihrer Oberlippe glitzerte ein Speichelfaden.

Celia wollte den Blick abwenden, aber sie vermochte es nicht. Draußen vor dem Hamam hatte jemand, vielleicht die kleine Dienerin, das Wasser im Brunnen abgestellt, und im Baderaum herrschte nun vollkommene Stille. Cariye Lalas rosige Zunge glitt kunstfertig auf und ab, auf und ab. Und dann stülpten sich ihre runzligen Lippen plötzlich über die Spitze der Birne, und sie schob die Frucht tief in ihren Mund.

Ein helles Gelächter drängte aus Celias Kehle hervor, aber sie presste entschlossen die Lippen zusammen. Gleichzeitig wurde sie gewahr, dass mit dem Rest ihres Körpers etwas Eigentümliches vor sich ging. Ein Gefühl von Wärme umhüllte sie, ganz anders als das Gefühl brennender Scham, das sie noch vor wenigen Minuten erfüllt hatte: Jetzt war es Mattigkeit, Wärme und körperliches Wohlbefinden. Mit einem kleinen Seufzer ließ sie die Schultern sinken. Ihre zu Fäusten geballten Hände lösten sich. Ihr Herzschlag wurde langsamer. Cariye Lalas Vorführung war noch nicht beendet, aber Celia stellte fest, dass ihr das Zusehen keine Angst mehr machte. Ihre zu einem künstlichen Lächeln erstarrte Miene entspannte sich. Das Opium, das Cariye Lala ihr gegeben hatte, zeigte seine Wirkung, ohne dass sie wusste, was mit ihr geschah. Sie flog, sie flatterte umher wie ein Vogel in einer Voliere, irgendwo weit oben in der durchbrochenen, von Licht erfüllten Kuppel.

In diesem Moment ertönte im Gang ein hartes Klopfen wie von Stöcken auf Holz. »Sie sind bereit für dich.« Cariye Lala tupfte sich die Lippen gelassen mit einem Tuch trocken. »Komm. Es ist Zeit.«

Celia erhob sich leichtfüßig. Die Dienerin, die unauffällig wieder in den Raum gehuscht war, half ihr in ein bodenlanges, ärmelloses Überkleid aus leicht wattierter Seide. Cariye Lala hielt ein Rauchfass mit glühenden Kohlen über sie, und gemeinsam hüllten sie Celia in den herben Duft, wedelten ihn zwischen die Falten ihres Gewands, unter den zarten, transparenten Batist ihres Unterhemds, zwischen die Beine, unter das Haar.

Celia ließ alles mit sich geschehen. Sie sah nur zu – ihr war, als sähe sie sich, Cariye Lala und das Mädchen wie in einem Traum von außen. Ein Sonnenstrahl hatte sich durch die Kuppel gestohlen und fiel schräg durch den Dampf. Alle Bewegungen hatten jetzt etwas Langsames, Träumerisches. Die Eunuchen, so hatte man ihr vorher erklärt, würden sie nun in die Gemächer des Sultans eskortieren, aber nicht einmal diese Vorstellung zwängte ihr Herz gegen das Brustbein oder ließ ihr den Mund austrocknen. Sie hob die Hand, um die kleinen goldenen Ringe zu betrachten, die Cariye Lala ihr angesteckt hatte. Paul fiel ihr ein. Was würde er denken, wenn er sie jetzt so sehen könnte? Sie lächelte ihre Finger an, als würden sie nicht mehr zu ihr gehören. Sie schwankten vor ihr hin und her wie die dünnen, rötlich-weißen Tentakel einer Seeanemone.

»*Kadin.*« Die Stimme der kleinen Dienerin drang nur mühsam in ihr Bewusstsein. Die Kleine hielt mit beiden Händen das Getränk, das sie zuvor mitgebracht hatte und das noch unberührt auf dem Tablett stand. Aber Celia verspürte keinen Wunsch, etwas zu essen oder zu trinken.

»Nein.« Sie schüttelte den Kopf.

»Doch, Herrin, doch.« Zum ersten Mal wagte es die Dienerin, Celia ins Gesicht zu blicken. Ihr Gesicht war klein und spitz, und ihr verstörter Blick huschte zu Cariye Lala, die mit dem Rücken zu ihnen sorgfältig all ihre Kästchen verschloss. Obwohl sie unter Drogen stand, bemerkte Celia die Angst auf dem Gesicht des Mädchens; sie war so stark, dass man sie fast riechen konnte.

Die Stimme der Kleinen zitterte. »Bitte, *kadin*, trinkt.«

Folgsam hob Celia die Schale an die Lippen. Die Flüssigkeit hatte sich abgekühlt, und sie konnte mühelos drei Schlucke nehmen. Das

Getränk hatte einen seltsam bitteren Nachgeschmack, ähnlich wie die goldene Pastille von Cariye Lala.

Mit der *cariye* und dem Mädchen im Gefolge verließ Celia den Hamam und durchschritt den Hof der Valide. Am Tor blieb sie unsicher stehen, und dann verließ sie zum ersten Mal, seit sie in den Palast gebracht worden war, das Haus der Glückseligkeit. Der leise Klang der Freiheit durchströmte ihren Körper.

Aber sie war nicht frei, ein Misston mischte sich in ihr Wohlgefühl. Hassan Aga, das Oberhaupt der Schwarzen Eunuchen, und vier seiner Untergebenen warteten am Tor, um sie zum Privatquartier des Sultans zu geleiten.

Die Eunuchen betrachtete Celia immer mit einem leisen Schauer des Widerwillens. Auch nach mehreren Monaten im Harem hatte sie sich noch nicht an diese amphibischen Kreaturen mit ihren schwabbeligen Bäuchen und den unheimlichen hohen Stimmen gewöhnt. Sie erinnerte sich, wie sie einmal mit ihrem Vater auf der Piazza San Marco in Venedig einem von ihnen begegnet war. Der Eunuch gehörte zu einer Delegation von Kaufleuten aus dem Reich des Großtürken. Er war ein Weißer, auch wenn er den farbenprächtigen Kaftan seiner Landsleute trug, und wurde einen Tag lang als Attraktion von der ganzen Stadt bestaunt – so wie man in der Serenissima die quacksalbernden Zigeuner oder die tscherkessischen Ringer oder auch das wundertätige Bild der Madonna über dem Eingang der San-Bernardo-Kirche bestaunte.

Sie war damals noch ein kleines Mädchen gewesen und saß bei ihrem Vater auf der Schulter. »Schau, ein *castrato*, ein beschnittener Mann«, hatte er ihr erklärt, aber sie hatte nur vage begriffen, was das bedeutete. Sie erinnerte sich an die seidige Weichheit von Vaters Bart, mit dem sie in Berührung kam, weil sie sich an seinem Hals festklammerte, und an ihre faszinierten Blicke auf dieses merkwürdig haarlose Wesen, dieses sanfte, von einem Turban gekrönte milde weibliche Gesicht.

An den Eunuchen, die das Haus der Glückseligkeit bewachten, war nichts Mildes. Von Anfang an waren sie Celia mit ihren schweren Körpern und den blutunterlaufenen Augen wie Wesen aus einer anderen Welt vorgekommen; ihre Haut war so schwarz, als sei alles Licht aus ihr gesogen worden. Es waren Wesen, die sich fast unsichtbar und auf geräuschlosen Sohlen durch die schwach beleuchteten Korridore rings um die Frauenquartiere schoben, kaum wirklicher und nicht weniger furchterregend als die *efrits*, die, wie die alten Frauen munkelten, des Nachts in den Schatten des Palastes lauerten.

Annetta, die in ihrer Anfangszeit im Palast für eine Weile zur Arbeit in den Eunuchenquartieren eingeteilt worden war, tat Celias Ängstlichkeit mit einer ungeduldigen Handbewegung ab.

»Männer ohne *cogliones*!«, schnaubte sie. »Und mit solchen Namen! Hyazinthe, Ringelblume, Rosenknospe und dergleichen. Pfff! Wer braucht vor denen Angst zu haben?«

Aber sogar sie fürchtete sich vor Hassan Aga.

»Er sieht aus wie der Tanzbär, den ich einmal in Ragusa gesehen habe«, hatte sie Celia zugeflüstert, nachdem sie ihn zum ersten Mal zu Gesicht bekommen hatte. »Diese Wangen! Wie zwei braune Puddings. Meine alte Mutter Oberin hatte mehr Haare am Kinn als er. Und diese kleinen roten Augen! *Santa Madonna*, der ist wahrlich eine gute Wahl. Er ist so hässlich wie das Nashorn des Papstes.«

Aber wenn Hassan Agas Blick auf sie fiel – ein Blick, unter dem jede andere *cariye* vor Schreck fast in Ohnmacht fiel –, verstummte auch sie sofort und schlug die Augen nieder.

Jetzt spürte Celia keine Angst. Hassan Aga sah sie schweigend von oben bis unten an, drehte sich um und ging ihr voraus durch einen dunklen Korridor.

Es war Abend geworden, und jeder der vier Eunuchen, die die Eskorte bildeten, trug eine brennende Fackel. Celia orientierte sich an der Gestalt des Schwarzen Obereunuchen und seinem hohen weißen Hut, dem Zeichen seiner Würde, das wie eine geisterhafte Silhouette vor ihr her in die Dunkelheit segelte. Für einen so hochgewachsenen Mann lief er bemerkenswert behende.

Flankiert von den vier Schwarzen Eunuchen folgte Celia ihm. Sie hatte kein Gefühl in den Beinen. Es kam ihr vor, als glitte sie mühelos voran, ja, als schwebte sie mit ihren goldenen Pantöffelchen ein Stück über dem Boden. Das schwere Perlencollier hing tief in ihr Dekolleté. Celia lächelte. Es war so still, dass sie hörte, wie ihr langes Kleid beim Gehen raschelte, wenn der Stoff über den Stein wischte. Es war genau wie in einem Traum – und es gab keinen Grund, vor etwas Angst zu haben.

Die Gestalt Hassan Agas verschwamm vor ihren Augen und wurde dann urplötzlich wieder scharf. Einer der Eunuchen streckte die Hand aus, um sie zu stützen, aber sie wich ihm voller Abscheu aus. Der Korridor vor ihr schien sich bis in alle Unendlichkeit fortzusetzen. Seltsame orangefarbene und schwarze Schatten züngelten an den Wänden empor. Das war nun ihre Hochzeitsnacht, nicht wahr? Führten sie sie zu Paul? Bei dem Gedanken an ihn hüpfte ihr Herz. Aber ihre Lider fühlten sich bleischwer an.

»Haltet sie fest! Das Mädchen kann kaum gehen!«

Zwei Hände, eine auf jeder Seite, packten sie unter den Ellenbogen, und diesmal wehrte sie sich nicht.

Das Nächste, was sie bewusst wahrnahm, war, dass sie in einem hohen, geräumigen Gewölbezimmer lag, offenbar dem Schlafgemach des Sultans. Man hatte sie in einer Ecke des Raums mitten auf einen riesigen Diwan gelegt, dessen juwelenbesetzter Baldachin von vier gedrechselten Säulen gehalten wurde. Sie erinnerten Celia an Zuckerstangen. Paul? Aber nein, jetzt wusste sie es wieder, sie war nicht bei Paul. Benommen starrte sie zu einer Kuppel empor, die ihr so hoch schien wie eine Kirchendecke.

»Was habt ihr mit ihr gemacht?«

Celia kam nicht über das Befremden hinweg, das sie beim Klang von Hassan Agas hoher, femininer Stimme empfand. Es war verboten, in den Gemächern des Sultans das Wort zu ergreifen, und deshalb flüsterte der große Hassan Aga hier wie ein kleiner Junge. Er klang ganz und gar nicht wie der Oberaufseher des Hauses der Glückseligkeit.

Cariye Lala dagegen war offensichtlich wütend.

»Ich habe nichts gemacht!« Ihre Finger, die im Hamam der Valide so selbstsicher und geschickt agiert hatten, zupften nervös an den Knöpfen von Celias Überkleid. »Sie muss sich irgendwie mehr

Opium beschafft haben; jemand hat ihr eine doppelte Dosis verabreicht ...«

»Wer?«, hörte Celia Hassan Aga fragen.

»Was glaubst du wohl, wer es war?«, fauchte die *cariye*. »Wer sonst soll es gewesen sein?«

Celias Kopf sank in die Kissen. Von irgendwo in der Nähe kam ein leises, gequältes Stöhnen. Sie versuchte es zu orten, aber ihre Augen gehorchten ihr nicht, sondern rollten weg, und die Schläfrigkeit zog sie immer tiefer hinab, tiefer und tiefer in einen Abgrund. Ihr Körper fühlte sich so schlaff und kraftlos an wie der eines Säuglings. Sie zogen ihr das Überkleid aus, ließen ihr aber das weiße Batisthemd, das sittsam Schultern und Brust bedeckte. Das Stöhnen kam näher.

»So helft ihr doch!«

Eine seltsam flötende Stimme umschwirrte sie. Celia spürte andere, kleinere Hände, die sich an ihr zu schaffen machten, sie in eine halb sitzende Position zogen und gegen seidene Polster und Kissen lehnten. Das Gesicht der kleinen Dienerin, tränenfeucht und aufgequollen, tauchte für ein paar Sekunden neben ihr auf. Das Stöhnen, begriff Celia nun, ging von diesem Mädchen aus, und verriet namenlose, animalische Angst.

Celia versank wieder in der Dunkelheit.

Sie war zu Hause, in England. Vor dem offenen Fenster saß ihre Mutter. Sie trug ihr rotes Kleid und nähte. Sie hatte Celia den Rücken zugewandt, sodass diese nur das Haar sehen konnte, das weich und glatt wie Otterfell im Nacken zu einem Knoten geschlungen war und von einem goldenen Haarnetz gehalten wurde. Die späte Nachmittagssonne sprühte Funken vor den rautenförmigen Glasscheiben. Celia versuchte, ihre Mutter zu rufen, zu ihr zu laufen, aber es gelang ihr nicht. Kein Ton kam über ihre Lippen, und ihre Beine gehorchten ihr nicht, sie waren gelähmt, wie in Treibsand begraben.

Als sie wieder aufwachte, lag sie mit dem Gesicht nach unten auf dem Diwan. In einer Nische an der gegenüberliegenden Wand plätscherte Wasser aus einem kleinen Springbrunnen, ansonsten war es im Zimmer vollkommen still. Zwischen den Polstern und Kissen auf dem Diwan lag auch ein Tigerfell, dessen rötliche Streifen im Kerzenlicht schimmerten. Sie streckte eine Hand aus, um das Fell zu streicheln, und als sie das tat, fiel ihr aus dem Augenwinkel ein ungewohntes Detail auf – der Saum eines Männergewandes.

Einen Moment lang blieb Celia mit geschlossenen Augen liegen. Ihr Mund fühlte sich an wie ausgetrocknet, auf der Zunge lag ein bitterer Geschmack und immer noch lähmte eine warme, schläfrige Mattigkeit ihre Glieder. Vorsichtig öffnete sie ein Auge. Der Saum des Gewandes war immer noch da, aber kein Fuß ragte darunter hervor. Der Mann musste mit dem Rücken zu ihr stehen. Das Gewand bewegte sich zur Seite, und Celia hörte, wie Porzellan klirrte und eine Tasse oder ein Teller abgesetzt wurde. Dann ein leises Husten. Mühsam zwang sie sich, beide Augen zu öffnen. Ihr Körper trieb auf den Seidenstoffen wie auf einem warmen Meer.

»Endlich wach, kleine Schläferin?«

Mit Mühe hielt sich Celia an der Oberfläche. Sie schaffte es, sich in eine kniende Position zu stemmen und die Arme über der Brust zu kreuzen. Ihr Kopf hing so tief auf ihrer Brust, dass sie von dem Mann, der jetzt auf sie zutrat, nur die Füße sehen konnte.

»Hab keine Angst.« Er stand nun vor ihr. »Aysche, nicht wahr?«

Celia dachte an Annetta, und wie sie sich aneinandergeklammert hatten, während das Schiff immer tiefer sank. Das haben wir überlebt, hatte Annetta ihr ins Gedächtnis gerufen, und so werden wir auch das hier überleben.

»Nein, Majestät ...« Nur mit Mühe brachte Celia die Worte heraus und ihre Stimme klang belegt. »Kaya ist mein Name.«

»So, dann also Kaya.«

Er hatte sich neben sie gesetzt und zog ihr das dünne Hemd von der Schulter. Sie sah seine Hand: Die Haut war hell, von Pigmentflecken gesprenkelt, die Nägel waren poliert und glänzten wie Monde. Am Daumen trug er einen Ring aus geschnitzter Jade. Erwartete er, dass sie ihn ansah? Sie wusste es nicht, aber es schien keine große Rolle zu spielen. Er streichelte ihre Schulter, und während er das tat, fiel sein Gewand auseinander und sie sah, dass er darunter nackt war. Er saß jetzt so dicht neben ihr, dass sie ihn riechen konnte. Ein kräftiger Mann. Aus den Falten des Stoffs stieg ein süßlicher Moschusduft auf, aber in das Parfüm mischte sich ein unverkennbar männlicher Geruch nach Schweiß und Geschlecht.

»Wie hellhäutig du bist ...« Er strich mit den Fingern sanft vom Nacken über ihren Rücken hinab, und Celia überlief ein Schauer. »Darf ich dich ansehen?«

Es dauerte ein paar Sekunden, bis Celia begriff, was er von ihr wollte. Dann hob sie, immer noch kniend, die Arme und zog das Hemd über den Kopf. Trotz der warmen Nacht war die Luft im Zimmer kühl. Celia war ganz ruhig. Unterwürfig. Wird es wehtun? fragte sie sich. Sieh mich an, ich habe keine Angst, sagte sie in Gedanken zu Annetta, und es stimmte tatsächlich.

»Leg dich hin für mich.«

Seine Stimme war sanft. Mit einem leisen Seufzen ließ sich Celia zwischen die in allen Farben schillernden Kissen sinken. Ihre Glieder fühlten sich weich und warm und merkwürdig biegsam an. Als er ihre Beine auseinanderschob, drehte sie den Kopf zur Seite. Aber es war so angenehm, nur dazuliegen, und seine Berührung war so zart, dass sie nicht versuchte, sich ihr zu entziehen, auch dann nicht, als er die Finger zwischen ihre Schenkel schob und ihre weiche weiße Haut streichelte. Alle Empfindungen waren intensiver: Das rötliche Tigerfell lag flammend und weich an ihrer Wange, die Juwelen hingen schwer wie Blei an ihrem Hals und in den Ohrläppchen. Nur mit Schmuck bekleidet fühlte sie sich doppelt nackt. Und doch empfand sie keinerlei Scham. Sie spürte, wie er seine Hand über eine ihrer Brüste legte, und dann an der Brustwarze saugte, bis sie hart wurde. Sie wölbte den Rücken und drückte sich noch tiefer in die weichen Kissen.

Wie lange sie so lag, wusste sie nicht. Wie in Trance verging die Zeit, und sie vergaß zuweilen ganz, wo sie sich befand. Er schien sie nicht küssen zu wollen, deshalb hielt sie den Kopf weiter zur Seite gewandt und betrachtete stattdessen sein Schlafgemach. Auf einem Klapptisch in der Mitte des Raums stand ein Tablett mit Früchten und Blumen und ein Behälter mit einem kühlen Getränk, Wasser oder eiskaltes Scherbet.

Mit einem Mal erregte ein seltsamer Gegenstand, der neben dem Tablett stand, ihre Aufmerksamkeit. Ein Schiff in Miniaturformat. Aber nicht irgendein Schiff: Das Modell hatte eindeutig die Form eines Handelsseglers. Celia blinzelte ungläubig. Vor ihr stand das genaue Abbild des Schiffes, das ihr Vater befehligt hatte! Es sah aus, als sei es aus einem zerbrechlichen, karamellfarbenen Material hergestellt. Es ist eine Zuckerskulptur! Wie die, die John Carew herzustellen pflegte! Aber das kann doch nicht sein, dachte sie bestürzt, was hätte so eine Dekoration hier zu suchen?

Es war natürlich ein Traum. Doch das kleine Schiff wirkte so echt, dass es einen Moment lang zum Leben erwachte – die Segel blähten sich, die Wimpel flatterten in der frischen Brise, und winzige Matrosen, nicht größer als ihr kleiner Finger, schwärmten über die Decks aus. Celia wurde von einem so stechenden Schmerz überwältigt, dass sie ein Stöhnen gerade noch unterdrücken konnte.

Da erhob sich plötzlich draußen ein Tumult: Jemand hämmerte an die Tür, eine Frau kam in ihren weichen Pantöffelchen quer durch den Raum auf sie zugelaufen. Hinter ihr rannten dieselben vier Eunuchen, die Celia früher am Abend in die Privatgemächer des Sultans eskortiert hatten.

»Gülay!« Der Sultan richtete sich auf. »Was ist?«

»Mein Gebieter ... mein Löwe ...« Eine junge Frau, in der Celia Gülay Haseki, die Favoritin des Sultans, erkannte, stürzte vor dem Sultan nieder, küsste ihm die Füße und umhüllte sie weinend mit ihren langen, schwarzen Haaren. »Lasst nicht zu ... lasst nicht zu, dass sie Euch mir wegnimmt!«

»Gülay!« Der Sultan versuchte, sie aufzurichten, aber sie klammerte sich immer noch weinend an seine Füße. »Was ist das für eine Kinderei, Gülay?«

Sie antwortete nicht, schüttelte nur schluchzend den Kopf.

»Nehmt das Mädchen mit«, bedeutete der Sultan den Eunuchen brüsk. »Nehmt alles mit, und hinaus mit euch.«

Die Männer verbeugten sich tief, zogen Celia vom Diwan und führten sie eilig aus dem Raum.

Kapitel 10

Istanbul: Gegenwart

Elizabeths Antrag auf einen Benutzerausweis für die Universitätsbibliothek war gestellt, die Bearbeitung würde einige Tage in Anspruch nehmen. In der Zwischenzeit bemühte sie sich, zu schlafen und nicht an Marius zu denken. In beidem versagte sie völlig.

Ihre Nächte waren unruhig. Manchmal träumte sie davon, dass sie Marius wiedergefunden hatte, in anderen Träumen hatte sie ihn verloren, und jeden Morgen wachte sie mit einem so abgrundtiefen Gefühl von Verlassenheit auf, dass sie sich fragte, wie lange sie das wohl noch aushalten könne.

Es war kalt, und ihr war nicht danach, ins Freie zu gehen. Ihre Trauer hatte ihr sämtliche Energie geraubt, selbst das einfachste Sightseeing war ihr zu viel. Stattdessen gewöhnte sie sich an, neben Haddba im Flur zu sitzen. Elizabeth fand die Gesellschaft der älteren Frau beruhigend. Sie akzeptierte Elizabeths Bedürfnis, einfach still dazusitzen, und stellte keine Fragen.

Sie sprachen nicht viel miteinander. Ab und zu brachte ihnen Rashid, der Nachbarsjunge, einen Apfeltee. Er balancierte ihn auf einem Tablett in zwei winzigen Gläsern, die wie Parfümfläschchen aussahen. Das Getränk schmeckte sehr süß, eher nach Zucker als nach Äpfeln.

»Wenn Sie etwas brauchen – eine Zeitung, Zigaretten, was auch immer –, schicken Sie Rashid, es zu holen«, empfahl ihr Haddba.

Aber morgen bin ich doch schon weg, dachte Elizabeth dann. Doch Tag für Tag blieb sie.

Liebste Eve,
es kommt mir komisch vor, dir einen Brief zu schreiben, aber es passt zu diesem Ort, der sich in den letzten fünfzig Jahren anscheinend überhaupt nicht verändert hat. Das Computerzeitalter ist hier jedenfalls noch nicht angebrochen. (Ich nehme an, das Briefpapier liegt mindestens schon genauso lange in der Schublade. Siehst du die alte Telegrammadresse unten auf dem Blatt? Wann wohl zum letzten Mal jemand eins losgeschickt hat?)

Elizabeth, die im Aufenthaltsraum auf dem Sofa saß, zog die Schuhe aus und schlug die Beine unter, damit ihre Füße warm wurden. Sie saugte an dem Stift. *Das Wetter ist kalt und grau ...* Eine klägliche Stimme in ihrem Kopf mischte sich ein: *Und ich fühle mich kalt und grau und ich will nach Hause, und nur mein Stolz hält mich hier.* Elizabeth warf einen Blick auf ihr Handy-Display. *Und Marius hat mir keine einzige SMS geschrieben, seit ich hier bin ...* Nein, nein, nein! Sie strich die Worte über das Wetter aus und sah sich im Zimmer um, ob es etwas anderes gab, worüber sie schreiben konnte. Dann fuhr sie mit einer Munterkeit fort, die sie nicht empfand:

Ach, und habe ich dir das eigentlich schon erzählt? Es hat sich herausgestellt, dass das hier gar kein Hotel ist, sondern eine Art Gästehaus. Ein Filmregisseur hat sich für drei Monate einquartiert, ein französischer Professor dito und ein paar finster blickende Russen auch, die mit niemandem reden und die bestimmt etwas mit Menschenhandel zu tun haben. Ach ja, und eine mysteriöse alte Amerikanerin, die Bernsteinketten und Turbane trägt und aussieht, als hätte sie zu viele Agatha-Christie-Romane gelesen ...

Aus einer Ecke des Aufenthaltsraums drang ein schwaches Geräusch. Elizabeth blickte auf und sah, dass sie nicht mehr allein war. Ein Mann saß auf einem Sessel und las in einer Zeitung, die Rashid ihm gekauft hatte.

Die anderen Gäste sind überwiegend Türken, wenn man sie überhaupt Gäste nennen kann. Sie scheinen hier nicht zu wohnen, sondern kommen nur vorbei, um mit Haddba, der Besitzerin, Tee zu trinken, oder sie sitzen herum und lösen Kreuzworträtsel oder spielen Dame.

Elizabeth blickte wieder hoch. Der Türke war immer noch da und las seine Zeitung. Das leise Rascheln des Papiers gab dem stillen Raum eine friedliche Atmosphäre.

Ich treffe die anderen Gäste jeden Morgen beim Frühstück und manchmal im Salon, einem altmodischen Raum mit Palmen und Messingtöpfen und steifen Plüschmöbeln und einem alten Plattenspieler, wie meine Eltern ihn hatten (komisch, wenn man bedenkt, dass der inzwischen auch ein Museumsstück ist). Man kann die LPs übereinanderstapeln und sich stundenlang mit ziemlich kratziger Musik berieseln lassen. Ab und zu bleibt eine der Platten hängen und dann spielen wir eine Art Geduldsspiel und warten ab, wer als Erster kapituliert und aufsteht, um den Arm ein Stück weiterzusetzen ...
Sobald ich kann, werde ich nach einer anderen Bleibe Ausschau halten ...

Später lockte das wässrige Sonnenlicht Elizabeth doch noch hinaus und sie machte einen Spaziergang. Ihre Finger umklammerten das glatte Mobiltelefon in der Manteltasche wie einen Talisman. Immer noch keine Nachricht. Sie lief durch die engen Straßen mit ihren zahllosen kleinen *pasajs*, wo intellektuell aussehende Männer mit Filzhüten Domino spielten oder Zeitung lasen. Weiter ging es über die Hauptstraße Istiklal Caddesi, vorbei an den mächtigen alten Botschaftsgebäuden, an den Patisserien und Imbissläden.

Unter anderen Umständen hätte Elizabeth das Gewimmel genossen. Aber jetzt hob sie die Schultern, um sich gegen die Kälte zu wappnen, und beschleunigte den Schritt. Obwohl es erst November war, roch sie Schnee; die kalte Luft brannte auf ihrem Gesicht.

Alles ist so grau, wie ich mich fühle, dachte sie resigniert, und wanderte lustlos über die Galata-Brücke. Männer mit Angelruten lehnten an der Balustrade. Auf der anderen Seite ragten die Minarette der Moscheen und ihre seltsam flachen Kuppeln wie fantastische, unheimliche Insekten in den Himmel.

An den Anlegestellen von Karaköy auf der anderen Seite der Brücke blieb Elizabeth stehen. Sie verweilte kurz auf den Stufen der Yeni Cami, der »neuen« Moschee, die von einer Valide Sultan im 16. Jahrhundert erbaut worden war, hatte aber nicht die Energie, sie zu betreten. Stattdessen ging sie hinunter an die Anlegestelle der Fähren.

Das also ist Konstantinopel, sagte sie sich. Und das, diese Wasserstraße, die es von Galata trennt, ist das Goldene Horn. Elizabeth fröstelte. Nicht besonders golden, fand sie, als sie trübsinnig ins Wasser starrte. Das Wasser war dunkel, fast schwarz und schimmerte an manchen Stellen ölig. Männer rösteten am Ufer über Kohlebecken Kastanien, andere trugen Tabletts mit Imbissen: Brotringe mit Sesam, Pistazien, seltsame, gummiartige Knollen, die Elizabeth bei genauem Hinsehen als gebratene Muscheln erkannte.

Sie kaufte eine Tüte Pistazien für Rashid und ein Fisch-Sandwich für sich selbst. Sie aß das Sandwich im Stehen und blickte dabei zurück über das Wasser zu dem Viertel, aus dem sie gekommen war. Sie versuchte, Haddbas Gästehaus zu finden, aber aus der Ferne erkannte sie nur den Galata-Turm und darunter das Gewirr von Telegrafendrähten, Anzeigetafeln und gelblichen und rosafarbenen Gebäuden, die bis ans Ufer hinunterreichten.

Der Rauch aus den Kastanienröstereien schob sich vor das Panorama. Elizabeth kniff die Augen zusammen. Dort, in der Vorstadt Vigne di Pera, hatte einst der Palast gestanden, in dem Paul Pindar gewohnt hatte. Sie versuchte sich vorzustellen, wie dieser Distrikt auf der anderen Seite des Goldenen Horns damals ausgesehen hatte, mit den Villen der ausländischen Kaufleute, deren Lagerhäuser mit Ballen von Tuch gefüllt waren, Tuch mit blumigen Namen wie Batist und Kalmank, Damask und Atlas, Taft und Chiffon.

Die Genueser hatten als Erste mit den Osmanen in Konstantinopel Handel getrieben, danach die Venezianer, und auf sie folgten die Franzosen. Die englischen Kaufleute waren erst relativ spät dazugekommen, hatten sich mit jugendlicher Energie und Unverfrorenheit in den Handel hineingedrängt und sich ihren Platz zwischen den etablierten Handelsmächten erobert. Sie sind ihnen ordentlich auf die Füße getreten, wenn mich nicht alles täuscht, dachte Elizabeth lächelnd. Lautete so das Urteil ihrer Rivalen? Dass sie Emporkömmlinge, *nouveaux riches* waren? Sie selbst hatte ein anderes Bild vor Augen: englische Straßenhändler, in einer wenig kleidsamen Tracht aus Wams und Kniehose.

Das Handy in Elizabeths Tasche vibrierte. Sie griff hastig danach und ließ es vor lauter Eifer fast aus ihren kalten Fingern rutschen.

Oh, Marius, Marius, mein … Aber es war nicht Marius.

»Hallo, Elizabeth«, sagte eine Frauenstimme. »Hier ist Berin.«

»Berin!« Elizabeth versuchte, erfreut zu klingen.

»Ich habe gute Neuigkeiten für dich. Wenigstens hoffe ich, dass du dich freuen wirst.«

»Du hast meinen Benutzerausweis?«

»Noch nicht, aber es wird nicht mehr lange dauern. Nein, etwas anderes. Ich habe dir doch erzählt, dass ich für eine englische Filmproduktionsfirma gedolmetscht habe, die hier einen Film dreht.«

»Ja, ich erinnere mich.«

»Ich habe mit der Regieassistentin gesprochen und ihr von deinem Projekt erzählt. Sie war sehr interessiert. Sie sagt, wenn du willst, kannst du am Montag mit in den Palast kommen, wenn sie dort drehen. Er ist an diesem Wochentag gewöhnlich für Besucher geschlossen, aber sie haben eine Sondererlaubnis. Sie setzen dich einfach als Recherche-Assistentin auf ihre Liste, und dann kannst du dich in Ruhe umsehen.«

»Das ist fantastisch, Berin!«

»Normalerweise bekommt man nur ein Ticket für einen bestimmten Termin, und auch dann darfst du nur fünfzehn Minuten bleiben, während ein Wächter dich mit Argusaugen beobachtet. Jemand ganz oben …«

Berins Stimme ging im Signalhorn einer Fähre unter.
»Was hast du gesagt?«
»Ich sagte, jemand ganz oben muss dich lieben.«
»Danke, Berin.« Elizabeth rang sich ein müdes Lächeln ab. »Wenigstens einer.«

Kapitel 11

Konstantinopel: 1. September 1599

Vormittag

Das Haus des Astronomen Jamal al-Andalus lag am oberen Ende einer engen Straße in dem Gewirr von steilen, gewundenen Gässchen, die sich vom Galata-Turm zu den Anlegestellen der Kaufleute am Ufer hinunterzogen. Paul und Carew wurden von zwei der Gesandtschaftsjanitscharen begleitet. Es war noch früh am Tag und erst wenige Menschen waren unterwegs. Die Häuser lehnten haltsuchend aneinander, ihre Holzwände waren wie von einer natürlichen, mattbraunen Patina überzogen. An Spalieren rankte Wein empor, der den Boden mit einem anmutigen Schattenmuster sprenkelte.

»Und wer ist nun dieser Bursche, dieser Astronom?«, fragte Carew Paul im Gehen.

»Jamal? Ich kenne ihn, seit ich nach Konstantinopel gekommen bin. Von Jamal al-Andalus, einem ehemaligen Schützling des Astronomen Takiuddin, hörte ich schon bald. Ich habe ihn aufgespürt und ihn gebeten, mich in Astronomie zu unterrichten.«

»Takiuddin?«

»Der Meister ist nun tot, aber er war zu seiner Zeit ein bedeutender Gelehrter. Er baute hier in Konstantinopel unter dem alten Sultan Murad III. ein berühmtes Observatorium. Jamal war einer seiner Schüler, der brillanteste, wie es heißt.«

»Dann gehen wir jetzt also zu diesem Observatorium?«

»Das nicht. Es ist auch eine Art Observatorium, aber nicht Takiuddins. Das wurde vor Jahren zerstört.«

»Was ist damit geschehen?«

»Der Sultan ließ sich von einigen Religionsführern überzeugen, dass es Gottes Willen widerspricht, die Geheimnisse der Natur erforschen zu wollen. Sie schickten einen Trupp Soldaten, der das gesamte Observatorium zerstörte. Bücher, Geräte, alles.« Paul schüttelte den Kopf. »Es heißt, dass die Geräte, die Takiuddin hier baute, die besten der Welt waren – genauer als die von Tycho Brahe in Uraniborg.«

Sie waren an ein Haus gelangt, das die Form eines kleinen Turms hatte. Einer der Janitscharen klopfte mit seinem Stock gegen die Tür.

»Schön und gut«, räsonierte Carew, »aber was hat er mit dem Palast zu schaffen? Deshalb sind wir doch hier, oder nicht? Um zu erfahren, ob er uns helfen kann?«

»Jamal unterrichtet die kleinen Prinzen in der Palastschule im Rechnen.«

»Weißt du, wie oft er hingeht?«

»Nein, aber wohl recht oft. Es wird dort viel geschwatzt, und er kann sicher etwas aufschnappen, wenn er weiß, was wir erfahren wollen.«

»Und du glaubst wirklich, er wird dir diesen Gefallen tun?« Carew war skeptisch. »Warum sollte er? Ist es nicht gefährlich für ihn, wenn er für einen Fremden, einen Christen noch dazu, spioniert?«

»Ich werde ihn nicht bitten zu spionieren, sondern nur, dass er etwas für uns herausfindet.«

»Grützkopf würde das nicht gefallen.«

»Grützkopf wird es nie erfahren.«

Jamals Diener, ein Junge von etwa zwölf Jahren, öffnete die Tür und ließ sie ein. Carew wartete mit den Janitscharen, während Paul, wie es seinem höheren Rang entsprach, in ein Vorzimmer geführt wurde. Nach wenigen Minuten betrat ein kleiner Mann mittleren Alters, der einen schlichten, blütenweißen Kaftan trug, den Raum.

»Paul, mein Freund!«

»Jamal!«

Die beiden umarmten sich.

»Es ist früh für einen Besuch. Ich hoffe, Ihr habt nicht noch geschlafen?«

»O nein, ganz und gar nicht. Ihr kennt mich, ich schlafe nie. Wie schön, dass Ihr hier seid. Es ist schon Wochen her ... Ich dachte, Ihr hättet mich vergessen.«

»Euch vergessen, Jamal! Ihr wisst, das könnte mir nie passieren.«

»Ihr wart natürlich mit Gesandtschaftsangelegenheiten beschäftigt.«

»So ist es. Vor zwei Wochen ist endlich das Schiff unserer Kompanie eingetroffen, die *Hektor*.«

»In der Tat, mein Freund, das konnte man kaum übersehen.« Die Augen des Astronomen funkelten vergnügt. »In der ganzen Stadt spricht man über die *Hektor*. Und man sagt, sie habe unserem Sultan und unserer Valide Sultan – Friede und Segen sei mit ihnen – die wunderbarsten Geschenke gebracht. Eine englische Pferdekutsche für die Mutter unseres Sultans. Und für seine Majestät eine mechanische Uhr, die Melodien spielen kann ... Ist das tatsächlich wahr?«

»Die Kompanie wird dem Sultan eine Orgel als Geschenk überreichen. Aber soviel ich weiß, ist auch eine Uhr eingebaut, dazu Engel, die Trompeten blasen, ein Busch voller Singvögel und viele Dinge mehr. Eine solche Menge wunderbarer mechanischer Apparaturen, wie sie unser erfinderischer Orgelbauer nur ersinnen konnte. Es soll das erstaunlichste Wunderwerk sein, das der Sultan je zu Gesicht bekommen hat, das heißt, bekommen *wird* – wenn unser Orgelmacher es repariert hat. Sechs Monate im Bauch der *Hektor* haben leider ihren Tribut gefordert, aber glaubt mir, das Warten wird sich lohnen.« Paul lächelte. »Ihr seht also, ausnahmsweise sind die Gerüchte einmal wahr.«

»Gerüchte und Wahrheit? Ich wäre vorsichtig, diese beiden in einem Atemzug zu nennen. Dennoch gratuliere ich Euch«, sagte der Astronom mit einer angedeuteten Verbeugung. »Und nun kann Euer Gesandter, der ehrenwerte Sir Henry, endlich seinen Antrittsbesuch machen. Ihr seht, ich bin ein Palastspion. Ich weiß alles!« Jamals Blick fiel durch die Tür auf Carew, der immer noch im Vorzimmer wartete. »Ihr habt jemanden mitgebracht. Wer ist Euer Freund? So bittet ihn doch herein!«

»Ich habe John Carew mitgebracht.«

»Den berühmten Carew? Der Mann, der stets in Schwierigkeiten steckt? Wen hat er diesmal in Rage versetzt?«

»Den Koch des Gesandten, fürchte ich, aber das ist eine lange Geschichte. Lasst Euch von ihm nicht provozieren, Jamal. Seine Manieren sind – wie soll ich sagen? – gelegentlich etwas ruppig. Er gehörte lange Jahre zum Haushalt meines Vaters, und nun habe ich ihn in meinen geholt, aber wenn ich ehrlich sein soll, so ist er für mich mehr ein Bruder als ein Diener.«

»Dann soll er auch mir ein Bruder sein.«

Paul bedeutete Carew einzutreten. »Jamal fragt, ob du derjenige bist, der immer in Schwierigkeiten steckt. Was soll ich ihm antworten, John?«

»Antworte ihm, ich bin der, der in einem lecken Waschzuber um die halbe Welt segeln würde, um meinem Herrn zu Diensten zu sein.« Carew erwiderte den klaren Blick des Astronoms. »Erzähle ihm, wie ich dir ebenso oft aus Schwierigkeiten half, wie ich selbst in welchen steckte. Sag ihm, er soll sich um seine eigenen ...«

»Seid gegrüßt, John Carew. *As-Salam alaikum.*« Der Astronom verneigte sich und legte die rechte Hand auf das Herz.

»Seid gegrüßt, Jamal al-Andalus. *Wa alaikum as-salam*«, gab Carew die landesübliche Begrüßung zurück. Dann wandte er sich an Paul. »Von dem, was du mir erzählt hast, dachte ich, er wäre älter.«

»Nun, ich bedaure, ihn enttäuschen zu müssen«, sagte Jamal mit einem amüsierten Lächeln. »Ihr dagegen, John Carew«, fuhr er galant fort, »seid genau so, wie Euer Herr Euch beschrieben hat.«

»Ich entschuldige mich, Jamal, für das schlechte Benehmen meines Dieners«, sagte Paul seufzend. »Jamal al-Andalus ist ein berühmter Gelehrter und ein sehr weiser Mann, weise weit über seine Jahre hinaus. Und zu unserem Glück auch weise genug, um nicht auf einen Dummkopf wie dich zu achten.«

»Wisst Ihr«, sagte Carew mit einem rasch aufblitzenden Lächeln zu dem Astronomen, »es gibt Zeiten, in denen mein Herr genau wie sein Vater klingt.«

Jamal al-Andalus blickte von einem zum anderen. Seine schwarzen und durchdringenden Augen blitzten vor Vergnügen.

»Kommt, Gentlemen! Kommt bitte mit mir, damit ich Euch Erfrischungen reichen kann.«

Jamal führte sie über eine Treppe in das Obergeschoss des Hauses, wo sich ein zweiter kleiner Vorraum befand. Auf einer steinernen Sitzbank lagen Kissen, und die Gitterfenster gingen auf das Sträßchen. Hinter den Dächern war gräulich schimmernd gerade noch der Bosporus zu erkennen. Der junge Diener, der ihnen die Tür geöffnet hatte, brachte ein Tablett mit winzigen Tassen.

»Das ist unser *kahveh*, ein arabisches Getränk aus dem Jemen. Möchtet Ihr es versuchen, John Carew? Paul hat schon großen Geschmack daran gefunden.«

Carew nippte an der aromatischen Flüssigkeit, die ihm sämig und bittersüß über die Zunge rann.

»Es hat viele interessante Eigenschaften«, sagte Jamal und trank seine Tasse in einem Zug aus. »Eine davon ist, dass es mich nachts wach hält, sodass ich länger arbeiten kann.« Er wandte sich an Paul. »Aber für Euch ist es zum Betrachten der Sterne etwas früh am Tag, mein Freund.«

»Ich bin nicht deswegen gekommen. Ich wollte Euch ein Geschenk überreichen, als kleines Zeichen meiner Wertschätzung. Ich hatte Carew gebeten, es auf der *Hektor* mitzubringen.« Paul zog ein in Leder gebundenes Buch hervor und reichte es dem Astronomen.

»*De revolutionibus orbium coelestium libri sex*. Von den Umdrehungen der Himmelskörper, sechs Bücher.«

»Ah, Euer Nikolaus Kopernikus.« Der Astronom schmunzelte. »Mein Meister Takiuddin – Allahs Gnade sei mit ihm – sprach oft von ihm. Wie kann ich Euch danken? Sie haben mir alles zerstört. Fast alles.«

»Ihr habt mich so viel gelehrt – keinen Dank, bitte«, sagte Paul.

»Bücher sind teuer«, sagte Carew ohne Bitterkeit. »Aber Sekretär Pindar ist reich, ich habe läuten hören, dass ihn seine Jahre in Venedig reicher gemacht haben als unseren Gesandten.« Er war ganz offensichtlich schon wieder zu Späßen aufgelegt. »Er kann sich solche Geschenke also leisten.«

»Es ist sehr schön«, sagte Jamal bewundernd, während er mit den Fingern fast ehrfürchtig über den Einband strich. Dann schlug er das Buch auf und betrachtete die Titelseite. »Natürlich lateinisch.«

»Ich habe es für Euch in London binden lassen. Ich wusste, Ihr würdet das Original haben wollen«, sagte Paul. »Die Gesandtschaft beschäftigt einen Schreiber, einen spanischen Juden«, fügte er hinzu. »Ich habe dafür gesorgt, dass er es für Euch übersetzt.«

»Mendoza? Ja, ich kenne ihn«, sagte Jamal nickend. »Er wird gute Arbeit verrichten. Die Ideen dieses Kopernikus sind in Eurem Land immer noch sehr umstritten, nicht wahr?«

»Unsere Kirchenmänner lieben ihn gewiss nicht. Er ist seit vielen Jahren tot, und erst jetzt finden seine Ideen Anhänger. Manche nennen es eine heliozentrische Weltsicht, andere nennen es blanke Ketzerei.«

»Ihr Europäer seid so festgefügt in Euren Ansichten.« Jamal lächelte.

»Als ich ein Junge war, erzählte man mir, der Mond sei aus Schimmelkäse«, mischte sich Carew fröhlich ein, »aber ich würde dafür nicht auf den Scheiterhaufen gehen.«

»In unserer Tradition gibt es einen solchen Konflikt nicht«, sagte Jamal, während er nachdenklich die Buchseiten umblätterte. »Der Qu'ran sagt nur: *Er ist es, Der die Sonne zu einer Leuchte und den Mond zu einem Licht gemacht und ihm Stationen zugewiesen hat, damit ihr die Anzahl der Jahre und die Berechnung der Zeit kennt.*« Mit geschlossenen Augen rezitierte er die Sure weiter: »*Und Allah hat all dies ganz und gar in Wahrheit erschaffen. Er macht die Zeichen für ein verständiges Volk klar.*«

Jamal legte das Buch beiseite. »Das bedeutet Folgendes: Die Bewegungen der Sterne und Planeten müssen sorgfältig studiert werden, damit man die wahre Natur des Kosmos erkennt.«

»Das ist es aber nicht, was die *ulama* sagten, als sie Euer Observatorium zerstörten.«

»Ach das, ja. Aber das ist lange her.« Der Astronom seufzte. »Ich glaube, dass wir ein gottgefälliges Werk tun.«

Als läge ihm daran, das Thema zu wechseln, erhob er sich. »Möchtet Ihr mein Observatorium sehen? Es ist nichts Besonderes, aber ich habe ein neues Instrument, Paul, das Euch sicherlich interessieren wird.«

Der Astronom schob einen Vorhang an der Wand zur Seite und ging ihnen voran eine enge Wendeltreppe hinauf. Oben fanden sie sich in einem kleinen, achteckigen Raum wieder. An allen acht Seiten befanden sich Fensteröffnungen. Davor waren Jalousien angebracht, die nach Bedarf unabhängig voneinander geöffnet oder geschlossen werden konnten.

»Ihr seht: Wo immer der Mond aufgeht, ich kann ihn von hier sehen«, erklärte Jamal. »Der Turm ist nicht sehr hoch, aber man hat einen überraschend weiten und klaren Blick, und nicht nur in den Himmel.«

Paul, der an einem der Fenster lehnte, sah unter sich die Dächer der Galata-Häuser mit ihren zu einem matten Grau verwitterten Schindeln. Aus der Ferne drang der Ruf eines Wasserträgers zu ihm, und in den schmutzigen Gassen bemerkte er zwei in weite Gewänder gehüllte Frauen, von deren Gesichtern nur die Augen zu sehen waren.

Er wandte sich wieder um und staunte wie jedes Mal, wenn er den Raum betrat, über dessen keusche Schönheit. Unter allen Fenstern befanden sich schlichte, weiß getünchte Nischen, in denen Jamal seine Geräte aufgestellt hatte. Paul nahm die Instrumente nacheinander in die Hand.

»Das ist ein Astrolabium«, erklärte er Carew und hielt eine Messingscheibe hoch, die mit komplizierten Linien bedeckt und mit mehreren beweglichen Zeigern ausgestattet war, auf denen arabische Ziffern standen.

Jamal nahm es ihm aus der Hand. »Astronomen verwenden sie zu vielfältigen Zwecken«, erläuterte er, »aber in erster Linie ist es ein Gerät, mit dem man die Sterne erkunden und die Ergebnisse deuten kann.« Er nahm die Scheibe zwischen Daumen und Zeigefinger und hielt sie sich vor ein Auge. »Man kann durch die Position der Sterne die Uhrzeit erfahren, und von der Uhrzeit die Position der Sterne.«

Dann nahm er ein anderes Instrument in die Hand, eine kleinere Messingtafel, auf die ein ähnlich komplexes Netz von Linien und Inschriften graviert war. »Das nennen wir einen Quadranten. Er ähnelt einem Astrolabium, ist aber in Viertel unterteilt. Wir finden durch ihn unsere täglichen Gebetszeiten. Seht her« – er deutete auf eine arabische Inschrift –, »diese hier steht für den Breitengrad von Kairo, diese für Damaskus, diese für Granada, woher meine Familie ursprünglich stammt.«

Er gab das Gerät an Carew weiter, der es sich zwischen die Finger klemmte.

»Jetzt weiß ich, warum Paul immer herkommt. Instrumente – Ihr seid ebenso verrückt danach wie er. Eine ordentliche Sammlung habt Ihr hier!«

Carew griff nach einem Gerät, das etwa so groß wie das Astrolabium war, und musterte seine Verarbeitung.

»Das ist eine Äquatorialsonnenuhr«, erklärte Jamal.

»*Carolus Whitwell Sculpsit*«, las Carew laut. »Ja, ja, Charlie Whitwell kenne ich, der ist Landkartenzeichner. Sein Laden liegt in der Nähe von St. Clements. Wenn ich einen Penny für jedes Pfund hätte, das Pindar dort ausgegeben hat, wäre ich ein reicher Mann.«

Er betrachtete die Sonnenuhr prüfend. Am Rand waren die Tierkreiszeichen eingraviert, voneinander getrennt durch Schnörkel und Blumen.

»Ihr findet sie aber auch schön, das sehe ich«, sagte Jamal. »Und Ihr habt ganz recht, es war die Liebe zu Instrumenten wie diesen, die Paul und mich zusammengebracht hat. Tatsächlich war es Paul, der viele von diesen hier für mich fand. Er ließ sie mir schicken, hauptsächlich aus Europa, und zwar etliche, wie Eure flinken Augen gleich bemerkt haben, aus London. Sogar einige der besten.«

»Jamal hat mich gelehrt, das Kompendium zu benutzen«, sagte Paul, »vor allem das nächtliche, denn damit hatte ich immer Schwierigkeiten.«

»Und nun könnt Ihr mithilfe der Sterne die Zeit so gut ablesen wie ein Astronom.« Jamal wandte sich wieder an Carew. »Das sind die wichtigsten Instrumente, mit denen ich arbeite. Aber es gibt auch noch andere, schaut her.«

Er deutete auf einen kleinen Messingbehälter, der einen Magnet, einen Jakobsstab, zwei Bronzegloben und eine Armillarsphäre enthielt.

»So etwas habe ich noch nie gesehen«, sagte Paul. Er hob eine runde Metalldose auf und zeigte sie Jamal.

»Ah ja, das ist ein *qibla*-Kompass. Damit finden wir immer die Richtung nach Mekka.« Er öffnete die Dose und zeigte ihnen eine Reihe von Inschriften innen auf dem Deckel. »Hier ist eine Liste der Orte mit der Kompassrichtung nach Mekka.« Jamal drehte sich zu Paul um. »Schönes gibt ewige Freude, nicht wahr?«

In diesem Moment klopfte es an die Haustür. Wenige Sekunden später erschien der Junge und flüsterte seinem Herrn diskret einige Worte zu.

»Nur einen Augenblick bitte, Gentlemen«, entschuldigte sich Jamal. »Wie es scheint, habe ich noch einen Besucher, aber es wird nicht lange dauern.«

Als er gegangen war, bestürmte Carew Paul sofort mit den Worten: »Schön und gut, aber wann fragst du ihn endlich?«

»Alles zu seiner Zeit – so etwas darf man nicht überstürzen, du barbarischer Flegel.«

»Na, mag sein, ich hoffe, du weißt, was du tust.«

Carew griff nach einem der Messing-Astrolabien. Er hielt es sich vor das Auge, richtete die Alhidade aus und blinzelte durch die winzige Öffnung, wie er es bei Jamal beobachtet hatte. Auf einem Tisch lagen mehrere Pergamente, die mit seltsamen Zahlenkolonnen, Symbolen und Pfeilen bedeckt waren; dazwischen befanden sich Federn und Zeichenlineale, Schreibpinsel und Tintenfässer, einige Bögen Blattgold und Töpfchen mit fein zerstoßenen roten, blauen und grünen Mineralien.

»Ein rechter Zauberer, dein Freund Jamal«, befand Carew nach einem raschen Blick auf das Ganze. »Bist du sicher, dass er nur ein

Rechenlehrer ist?« Er hob eines der Töpfchen hoch und roch daran. »Ich begreife immer noch nicht, warum er uns helfen sollte.« Er stellte das Töpfchen hin und nahm ein Pergament vom Tisch, das er drehte und wendete, in der Hoffnung, sich einen Reim darauf machen zu können.

»Das sind Ephemeriden. Jamal nennt sie *zij*«, sagte Paul. »Tabellen, mit denen die Astronomen die Bewegungen der Sterne vorhersagen. Und ich würde es wieder hinlegen, wenn ich du wäre, bevor es einen Riss bekommt.«

Aber Carew war nicht in der Stimmung, sich etwas sagen zu lassen. »Du hast meine Frage noch nicht beantwortet. Gehört er zu deinem Kreis der Agenten? Hat er eine Geheimziffer – wie der Sultan und der Großwesir –, die Grützkopf in seine Briefe schreibt?«

»Nicht ganz.« Paul musterte Carew prüfend. »Es stimmt, was ich dir erzählt habe, ich kenne Jamal seit meiner ersten Zeit in Konstantinopel. Wir haben eine Vereinbarung getroffen: Er bringt mir Astronomie bei …«

»… und im Gegenzug verhilfst du ihm zu einer Sammlung von Instrumenten.«

»Du bist so scharfsinnig, Carew, du wirst dich noch mal schneiden.«

»Ach, hör auf, Paul. Charlie Whitwells Sonnenuhr … Ich war dabei, als du sie gekauft hast, weißt du das nicht mehr? Ich weiß, was sie gekostet hat – mehr als eine Astronomiestunde, kein Zweifel.«

»Es war ein fairer Tausch. Quid pro quo.«

»Glaub nur nicht, dass du mich mit deinem aufgeblasenen Latein einschüchtern kannst. Für mich klingt das nach Spionage.«

»Wenn du Jamal besser kennst, wirst du es verstehen. Nenn es … ein Zusammentreffen Gleichgesinnter. Wenn es überhaupt einen Gewinner dabei gibt, dann halte ich mich dafür.«

»Wenn Ihr meint, Sekretär Pindar.« Carew steckte den Finger durch den Ring an der Spitze eines Astrolabiums und hob es hoch, als wolle er sein Gewicht abschätzen. »Aber das sind kostspielige Geschenke.«

»Es waren nicht alles Geschenke«, sagte Paul. »Ich habe ihm Whitwells Sonnenuhr und eines der Astrolabien geschenkt. Die anderen hat er selbst bezahlt.«

Carew sah sich in dem bescheidenen Raum um. »Dann muss er wirklich ein Zauberer sein.«

»Jamal?«, erwiderte Paul lachend. »Das glaube ich kaum.«

In diesem Moment kamen Jamal und sein Diener zurück. Der Astronom hatte sich zum Ausgehen bereit gemacht, er trug jetzt einen Überwurf über dem Kaftan.

»Meine Freunde«, begann er entschuldigend, »ich wurde leider gerufen. Etwas ... Unerwartetes.« Er wirkte mit einem Mal müde. »Aber bitte, bleibt. Seht Euch an, was immer Euch beliebt. Mein Junge« – er legte dem Diener zärtlich die Hand auf den Scheitel – »wird sich um Euch kümmern.«

Als Jamal gerade den Raum verlassen wollte, drehte er sich noch einmal um und fragte: »Euch geht es gut, Paul?«

»Natürlich. Warum fragt Ihr?«

»Ihr wirkt ... ruhelos. Aber ich muss mich getäuscht haben.« Mit diesen Worten verschwand er.

Nachdem er gegangen war, entstand ein längeres Schweigen.

»Sag nicht, dass ich dir das nicht vorausgesagt habe.«

»Keine Sorge, er wird zurückkommen.«

Paul trat an eines der offenen Fenster, vor dem er gedankenverloren stehen blieb. Jamal war gerade aus dem Haus getreten. In seiner Begleitung befand sich eine unverschleierte Frau, die die typische schwarze Kleidung der Jüdinnen trug.

»Warte mal, ich bin sicher, dass ich diese Frau von irgendwoher kenne.« Carew war neben Paul getreten und hatte sie ebenfalls erspäht.

»Ja, du kennst sie«, bestätigte Paul. »Alle kennen sie.«

»Die Malchi?«

»Esperanza Malchi.« Paul trat einen Schritt vom Fenster zurück, damit man ihn nicht bemerkte. »Die *kira* der Valide, eine Art Mittlerin oder Botin. Eine Person, die Zutritt zum Harem hat ...« Er rieb sich nachdenklich das Kinn. »Sie war an dem Tag bei der Valide, als ich ihr die Geschenke der Königin überreichte.«

»Was, glaubst du, will sie von Jamal?«

Paul antwortete nicht. Er beobachtete, wie die Jüdin mit ihrem seltsam wogenden Gang vor Jamal herging. Sie wirkte wie eine, die es gewohnt ist, dass man ihr folgt. Paul holte sein Kompendium aus der Tasche und hielt es in der Hand, als wolle er das Gewicht abwägen.

Hinter sich hörte er Carews Stimme: »Und wenn Jamal nun für dich herausfindet, dass eine englische Frau …, dass Celia tatsächlich da drinnen ist? Wie ist dann dein Plan, Pindar?«

»Wenn Celia am Leben ist?« Mit zitternden Fingern hob Paul das Kompendium an die Lippen. »Dann holen wir sie natürlich heraus.«

»Ich hatte so ein Gefühl, dass du das sagen würdest.« Carew blickte Esperanza und Jamal nach, die fast schon außer Sicht waren. »Das wird ein richtig interessantes Abenteuer«, stellte er zufrieden fest.

Später am Vormittag

Hassan Aga wurde von Stimmen geweckt.

»Spricht er? Was sagt er?«

Er wusste sofort, dass es die Safiye war, von der die Worte kamen. Was machte sie an diesem dunklen Ort? Bevor er darauf eine Antwort fand, geschah etwas, das Hassan Aga noch mehr verwunderte: Eine Männerstimme antwortete ihr. Ein Mann im Inneren des Harem? Unmöglich …

»Ich kann nicht …, es ist zu undeutlich.« Er spürte, wie sich die andere Gestalt lauschend über ihn beugte. »Ein Traum. Oder eine Halluzination. Ganz natürlich unter diesen Umständen.«

»Dann lebt er also noch.« Das war wieder Safiyes Stimme. »Kann er uns hören?«

»Schwer zu sagen. Sein Körper ist gelähmt. Aber sein Geist …« Der Mann hielt die Fingerspitzen sachte unter Hassan Agas Nase, um seinen Atem zu prüfen. »Ja«, bestätigte er, »sein Geist lebt.«

»Gibt es etwas, das man tun könnte?«

Der Mann zögerte. »Ich bin kein Arzt …«

»Das weiß ich«, erwiderte die Frau ungeduldig. »Ich habe Euch holen lassen, weil Ihr … andere Kräfte habt. Wir … ich … wir wollen wissen, ob er am Leben bleiben wird. Ich muss wissen, welches Schicksal ihm bevorsteht.«

»Das kann ich Euch nicht sagen, ohne die Tabellen zu konsultieren, und das braucht Zeit. Aber möglicherweise …« Ein kurzes Schweigen folgte, dann fuhr er fort: »Ich müsste ihn untersuchen.«

»Tut, was nötig ist, und ohne Furcht. Alles, versteht Ihr. Ihr wisst, dass Ihr immer meinen Segen habt.«

Hassan Aga hörte, wie eine Lampe angezündet wurde, und sah das Licht näher kommen. Jemand sog scharf den Atem ein.

»Im Namen Gottes, des Allergnädigsten, des Allbarmherzigen«, stammelte der Mann mit leiser Stimme ein *bismillah*. »Wer konnte so etwas tun?«

»Ist es Gift?« Safiye stand jetzt außerhalb des Lichtkreises, den die Lampe warf. Ihre tief verschleierte Gestalt warf einen langen Schatten an die Wand.

»Ja, Gift«, entgegnete der Mann mit heiserer, bewegter Stimme, »ohne Zweifel.«

Trockene, warme Hände befühlten die haarlose und einst glatte Haut an Hassans Gesicht und Oberkörper. Ein zarter Duft nach Sandelholz.

»Wunden. Seht, es sind überall Wunden. Bedauernswertes Geschöpf.« Ein leichter Druck gegen eine Seite des Kopfes. »Und er hat aus den Ohren geblutet. Tsss ...« Ein unwillkürliches, erschrockenes Ausatmen. »Und aus den Augen. Wer tut so etwas? Wer will so viel Leiden zufügen?«

»Denkt nicht darüber nach. Wird er am Leben bleiben?«

Der Mann strich mit sanftem Druck über Hassan Agas monströs geschwollenen Bauch. »Seine inneren Organe sind geschwollen, auf das Mehrfache ihrer normalen Größe.« Er nahm Hassan Agas Handgelenk und hielt es lange zwischen den Fingern. »Aber ... wie durch ein Wunder ist sein Puls regelmäßig.«

»Sagt mir«, wiederholte die Frau nun mit wachsender Ungeduld, »wird er leben?«

»Der Oberste der Schwarzen Eunuchen besitzt die Kraft vieler Männer«, antwortete der Mann und ließ sich in die Hocke zurücksinken, »mit der rechten Pflege ist es möglich, dass er am Leben bleibt.«

»Dann müsst Ihr ihm helfen ... Ihr verfügt über die Macht ...«

»Ich fürchte, dass meine ›Macht‹, wie Ihr sie nennt, ihm nun wenig helfen kann. Wie Ihr seht, ist der Schaden bereits angerichtet.« Der Mann sah sich in der feuchten, fensterlosen Kammer um. »Er braucht angemessene Pflege. Nicht hier. Er braucht Licht, Luft ...«

»Er wird all das bekommen«, unterbrach Safiye ihn knapp. »Selbst ich kann den Schwarzen Obereunuchen nicht unbegrenzt versteckt halten. Aber Ihr solltet ihn Euch zuerst ansehen, vor allen anderen. Er braucht noch etwas anderes. Macht ihm einen Talisman, zu seinem Schutz – den mächtigsten, den ihr zuwege bringt. Und wenn er überlebt, werdet Ihr entlohnt werden, reich entlohnt, das schwöre ich. Ich habe mich Euch gegenüber in der Vergangenheit doch immer erkenntlich gezeigt, oder nicht?«

Der Mann schwieg für eine Weile. Schließlich neigte er den Kopf und sagte: »Ich werde tun, was Ihr wünscht, aber zuerst muss ich etwas wissen. Wer sind seine Feinde? Und woher wisst Ihr, dass sie es nicht erneut versuchen werden?«

»Es gibt keinen Grund zur Furcht.« Safiye Sultan trat aus dem Schatten in den Lichtkegel der Lampe. »Ihr steht unter meinem Schutz.«

»Ich fürchte nicht um mich selbst«, sagte der Mann sehr leise. »Wisst Ihr, wer das getan hat? Wenn ja, Majestät, müsst Ihr es mir sagen.«

Es entstand eine lange Pause.

»Ich weiß es.«

»Dann müsst Ihr mir ihre Namen nennen. Der Talisman wirkt sonst nicht.«

Hassan Aga strengte sich an, Safiyes Antwort zu vernehmen, aber das Rauschen des Blutes in seinen Ohren übertönte ihre Stimme.

Später, viel später, erwachte Hassan Aga abermals. Er verspürte einen Druck auf die Blase. Sie hatten ihm sicher Wasser oder etwas anderes eingeflößt, um die verlorene Körperflüssigkeit zu ersetzen.

Der Druck wurde immer stärker, doch ohne sein Röhrchen konnte er nicht urinieren. Er hob die Hand zum Kopf, aber der hohe weiße Amtshut war fort. Indem er all seine Energie zusammennahm, rollte sich Hassan Aga auf die Seite. Die Anstrengung ließ sein Herz hämmern. In dieser Haltung streckte er den Arm aus und tastete suchend über den kalten Steinboden. Nichts. Schweißperlen traten ihm auf die Stirn, sammelten sich zwischen den dicken, fleischigen Hautfalten im Nacken.

Sie hatten versucht, ihn zu vergiften. Sein Verstand arbeitete jetzt wieder klar. Sie hatten versucht, ihn umzubringen, jedoch ohne Erfolg. Er wusste, was sie nicht wussten: Hassan Aga besaß die Kraft von zehn Männern. Aber ohne sein Röhrchen, ohne die Möglichkeit zu urinieren, würde ihn nicht einmal die Kraft von hundert Männern retten.

Hassan Aga, Kleine Nachtigall, ließ sich mit seiner geschwollenen Blase unter Schmerzen auf die Strohmatratze zurücksinken. Die Augen fielen ihm wieder zu, doch kurz bevor sie sich schlossen, nahm er einen dünnen Streifen Tageslicht wahr, der in den Raum fiel. Es gab also eine Tür. Seine Gedanken schweiften ab. Er erinnerte sich, wie sie ihn bis zum Hals im Sand eingegraben hatten, und wie das Mädchen immer wieder zu ihm gekommen war und ihm Kürbisstückchen auf die aufgesprungenen Lippen gepresst hatte, um seinen Durst zu lindern.

Lily. Arme Lily. Sie waren doch erst Kinder gewesen.

Er nahm all seine verbleibende Kraft zusammen und rollte sich noch einmal auf die Seite. Diesmal gelang es ihm, sich hochzustemmen, bis er aufrecht hockte. Er wartete, bis sein Herz nicht mehr so heftig hämmerte. Eine Erinnerung von unverhoffter Klarheit stieg in ihm auf – er und Lily betrachteten nebeneinander die Gestirne, die in den langen Wüstennächten am Himmel ihre Bahn ziehen. Er fühlte einen Stich, den er nicht identifizieren konnte, an einem Ort, der vielleicht sein Herz war. Mochte es Reue sein, die er empfand?

Hassan Aga erhob sich mühsam und begann, auf das Licht zuzutappen.

Kapitel 12

Konstantinopel: 2. September 1599

Vormittag

𝒜nnetta! Du bist wieder da!«

»Wie du siehst.«

»Ich habe mich gewundert ..., wo du bist ...«

»Schsch!« Annetta legte einen Finger vor die Lippen. Zwei feuchte Haarsträhnen klebten an ihrem Hals. »Sie wird dich hören.«

Sie deutete mit dem Kinn auf die Meisterin der Mädchen, eine griesgrämige Mazedonierin mit einer großen Nase, die auf dem Hof vor dem Badehaus der *cariy* patrouillierte. Sie trug eine Haselrute in der Hand, die sie mit Eifer und ohne Bedenken schwang, wenn jemand zu viel schwatzte.

»Es ist etwas passiert«, flüsterte Celia, und kniete sich neben Annetta an eines der Steinbecken.

»Was denn?«

»Ich weiß es nicht. Aber ich dachte, du wüsstest es vielleicht. Hast du nicht gestern gesagt, du hättest ein seltsames Gefühl? Früh am Morgen war irgendetwas los. Jemand hat geschrien. Hast du es nicht gehört?«

»Geschrien, sagst du?«

Celia und Annetta waren lange genug im Haus der Glückseligkeit, um zu wissen, wie ernst jedes unziemliche Geräusch genommen werden musste, das die sonst so klösterliche Stille in den Privatgemächern der Valide Sultan brach. Mehrere altgediente Meisterinnen standen in einem Grüppchen zusammen und unterhielten sich halblaut. Aus der oberen Etage drang das Geräusch rennender Füße und ein gedämpftes Echo von Stimmen.

»Ich weiß tatsächlich etwas.« Annetta blickte rasch über die Schulter zu der Meisterin, die gerade einer ihrer Dienerinnen eine Anweisung gab. »Aber du musst mir *schwören*, dass du niemandem etwas verrätst. Sie haben *cariye* schon wegen geringerer Verstöße in einen Sack gesteckt und ertränkt.«

»Wovon redest du?«, fragte Celia besorgt.

»Sie haben ihn gefunden, stell dir vor!«

»Wen gefunden?«

»*Ihn*. Den Schwarzen Obereunuchen.«

Celia sah Annetta verständnislos an. Meinte sie diese furchterregende Gestalt, diesen schwarzen Riesen mit dem hohen weißen Amtshut, der mit seinem komischen schwingenden Gang vor ihr durch den Flur getrippelt war? Sie erinnerte sich an seine Speckrollen im Nacken und wie seine schwarze Haut geglänzt hatte.

»Wurde er vermisst?«, fragte sie vorsichtig.

»Bist du wirklich so einfältig, Gänschen?« Annetta starrte sie entgeistert an, hatte aber ausnahmsweise keine schlagfertige Antwort parat. »Es hieß, er habe für die Valide in Edirne etwas zu erledigen gehabt. Das war gestern. Dann fanden ihn die Gehilfen des Obergärtners bewusstlos in den Palastgärten. Sie haben keine Ahnung, wie er dahin gekommen ist.« Annetta brachte ihren Mund noch näher an Celias Ohr. »Sie haben den Eunuchen Hyazinth ausgehorcht, du weißt schon, den, der in Fatma verliebt ist, die erste Kammerdienerin der Valide. Sie sagen, er sei furchtbar entstellt – vergiftet ...« Sie konnte kaum weitersprechen. »Es ist nicht sicher, ob er am Leben bleibt oder sterben wird.«

Zu Celias Verblüffung standen Tränen in ihren Augen.

Die Mazedonierin war von einer ihrer Gesellinnen abgelöst worden, einer Georgierin, die jetzt mit klappernden Sandalen auf Celia und Annetta zu eilte.

»Genug jetzt, *cariye*«, fuhr sie dazwischen und schlug die Weidenrute gegen das Steinbecken, aber sie tat es mit weniger Bosheit als die Oberste Meisterin, die gern geräuschlos auf ahnungslose Frauen zuschlich und ihnen blutende Wunden auf dem Handrücken beibrachte. »Alle in ihre Kammern, das hat die Valide so angeordnet.«

Sofort erhoben sich die anderen Mädchen im Badehaus gehorsam und eilten hinaus. Celia sah, dass sie sich mit Zeichen verständigten – wie es alle im Palast taten, wenn das Schweigegebot herrschte.

Celia stand ebenfalls auf und schirmte Annetta ab, so gut sie konnte. Die Miene der Georgierin verriet ihr, dass sie erkannt worden war. Zum ersten Mal empfand sie ihren neuen Status als Macht. Obwohl sie noch keine offizielle Konkubine war, gab ihr das Verhalten der Frau deutlich zu verstehen, dass sie noch als *gödze* galt. Sie war es wert, dass man ihretwegen eine Regel brach – vorläufig jedenfalls.

Dieses Wissen gab ihr Selbstvertrauen. »Madam ...« Sie verbeugte sich tief vor der Georgierin, dankbar für die Umgangsformen, die man ihr im Harem beigebracht hatte. »Ich ... ich fühle mich nicht wohl.« Sie drückte die Hand auf den Magen und fuhr mit aller Selbstsicherheit, die sie aufbringen konnte, fort: »Ich habe Aysche, die Dienerin der Valide, gebeten, mich in meine Kammer zu begleiten.«

»Nun ja ...« Die Gesellin trat einen Schritt zurück und blickte zweifelnd von der einen zur anderen. Annetta bemerkte ihre Unschlüssigkeit und legte rasch eine Hand unter Celias Ellenbogen.

»Ihre Majestät, die Valide Sultan, empfiehlt bei solchen Gelegenheiten eine kalte Kompresse.« Bevor die Frau noch etwas einwenden konnte, hatte sie Celia zur Tür geschoben. »Ich werde mich unverzüglich darum kümmern.«

»Eine kalte Kompresse? Ich hatte die Hand auf den Magen gelegt, nicht an den Kopf. Was muss sie bloß gedacht haben?«

»Glücklicherweise ist es gleichgültig, was sie gedacht hat, wir haben ihr keine Zeit zum Nachdenken gelassen.« Annetta schüttelte leise lachend den Kopf. »So, so. Hier haben sie also den neuen *culo* des Sultans untergebracht.« Sie sah sich in der winzigen Kammer um, in der Celia, der Palastetikette entsprechend, am Tag vor ihrer Begegnung mit dem Sultan einquartiert worden war. Annetta strich mit der Hand über die kühlen, grünen Kacheln und spähte durch das Ziergitter über der Tür, durch das man den Hof der Valide überblickte.

»Du kannst von hier aus ja alles sehen«, bemerkte sie.

»Und jeder kann mich sehen.«

»Was hast du erwartet?«

Annetta war immer noch etwas blass, aber sie hatte ihren beißenden Humor wiedergefunden. Celia sah, wie sie mit raschem Blick den ganzen Raum durchmaß und alles registrierte – die seidenen Kissen, die schön gefliesten Nischen, die Perlmutt-Intarsien in den Türen. In einer offenen Truhe lag das Batisthemd, das sie ihr übergestreift hatten, bevor sie sie zum Sultan brachten, und der Umhang mit dem Zobelfell, den sie ihr danach umgelegt hatten. Der Raum war sehr klein und, abgesehen von diesen wenigen Gegenständen, leer. Aber die *cariyes* teilten sich, wie Celia sehr wohl wusste, oft zu zwölft einen Raum, der nicht viel größer war als dieser.

Annetta verlor keine Zeit mit kleinlichem Neid. Sie öffnete die Tür zum Hof langsam einen Spalt. Die Türangeln quietschten.

»Hmmm. Hätte ich mir denken können. Sie überlässt nichts dem Zufall.«

»Was meinst du, wie lange werden sie mich noch hierbehalten?«

»Hat er noch einmal nach dir gefragt? Deine kostbare Kirsche gepflückt und diese Tatsache in sein großes, dickes Buch eingetragen?«

»Noch nicht.« Celia wusste nicht, ob sie sich bei diesem Geständnis eher schämen oder erleichtert fühlen sollte.

»Dann weiß ich es auch nicht.« Annetta zuckte die Achseln. »Einen Tag, eine Woche?« Sie gab sich betont gleichgültig und fragte wie beiläufig: »Hat er dir etwas gegeben?«

»Nur diese Ohrringe.« Celia nahm eine kleine Schachtel aus einer Vertiefung in der Wand. »Perlen und Gold, glaube ich. Man darf alles mitnehmen, was er zurücklässt. Hier!« Sie hielt sie Annetta mit beiden Händen hin. »Nimm du sie. Ich bin dir etwas schuldig. Für Cariye Lala.«

»Hat dir nicht viel genutzt, oder?« Annetta hockte sich auf den Boden und hielt die Ohrringe gegen das Licht. Ihre schwarzen Augen funkelten argwöhnisch. Sie nahm eine der Perlen zwischen die

Zähne und biss darauf. »Süßwasser«, verkündete sie in beinahe vorwurfsvollem Ton, als hätte Celia versucht, sie als etwas anderes auszugeben. »Keine so gute Qualität wie Salzwasserperlen, aber immerhin fast taubeneigroß.« Sie warf sie achtlos auf das Bettgestell. »Willst du meinen Rat? Bitte nächstes Mal um Smaragde.«

Celia legte die Ohrringe sorgsam wieder in die Schachtel zurück. Eine Zeit lang schwiegen beide. Dann sagte Celia leise: »Ich wollte nicht ausgesucht werden, Annetta. Ehrlich, ich wünschte von ganzem Herzen, man hätte dich genommen.«

»Als frischer knackiger *culo* für den fetten alten Mann?« Annetta zog eine Grimasse. »Nein, danke. Du verstehst immer noch nicht, wie? Ich bin in einem Bordell aufgewachsen, und das hat mir gereicht. Weil das hier auch nichts anderes ist als ein Bordell mit einem einzigen fetten, alten Kunden. Und alle tun so, als wäre es eine außerordentliche Ehre, von ihm auserwählt zu werden! *Madonna!*« Sie redete sich immer mehr in Zorn. »Ha, sie haben ein schlechtes Geschäft gemacht, als sie mich hierher brachten! Hast du dich je gefragt, warum ich in einem Kloster gelandet bin? Meine Mutter hat einmal versucht, mich an einen alten Mann wie den hier zu verschachern, und ich habe ihn so gebissen, dass er nie wieder einen *culo* anrühren wird, das schwöre ich dir. Ich war erst zehn, ein kleines Mädchen. Sollten sie je versuchen, mich diesem alten Gockel vorzusetzen« – sie ruckte mit dem Kopf verächtlich in Richtung Sultansgemächer –, »dann beiße ich ihn auch, darauf kannst du dich verlassen.«

»Genug!« Auf Celias Wangen erschienen zwei rote Flecken. »Eines Tages wirst du uns mit deiner losen Zunge noch beide umbringen!«

»Ich weiß, ich weiß, tut mir leid ...« Annetta ging ruhelos in dem winzigen Raum hin und her. »Etwas Merkwürdiges liegt heute in der Luft, spürst du es nicht?«

Wieder drückte sie die Tür zum Innenhof auf und lugte durch den Spalt, aber im Hof war niemand. Nervös an ihrer Halskette zupfend, fragte sie: »Warum ist alles so still? Ich dachte, du hättest Geschrei gehört?«

»Habe ich auch. Früh am Morgen, aus dem Zimmer der Haseki.«

»Aus dem Zimmer von Gülay Haseki?«

»Ja, ihr Eingang liegt meinem genau gegenüber.« Celia deutete auf die andere Seite des Hofes. »Da drüben.«

»Wirklich?« Annetta reckte neugierig den Hals. »Über ihrem Zimmer befindet sich eine kleine Kuppel, die Wohnung muss also über zwei Stockwerke gehen … Sehr schlau. Es gibt sicher mindestens drei Eingänge, und auch eine Verbindung zum Badehaus der Valide …«

»Ja, das stimmt.« Celia stellte sich neben sie. »Nachts kann ich von hier aus die Sterne sehen«, sagte sie träumerisch. »Das erinnert mich an meine Zeit mit Paul auf dem Schiff meines Vaters. Paul kannte alle Sterne.«

»Ach, vergiss die Sterne, du dummes Mädchen«, fuhr Annetta sie an. »Vergiss die Vergangenheit.«

»Das kann ich nicht.«

»Du musst.«

»Wie soll das gehen?«, fragte Celia verzweifelt. »Ich bin nichts ohne die Vergangenheit …«

»Natürlich bist du etwas, Gänschen«, widersprach Annetta heftig. »Du bist eine Person, die eine Zukunft hat.«

»Verstehst du denn nicht?« Celia setzte sich hin und hielt sich den Magen. »Ich träume jede Nacht von Paul …, kürzlich dachte ich sogar, ich hätte ihn gesehen. Hätte sie *alle* gesehen.« Von Trauer überwältigt, dachte sie an das Zuckerschiff und an die kleinen Figuren in der Takelage, von denen sie sich inzwischen sicher war, dass sie nur in ihrer Fantasie existierten.

»Dann schlaf besser nicht«, riet Annetta ihr mit verschlossener Miene. »Wie oft muss ich es dir noch sagen?« Die Vergangenheit nutzt dir hier nichts, *capito*? Deine Träumerei wird dir keinen Deut helfen.«

Celia betrachtete Annetta nachdenklich. Wie sie sich in den ersten Tagen ihrer Gefangenschaft an sie geklammert hatte! Jähzornig wie ein Teufel sei sie, hatten die osmanischen Korsaren geschimpft, und waren kurz davor gewesen, sie auch über Bord zu werfen, so wie die beiden Nonnen aus Annettas Kloster, mit denen sie gereist war und die zu alt waren, um auf den Sklavenmärkten von Konstantinopel noch etwas einzubringen. Aber es waren gerade Annettas Temperament und ihr beängstigend scharfer Verstand gewesen, die sie gerettet hatten. Annetta wusste sich immer zu helfen, wusste, wann es zu kämpfen galt und wann zu schmeicheln, wann man großtun und Aufmerksamkeit erregen und wann man sich unsichtbar machen musste. Sie hatte es irgendwie geschafft, alle gegeneinander auszuspielen, sogar die Sklavenhändlerin, aus deren Haus in Konstantinopel sie knapp zwei Jahre später als Geschenk der Favoritin an die Valide verkauft worden waren.

Die Dunkle und die Helle zusammen, Herrin. Celia erinnerte sich, wie Annetta einen Arm lasziv um Celias Taille geschlungen und ihre Wange an Celias Wange gedrückt hatte. *Seht her, wir könnten Zwillingsschwestern sein.* Gegen alle Widerstände hatte sie erreicht, dass sie zusammenbleiben konnten.

Aber jetzt? Während sie die Freundin betrachtete, wuchs Celias Unbehagen. Sie hatte Annetta noch nie so nervös erlebt. Sie hatte doch wahrhaftig geweint, als sie vom Unglück des Schwarzen Obereunuchen erfuhr, unfassbar. Celia hatte Annetta noch nie weinen sehen. Was war nur so schlimm daran, wenn Hassan Aga starb? Er wurde von fast allen *cariye* gleichermaßen gefürchtet. Wer im Harem, fragte sie sich, würde seinen Tod betrauern? Doch nicht etwa Annetta?

»Siehst du sie manchmal? Die Haseki, meine ich.« Annetta konnte sich von dem Türspalt nicht losreißen.

»Gülay Haseki? Sie haben mich doch erst vor zwei Tagen hergebracht! Ich habe sie noch nicht gesehen – nicht hier jedenfalls. Aber das kommt schon noch. Wenn der Sultan nach uns – nach ihr – schickt, muss die Meisterin der Mädchen sie über den Hof begleiten und an die Eunuchen übergeben.« Celia hob die Schultern. »Meistens hält sie sich in ihren Räumen auf. Wir sollen eigentlich auch nicht hinausgehen.«

Im Hof war es unnatürlich still. Sogar Celia fiel die dumpfe Atmosphäre auf. Der einzige Laut war das aufgeregte Gurren von zwei Tauben, die sich von einem Dach zum anderen etwas zuriefen.

Annetta überlief ein Frösteln. »Es heißt, es ginge ihr nicht gut. Der Haseki.«

»Ach, nein?«, antwortete Celia traurig. »Es wird viel geredet an diesem Ort.« Sie musste daran denken, wie sich die Konkubine Gülay dem Sultan weinend zu Füßen geworfen hatte, und schüttelte langsam den Kopf. »Der Sultan liebt sie, das ist alles, was ich weiß.«

»Liebe? Was weiß der denn von Liebe?«, blaffte Annetta verächtlich. »Was weiß hier irgendjemand von Liebe? Du glaubst doch hoffentlich nicht, dass du – auch wenn du zugegebenermaßen ein verführerischer kleiner Leckerbissen bist – ihm offeriert wirst, damit er sich in dich verliebt, Gänschen?«

»Nein«, erwiderte Celia seufzend. »So eine Närrin bin ich nicht.«

Ein Streifen Sonnenlicht fiel wie ein Schwert durch den Türspalt und durchschnitt das dämmrige Innere des kleinen Raums. Celia, die auf dem Diwan saß, hob die Hand und hielt sie in das Licht, das die feinen, rotgoldenen Härchen auf ihrer blassen Haut aufleuchten ließ. »Aber ich habe schon einmal geliebt.«

»Geliebt? Ich versichere dir, so etwas gibt es nicht.«

»Doch«, widersprach Celia. »Das gibt es.«

»Du glaubst, dass du in diesen Kaufmann verliebt warst, ja?«

Celia ignorierte ihre Ironie. »Mein Vater wollte, dass wir heiraten.«

»Glückliches Gänschen, die meisten Väter legen nicht so viel Rücksicht und Zartgefühl an den Tag, wenn sie ihrer Tochter einen Ehemann suchen. Warum hast du ihn dann nicht geehelicht?«

»Du kennst den Grund«, erwiderte Celia. »Wir wollten in England heiraten. Ich war auf dem Rückweg von Venedig, als … Du weißt selbst, was passiert ist.«

»Es ist gut, dass du ihn nicht vorher geheiratet hast«, sagte Annetta herzlos, »sonst hätten sie dich mit den Nonnen über Bord geworfen.« Doch dann merkte sie, dass sie zu weit gegangen war, und fügte in weicherem Ton hinzu: »Erzähl mir von ihm – obwohl man ja nicht behaupten kann, dass ich nicht schon alles mehrfach gehört hätte.« Sie stemmte eine Hand in die Hüfte. »Brich mir nur nicht schluchzend zusammen. Er war Kaufmann, richtig?«

»Ein Freund meines Vaters.«

»Demnach ein alter Mann. Puuuh!« Annetta rümpfte angewidert die Nase. »Aber sehr reich, hast du gesagt?«, fuhr sie hoffnungsvoll fort. »Ich sage dir, ich würde nie einen Mann heiraten, der nicht reich ist.«

»Nein, nein, er war überhaupt nicht alt.«

»Aber er war *reich*?«

»Und klug, ein Gelehrter. Und freundlich.«

Und er liebte mich, rief ihr Herz. Er liebte mich und ich liebte ihn, von Anfang an. Sie erinnerte sich an ihre Begegnung im Garten des Kaufmanns Parvish in Bishopsgate. Es war am Vorabend ihrer Reise nach Venedig gewesen, zwei Jahre vor dem Schiffbruch. Sie war achtzehn. Er hatte sie nicht erkannt, weil sie so gewachsen war.

»Kennt Ihr mich nicht mehr, Paul?«, hatte sie lachend gefragt und vor ihm geknickst.

»Celia? Celia Lamprey?«, hatte er ungläubig gesagt. »Lasst Euch ansehen! War ich wirklich so lange fort?« Er hielt sie eine Armeslänge von sich weg. »Lasst Euch ansehen«, wiederholte er mit einem Blick, in dem etwas aufregend Neues flirrte, und dann verstummte er und sie wusste nicht, was sie sagen sollte.

»Sollen wir hineingehen?«, hatte sie schließlich herausgebracht, ohne dass sie wirklich Lust dazu hatte.

»Nun …« Er schien die Frage ernsthaft zu erwägen. »Euer Vater spricht im Haus noch mit Parvish.« Paul warf einen unschlüssigen Blick zur Tür hinüber, bot Celia dann den Arm und sagte: »Ich hoffe, Ihr seid nicht zu vornehm geworden, um mit mir einen kleinen Spaziergang zu machen?«

Celia erinnerte sich an das bezaubernde Lila der Lavendelsträucher und die silbergrünen Blätter der Buchenhecken, die den Garten begrenzten. Und wie Paul sie angeschaut hatte, als sähe er sie zum ersten Mal. Worüber hatten sie gesprochen? Venedig, seine Reisen, Parvishs Truhe mit den exotischen Reiseandenken … Er wollte sie ihr eigentlich zeigen – das Horn eines Einhorns zum Beispiel und die Locke einer Meerjungfrau –, aber irgendwie hatten sie immer weitergeredet …

Als Celia aus ihrem Tagtraum erwachte, stand Annetta schon wieder an der Tür.

»Ein kluger, reicher Kaufmann – alle Achtung«, sagte sie anerkennend. »Und nicht alt! *Madonna*, kein Wunder, dass du noch an die Liebe glaubst. Das würde ich auch tun, wenn ich jemals so ein Wunderwesen getroffen hätte. Und erzähl mir nur nicht, dass er auch noch gut aussah!« Annettas Augen blitzten. »Hatte er hübsche Beine? Weißt du, ich habe oft gedacht, dass sogar ich heiraten würde, wenn der Mann hübsche Beine hat.«

Celia konnte nur mit Mühe an sich halten. »Ja, er hatte hübsche Beine«, sagte sie lächelnd.

»Und er hat dir süße Worte ins Ohr geflüstert? Ach, ich sehe dir an, dass er das getan hat.« Annetta schüttelte mitleidig den Kopf. »Mein armes Gänschen.«

Celia wurde das Herz schwer, aber sie gab sich einen Ruck und sprach weiter. »Er musste auf Reisen gehen, wenige Wochen, bevor wir in See stachen. Ich glaube sogar, er kam hierher, nach Konstantinopel. Mit der Gesandtschaft der Königin. Er sollte später in England wieder zu uns stoßen.«

»Er kam hierher?« Etwas an Annettas Stimme ließ Celia aufhorchen. »Das hast du mir noch nie erzählt. Nach Konstantinopel? Bist du sicher?«

»Ja, aber es ist schon lange her, mindestens zwei Jahre, und er sollte nur kurze Zeit bleiben. Er muss jetzt wieder in Venedig sein. Warum?«

»Gänschen ...«

»Was denn?«

»Weiß er, dass du tot bist?«

»Ob er weiß, dass ich tot bin?« Celia musste fast lachen. »Aber ich bin nicht tot, falls du das noch nicht gemerkt hast! Was redest du denn da? Du meinst, ob er das von dem Schiff meines Vaters erfahren hat? Das nehme ich doch an. Die Hälfte der Handelsware gehörte ihm.«

»Aber was ist mit uns?«, wollte Annetta wissen. Ihre Augen glänzten. »Gänschen, hast du dich je gefragt, ob irgendjemand wirklich weiß, was aus uns geworden ist?«

»Es gab eine Zeit, da dachte ich an nichts anderes«, antwortete

Celia niedergeschlagen. »Aber du hast es mir ausgetrieben, weißt du das nicht mehr? Kein Blick zurück, hast du gesagt. Wenn wir das hier überleben wollen, dürfen wir nicht zurückblicken.«

»Ja, ja, du hast natürlich recht.«

Wieder diese nervöse Geste, dieses Zupfen an der Kehle.

»Was hast du, Annetta?«, fragte Celia neugierig. »Du benimmst dich heute so seltsam.« Sie versuchte, die Arme um die Freundin zu legen, doch Annetta entzog sich ihr.

»Celia, es gibt etwas, das ich dir schon lange erzählen wollte …, aber ich weiß nicht, wie …« Sie rang nach Worten. »Nein, lieber nicht jetzt. Es tut mir leid, doch es ist zu spät …«

Sie verstummte und trat von der Tür zurück. Ihr Körper versteifte sich. »Still! Da kommt jemand.«

Aus dem Durchgang, der den Hof der Valide mit den Eunuchenquartieren verband, trat eine Frau. Sie war unverschleiert, aber dennoch zum Ausgehen gekleidet – eine kleine, untersetzte Gestalt mit einem langen, schwarzen Überwurf über dem Kleid.

»Esperanza«, flüsterte Annetta. »Esperanza Malchi.«

Es gab viele *kiras*, die Zutritt zum Palast hatten – Frauen, meist Jüdinnen, die sich durch kleine Botengänge für die Haremsfrauen ihren Lebensunterhalt verdienten und sich, da sie keine Musliminnen waren, relativ frei zwischen Palast und Stadt bewegen konnten. Esperanza jedoch, das wusste jeder, arbeitete nur für die Valide.

»Ich mag sie nicht. Sie hat Macht über alle Eunuchen und niemand scheint genau zu wissen, was sie tut«, sagte Annetta stirnrunzelnd. »Und wenn du mich fragst, sollte man sich lieber auch nicht darum kümmern.«

Die Frau ging mit bedächtigen Schritten über den Hof. Sie hielt einen Gehstock mit silbernem Griff in der Hand und hinkte leicht.

»Schau dir diese scheußliche alte Vettel an«, grummelte Annetta. »Hühneraugen, vermute ich. Die haben sie alle. Ist dir aufgefallen, dass alle alten Frauen hier watscheln wie Gänse?«

Celia spürte, dass Angst in ihr aufstieg und ihr die Kehle zuschnürte. »Sei still, sie hört dich!«

Die Frau blieb mitten im Hof stehen, sah sich suchend um und humpelte, als sie niemanden entdeckte, mit überraschender Behändigkeit direkt auf Celias Tür zu.

Instinktiv zogen sich die jungen Frauen in den Schatten zurück. Annetta drückte sich gegen die Wand, und Celia verharrte in unbequemer Haltung hinter der Tür.

Sie hörten ein leises Rascheln vor der Tür und dann nichts mehr. Celia schloss die Augen. Nichts. Die Frau musste die Hand an den Türgriff gelegt haben. Dann endlich ein leises Knarren. Die Tür öffnete sich quietschend. In Celias Ohren pochte das Blut, sie hatte das Gefühl, keine Luft mehr zu bekommen. Dann hielt sie es nicht länger aus. Sie riss die Augen auf und hätte beinahe laut aufgeschrien.

Durch ein Loch im Ziergitter starrte ein Auge ins Zimmer. Celia brach der kalte Schweiß aus. Ihr Herz hämmerte so laut, dass sie befürchtete, die Frau könnte es hören. Doch unvermittelt meldete sich ihr Verstand: Was ist das hier für ein Wahnsinn? Warum verstecken wir uns? Ich habe jedes Recht, hier zu sein. Ich muss die Tür ganz öffnen, der Frau gegenübertreten. Aber sie brachte es nicht fertig. All ihre Instinkte rieten ihr, sich nicht zu rühren. Doch ihre Willenskraft ließ nach, sie hielt sich kaum noch auf den Beinen.

Und genau in diesem Augenblick zog sich Esperanza, zufrieden mit dem Ergebnis ihrer Bespitzelung, lautlos zurück. Sie schloss die Tür ein Stück, ließ sie genau in der Position, in der sie sie vorgefunden hatte. Celia huschte an das Gitter. Hinkend machte sich Esperanza auf den Weg zur anderen Hofseite. Am Eingang zu den Wohnräumen der Haseki blieb sie stehen und kratzte leise an der Tür, ohne sich noch einmal umzublicken.

Sofort ging die Tür auf. Celia sah, wie die Frau aus den Falten ihres weiten schwarzen Überwurfs ein klumpiges Päckchen holte. Eine unsichtbare Hand nahm es ihr ab, und die Tür schloss sich so leise, wie sie sich geöffnet hatte. Esperanza verschwand mit klapperndem Gehstock aus Celias Blickfeld.

Danach herrschte minutenlang Stille. Auf einmal prustete Annetta: »Was machst du für ein Gesicht! Guter Gott, was für ein Gänschen du bist! Du siehst aus, als hättest du einen Geist gesehen.«

»Sie hat mich angestarrt.« Zitternd ließ sich Celia zu Boden sinken. »Ich schwöre dir, sie hat mich fixiert.«

»Du warst zum Schreien komisch!« Annetta warf sich auf den Diwan zwischen die Kissen und hielt sich die Hand vor den Mund.

»Glaubst du, sie hat mich gesehen?«

»Natürlich nicht. Draußen ist es so hell, dass sie nichts erkennen konnte. Für sie war es hier drinnen dunkel wie in einem Grab.«

»Aber sie war nur so ein Stückchen weg ...« Celia hielt zwei Finger auseinander und merkte, dass ihre Hände immer noch zitterten.

»Ich weiß ... oh, dein Gesicht!«

Annetta wurde von einem Lachanfall geschüttelt. Sie rollte hin und her, bis die goldene Kappe auf ihrem Kopf verrutscht war.

»Hör auf! Bitte hör auf!« Celia packte sie an der Schulter. »Du machst mir Angst.«

»Ich kann nicht!«

»Du musst!« Celia kam ein neuer Gedanke. »Außerdem darfst du eigentlich gar nicht hier sein. Du musst zurück. Wird sich die Valide nicht fragen, wo du bist?«

»Nein. Sie hat uns alle für ein paar Stunden weggeschickt. Das macht sie immer, wenn diese Malchi kommt.«

Doch die Erwähnung der Valide ernüchterte Annetta sofort. Sie setzte sich auf und tupfte sich die Augen trocken. Von einer Sekunde auf die andere war sie wieder sachlich. »*Madonna*, bin ich hungrig. Ehrlich, ich könnte ein Pferd verspeisen.«

»Hungrig?« Celia sah sie entgeistert an. Bei dem Gedanken an Essen wurde ihr übel. Aber Annetta glättete sich bereits die Haare und steckte das Käppchen fest, als wäre nichts gewesen, als sei alle Anspannung unvermittelt von ihr gewichen.

»Im Kloster«, begann sie fröhlich, »haben sie immer gesagt, ich würde zu viel lachen und zu viel essen ...« Sie verstummte. »Was ist das?«

»Was ist was?«

»Das da auf der Schwelle.«

Celia trat näher und beugte sich hinunter.

»Wie eigenartig.«

»Was?«

»Es sieht aus wie ... wie Sand«, sagte Celia. »Blauer und weißer Sand. In einem Muster ... wie eine Art Auge.«

»Ein Auge?« Annetta rutschte vom Bett und stürzte zu ihr, als wolle sie Celia mit Gewalt von der Schwelle fortreißen. »Fass es nicht an!«

»Red keinen Unsinn, natürlich fasse ich es nicht an.«

Aber ihr zitterten immer noch die Knie, und als Annetta sie fortziehen wollte, verlor sie das Gleichgewicht und stieß gegen die Freundin, die dabei auf dem Sand ausrutschte. Beide schwiegen betreten.

»Was habe ich getan?« Betroffen hob Annetta den Fuß.

»Nichts, nichts. Komm wieder rein.«

Celia redete in beruhigendem Ton auf sie ein, zog sie in die Kammer zurück und schloss die Tür. Die beiden Frauen starrten einander an.

»Gut, jetzt wissen wir etwas über Esperanza Malchi, was wir vorher nicht wussten.« Annetta war blass geworden. »Ich schwöre bei Gott, diese Frau ist eine Hexe.«

Kapitel 13

Konstantinopel: 2. September 1599

Mittag

»Wo haben sie ihn gefunden?«
»Am nördlichen Kiosk, Majestät. In der Nähe der Palastmauern.«
Safiye Sultan betrachtete den aufgedunsenen Körper von Hassan Aga, der vor ihr auf Polstern und Kissen lag.
»Was ist das in seiner Hand?«
»Ein Röhrchen, Majestät.« Der Eunuch schlug die Augen nieder. »Er nahm es, um sein –«
»Ich weiß, wozu es dient«, unterbrach Safiye ihn ungeduldig. »Ist der Arzt hier?«
»Ja, Majestät. Er wartet im Quartier der Pagen. Soll ich ihn rufen?«
»Unverzüglich.«
Auf ihren Wink hin holte ihr einer der Eunuchen einen Hocker und zwei weitere trugen einen Wandschirm herbei, hinter dem sie Platz nahm, um zu warten, während der Arzt seine Untersuchung durchführte. Sie hatten Hassan Aga noch nicht ins Hospital transportieren können und ihn deshalb in einen großen Raum in der Nähe des Haremtors gebracht. Die Valide erschien so selten in diesem Teil des Palasts, dass die Eunuchen stumm vor Staunen in Grüppchen auf dem Gang zusammenstanden. Die Valide erfasste ein plötzlicher Zorn bei dem Gedanken an ihre verblüfften Mienen, ihre schlaffen Kiefer, die verstohlene Zeichensprache, mit der sie sich im Palast verständigten. Was für Dummköpfe! Sie glauben, ich höre sie nicht, wenn sie sich mit Gesten unterhalten, dachte sie, dabei sprechen schon allein ihre Anwesenheit und ihre offensichtliche

Angst Bände. Dummköpfe, allesamt! Jede meiner Frauen hat mehr Verstand als sie. Außer Hassan Aga natürlich. Was hatte er sich nur dabei gedacht, sein Versteck zu verlassen? Traute er ihr nicht zu, dass sie ihn schützen konnte? Aber nun war alles ans Licht gekommen, ob es ihr gefiel oder nicht. Doch unabhängig davon hätte nicht einmal sie den Giftanschlag noch lange geheim halten können. Andererseits hatte sie wenigstens etwas Zeit für ihre Planungen gewonnen. Safiye sah auf die liegende Gestalt hinunter. Im Garten aufgefunden ... Ich kann mir schon denken, wen du da gesucht hast. Ein Rest des alten, vertrauten Gefühls – war es Erregung oder Furcht? – durchrieselte sie. Er würde sie doch nicht verraten? Nicht nach all den Jahren ...

Mit einer Handbewegung gab sie zu verstehen, dass der Arzt eintreten durfte. Wie sehr sich der offizielle Palastarzt doch von dem anderen unterschied! Safiye Sultan hörte ihn an sich vorbeischlurfen. Er war ein Weißer Eunuch aus der Palastschule mit einem unnatürlich blassen, fast grünlichen Gesicht.

Der Arzt verbeugte sich ehrerbietig in Richtung des Wandschirms und steuerte das improvisierte Bett an, auf dem Hassan Aga lag. Eine Gruppe altgedienter Eunuchen machte ihm Platz, damit er näher treten konnte. Während der Arzt das Ohr auf Hassan Agas Brust legte und mit zwei Fingern an seinem Hals den Puls fühlte, herrschte vollkommene Stille.

»Im Namen Gottes, des Gnädigen, des Barmherzigen«, verkündete er mit seiner hohen, zittrigen Stimme, »er lebt.«

Ein kollektives Seufzen ging durch den Raum, als würde der Wind durch Herbstlaub streichen.

Ermutigt fasste der Arzt nach Hassan Agas Arm und untersuchte ausgiebig seine Handfläche. Die Fingernägel waren dick, gekrümmt und gelblich wie die Stoßzähne eines alten Elefanten. Lange schwiegen alle. Die Eunuchen standen so bewegungslos, wie sie es durch jahrelange strenge Disziplin gelernt hatten. Dann ertönte eine Stimme: »Sagt uns, was mit unserem Oberhaupt geschehen ist.«

Es war der jüngste der Palasteunuchen, der sich zum Wortführer gemacht hatte. Er war größer und breitschultriger als die anderen, und seine sanfte, flötende Mädchenstimme stand in einem seltsamen Kontrast zu seinem beeindruckenden Körperbau. Ermutigt durch so viel Selbstsicherheit, stimmten nun auch die anderen ein.

»Ja, sagt es uns, sagt es uns!«

Sofort kam Bewegung in den verdunkelten Raum, als sei ein Bann gebrochen. Die Valide sah undeutlich, wie sich weiße Hüte einander zuneigten.

»Wurde er vergiftet?«

Die Frage stammte wieder von dem, der zuerst das Wort ergriffen hatte, dem Eunuchen Hyazinth.

»O nein …!« Entsetzen machte sich im Raum breit. »Nicht Gift!«

»Still!« Das war einer der angeseheneren Eunuchen, der Wächter des Haremstors. »Lasst den Arzt seine Untersuchung beenden! Zurück mit euch!«

Doch die anderen achteten nicht auf ihn, sondern drängten sich noch näher, um einen Blick auf den mächtigen Mann zu erhaschen.

Während er um Ruhe heischend eine Hand hob, zog der Arzt mit der anderen Hassan Agas Gewand zur Seite. Er erschrak und deckte ihn gleich wieder zu, aber da hatte sich schon ein schrecklicher Gestank nach Eiter und faulendem Fleisch ausgebreitet.

»Hilfe, er stirbt!«

»Verfault, von den Füßen aufwärts!«

Die Eunuchen stöhnten und ächzten voller Abscheu.

»Wer das getan hat, wird dafür bezahlen. Wir werden ihm den Garaus machen!«

»Wartet!« Hyazinth, der junge Eunuch, kniete sich auf den Boden neben Hassan Aga. »Seht doch! Er bewegt sich!«

Und tatsächlich, der grotesk angeschwollene Körper regte sich. Die Lippen zuckten, aber kein Laut drang hervor.

»Im Namen Allahs – er spricht!«, rief der Torhüter. »Was sagt er?«

Der Eunuch Hyazinth beugte sich tiefer und legte das Ohr an Hassan Agas Lippen.

»Seine Stimme ist zu schwach, ich verstehe ihn nicht.«

Wieder bewegte Hassan Aga die Lippen, und auf seiner Stirn standen Schweißperlen.

»Er sagt ... er sagt ...« Hyazinths glatte Stirn legte sich in Falten, während er angestrengt auf Hassan Agas Worte lauschte. Dann stand er mit verwunderter Miene auf. »Er sagt, es war das Zuckerschiff, das die Engländer schickten. Das Zuckerschiff hat ihn vergiftet.«

Kaum eine Meile entfernt stand Paul Pindar, Sekretär der englischen Gesandtschaft in Konstantinopel, an Deck der *Hektor*.

Ein ganzer Tag war seit seinem jäh unterbrochenen Besuch im Turm von Jamal al-Andalus vergangen, aber er hatte ihn noch nicht erneuern können. Seine Tätigkeit für die Gesandtschaft – die Vorbereitungen für die längst überfällige Überbringung der Geschenke Elizabeths an den Sultan sowie die lang ersehnte Akkreditierung des Gesandten – hatte jede Sekunde seiner Zeit beansprucht. Heute würde es wahrscheinlich nicht anders aussehen. Gleich am Morgen hatte einer der bedeutendsten Palastbeamten, der Oberste Janitscharen-Aga, um die Erlaubnis gebeten, an Bord kommen und die *Hektor* inspizieren zu dürfen, und der Gesandte hatte alle Mann an Deck beordert, um ihn gebührend zu empfangen.

Paul stand abseits, obwohl um ihn herum hektische Betriebsamkeit herrschte, und vernahm das vertraute Knirschen und Ächzen des Schiffsrumpfs, der sich in der Dünung hob und senkte.

Die Sonne brannte erbarmungslos auf das marineblaue Wasser des Goldenen Horns, auf dem der übliche Mittagsverkehr herrschte – die Kaiks der Fischer, kleine, flinke Ruderboote, die langen, schlanken Barken der Palastbeamten, die ihren Besorgungen nachgingen, und nicht zuletzt die ungelenken Flöße, die mit ihrer Ladung – Eis, Feuerholz und Felle – aus den tiefen Wäldern rings um das Schwarze Meer kommend über den Bosporus glitten. Am Galata-Ufer lag ein gutes Dutzend Schiffe vor Anker. Ein osmanisches Kriegsschiff wurde gerade zur Werft des Sultans gerudert.

Paul schien das alles nicht wahrzunehmen. Unverwandt fixierte er die goldenen Dächer und Minarette des Palasts. War es möglich, dass sich Carew nicht getäuscht und Celia neulich tatsächlich erkannt hatte? Paul starrte angestrengt auf die mittlerweile wohlbekannte Silhouette: den Turm der Gerechtigkeit, die lange Reihe der markanten Schornsteine. In der Ferne, zwischen den Spitzen der Zypressen, blitzte im Sonnenlicht ein Fenster auf, das gerade geschlossen wurde. Könnte sie das gewesen sein, dachte er in wilder Hoffnung, die durch ein Ziergitter auf die Stadt hinunterblickt? In all den Jahren als Kaufmann hatte er von Reisenden weit Absonderlicheres gehört: Geschichten von ehrbaren Engländern, die Türken geworden waren und nun in den Königreichen und Fürstentümern des Ostens ein herrliches Leben führten. Es gab sogar hier im Sultanspalast einige von ihnen, dessen war er sich sicher.

Aber Celia? Jeder wusste doch, dass Celia Lamprey vor zwei Jahren beim Untergang des Handelsseglers zusammen mit ihrem Vater und der gesamten Mannschaft ertrunken war. Paul erinnerte sich daran, wie gern er sich vor Jahren auf der langen Überfahrt nach Venedig in ihren Anblick vertieft hatte, wenn sie am Bug saß und auf das Meer hinausblickte. Wie er sich Gründe einfallen ließ, um sich zu ihr zu setzen, und wie sie sich stundenlang unterhalten hatten. Wie sie ihn – und jeden anderen Mann an Bord – mit ihrer perlweißen Haut und ihrem feinen, goldenen Haar verzaubert hatte. Seine Celia, auf dem Grund der Adria. Paul überlief ein Schauder. Konnte sie von den Toten auferstanden sein? Manchmal erschien sie ihm in seinen Träumen und rief ihn zu sich, wie eine sterbende Meerjungfrau, das lange Haar um den Hals geschlungen, das sie in den grünen Abgrund hinabzog.

Und wenn es wahr wäre? Wenn Carew sie wirklich gesehen hatte und sie durch ein Wunder tatsächlich am Leben geblieben war, als Gefangene im Harem des Sultans – was dann? Der Gedanke daran raubte ihm den Schlaf und jeden Appetit.

»Ein Penny für Eure Gedanken.« Paul gab sich einen Ruck und wandte sich um. Thomas Glover, der zweite Gesandtschaftssekretär, ein breitschultriger, rotgesichtiger Koloss, stolzierte auf ihn zu.

»Hallo, Glover.«

Der Sekretär wurde von drei weiteren Gesandtschaftsangehörigen begleitet, den beiden Aldridge-Brüdern, William und Jonas, den englischen Konsuln von Chios und Patras, und John Sanderson, einem Kaufmann der Levante-Kompanie, der auch als Schatzmeister fungierte. Alle vier waren wie für einen hohen Feiertag gekleidet. Verglichen mit Pauls schlichtem schwarzen Anzug wirkten sie geradezu exotisch.

»Schon wieder diese Grübelei? Ihr wisst doch, Paul, die Türken lieben keine Trauerklöße«, dröhnte Thomas Glover.

»Als könne jemand traurig sein, wenn er Euch ansieht!«, zwang sich Paul zu scherzen. »Thomas, Ihr glänzt wie ein Komet. Was habt Ihr da … Neue Ärmel?« Er legte eine Hand auf die raffiniert gezackten Schlitzärmel aus karmesinroter Seide, die an ein besticktes Wams aus feinem, hellen Veloursleder geknüpft waren. »Und fast so viele Juwelen wie die Sultana. Ich glaube, dagegen gibt es ein Gesetz.«

»Ich wusste, dass sie Euch gefallen würden.« Thomas Glover grinste auf ihn herunter, und die schweren Goldringe in seinen Ohrläppchen funkelten im Sonnenlicht. Zwei große Amethyste mit Rosenschliff glitzerten auf dem tiefschwarzen, hohen Hut, und an den Fingern und Daumen beider Hände trug er Schmuck aus Topas, Granat und Mondstein.

»Was gibt es Neues, Gentlemen?«

»Wir bringen in der Tat große Neuigkeiten. Es heißt, der Sultan käme heute Vormittag höchstpersönlich, um einen Blick auf die *Hektor* zu werfen.«

»So, so, das wird dem französischen Gesandten aber sauer aufstoßen.« Paul spürte, wie sich seine Laune besserte.

»Nicht nur de Brèves, sondern auch dem venezianischen Bailo«, ergänzte Jonas, der jüngere Aldridge-Bruder. »Wir alle wissen, welchen Wert die beiden auf diplomatische Etikette legen.«

Die beiden Brüder waren fast ebenso prächtig gekleidet wie Glover. Statt mit Edelsteinen waren ihre Hüte jedoch mit schillernden Vogelfedern geschmückt.

»O ja, das wissen wir«, bestätigte Paul. »Was meint Ihr, Glover – Ihr kennt den Palast besser als wir anderen. Wird sich der Große Mann wahrhaftig herbemühen?«

»Es ist immer schwierig, die Handlungsweise der Hohen Pforte vorauszusagen, aber in diesem Falle halte ich es für sehr wahrscheinlich.« Thomas Glover strich sich über sein bärtiges Kinn.

»Ist es wirklich so sehr von Belang, ob der Sultan das Schiff besucht oder nicht?«, wollte John Sanderson, der älteste der Gruppe, von Paul wissen.

»Ob es wichtig ist?« Paul stützte sich auf die Galerie am Achterkastell. »John, Ihr denkt zu sehr wie ein Kaufmann. Hier geht es nicht um Rosinen oder Tuch oder Zinn, vorläufig jedenfalls nicht. Für die Gesandtschaft stehen Selbstdarstellung und Prestige im Vordergrund. Sich bemerkbar machen. Und der Sultan hat uns sehr wohl bemerkt. Mit der Ankunft der *Hektor* haben wir alle übertrumpft. De Brèves und die anderen mögen uns als Bande von Trödlern verspotten, aber eigentlich sind die Spielregeln ganz einfach. Und sie hassen uns, weil wir das Spiel besser beherrschen als sie.«

»Paul hat recht«, meldete sich Thomas Glover zu Wort. »Aller Augen ruhen auf der *Hektor*, und das heißt, auf uns. Meines Wissens hat sich in diesen Gewässern noch kein Schiff befunden, das sich mit ihr messen könnte.«

»Mit einem Handelssegler von dreihundert Tonnen? Das will ich wohl meinen!« William Aldridge lachte stolz.

»Und wenn wir uns mit ihnen gegen Spanien verbünden – was könnte die Stärke der Königin und Englands besser symbolisieren?«, fragte Glover. »Nun, Gentlemen, entschuldigt uns bitte. Paul, auf ein Wort.«

Er zog Paul ein Stück zur Seite, und die beiden Männer begannen einen raschen Dialog.

»Was immer geschieht, Paul, wenn der Sultan heute die *Hektor* besucht, dürfen wir es nicht riskieren, unseren Vorteil zu verspielen.«

»Eben das dachte ich auch. De Brèves und der Bailo werden alles tun, um uns in den Rücken zu fallen und unsere Handelsbeziehungen zu behindern.«

»Und das bedeutet, der Botschafter muss sein Beglaubigungsschreiben so schnell wie möglich überreichen können – weder der

Sultan noch der Großwesir werden sonst mit uns verhandeln. Was hört man von Dallam?«

»Er hat das Geschenk der Kompanie fast vollständig repariert, das sagte er mir zumindest.«

»Man muss ihm unbedingt noch einmal einschärfen, dass diese Arbeit von höchster Dringlichkeit ist. Er soll sie heute abschließen, oder spätestens morgen. Das Geschenk unserer Königin muss dem Sultan gleichzeitig mit der Beglaubigung überreicht werden.«

»Überlasst das mir, ich rede noch einmal mit ihm«, versprach Paul. »Und noch eines, Thomas. Bis zur Übergabe müssen wir dafür sorgen, dass Sir Henry so wenig wie möglich in der Öffentlichkeit in Erscheinung tritt ...«

»Ihr meint, je weniger Unsinn er bis dahin anstellt, desto besser?«, fragte Glover unverblümt. »Genau das ist mir auch durch den Sinn gegangen ... Oh, übrigens hatte ich ganz vergessen, dass er Euch unverzüglich sehen will. Er wartet unten in der Kajüte von Kapitän Parson. Es geht um die Valide Sultan.«

»Die Valide?«

»Ja.« Glover musterte Paul neugierig. »Es scheint, sie will Euch noch einmal sehen.«

»Carew?« Sir Henry Lello hörte sich an, als hätte er gerade in eine Zitrone gebissen. »Es wird wohl kaum vonnöten sein, dass er Euch begleitet, Pindar, ganz gewiss nicht.«

»Nein, Sir, natürlich nicht. Ihr habt vollkommen recht.«

Paul und der englische Gesandte standen in der winzigen Kapitänskajüte am Heck der *Hektor*. Sir Henry zupfte an seinem Bart, was er immer tat, wenn er nervös oder aufgebracht war.

»Überaus ungewöhnlich.«

»Ja, Sir. Es wird das Beste sein, es möglichst unauffällig zu tun.«

»Äh?«

»Ungewöhnlich, Sir. Wie Ihr sehr zutreffend bemerkt habt.« Paul verbeugte sich höflich. »Und vielleicht ist es das Beste, kein Aufsehen zu erregen.«

Er ließ ein paar Sekunden verstreichen, bis Lello seine Äußerung verdaut hatte, und fuhr dann vorsichtig fort: »Schließlich wird der französische Gesandte nicht sehr glücklich über die Tatsache sein, dass die Valide eine private Unterredung mit einer Person aus Eurer Gesandtschaft wünscht.«

Dieser Same fiel auf fruchtbaren Boden.

»De Brèves?« Sir Henry Lello kniff die Augen zusammen. »Nein, sicherlich nicht.« Dann erhellte sich seine Miene wieder. »Andererseits, Pindar: kein Aufsehen erregen, wie Ihr sagt. Aber ich weiß nicht recht ... Vielleicht sollten wir doch mehr ... Aufhebens ... darum machen, was meint Ihr?«

»Und riskieren, de Brèves zu verärgern?« Paul schüttelte den Kopf. »Ganz zu schweigen von dem venezianischen Bailo. Wie Ihr wisst, halten sich die Venezianer etwas auf ihre besonderen Beziehungen zur Hohen Pforte zugute. Unsere Informanten sagen, dass sie der Valide und ihren Frauen fast täglich Geschenke machen, weil sie glauben, dass dies ihren Einfluss beim Sultan stärkt. De Brèves könnte glauben, wir versuchten etwas Ähnliches ...«

»Aber so ist es doch, versteht Ihr nicht?«, rief Lello. »Davon spreche ich: Dass wir ihn dies glauben machen.«

Paul tat so, als ginge ihm plötzlich ein Licht auf.

»Aber natürlich!«, sagte er. »De Brèves wird diesen Besuch für einen absichtsvollen Schachzug Eurerseits halten. Und das könnte ihn von unserer wahren Strategie ablenken – den Wesir für uns zu gewinnen und die Kapitulationen zu erneuern.« Er deutete eine Verbeugung an, deren ironische Färbung dem Gesandten erwartungsgemäß entging. »Eine brillante Idee! Ich gratuliere, Sir!«

»Hmmm, hmmm!« Lello ließ sich zu einer Art Wiehern hinreißen, das Paul als Gelächter zu deuten gelernt hatte. »Und überdies, Pindar, wird es uns keinen Penny kosten! Diesmal kein Bestechungsgeld für den Wesir!«

»Ein höchst staatsmännischer Gedanke.« Paul stimmte in das Gelächter ein. »Ihre Majestät hat Euch nicht umsonst an die Hohe Pforte entsandt, Exzellenz.«

»Gebt Acht, Pindar.« Bei der Erwähnung der Königin runzelte Sir

Henry die Stirn. »Ihre Majestät ist die Großzügigkeit in Person. Sie hat die Kompanie nur gebeten, für unsere Geschenke an den neuen Sultan aufzukommen – und vollkommen zu Recht, meiner Meinung nach.«

Und, mein alter Freund Grützkopf, für die nicht unbeträchtlichen Kosten für den Unterhalt der Gesandtschaft, dachte Paul, die diesen Londoner Kaufleuten, die noch knickriger waren als die Königin, jetzt irgendwie abgeluchst werden mussten. Und die, wenn wir unsere Mission nicht erfüllen, durchaus imstande sind, uns für dieses ganze Unternehmen bluten zu lassen.

»Worum geht es? Was, liebster Henry, wird keinen Penny kosten?«

Ungezwungen quetschte sich Lady Lello, die Frau des Gesandten, in die winzige Kajüte. Die pummelige Frau trug eine riesige, plissierte Halskrause, über der ihr kleiner Kopf, wie Carew gerne spöttelte, wie ein Schweinskopf in der Schüssel aussah. Als sie Paul erblickte, weiteten sich ihre kleinen Äuglein, und ihr Gesicht verzog sich zu einem wohlwollenden Lächeln. »Da ist ja Sekretär Pindar. Guten Morgen!«

»Mylady.« Paul machte ihr Platz, so gut es in dem beengten Raum möglich war.

»Nun, was gibt es Neues, Sir Henry?« Jede Bewegung, die über die bedächtige Schrittfolge einer Pavane hinausging, verursachte Lady Lello akute Atemnot, und so ließ sie sich nun keuchend auf ein Polster sinken und arrangierte die Reifen ihres Rocks bequemer um die Hüften. »Was wird uns keinen Penny kosten?«

»Pindar wurde noch einmal zur Valide gerufen.«

»So!« Lady Lello riss die Augen auf.

»Die Valide hat selbst nach ihm geschickt«, fügte Sir Henry hinzu.

»So!« Lady Lello zog ein Batisttüchlein aus ihrem Ärmel und betupfte sich die Stirn. »So!«

»Diese Neuigkeit raubt meiner Frau die Sprache, Pindar«, erläuterte der Botschafter.

»Ich bin beschämt, Mylady. Bin ich in Euren Augen ein so schlechter Mittler?«, fragte Pindar sie lächelnd.

»O nein, Mr Pindar!« Die weichen Hautfalten über Lady Lellos

Halskrause wabbelten wie rosarote Weinschaumcreme. »Aber zwei Mal in so kurzer Zeit! Ich muss schon sagen, ist das nicht sehr unüblich? Mr Glover hat mir erzählt, dass der fränkische Abgesandte an der Hohen Pforte manchmal viele Wochen warten muss, bevor er vom Großtürken empfangen wird, und dass sich die Vally Sultana kaum je blicken lässt.«

»Das ist es ja! Es ist ein Zeichen von großer Geneigtheit«, erläuterte der Botschafter, sich die Hände reibend. Groß, dünn und unscheinbar, hatte er seinen Spitznamen mehr als verdient. Seine Finger waren lang und bleich wie Erdknollen, die nie das Sonnenlicht gesehen hatten. »Pindar und ich erörterten gerade« – der Botschafter neigte sich vertraulich seiner Frau zu –, »dass dies dem französischen Botschafter ganz und gar nicht gefallen wird.«

»Ich muss schon sagen ...« Lady Lello blickte von einem zum anderen.

»Mir scheint, dass das Geschenk unserer Königin ...«

»Du meinst die Kutsche, die Mr Pindar ihr überbracht hat?«

»Die Kutsche, ja.« Lello rieb sich wieder die Hände, wodurch ein unangenehm schabendes Geräusch entstand. »Sie ist entzückt. Ich höre, dass man sie schon darin gesehen hat. Und nun hat all dies bewirkt, dass sie Sekretär Pindar wiedersehen will. Um der Königin ihren Dank überbringen zu lassen, vermute ich.«

»Und sie hat nach ihm persönlich gefragt, um *ihm* ihren Dank auszusprechen, keine Frage. Nun, Paul« – Lady Lello strahlte ihn an, wobei ihre Augen fast zwischen den weichen Gesichtszügen verschwanden –, »das sind großartige Neuigkeiten. Wir dürfen hoffen, dass diese große Pfeifenschachtel, wenn Dallam sie endlich repariert hat, ähnlich huldvoll aufgenommen werden wird. Aber nun muss man einen passenden Begleiter für Mr Pindar finden. Wir können nicht zulassen, dass de Brèves und der Bailly sich den Mund zerreißen.« Sie senkte verschwörerisch die Stimme und wandte sich an Paul: »Sie sprechen verächtlich über Sir Henry, heißt es, und dass er nur ein Kaufmann ist, wisst Ihr.«

»Es heißt Bail-o, meine Liebe. Der venezianische Botschafter heißt Bailo.«

Aber Lady Lello hörte ihm nicht zu. »Vielleicht könnten Konsul Aldridge und Sekretär Glover mit Euch gehen, was meint Ihr?«

»Nicht so schnell, meine Teure«, wandte Sir Henry ein und sah sich Hilfe suchend nach Paul um, der das Stichwort aufgriff.

»Wie Ihr wisst, Mylady, werden Sekretär Glover und Konsul Aldridge hier gebraucht. Wichtige Geschäfte müssen getätigt werden«, sagte er.

»Dann müssen wir jemanden mit Euch schicken, der hier nicht gebraucht wird, einen Menschen, der nicht wichtig ist. Denken wir nach. Ned Hall, der Kutscher? Nein, zu ungeschickt. Oder unser Geistlicher, Reverend May? Nein, zu ängstlich.« Plötzlich hatte sie eine Eingebung. »Guter Gott ... Carew natürlich! Euer Koch, John Carew. Mr Pindar, er muss Euch begleiten. Nicht wahr, Sir Henry?« Auf ihren Wangen erschienen Grübchen, und sie hob zufrieden die kleine Hand, um ihre Frisur zu überprüfen. Doch die enorme Halskrause war im Weg. »Er muss ja nichts sagen, nur gut aussehen«, fuhr sie fort. »Er hat doch eine Livree, nehme ich an? Und seine Beine sind recht ansehnlich, das muss ich zugeben, obwohl er in seinem neumodischen venezianischen Aufzug wie ein putzsüchtiger Affe aussieht. Was ist falsch an unserem guten alten englischen Tuch, das möchte ich wirklich wissen. Sir Henry? Sir Henry ...?«

Sie versuchte, sich trotz ihrer Halskrause zu ihrem Mann umzudrehen, aber er hatte die Kajüte bereits verlassen.

»Er wird wohl zur Mannschaft sprechen«, verkündete sie zufrieden. »Man hat mir gemeldet, dass der Große Mann persönlich die *Hektor* inspizieren wird. Wir müssen nach oben gehen und ihm unseren Respekt erweisen.«

Sie machte Anstalten, sich hochzustemmen, und Paul reichte ihr beflissen einen Arm. »Wirklich«, sagte sie, vor Anstrengung schnaufend, »es ist ein großer Tag! Und so angenehm, wieder auf einem Schiff zu leben. Wir haben uns auf Schiffen immer wohlgefühlt, wisst Ihr.« Sie schüttelte ihre Röcke aus, die einen starken Kampfergeruch verströmten. Das Kraut sollte ihre Kleider während der langen Seereise in den Truhen vor Motten schützen. »Unter uns gesagt, halte ich mich lieber hier als in dieser zugigen Villa auf, wo in jeder Ecke die verflixten Janitscharen herumstehen.«

Lady Lello sah sich in der kleinen Kajüte um und seufzte wehmütig. »Platz für alles, und alles an seinem Platz, haben wir immer gesagt. Ich bin viel mit Sir Henry gesegelt, als wir jung verheiratet waren – und dann später, wisst Ihr, nachdem ich meine Kinder verloren hatte.« Ihr Blick schweifte aus dem Kajütenfenster. »Nun ja«, sagte sie und tätschelte Pauls Arm, »es hat keinen Sinn, sich ständig mit der Vergangenheit zu beschäftigen. Ich weiß, dass gerade Ihr mich versteht.«

»Darf ich Euch die Stufen hinaufhelfen, Lady Lello?« Paul fasste sie behutsam am Ellenbogen. »Der Gesandte erwartet uns.«

»Danke.« Sie nahm seinen dargebotenen Arm. »Das ist ein hübscher Stoff, Mr Pindar, auch wenn er so schrecklich schwarz ist.« Sie befühlte seinen Ärmel. »Ihr seht auch aus wie ein venezianischer Edelmann, wenn ich das sagen darf.« Sie lächelte ihn freundlich an. »Aber Euch vergebe ich, Paul. Ich lasse nicht zu, dass sie Euch plagen, weil Ihr düstere Farben tragt. Sir Henry wollte mit Euch darüber sprechen – die Türken mögen diese Farben nicht, sagt er –, aber ich habe zu ihm gesagt, lass den Mann in Ruhe. Er hat seine Liebste verloren, ertrunken ist sie, wie es heißt …« Sie sah mit ihren wässrig blauen Augen zu ihm auf. »Ich habe gesagt, lass du diesen jungen Mann in Ruhe.«

»Sollen wir hinaufgehen, Mylady?«

»Mit Eurer freundlichen Hilfe, Mr Pindar, werde ich diese Stufen wohl bewältigen können. Ich wollte Euch mein neues Kleid zeigen. Wie würdet Ihr seine Farbe nennen?«

»Wir nennen sie ›Drakes Farbe‹, glaube ich.« Paul führte Lady Lello die Holztreppe zum Hüttendeck hinauf. »Manchmal auch ›Drachenblut‹.«

»Diese Namen, die man sich heutzutage ausdenkt: Schamrot, Löwenfellgelb, Geckenblau! Der Herr im Himmel weiß, dass ich lange genug mit Stoffen zu tun hatte, aber selbst ich kann nicht mehr mithalten.« Lady Lello mühte sich ab, ihren Reifrock durch die enge Türöffnung zu zwängen. »Und was ist mit ›Koschenille‹? Das gefällt mir ... Ko-sche-nille ...« Ihre Stimme wurde von einem Windstoß davongetragen, da sie endlich das Heck erreicht hatte. »Eine Art glänzendes Rot, heißt es. Ich habe Euren Carew gefragt, welche Farbe sein neuer Mantel hat, und wisst Ihr, was er mir geantwortet hat?«

»Nein.«

»Gänsekotgrün! Wohin soll das noch führen, Mr Pindar?«

»Wohin, in der Tat«, kam Pauls schwaches Echo.

»Anscheinend sieht es ähnlich aus wie ›Toter Spanier‹. Hat er mich auf den Arm genommen, was meint Ihr?«

»Er wird selbst bald ein toter Spanier sein, sollte er das wagen«, erwiderte Paul in seinem jovialsten Ton. »Dafür werde ich persönlich sorgen.«

An Deck entstand auf einmal Unruhe.

»Der Große Türke!«

»Habt Acht, der Große Mann!«

»Hier kommt der Großtürke!«

Paul entschuldigte sich bei Lady Lello und eilte an die Reling des Handelsschiffes, wo sich Thomas Glover und die anderen Kaufleute der Kompanie bereits versammelt hatten.

Paul folgte ihren Blicken und entdeckte die Prachtbarke des Sultans, die gerade vom Bootshaus am anderen Ufer ablegte. An Bord des englischen Schiffes verfolgten alle Anwesenden – die Männer in der Takelage, die Kaufleute, sogar Lady Lello in ihrem Festtagsputz – gespannt das Näherkommen der Barke. Und in die atemlose Stille drang ein seltsames Geräusch, das wie Hundegebell klang.

»Hört!«, sagte Glover. »Die Ruderer bellen wie die Hunde. Angeblich müssen sie das, damit niemand den Sultan belauschen kann, wenn er spricht.«

Die Barke hatte die *Hektor* fast schon erreicht. Paul sah, dass sie von zwanzig Ruderern mit roten Mützen und weißen Hemden vorwärtsbewegt wurde. Am hinteren Ende der Barke befand sich ein erhöhtes Podest, auf dem der Sultan thronte, sorgfältig gegen neugierige Blicke abgeschirmt. Das unheimliche Bellen der Ruderer – *bou, bouah, bou, bouah, bou, bouah* – wurde immer lauter. Hinter der Barke des Herrschers folgte eine zweite, nicht ganz so prächtig verzierte, in der Paul den Hofstaat des Sultans, seine Zwerge und stummen Diener ausmachte, die in glänzende Seidengewänder gehüllt waren. Alle trugen Krummsäbel an der Hüfte, und mehrere hatten ihre Jagdhunde bei sich, deren purpurne, mit Gold und Silber durchwirkte Mäntel nicht weniger ins Auge stachen als die Kleidung ihrer Herren. Die wendigen Barken, die kaum das Wasser zu berühren schienen, umkreisten die *Hektor* nur einmal und verschwanden dann so schnell, wie sie gekommen waren.

An Bord der *Hektor* klopften sich die Kaufleute gegenseitig auf die Schultern und fingen aufgeregt an zu plappern. Nur Paul teilte ihre Hochstimmung nicht. Er fühlte sich plötzlich von Erschöpfung übermannt. Alles, was ihm der Tag abverlangt hatte – Sir Henry manipulieren, mit den anderen Kaufleuten scherzen, sogar die Diskussion mit Glover –, strengte ihn an; er fühlte sich wie ein Schauspieler auf einer Bühne, der die Rolle spielt, die man von ihm erwartet.

Müde fuhr er sich mit der Hand über die Augen. Es gab Momente seit der Unterhaltung über Celia, in denen er verrückt zu werden glaubte. Zuerst hatte er mit reiner Ungläubigkeit reagiert, dann mit Wut; in ruhigen Minuten jedoch wusste er, dass Carew ihn nie anlügen würde. Nach einer Weile hatte er sich gestattet, ein wenig zu hoffen, und schließlich beschlossen, an das Unmögliche zu glauben. Celia am Leben! Celia lebendig und atmend, aus Fleisch und Blut. Dann wieder hatte sich die Euphorie in Verzweiflung verwandelt. Celia am Leben, aber an einem Ort eingesperrt, an dem sie für ihn unerreichbar war. Oder doch nicht? In Jamals Haus hatte er wieder Hoffnung geschöpft. Doch in der Nacht lag er wach und starrte in die Dunkelheit, schlaflos, traumlos, um immer dieselben Gedanken kreisend. Zwei Jahre als Sklavin in der Hand der Türken. Was hatten sie mit ihr gemacht? Er versuchte, seine Fantasie im Zaum zu halten, aber das war unmöglich. Bei diesem Sklavenmeister, dem Sultan? Den Eunuchen? Der Gedanke war so peinigend, dass er das Gefühl hatte, ihm würde der Kopf platzen.

Eine erneute Betriebsamkeit am gegenüberliegenden Ufer erregte jetzt seine Aufmerksamkeit. Eine weitere Barke legte vom kaiserlichen Bootshaus ab. Sie war kleiner als die des Sultans, aber reicher verziert. Die Kabine auf dem Hüttendeck war mit Elfenbein und Ebenholz verkleidet; Blattgold, Perlmutt und Karfunkelsteine glitzerten in der Sonne. Diesmal ruderten die Männer schweigend. Von den Rudern spritzte das Wasser in hohen schimmernden Bögen auf, und die Barke schien wie schwerelos auf das englische Schiff zuzufliegen. Wenige Meter vor der Bordwand hielten die Ruderer inne.

Paul legte die Hand über die Augen, um die Kabine besser sehen zu können. Etwas Grünes blitzte in der Sonne auf. Und dann begriff er: Safiye, die Valide Sultan, war selbst gekommen, um die *Hektor* zu begutachten. Sie blieb nicht lange. Auf ein verstecktes Signal hin nahmen die Männer ihre Ruder wieder auf, und die Barke setzte sich in Bewegung, doch diesmal nicht auf das kaiserliche Bootshaus zu, sondern in die entgegengesetzte Richtung, zu den tiefen, grünen Gewässern und steil ansteigenden, bewaldeten Hügeln am Bosporus.

Paul sah ihr nach und überlegte angestrengt. Was konnte die Valide wollen? Der Botschafter schien zu glauben, dass sie ihm noch einmal für das Geschenk danken wollte, das Paul ihr auf sein Geheiß gleich nach Ankunft der *Hektor* überreicht hatte. Er war sich da nicht so sicher.

Nicht zum ersten Mal erinnerte er sich an jenen seltsamen Tag, den seltsamsten seit seiner Ankunft in Konstantinopel. Umgeben von Schwarzen Eunuchen und bewacht von einem Bataillon uniformierter Hellebardiere, war die Valide in einer verhüllten Sänfte in den Hof getragen worden, wo die Kutsche auf sie wartete. Natürlich hatte Paul sie nicht zu sehen bekommen – die Hofetikette hatte ihm nicht einmal gestattet, die Augen zu ihr zu erheben –, aber hätte man ihn gefragt, hätte er erklärt, dass es viele andere Arten der Wahrnehmung gab. Die Präsenz hinter dem Schutzgitter war so kraftvoll, dass Augen nicht notwendig waren, um diese erstaunliche Frau zu sehen. Ihre Stimme genügte.

»*Venite, inglese.* Tretet näher, Engländer.«

Als er diese Stimme zum ersten Mal gehört hatte, war ein Schauer über seinen Rücken gelaufen. Die Spione der Kompanie hatten gemeldet, dass die Valide eine alte Frau sei, mindestens fünfzig. Doch das war die Stimme einer jungen Frau.

»Tretet näher, Engländer«, hatte sie wiederholt. Und als sie bemerkte, dass er die Eunuchen fixierte, deren Hände an ihren Krummsäbeln lagen, hatte sie lachend hinzugefügt: ›*Non abbiate paura.* Habt keine Angst.«

Und so hatte er sich der Sänfte genähert, und sie hatten sich unterhalten. Wie lange? Paul hätte es hinterher nicht sagen können. Er erinnerte sich nur an ein bestimmtes Parfüm, das nach einem nächtlichen Garten duftete, und an den matten Glanz von Juwelen, wenn sie sich bewegte.

Der Anblick der Barke wirkte sich klärend auf Pauls wirre Gedanken aus. Er schob alles andere beiseite und versuchte sich auf die gegenwärtigen Fragen zu konzentrieren. Hier ergab sich wie durch ein Wunder eine zweite Chance, den Palast zu betreten, und diesmal sogar in Begleitung von Carew. Waren seine Gebete erhört worden? Carew war nicht immer leicht zu kontrollieren, aber er besaß Eigenschaften, die seine Kritiker nicht einmal ahnten: Seinen Augen entging nichts, er hatte Nerven aus Stahl und besonders in kniffligen Situationen eine Geistesgegenwart, die Paul manchmal wie Zauberei vorkam. Es gab niemanden, den Paul lieber mitgenommen hätte als Carew – wenn man ihn denn finden konnte.

Paul sah sich auf der *Hektor* um und fluchte leise. Wo war dieser nichtsnutzige Galgenvogel, wenn man ihn brauchte? Er missachtete Befehle, wie üblich. Erst jetzt fiel ihm auf, dass er Carew den ganzen Tag noch nicht zu Gesicht bekommen hatte. Verdrossen suchte er die Decks und sogar die Takelage ab, aber Carew war nirgends zu finden.

Stattdessen bemerkte Paul noch ein Wasserfahrzeug, das auf die *Hektor* zuhielt. Diesmal keine prachtvolle Barke, sondern ein kleines Ruderboot, das hastig und etwas ungeschickt vom Galata-Ufer auf sie zusteuerte. Paul kniff die Augen zusammen. Zwei Janitscharen bedienten die Ruder, ihre Kopfbedeckung war durch die Anstrengung verrutscht. Sie ruderten so hastig, dass das Boot zweimal fast mit anderen Wasserfahrzeugen kollidiert wäre. Als es näher kam, erkannte Paul auf den Bänken die vertraute Gestalt von Reverend May sowie Mr Sharp und Mr Lambeth, zwei Kaufleute der Kompanie, die erst kürzlich aus Aleppo eingetroffen waren. Kurz darauf sah er noch John Sandersons Lehrjungen John Hangar und den Kutscher Ned Hall an den Rudern.

»Sie können rudern, so schnell sie wollen – den Besuch des Großen Mannes haben sie verpasst«, ließ sich Thomas Glover vernehmen, der zu Paul getreten war.

»Nein.« Paul schüttelte den Kopf. »Da stimmt etwas nicht.« In die Sonne blinzelnd, versuchte er mehr zu erkennen.

Als sie Paul und Glover an der Reling stehen sahen, begannen die beiden Kaufleute heftig zu gestikulieren. Der Pfarrer stand auf, legte die Hände wie einen Trichter um den Mund und rief ihnen etwas zu, doch der Wind wehte die Worte davon.

»Dieser Tölpel von einem Pfarrer«, knurrte Glover. »Mir gefällt das alles gar nicht.«

»Mir auch nicht.«

Endlich machte das Boot neben der *Hektor* fest. Nun, da sie in Hörweite waren, wirkten die Männer unschlüssig, wie es weitergehen sollte.

»Was gibt es, Gentlemen?«, rief Paul ihnen zu.

Lambeth, einer der Kaufleute aus Aleppo, erhob sich schwankend.

»Es geht um Euren Diener Carew, Sekretär Pindar.«

»Was ist mit ihm, Mr Lambeth?«

»Janitscharen sind gekommen und wollten ihn verhaften.«

»Dieser Spitzbube!« Paul fühlte Glovers Hand begütigend auf seiner Schulter. »Er wird uns noch alle ins Verderben stürzen.« Dann fragte er laut: »Aus welchem Grund? Was hat er getan?«

»Wir wissen es nicht. Sie wollten es uns nicht sagen.«

Paul umklammerte die Reling. »Wohin haben sie ihn gebracht?«

Lambeth nahm seinen Hut ab und wischte sich die schweißnasse

Stirn. »Sie haben ihn nirgendwohin gebracht. Er war nicht da. Wir wollten ihn warnen. Wir dachten, er sei bei Euch.«

Glover blickte Paul an. »Und?«

»Nein, hier ist er nicht«, antwortete Paul grimmig. »Aber ich glaube, ich weiß, wo ich ihn finden kann.«

Kapitel 14

Konstantinopel: 2. September 1599

Nachmittag

Als Paul an Jamals Haustür klopfte, öffnete ihm derselbe Diener wie beim vorigen Mal. Zuerst schien der Junge ihn nur widerstrebend melden zu wollen, doch schließlich ließ er sich überreden und Paul trat ein. Sein Erscheinen sorgte offenbar für einige Aufregung, wie er voller Unbehagen feststellte. Aus dem Vorzimmer, in dem er gewöhnlich gebeten wurde zu warten, drang das Geräusch von Stimmen und Schritten: Jamal sprach, eine Tür schlug zu. Jemand ging im oberen Stockwerk hin und her. Dann glaubte er zu hören, dass sich über ihm zwei Menschen unterhielten, ein Mann – Jamal vermutlich – und, wenn er sich nicht sehr irrte, eine Frau. Sie schienen miteinander zu diskutieren, einmal lauter, dann wieder leiser. So vergingen noch einige Minuten, bis Jamal erschien. Seine Miene war ungewohnt sorgenvoll. Paul glaubte, ein schwarzes Frauengewand vorbeihuschen zu sehen, oder hatte er sich das nur eingebildet? Ihm fiel auf, dass der Astronom die Tür sorgfältiger als sonst hinter sich schloss.

»Ich kann warten, Jamal, wenn Ihr Euch um anderes zu kümmern habt.«

»Nein, nein, Ihr seid höchst willkommen, mein Freund! Es ist nichts von Bedeutung.« Höflich wie stets, lächelte Jamal. »Tatsächlich gibt es etwas, worüber ich mich gern mit Euch beraten würde. Geht voraus in den Turm, dort können wir uns ungestört unterhalten.«

»Ich mache mir Sorgen um Carew«, begann Paul, als Jamal wenige Minuten später nachkam. »Er ist verschwunden, und mir kam in den Sinn, Ihr könntet womöglich …«

Jamal legte Paul die Hand auf die Schulter. »Carew ist in Sicherheit.«

Paul verschlug es die Sprache. Er starrte Jamal entgeistert an. »Wo ist er?«

»Es ist wahrscheinlich besser, wenn Ihr das nicht wisst. Noch nicht.«

»Was hat das zu bedeuten?« Paul fuhr sich erregt durch die Haare. »Ich muss ihn dringend finden, es ist unabdingbar! Heute sind Janitscharen gekommen, um ihn zu verhaften …«

»Ich weiß.«

»… und ich muss ihn unbedingt vor ihnen finden.« Paul verstummte. »Ihr wisst von den Janitscharen?«

»Setzt Euch bitte, Paul.«

»Nein, lieber nicht.« In Paul regte sich unvermittelt Zorn auf diese ruhige, weiß gekleidete Gestalt, die so gelassen vor ihm stand. »Verzeiht mir, Jamal, aber ich habe keine Zeit für Scherze. Um Himmels willen, könnt Ihr mir nicht einfach sagen, was geschehen ist?«

Jamal verriet durch keine Regung, ob Pauls Ton ihn kränkte. »Jemand im Palast ist vergiftet worden, und sie glauben, Carew könnte etwas damit zu tun haben.«

Paul musste gegen ein Schwindelgefühl ankämpfen. »Aber Ihr beteuert, dass er in Sicherheit ist?«

»Er hält sich an einem sicheren Ort auf, bis die Angelegenheit geklärt ist.«

»Wo genau befindet sich dieser ›sichere Ort‹?«

Pauls Frage blieb unbeantwortet.

»Wer wurde vergiftet?«

»Hassan Aga, der Schwarze Obereunuch.«

»Ich verstehe.« Paul fuhr sich mit der Hand über das Gesicht.

»Man hat ihn gestern gefunden, nachdem er im Palastgarten zusammengebrochen war. Niemand weiß, wie er dort hingelangt oder was ihm zugestoßen ist.«

»Ist er tot?«

»Nein, er lebt noch. Es geht ihm schlecht, aber er lebt.«

»Und was soll das alles mit Carew zu tun haben?«

Jamal antwortete nicht gleich. Er hob ein geschliffenes Brennglas auf, das unter seinen Gerätschaften auf einem Tischchen lag, und betrachtete es sinnend.

»Hat John Figuren aus Spinnzucker angefertigt, darunter das Modell eines Schiffs? Habt Ihr mir nicht erzählt, dass er ein sehr geschickter Zuckerbäcker ist?«

»Ja, Carew beherrscht diese Zuckerarbeiten in der Tat meisterlich.« Paul erschrak. »Sagt bitte nicht, dass das Oberhaupt der Schwarzen Eunuchen mit Carews Zuckerschiff vergiftet wurde.«

»Armer John«, murmelte Jamal mitleidig, »er ist recht anfällig für derlei Missgeschicke, nicht wahr?«

»Das kann man wohl sagen.« Paul verspürte plötzlich das dringende Bedürfnis, die Hände um Carews Hals zu legen und so lange zuzudrücken, bis dessen Gesicht rot anlief und die Augäpfel hervorquollen. Doch dann kam ihm ein neuer Gedanke. »Aber das ist absurd! Welches Motiv sollte Carew haben, eine Zuckerskulptur zu vergiften? Wir wollen den Sultan doch beeindrucken und ihn nicht vergiften! Nein, nein, ich wette mein Leben darauf, dass ich weiß, wer dahintersteckt – entweder der Bailo oder de Brèves. Wahrscheinlich alle beide.«

»Der venezianische und der französische Gesandte?« Jamal hob die Augenbrauen. »Keinesfalls.«

»Aber das kann Euch doch nicht überraschen! Sie intrigieren gegen uns, seit wir in Konstantinopel sind, und versuchen zu verhindern, dass wir unser Handelsabkommen mit der Pforte erneuern ...«

»Wartet, Paul, Ihr seid mir zu schnell.« Jamal hob abwehrend die Hände. »Vorläufig weiß niemand so recht, was er davon halten soll. Hassan Aga ist noch zu krank, um einen vollständigen Bericht der Ereignisse zu geben, aber es ist nun mal eine bedauerliche Tatsache, dass die Worte ›das englische Schiff‹ die einzigen waren, die er seit seinem Auffinden geäußert hat.«

»Nur dies: ›das englische Schiff‹?«

»Nur dies.«

»Woher wisst Ihr das?«

»Ich war heute früh im Palast, ich benutze oft einen Raum im Eunuchentrakt, wo ich die kleinen Prinzen unterrichte. Hassan Aga wankte wie im Fieberwahn durch die Gärten, niemand weiß, wie er dorthin gelangt ist oder warum. Der gesamte Palast war in Aufruhr. Ich sage Euch, Paul, es wäre schier unmöglich gewesen, nichts davon zu erfahren.«

»Werdet Ihr mir nun sagen, wo John ist?«

»Nein, das kann ich nicht. Ich weiß es selbst nicht«, entgegnete Jamal entschuldigend. »Er ist in Sicherheit, das ist alles, was ich weiß.«

»Aber wie sind sie nur gleich auf Carew gekommen?«, fragte Paul verwundert.

»Anscheinend hat er die Süßigkeit selbst abgeliefert. Einer der Hellebardiere am Haremstor hat ihn erkannt. Er war offenbar am selben Tag schon einmal zu anderen Zwecken dort.«

»Aber aus der Sicht des Palasts ist er doch nur ein gewöhnlicher Diener!« Paul ließ sich schwer auf ein Kissen sinken. »Warum geben sie sich mit ihm ab? Warum kommen sie nicht zum Gesandten? Oder zu mir, wenn man es recht bedenkt? Carew ist kein Bediensteter der Gesandtschaft, er begleitet mich als mein Koch.«

Darauf erwiderte Jamal nichts.

»Warum Carew, Jamal?« Paul ließ nicht locker. »Das ergibt für mich alles keinen Sinn.«

»Meiner Ansicht nach habt Ihr Euch die Frage schon selbst beantwortet, mein Freund: weil er unbedeutend ist. Der Palast will ebenso wenig einen öffentlichen Skandal riskieren wie Eure Botschaft. Das ist jedenfalls meine Schlussfolgerung. Aber bis Hassan in der Lage ist, mehr über die Vorfälle zu sagen, müssen sie etwas unternehmen.« Er warf Paul einen versöhnlichen Seitenblick zu. »Aus innerpolitischen Gründen, könnte man sagen.«

Paul durchquerte den achteckigen Raum und trat an eines der Fenster, durch das eine kühlende Brise wehte. Er nahm den Raum in sich auf. Alles war wie immer, so, wie er es seit seiner ersten Begegnung mit Jamal vor vier Jahren kannte: ein schlichter Raum mit weiß gekalkten Wänden, der für europäische Augen eher einer

Mönchszelle als einem Observatorium ähnelte. Die Instrumentensammlung, die Jamal ihnen am Tag zuvor gezeigt hatte, der Quadrant, die Astrolabien und Sonnenuhren, der *quibla*-Kompass – alles war da. Und doch kam es ihm irgendwie ... anders vor. Die Farben und die Töpfchen mit Blattgold, die Pergamente und Stifte, mit denen der Astronom seine Beobachtungen aufzeichnete und die Paul auf der Werkbank hatte liegen sehen, waren verschwunden. Stattdessen lagen dort runde Glasstücke wie dasjenige, das Jamal noch immer in der Hand hielt. Manche waren flach wie große Münzen, andere fast kugelförmig, wie kleine Kristallbälle. Unter anderen Umständen hätte Paul seine Neugier kaum bändigen können. Er hätte jedes einzelne Stück in die Hand genommen und untersucht und Jamal mit Fragen nach ihrer genauen Herstellungsweise und Funktion bestürmt. Doch jetzt gönnte er ihnen kaum einen Blick.

Er wurde gewahr, dass Jamal ihn von der anderen Seite des Raums aus beobachtete. Sein Gesicht lag im Schatten. Sein weißes Gewand floss wie eine Alchimistenrobe in schimmernden Falten zu Boden. Er wirkte plötzlich größer – größer und ernster.

Paul schwirrte der Kopf. Ein körperlich spürbares Unwohlsein überfiel ihn, noch stärker als vorher. Das war der Moment, auf den er gewartet hatte. Wenn er Jamal um Hilfe bitten wollte, dann war nun der richtige Augenblick, und doch fiel es ihm außerordentlich schwer. So vieles stand auf dem Spiel – Celia, und nun auch noch Carew –, dass ihn fast der Mut verließ.

Vielleicht hatte Carew doch recht gehabt. Warum sollte Jamal ihm überhaupt helfen? Und warum hatte Paul plötzlich das Gefühl, als wisse der Astronom weit mehr, als er preisgab? Paul steckte die Hand in die Tasche, und seine Finger schlossen sich um das astronomische Kompendium. Ihm schien, als seien Jamals Blicke noch durchdringender geworden, und ihn überlief ein Frösteln.

»Ich weiß, dass Ihr viele Fragen habt, Paul«, sagte Jamal. »Wenn darunter solche sind, die ich beantworten kann, so will ich das gern tun.«

»Tatsächlich?«

»Aber ja. Zum Beispiel fragt Ihr: Warum Carew?«

»Nein.« Paul sah Jamal direkt in die Augen. »Warum *Ihr*, Jamal?« Während er sprach, spielte die Hand, die noch in der Jackentasche steckte, nervös am Verschluss des Kompendiums – auf, zu, auf zu.

»Warum ich?«

»Ihr seid auf einmal auffallend gut in die Geheimnisse des Palasts eingeweiht.«

Zu Pauls Verwunderung warf Jamal den Kopf in den Nacken und lachte. »Und ich dachte, das wäre es, was Ihr von mir wolltet?« Seine Augen funkelten, er war wieder der Alte. »Eine Person mit intimen Kenntnissen des Palasts.«

»Hat Carew das gesagt?«

»Natürlich. Das hat er gesagt, als er mich heute Vormittag noch einmal aufsuchte.«

Vor Pauls geistigem Auge erschien aufs Neue Carews Hals, den er packte und schüttelte, bis dem Kerl die Zähne klapperten.

»Was hat er noch gesagt?«

»Nur, dass Ihr dringend noch einmal mit mir über etwas Bestimmtes sprechen möchtet, und dass Ihr eine Person mit solchen Kenntnissen sucht. Ich muss gestehen, ich bin neugierig: Worum geht es?«

»Das ist jetzt unwichtig.«

»Wirklich?« Jamal trat nahe vor ihn. »Warum verhaltet Ihr Euch heute so eigenartig, Paul? Seht Euch an, Eure Kleidung, Eure Frisur – alles ist vernachlässigt. Das hat nichts mit Carew zu tun, nicht wahr?«

Bevor Paul ihn daran hindern konnte, hatte Jamal sein Handgelenk ergriffen und aus der Tasche gezogen, wodurch das Kompendium sichtbar wurde.

»Seid Ihr krank?«

»Nein, natürlich nicht ...«

»Aber Euer Puls rast.« Jamal, der immer noch Pauls Handgelenk hielt, blickte ihm aufmerksam ins Gesicht. »Die Pupillen sind erweitert, die Haut ist feuchtkalt.« Er schüttelte den Kopf. »Ihr seht aus – verzeiht mir meine Offenheit –, Ihr seht aus, als hättet Ihr einen Geist gesehen.«

Mit einem Klicken öffnete sich die Feder des Kompendiums und es schnappte auf.

»So ist es, Jamal«, hörte sich Paul sagen. »So ist es. Ich glaube, ich habe einen Geist gesehen.«

Kapitel 15

Istanbul: Gegenwart

Am Montagvormittag fand sich Elizabeth am Topkapi-Palast ein. Sie hatte sich dort mit Berin, ihrer Bekannten von der Bosporus-Universität, am Eingang zum zweiten Hof verabredet. An diesem Tag wurden keine Touristen eingelassen. Zwei mürrische Türhüter ließen sich von Elizabeth ihren Pass geben, und nachdem sie ihn unnötig lange überprüft hatten, verglichen sie ihren Namen mit denen, die auf einer Liste standen, und winkten sie schließlich mit offenkundigem Missfallen durch.

Berin, eine kleine, verbindliche Türkin von Anfang vierzig, die einen eleganten braunen Mantel und ein Kopftuch trug, wartete schon auf der anderen Seite. »Das ist Suzie«, stellte sie Elizabeth die englische Produktionsassistentin vor. Die Frauen gaben sich die Hand. Suzie trug schwarze Jeans und eine Motorradjacke. An ihrer Hüfte summte und knisterte ein Walkie-Talkie.

»Vielen herzlichen Dank«, sagte Elizabeth, »ich weiß das sehr zu schätzen.«

»Ihr Projekt klingt echt cool. Wenn Sie jemand fragt, sagen Sie, dass Sie recherchieren. Und das machen Sie ja auch wirklich, nur eben nicht für uns.« Sie grinste Elizabeth an.

»Berin hat mir von Ihrer Arbeit erzählt«, fuhr Suzie fort, während sie durch einen geometrisch angelegten Garten mit Rasenflächen und Zypressen gingen. Ein paar späte Rosen zitterten im kühlen Wind. »Und dass Sie glauben, hier im Harem hätte mal eine englische Sklavin gelebt.«

»Ich bin mir dessen sogar ziemlich sicher. Eine junge Frau namens

Celia Lamprey.« Elizabeth berichtete von dem alten Manuskriptfragment, das sie entdeckt hatte. »Sie war eine Kapitänstochter, die vermutlich gegen Ende des sechzehnten Jahrhunderts in der Adria Schiffbruch erlitt und anschließend von osmanischen Korsaren gefangen genommen wurde. In dem Teil des Berichts, der erhalten ist, wird behauptet, dass sie hier im Harem des Sultans landete.«

»Und als was? Ehefrau, Konkubine, Dienerin oder was sonst?«

»Das ist im gegenwärtigen Stadium schwer zu sagen. In dem Bericht steht, dass sie als *cariye* verkauft wurde, was auf Türkisch einfach Sklavin bedeutet. In der Palasthierarchie beschreibt das Wort die Frauen, die den niedrigsten Rang bekleidet haben. Aber da jede Frau hier gewissermaßen eine Sklavin war – abgesehen natürlich von den Töchtern des Sultans und seiner Mutter, der Valide Sultan, die beim Tod ihres Herrn automatisch freigelassen wurde –, hat das Wort vielleicht eine ganz andere Bedeutung. Ich vermute, dass sie als potenzielle Konkubine an den Palast verkauft wurde. Mit ein, zwei Ausnahmen hatte der Sultan nie Ehefrauen. Das ist eines der seltsamsten Phänomene des osmanischen Systems: Die Frauen des Sultans stammten alle aus anderen Gegenden des Reichs, aus Georgien, Cirkassien, Armenien, aus verschiedenen Teilen des Balkan, sogar aus Albanien. Aber nie aus der Türkei.«

»Soviel ich weiß, gab es im frühen neunzehnten Jahrhundert einmal eine Französin«, sagte Suzie. »Wie hieß sie doch gleich?«

»Sie meinen sicher Aimée Dubucq de Rivery«, erwiderte Elizabeth. »Eine Cousine von Josephine Bonaparte. Ja, das stimmt, aber bisher wussten wir von keiner Engländerin.«

Sie hatten den Eingang zum Harem erreicht. Neben dem Tor stapelte sich ein Berg Material für die Dreharbeiten – Kabelrollen und große, schwarz-silberne Kisten –, aber kein Mensch stand dabei. Eine leere Chipstüte flatterte an ihren Füßen vorüber. Im Fenster der Kasse lehnte ein handgeschriebenes Schild vom Vortag: ›Letzte Führung 15.10 Uhr‹.

Elizabeth folgte Suzie durch eines der unbewachten Drehkreuze. Berin schloss sich ihnen an.

»Aber ihr vergesst, dass nicht nur Frauen versklavt waren«, sagte

Berin. »Das ganze Osmanische Reich basierte auf Sklaverei. Nur war sie anders beschaffen, als man es sich heute vorstellt. Es war kein Stigma, ein Sklave zu sein. Und das System war nicht besonders grausam – nicht annähernd so wie das, was wir unter ›Plantagensklaverei‹ verstehen. Eher eine Karrierechance, könnte man sagen.« Sie lächelte. »Die meisten unserer Großwesire begannen ihre Laufbahn als Sklaven.«

»Und Sie glauben, dass das auch für die Frauen galt?«, fragte Suzie skeptisch. »Das bezweifle ich.«

»Seien Sie sich da nicht so sicher«, widersprach Berin in ruhigem, aber festem Ton. »Ich glaube, die meisten Frauen waren genau dieser Ansicht.« Sie legte eine Hand auf Elizabeths Arm. »Sogar deine Celia Lamprey könnte es als Aufstiegschance betrachtet haben. Viele Europäer haben unter den Osmanen recht gut gelebt – warum nicht auch eine Frau?«

Vor ihnen ragte ein gewaltiges, mit Messingnägeln beschlagenes Holztor auf. Über dem Tor befand sich ein vergoldeter arabischer Schriftzug. Elizabeth blickte hinauf und spürte einen leisen Schauder. Was hatte Celia Lamprey gedacht, als sie zum ersten Mal durch dieses Tor trat? Hatte sie eine Zuflucht erwartet oder eine Hölle? Würde es je möglich sein, einen klaren Blick auf die Vergangenheit zu erhaschen?

»In Wahrheit weiß niemand wirklich, wer diese Frauen waren.« Berin schlug den Mantelkragen hoch, als hätte auch sie auf einmal die Kälte gespürt. »Und von den meisten werden wir es auch nie erfahren. Das ist schließlich die Bedeutung des Wortes ›Harem‹. Es bedeutet ›verboten‹. Wir *sollen* es gar nicht wissen.« Sie lächelte Elizabeth mit freundlicher Herausforderung an. »Immerhin hoffe ich, dass du sie findest – deine Celia Lamprey, meine ich. Komm ...« Sie blickte hoch zu dem wuchtigen Tor. »Sollen wir hineingehen?«

Das Erste, was Elizabeth auffiel, war die Dunkelheit der Innenräume. Sie ließ Berin, Suzie und den Rest der Filmcrew im Audienzsaal des Sultans ihre Ausrüstung aufbauen und ging weiter in den Palast hinein. Zuerst folgte ihr einer der Wächter, aber bald langweilte er sich und kehrte in seinen Wachraum zurück, wo er in

Ruhe die Zeitung lesen konnte. Elizabeth stellte zu ihrer Freude fest, dass sie sich ungestört in den leeren Räumen umsehen konnte.

Von der Eingangshalle, dem Kuppelraum, wanderte sie langsam an den Eunuchenquartieren vorbei. Kein Mobiliar, nur wenige Fenster; winzige Zimmerchen, nicht größer als Abstellräume. Sehr alte Iznik-Fayence von außergewöhnlicher Schönheit zierte die krummen Wände und verbreitete ein seltsames, blassgrünes Licht.

Am Ende des Korridors befand sich ein Vestibül mit einer hohen Kuppel, von dem drei weitere Korridore abgingen. Elizabeth sah auf den Lageplan und las die Namen. Der erste, der zu den Privatgemächern des Sultans führte, war auf ihrem Plan als Goldener Weg markiert, es war der Gang, durch den die Konkubinen zu ihrem Gebieter gebracht wurden. Der zweite, der ins Herz des Harems führte, wurde prosaisch als Essenskorridor bezeichnet, während der dritte Weg, der aus dem Harem hinaus in den inneren Hof und zum Männertrakt führte, am Vogelhaustor endete. Elizabeth beschloss, dem zweiten Korridor zu folgen, und stand nach kurzer Zeit in einem kleinen, von zweistöckigen Gebäuden umgebenen Hof, der mit Seilen abgesperrt war. Auf einem Schild stand »Hof der Cariye«.

Sie blickte sich um. Ein Wächter war nicht in Sicht, deshalb kletterte sie vorsichtig über die Absperrung. Durch die Ritze in einer Holztür erkannte sie vage die Marmorplatten eines alten Badehauses. Die Räume dahinter waren leer, ihr fleckiger Verputz bröckelte ab. Über allem lag eine Atmosphäre von Verfall und ein schwacher Modergeruch, den nicht einmal die unverfrorene Wissbegier der modernen Touristengruppen hatte vertreiben können. Gegenüber dem Badehaus stieß Elizabeth auf eine steile Treppe, die nach unten zu einer Art Schlafsaal führte, und von dort aus ging es zu den Gärten. In den anderen Räumen ringsum, die so eng waren, dass sie sicher nur von Dienerinnen bewohnt worden waren, waren die Bodenbretter so verrottet, dass Elizabeth fast eingebrochen wäre.

Als sie in den Hof zurückkehrte, stand sie plötzlich vor dem Eingang zum Wohnbereich der Sultansmutter. Eine Suite von ineinander übergehenden Räumen, auch sie überraschend klein, aber mit denselben türkisfarbenen, blauen und grünen Fliesen geschmückt wie die Eunuchenquartiere. Elizabeth war sich nicht ganz sicher, ob ihr der Wächter nicht doch gefolgt war, aber als sie lauschend stehen blieb, konnte sie nichts hören.

Nachdem sie sich davon überzeugt hatte, dass sie ganz allein war, ließ sie sich auf eine Sitzbank neben einem Fenster sinken und wartete. Sie schloss die Augen und versuchte sich zu konzentrieren, aber nichts geschah. Keinerlei Kontakt. Sie strich mit den Fingern über die glatten Fliesen und zeichnete das Muster aus Pfauenfedern, Nelken und Tulpen nach, doch sie fühlte immer noch nichts. Also stand sie wieder auf und machte sich daran, die Wohnräume genau zu inspizieren, aber nirgendwo fühlte sie eine Verbindung. Nicht einmal die Entdeckung eines kleinen Labyrinths aus holzgetäfelten Geheimgängen hinter den Wohnräumen der Valide – ihrem Schlafgemach, dem Gebetsraum und dem Salon – konnte ihr Gefühl von innerer Distanz beheben.

Diese Räume sind schlicht und einfach – leer, dachte sie enttäuscht. Und dann musste sie über sich selbst lachen: Was hatte sie denn erwartet?

Elizabeth wollte gerade den Wohnbereich der Valide verlassen, als sie in einem winzigen Eingangsvestibül noch eine Tür bemerkte. Sie drückte dagegen und erwartete, dass sie wie die anderen verschlossen sein würde, aber zu ihrer Überraschung ließ sie sich leicht öffnen. Elizabeth stand auf der Schwelle zu einem unbenutzten Wohnraum.

Es war ein recht großer Raum, bei Weitem der größte im Harem, wenn man von der Suite der Valide absah, mit der er verbunden war. Obwohl er, soweit Elizabeth erkennen konnte, nicht dazugehörte. Ein paar Sekunden lang blieb sie unschlüssig auf der Schwelle stehen. Dann trat sie ein.

Auch hier roch es modrig. Das matte Winterlicht fiel schräg durch kleine Öffnungen im Kuppelgewölbe. Ausgefranste, verblichene Teppiche bedeckten den Boden. Dahinter befanden sich eine zweite Tür und ein Hof, den sie zum ersten Mal sah. Ein Raum, durch den der Atem der Vergangenheit brauste wie die ferne Meeresbrandung.

Elizabeth rührte sich nicht. Vorsichtig. Jetzt ganz vorsichtig. Nicht atmen, nur lauschen. Du lauschst. Was willst du hören? Aus dem menschenleeren Harem drang kein Geräusch, kein einziger Schritt.

Leise ging Elizabeth ein paar Schritte weiter in den Raum hinein und blieb wieder stehen. Sie fühlte sich wie ein Eindringling, und ihr Herz klopfte. Immer noch Stille. Mit der Stiefelspitze hob sie eine Ecke des Teppichs an. Darunter lagen die zerfetzten Überreste einer verrotteten Bastmatte. Die Mitte des Raums wurde von einem Podest beherrscht. Als sie genauer hinsah, erkannte sie, dass es von alten Decken und Kissen bedeckt war. Sie schienen noch genau so zu liegen, wie die letzte Bewohnerin sie zurückgelassen hatte. Spielte ihr die Fantasie einen Streich, oder konnte sie tatsächlich den Abdruck eines Frauenkörpers erkennen?

Sei nicht albern!, ermahnte sich Elizabeth, die auf einmal fröstelte. Sie erinnerte sich an eine Schwarzweißfotografie, die aufgenommen worden war, nachdem die Sklaverei 1924 offiziell abgeschafft und der Harem des letzten Sultans aufgelöst worden war. Sie zeigte sechs seiner Exkonkubinen, unglückliche Frauen, die von ihren Familien nicht zurückgefordert worden waren –, unterwegs nach Wien, wo sie »zur Schau gestellt« wurden, wie die Bildunterschrift erläuterte. Ihre bleichen Gesichter waren von schwarzen Schleiern umrahmt. Gleichgültig, fast mürrisch, starrten sie in die Kamera; sie sahen eher wie Novizinnen im Kloster aus, hatte Elizabeth damals gedacht, sicher nicht wie die wollüstigen Odalisken, die man im Westen vor Augen hatte.

Sie sah sich um. Auch hier die grünen und blauen Fliesen. Ein paar Schränke mit schief hängenden Türen standen herum und in die Wände waren Nischen eingelassen, in denen man etwas abstellen konnte. In diesem Moment glaubte sie aus dem Augenwinkel eine Bewegung wahrzunehmen. Erschrocken fuhr sie herum, aber es war nur ein Taubenpaar, das mit einem klatschenden Geräusch im Hof aufflatterte.

Elizabeth setzte sich zaghaft auf die Kante des Podests und schlug ihr Notizbuch auf, aber ihr fehlte die nötige Konzentration. Vielleicht lag es an der Atmosphäre des Ortes, oder an dem Gefühl, dass sie in eine Privatsphäre eingedrungen war. Trotz der Kälte waren ihre Handflächen feucht vor Nervosiät und Anspannung, und der Stift glitt ihr immer wieder aus den Fingern. In einer der Nischen hinter dem Podest glitzerte etwas Blaues. Elizabeth kniete sich davor und nahm den Gegenstand in die Hand. Es war ein Stückchen blauweißes Glas.

Und da hörte sie es.

Kein Taubengeflatter diesmal, sondern ein Lachen und das Getrippel von Frauenfüßen in weichen Pantöffelchen, die an der Tür vorüberrannten.

Kapitel 16

Konstantinopel: 2. September 1599

Nachmittag

*I*hr habt nach mir geschickt, Safiye Sultan?«
»Ist es geschehen?«
»Es ist geschehen, Majestät, wie Ihr angeordnet habt.«
Die *kira* der Valide, die Jüdin Esperanza Malchi, stand im Schatten. Sie sah nicht mehr sehr gut, erkannte aber durch lange Gewohnheit auch im Dämmerlicht die dunkle Kontur der liegenden Sultansmutter. Im innersten Heiligtum, dem Privatgemach der Safiye Sultan, gab es keine Fenster. Selbst in der drückendsten Sommerhitze war die Luft hier frisch, was an der Dicke der Wände und der kühlenden Eigenschaft der Keramikfliesen lag, die sich mit ihren überbordenden blauen und jaspisgrünen Arabesken wie üppiges Seegras an den Wänden entlangrankten. Inmitten des Raums glommen in einem kleinen Kohlepfännchen Brocken von süß duftendem Weihrauch.

»Nun sage, Malchi«, ließ sich die Schattengestalt vernehmen, »ist das Päckchen der Haseki überbracht worden?«
»Cariye Lala war dort, wie Ihr befohlen habt. Ich habe es ihr selbst ausgehändigt«, erwiderte die Jüdin ins Dunkel hinein. Nach einem kurzen Zögern fügte sie hinzu: »Das gefällt mir nicht, Majestät. Cariye Lala ist ...« Sie verstummte, im Bewusstsein, dass sie ihre Worte sorgfältig wählen musste. »Sie ist ... etwas vergesslich geworden. Woher wissen wir, dass sie es gut versteckt hat?«
»Cariye Lala ist vertrauenswürdig. Sie wird das Päckchen im Wohnraum der Haseki verstecken, bis wir es brauchen.« Ein Lächeln stahl sich in die schöne Stimme. »Wenn man es findet, ist

Gülay Haseki tief in die Angelegenheit verstrickt. Nicht einmal der Sultan wird sie dann noch retten können.«

»Der Arzt war nicht angetan davon.« Esperanza war ihr Unbehagen anzumerken. »Ich bin mir nicht sicher, ob man ihn noch einmal dazu bewegen kann.«

Safiye schwieg, während sie über diese Information nachsann.

»Nun, ich muss sagen, das überrascht mich nicht«, seufzte sie. »Obwohl es ja nun wirklich nicht das erste Mal für ihn war.«

»Aber das ist Jahre her«, erwiderte Esperanza. »Ich habe ihm gesagt, dass wir es vielleicht nicht nutzen werden. Es gibt Hinweise darauf, dass sich der andere Plan umsetzen lässt.«

»Richtig.« Safiye Sultan dachte nach. »Die Haseki muss ... aus dem Weg geräumt werden. Wie das geschieht, interessiert mich nicht. Sie hat einen zu großen Einfluss auf den Sultan, er beachtet die anderen *cariye* nicht einmal. Das ist kein guter Zustand. Man muss ihm helfen, das ist alles. Zu unser aller Bestem.«

Aus einem der glühenden Harzbröckchen schoss unvermittelt eine kleine Flamme empor, die für einen kurzen Moment die zahllosen Diamanten am Gürtel, an den Ohren und dem Mieder Safiyes aufleuchten ließ. Nurbanus Smaragd an ihrem Finger blitzte wie ein grünes Katzenauge.

»Und die andere Angelegenheit?«, erlaubte sich Esperanza nachzufragen.

Die Gestalt rekelte sich geschmeidig in den Kissen.

»Sie haben ihn gefunden, wie du sicher gehört hast. Er ist innerhalb der Palastmauern umhergeirrt.«

»Unmöglich!« Die *kira* rang die Hände. »Er war doch so gut wie tot!«

»So?« Die samtige Stimme klang amüsiert. »Wenn du das glaubst, kennst du Hassan Aga nicht so gut wie ich. Kleine Nachtigall mag selbst kein Mann sein, doch er hat die Stärke von zehn Männern.«

»Aber wie ist er entkommen? Er war hier, in der Zelle, direkt unter uns. Es gab keinen anderen Weg hinaus als durch diesen Raum ...«

»Es gibt immer Wege. Der Harem ist voller Wege. Aber das geht dich nichts an, Malchi.«

Esperanza neigte demütig den Kopf. »Man sagt, es sei das englische Schiff gewesen.«

»Wer sagt, es sei das englische Schiff gewesen?«

»Nun, ich dachte, Hassan Aga hätte selbst ...«

»Hassan Aga hat nichts dergleichen gesagt.« Safiye lachte spöttisch auf. »Der Eunuch Hyazinth hat es gesagt, weil ich es ihm befohlen habe.«

»Aber ... warum?«, fragte Esperanza verwirrt.

»Warum?« Safiye betrachtete ihre *kira* mit schief gelegtem Kopf. »Ich vergesse immer, Malchi, dass du viel über uns weißt, aber nie mit uns gelebt hast. Nenne es ein Jagdmanöver, wenn du willst.« Sie sah, dass Esperanza immer noch nicht begriff. »Wenn sich deine Beute sicher fühlt, wird sie leichtsinnig«, erklärte sie betont langsam, als spräche sie zu einem Kind. »Verstehst du nicht? Wer immer Kleine Nachtigall wirklich vergiftet hat, glaubt, wir seien durch das Zuckerschiff in die Irre geführt worden, und wird sich am Ende verraten. Auf diese Weise werden wir ihn aufscheuchen.«

»Und die Engländer?«

»Ich habe einen ihrer Köche gefangen nehmen lassen, den Mann, der die Süßigkeit angefertigt hat. Jemanden, der vollkommen entbehrlich ist«, sagte Safiye achselzuckend. »Wenn sie auch nur einen Funken Verstand haben – was ich annehme –, werden sie nicht allzu laut schreien. Sie sind viel zu erpicht auf ihre Handelsverträge. Und später werden wir ihn unauffällig wieder freilassen.«

»Und wenn Kleine Nachtigall gesund wird?«

»Er wird uns nicht verraten, denn das waren die Regeln. Für die Nachtigallen. Wir haben alle zugestimmt.«

Auf einen Wink der Valide zog sich Esperanza zurück. Doch an der Tür blieb sie stehen. »Noch eines, Majestät.«

»Sprich.«

»Euer Mädchen ... Die Neue. Die sie früher Annetta nannten.«

»Aysche?«

»Ja. Sie war bei der neuen Konkubine des Sultans, in deren Kammer.«

Safiye Sultan schwieg für einen Moment. »Haben sie dich gesehen?«

»Ja. Aber sie glauben, dass ich sie nicht gesehen habe.«
»Sie haben sich vor dir versteckt?«
»Ja. Ist es möglich, dass sie etwas weiß?«
»Aysche? Nein, das wohl kaum.«

Ein Harzklümpchen glühte auf, und ein Flämmchen fuhr zischend in die Höhe. Safiye Sultan legte sich gelassen ihr Pelzcape um die Schultern. »Das andere Mädchen, das sie Kaya nennen … Celia. Sie ist diejenige, auf die wir ein Auge haben müssen, Malchi.«

Als Esperanza gegangen war, bettete sich Safiye bequem auf die Polster und hüllte sich in ihr Alleinsein wie in einen luxuriösen Umhang. Dieses Vergnügen gönnte sie sich nicht oft.

Die meisten Frauen im Harem konnten sich nur vage daran erinnern, woher sie stammten oder wer sie vor ihrer Zeit im Harem gewesen waren. Aber Safiye Sultan, die Mutter von Gottes Schatten auf Erden, erinnerte sich noch sehr gut an ihr früheres Leben: die scharfen Berggipfel Albaniens, das Enzianblau des Himmels, die grausame Härte der Steine unter ihren nackten Füßen.

Ihr Vater Petko lebte wie fast alle Männer jener Gegend nur in den Wintermonaten im Dorf. Im Sommer zogen er und die anderen Männer hoch in die Berge, wo sie in Höhlen oder im Freien zelteten und nur mit ihrer Lautenmusik und den Hunden als Gesellschaft ihr Leben fristeten. Safiye erinnerte sich an seltsame Gestalten, die ihr mit den Tätowierungen über den breiten Wangenknochen und auf den Unterarmen und mit ihren zottigen, knöchellangen Schaffellmänteln sogar damals schon wie Barbaren vorgekommen waren.

Die Frauen blieben im Tal und wirkten ohne ihre Männer irgendwie unbeschwerter. Für Safiyes Mutter, eine blasse Schönheit von der dalmatischen Küste nahe Scutari, hatte ihr Schwiegervater als Brautpreis ein Schaf bezahlt. Sie war erst zwölf gewesen, als sie Safiyes Vater heiratete, und kannte die Berge nicht. Obwohl es oft hieß, die Männer aus den albanischen Bergen hätten nicht viel für ihre Frauen übrig und zögen die Gesellschaft ihrer männlichen Stammesbrüder vor, gebar sie in acht Jahren acht Kinder, von denen sechs starben. Nur Safiye und ihr Bruder Mihal überlebten. Die stechende Gebirgssonne hinterließ auf den schönen Wangen von Safiyes Mutter ihre Spuren; ihr Bauch und ihre Brüste wurden schlaff wie bei einer alten Frau. Mit dreißig war sie ausgelaugt. Ihr Mann schlug sie häufig und richtete ihr Gesicht einmal so übel zu, dass der Kiefer ausgerenkt war und ihr von da an zwei Vorderzähne fehlten. Danach sprach sie nur noch selten. Nur ihrer Tochter flüsterte sie die Geschichten und Schlaflieder zu, die sie als Kind von ihrer venezianischen Großmutter gelernt hatte – Liedfetzen im Dialekt des Veneto, der Sprache ihrer alten Fürsten, die sie längst vergessen zu haben glaubte und die nun, nach diesem schrecklichen Schlag, wortgetreu in ihrem Kopf kreisten.

Safiye war ebenso blass wie ihre Mutter, aber sie hatte die Kraft und die Gelenkigkeit eines Jungen. Das eigenwillige, furchtlose Mädchen war der Liebling seines Vaters. Ihr Bruder, ein weinerliches, kränkliches Kind, das von Geburt an hinkte, zuckte ängstlich zusammen, wenn der Vater sich näherte, und so kam es, dass er statt seiner die kleine Safiye mit in die Berge nahm.

Safiye begleitete ihren Vater wie ein Maskottchen überall hin. Im Sommer, wenn sie sich den anderen Männern auf den hoch gelegenen Viehweiden anschlossen, trug sie lederne Beinkleider und ein Schaffell über der Schulter wie ein Junge. Von ihrem Vater lernte sie, Fallen für Berghasen aufzustellen und sie zu häuten, Feuer zu machen und sich Pfeile für ihren eigenen kleinen Bogen zu schnitzen. Sie lernte, leichtfüßig wie eine Ziege über die rauen Felsen zu springen und bei der Jagd in Deckung zu gehen. Stundenlang lag sie still neben ihrem Vater hinter Felsvorsprüngen oder unter Blatthaufen versteckt. Dass sie ihn und die anderen Männer begleiten durfte, machte sie so stolz, dass sie sich lieber die Zunge abgeschnitten hätte, als sich zu beklagen. Sie nahm es hin, wenn sich Dornen in ihre nackten Füße bohrten oder der Mund so ausgetrocknet war, dass die Zunge am Gaumen klebte, oder wenn der Steinboden einer Höhle nachts ihre schmalen Schultern wund scheuerte.

Jagdmanöver, meine Kleine, erklärte ihr Vater. Das war ihre erste Lektion für das ganze Leben, wie sie viele Jahre später begreifen sollte.

Sie war zwölf, als die osmanischen Beamten im Auftrag ihrer Gebieter zur Knabenlese ins Dorf kamen, seltsame Reiter auf Pferden mit klirrendem Geschirr, deren Satteltaschen, Turbane und Seidenumhänge von so sprühender Farbigkeit waren, dass Safiye und ihr Bruder sie mit offenem Mund anstaunten. Ihr Dorf Rezi war klein, und so dauerte es nicht lange, bis der fällige Tribut – ein Junge aus jeder christlichen Familie, die im Herrschaftsgebiet des Sultans lebte – eingefordert war.

»Werden sie Mihal auch mitnehmen?«, fragte Safiye und betrachtete ihren Bruder ohne großes Bedauern.

»Mihal? Wozu ist der zu gebrauchen? Ein Junge muss entweder Verstand oder Muskeln haben, wenn er dem Sultan dienen soll.« Ihr Vater klang verärgert. »Außerdem würden sie nie den einzigen Sohn mitnehmen.«

Safiye stand in der vordersten Reihe der Dorfbewohner, die sich eingefunden hatten, um die Abreise der Karawane zu beobachten, und erblickte von dort aus die fünf Jungen im Alter zwischen sieben und zehn Jahren, die von den Tributeintreibern ausgewählt worden waren. Sie trugen kunstlos gewundene Girlanden aus Wildblumen und Gräsern wie Kronen auf dem Kopf. Ihre Familien schienen über diese Wendung des Schicksals eher erfreut als betrübt zu sein. Als sich die Karawane langsam in Bewegung setzte, liefen ein paar junge Männer aus dem Dorf johlend und Trommel schlagend neben den Pferden her. Andere kletterten auf überhängende Äste und warfen Blütenblätter vor die Pferdehufe. In einer Wolke aus Schwarzpulver feuerten die Tributeintreiber als Abschiedssalut ihre Musketen ab.

Während dieser turbulenten Szene starrten die Jungen wie betäubt auf die Dorfbewohner zurück. Schon jetzt, schien es Safiye, wirkten sie größer und irgendwie älter – wie durch das instinktive Wissen gezeichnet, dass diese ersten Schritte aus dem Tal hinaus sie über eine viel größere Kluft geführt hatten. Eine Kluft, die breiter und tiefer war als jede Bergschlucht, und die sie für immer von ihren Familien trennte und nie wieder überwunden werden sollte.

Safiye zupfte ihren Vater hastig am Ärmel. »Wenn sie Mihal nicht wollen, sag ihnen, sie sollen mich nehmen!«

»Dich?« Er lachte. »Du bist nur ein Mädchen. Warum sollten sie dich nehmen?«

Ein alter Mann, der hinter ihnen stand, wischte sich die Tränen von den Wangen, aber seine Augen leuchteten. »Sie sind jetzt *kul*-Sklaven des Sultans.«

»Was heißt hier Sklaven?«, mischten sich andere ein. »Unsere Söhne werden das Land des Sultans regieren. Sie werden Soldaten und Janitscharen werden ...«

»Sie werden wie Paschas leben ...«

»Mein Enkel wird der nächste Wesir!«

Unter solchen Gesprächen kehrten die Dörfler wieder in ihre Häuser zurück. Nur Safiye blieb stehen und starrte der Karawane mit den Jungen nach, die sie nur noch als Pünktchen auf dem Bergpfad unter sich ausmachen konnte. Die silbernen Steigbügel der Reiter blinkten in der Sonne.

»Nicht traurig sein, meine Kleine! Wenn Mädchen Sklavinnen des Sultans werden, ist das etwas ganz anderes.« Ihr Vater kniff sie in die Wange. »Wir werden dir bald einen guten Ehemann suchen – hier bei uns.«

Einen Ehemann! Bei diesen Worten war Safiye, als bohre sich etwas Scharfes und Spitzes in ihre Brust und drücke wie ein Stein.

»Sie haben einen Mann für dich gefunden, Schwester, weißt du es schon?«

Ihr Bruder Mihal lag neben ihr auf der gemeinsamen Matratze und hatte die speckige Filzdecke bis über die runden Schultern hochgezogen.

»Wen?«

»Todor.«

»Todor, den Freund unseres Vaters?«

»Er hat zwanzig Schafe für dich geboten.«

Safiye zweifelte Mihals Worte nicht an. Sie standen sich zwar nicht sehr nahe, aber es existierte eine Art Zweckbündnis zwischen ihnen. Mihal mit seinem verkrüppelten Bein konnte nie ein Jäger oder *banditto* wie die anderen Bewohner des Dukagjin-Hochlands werden, dennoch besaß er eine Fähigkeit, die sie sehr bewunderte – die Fähigkeit, genau zu beobachten und zu belauschen und sich fast unsichtbar im Dorf und auf den Weiden der Umgebung zu bewegen. Er schien seiner Schwester nicht übel zu nehmen, dass ihr Vater sie bevorzugte, und sie wiederum fand seine Beobachtungen oft nützlich.

Durch einen Spalt in der Wand erkannte Safiye im Mondlicht undeutlich die Umrisse der anderen Häuser im Dorf. In den Bergen jaulte ein Wolf den Mond an. Nach einer Weile sagte sie: »Doch Todor ist alt.« Sie merkte selbst, wie dünn ihre Stimme klang.

»Aber er bringt es noch«, kicherte Mihal. »Er wird dich besteigen wie ein alter Stier.«

Safiye bohrte ihren Ellenbogen so fest sie konnte in den knochigen Brustkorb ihres Bruders. »Geh weg. Du bist widerlich.«

»Nicht halb so widerlich wie Todor.« Mihal kicherte noch lauter und ein Stück Rotz flog aus seinem Nasenloch. Er wischte es mit der Decke ab. »Ich habe ihn prahlen hören. Eine junge Frau macht die Alten wieder heiß, sagte er.« Safiye roch Mihals ranzigen Atem in ihrem Nacken. Wenn ein Junge schon so schlecht roch, wie viel übler würde ein alter Mann riechen?

»Mach, dass du wegkommst!« Sie rutschte ein Stück von ihm ab und zog so viel von der Decke mit, wie sie konnte. Trotzig fuhr sie fort: »Aber ich weiß ja, du hast dir das alles nur ausgedacht.« Dabei wusste sie genau, dass Mihal sie nicht angeschwindelt hatte. Auf eines konnte man sich bei ihm immer verlassen: Er log nicht. Das hatte er nicht nötig.

»Und du kannst nicht mehr in die Berge hoch, weil er es nicht zulassen wird.«

Safiye verschlug es die Sprache. Eine schreckliche Angst schnürte ihr die Kehle zu und sie bekam kaum noch Luft. »Unser Vater würde das verhindern …«

»Glaubst du?« Mihal schwieg, bevor er seinen letzten, vergifteten Pfeil abschoss: »Verstehst du denn nicht, du Dummkopf? Es war alles seine Idee. Du kannst nicht ewig sein kleines Spielzeug bleiben, weißt du.«

Zuerst hatte ihr Vater nicht geglaubt, dass sie es wagen würde, sich ihm zu widersetzen. Dann schlug er sie, und als auch das nichts nutzte, sperrte er sie in den Schafstall. Sechs Tage lang brachte er ihr nichts zu essen, nur Wasser, bis sie so hungrig war, dass sie Moos und Flechten von den Steinen kratzte und von ihren Fingern leckte. Der Stall war so niedrig, dass sie nicht darin stehen konnte, und Safiye wurde von ihrem eigenen Gestank übel. Aber sie gab nicht nach. Zuerst wunderte sie sich selbst über ihre Widerstandsfähigkeit. Doch nach ein paar Tagen begriff sie, dass es gar nicht so schwer war, wenn man etwas nur unbedingt wollte.

»Lieber sterbe ich!«, schrie sie ihnen zu, wenn sie kamen, um mit ihr zu reden, »als dass ich mich wie ein Schaf an diesen alten Mann verkaufen lasse!«

Als sich die Hungervisionen einstellten, glaubte sie, die Großmutter ihrer Mutter zu sehen. Manchmal war sie wie eine venezianische Dame gekleidet und trug Perlen am Hals, zu anderen Zeiten war sie ganz in Blau gehüllt, wie die Madonna auf dem Gemälde in der Kirche von Scutari, von dem ihr die Mutter erzählt hatte. Fast immer ritt sie auf einem Pferd und die silbernen Sporen blitzten in der Sonne.

Als sie Safiye am siebten Tag herausholten, mussten sie sie ins Haus tragen. Wie üblich, war es Mihal, der ihr erzählte, was beschlossen worden war. »Wenn du nicht heiratest«, erklärte er gleichmütig, »wirst du verkauft.«

Da wusste sie, dass sie gewonnen hatte.

Zwei Wochen später wurde Safiye an Esther Nasi, eine Jüdin aus Scutari, verkauft. Esther führte ihre Geschäfte in einer eleganten Villa im osmanischen Stil, die ihr gehörte und von der aus man auf der einen Seite den See und auf der anderen die alte venezianische Festung sah. Esther, die den Gerüchten zufolge selbst einmal Sklavin und Konkubine eines reichen Provinzgouverneurs vom Balkan gewesen war, hatte trotz ihrer beachtlichen Leibesfülle immer noch das Gesicht und das hochmütige Gebaren einer byzantinischen Prinzessin.

Als Safiye zu ihr gebracht wurde, ließ sie keinerlei Überraschung erkennen. Es war nicht ungewöhnlich, dass Familien ihre hübschen Töchter in die Sklaverei verkauften, weil sie hofften, ihnen dadurch im Harem irgendeines reichen Mannes ein luxuriöses Leben zu ermöglichen. Und nicht selten waren es die Mädchen, die diesen Wunsch hegten und ihr Schicksal in die eigenen Hände nahmen. Aber die Neue war nicht so leicht einzuordnen.

»Wozu habt ihr mir die gebracht? Sie besteht nur aus Haut und Knochen.« Die Jüdin zwickte Safiye in den Oberarm und dann in die Innenseite des Oberschenkels. »Was habt ihr mit der Kleinen angestellt? Sie sieht ja halb verhungert aus.«

»Sie wird schnell zunehmen.« Der Vater, dessen Gesichtstätowierungen ihn sofort als Bergbewohner verrieten, trat von einem Bein aufs andere und hatte Mühe mit dem Sprechen. Esther Nasi registrierte, dass das Mädchen ihm einen kurzen, schwer zu deutenden Blick zuwarf.

»Ehrlich gesagt, bin ich mir da nicht so sicher …«

Die Sonne hob die scharfen Konturen von Safiyes ausgezehrtem Gesicht hervor. Sie hat etwas, dachte Esther, kein Zweifel. Anders als viele andere Bauernmädchen, die zu ihr nach Scutari kamen, wich sie Esthers Blick nicht aus, sondern stand mit hoch erhobenem Kopf vor ihr und betrachtete gleichmütig die dicken Teppiche, die grüne und blaue Fayence aus Iznik, die Marmorböden und das geschmackvolle Gitterwerk der Fenster. Doch am Ende, rief sich Esther in Erinnerung, ist es das Fleisch, das zählt. Die Haut des Mädchens war bereits von der Gebirgssonne verbrannt – wahrscheinlich für immer. Wie lästig das alles war: Esther verdrehte theatralisch die schwarz umrandeten Augen, sodass das Weiß der Augäpfel sichtbar wurde. Vielleicht war sie für diese Art von Gewerbe einfach zu alt geworden.

»Nun gut. Ich will sie mir anschauen, aber schnell, ich habe nicht den ganzen Tag Zeit.«

Mit ihren kräftigen Altfrauenhänden packte sie Safiye an der Schulter, hob einen Arm an und fuhr mit geübtem Finger an der zarten Haut des Innenarms entlang. Wo die Sonne sie nicht gebräunt hatte, war die Haut sehr hell und feinporig. Auch die Augenlider waren zart. Der Abstand zwischen Lidern und Augenbrauenbogen war, wie Esther bemerkte, groß und schön geformt. Sie steckte einen Finger in den Mund des Mädchens, zählte ihre Zähne und inspizierte deren Farbe. Ihre Finger, daran würde sich Safiye später immer erinnern, schmeckten süß, wie nach Puderzucker.

»Schnarcht sie? Riecht ihr Atem schlecht? War sie schon mit einem Mann zusammen?« Man konnte glauben, sie spräche über ein Tier im Stall. »Ein Bruder, ein Onkel? Du, ihr Vater?«

»Nein, Signora.«

»Du wärst überrascht, wie oft das vorkommt.« Esther rümpfte die Nase. »Nun ja, das kann ich selbst bald überprüfen. Und glaube mir, das tue ich immer. Es gibt einen Markt für gebrauchte Ware, aber nicht bei mir.«

Sie klatschte in die Hände und eine Kaskade hauchdünner goldener Armreifen rieselte an ihrem Arm herab.

»Lauf!«, befahl sie.

Safiye ging langsam zum Fenster und zurück.

»Hier, zieh die an.« Esther gab dem Mädchen ein Paar fünfzehn Zentimeter hohe Stelzensandalen aus Holz mit Elfenbeinintarsien, die Blumen darstellten. »Sehen wir, ob du mit denen laufen kannst.«

Safiye stakste unsicher schwankend zum Fenster, und die hölzernen Absätze klapperten laut über den Boden.

»Nicht gut.« Esther schnalzte unzufrieden mit der Zunge. »Gar nicht gut – dünn und ungeschickt. Warum seid ihr hergekommen? Ihr verschwendet meine Zeit.«

Die Männer wandten sich zum Gehen, aber das Mädchen folgte ihnen nicht. Sie blieb ruhig vor Esther Nasi stehen.

»Ich kann singen und die venezianische Sprache sprechen.« Es waren die ersten Worte, die sie Esther gegenüber äußerte. »Meine Mutter hat mir das beigebracht.«

Esthers schwarze Augenbrauen, die im osmanischen Stil mit Schminke zu einem einzigen schwarzen Strich verbunden waren, schossen hoch. »Ach, wirklich?«

Safiye gab ihr die Holzsandalen zurück. »Und ich werde schnell lernen, mit denen zu laufen.«

Esther schwieg für eine Weile. Dann kniff sie die Augen zusammen. »Gut, dann singe mir etwas vor.«

Und Safiye sang eines der Schlaflieder, die ihre Mutter sie gelehrt hatte. Ihre Stimme war nicht kräftig, aber dunkel und klar. Wer sie einmal gehört hatte, würde sie nie mehr vergessen. Diese Stimme sollte, was Safiye noch nicht ahnte, einmal ihr Leben verändern.

In den Anfangstagen von Esther Nasis Gewerbe gab es nicht wenige in Scutari, die fanden, ihr Haus läge zu weit von den großen Zentren des Sklavenhandels in Konstantinopel und Alexandria entfernt, um sich etablieren zu können. Doch mit ihrer weiblichen Intuition und ihrem ausgeprägten Geschäftssinn wusste Esther genau, was sie tat, und ihre Villa am Seeufer von Scutari wurde bald eine bekannte Zwischenstation. Händler, die die lange und mühsame Seereise nach Konstantinopel scheuten, brachten ihr ihre beste Ausbeute. Sie zahlte immer großzügig dafür, weil sie wusste, dass die ungeschliffenen Bauernmädchen und unwissenden Fischerstöchter, sobald sie durch Esthers Schule gegangen waren, in den *bedesten* des ganzen Osmanischen Reiches über das Fünfzigfache ihres Kaufpreises einbringen würden. Bald erachteten es einige der gewieftesten Händler aus der Hauptstadt, die sich auf besonders hochwertige Sklaven und Konkubinen für herrschaftliche Harems spezialisiert hatten, für durchaus lohnend, ein- bis zweimal pro Jahr nach Scutari zu reisen, wo sie Esthers exquisite Erzeugnisse für weniger als die Hälfte des Preises erwerben konnten, den sie in Konstantinopel zahlen würden.

Esther Nasi behielt Safiye ein Jahr lang bei sich. In dieser Zeit kamen und gingen ein Dutzend anderer Mädchen zwischen sechs und dreizehn Jahren, die Esther, wie sie es seit Jahrzehnten tat, kaufte und an Händler weiterverkaufte.

Viele der Mädchen waren Albanerinnen wie Safiye oder stammten aus anderen Teilen des Balkans und waren von den eigenen Eltern aus dem Bergland hergebracht worden. Andere waren Gefangene, die von uskokischen und osmanischen Korsaren bei Überfällen auf Dörfer an der Küste oder auf ungeschützte Schiffe verschleppt worden waren. Es befanden sich zwei Griechinnen darunter, eine Serbin, zwei kleine Schwestern aus Venedig, nicht älter als acht, und ein armes Mädchen aus dem fernen Cirkassien, von dem keiner recht wusste, wie es hierhergeraten war.

Safiye beobachtete alles und wartete ab. Sie freundete sich nicht mit den anderen Mädchen an, die sie hochnäsig fanden. Sie konzentrierte sich ganz auf das, was Esther Nasi ihr beibringen konnte. Von Esther lernte sie, ihre Stimme weiterzuentwickeln und sich auf der Laute zu begleiten. Sie lernte, wie man geht, isst, einen Raum betritt und verlässt, stickt und näht. Sie lernte feine Manieren und die Etikette am osmanischen Hof: wie man dort Kaffee und Scherbet serviert und stundenlang mit züchtig auf dem Rücken gefalteten Händen hinter der Herrin steht.

Durch eine besonders milchhaltige Ernährung und ohne die körperlichen Anstrengungen, an die sie gewöhnt war, rundete sich Safiyes knochiger Körper allmählich. Ihre Brüste, die wie unreife Feigen ausgesehen hatten, wurden voller. Sechs Monate durfte sie nicht in die Sonne gehen, und mithilfe von Esthers Kosmetika wurde ihre Haut an Gesicht und Händen weich und weiß wie die eines Säuglings.

Wenige Monate nach Safiyes Ankunft bei Esther Nasi kündigte Lärm auf dem Hof die Ankunft eines Händlers an. Eine halbe Stunde später erschien Esther im Wohntrakt der Mädchen.

»Du, du, und du« – sie deutete gebieterisch auf die Serbin und zwei der älteren Albanierinnen. »Kommt mit. Eine von euch wird den Kaffee servieren, die beiden anderen werden das Becken und Tücher bringen, damit er sich die Hände waschen kann. Dann werdet ihr euch hinter mich stellen und auf meine Anweisungen warten. Und du …« – sie drehte sich blitzschnell zu Safiye um –, »du kommst mit mir.«

»Aber soll ich mich nicht erst umkleiden?«

»Nicht nötig.«

Safiye folgte Esther in einen kleinen Raum, der neben dem großen Empfangssaal im Obergeschoss lag, in dem Esther den Händlern ihre Ware vorführte. Er war vom Hauptraum durch einen Wandschirm getrennt, durch den Safiye sehen konnte, aber nicht gesehen wurde.

»Ich will, dass du hier sitzt. Und wenn ich es sage, singst du für mich. Aber was immer geschieht, du darfst nicht hervorkommen, du darfst dich nicht zeigen. Hast du verstanden?«

»Ja, Signora.«

Durch den Wandschirm erspähte Safiye den Händler, der auf Esthers besticktem Kissen lagerte. Er war ein drahtiger kleiner Mann mit einem wettergegerbten Matrosengesicht, aber sein Mantel war mit dem kostbarsten Pelz gefüttert, den das Mädchen je gesehen hatte.

»Ich höre, Ihr habt etwas für mich – etwas Besonderes«, begann der Händler.

»So ist es in der Tat.«

Esther hob die Hand und gebot dem serbischen Mädchen vorzutreten. Sie sang zwei Lieder, wobei sie sich auf der Laute begleitete.

»Sehr hübsch«, erklärte der Mann ohne rechte Begeisterung. »Ich gratuliere Euch, Signora Esther. Aber seid Ihr sicher, dass Ihr sonst nichts anzubieten habt?« Seine Blicke schweiften durch den Raum.

»Nun ...« Esther schien zu zögern. »Da Ihr es seid, Yusuf Bey«, sagte sie dann mit übertriebener Höflichkeit, »es gibt tatsächlich etwas, das Euch interessieren könnte.«

Sie schnalzte mit den Fingern, und Safiye begann zu singen, wie ihr befohlen worden war. Als sie geendet hatte, herrschte langes Schweigen.

Der Händler brach es mit einer unverblümten Frage: »Kann ich sie sehen?«

Esther Nasi lächelte ihn an und nippte an ihrem Kaffee. Dann stellte sie die fingerhutgroße Tasse gemächlich auf ihre Untertasse zurück. Die goldenen Armreifen an ihrem Handgelenk klirrten leise. »Nein.«

Der Mann war sichtlich befremdet. »Warum denn nicht?«
»Weil sie nicht verkäuflich ist.«
»Nicht verkäuflich?«
»Ich habe meine Gründe.«
»Hat sie einen Makel? Eine Hasenscharte? Ein Muttermal?«
»Ein Makel bei einem meiner Mädchen?« Esther lächelte selbstzufrieden und biss in eine ihrer Lieblingssüßigkeiten, eine Pastete mit Rosenblättergeschmack. »Ihr solltet mich besser kennen.«
»Dann ist sie zu alt?«
»Ha, ha!« Esther lutschte den weißen Puderzucker von ihren Fingerspitzen. Ihre schwarzen, byzantinischen Augen bedachten ihn mit einem vernichtenden Blick.
»Darf ich sie wenigstens sehen?«
»Nein.«
So drängend der Händler auch argumentierte, Esther weigerte sich, ihn Safiye sehen oder noch einmal hören zu lassen, und bestand darauf, sie sei nicht verkäuflich.

Immer wenn nach diesem Vorfall Händler sie besuchten, verfolgte Esther dieselbe Strategie. Sie versteckte Safiye hinter einem Wandschirm, sodass man sie hören, aber nicht sehen konnte, und erklärte kategorisch, sie sei nicht verkäuflich. Die mysteriöse Geschichte sprach sich herum und Safiyes Ruhm wuchs. Diverse Gerüchte machten die Runde: Man hielt sie für eine venezianische Prinzessin, für die illegitime Tochter des Papstes oder gar für Esther Nasis eigene Tochter.

Sechs Monate vergingen, und Yusuf Bey erschien zu seinem Sommerbesuch. Esther Nasi empfing ihn, massiger denn je, und ihre einst rabenschwarzen Locken waren von Grau durchsetzt.

»Sagt mir, Signora Esther *efendi*, seid Ihr jetzt bereit, sie an mich zu verkaufen?«

Esther schob sich ein nach Honig duftendes Gebäckstück zwischen die Lippen und rückte ihre Körperfülle bequemer auf den Kissen zurecht.

»Nein, noch nicht.«
Der Händler betrachtete sie stumm.

»Wenn mir eine Bemerkung erlaubt ist«, sagte er nach eine Weile, »Ihr habt die Sache so klug eingefädelt, dass jeder von uns sie unbesehen für das Zehnfache ihres ursprünglichen Preises kaufen würde. Wir alle, die wir dieses Gewerbe ausüben, hegen die größte Achtung vor Euch, Signora. Aber glaubt Ihr nicht, dass uns das Spielchen allmählich ein wenig langweilt?«

Esther nahm sich ein weiteres Gebäckstück und kaute unbeeindruckt. »Glaubt mir, Yusuf Bey, ich weiß, was ich tue.« Sie leckte sich die Krümel von den Fingern. »Ihr werdet sehen, das Warten wird sich gelohnt haben.«

»Dann verkauft Ihr sie also doch?«

Esther schien ernsthaft zu überlegen. »Was habt ihr denn mit ihr vor?«

»Nun, der junge Prinz in Manisa ...«

»Was ist mit ihm?«

»Sultan Suleiman wird alt, er wird nicht mehr lange leben. Sein Sohn und Erbe Selim ist angeblich ein Trunkenbold, aber Suleiman hat einen Enkel von Selim, der als Prinz eine bessere Figur macht. Obwohl der Enkel noch sehr jung ist, wurde er kürzlich zum Provinzgouverneur von Manisa ernannt. In Konstantinopel deutet man dies als Zeichen großer Gunst, aber auch als politisches Signal, denn aller Wahrscheinlichkeit nach wird dieser Prinz, Murad, seinem Vater auf den Thron folgen.

Murad ist noch jung, aber nicht zu jung, um in Manisa seinen eigenen Hofstaat um sich zu scharen. Seine Cousine, Prinzessin Humaschah, hat ihre *kira* mit der Bitte zu mir geschickt, für ihn passende Sklavinnen zu finden – Konkubinen von höchster Qualität –, die sie ihrem Cousin schenken kann.« Der Händler schwieg. »Ich glaube, die Prinzessin wäre äußerst dankbar für ein Juwel wie dieses.« Er trank einen Schluck Kaffee. »Wie alt ist sie?«

»Dreizehn.«

»Der Prinz ist sechzehn.«

Esther Nasi dachte lange über Yusuf Beys Vorschlag nach – viel zu lange für seinen Geschmack.

»Ich muss zugeben, das Mädchen wird allmählich unruhig«, sagte sie schließlich. »Unter uns gesagt, ich glaube nicht, dass ich ihr noch viel beibringen kann.«

»Hat sie ihre Regel?«

»Seit sechs Monaten.«

»Und Ihr habt sie *alles* gelehrt ...?«

»Sie weiß, wie man einem Mann Vergnügen bereitet, wenn Ihr das meint.« Esther wischte die Frage mit einer ungeduldigen Handbewegung beiseite. »Ich habe es sie selbst gelehrt. Ihr Händler – wenn *mir* nun eine Bemerkung erlaubt ist – habt so grobe Vorstellungen von all dem.«

»Dann ist sie schön?«

»Schön? Oh, Yusuf Bey, mein Freund ...« Sie beugte sich zu ihm, und der Händler sah an ihren Wimpern zwei Tränen wie Perlen glitzern. »Sie ist schön wie eine Hexe.«

Wie sie es die ganze Zeit vorgehabt hatte, verkaufte Esther die kleine Safiye mit der schönen Stimme für dreihundert Dukaten an Yusuf Bey, und nahm damit das Zehnfache dessen ein, was sie für das Mädchen ausgegeben hatte. Und in Konstantinopel verkaufte Yusuf Bey sie wiederum für das Zehnfache an Prinzessin Humaschah, die der Ansicht war, das Geld sei gut angelegt.

Safiye reiste also als Geschenk für einen sechzehnjährigen zukünftigen Sultan nach Konstantinopel und von dort aus nach Manisa. Zwei weitere Sklaven, die besten, die sich die Prinzessin leisten konnte, vervollständigten das großzügige Präsent: ein etwa gleichaltriges Mädchen, das Safiye später Cariye Mihrimah nennen würde, und ein junger Schwarzer Eunuch namens Hassan.

»Aber die Prinzessin hat euch allen andere Namen gegeben«, sagte der Sklavenhändler zu ihnen. »Von jetzt an werdet ihr ›die Nachtigallen‹ genannt. Die Nachtigallen von Manisa.«

Kapitel 17

Konstantinopel: 2. September 1599

Spätnachmittag

Später an jenem Nachmittag klopfte es an Celias Tür. Eine schwarze, elegant gekleidete Dienerin mit vielen Goldkettchen um den Hals und an den Knöcheln stand vor ihr. Sie sagte nichts, sondern bedeutete ihr nur, sie solle ihr folgen. Als Celia fragte, wohin sie sie bringe und wer sie geschickt habe, schüttelte sie den Kopf.

Sie durchquerten den Hof, danach einige Vorzimmer, die neben den Baderäumen der Valide lagen, und schließlich mehrere Korridore, in die Celia noch nie zuvor gekommen war. Nach einiger Zeit gelangten sie an eine Tür in der Mauer. Das Mädchen öffnete sie, und Celia sah eine Treppe vor sich, die nach unten führte. Zwar waren sie unterwegs mehreren Dienerinnen und auch hochrangigen Amtsträgerinnen begegnet, doch keine von ihnen schien Celia zur Kenntnis zu nehmen. Niemand stellte ihr Fragen oder wollte wissen, wohin sie ging. Alle verbeugten sich respektvoll und ließen die beiden Mädchen mit gesenkten Blicken passieren.

Am Fuß der Treppe traten sie durch eine zweite Tür in die Palastgärten. Das Mädchen ging auf einem schmalen Pfad voran, der über mehrere Terrassen abwärts führte, und bog dann scharf nach rechts ab auf einen Weg, der an der Innenseite der Palastmauern entlang verlief. Schließlich erreichten sie einen kleinen, freien Platz.

»Oh!« Plötzlich wusste Celia, wo sie war. In der Mitte des Platzes stand ein zierlicher Pavillon. Dahinter konnte sie auf der einen Seite über die ganze Stadt Konstantinopel hinwegsehen. Auf der anderen Seite lag wie ein ferner blauer Traum die See.

Die Dienerin gab Celia in der Gebärdensprache des Palasts ein Zeichen, sie solle jetzt allein weitergehen. *Wer?*, fragte Celia stumm zurück, aber das Mädchen lächelte nur und eilte mit raschen Schritten davon.

Celia blickte sich um. Es war so still im Garten, dass sie zunächst meinte, sie sei allein. Der kleine Pavillon, dessen weiße Marmorwände mit goldenen Buchstaben verziert waren, glänzte in der Sonne. Irgendwo zwischen den Zypressen verborgen plätscherte Wasser in ein Steinbecken. Dann nahm sie auf einmal aus dem Augenwinkel eine Bewegung wahr. Sie war doch nicht allein.

Im Pavillon wartete jemand. Die Person saß sehr still mit dem Rücken zu Celia. Sie blickte hinaus auf das Wasser des Bosporus. Es war die Person, die Celia am wenigsten erwartet hatte.

»Teure Dame, es ist freundlich von Euch, so schnell zu kommen. Ich fühle mich geehrt, *kadin*.«

»Haseki Sultan.« Celia verbeugte sich tief vor der kleinen Gestalt im Pavillon. »Die Ehre ist auf meiner Seite.«

Gülay Haseki reichte Celia die Hand. »Vergebt mir, dass ich nicht aufstehe, dies ist kein Mangel an Höflichkeit. Heute ist nur …, wie Ihr sehen könnt« – sie deutete auf ihre Beine, die sie untergeschlagen hatte –, »keiner meiner guten Tage.«

Die Haseki, die offizielle Favoritin des Sultans, trug ein hellblaues, mit zarten goldenen Ranken und Blüten besticktes Kleid. Auf ihrem Kopf saß eine winzige Kappe, an der ein Schleier aus fast durchsichtigem Goldstoff festgesteckt war. Unter dem Saum ihres Kleides lugten zwei von Gold- und Silberfäden durchwirkte Pantöffelchen hervor. An Hals und Fingern glänzten zahlreiche Edelsteine, wie es ihrem Status als zweitwichtigster Frau im Harem nach der Valide zukam. Aber wenn sie lächelte, wirkte sie auf Celia fast so scheu wie ihre kleine stumme Dienerin.

»Ist es wahr, was sie sagen …?«, sprudelte es aus Celia heraus, bevor sie sich bremsen konnte.

»Was sagen sie?«

»Dass es Euch schlecht geht. Oh, vergebt mir«, bat Celia, beschämt von der Grobheit ihrer Worte, »auch ich habe es nicht unhöflich gemeint.«

»Das weiß ich.« Die Stimme der Haseki war sehr leise und dunkel. »Es ist immer dasselbe, nicht wahr? Alles hier besteht aus Gerüchten und Vermutungen.« Sie blickte auf das Meer hinaus, auf dem die kleinen Boote wie Papierschiffchen am Horizont dahinsegelten. »Aber diesmal stimmt es wirklich. Es geht mir nicht gut. Ich bin froh, wenn ich es hinter mir gelassen habe.«

»Geht Ihr … geht Ihr irgendwo hin?«

Als sich die Haseki Celia zuwandte, leuchteten ihre Augen. »Gewissermaßen, *kadin*, ja. Man könnte es so ausdrücken. Ich habe darum gebeten, mich in den Eski Saray, den Alten Palast, zurückziehen zu dürfen. Dorthin werden wir nach dem Tod des Sultans ohnehin alle geschickt.«

Celia hatte die Gülay Haseki auch früher schon zu Gesicht bekommen, aber immer nur bei offiziellen Anlässen. Dann hatte sie sie an der Seite des Sultans als distanziertes, mit Geschmeide behängtes Geschöpf wahrgenommen, über das die anderen Frauen im Harem endlose Spekulationen anstellten. Nun sah sie sie zum ersten Mal aus nächster Nähe.

Sie war älter, als Celia erwartet hatte, und so schlank, dass man sie fast dürr nennen konnte. Ihr Teint war makellos und sehr blass. Es hatte immer geheißen, es gäbe schönere Frauen im Harem, aber Celia war gleich von ihrem weichen, gutherzigen Gesichtsausdruck eingenommen. Schon allein ihre Gegenwart wirkte beruhigend. Ihre Augen waren dunkelblau. So blau muss das Wasser am Grund des Meeres sein, dachte Celia.

Als erwache sie nur mühsam aus ihren Tagträumen, bedeutete die Haseki Celia zerstreut, sich zu setzen.

»*Kadin* – denn so müssen wir Euch nun alle nennen, nicht wahr? –, lasst uns bitte hier auf Förmlichkeiten verzichten, meine Liebe, denn wir haben nicht viel Zeit. Ich habe Euch hergebeten, weil ich Euch etwas anvertrauen will.«

Instinktiv blickte sich Celia um, ob sie belauscht wurden.

»Sorgt euch nicht«, beruhigte die Haseki sie, »hier kann uns niemand hören, dafür habe ich gesorgt. Ich wollte Euch wissen lassen, dass ich Euch nicht gram bin.«

»Bitte, Haseki Sultan ...«, begann Celia, aber bevor sie weitersprechen konnte, legte ihr die Favoritin den Finger auf die Lippen.

»Psst, wir wissen doch beide, was ich meine.«

»Aber ich will nicht ... ich wollte nie ...«

»Es geht nicht darum, was *Ihr* wollt, sondern um das, was *sie* will. Darüber sind wir uns doch beide im Klaren. Ich habe versucht, gegen sie zu kämpfen, aber es ist sinnlos. Sie hat alle gegen mich aufgebracht, und sie wird mit Euch dasselbe tun – nein, nein, bitte hört mich erst an«, wehrte sie ab, als Celia protestieren wollte. »Niemand – keine von uns – kann dem Sultan lange nahestehen, solange *sie* die Valide ist. Das ist mein Schicksal. Außerdem ... seht mich an.« Sie blickte mit einem wehmütigen Lächeln an sich hinab. »Ich bin so mager geworden! Warum sollte der Sultan sich mit einem solchen Knochengerüst abgeben? Und überdies will ich nicht wie Handan enden.«

»Handan?«

»Ihr habt doch sicher von Handan gehört?«

»Nein, Haseki Sultan.«

»Sie war vor mir die Erste Konkubine des Sultans. Er hatte natürlich andere Bettgenossinnen, aber sie hat ihm mehr bedeutet als die anderen. Sie war seine Gefährtin. So wie ich. Der Sultan – der Padischah ...« Sie verstummte und richtete den Blick auf den Horizont, als fiele es ihr schwer, über dieses Thema zu sprechen. »Er ist manchmal ein einsamer Mann. Das dürft Ihr nicht vergessen.«

»Was war mit ihr? Mit Handan?«

»Sie hat einen Sohn, Prinz Achmed, der noch bei den anderen Prinzen im Palast lebt, aber Handan selbst, die einst so hoch über uns stand, sieht niemand mehr.« Gülay blickte traurig aufs Meer. »Sie bleibt in ihrer Kammer. Sie hat ihren Lebenswillen verloren.«

»Aber warum?«

Gülay Haseki legte den Kopf schief.

»Wie ist Euer Name, *kadin*?«, fragte sie, während sie Celia mit einem eigentümlichen Ausdruck musterte.

»Meine Namen ist Kaya.«

»Nein, meine Liebe, das weiß ich natürlich. Ich meine Euren wahren Namen, den Namen, den Ihr früher hattet.«

»Das war ... ist ... Celia.«

»Nun dann, Celia.« Die Haseki nahm Celias Hände zwischen ihre eigenen. »Ich vergesse, dass Ihr noch nicht lange hier seid. Die Valide hasst Handan, weil sie zu mächtig wurde. Sie war nicht nur die Favoritin des Sultans, sondern hatte ihm überdies noch einen Sohn geboren. Ein Sohn, der der nächste Sultan werden könnte.« Sie streichelte sanft Celias Hand. »Als Mutter eines Sohnes und Favoritin bekam sie sehr hohe Zuwendungen, die nur von denen der Valide übertroffen wurden. Der Sultan hat Handan reich beschenkt – mit Edelsteinen und Gold. Bald begriff sie, welche Macht ihr das alles gab. Handan war mächtig geworden, nicht jedoch klug. Mit ihrem beträchtlichen Vermögen konnte sie es sich leisten, viele Geschenke zu machen, aber sie wurde nachlässig. Viele Frauen im Harem, sogar die älteren, die treu zur Valide hielten, begannen sie zu umschmeicheln. Wenn der Sultan Handans Sohn zu seinem Nachfolger ernennen würde, so kalkulierten sie, dann wäre sie die nächste Valide. Und offensichtlich war das auch Handans Hoffnung. Mit der Zeit bildete sich im Palast ein Lager, das spürten alle.« Als mache das Thema sie nervös, warf Gülay einen unruhigen Blick in Richtung Palast.

»Ihr könnt Euch denken, wie es hier zugehen kann. Die Situation wurde sehr gefährlich.«

»Für Safiye Sultan?«

»Für die Valide?« Auflachend drückte Haseki Celias Hand. Die kleinen goldenen Scheiben, die an ihre Kappe genäht waren, klimperten leise. »Nein, meine Liebe. Nicht für die Valide, für Handan natürlich. Safiye Sultan ist es gleichgültig, wer im Bett ihres Sohnes liegt, aber sie wird nie zulassen, dass jemand ihre Macht schmälert. Als sie zu Lebzeiten des alten Sultans selbst Haseki war, hat sie gegen die Valide Nurbanu gekämpft, so gut sie konnte. Aber die Valide hält immer die Trumpfkarte in der Hand ...« Sie senkte den Blick. »Sagt man.«

Nach einem kurzen Schweigen warf Celia ein: »Aber Ihr habt auch einen Sohn, Haseki Sultan.«

»Ja. Er hat einen ebenso großen Anspruch darauf, der nächste Sultan zu werden. Und ich muss alles tun, was in meiner Macht steht, um ihn zu schützen. Seht Ihr, ich weiß, was sie Handan angetan haben ...« Sie beugte sich vor, bis ihre Lippen nur noch Zentimeter von Celias Ohr entfernt waren und diese den Duft nach Jasmin und Myrrhe riechen konnte, den Haut und Haare der Haseki verströmten. »Denkt immer daran, *kadin*: Auch als Haseki ist man nicht vor *ihnen* geschützt.«

»Wen meint Ihr mit ›ihnen‹?«, fragte Celia. Plötzlich spürte sie den vertrauten Schmerz direkt unter den Rippen und drückte die Hand darauf.

»Die Valide hat überall ihre Spione, innerhalb und außerhalb des Palasts und an den ungewöhnlichsten Orten. Sie hat ihr Leben lang dieses Netz erweitert – ein Netz aus Getreuen, aus Menschen, die an ihrer Stelle handeln. Wie diese alte Jüdin, ihre *kira* ...«

»Ihr meint Esperanza Malchi?«

»Richtig, die Malchi. Ihr kennt sie?«

»Sie kam erst heute Vormittag zu meiner Kammer. Ich glaube, sie hat gemerkt, dass ich da war.«

Sollte sie der Haseki ihr Herz öffnen? Sie war sicher die Letzte im Harem, die ihr helfen würde, und doch wirkte sie so ernst, so verletzlich ... Ob sie ihr vertrauen konnte?

Am Ende ergriff Gülay das Wort. »Und sie hat farbigen Sand gestreut?«

»Ja«, flüsterte Celia bestürzt. »Woher wisst Ihr das? Was hat es zu bedeuten?«

»Macht Euch keine Sorgen; es ist wahrscheinlich nichts, was Euch schaden könnte, noch nicht jedenfalls.«

Noch nicht? Celia bekam Herzklopfen.

»Meine Freundin Annetta war auch da. Sie hält es für eine Art Bannspruch.«

»Ein Bannspruch!«, rief die Haseki und lächelte anmutig. »Ich weiß, dass sie wie eine Hexe aussieht, aber das ist es nicht. Wahrscheinlich nur ein Schutzzauber gegen den Bösen Blick – wie dieser hier.« Sie hob den Arm und zeigte Celia ein zierliches Silberarmband, an dem mehrere Scheiben aus blauem Glas hingen. »Wir tragen sie als Glücksbringer. Als Schutz. Versteht Ihr, sie braucht Euch – vorläufig noch. Malchi ist ein Geschöpf der Valide, sie würde nichts tun, was Euch schaden könnte. Aber eines ist sicher, Ihr müsst sehr vorsichtig sein. Sie haben ein Auge auf Euch.«

Die Haseki ließ sich in die Kissen zurücksinken, als habe das Gespräch sie ermüdet.

»War es das, was Ihr mir sagen wolltet?«

Gülay schüttelte den Kopf. »Esperanza ist nicht die Person, vor der Ihr Euch hüten müsst«, fuhr sie hastig fort, »es gibt andere, die viel gefährlicher sind. Handan hat das auch gewusst. Habt Ihr je von den Nachtigallen gehört?«

Celia schüttelte den Kopf.

»Die Nachtigallen von Manisa. Drei Sklaven mit wunderbaren Singstimmen, die dem alten Sultan Murad von seiner Cousine, Prinzessin Humaschah geschenkt wurden. Sie waren damals sehr berühmt. Eine Nachtigall wurde Haseki …«

»Die Valide.«

»Eine andere wurde Oberhaupt der Schwarzen Eunuchen.«

»Hassan Aga? Aber es heißt, er würde sterben!«

»Und die dritte …« Die Haseki, die sich zu Celia vorgebeugt hatte, fuhr erschrocken zurück. »Was war das?« Argwöhnisch blickte sie sich im Garten um.

Celia lauschte angestrengt, aber sie hörte nur das Hämmern von Handwerkern in einem anderen Teil der Palastgärten. »Nichts. Nur die Handwerker, denke ich.«

»Ja, aber seht, da kommen sie.« Gülay griff nach ihrem Fächer, wedelte sich Luft zu und verbarg so ihr Gesicht dahinter. »Meine Dienerinnen kommen zurück.« Sie wirkte plötzlich sehr angespannt und glättete ihr Kleid mit zittrigen Fingern. »Ich hatte gedacht, wir würden mehr Zeit haben«, flüsterte sie Celia hinter dem Fächer zu, »aber die Valide erlaubt ihnen nicht, mich lange allein zu lassen.«

Während sie sprach, sah Celia, dass die Dienerinnen der Haseki sich in der Tat rasch näherten. Sie trugen Obstschalen, auf denen Früchte zu Pyramiden arrangiert waren, und Tassen mit gekühltem Scherbet, die sie auf einen niedrigen Tisch im Pavillon stellten. Obwohl sie die Haseki mit allem gebührenden Respekt bedienten, hatte sich die Atmosphäre verändert. Besonders ein Mädchen bedachte Gülay immer wieder mit Blicken, die Celia nicht zu deuten vermochte. Auf Wunsch der Haseki mussten sie Celia zuerst bedienen, doch sie gehorchten nur widerstrebend. Erst danach griff Gülay zu, aber nur sparsam und nur von dem, was vorher Celia gekostet hatte.

Die Anwesenheit der Dienerinnen machte ein weiteres Gespräch unmöglich. Die beiden Frauen schwiegen, während um sie her Geschäftigkeit herrschte. Die Schatten im Garten wurden länger und legten sich kühlend über den kleinen Pavillon.

Celia betrachtete die Frau, die neben ihr saß, und verstand, warum die Valide sie fürchtete: Unter dem sanftmütigen Äußeren schlummerte noch etwas anderes, etwas, das Celias Ängste linderte und sie hoffnungsvoll stimmte. Von Zeit zu Zeit entdeckte sie in dem Gesicht der Haseki einen Ausdruck, der weder sanft noch schüchtern war, einen Ausdruck reiner Intelligenz. Wenn du meine Freundin, meine Führerin bist, dachte sie, dann kann ich vielleicht überleben.

Doch unter dem wachsamen Blick der Dienerinnen war jede Ungezwungenheit geschwunden. Bald darauf gab die Haseki Celia das Zeichen, sie zu verlassen.

»Bis zum nächsten Mal, Kaya Kadin«, sagte sie. »Es gibt noch viel, worüber wir sprechen müssen.« Sie tauschten einen Blick des heimlichen Einverständnisses.

Als die Dienerinnen zurückwichen, um ihr Platz zu machen, nutzte Celia die Gelegenheit.

»Aber warum ich, Haseki Sultan?«, murmelte sie leise. »Ich verstehe nicht, warum sie mich beobachten.«

»Wegen des Zuckerschiffs natürlich«, kam die Antwort. »Wusstet Ihr das nicht? Es wurde von den Engländern geschickt.«

Celia blickte unwillkürlich auf das Marmara-Meer, das in der Ferne wie gehämmertes Silber funkelte.

»Fragt Eure Freundin Annetta, sie weiß Bescheid«, fuhr die Haseki leise fort, »sie saß hier im Pavillon mit der Valide, als das englische Schiff vor zwei Wochen ankam.«

»Das englische Schiff?«, flüsterte Celia.

»Ja, das Schiff der englischen Gesandtschaft, welches das große Geschenk für den Sultan brachte. Auf das sie seit vier Jahren warten. Hört!« Wieder drang das Hämmern der Arbeiter durch den Garten, doch diesmal weiter entfernt. »Sie sind jetzt am Tor.«

»Am Tor?«

»Ja, am Tor. Sie bauen das Geschenk am Vogelhaustor zusammen.«

»Du hast es gewusst!«

»Ja.«

»Du hast es gewusst! Und mir nichts davon gesagt!«

»Du weißt, warum.«

Annetta stand im Hof der Favoritinnen. Nun, da Celia als *kadin* galt und in der Palasthierarchie aufgestiegen war, widersprach es der Etikette, dass sich Annetta setzte, wenn sie nicht dazu aufgefordert wurde, und Celia war so ärgerlich, dass sie sie stehen ließ. Die Abenddämmerung war angebrochen. Im schwindenden Licht bemerkte Celia, wie kränklich Annetta aussah; ihre Haut hatte die ölige Blässe von altem Käse.

»Du weißt, was wir abgemacht hatten: nicht zurückschauen. Bitte, Gänschen, gib mir das Zeichen, dass ich mich setzen darf.«

»Nein, ich finde, du solltest stehen bleiben.«

Annetta schien ihren Ohren nicht zu trauen, aber sie blieb stehen. »Was hätte es genutzt?«

»Nach allem, was ich dir erzählt habe?« Celia presste die Lippen zusammen, bis sie weiß wurden; der Zorn hatte ihre Angst fast ausgelöscht. »Meinst du nicht, diese Entscheidung hättest du mir überlassen sollen?«

Annetta senkte den Blick und antwortete nicht.

»Vor zwei Wochen ist ein englisches Schiff angekommen. Ein Schiff der englischen *Gesandtschaft*. Paul könnte darauf gewesen sein. Er ist womöglich immer noch hier. Verstehst du nicht, dass sich dadurch alles ändert?«

Annetta hob die müden Augen. »Und verstehst *du* nicht, dass das gar nichts ändert?« Sie presste die Worte mit belegter Stimme hervor. »Wir waren uns einig! Weißt du das nicht mehr? Die Vergangenheit vergessen!«

Doch der Zorn machte Celia kühn. »Das hast du mir immer eingeredet, aber ich kann mich nicht daran erinnern, dass ich dem zugestimmt hätte. Und selbst wenn, hätte das Schiff alles geändert. Nein, es *ändert* alles.«

»Sei keine Närrin! Sollte es jemand herausfinden, wäre das unser Untergang, begreifst du das nicht?« Annetta war den Tränen nahe. »Wir können hier nicht fort. Du bist unsere beste Chance – vielleicht unsere einzige. Du könntest eine Konkubine des Sultans werden, vielleicht sogar Haseki …«

»Wie es mir dabei geht, kümmert dich überhaupt nicht, oder? Du denkst immer nur an dich – wie du deine elende Haut retten kannst!«

»Na gut, wenn es dich glücklich macht – ich gebe es zu.« Annetta griff sich an den Hals, als sei ihr der Kragen zu eng. »Mein Geschick ist natürlich mit deinem verknüpft. Aber ich habe dir auch geholfen, oder hast du das vergessen? Zwei sind besser als eine. Wie viele Male … ach, was soll's!« Sie schüttelte matt den Kopf. »Hast du dir einmal überlegt, warum die Haseki dir all diese Dinge erzählt?« Sie sah Celia flehentlich an. »Warum versucht sie, uns auseinanderzubringen?«

»Unsinn«, erwiderte Celia scharf, »das hast du ganz allein bewerkstelligt. Sie hat versucht, mir zu helfen, nichts weiter.«

»Wenn du meinst. Aber glaub mir, du solltest deine Verbindung zu dem englischen Schiff nicht öffentlich werden lassen, nicht nach dem, was mit Hassan Aga passiert ist.«

»Danke, das habe ich selbst schon begriffen«, entgegnete Celia bitter.

»Ich habe doch nur versucht, dir zu helfen.«

Obwohl es ein kühler Abend war, standen Annetta Schweißperlen auf der Stirn und der Oberlippe.

»Bitte, Gänschen, ich muss mich setzen«, bat Annetta. Sie schwankte Halt suchend hin und her.

»Dann setz dich.« Ein wenig besänftigt gab Celia ihr das Zeichen. »Aber nenn mich nicht Gänschen.«

Annetta presste die Hand auf den Leib und setzte sich. Celia betrachtete ihre Freundin. »Es geht dir nicht gut«, stellte sie fest.

»Nein, ich habe Schmerzen, genau hier, seit heute früh«, stöhnte Annetta.

»Ich auch«, erklärte Celia ohne Mitgefühl. »Wahrscheinlich nur Verstopfung.«

»Verstopfung«, ächzte Annetta. »Es war diese Hexe, die Malchi, sie hat uns mit dem Bösen Blick belegt. Ich weiß es genau.«

»Sie ist keine Hexe«, erwiderte Celia ruhig. »Der Sand war ein Schutzzauber, er sollte Glück bringen.«

Annetta zog die Stirn kraus. »Wer sagt das?«

»Die Haseki.«

»Nicht schon wieder sie«, schimpfte Annetta. »Hast du dich mal gefragt, warum sie sich plötzlich so bei dir einschmeicheln will?«

»Das verstehst du nicht.«

In gekränktem Schweigen saßen die beiden jungen Frauen nebeneinander. Es war jetzt fast dunkel. Die Dienerinnen kehrten in kleinen Gruppen in die Innenräume zurück, manche laut und fröhlich, manche still. Celia musste bei ihrem Anblick an die schwarzen Papiersilhouetten denken, die die Londoner Trödler auf Jahrmärkten und an Festtagen verkauften. In den Gärten sah man jetzt nur noch die weißen Köpfe der Rosen, die fast gespenstisch aus den Beeten hervorleuchteten. Die ersten Fledermäuse sausten durch das ersterbende Licht.

Bald würden auch die beiden jungen Frauen hineingehen müssen, doch noch nicht gleich. Celias Zorn auf Annetta war verflogen. An seiner Stelle erhob sich eine brennende Frage: Denkt Paul, dass ich tot bin? Aber ich bin nicht tot. Ich lebe. Und wenn er wüsste, dass ich am Leben bin, würde er mich noch lieben? Wenn er wüsste, das ich hier bin, würde er versuchen, mich zu finden?

»Wenn er hier ist, muss ich ihn erreichen«, sagte sie langsam zu ihrer Freundin. »Das weißt du doch, nicht wahr, Annetta?«

Aber Annetta antwortete nicht. Celia drehte sich zu ihr um, und erschrak so, dass sie aufsprang. »Hilfe, Hilfe, schnell, jemand muss helfen!« Sie rannte auf den Palast zu, und fast im selben Moment erschien eine Gruppe älterer Frauen. Dienerinnen mit brennenden Fackeln erleuchteten ihnen den Weg. Celia vergaß die Regeln des Harems und stürzte auf sie zu.

»Annetta ist ... Ich meine Aysche – es geht ihr schlecht. Bitte kommt und helft ...«

Die kleine Prozession kam zum Stillstand. An ihrer Spitze befanden sich zwei der höchsten Amtsträgerinnen des Harems, die Meisterin der Garderobe und die Meisterin der Bäder. Sie beachteten Celias flehentliche Bitten nicht und sahen nicht einmal in Annettas Richtung.

»Seid gegrüßt, Kaya Kadin, die Ihr *gödze* seid«, intonierten sie. Sie verbeugten sich tief vor ihr, so tief, dass die Ärmel ihrer Gewänder durch den Staub schleiften.

»Der Sultan, der überaus ruhmreiche Padischah, Gottes Schatten auf Erden, wird Euch heute Nacht noch einmal die Ehre erweisen.«

Kapitel 18

Istanbul: Gegenwart

Es war früher Nachmittag, als Elizabeth den Palast wieder verließ. Sie entdeckte draußen vor dem Ersten Hof ein Taxi und nannte dem Fahrer die Adresse von Haddbas Gästehaus. Doch mitten auf der Galata-Brücke merkte sie, dass sie innerlich zu unruhig war, um auf ihr Zimmer zurückzukehren. Einem Impuls folgend, beugte sie sich zum Chauffeur vor.

»Können Sie mich nach Yildiz bringen?«, fragte sie ihn auf Englisch. »Yildiz-Park?«

Sie hatte sich plötzlich daran erinnert, dass Haddba ihr vor einigen Tagen von einem kleinen Café in diesem Park erzählt hatte, von dem aus man den Bosporus sah, einem Pavillon mit Namen Malta-Köskü, in dem die Bewohner von Istanbul gern am Sonntagnachmittag ihren Tee tranken. Damals war sie noch zu lethargisch und zu verfroren gewesen, um einen Besuch des Cafés in Erwägung zu ziehen.

Die Fahrt dauerte länger, als sie erwartet hatte, und als Elizabeth in Yildiz anlangte, war der Himmel wolkenlos. Der Taxifahrer hielt an der Parkmauer am Fuß eines Hügels, sodass sie den Rest des Weges zum Pavillon zu Fuß gehen musste.

Hinter der Mauer erwies sich Yildiz als Wald. Der Park entsprach nicht dem Bild von einer städtischen Parkanlage, wie sie sich Elizabeth nach Haddbas Beschreibung vorgestellt hatte. Riesige Bäume mit spärlichem Herbstlaub, das an Goldmünzen erinnerte, reckten sich zu beiden Seiten des Weges in die Höhe. Elizabeth ging rasch den steilen Pfad hinauf und genoss die erdige, feuchte Waldluft. In den Zweigen krächzten Dohlen. Ob es an dem blauen Himmel nach all den grauen Tagen oder der Sonne auf ihrem Gesicht lag – Elizabeth fühlte einen befreienden Energieschub, als hätte nach Tagen der Erstarrung etwas in ihr, das vorher hart und bitter gewesen war, zu schmelzen begonnen.

Der Pavillon entpuppte sich als ein von Bäumen umgebener Barockbau aus dem 19. Jahrhundert. Elizabeth bestellte Kaffee und Baklava und setzte sich an einen Tisch auf der Terrasse, einem Halbkreis aus weißem Marmor, der von einer Pergola überdacht war und einen Blick über den Park auf den Bosporus gestattete. Welkes Laub trieb über die Bodenplatten. Selbst im hellen Sonnenlicht hatte der Pavillon die melancholische Aura eines Sommerhauses in der Nebensaison. Gestern hätte das ihrer Stimmung genau entsprochen, aber heute, nach ihrem Besuch im Palast und den seltsamen, leeren Haremsgemächern, war alles anders. Als Elizabeth ihren Kaffee trank, überkam sie eine Welle des Optimismus. Sie würde die restlichen Bestandteile des Manuskripts finden, ganz sicher, wenn nicht hier, dann zu Hause in England; sie würde in Erfahrung bringen, was aus Celia Lamprey geworden war.

Mehr als alles andere wünschte sie sich in diesem Augenblick, dass sie jemandem von ihrem Erlebnis im Harem erzählen könnte, aber es bot sich niemand an. Sollte sie Eve anrufen? Lieber warten, bis sie in ihrem Zimmer war und vom Festnetz aus telefonieren konnte, denn ihre Handyrechnung musste sowieso schon astronomische Höhen erreicht haben. Haddba. Nein, sie wollte gern noch etwas im Pavillon sitzen bleiben. Am anderen Ende der Terrasse, auf der sie bisher allein gewesen war, saß jetzt ein türkisches Paar. Eine verrückte Sekunde lang überlegte Elizabeth, was wohl passieren würde, wenn sie einfach zu ihnen hingehen und ihnen die Geschichte eines elisabethanischen Sklavenmädchens erzählen würde.

Nein, lieber nicht. Sie legte den Kopf in den Nacken und lächelte mit geschlossenen Augen, während sie sich das Gesicht von der Sonne wärmen ließ. Fast erwartete sie, dass Celia Lamprey vor ihrem geistigen Auge auftauchte, aber stattdessen sah sie wieder den leeren Raum im Harem. Die verfaulte Bastmatte unter dem Teppich, die Decken auf dem Diwan, auf denen man noch den Abdruck eines schlafenden Körpers zu erkennen glaubte.

Elizabeth steckte die Hand in die Tasche. Ihre Finger stießen an etwas Hartes. Sie hielt es ins Licht: Ein Stückchen blauweißes Glas glitzerte in der Sonne. Ein Talisman gegen den Bösen Blick, hatte Berin gesagt, als sie es ihr beim Hinausgehen gezeigt hatte. Er sollte die bösen Geister im Harem abwehren. Man sah sie überall in Istanbul – ob ihr das nicht aufgefallen war?

»Sollte ich es jemandem zeigen?«, hatte Elizabeth gefragt.

»Aber nein«, hatte Berin abgewehrt. »Behalte es. Es ist nichts Kostbares, nur Plunder vom Basar. So etwas bekommst du überall. Wahrscheinlich hat einer der Wächter es fallen lassen.« Dann hatte sie Elizabeth besorgt gemustert.

»Geht es dir gut?«

»Warum fragst du?«

»Du bist ein bisschen blass.«

»Alles bestens.« Elizabeths Finger hatten das glatte Glasstückchen umklammert. »Mir geht's gut.«

Sie steckte den Talisman wieder ein, holte einen Stift und ein Notizbuch aus ihrer Handtasche und begann alles aufzuschreiben, was ihr gerade in den Sinn kam, Gedanken, Fragen, Ideen und Assoziationen. Sie ließ alles zu und erlaubte sich, in immer tiefere Schichten einzutauchen.

Celia Lamprey, schrieb sie oben auf die Seite. Paul Pindar. Ein Schiffbruch. Die Zeit um 1590. Vierhundert Jahre trennen mich von dieser Geschichte, dachte sie, aber es könnten ebenso gut viertausend sein. *Worauf der turken Capitan sie alsbald gefeslet hat vnd in seim hitzig plut vor iren augen den vater mit seinem sebel in die seite gehauen.* Elizabeths Hand flog über das Blatt ...*vnd ihn an die bruckenthure gestellt und geschlagen entzwey.*

Sie hielt inne und legte den Stift hin. Dann nahm sie ihn wieder in die Hand und fing an, um das ›s‹ von *sebel* kleine Kringel zu malen. Ein doppeltes Trauma also. Celia war nicht nur mitsamt ihrer Mitgift kurz vor der Hochzeit verschleppt worden, sie hatte überdies auch noch mit ansehen müssen, wie ihr Vater vor ihren Augen ermordet wurde. Elizabeth starrte auf das Papier, aber die Worte verschwammen vor ihren Augen. Was war mit Paul Pindar? Hatte Celia ihn geliebt? Hatte sie ihren verlorenen Liebsten betrauert, so wie ich …?

Entschlossen schüttelte Elizabeth diesen Gedanken ab und zwang sich wieder zurück auf neutralen Boden.

Die Frage lautete: Wie hatte Celia das überlebt? Hatte sie womöglich lange genug gelebt, um ihre eigene Geschichte zu erzählen? Hatte sie Paul Pindar wiedergefunden, ihn vielleicht sogar geheiratet, war mit ihm nach Aleppo gereist, hatte Kinder bekommen …

Das *Dictionary of National Biography*, das einen langen Eintrag über Paul Pindar enthielt, erwähnte keine Ehefrau, doch das besagte nicht, dass er keine gehabt hatte. Unter ›Lamprey‹ war natürlich nichts zu finden. Aber eines war sicher: Jemand hatte Celias Geschichte gekannt, und zwar so gut, dass er sie niedergeschrieben hatte.

Gedankenverloren kritzelte Elizabeth weiter auf das Blatt, schraffierte die beiden 9er-Ziffern aus der Jahreszahl 1599. Das Jahr, in dem der Orgelbauer Thomas Dallam sein wundervolles Gerät dem Sultan präsentiert hatte. Wenigstens sein Bericht war erhalten.

Elizabeth hatte die Passage in Hakluyt ohne Schwierigkeiten gefunden. Sie holte eine abgegriffene Kopie von Thomas Dallams Tagebuch hervor. *Beschreybung von einer Orglen und ihrer Rayss zum Grand Seignor, und andere curios Begebenheiten, 1599.*

Das Tagebuch beschrieb seine Reise nach Konstantinopel auf der *Hektor*, einem Schiff der Levante-Kompanie; es schilderte, wie nach einer sechsmonatigen Reise das großartige Geschenk, auf das die Kaufleute ihre ganze Hoffnung gesetzt hatten, durch das Salzwasser halb verrottet war; wie Dallam und seine Männer jeden Tag zum Palast gingen, um die Orgel zu reparieren. Es beschrieb die wachsende Freundschaft mit den Wächtern, und wie einer von ihnen ihm eines Tages, als der Sultan in seinem Sommerpalast weilte, einen heimlichen Blick in die verbotenen Frauenquartiere gewährt hatte.

Nach dem er mir viel curiose und staunenswerte dinge gezeiget, querten wir sodann einen kleinen hof mit einem pflaster von marmelstein und vierechtig und er zaigete auf ein gitter in der mauer, gab mir aber ein zeichen dass er selbst nicht hin ging. Als ich an das gitter trat war die mauer sehre dick und inwärts wie auswärts mit stäben von eysen versperret, aber durch das gitter konnte ich dreyssig Concubinen des Groszherrn erblicken welche sich in einem andern hof mit einem ball spiel verlustiren thaten. Beym ersten blick hielte ich sie für knaben, aber als ich sah dass ihr haupthaar bis tieff in den rucken fiel und am ende von schnüren aus perlen zusammen gerafft ward, und aufgrund allerlei anderer merkmahle erkannte ich sie als weyber und wahrlich sonders schöne weyber.
… Ich stund so lange und beschaute dieselben, dass derjenige so mir all das vorzüglich schöne gezaiget sehre bös ward. Schnitt ein gesicht und stampffte mit dem fuße, damit ich sogleich zu ihm zurückkäme; welches ich sehre ungern that dieweil der anblick mir über die maßen gefallen hatte.
Sodann verliß ich mit selbigem thorhüter den hof, und wir kehrten wider zu dem Ort da wir meinen Dragoman oder übersetzer gelassen, und ich machte meinem übersetzer mittheilung darob dass ich dreyssig Concubinen des Groszherrn gesehen worauf mir selbiger übersetzer den rath ertheilte keinen falls davon zu sprechen wo mich ein Türcke behorchen könne, dieweil so etliche Türcken davon erführen, sey dies der sichere todt für den mann, welcher sie mir gezaigt dieweil sie zu sehen ihm verbothen sey. Obgleich ich sie so lange beschauet, sahen die weyber mich nicht und thaten auch nicht zu mir blicken. Sonst wären sie sogleich kommen umb mich anzusehen und mich so sehre zu bestaunen wie ich sie.

Elizabeth legte das Blatt auf den Tisch zurück und versuchte, ihre Gedanken zu ordnen. Alle Welt nahm an, es sei unmöglich gewesen, mit den Haremsfrauen in Kontakt zu kommen. Aber Thomas Dallams Tagebuch bewies, dass die Frauengemächer zugänglicher waren, als die meisten Ausländer geahnt hatten. Es hätte für den Orgelbauer und seinen Bewacher den sicheren Tod bedeutet, wenn ein

Türke von ihrer Eskapade erfahren hätte, aber die Versuchung, seinen englischen Freunden davon zu erzählen, musste geradezu überwältigend gewesen sein. Wem hatte er sein Geheimnis anvertraut? Elizabeth hielt ihr Gesicht in die Sonne und atmete tief ein. Vor ihrem inneren Auge entstanden die Korridore des Harems mit ihren Keramikfliesen; der Raum, in dem sie den Glücksbringer gefunden hatte. Was hatte sie dort so verwirrt? Sie griff nach dem Stift und fügte ihren Kritzeleien noch mehr Schnörkel und Schraffierungen hinzu. Ich weiß – es hätte ein trauriger Ort sein müssen, ging ihr plötzlich auf. Aber das war es nicht. Ich hörte das Trippeln von Füßen. Und Gelächter.

Elizabeth lehnte sich zurück, schob das Notizbuch zur Seite und rekelte sich wohlig. In ihrem Kopf herrschte immer noch ein großes Durcheinander, doch das spielte im Moment keine Rolle. Mit dem Chaos leben – wer hatte das gesagt? So fangen Projekte immer an. Schon bald würde sich alles klären – wenn sie nur erst mehr Fakten beieinander hatte. Wie kläglich Marius ihre Vorgehensweise fände – so unsystematisch, so *gefühlsbetont* –, aber, weißt du was, dachte Elizabeth mit einem unsichtbaren Schulterzucken, es ist mir egal.

Es war immer noch warm auf der Terrasse, und Elizabeth hatte keine Lust zu gehen. Der Kaffee war ausgetrunken, auf dem Teller lag jedoch noch ein Rest Baklava. Sie zerbröselte es in kleine Stückchen, schob sie sich in den Mund und leckte sich anschließend genüsslich die Krümel von den Fingern.

Sie hätte nicht sagen können, was sie dazu veranlasste, sich umzudrehen. Als sie den Kopf wandte, hatte sie den Eindruck, dass das Paar sie schon seit einiger Zeit beobachtete. Sie musste ihre Blicke gespürt haben. Doch es war gar kein Paar, stellte sie verblüfft fest, sondern ein einzelner Mann.

Ihre Blicke trafen sich für eine Sekunde, dann wandte sich Elizabeth wieder um, damit er nicht bemerkte, dass sie ihn gesehen hatte. Aber natürlich wusste er es.

Sie kam sich kindisch vor und starrte geradeaus. Sie hatte sich unbeobachtet geglaubt und sich durch die Kombination von Sonne und Alleinsein von Lebenslust durchpulst gefühlt, doch jetzt, unter dem Blick dieses Fremden, hatte sich der Charme des Pavillons, ja, die Atmosphäre des ganzen Nachmittags verändert. Es war Zeit aufzubrechen.

Aber irgendetwas hielt sie noch. Sie blieb sitzen, halb in der Erwartung, der Fremde werde sie ansprechen. Doch er unternahm nichts. Warum sollte ich mich vertreiben lassen? fragte sie sich.

Sie aß das letzte Stück Baklava in aller Ruhe auf. Die honigsüßen Flöckchen klebten an ihren Lippen. Vielleicht sollte ich einen Löffel nehmen, dachte sie, aber ihre Finger waren das bessere Werkzeug. Sie fuhr sich mit dem Daumen über die Unterlippe, lutschte sorgfältig den Zucker von den Fingerspitzen. Sie wusste, dass er sie immer noch beobachtete. *Was machst du denn da?*, flüsterte ihr eine innere Stimme zu. Aber sie hörte nicht auf – weil seinem Blick jede Aufdringlichkeit fehlte. Er saß nur da und betrachtete sie, mit einem Ausdruck von ... was? Elizabeth suchte nach dem passenden Wort. Respektvolle Bewunderung? Ja, so ähnlich. Balsam für ihre verwundete Seele. Sonnenschein nach Tagen der Kälte und des Regens.

Aber das ist doch lächerlich, flüsterte die innere Stimme wieder – *er ist ein Fremder, du kennst ihn überhaupt nicht.* Doch eine andere Stimme antwortete sorglos: *Na und? Ich werde ihn nie wiedersehen.*

Und dann hatte Elizabeth plötzlich genug. Sie ergriff ihre Tasche und ging ohne einen Blick zurück den Hügel hinunter.

Kapitel 19

Konstantinopel: 2. September 1599

Nacht

Als Celia zum zweiten Mal dem Sultan zugeführt wurde, war keine Cariye Lala da, die ihr bei den Vorbereitungen half, und keine Droge, die ihre Wahrnehmung trübte und die Erinnerung betäubte oder ihren zarten Körper.

Wie beim ersten Mal wurde sie mit allem Zeremoniell zum Gemach des Sultans eskortiert. Nur waren sie diesmal zu zweit – ein anderes Mädchen, das ebenfalls *gödze* war, begleitete sie. War es ihr ein Trost, dass sie nicht allein war? Mit ihren parfümierten Schenkeln und unreifen Brüsten gingen die beiden über den Hof der Valide, wo sie den wartenden Eunuchen übergeben wurden.

Am Schlafgemach des Sultans erwartete sie eine weitere Überraschung. Sie blieben nicht in seiner Schlafkammer, sondern wurden weiter in einen kleinen Vorraum geführt, von dem aus man in den Privathof des Sultans blickte. Zwei Eunuchen schleppten einen schweren Gegenstand herbei, einen niedrigen Tisch oder ein Podest, das sie in die Mitte des Raumes stellten und vollständig mit einem Teppich bedeckten.

An der Spitze der Prozession mit den Mädchen schritt der Vertreter des Schwarzen Obereunuchen, Suleiman Aga. Anders als beim letzten Mal, als Celia in ihrer Benommenheit kaum etwas wahrgenommen hatte, war ihr Bewusstsein diesmal besonders geschärft. Suleiman Aga mit seinem Wasserspeiergesicht und seinem enormen Hängebauch hob sich selbst unter den wahrlich nicht ansehnlichen Palasteunuchen durch sein groteskes Äußeres hervor. Als er Celia das Unterkleid von den Schultern streifte, sah sie, wie seine

Augen über ihre nackten Brüste glitten, spürte seine feuchte, teigige Hand auf ihren Armen. Seine Wangen waren fleischig und schlaff und haarlos wie bei einem Säugling, sein Mund stand offen, und Celia sah seinen unnatürlich rosigen Gaumen. Er war so dicht vor ihr, dass sie die Ausdünstungen seiner alten Haut und die Reste des kürzlich verzehrten Fleischgerichts riechen konnte. Ihr Mund füllte sich mit bitterer Galle.

Die beiden Mädchen wurden nebeneinander auf dem Podest in sitzenden Posen arrangiert. Dann zogen sich Suleiman Aga und seine Eunuchen zurück, nicht ohne ihnen einzuschärfen, dass sie sich keinesfalls bewegen durften.

Zuerst erkannte Celia das Mädchen nicht, das nackt neben ihr kauerte. Die Kleine war dünn, geradezu knochig im Vergleich zu Celias wohlgenährtem Körper, und hatte das spitze Gesicht und die hohen Wangenknochen einer Cirkassin, aber – und das überraschte Celia besonders – sie war ganz und gar nicht hübsch. Ihr Gesicht war fast hässlich zu nennen, ihre Haut derb und so bleich, dass sie wie ein farbloses Gewächs aussah, das in einem Keller oder unter Steinen gewuchert ist. Doch am auffälligsten erschienen Celia ihre Augen. Sie waren von einem außergewöhnlich hellen, fast goldenen Braun und von sandfarbenen Wimpern umgeben.

Als das Mädchen sah, wie Celia sie anstarrte, kniff sie misstrauisch die Augen zusammen. »Was gaffst du so?« Ihr Tonfall war so unverschämt, dass Celia wie unter einer Ohrfeige zusammenzuckte. Dann erinnerte sie sich.

»Warte, ich weiß, wo ich dich schon einmal gesehen habe«, sagte sie, »heute Nachmittag bei der Haseki. Du bist eine der Dienerinnen von Gülay Haseki, du hast uns das Obst gebracht.«

Das Mädchen hatte etwas Unfertiges, fast Animalisches an sich, das Celia schon bei der ersten Begegnung abgestoßen hatte.

»Tja, jetzt bin ich keine Dienerin mehr.«

»Du meinst, du bist keine Dienerin der Haseki *Sultan* mehr«, korrigierte Celia sie kühl.

Das Mädchen starrte Celia verächtlich an. Es zuckte die Achseln. »Diese Närrin!«, zischte sie bloß.

Celia war sprachlos. Im Harem wurde so viel Wert auf höfliches Benehmen und eine sittsame Sprache gelegt, dass sie in den wenigen Monaten seit ihrer Ankunft gelernt hatte, jede Abweichung von der Schicklichkeit, die auch in den informellsten Situationen gefordert war, als schockierenden Verstoß gegen die Etikette zu betrachten.

Von dem warmen Abend war in dem kleinen Vorzimmer nichts zu spüren; die Luft war kühl, fast kalt. Celia hatte nach wenigen Minuten schon eine Gänsehaut. Sie spähte durch den Eingangsbogen in das Zimmer des Sultans, aber in dem von Kerzen erleuchteten Raum war alles still.

»Du siehst jetzt anders aus«, sagte Celia.

»So?«, schnaubte die Kleine sarkastisch. »Du auch.«

Diesmal gönnte sie Celia keinen Blick, sondern rekelte sich genüsslich auf dem Podest; offenbar fühlte sie sich wohl in ihrer Nacktheit.

»Wie heißt du?«

»Das wirst du noch früh genug erfahren.«

»Ich bin Kaya. Für dich Kaya Kadin«, fuhr Celia ruhig fort und ließ das Mädchen nicht aus den Augen. »Und wie alt bist du? Dreizehn? Vierzehn?«

»Woher soll ich das wissen?«, entgegnete es gleichgültig. »Jünger als die Haseki, aber die ist alt, über zwanzig. Jünger als du bin ich auch. Das ist es, was er mag, oder? Junges Fleisch.«

»Vielleicht.« Celia betrachtete sie nachdenklich. »Vielleicht auch nicht.«

Sie schlang die Arme um sich, damit sie ein wenig warm wurde. Ihr Gesäß und die Oberschenkel waren eiskalt. »Warum ist es hier so schrecklich kalt?« Sie schlug sich mit den Händen auf die blau geäderten Oberarme.

»Du hast es wirklich noch nicht gemerkt?« Das Mädchen fuhr fort, ihren Rücken vor- und zurückzubiegen, wie eine Zirkusakrobatin, die auf ihren Auftritt wartet.

»Was gemerkt?«

»Worauf wir sitzen?«

Celia schob eine Hand unter den Teppich. Gleich darauf riss sie die Finger weg, als hätte sie sich verbrannt.

»Eis! Mein Gott, wir sitzen auf einem Eisblock.«

Als das Mädchen Celias Entsetzen sah, lächelte es zum ersten Mal, wodurch sich das harte, kleine Gesicht ein wenig belebte.

»Ach, Fräulein Hochnäsig, du hast wirklich keine Ahnung, was? Ich bin vielleicht nicht so hübsch wie du, aber er wird sich schließlich nicht mein Gesicht ansehen.« Sie bedachte Celia mit einem Blick purer Bosheit. »Schau mich an, hier, meine Haut: weiß.« Sie beugte sich zu Celia hinüber und zischelte: »Je kälter, desto weißer. Weil er das so mag.«

Natürlich, dachte Celia, wie konnte ich so dumm sein? Im Kerzenlicht schimmerte die Haut des Mädchens bläulich-weiß wie Schnee. Celia sah auf ihren eigenen nackten Körper hinunter. Sie war inzwischen so ausgekühlt, dass ihre Haut fast durchsichtig wirkte. Sie betrachtete die blauen Venen an ihren Brüsten, an der Innenseite der Schenkel, bis hinunter zu den Füßen. Natürlich!

»Deshalb wurde ich auserwählt«, sagte sie laut, »und die Haseki auch.«

»O ja, die Valide hat es mit dir versucht – aber du hast nichts getaugt. Das mit dem Opium haben wir alle mitbekommen.« Sie lachte heiser.

»Wie habt ihr davon erfahren?«

Das Mädchen zuckte die Achseln. »Wir haben eben alle davon gehört.«

»Alle? Das glaube ich nicht.« Celia blickte das Mädchen forschend an. Vielleicht lag es an der Kälte, dass sie jetzt kristallklar denken konnte. »Ich nehme an, du meinst dich. *Du* weißt etwas, das du nicht wissen solltest.«

Wieder dieses krächzende Gelächter, aber diesmal flatterten die Wimpern des Mädchens unruhig. »Wer sagt, dass ich es nicht wissen sollte?«

»Wie könnte eine Dienerin so etwas erfahren? Ich will es sofort wissen, *cariye*«, forderte Celia in scharfem Ton.

»Reim es dir doch selbst zusammen.«

Celia senkte den Blick auf ihre Hände; sie zitterten, aber mehr vor Wut als vor Angst.

»Du bist eiskalt, Kaya Kadin.«

»Ja, aber nicht so kalt wie du.«

Celia sah mit Befriedigung, dass das Mädchen schon blaue Lippen hatte. Sie hatte aufgehört, hin- und herzuwippen und drückte die Knie gegen die Brust, damit ihr verkrampfter Körper nicht allzu sehr zitterte.

»Aber er wird bald kommen – und dann wird er mich vorziehen«, prahlte das Mädchen.

»Was macht dich so sicher?«, stieß Celia zwischen zusammengebissenen Zähnen hervor.

»Weil ich weiß, was ich tun muss. Ich habe ihn mit dieser dummen Gülay beobachtet.« Das Mädchen warf Celia einen triumphierenden Blick zu. »Pass auf, sie sind jetzt an der Tür.«

Das Mädchen spreizte die Beine, entblößte das glatte, enthaarte Geschlecht und zog unter Celias bestürztem Blick ihre Schamlippen auseinander. Sie steckte einen Finger in sich hinein und zog langsam einen kleinen Gegenstand hervor. Er war rund und schwarz und etwa so groß wie die Opiumpastillen, die Celia eingenommen hatte.

»Was ist das?«

»Du wirst schon sehen.« Hanza lachte schamlos. »Du bist nicht die Einzige, die weiß, wie man der Cariye Lala ihre Tricks entlockt.«

Das Mädchen schluckte die Tablette nicht, sondern legte sie vorsichtig unter die Zunge. Dann schob sie ihre beiden mittleren Finger in die Vagina und rieb sich die Körperflüssigkeit hinter die Ohren und über die Lippen. Die ganze Zeit über fixierte sie Celia lächelnd aus schmalen Augen.

»Ekelhafte Kerle, diese Männer, was? Findest du nicht?«, sagte sie.

Als der Sultan endlich das Zimmer betrat, kletterten die beiden Frauen von ihrem Podest herab und warfen sich vor ihm nieder. Celia erinnerte sich später vor allem daran, wie steif und träge sich ihre Glieder angefühlt hatten und wie ihre Zehen und Finger gebrannt hatten, als das Blut wieder darin zu kreisen begann. Sie hatte nicht gewagt aufzublicken und deshalb sein Missvergnügen mehr gehört als gesehen.

»Was soll das? Ich habe euch nicht holen lassen.«

Ein lastendes Schweigen folgte.

Dann: »Wo ist Gülay?«

Wieder Schweigen, bis Celia die gefasste Stimme des Mädchens hörte. »Gülay Haseki fühlt sich unwohl, mein Sultan. Sie bittet um Nachsicht. Ihre Majestät, die Valide Sultan, die unablässig an Euer Vergnügen und Eure Unterhaltung denkt, hat uns statt ihrer geschickt.«

Der harte, kalte Steinboden drückte gegen Celias Stirn und ihre Knie. Sie hatte kein Zeichen erhalten, sich zu erheben, und so verharrte sie in ihrer knienden Stellung, das nackte Gesäß in die Luft gereckt. Eine lange Zeit verstrich. Die Bodenfliese unter ihrer Stirn hatte einen Riss, auf den sie starrte, bis sie jedes Zeitgefühl verlor. Als nach einer Weile immer noch nichts geschah, drehte sie den Kopf ein wenig zur Seite und sah, dass das Mädchen sich erhoben hatte, ohne auf Erlaubnis zu warten, und jetzt vor dem Sultan kniete.

Als wolle sie ihre Blöße bedecken, hatte sie einen Arm über die Brüste gelegt, sodass ihr linker Busen in ihrer rechten Hand lag: Es war eine demütige, aber auch einladende Geste. Ihr Brüste waren im Gegensatz zu ihrem dünnen Körper voll, und die flachen Brustwarzen waren durch die Kälte hart und rund geworden. Der Sultan sagte nichts, aber er trat einen Schritt auf sie zu. Das Mädchen öffnete leicht die Lippen. »Ah …«

Ein kaum hörbarer Seufzer. Sie schwankte, als sei ihr schwindelig geworden, neigte sich ihm zu und zog sich dann wieder scheu zurück. Ihre Lider flatterten.

»Kenne ich dich nicht?« Als der Sultan endlich sprach, kam es Celia seltsam vor, nach so langer Zeit wieder eine Männerstimme zu hören. »Hanza, nicht wahr? Kleine Hanza …«

Das Mädchen antwortete nicht, aber Celia sah das Glitzern in ihren fremdartigen Augen. Sie glänzten wie Gold im Kerzenschein.

Wieso verschwendet er auch nur einen Blick auf dich, dachte Celia, du bist so hässlich! Doch noch während sie sich wunderte, trat der Sultan einen weiteren Schritt vor.

»Haa ...« Das Mädchen atmete vernehmlich aus und ließ die Zunge über die Lippen gleiten, bis sie feucht schimmerten.

Im Raum wurde es plötzlich totenstill. Celia hörte nur noch Hanzas Atem und ihren eigenen Herzschlag.

Sie drehte den Kopf noch ein wenig mehr zur Seite, damit sie das andere Mädchen besser im Blickfeld hatte, und stellte fest, dass Hanza ihren Körper – der neben ihrem eigenen so gewichtslos und mager gewirkt hatte – wie eine zarte Knospe darbot; ihre immer noch bläuliche Haut schimmerte wie die weißen Rosen im dämmrigen Garten.

Der Sultan taxierte das Mädchen, und nun endlich wagte es Hanza, den Kopf zu heben. Ihre Blicke trafen sich.

»Ahh ...« Mit einem erstickten Schluchzer wandte Hanza den Kopf ruckartig ab, als hätte ein Schlag sie getroffen.

»Hab keine Angst«, beruhigte der Sultan sie. Aber der Gedanke scheint ihm nicht zu missfallen, dachte Celia bei sich. Er stand jetzt dicht vor Hanza. Sein Gewand hatte sich geöffnet und hing in Falten um ihn. Je länger er auf Hanza hinabblickte, desto verzweifelter schien sie ihm entkommen zu wollen und wand sich dabei nach rechts und links wie ein aufgespießtes Insekt.

»Lass mich dich ansehen.«

Hanza drehte sich leicht zur Seite, als wolle sie sich schützen, und entblößte dabei ihre schneeweiße Schulter und ihren hellen, wehrlosen Hals. Wie eine Tänzerin, dachte Celia, oder eine Hündin, die sich einem Rüden unterwirft.

Hin- und hergerissen zwischen Faszination und Angst, schloss Celia die Augen. Aber sie war zu angespannt. Was sollte sie tun? Erwartete er, dass sie blieb oder dass sie sich entfernte? Sie sah, wie er Hanzas Hand von ihrer Brust zog. Das Mädchen versuchte, ihn daran zu hindern, schlug um sich und kratzte ihn sogar, doch er packte ihr Handgelenk und presste sie an sich, während er mit einem angefeuchteten Finger langsam um ihre Brustwarze kreiste.

Seufzend ließ sich Hanza auf ihn sinken und legte ihm den Kopf unterwürfig auf die Brust. Er beugte sich hinunter und küsste sie auf den Nacken, hielt dann überrascht inne und schnupperte an ihrem Ohr.

»Komm mit, komm ins andere Zimmer«, sagte er mit heiserer Stimme. »Und du auch, kleine Schlafmütze«, befahl er Celia. »Zieh dir etwas an, sonst erkältest du dich.«

Dann hatte er sie also doch wiedererkannt. Celia spürte seine Hand leicht an ihrer Wange; seine Finger waren glatt und rochen unangenehm nach Myrrhe.

An das Bett des Sultans konnte sich Celia noch erinnern; es war ein Diwan mit einem Baldachin, bedeckt mit Damast- und Samtstoffen, die mit silbernen und goldenen Tulpen bestickt und teilweise mit Pelz gefüttert waren. Die farbigen Stoffe schillerten im Licht der Lampen wie Insektenflügel. Der andere Teil des Raums lag im Dunkeln, wie auch die riesige Kuppel über ihnen.

Celia legte sich eine der Pelzdecken um die Schultern und kniete sich ans Fußende des Bettes. Hanza streckte sich unaufgefordert auf dem Diwan aus. Auch sie zog eine der Pelzstolen zu sich und drapierte sie sich verschwenderisch um die Schultern, wobei sie ihre Wange an dem Fell rieb. Sie wirkte ganz entspannt und furchtlos.

»So, kleine Hanza, bist du bereit für mich?«

Er kniete jetzt auf dem Bett vor ihr. Das Mädchen zog den Pelz enger um die Schultern und richtete ihre zu Schlitzen verengten Augen auf ihn. Dann schüttelte sie langsam und herausfordernd den Kopf.

»Nein, mein Sultan.«

»Du wagst deinem Sultan mit Nein zu antworten?« Zu Celias Erstaunen lachte er, als bereite ihm die Antwort Vergnügen. Mit einer ungeduldigen Bewegung riss er Hanza den Pelz von der Schulter. »Das werden wir doch sehen.« Er tat, als wolle er sie packen, aber sie entzog sich ihm. Da stürzte er sich auf sie, und als sie sich ihm erneut entwand, packte er sie am Knöchel und riss sie grob zu sich zurück.

»Nicht so schnell«, hörte Celia ihn keuchend hervorstoßen. Die

Stimme eines kräftigen Mannes. Ein Eber, gierig nach einem Trüffel.

Celia sah zu, wie er Hanza mit roher Kraft auf den Rücken drehte und ihren Arm über dem Kopf aufs Bett drückte. Sie wehrte sich und schlug mit der anderen Hand nach ihm. Es gelang ihr, ihm ein paar Kratzer beizubringen, bevor er auch den zweiten Arm zu fassen bekam und festhielt. Endlich lag sie still und bog ihren Kopf nach hinten in die Kissen. Beide atmeten schwer. Dann beugte er sich vor, verharrte dicht über ihr, als wolle er ihren Duft und die geheimen Säfte, die auf Mund und Hals getrocknet waren, in sich einsaugen.

»Haben sie dir etwas gegeben?«

Sie schüttelte den Kopf.

»Wirklich nicht?« Er zeichnete eine Linie auf ihre Kehle. Hanza antwortete nicht, sondern bäumte sich plötzlich auf und leckte ihm die Lippen.

Er lachte leise. »Dann bist du bereit für mich?« Er sprach noch leiser: »Es wird nicht wehtun ..., nicht sehr.«

»Nein ...« Ein letztes Mal spielte Hanza gekonnt das wehrlose Opfer, indem sie halbherzig versuchte, einen Arm loszureißen, aber er war zu stark für sie. Mit einem Stöhnen ließ sie sich in die Kissen fallen.

Celia zog sich der Magen zusammen, und sie wappnete sich gegen das, was jetzt kommen würde.

»Soll ich lieber sie nehmen?«, fragte der Sultan plötzlich und deutete mit dem Kinn auf Celia, die immer noch am Fußende des Bettes kniete.

»Nein, mein Sultan.« Hanza schüttelte den Kopf. Celia wusste nicht recht, ob es Triumph oder Trauer war, was in ihrer Stimme mitschwang.

Hanza nahm die Hand des Sultans und führte sie zwischen ihre Beine; sie legte seine Finger auf ihr Geschlecht, und er streichelte sie, bis sie keuchte und sich krümmte.

Mit einem Grunzlaut drang er kurz darauf in sie ein. Es war alles sehr schnell vorüber. Celia hörte, wie Hanza aufschrie, und nur wenige Sekunden später stieg der Sultan wieder von ihr herunter.

Er zog sein Gewand über.

»Wartet hier«, wies er die beiden Frauen an, »die Eunuchen werden euch gleich zurückbegleiten.« Er tätschelte Hanza geistesabwesend die Schulter. »Du hast mir Vergnügen bereitet, kleine Hanza, der Aga wird dich ins Buch eintragen.«

Dann verließ er den Raum.

Celia kniete immer noch. Nach einigen Minuten der Stille sagte Hanza zu ihr: »Und, willst du mir nicht gratulieren?« Sie saß mit angezogenen Knien auf dem Diwan. »Du musst mich jetzt *kadin* nennen.«

»Meine Gratulation, Hanza Kadin.« Celia ließ einige Zeit verstreichen und fügte dann hinzu: »Hast du überhaupt kein Schamgefühl?«

»Schamgefühl? Warum sollte ich?« Im Licht der flackernden Kerzen wirkten die Augen des Mädchens riesig. Plötzlich sah sie sehr jung aus – ein blasses, dünnes Kind in der Mitte eines gewaltigen Bettes. »Er hat *mich* gewählt. Jetzt wirst du nicht Haseki.«

»Der Sultan hat viele Favoritinnen, aber er hat immer nur eine Haseki – und diese Position ist, wie du weißt, bereits besetzt.« Celia wählte ihre Worte sorgsam.

Hanza verzog ihr Gesicht zu einem schmallippigen, animalischen Grinsen. »Nicht mehr lange.«

»Was meinst du damit?«

»Das wirst du sehr bald selbst herausfinden.«

Sie kletterte vom Bett und ging zu dem Tischchen, auf dem eine Schale voll Honiggebäck stand. Dass sie nackt war, schien sie nicht zu bekümmern. »Hast du keinen Hunger?« Sie stopfte sich ein Stück in den Mund und leckte sich den Honigsirup von den Fingern. »Die nennen sie Frauennabel«, kicherte sie. »Hier, nimm einen.«

Celia ignorierte sie. »Wer hat dir das beigebracht?«

»Was beigebracht?«

»Das alles ... Wie man dem Sultan auf diese Art Vergnügen bereitet.«

»Ich habe zugeschaut. Das habe ich doch schon gesagt.« Hanza leckte sich die Finger.

»Das glaube ich dir nicht. Niemand lernt das alles nur vom Zusehen.«

»Du meinst dieses ganze Getue mit ›oh‹ und ›ah‹?« Hanza kicherte und äffte sich selbst nach. Sie tänzelte auf Zehenspitzen durch den Raum, wie berauscht von ihrem Erlebnis. »Also gut, ich verrate es dir, Kaya Kadin. Ich habe es von der Sklavenhändlerin in Ragusa.«

»Ragusa?«

»Ja. Warum so erstaunt? Die Valide mag Leute aus Ragusa.«

Celia schwieg.

»Mit etwas Hilfe von Cariye Lala natürlich.« Hanza hörte auf, durch den Raum zu wirbeln, und nahm noch ein Gebäckstück. Auf ihren blassen Wangen hatten sich zwei rote Flecken gebildet. »O ja, Lala wird die Erste sein, die ich belohne, wenn ich Haseki bin.«

Celia fühlte sich plötzlich sehr erschöpft. »Also *das* hat sie dir erzählt, ja?«

»Cariye Lala hat mir gar nichts erzählt, sie hat mir nur die Medizin gegeben, genau wie dir auch«, wiegelte Hanza ab. »›Den Kitzel‹ hat sie es genannt ...«

»Cariye Lala meine ich nicht«, unterbrach Celia sie. »Ich meine die Valide. Hat dir die Valide das erzählt? Dass du die nächste Haseki wirst?«

»Ich weiß nicht, wovon du redest.«

»Doch, ich glaube schon ... Aber die Eunuchen werden gleich hier sein, um uns zurückzubringen. Haben sie dir gesagt, was du tun musst? Was das Blut angeht, meine ich.«

»Das Blut?«

»Ja, das Blut. Du weißt doch – nach dem ersten Mal mit dem ... da muss es doch bluten. Du musst es ihnen zeigen. Hat Hassan Aga dir das nicht erklärt? Ach so, er ist ja krank.« Celia legte die Hand vor die Lippen. »Sag nicht, dass sie es vergessen haben.«

»Blut?«, wiederholte Hanza mit dünner Stimme.

»Es ist kein Blut zu sehen, oder?«

»Nein.«

Das Mädchen, das eben noch vor fiebriger Energie vibriert hatte, sank in sich zusammen. »Was soll ich nur tun, *kadin*?« Wie ein unglücklicher, magerer Spatz saß sie auf der Bettkante und sah Celia Hilfe suchend an. »Was werden sie mit mir machen? Hilf mir, *kadin*!« Sie fiel auf die Knie. »Bitte!«

Celia überlegte fieberhaft. »Schnell, lass uns ein Stück Stoff suchen.« Unter den vielen Stoffen auf dem Diwan fand sich ein Stück besticktes Leinen. »Jetzt musst du dich irgendwo schneiden. Damit – sieh her.«

Auf dem Boden neben dem Bett lag noch der Gürtel des Sultans, an dem ein Krummdolch hing. Seine gebogene Scheide war aus gehämmertem Gold gefertigt, das mit Brillanten besetzt war; der Griff bestand aus drei lupenreinen Smaragden. Celia zog den Dolch heraus und prüfte vorsichtig die Klinge. Obwohl die Waffe in erster Linie dekorative Zwecke hatte, war sie scharf genug für ihr Vorhaben.

»Hier.« Sie hielt sie dem Mädchen hin. »Nimm dies.«

Aber Hanza fuhr erschrocken zurück. »Das kann ich nicht.«

»Du musst«, drängte Celia. »Schnell, wir haben nicht viel Zeit.«

»Ich kann nicht!«

»Stell dich nicht so an.«

»Bitte«, flehte Hanza verzweifelt, »mach du es.«

»*Ich?*«

»Ja, verstehst du nicht?« Jetzt weinte das Mädchen laut. »Ich kann einen Schnitt nicht verstecken. Sie werden ihn finden. Sie werden wissen, was ich getan haben.« Im Korridor näherten sich Schritte. »Bitte – ich werde dir nie vergessen, dass du mir geholfen hast. Ich versprech's!«

Es blieb keine Zeit mehr zum Nachdenken. Celia hob den Dolch und legte die Klinge auf ihr Handgelenk.

»Nicht da. Unter dem Arm«, verlangte Hanza. »Wo man es nicht direkt sieht.«

Celia hob den Arm und setzte die Klinge an. Dann hielt sie noch einmal kurz inne.

»Warum sollte ich es tun, Hanza? Gib mir einen guten Grund, warum ich dich schützen sollte!«

»Bitte – ich werde es dir nie vergessen, wenn du mir hilfst, niemals, ehrlich«, stieß Hanza mit vor Angst verdrehten Augen hervor. »Du verstehst das nicht. Sie werden mir Hände und Füße abhacken, sie werden mir die Augen ausstechen, sie stecken mich in einen Sack und werfen mich in den Bosporus ...«

»Ja, genau das werden sie tun.« Celia legte nachdenklich den Finger an die Spitze der Klinge. Warum sollte sie Hanza helfen? Hatte sie aus den vergangenen Tagen nichts gelernt? Hanza würde ihr bei der ersten Gelegenheit in den Rücken fallen, daran bestand nicht der geringste Zweifel.

Hanza, die ihr Zögern spürte, tat so, als wolle sie ihr den Dolch entreißen, aber Celia war zu schnell für sie und hob ihn so hoch, dass er außer Reichweite war.

»Gib ihn mir«, schluchzte Hanza. »Ich sage dir alles über das Opium ...«

»Das reicht nicht.« Die Eunuchen standen jetzt bereits vor der Tür. »Das kann ich selbst herausfinden, da hast du ganz recht.« Aber bevor sie den Satz zu Ende gebracht hatte, platzte Hanza mit etwas heraus, das Celia zum Verstummen brachte.

»Was hast du gesagt?«

»... das Vogelhaustor. Ich sagte, ich besorge dir den Schlüssel für das Vogelhaustor.«

Sie wechselten einen Blick, bei dem die Zeit stillzustehen schien. Aber für Fragen war es jetzt zu spät. Celia vernahm ein Rauschen in den Ohren.

»Versprochen?«

Hanza standen die Schweißtropfen auf der Stirn. »Bei meinem Leben.«

In den nächsten Sekunden schwangen die Türflügel zum Schlafgemach des Sultans auf. In letzter Sekunde schnitt sich Celia in den Arm. Hanza hielt das Tuch darunter, und sie sahen gemeinsam zu, wie drei Blutstropfen auf das weiße Leinen fielen.

Kapitel 20

Konstantinopel: 3. September 1599

Morgen

»Du hast gewusst, dass sie hier waren! Ich kann es immer noch nicht fassen.«

»Ja.«

»Du hast die ganze Zeit gewusst, dass die englische Gesandtschaft in Konstantinopel ist!«

»Fantasiere ich, oder haben wir dieses Gespräch schon einmal geführt?«

Annetta lag auf ihrem Lager, einer auf dem Boden ausgerollten Matratze, in einem Schlafsaal, den sie mit zwölf anderen *kislar* teilte. Obwohl in ihren Worten schon wieder ihr altes Temperament durchklang, sah sie noch sehr angegriffen aus und unternahm keinen Versuch, sich aufzusetzen.

Celia kniete auf den harten Holzdielen neben ihr.

»Aber du hast nicht nur gewusst, dass ein englisches Schiff mit dem Geschenk der Levante-Kompanie für den Sultan gekommen ist, du hast auch gewusst, dass sie ein Modell davon – aus Zucker, heißt es – hierher in den Palast geschickt haben.« Um nicht die Neugier der Dienerinnen zu erregen, die auf dem Korridor auf sie warteten, bemühte sich Celia, die Stimme zu senken. »Und dass sie jetzt behaupten, dieses Zuckerschiff habe Hassan Aga vergiftet.«

»Warum quälst du mich immer noch damit?«, protestierte Annetta matt. »Ich wollte es dir ja sagen. Aber dann dachte ich, es wäre besser, wenn ...«

»Besser, wenn ich es nicht wüsste?«

»Ja, du Schäfchen! Viel besser, wenn du es nicht wüsstest«, fauchte Annetta. »Sieh doch, wie du reagierst!«

»Aber du bist dir im Klaren, was das bedeutet, richtig?«

»Sprich es nicht aus.«

»Es bedeutet, Paul könnte hier sein.«

»Denke nicht mal daran!«

»Aber ich denke daran.« Celia hatte das Gesicht in den Händen verborgen und sah das Mitleid in Annettas Augen nicht. »Ich kann nicht anders. Tag und Nacht, wenn ich wach bin, wenn ich schlafe, er ist überall, neben mir, in meinen Träumen …« Sie presste die kühlen Finger auf ihre brennenden Augen. »Du findest, ich quäle dich – aber ich sage dir, Annetta, *ich* bin es, die gequält wird.« Celia drückte die Hand gegen den Leib, wo sich der alte Schmerz heftiger denn je bemerkbar machte. »Ich kann nur noch an eines denken: Ich muss ihn unbedingt wissen lassen, dass ich *nicht* tot bin. Ich bin am Leben. Annetta, irgendwie muss ich …«

»Ich weiß, was du vorhast.«

Celia schüttelte den Kopf. »Nein.«

»Du denkst, wenn er wüsste, dass du hier bist, würde er dich holen kommen.«

Zuerst erwiderte Celia nichts darauf. Ihr Blick huschte unruhig zur Tür, und dann begann sie hastig zu erzählen: »Annetta, ich glaube wirklich, es gibt einen Weg –«

»Nein«, unterbrach Annetta sie wütend. »Das höre ich mir nicht an!« Sie verstopfte sich die Ohren mit den Fingern. »Willst du, dass wir beide ersäuft werden?«

»Wenn ich ihn wenigstens *sehen* könnte, Annetta! Mehr verlange ich nicht. Mein Vater ist tot, mit ihm gibt es kein Wiedersehen, aber wenn ich Paul nur noch einmal sehen dürfte, könnte ich das alles hier ertragen. Ich könnte *alles* ertragen.«

Sie sah sich in der fensterlosen Kammer um, die sie einmal mit Annetta geteilt hatte. Sie lag im neuen Teil des Harems im Obergeschoss und ging auf den Hof des Badehauses hinaus. Die Kammer war kaum möbliert – nur zwei bemalte Schränke standen sich gegenüber, in denen tagsüber die Matratzen und Decken der Mädchen untergebracht wurden – aber sie roch angenehm und vertraut nach frischem Holz.

»Du solltest übrigens darauf gefasst sein, dass es nicht mehr lange dauert, bis ich wieder hier bei dir bin«, seufzte Celia.

»Arme Celia.« Annetta sank in die Kissen zurück. Sie war sehr blass.

»Oh, du brauchst mich nicht zu bedauern, glaub mir. Ich wäre viel lieber wieder hier bei dir. Ich werde von allen Seiten beobachtet und bedient – du hast keine Ahnung, wie das ist.« Celia griff sich an die Kehle. »Es ist, als bekäme ich keine Luft mehr. Selbst als ich den harmlosen Wunsch äußerte, dich hier zu besuchen, haben sie drei Dienerinnen mitgeschickt.« Sie sah zur Tür. Vom Korridor drang das Stimmengewirr der Frauen. »Ich bin nie allein. Alles, was ich tue, die winzigste Kleinigkeit, wird der Valide hinterbracht. Sie spionieren mir nach, sogar jetzt.« Celia war nach und nach in einen Flüsterton verfallen.

Annetta runzelte die Brauen. »Warum? Wer spioniert dir nach?«

»Die Spione der Valide. Die Haseki hat es mir verraten. Sie hat sie ›die Nachtigallen‹ genannt.«

»Die Nachtigallen? Was für ein Unsinn – sie wollte dir nur Angst einjagen, mehr steckt nicht dahinter.« Annetta legte ihre zittrige Hand auf Celias Arm. »Was hat sie mit dir angestellt? Du warst nie so seltsam, bevor sie dich in die Finger bekommen hat.«

»Nein, nein!« Celia schüttelte so vehement den Kopf, dass ihre Ohrringe klirrten. »Du musst das verstehen. Sie hat versucht, mir zu helfen. Wer mir wirklich Angst einjagt, ist Hanza.«

»Wer ist Hanza?«

»Sie gehörte zu den Dienerinnen der Haseki«, erzählte Celia. »Aber letzte Nacht wurde sie zur Konkubine des Sultans.«

»Du meinst, er hat …« Neugierig geworden, stemmte sich Annetta mühsam hoch. »Mit euch *beiden*?«

»Ja, mit uns beiden. Aber er hat es nur mit ihr gemacht.«

»Oh, Gänschen!« Annetta betrachtete Celia mitfühlend. »Es tut mir so leid.«

»Nicht nötig. ›Ein frischer, knackiger *culo* für den fetten alten

Mann‹ hast du gesagt, erinnerst du dich? Genauso war es. Ich weiß es, denn ich musste zusehen.«

»Du hast zugesehen!« Annetta brach in perlendes Gelächter aus. »Entschuldige ...« Sie hielt sich den Mund zu. »Wie ist sie, diese Hanza?«

»Lach nicht. Sie ist das genaue Gegenteil der Haseki, so schlimm wie diese gut ist. Aber zum Glück ist sie nicht halb so schlau, wie sie glaubt.«

Celia erzählte ihr von dem Blut und dem Leinentuch.

»*Madonna!*« Annetta starrte sie voller Verblüffung an. »Woher um Himmels willen hast du das alles gewusst?«

»Ich wusste es nicht, ich habe es mir gedacht.« Als sie Annettas Miene sah, gestattete sich Celia ein frostiges Lächeln. »Schau mich nicht so an. Bei einem Satz der Haseki musste ich plötzlich denken: Da leben wir nun mitten im Herzen des Geschehens, aber niemand erklärt uns irgendetwas. Wir *kislar*, wir gewöhnlichen Frauen erfahren nichts. Überall wird getuschelt und spekuliert, Gerüchte und Gegengerüchte machen die Runde, die meisten von ihnen sind falsch. Und je höher man auf der Leiter steigt, desto schlimmer wird es. Nach einer Weile weiß man überhaupt nicht mehr, was man glauben soll. Ich habe begriffen, dass ich die wichtigen Dinge selbst herausfinden muss. Du konntest das schon immer, Annetta, aber ich nicht. Es ist, als hätte ich die ganze Zeit geträumt.« Sie legte das Gesicht in die Hände. »Gott, bin ich müde!«

»Was hat dir Hanza erzählt? Es muss ja wichtig für dich gewesen sein, wenn es dich dazu gebracht hat, ihre elende Haut zu retten.«

»Richtig.« Celia beugte sich vor. »Kannst du ein Geheimnis bewahren?«

»Das weißt du doch.«

»Sie hat mir das hier gegeben.« Celia zog einen Schlüssel aus der Tasche.

Annetta versuchte sich aufzusetzen. »Wofür ist er?«

»Für das Vogelhaustor. Eines der alten Tore, das vom Harem in den dritten Hof hinausführt. Es wird heutzutage kaum noch benutzt. Die Haseki hat mir erzählt, dass die englischen Kaufleute angewiesen wurden, ihr Geschenk gleich hinter dem Tor abzustellen. Ich habe sie sogar daran arbeiten hören. Verstehst du, wenn ich nur …«

»Woher hat sie das gewusst?«

»Die Haseki?«

»Nein, nicht die Haseki. *Hanza* natürlich. Hast du dich nicht gefragt, woher Hanza weiß, dass du dich für das Vogelhaustor interessierst?«

»Keine Ahnung, wahrscheinlich hat sie gehört, wie Gülay mir von den englischen Kaufleuten erzählt hat.« Celia hob die Schultern. »Ich weiß es nicht und es ist mir auch egal.«

»Das ist schlecht.« Annettas Stirn glänzte vor Schweiß. »Es bedeutet nämlich, dass sie dich – uns – im Visier haben.«

Celia starrte sie an. »Was soll das heißen, ›uns im Visier haben‹?«

»Ich meine, dass sie über deine Verbindung zum Zuckerschiff Bescheid wissen.«

»Das ist Unsinn! Wenn sie glauben würden, dass ich etwas damit zu tun habe, hätte schon längst jemand etwas gesagt.«

»Aber darum geht es doch gerade!« Um Annettas ängstlich geweitete Augen lagen dunkle Schatten. »So ist das hier nicht. Sie beobachten. Sie lauern und warten ab.«

»Worauf?«

»Dass du – wir – einen Fehler machen.«

»Und wenn schon!«, sagte Celia, kühn geworden. »Das ist meine Chance, und ich werde nie eine zweite bekommen. Versteh doch!« Ihre Augen füllten sich mit Tränen. »Sie sind da, jeden Tag, nur durch ein Tor von uns getrennt!«

»Nein!«, fuhr Annetta sie scharf an. »Du darfst das nicht!«

»Aber warum denn nicht?«

»Du darfst nicht, Schluss. Bitte! Sie bringen uns um. Du darfst nichts tun, was uns mit den englischen Kaufleuten in Zusammenhang bringen könnte.«

Die beiden Mädchen starrten sich wortlos an.

Celia wurde von einem Gefühl hilflosen Schreckens erfasst.

»Was ist los mit dir, Annetta?«, fragte sie mit belegter Stimme.

»Es geht mir nicht gut«, antwortete Annetta fast wimmernd. Sie drehte sich auf die Seite und schloss die Augen. »Diese Frau, diese Hexe – sie hat mich mit dem Bösen Blick belegt, ich weiß es.«

»Sei nicht albern. Das ist dummes Zeug.« Celia rüttelte sie ungeduldig an der Schulter. »Sie hat dir bloß einen Schrecken eingejagt. Wenn du so weitermachst, Annetta, wirst du noch richtig krank werden.«

»Sieh mich doch an«, ächzte Annetta mit Schaumbläschen in den Mundwinkeln, »ich *bin* krank.«

Vielleicht stimmte es doch. Ihre Haut war fahl und glänzte ungesund. In Celia regte sich eine schwache Erinnerung.

»Ich habe dich schon einmal in diesem Zustand gesehen. Kurz nachdem sie den Schwarzen Obereunuchen gefunden haben«, sagte sie. »Du hast geweint. Das konnte ich nicht verstehen. Du bist nicht krank, Annetta, du hast Angst.«

»Nein!«

»Wovor hast du Angst?«

»Das kann ich dir nicht sagen.«

»Doch, du kannst«, bat Celia inständig, »du *musst* es mir sagen!«

»Ich kann nicht. Du wirst mich hassen.«

»Hör auf damit, wir haben nicht mehr viel Zeit. Sie werden mich jeden Moment wieder hier rausholen.«

»Es tut mir so leid! Es ist mein Fehler ...« Aus Annettas Augen quollen Tränen. »Und es ist *doch* der Böse Blick ... Du verstehst das nicht.« Ihre Stimme klang nun fast hysterisch. »Sie bestrafen mich!«

»Du hast recht, das verstehe ich nicht.« Celia fasste sie an den Schultern. »Strafe wofür? *Mir* spionieren sie nach, aber warum sollte dir jemand etwas antun wollen?«

»Weil ich dabei war.«

»Du warst dabei?«

»Ja! Ich war dabei, als der Schwarze Obereunuch vergiftet wurde!«, flüsterte Annetta kaum vernehmlich. »Sie haben mich nicht gesehen. Sie dachten, es war die Katze. Die Frauen haben mich nicht gesehen, aber *er*.«

In Celias Kopf drehte sich alles. *Deshalb* war Annetta so betroffen gewesen, als man ihn gefunden hatte. Das wenigstens ergab jetzt einen Sinn. Aber was in Gottes Namen hatte sie dort zu tun gehabt? Nicht Annettas Körper war krank, sondern ihr Geist. Ihre Angst vor Hassan Aga war so übermächtig, dass sie sie fast in den Wahnsinn trieb.

»Hassan Aga weiß, dass du da warst? Bist du sicher?«

»Ich glaube schon. Ich dachte, er wäre tot. Aber dann ... dann ... war er es doch nicht. Ach Celia ...« Annetta weinte jetzt laut und hemmungslos. »Es hat den Anschein, als würde er überleben. Stell dir vor, er hat mich dort gesehen, dann muss er doch glauben, ich hätte etwas damit zu tun.« Sie hörte auf zu weinen und starrte an die Decke. »Und sie wissen, dass wir zusammen hergekommen sind.«

»Was hat das denn damit zu tun?«, fragte Celia verwirrt.

»Es gibt noch etwas, was ich längst hätte erzählen sollen. Das Zuckerschiff, von dem sie glauben, dass es Hassan Aga vergiftet hat, war keine Nachbildung eines englischen Segelschiffes. Es war das Schiff deines Vaters, Gänschen, eine exakte Miniatur der *Celia*.«

Kapitel 21

Istanbul: Gegenwart

Der Morgen dämmerte grau und kalt herauf. Elizabeth erwachte mit einem Gefühl des Wohlbehagens und war überrascht, dass sie durchgeschlafen hatte. Eine halbe Schlaftablette lag unberührt auf ihrem Nachttisch. Ihr rosiger Körper fühlte sich warm und weich vom Schlaf an. Sie kuschelte sich in die Decken und betrachtete den Morgenhimmel. Etwas war anders geworden, etwas hatte sich verändert. Verschlafen streckte sie die Hand nach ihrem Handy aus, um es anzuschalten und nachzusehen, ob sie eine Nachricht bekommen hatte. Wie üblich nichts von Marius. Nur eine kurze SMS von Eve, die diese noch am Abend geschickt haben musste: »Schlaf gut meine süsse bis morgen xx«.

Marius hatte in der Nacht nicht angerufen, dachte nicht an sie, bat sie nicht, es sich anders zu überlegen – aber heute wollte sich die Hoffnungslosigkeit, die sie sonst an jedem Morgen bei diesen Gedanken überkommen hatte, nicht einstellen.

Sie hatte nicht von Marius geträumt, fiel ihr ein, sondern von dem Türken, den sie am Tag zuvor im Malta-Pavillon gesehen hatte. Der Gedanke an ihn klang wie ein erotisches Flüstern am Rand ihres Bewusstseins in ihr nach.

An diesem Morgen war Elizabeth die Letzte beim Frühstück. Die anderen Gäste – die alte Amerikanerin mit dem Turban, der französische Professor, der Filmregisseur – waren schon fast fertig, als sie erschien. Sie holte sich einen Kaffee und ein Brötchen mit Rosenkonfitüre und setzte sich oben im Salon unter eine der Palmen.

Das antike Grammophon krächzte russische Marschlieder. Elizabeth holte Stift und Papier aus ihrer Tasche, biss in ihr Brötchen und begann, nebenher einen Brief an Eve zu schreiben.

Hallo Eve, muss mich für mein trübsinniges Geschreibsel von neulich entschuldigen. Du hast recht, ich bin wahrscheinlich der letzte Mensch auf Erden, der echte Briefe schreibt, aber wenn du nicht hier bist, muss ich eben so mit dir reden, verstehst du? Wer sonst soll sich mein Gejammer über Marius anhören? Ach ja – immerhin ist das billiger als eine Therapie (und wer weiß, vielleicht wird es uns bzw. mir irgendein Historiker oder Doktorand mal danken; sie behaupten zwar, dass keine E-Mail je verloren geht, aber das glaube ich nicht. Wohin verschwinden sie? Wo werden sie aufbewahrt? Auf einem Mikrochip? Oder sausen sie irgendwo im Äther rum? Manuskripte aus Papier sind schon schwer genug aufzustöbern, wie bitte soll man etwas von der Größe eines Nanobit finden?) Apropos: nichts Neues vom Lamprey-Fragment. Mein Benutzerausweis für die Bosporus-Universität ist gekommen, aber ich warte noch auf die Erlaubnis für die Staatsarchive – bisher nada. Ja, wenn Celia Lamprey ein, zwei Briefe geschrieben hätte! Das wäre eine echte Hilfe ...

Elizabeth leckte sich die klebrigen Reste der Marmelade von der linken Hand und drehte das Blatt um. Wovon sollte sie Eve noch berichten? Von ihrem Vormittag in dem verlassenen, labyrinthischen Harem oder von Thomas Dallams Tagebuch? Oder gar von dem Fremden am Malta-Pavillon? Ihre Hand schwebte unschlüssig über dem Papier.

Die anderen Gäste im Hotel werden immer merkwürdiger. Zwei der Russen, die ich für Menschenhändler gehalten habe, sind in Wirklichkeit Opernsänger, die von der kommunistischen Partei zu ihrer Tagung eingeladen wurden. Die Amerikanerin mit dem Turban – das Angela-Lansbury-Double – ist Schriftstellerin (behauptet sie wenigstens). Das weiß ich von Haddba, der Vermieterin. Die schießt überhaupt den Vogel ab – trägt immer Schwarz und hat ein Gesicht wie eine Nonne, aber gleichzeitig könnte sie genauso gut eine Puffmutter in einem alten Pariser Bordell sein (reinster Brassaï – du wärst begeistert), und aus irgendeinem Grund hat sie mich unter ihre Fittiche genommen. Vielleicht hat sie vor, mich an die Menschenhändler zu verhökern.

Sie konnte sich Eves Antwort via SMS gut vorstellen: *Haha sehr witzig für so was sind wir zu alt stay cool hdl.* Elizabeth lächelte. Mit achtundzwanzig jenseits von Gut und Böse ... Wie alt durfte man dafür höchstens sein? Dreizehn, vierzehn, älter waren manche der Sklavinnen nicht gewesen. Celia Lamprey vermutlich schon, da sie verlobt war, als sie in Gefangenschaft geriet, aber die anderen? Sie waren noch Kinder. Konnte Berin recht haben, die sie als willige Mitwirkende des Systems bezeichnete? Was konnten sie denn schon über Liebe oder Sex gewusst haben? Doch darum ging es ja gerade, oder nicht? Sie sollten nichts wissen, sie sollten keine eigenen Wünsche und Bedürfnisse haben, sondern von anderen ganz nach deren Belieben geformt werden. Das konnte ganz erholsam sein ... Elizabeth dachte an Marius und seufzte.

Das alte Grammophon kam kreischend zum Stillstand, und im Salon breitete sich eine ungewohnte Stille aus. Elizabeth ließ ihren Gedanken freien Lauf. Sie wartete darauf, dass sich tief in ihrem Inneren das gewohnt mulmige Gefühl breitmachte, aber es blieb aus. Und dann dieser Traum letzte Nacht, einmal nicht von Marius, sondern von einem anderen Mann, einem Fremden. Wie merkwürdig: Sobald sie versuchte, sich an Genaueres zu erinnern und das bewusste Denken einschaltete, lösten sich die Traumbilder auf wie Rauch in der Luft. Übrig blieb eine vage Empfindung – aber wovon?

Wärme. Nein. Ein Kribbeln.

»Elizabeth?« Haddba stand neben ihr. »Sie gehen heute nicht in die Bibliothek? Darf ich mich setzen?«

Ohne die Antwort abzuwarten, setzte sie sich neben Elizabeth und steckte mit ihren eleganten Fingern eine Zigarette in ihre elfenbeinerne Zigarettenspitze. »Ich schicke den Jungen nach mehr Kaffee.«

Sie schnipste mit den Fingern und gab dem herbeieilenden Rashid auf Türkisch eine Anweisung. Dann richtete sie ihre schönen, schwarz umrandeten Augen auf Elizabeth. »Dieses Wetter – einfach grässlich.« Fröstelnd zog sie ihren goldbestickten Paschmina-Schal enger um die Schultern. »Heute ist ein guter Tag für den Hamam.«

»Ich wollte eigentlich meine Notizen ordnen«, setzte Elizabeth an, doch dann sah sie das entschlossene Funkeln in Haddbas Augen.

»Nein, Elizabeth.« Haddba hatte eine spezielle Art, ihren Namen wie eine Melodie auszusprechen. E-*li*-za-beth. Sie klopfte zweimal ungeduldig mit ihrer Zigarettenspitze gegen die Armlehne. Ascheflöckchen stoben auf und rieselten zu Boden. »Sie müssen besser für sich sorgen. Sehen Sie sich doch an, immer so melancholisch.« Sie warf Elizabeth unter schweren Lidern einen Blick zu. Der Junge erschien mit dem Kaffee. Haddba akzeptierte die Tasse gnädig wie einen Tribut.

»Vielen Dank, aber ... ich habe wirklich viel zu tun«, stammelte Elizabeth.

»Aber E-*li*-za-beth, sagen Sie nicht Nein. Dieses Gebäude ist von Sinan. So wunderschön, Sie müssen es sehen, Sie werden erfreut sein.« Klirrend senkte sich Haddbas winziges Kaffeetässchen auf die Untertasse. »Rashid wird Sie führen.«

In Begleitung des Jungen nahm Elizabeth den Bus über die Galata-Brücke in den Stadtteil Sultanahmet und dann die Straßenbahn zur Verbrannten Säule nahe dem Großen Basar. Als sie ausstiegen, deutete Rashid auf eine Tür in einem unscheinbaren Gebäude, an dessen Fassade Telefonkabel und Ladenschilder hingen.

»Hier hinein?«, fragte Elizabeth zweifelnd.

»*Evet*... ja«, bestätigte der Junge, »Hamam.« Er lächelte sie strahlend an.

Es gab zwei Bereiche im Hamam, einen für die Männer auf der linken Seite des Gebäudes, und einen kleineren rechts für die Frauen. Elizabeth wurde in einen engen Umkleideraum geführt und erhielt ein Schließfach, in dem zwei fadenscheinige blaue Handtücher und ein Paar fleckige Gummisandalen lagen. Das war nicht gerade vielversprechend. Mehrere Frauen in langen Röcken, die Haare mit farbigen Schals hochgebunden, hatten hier offenbar das Sagen. Sie kümmerten sich nicht im Geringsten um die Handvoll Touristen, die hinter Elizabeth hereingekommen waren – eine Gruppe unförmiger europäischer Studenten, dick vermummt in warmen Jeans und hässlichen grauen Regenjacken –, sondern saßen angeregt plaudernd herum. Der Ort strahlte eine Atmosphäre heiterer Nachlässigkeit aus und es roch leicht nach Schimmel.

Nach dem wenig verheißungsvollen Auftakt im Umkleideraum war Elizabeth nicht im Mindesten auf die Schönheit des Raumes vorbereitet, den sie jetzt betrat. Über ihr erhob sich ein hohes Kuppelgewölbe, das von vier kleineren Kuppeln gestützt wurde; darunter zogen sich kreisförmig an der Wand zwölf Marmornischen entlang, in die aus muschelförmigen Brunnen Wasser rann. Es war weniger ein Bad als ein architektonisches Meisterwerk von perfekter Schlichtheit – der reine Raum.

Elizabeth hielt ungeschickt ihr Handtuch fest, das sie sich um die Hüften geschlungen hatte. Im Zentrum des Raumes befand sich eine Plattform aus weißem Marmor, auf der bereits vier Frauen mit dem Gesicht nach unten lagen. Durch den Dampf bekam das diffuse Licht einen perlartigen Glanz. Elizabeth sah keine Gesichter, nur Körper. Eine Frau trug noch das Handtuch um die Hüfte, die anderen drei hatten ihre schon abgelegt. Sie lagen unbeweglich da, aber zwei unterhielten sich leise. Elizabeth setzte sich auf die Kante der Platte und wäre fast wieder aufgesprungen, so heiß war der Marmor. Sie nahm ihr Handtuch ab und breitete es auf dem Stein aus, dann streckte sie sich darauf aus.

Nach dem Straßenlärm war es hier sehr friedlich. Die Frauen – alle Europäerinnen, dachte Elizabeth, Ausländerinnen wie sie selbst – unterhielten sich murmelnd. Andere kamen dazu; die Mädchen – Deutsche oder Holländerinnen – kicherten und versuchten sich mit ihren viel zu kleinen Handtüchern zu bedecken. Aber auch sie verfielen bald in eine Art schläfriger Zufriedenheit.

Wie schön sie sind, dachte Elizabeth, und war von dieser Erkenntnis geradezu überwältigt. Diese Frauen sind unglaublich schön. Im Umkleideraum hatten sie in ihren unkleidsamen Jeans und ausgebeulten Pullovern noch unbedeutend und bleichgesichtig ausgesehen. Auf der Straße hätte keiner einen zweiten Blick an diese Mädchen verschwendet, aber durch ihre Nacktheit waren sie wie verwandelt.

Eine Dunkelhaarige, die direkt hinter Elizabeth in der Schlange gestanden hatte, legte sich neben sie auf die Marmorplatte. Im Umkleideraum war sie ihr plump und kurzbeinig vorgekommen; das Haar hatte sie zu einem unscheinbaren Pferdeschwanz zusammengebunden gehabt. Nun, da sie nackt in der feuchten Wärme lag und die offenen Haare ihr auf die Schultern flossen, war sie kaum wiederzuerkennen. Elizabeth betrachtete voller Bewunderung ihre herrliche, makellose Haut und die symmetrischen, erotischen Rundungen ihres Hinterns. Sie war fasziniert, doch da sie die Frau nicht in Verlegenheit bringen wollte, wandte sie den Blick bald wieder ab.

Inzwischen befanden sich um die zwanzig Frauen im Hamam. Immer wieder fiel Elizabeths Blick auf einzelne Partien ihrer Körper – hier ein schön geformtes Schulterblatt, dort ein Paar feste, jugendliche Brüste, ein Nacken wie von einer Marmorbüste, ein anmutiger Schulterschwung. Zwei perfekte, kleine Füße.

Du meine Güte, jetzt reicht's aber!, ermahnte sich Elizabeth und musste über sich selbst lachen. Sie legte sich auf den Rücken und blickte in die hohe Kuppel. Sie hatte kleine Luken in Form von Sonnen und Monden, durch die das trübe Licht des Frühwintertages fiel und den Raum erhellte. Sie spürte, wie ein intensives Glücksgefühl in ihr aufstieg. Sinan, oder was hatte Haddba gesagt?

Sie schloss die Augen und versuchte sich an die Worte zu erinnern, aber stattdessen erschien das Bild des Fremden, dem sie am Malta-Pavillon begegnet war. Unwillig schlug sie die Augen wieder auf, um die Vision zu vertreiben. Mach dich nicht lächerlich, er ist überhaupt nicht dein Typ. Er war groß, nicht dick, aber kräftig gebaut. Ein Mann mit Persönlichkeit. Beim Gedanken an ihn schob sich eine andere, noch viel intensivere Fantasie in den Vordergrund: Was, wenn er mich jetzt sehen könnte? Ein Schauer der Erregung durchzuckte sie, der so stark war, dass sie unwillkürlich den Atem anhielt.

Eine der Frauen aus dem Garderobenraum kam auf sie zu. Sie fasste Elizabeth an der Schulter, ergriff wortlos ihre Hand und führte sie zu einem der muschelförmigen Becken am Rand. Elizabeth folgte ihr gehorsam, aber mit brennenden Wangen. Die Frau gab ihr durch Zeichen zu verstehen, dass sie sich auf die Stufe neben dem Becken setzen sollte. Zuerst schöpfte sie mit einer Kelle Wasser aus dem Becken und goss es Elizabeth über den Körper, dann begann sie, mit einem Ziegenhaarhandschuh ihre Haut abzureiben.

Die Frau arbeitete schnell, mit brüsken, effizienten Bewegungen. Sie ergriff Elizabeths Arme und hielt sie hoch, wusch ihre Achselhöhlen, ihre Flanken, ihre Brüste und den Bauch. Als Elizabeth ihr helfen wollte, drückte sie ihr kopfschüttelnd die Arme nach unten, als wäre sie verärgert, bis sich Elizabeth ihren unausgesprochenen Anweisungen fügte, still sitzen blieb und ihre Massage gehorsam über sich ergehen ließ.

Und wenn er mich jetzt sehen könnte? Diesmal überließ sich Elizabeth ein wenig länger ihren Träumereien. Sie stellte sich seinen Blick auf ihrem Körper vor, diesen außergewöhnlichen, erotischen Blick ... Und wieder spürte sie verwirrt einen intensiven Schauer der Lust. Mein Gott, was ist bloß mit dir los?, dachte sie amüsiert und hätte fast lauthals über die Absurdität des Ganzen und diese neue, frivole Seite ihres Wesens gelacht.

Die Frau wusch ihr die Haare. Wasser plätscherte in hellen Bögen über sie hinweg. Es rann ihr in Augen und Ohren und klebte ihr die Haare in langen, glänzend schwarzen Strähnen an den Rücken. Sie spürte den Druck der Finger auf der Kopfhaut, und dann wurde ihr Kopf so ruckartig nach hinten gezogen, dass sie zusammenzuckte. Scharfe Fingernägel bohrten sich fast schmerzhaft in ihren Schädel. Nach einigen weiteren Güssen war sie schließlich fertig.

Auf zittrigen Beinen wankte Elizabeth in den großen Kuppelraum zurück.

KAPITEL 22

KONSTANTINOPEL: 3. SEPTEMBER 1599

Abend

Hassan Aga, das Oberhaupt der Schwarzen Eunuchen, würde überleben. Die Nachricht verbreitete sich in Windeseile im Haus der Glückseligkeit. Die Palastärzte – nicht nur die Weißen Eunuchen aus der Palastschule, sondern auch Moses Hamon, der Leibarzt des Sultans – hatten verkündet, er sei außer Gefahr. Manche munkelten von einem Wunder, andere von den Träumen, in denen die Valide Sultan angeblich seine Genesung vorausgesehen hatte, und von dem Talismanhemd, das sie für ihn hatte anfertigen lassen – ein wahres Wunderwerk, darüber waren sich alle einig, das nicht nur über und über mit heiligen Versen aus dem Qu'ran, sondern auch mit seltsamen goldenen Ziffern und Symbolen beschrieben war.

Celias Dienerinnen meldeten ihr, im Thronsaal werde eine Feierlichkeit stattfinden. Eine Truppe weiblicher Akrobaten und Jongleure – Zigeunerinnen aus Salonica, sagten die Eunuchen – war erst kürzlich in die Stadt gekommen und trat mit beachtlichem Erfolg in den großen und kleinen Harems entlang dem Bosporus und dem Goldenen Horn auf. Die Valide Sultan hatte nach ihnen geschickt.

Als Celia an jenem Abend mit den anderen Frauen in den Saal trat, der die Frauenquartiere vom Schlaftrakt des Sultans trennte, nahm sie sofort eine Veränderung in der Atmosphäre wahr. Die Anspannung, die latente Bedrohung, die in den vergangenen Tagen auf jedem Hof und jedem Korridor gelastet hatte, war verflogen. Eine neue Energie, ja geradezu Ungezwungenheit, hatte sich breitgemacht. Wenn ich nur auch so empfinden könnte, dachte Celia. Gefolgt von ihren Dienerinnen, schritt sie zielstrebig durch die Gänge. Doch nur ihr Blick war sittsam gesenkt – in ihrem Herzen tobte der Aufruhr.

Paul war hier in Konstantinopel, davon war sie nun felsenfest überzeugt. Wer außer Carew hätte die *Celia* aus Zucker nachbilden können? Und wo immer Carew war, da war Paul nicht weit. Aber warum? Die Frage peinigte sie Tag und Nacht. Was konnte das bedeuten? Wusste er womöglich, dass sie sich hier aufhielt? Nein, das konnte nicht sein. Der Gedanke war zu abwegig. Paul hielt sie für tot. Ertrunken bei einem Schiffbruch.

Aber sie hatte keine Wahl: Trotz aller Warnungen Annettas musste sie sich bemerkbar machen. Um ihren Hals, unter den Kleidern wohl verborgen, hing an einer Kette der Schlüssel zum Vogelhaustor. Beim Gedanken daran und an das, was sie zu tun hatte, schoss ein so heftiger Schmerz in ihre linke Seite, dass sie aufstöhnte und gegen die Wand taumelte.

»Gebt Acht, Kaya Kadin!« Eine der Frauen streckte die Hand aus, um sie zu stützen.

»Es ist nichts passiert, nur mein Schuh …«

Celia rief sich zur Ordnung. Sie durfte die anderen nicht auf sich aufmerksam machen, sie durfte sich nicht anmerken lassen, was sie fühlte und wusste. Ein unbedachtes Wort, ein falscher Blick konnten sie verraten. Sie stand unter Beobachtung – immer. Das durfte sie nie vergessen.

Sie erreichten den Thronsaal.

Da ihr keine offizielle Mitteilung über eine Änderung ihres Rangs am Hofe zugekommen war, nahm Celia ihren Platz auf dem langen, mit Kissen belegten Podest neben dem Diwan der Valide links im Saal ein – der Ehrenplatz, der den angesehensten Haremsfrauen vorbehalten war. Neben ihr standen die vier Dienerinnen der Valide Sultan, Gülbahar, Türkan und Fatma, und außerdem ein Mädchen, dessen Name Celia nicht kannte und das für Annetta einsprang, solange diese noch nicht wieder gesund war. Daneben befanden sich die Sitzplätze der älteren Amtsträgerinnen, streng nach ihrer Rangfolge. Neben der Valide saß die Haremsvorsteherin, gefolgt von der Meisterin der Mädchen und der Pflegemeisterin. Einige Kinder des Sultans, die Prinzessinnen und sogar einige kleine Prinzen, die noch jung genug waren, um in den Frauenquartieren zu wohnen, wurden von ihren Dienerinnen auf die andere Seite neben den Diwan der Safiye Sultan geführt. Prinzessin Fatma, eine Tochter der Valide, war schon früher am Tag mit ihren Kindern und Sklavinnen speziell zu diesem Anlass eingetroffen.

An beiden Seiten des Raumes brannte in silbernen Rauchfässchen Räucherwerk, und der Duft hatte sich überall hin verbreitet. Frische Blüten – Rosen, Tulpen, Orangen- und Jasminzweige – standen hübsch arrangiert in blauweißen Vasen in den vier Saalecken. In Marmornischen entlang der Wand plätscherten kleine Brunnen. Neben dem Diwan der Valide befand sich ein Wasserbecken, das mit Moschusrosenblättern bestreut war. Dazwischen schwammen kleine Boote mit Kerzen, deren Flämmchen sich in der hellgrünen Wasseroberfläche spiegelten.

Die jüngeren Mädchen, die Neuankömmlinge und die gewöhnlichen *kislar* durften nun unter der Aufsicht ihrer Meisterin und ihrer Helferinnen in geordneten Reihen eintreten und ihre Plätze gegenüber der Valide am anderen Ende des Raums einnehmen.

An Festtagen wie diesem wurden die strengen Regeln, die sonst das Leben im Harem bestimmten, ausnahmsweise gelockert; das betraf sogar das Schweigegebot. Auf die versammelten Frauen wirkte das ungewohnt laute Stimmengewirr – das im Harem seltener war als ein Mann mit *cogliones*, wie Annetta gern spöttelte – wie eine Droge. Alle Wangen waren vor Aufregung gerötet. Die Frauen unterhielten sich mit ihren Nachbarinnen. Selbst die Jüngsten, die nicht mehr als acht oder neun Jahre zählten, trugen ihre prächtigsten Gewänder. Fließende Seide mit Mustern aus Kreisen, Streifen und Halbmonden, mit Gold- und Silberfäden durchwirkte Brokatstoffe, Ausbrennersamt mit Tulpenmustern und Blätterkaskaden schimmerten im Kerzenlicht. Schärpen, Kappen und Schleier aus Goldgaze waren an kleidsamen Kopfbedeckungen befestigt, auf denen Edelsteine glitzerten, blau und gelb die Topase, rot die Granate und Karneole, grün die Malachite, Jade und Smaragde, dazu geheimnisvoll leuchtende Opale, Mondsteine und Perlenketten. All diese Frauen, dachte Celia, besaßen offenbar wertvollen Schmuck – selbst Cariye Lala, die unansehnliche alte Zweite Meisterin der Bäder, die unmittelbar vor ihr auf einer der untersten Stufen des Podests Platz genommen hatte.

Als Celia die Frauen zum ersten Mal in ihrem Gepränge erlebt hatte, hatte das Schauspiel sie so überwältigt, dass sie nur still dasitzen und schauen konnte. Nun nahm sie das Spektakel fast mit Gleichgültigkeit hin. Gab es jemanden im Saal, der sie beobachtete? Sie ließ den Blick schweifen. Da waren die Mazedonierin aus dem Badehaus und ihre Helferin, die Georgierin. Die Große Stumme Pflegemeisterin mit dem viereckigen Gesicht, aus dem die riesigen Zähne wie weiße Grabsteine ragten. Eine Bewegung ging durch den Raum, als die Eunuchen Hassan Aga auf seinem Lager hereintrugen. Beim Anblick der gewaltigen schwarzen Körperfülle, die sich durch sein Märtyrium kaum verringert zu haben schien, krampfte sich Celias Herz zusammen. Wie war Hanza an den Schlüssel gekommen, der jetzt um ihren Hals hing und sich wie glühende Kohlen in ihre Haut zu brennen schien? Sie hatte sich nicht zu fragen getraut …

Als Gülbahar ihr die Hand auf die Schulter legte, zuckte sie erschrocken zusammen.

»Glaubst du, sie wird kommen?«, flüsterte die junge Frau.

»Wer?«, flüsterte Celia zurück.

»Gülay natürlich.«

Gülbahar deutete auf den vergoldeten Baldachin an der Vorderwand des Saals. Darunter befand sich der Thron für den Sultan; an seinem Fuß lag ein kleines Kissen – der Ehrenplatz der Haseki.

»Warum sollte sie nicht kommen?«

»Es heißt, Hanza habe ihre Stelle eingenommen.« Gülbahar sah Celia fragend an.

»Was?«, rief Celia bestürzt. »So schnell?«

»Er hat sie schon wieder holen lassen – heute Nachmittag.«

»Ich verstehe.« Celia sah in die Runde, aber Hanza war nicht da.

»Wo ist sie überhaupt?«

Noch bevor Gülbahar antworten konnte, schwangen die großen Türflügel zu den Sultansgemächern auf, und Schweigen senkte sich auf den Saal. Eskortiert von Suleiman Aga und drei weiteren Eunuchen betrat Gülay Haseki den Saal. Sie trug ein Kleid aus blauem Ausbrennersamt mit silbernen Kreisen und darunter ein Mieder und Hosen aus Goldstoff. An ihrer Kappe, am Mieder und sogar an ihrer Schärpe funkelten mehr Edelsteine, als Celia in ihrem ganzen Leben zu Gesicht bekommen hatte. Schweigend und bedächtig schritt die Haseki über die Schwelle und durchquerte den Thronsaal, bis sie ihren Platz unter dem goldenen Baldachin erreichte. Sie wandte sich dem voll besetzten Saal zu und ließ sich auf ihr Kissen zu Füßen des Throns sinken.

Ein kollektiver Seufzer der Erleichterung ging durch den Raum, und das allgemeine Schwatzen begann aufs Neue. Celia blickte in die vielen aufgeregten Gesichter und dann wieder zu Gülay. Aber die Haseki schien sie nicht wahrzunehmen.

Die Haseki hatte recht gehabt: überall Geflüster, Gerüchte, Vermutungen. Wir stürzen uns darauf, weil wir nichts anderes haben, dachte Celia. Die Atmosphäre im Thronsaal erinnerte sie an ein Theater, in dem das Publikum auf den Beginn der Vorstellung wartet, wie im *Curtain* oder im neuen *Rose Theatre* in London. Ihr Vater hatte sie manchmal dorthin mitgenommen. Aber das hier, dachte sie fröstelnd beim Anblick der reglosen, von Schmuck überladenen Frau unter dem goldenen Baldachin, glich eher einer Bärenhatz als einem Theaterstück.

Ihr kam ein neuer Gedanke. Sie wandte sich an Gülbahar.

»Wo sitzt die ehemalige Favoritin des Sultans? Ich glaube nicht, dass ich sie je gesehen habe.«

»Du meinst Handan Kadin? Die Mutter des Prinzen Ahmet?«

»Ja, Handan. Die meine ich.«

»Sie kommt nie hierher«, erklärte Gülbahar gleichmütig. »Jetzt nicht mehr. Ich glaube, niemand außer der Valide sieht sie mehr.«

Irgendwo draußen bereitete sich die Gauklertruppe auf ihren Auftritt vor. Dumpfe Trommelwirbel, das klagende Lied einer Schilfflöte. In diesem Augenblick verstummten die Stimmen wieder und eine noch tiefere Stille als vorher eroberte den Saal. Die Frauen erhoben sich. Man hätte eine Nadel fallen hören können, als sich die Türen an beiden Seiten des Saals öffneten, und die Valide Sultan auf der Schwelle zum Harem erschien, während von der anderen Seite der Sultan den Saal betrat. Sie trafen sich in der Mitte, sodass der Sultan seine Mutter begrüßen konnte, dann nahmen sie ihre jeweiligen Plätze ein.

Erst da erspähte Celia Hanza. Sie war fast unbemerkt hinter der Valide hereingeschlüpft und drängte sich jetzt dicht neben Celia. An ihrem Hals hing ein kostbares Collier, das von passenden, birnenförmigen Ohrringen ergänzt wurde – die Ausbeute ihres nachmittäglichen Einsatzes, wie Celia vermutete. Rings um Hanzas blasses, spitzes Gesichtchen wirkten die wertvollen Stücke unpassend und geschmacklos wie billiger Modeschmuck vom Basar. Sie machte ein so wütendes Gesicht, dass Celia sich ihren Gruß verkniff.

Als schließlich alle ihre Plätze eingenommen hatten, setzte mit einem Trommelwirbel die Vorführung ein. Als Erste erschienen die Musikerinnen, die sich auf eine Matte niederließen; eine Frau schlug die Zimbel, eine zweite schüttelte ein Tamburin, die dritte spielte die Schilfflöte und die vierte schlug auf zwei kleine Trommeln. Gleich anschließend wirbelten hüpfend und tanzend und unter lautem Geheul die Akrobatinnen in den Saal, merkwürdige, barbarische Gestalten mit dunkler Haut und öligem, schwarzem Haar, das ihnen offen auf die Schultern fiel. Sie trugen grellbunte, eng anliegende Westen, die die Schultern und Arme frei ließen, und ein hosenähnliches Kleidungsstück, das sich um Gesäß und Oberschenkel bauschte, von den Knien bis zu den Fußgelenken aber eng anlag. Einige liefen auf den Händen, andere machten Überschläge, bei denen sie auf spektakuläre Weise das Rückgrat verbogen, wieder andere schlugen Räder.

Die jüngsten Akrobatinnen waren nicht älter als sechs oder sieben. Die Anführerin war eine stämmige, schon etwas ältere Frau, die ein rotes Tuch um die Stirn gebunden hatte. Auf ein Zeichen der Trommlerinnen stellte sie sich breitbeinig hin, und die anderen Frauen sprangen nacheinander auf sie, bis sechs von ihnen mit ihr zusammen eine Pyramide bildeten. Die Zimbeln klirrten. Die Beine der untersetzten Frau zitterten, aber sie schaffte es trotzdem, drei Schritte zu gehen. Dann dröhnten wieder die Trommeln, und zwei kleine Mädchen flogen auf sie zu und kletterten wie Äffchen auf die Spitze der menschlichen Baumkrone. Beim nächsten Zimbelklirren breiteten die Akrobatinnen die Arme aus, und die Anführerin wagte drei weitere Schritte auf den Sultan zu. Ihre Haut glänzte vor Schweiß, und die Adern am Hals traten vor Anstrengung hervor, aber sie hielt sich aufrecht. Wieder ein Trommelwirbel, und die Frauen sprangen eine nach der anderen so mühelos hinunter, wie sie hinaufgesprungen waren, und landeten geräuschlos auf dem Boden, als wären sie leicht wie Rosenblätter. Wie aus dem Nichts präsentierten die beiden kleinen Mädchen zwei rote Rosen, die sie kniend zu Füßen des Sultans niederlegten.

Die Abendunterhaltung ging weiter. Nach den Akrobatinnen zeigten in rascher Folge Jongleurinnen, Equilibristinnen und Schlangenmenschen dem Publikum ihre Künste. Alt und Jung war fasziniert. Selbst Hassan Aga, der still auf seinen Polstern lag, stand der Mund vor Staunen offen. Nur Celia konnte sich nicht konzentrieren. Durch die Anwesenheit so vieler Frauen und die Hitze, die die zahlreichen Kerzen verströmten, war die Luft im Saal so stickig geworden, dass sie Atemnot bekam. Aber sie wagte nicht aufzustehen und durch einen so krassen Verstoß gegen die Hofetikette die Aufmerksamkeit auf sich zu ziehen, wodurch man ihr womöglich ihre innere Qual angemerkt hätte. Sie legte die Hand auf die Brust und spürte die beruhigende Kontur des Schlüssels. Sie musste sich zwingen, die ahnungslose, naive *cariye* zu spielen, die sie vor wenigen Tagen tatsächlich noch gewesen war. *Nicht mehr lange, Liebste, nicht mehr lange, das verspreche ich ...* Verzweifelt versuchte sie Pauls Stimme heraufzubeschwören.

Im ganzen Saal schien es außer ihr nur noch eine Person zu geben, die nicht völlig von den Akrobatinnen in ihren Bann gezogen war. Hanza hatte nur Augen für den Sultan. Das jedenfalls glaubte Celia zunächst. Doch dann begriff sie, dass Hanza nicht den Sultan anstarrte, sondern die Haseki.

Hanza fixierte Gülay Haseki mit einer solchen Eindringlichkeit, dass Celia meinte, die Favoritin müsse die wilde Entschlossenheit in diesen blassen Augen spüren. Aber wenn dem so war, überspielte sie es gekonnt. Gülay folgte der Vorführung allem Anschein nach ebenso gebannt wie alle anderen. Doch nachdem sie sie eine Weile lang beobachtet hatte, merkte Celia, dass ihr Blick immer wieder zum Diwan der Valide huschte, als suche sie jemanden.

»Sie sieht gut aus, findest du nicht?« Celia konnte der Versuchung nicht widerstehen, Hanza ein wenig zu ärgern. »Die Haseki, meine ich.«

»Was macht sie denn noch da?«, fauchte Hanza wie eine gereizte Katze.

»Wo sollte sie sonst sein?« Celia weidete sich an dem Unbehagen des Mädchens. Ich habe jetzt den Schlüssel, dachte sie triumphierend, Hanza kann mir nichts mehr anhaben. »Meinst du, dass *du* dort sitzen solltest? Du bist ein Dummkopf, wenn du das denkst.«

Aber Hanza antwortete nicht.

Die Akrobatin mit der roten Stirnbinde trat noch einmal allein auf. Vor ihr waren verschiedene Requisiten in einer Reihe angeordnet: ein großer Krug von der Sorte, in der man Öl aufbewahrte, mehrere Holzstäbe, Kanonenkugeln unterschiedlicher Größe, von denen manche an Ketten befestigt waren. Nachdem sie sich Lederarmbänder um die Handgelenke und einen festen Ledergürtel um die Taille geschnallt hatte, begann sie, mit den Hölzern zu jonglieren. Erst balancierte sie sie auf dem Kopf, dann auf der Stirn, und schließlich auf dem Kinn und zuletzt sogar auf den Zähnen.

Der Sultan beugte sich vor und sagte der Haseki leise etwas ins Ohr, worauf diese sich lächelnd zu ihm umdrehte. Wie kann sie das nur ertragen? fragte sich Celia. Aus der Ferne wirkte er trotz all seinen Schmucks und seiner prächtigen Kleidung sehr gewöhnlich – ein Mann mit fleckiger Haut, einem dicken Bauch und einem langen, blonden Bart.

Die Gauklerin griff jetzt nach zwei Kanonenkugeln, die sie mit ihren schwieligen, harten Händen in die Höhe stemmte. Schweiß tropfte ihr von der Stirn und spritzte zur Seite, wenn sie sich bewegte. Wieder sagte der Sultan etwas zu der Haseki, und diesmal reichte er ihr dazu eine der roten Rosen, die ihm zu Füßen abgelegt worden waren. Die andere ließ er seiner Mutter bringen. Celia wartete auf Hanzas Reaktion, aber es kam keine. Da erst merkte sie, dass der Platz neben ihr frei war. Hanza war fort.

»Wo ist sie hingegangen?«, fragte sie Gülbahar mit einer Geste.

»Hanza? Das weiß ich nicht«, flüsterte ihr Gülbahar zu. »Sie ist vor ein paar Minuten hinausgegangen. Was für ein Glück für uns. Ich kann nur für sie hoffen, dass die Valide sie nicht gesehen hat.«

Celias Atem ging schwer, und sie legte die Hand an die Kehle.

»Geht es dir nicht gut, *kadin*?« Gülbahar legte mitfühlend eine Hand auf ihren Arm. »Du siehst so seltsam aus.«

»Mir geht es gut. Es ist nur … ein wenig heiß hier.« Celia atmete ein paarmal tief ein und aus. Doch dann konnte sie nicht mehr an sich halten. »Ich habe ein ganz schlechtes Gefühl, Gülbahar«, platzte sie heraus.

»Wegen dieser kleinen Klapperschlange?«, zischte Gülbahar verächtlich. »Keine Sorge! Was sie angeht, haben wir alle ein ganz schlechtes Gefühl.«

»Es ist mehr als nur ein Gefühl. Sie führt etwas im Schilde, Gülbahar, ganz bestimmt.«

»Ach, was kann sie schon tun?« Gülbahar zuckte abfällig die Achseln. »Glaub mir, sie wird genug Schwierigkeiten bekommen, weil sie sich ohne Erlaubnis entfernt hat. Sie hat schreckliche Angst vor der Valide – das weiß ich, weil ich sie zusammen gesehen habe.« Gülbahar lachte spöttisch. »Wie das Kaninchen vor der Schlange. Hab keine Angst, sie wird nichts anstellen. Genieße einfach den Abend, Kaya.«

Natürlich, die Valide! Sie war der Schlüssel zu allem. Jemand hatte Hanza die Idee in den Kopf gesetzt, dass es für sie ein Leichtes wäre, der Haseki die Gunst des Sultans abspenstig zu machen, auch wenn diese Idee anderen vollkommen absurd erschien. Wer sonst hatte so viel Überzeugungskraft? Ich hätte es mir denken können, dachte Celia, bei mir hat sie dasselbe ja auch erst vor wenigen Tagen versucht.

Sie blickte zur Valide hinüber und war wieder einmal überrascht, wie klein diese im Grunde war. Safiye Sultan saß auf ihrem Diwan und hatte den schlanken Körper in die Kissen geschmiegt; ein Bein war untergeschlagen, das Kinn lag in der zarten Hand. Ihr Gewand war aus schwerem rotem Damast, den Oberkörper umschloss ein goldbesticktes Mieder. Dazu trug sie Schmuck im Überfluss, und auch das lange Haar war elegant frisiert und mit Goldkettchen durchflochten, an denen Perlen hingen. Wie berückend schön sie war – und wie gefährlich. Einer Hanza weit überlegen.

In der Hand hielt Safiye Sultan die Rose, die der Sultan ihr geschickt hatte – eine Moschusrose von einem so tiefen Dunkelrot, dass sie fast schon schwarz wirkte. Wie alle anderen folgte sie aufmerksam den Künsten der Akrobatentruppe; hin und wieder richtete sie eine Bemerkung an ihre Tochter, Prinzessin Fatma, die neben ihr saß. Ab und zu schnupperte sie an der Rose. Sie schien das Schauspiel unbekümmert zu genießen, aber gleichzeitig wirkte sie – Celia suchte nach dem richtigen Ausdruck –, wie sollte man es nennen? – konzentriert. Wachsam. Du hast ein Auge auf uns, ging Celia durch den Sinn. Auf jede Einzelne von uns, sogar jetzt. Wie hatte Annetta es ausgedrückt? *Sie beobachten, sie lauern und warten ab.* In diesem Moment wusste sie, dass die Valide Hanzas Verschwinden erwartet hatte.

An die Stelle der muskulösen Frau war jetzt ein anderes Mitglied der Truppe getreten, das Celia bisher noch nicht gesehen hatte, eine Frau mit einem ernsten Gesicht, das weiß geschminkt war wie bei einem Clown. Sie trug keine Hosen, sondern ein seltsames Kostüm aus einem bunt gestreiften Material mit einem bauschigen Rock und langen Puffärmeln. Es war über und über mit Pailletten besetzt. Sie glitt beim Gehen über den Boden wie auf Rädern.

Draußen war es inzwischen dunkel geworden und man hatte die Lampen entzündet. Die festliche Atmosphäre, die die Jongleurinnen und die Frau mit der roten Stirnbinde geschaffen hatten, machte einem gespannten Schweigen Platz. Stumm kreiste die weißgesichtige Frau durch den Raum. Ihre Robe glitzerte, als bestünde sie aus Eis. Wo immer sie ging und stand, kamen geheimnisvolle Gegenstände zum Vorschein. Sie holte Federn, Blumen und Obst – Granatäpfel, Feigen und Äpfel – aus den unergründlichen Tiefen ihres Mantels, hinter den Ohren und aus den Ärmeln hervor. Von den Kammerdienerinnen der Valide erhielt sie bestickte Taschentücher, die sie in die geballte Faust stopfte. Als sie sie wieder hervorholte, waren sie auf wundersame Weise zu einem Seidentuch verknüpft, das in allen Regenbogenfarben schillerte. Hinter den Ohren einer der beiden Prinzessinnen fand sie zwei Eier, die sie in die Luft warf, wo sie sich aufzulösen schienen, nur um kurz danach im Schoß des kleinsten Kindes in Form von zwei leise piepsenden Küken wieder zum Vorschein zu kommen. Die Magierin verbeugte sich tief vor dem Sultan und wandte sich anschließend Gülay Haseki zu, die noch immer vor ihm auf dem Kissen saß. Durch eine Handbewegung erteilte der Sultan seine Erlaubnis, und die Haseki erhob sich und stellte sich in die Saalmitte neben die Frau mit dem weißen Gesicht. Die Musiker, die pausiert hatten, spielten einen Tusch. Zum Klang der Trommeln öffneten sich die Türen an der Haremsseite. Alle blickten erwartungsvoll auf den Eingang, aber was nun kam, gehörte offenbar nicht zur Vorstellung. Durch die offene Tür stürzte keine andere als Hanza.

Hanzas Kappe saß schief und ihr Gesicht war totenbleich. Sie umklammerte ein Päckchen.

»Seht her!«, rief sie und streckte die zitternden Arme aus. »Es war Gülay Haseki! Sie hat es getan!«

Auf den Saal senkte sich eine tödliche Stille. Die Haseki wurde blass, aber sie hielt sich aufrecht. Celia sah, wie ihre Finger das blaue Amulettarmband umschlossen, als könne es ihr Schutz gewähren. Safiye Sultan saß kerzengerade, und auch sie bewegte sich nicht.

Als Hanza sicher war, dass aller Augen auf sie gerichtet waren, schien sie auf einmal in Panik zu geraten. Sie schüttelte das Päckchen und ein Gegenstand fiel heraus, flatterte weich zu Boden. Sie hob ihn auf. Es war ein Stück Papier, das mit blauer und goldener Tusche mit Symbolen und magischen Zahlen bedeckt war.

»Da, seht! Ein Horoskop. Ich habe es gefunden. Es war in ihrem Zimmer versteckt.«

Niemand gab einen Laut von sich.

»Wollt Ihr nicht wissen, für wen es ist? Für ihn!« Sie deutete auf Hassan Aga. »Für den Obersten der Schwarzen Eunuchen. Das ist Hexerei, das ist Teufelswerk! Die Haseki wollte wissen, ob er sterben würde ...« Hanzas unnatürlich schrille Stimme hallte durch den totenstillen Saal. In ihren Mundwinkeln standen Speichelbläschen. »Versteht ihr nicht? *Sie* wollte ihn umbringen!«

Plötzlich hörte man Fußgetrappel und das Kratzen von Metall auf Stein. Mit gezogenen Schwertern kamen die Eunuchen herbeigelaufen. Aber auf wen hatten sie es abgesehen, auf Hanza oder Gülay? Im Saal erhob sich ein fürchterlicher Tumult. Alle schrien gleichzeitig; die Kinder und einige der jüngeren *kislar* weinten und jammerten laut. Celia konnte gerade noch erkennen, wie Hanza in dem allgemeinen Chaos zu Boden stürzte. Zuerst glaubte sie, sie sei ohnmächtig geworden, aber dann begriff sie, dass das Mädchen einen Anfall hatte. Ihre Lippen waren blau und die Augen so verdreht, dass man nur noch das Weiße sah; ihr magerer Körper zuckte unkontrolliert.

Sogar die Haremsmeisterinnen, sonst so auf ihre Würde bedacht, waren jetzt auf den Beinen.

»Schaut nur!«, rief jemand, »sie ist von einem Dämon besessen!«

Die Große Stumme, eine Schwarze von riesiger Statur – größer und breiter als die Hellebardiere des Sultans –, deutete irgendwohin, während unartikulierte Laute aus ihrem zungenlosen Mund quollen. Die Frauen liefen ziellos durcheinander, der ganze Saal war ein wilder Farbenwirbel aus Pelzen und Seide.

Die Leibgarde des Sultans bildete sofort einen schützenden Kreis um ihren Gebieter und geleitete ihn aus dem Saal. Die anderen stellten sich um Hanza und hoben sie hoch, als wollten sie sie aus dem Saal tragen, aber sie konnten sie nur mit Mühe festhalten. Immer wieder entglitt sie ihnen und einmal schlug ihr Kopf so hart auf den Marmorfliesen auf, dass ein schreckliches Knacken zu hören war. Der Schaum vor ihrem Mund färbte sich rötlich.

Die Panik im Thronsaal war ansteckend. Auch Celia wurde davon erfasst. Sie entdeckte die Haremsvorsteherin, die schreiend und gestikulierend für Ruhe und Ordnung sorgen wollte, aber niemand hörte auf sie. Celia wollte weglaufen, aber ihre Beine gehorchten ihr nicht. *Lauf nicht weg, denk nach*, sagte eine Stimme in ihrem Kopf. Und plötzlich war sie ganz ruhig. Sie stand unbeweglich inmitten der hektischen Betriebsamkeit und auf einmal merkte sie, dass noch drei Personen außer ihr weder herumliefen noch aufgeregt schrien.

In der Mitte des Raums stand die Haseki immer noch neben der Magierin. Auf der anderen Saalseite lag Hassan Aga aufgequollen und hellwach auf seiner Trage und beobachtete sie, während die Valide vollkommen reglos auf ihrem Diwan thronte. Zwei stumme Eunuchen, die zu ihren engsten Vertrauten zählten, flankierten sie rechts und links. Als sie sicher war, dass sie die Aufmerksamkeit der Haseki auf sich gelenkt hatte, hob die Valide langsam die Rose, die sie noch in der Hand hielt, und knickte mit einer rabiaten Bewegung ihren Kopf ab. Sofort eilten die stummen Eunuchen auf Gülay zu und packten sie an den Schultern. Sie schrie nicht auf, sie wehrte sich nicht, aber bevor sie abgeführt wurde, griff sie mit einer raschen Bewegung an ihr Handgelenk. Eine Sekunde später flog etwas Blaues, Glänzendes im hohen Bogen auf Celia zu. Sie streckte die Hand aus, um es aufzufangen, aber das Armband landete auf dem Saum von Cariye Lalas Gewand. Celia kniete nieder, aber Cariye Lala kam ihr zuvor. Mit überraschender Behändigkeit griff die alte Frau nach dem Armband.

»Cariye Lala – ich glaube, das ist für mich«, sagte Celia in scharfem Ton.

Die Zweite Meisterin sah sie aus ihren blassen Augen verwundert an. Celia erinnerte sich unvermittelt an den Abend im Hamam der Valide: der kalte Marmor an ihren Schenkeln, der Geruch nach *ot*, Cariye Lalas Lippen, die an der Birne hinauf- und hinabglitten. Und wie sie sich gefühlt hatte, als Cariye Lalas Finger mit einem nadelfeinen Kratzen in ihre Scheide eingedrungen war. Derselbe Finger, an dem jetzt das blaue Armband der Haseki baumelte.

Celia richtete sie empört auf. »Das Armband – wenn ich bitten darf.«

Aber Cariye Lala machte keine Anstalten, es ihr auszuhändigen.

Sie starrte Celia nur mit schief gelegtem Kopf an. In ihrem Festtagsstaat, dachte Celia unfreundlich, sieht sie aus wie ein aufgeplusterter alter Papagei.

»Das Armband«, wiederholte sie mit aller Entschiedenheit, die sie aufbringen konnte, »wenn ich bitten dürfte, *cariye*.«

Sie streckte gebieterisch die Hand aus.

Aber Cariye Lala schien nicht die Absicht zu haben, ihr den Schatz zu überlassen. Sie wirkte nachdenklich. Doch dann hatte sie entweder genug von ihrem kindischen Spielchen oder war zu einem Entschluss gekommen. Geringschätzig ließ sie das Armband in Celias ausgestreckte Hand fallen.

Celias Finger schlossen sich darum. Als sie aufblickte, war die Haseki fort.

Niemand ist Zeuge, wenn die Säcke bei Nacht in das tintenblaue Wasser des Bosporus geworfen werden. Aber man hört die Kanonen, die abgefeuert werden, wenn eine der namenlosen Haremsfrauen ihr Leben verliert.

An Bord der *Hektor* hörte Paul Pindar sie.

Auch Celia Lamprey, die in ihrer Kammer lag und keinen Schlaf fand, hörte sie.

Und auf seinen seidenen Polstern, in sein Talismanhemd gewickelt, hörte Kleine Nachtigall sie, und seine Augen bohrten sich wie zwei schwarze Schlitze in die Dunkelheit.

Kapitel 23

Istanbul: Gegenwart

Elizabeth begann nun ernsthaft mit ihren Recherchen an der Bosporus-Universität. Sie fuhr mit dem Bus hin. An den ersten Tagen bestand Haddba darauf, dass Rashid sie begleitete, um ihr den Weg zu zeigen, aber bald fühlte sich Elizabeth sicher genug, sich allein zurechtzufinden. Das Busfahren gefiel ihr sogar. Bisher war sie wie ein Geist durch diese alte Stadt geirrt, doch die täglichen Fahrten über holprige Istanbuler Straßen inmitten von anderen Pendlern gaben ihr ein Gefühl von Zugehörigkeit. Sie fühlte sich, wenn auch vorübergehend, als ein Teil der Stadt.

Abends nahm sie denselben Weg zurück. Als sie die Stadt besser kannte, stieg sie manchmal in einem der alten Dörfer am Bosporus aus – in Ermigan zum Beispiel, für sein hervorragendes Wasser bekannt, wo sie Tee trank und für Haddba in deren Lieblingsgeschäft Citir Pastahane Gebäck kaufte; oder am Dorfplatz von Ortaköy mit den vielen Studentencafés, in denen sie Meze aß – Joghurt mit viel Knoblauch, gewürzt mit Minze und Dill, dazu gefüllte Muscheln und Quittenbrot – und die Passanten beobachtete.

Es waren lange Tage, an denen sie nicht viel Kontakt mit anderen hatte, aber Elizabeth fühlte sich nicht einsam. Der Spätherbst ging in den Winter über, und die Melancholie der Stadt entsprach noch immer ihrer Stimmung. An den langen, dunklen Abenden spielte sie mit Haddba Karten, altmodische Spiele wie Cribbage und Rommee, oder schrieb Briefe an Eve. Es war erholsam, fand sie, wenn man nicht viel reden musste.

In den ersten Wochen ging die Arbeit in der Bibliothek nur langsam voran. Doch obwohl sich das erhoffte Archivmaterial nicht fand, gab es andere unerwartete Erfolge.

Eines Tages stieß Elizabeth auf ein Buch über die Levante-Kompanie, und als sie es an einer beliebigen Stelle aufschlug, blickte ihr ein Porträt von Paul Pindar entgegen. Weder Datum noch Quellenangabe waren verzeichnet. Nur der Name: Sir Paul Pindar.

Als Erstes konstatierte sie überrascht, dass er ein dunkler Typ war: schwarze, intelligente und wissbegierige Augen, kurz geschnittene Haare, ein Spitzbart, in dem keine Spur von Grau sichtbar war. Abgesehen von einer kleinen weißen Halskrause war auch seine Kleidung schwarz.

Als Elizabeth genauer hinsah, stellte sie fest, dass hier ein älterer Mann abgebildet war, der allerdings noch sehr schlank war und keine der verräterischen Anzeichen von Wohlstand oder exzessivem Lebensgenuss aufwies. Im Gegenteil, aus dem Bild sprach eine rastlose Energie. Er war, mit anderen Worten, jeder Zoll ein Abenteurer und Kaufmann. In einer Hand hielt er einen nur undeutlich sichtbaren Gegenstand, den er dem Betrachter auf der Handfläche zu präsentieren schien. Elizabeth schaltete die Leselampe auf ihrem Schreibtisch an, aber das Buch stammte aus den 1960er Jahren und die Reproduktion war so schlecht, dass man das Objekt auch im hellsten Licht nicht erkennen konnte.

Elizabeth fotokopierte das Porträt gleich am nächsten Tag. Als sie an jenem Abend in ihr Zimmer zurückkehrte, legte sie es auf den Tisch neben die handschriftliche Kopie des Berichts über Celia Lamprey und die Fotokopie von Thomas Dallams Tagebuch. Letztere nahm sie in die Hand und las noch einmal nach:

querten wir sodann einen kleinen hof mit einem pflaster von marmelstein und vierechtig und er zaigete auf ein gitter in der mauer, gab mir aber ein zeichen dass er selbst nicht hin ging. Als ich an das gitter trat war die mauer sehre dick und inwärts wie auswärts mit stäben von eysen versperret, aber durch das gitter konnte ich dreyssig Concubinen des Groszherrn erblicken welche sich in einem andern hof mit einem ball spiel verlustiren thaten ... dieweil der anblick mir über die maßen gefallen hatte.

Elizabeth rückte die Seiten auf dem Schreibtisch zurecht. Wer sonst hatte noch von dem Gitter gewusst? Wenn ein unbedeutender Palastwächter es kannte – selbst wenn er sich nicht in seine Nähe wagte –, mussten auch andere das Geheimnis kennen. Und wenn Thomas Dallam hineinsehen konnte, dann konnte eine Frau, die das Gitter kannte, ebenso leicht hinausschauen:

Obgleich ich sie so lange beschauet, sahen die weyber mich nicht und thaten auch nicht zu mir blicken. Sonst wären sie sogleich kommen umb mich anzusehen und mich so sehre zu bestaunen wie ich sie.

Während sie las, musste Elizabeth an die verlassenen Räume und Korridore des Harems mit ihrem diffusen blaugrünen Licht denken. An die Geräusche, die sie zunächst so verwirrt hatten – das Gelächter, das Getrappel von Füßen.

Hör auf damit, ermahnte sie sich. Halte dich an die Fakten. Ich werde Eve fragen, was sie davon hält, nahm sie sich vor, und wie auf ein Stichwort brummte ihr Handy: eine SMS wurde angezeigt. Aber sie war nicht von Eve. Es war eine Nachricht von Marius.

Elizabeth starrte darauf wie jemand, der dem Hungertod nahe ist und dem man eine trockene Brotkruste vor die Füße wirft. *wo hast du gesteckt baby*. Als wäre nichts gewesen. Lässig. Wie kann eine SMS lässig sein? Aber bei Marius war alles möglich. Wo ich gesteckt habe? Ich will es dir sagen: in der Hölle. Das hätte sie am liebsten geantwortet. Doch sie tat es nicht. Sie löschte die Nachricht, war für fünf Minuten euphorisch und weinte sich dann eine halbe Stunde lang die Seele aus dem Leib.

Der November ging in den Dezember über. Ein Tag nach dem anderen verstrich, und nur Haddba durchbrach die angenehme Monotonie, indem sie Elizabeth von Zeit zu Zeit eine – als höflichen Vorschlag getarnte – Anweisung gab, dieses oder jenes Café aufzusuchen, ihr auf dem ägyptischen Gewürzmarkt Kamillenblüten für ihre Kräutertees zu besorgen oder in einem bestimmten Laden unbedingt ein Glas Bosa zu trinken, das berühmte Wintergetränk der Janitscharen, welches Atatürk einmal aus einem Glas getrunken hatte, das nun in einer Vitrine im Salon aufbewahrt wurde.

Aber die meiste Zeit verbrachte Elizabeth mit Arbeiten und Lesen, und sie tauchte dabei so tief in die Vergangenheit ein, dass ihr keine Zeit und Energie blieb, an England zu denken. Ihre Träume – wenn sie sich daran erinnern konnte – handelten weder von Marius noch von dem Mann am Malta-Pavillon, sondern vom Meer, von einem Schiffbruch und Celia Lamprey, der verlorenen Liebsten des Kaufmanns Pindar.

Als sie eines Morgens zum Frühstück nach unten ging, hörte sie aus dem Flur den vertrauten Singsang: »E-*li*-za-beth?«

»Haddba? Guten Morgen.«

»Ich habe heute etwas sehr Nettes für Sie.« Haddba trug ihr übliches schwarzes Hemdkleid und die goldenen Ohrringe tanzten im dämmrigen Licht des Flurs. »Doch nur, wenn Sie nicht zu beschäftigt sind, meine Liebe.«

Sie bedachte Elizabeth mit einem ihrer durchdringenden Blicke. Elizabeth, die seit dem Aufstehen über die komplizierten Geschäfte elisabethanischer Handelsmissionen gegrübelt hatte, verkniff sich ein Lächeln. Haddba hat ein ausgesprochen entspanntes Verhältnis zur Arbeitsmoral, dachte sie.

»Was haben Sie denn im Sinn?«

»Ich finde schon seit einiger Zeit, Sie sollten einmal eine kleine Fahrt auf dem Bosporus unternehmen. Auf einem Schiff, meine ich.«

»Auf einem Schiff? Heute?«

Elizabeth hoffte, dass man ihr die Unlust nicht allzu deutlich anmerkte.

»Natürlich heute. Sie arbeiten zu viel. Sehen Sie sich an, Sie sind furchtbar blass. Ihr jungen Leute, ihr jungen Frauen, ihr wisst nicht, wie ihr gut für euch sorgt. Frische Luft brauchen Sie, ist so gut für den Teint ...« Sie tätschelte Elizabeths Wange.

»Bringt mich das Schiff zur Universität?«

»Zur *Universität?*« Haddba sprach das Wort aus, als hätte sie noch nie etwas so Absonderliches gehört. »Nicht alles kann man aus Büchern lernen, wissen Sie. Nein, nein, ich habe meinen Neffen gebeten, einen Besuch in einem der *yalis* zu arrangieren. Eine der Sommervillen am Bosporus. Ich glaube, es wird Ihnen gefallen.«

»Ein *yali*?«, wiederholte Elizabeth. Im Dezember? »Ich wusste nicht, dass Sie einen Neffen haben.«

»Sie sind noch nicht mit Mehmet zusammengetroffen?« Haddba tat in höchstem Maße überrascht. »Nun gut ...« Sie zeigte mit einer ungewöhnlich vagen Geste auf die Tür zum Wohnzimmer. »Er ist jetzt hier.«

Elizabeth sah einen Mann im Türrahmen stehen. Er trat auf sie zu, um sie zu begrüßen. Elizabeth starrte ihn an. O Himmel!, dachte sie, nicht du!

»Mehmet, das ist meine Freundin Elizabeth. Elizabeth, das ist Mehmet.«

Sie gaben sich die Hand.

»Ich wundere mich, dass ihr beide euch noch nicht begegnet seid.« Haddba blickte unschuldig von einem zum anderen. »Ihr geht wohl lieber ins Wohnzimmer. Ich suche Rashid.«

Sie setzten sich einander gegenüber auf zwei harte Rosshaar-Sofas. Heute ertönten ausnahmsweise keine russischen Marschlieder und keiner der anderen Gäste ließ sich blicken.

»Sie sind Haddbas Neffe?«, fragte Elizabeth, um das Schweigen zu brechen, und wand sich gleich darauf innerlich wegen der Banalität ihrer Worte.

»Eigentlich ist Neffe eher eine übliche Umschreibung. Ich bin nicht wirklich ihr Neffe«, erklärte der Mann lächelnd. Ihr fiel auf, dass er ein sehr korrektes Englisch sprach, wenn auch erstaunlicherweise mit einem leichten französischen Akzent. »Mein Onkel war ihr Freund.« Er wählte seine Worte mit Bedacht. »Ein sehr guter Freund, glaube ich. Er hat ihr bei seinem Tod dieses Haus hinterlassen.«

»Oh.«

Elizabeth überlegte krampfhaft, was sie sagen könnte, aber ihr fiel nichts ein. Erkennt er mich?, war alles, woran sie denken konnte.

Mehmet brach das Schweigen.

»Wir sind uns schon einmal begegnet, glaube ich.«

»Mm?«

»Nun, nicht direkt begegnet, aber wir waren zusammen in diesem Zimmer. Ich war an einem Nachmittag hier, um Zeitung zu lesen, und Sie haben einen Brief geschrieben, glaube ich. Sie haben eine andere Platte aufgelegt.«

»Natürlich!« Fast hätte Elizabeth vor Erleichterung laut aufgelacht. »Ja, daran erinnere ich mich.«

Er meint nicht den Malta-Pavillon. Gott sei Dank!

Rashid brachte ein Tablett mit zwei Kaffeetassen.

»Sollen wir auf Haddba warten?«, fragte Elizabeth und spähte in den Flur. Sie merkte erst jetzt, wie kerzengerade sie auf dem harten Sofa saß. »Wo mag sie hingegangen sein?«

»Sie hatte wohl den Eindruck, sie wäre ... *de trop*.« Er sah zu, wie Rashid den Kaffee servierte, und stellte fest: »Ich glaube, der Junge ist in Sie verliebt.«

»Oh ... nein!«, wehrte Elizabeth ab. Er machte eine scherzhafte Bemerkung auf Türkisch zu dem Jungen, aber Elizabeth hob die Hand, um ihn daran zu hindern. »Nein, bitte, Sie dürfen ihn nicht in Verlegenheit bringen. Er ist ein lieber Junge und arbeitet schwer. Ich bringe ihm manchmal etwas mit, das ist alles.«

»Sie mögen Kinder?«

Bei jedem anderen hätte die Frage herablassend geklungen, aber bei ihm nicht.

»Ja«, antwortete Elizabeth nachdenklich, »schon immer.«

»Dann ist das der Grund, warum sie Sie mögen.«

Wieder entstand eine Gesprächspause. Elizabeth sah über die Schulter in den Flur, aber er war gähnend leer. Wo steckte Haddba, wenn man sie brauchte? Sie spürte, dass Mehmet sie ansah, und wandte sich rasch wieder um, aber er schien sie durchschaut zu haben.

»Haddba ist eine sehr bemerkenswerte Frau.«

»Ganz sicher.« Und heute schlüpft sie mal in die Rolle der Kupplerin statt die der Nonne, dachte Elizabeth sarkastisch. Was spielt sie bloß für Spielchen?

Mehmet war etwas älter als sie selbst, sah sie jetzt, nachdem sie sich wieder gefangen hatte, etwa Anfang vierzig und kräftig gebaut, aber nicht übergewichtig. Das klare Profil einer persischen Miniatur. Nicht direkt gut aussehend, doch – sie suchte nach dem richtigen Ausdruck – soigniert. Und eigentlich recht charmant.

»Dann kennen Sie sie gut?«

»Nein!« Er lachte. »Ich glaube, keiner kennt Haddba *gut* …« Komplizenhaft beugte er sich vor. »Hat Ihnen das noch niemand erzählt? Haddba ist eines der großen Mysterien von Istanbul.«

»Wie schade, und ich hatte schon gedacht, ich könnte von Ihnen alles Mögliche erfahren.«

»Aber das können Sie doch auch! Fragen Sie mich zum Beispiel, ob sie Türkin ist.«

»Also gut.« Elizabeth ging ohne Zögern darauf ein. »Ist sie Türkin?«

»Nein, obwohl sie besser türkisch spricht als ich – nicht die Umgangssprache, sondern das alte höfische Osmanisch, sehr kompliziert, sehr elegant.«

»Wirklich?«

»Aber ja.« Mehmet suchte ihren Blick. Wenn er lächelte, bildeten sich in den Augenwinkeln Fältchen. »Die einzige andere Person, die ich vor Jahren so sprechen hörte, war eine Freundin meiner Großmutter, die als junges Mädchen noch im Harem des Sultans gelebt hat.«

»Aber so alt ist Haddba doch nicht?«

Er machte ein skeptisches Gesicht. »Nein, Sie haben recht. Wahrscheinlich nicht. Trotzdem muss es ihr jemand beigebracht haben.«

»Obwohl sie keine Türkin ist?«

»Mein Onkel vermutete, dass sie eine armenische Jüdin ist, aber das leugnet sie. Andere behaupten, sie sei Perserin oder gar Griechin.«

»Und Sie, was glauben Sie?«

»Nach meiner Lieblingstheorie ist sie die Tochter einer russischen Tänzerin, einer von drei berühmten Schwestern, die in den dreißiger Jahren nach Istanbul kamen, aber wer weiß?«

»Hat sie denn nie jemand danach gefragt?«

Er zog die Augenbrauen hoch. »Würden Sie das tun?«

Sie wechselten einen Blick des Einverständnisses. Er hat völlig recht, dachte Elizabeth. Haddba würde das als Unverschämtheit betrachten. Wie interessant, dass er das versteht ...

»Und, wollen Sie mich noch etwas fragen?«

»Nein, eigentlich nicht«, erwiderte sie lächelnd und beugte den Kopf gegen die harte Lehne, »denn ich habe das Gefühl, Sie werden mir sowieso alles erzählen.«

»Fragen Sie mich nach dem Schmuck.«

»Ihr Schmuck?«

»Ah, sehen Sie! Ich wusste doch, dass Sie das interessiert.«

»Na gut«, gab sie zu und stellte fest, dass sie das Gespräch sehr genoss, »erzählen Sie mir von dem Schmuck.«

»Er ist Ihnen doch sicher aufgefallen?«

»Sie hat ganz außergewöhnliche Ohrringe.«

»Museumsstücke.«

»Tatsächlich?«

»Ja.« Er war jetzt ganz ernst. »Alle. Eine Sammlung von unschätzbarem Wert – Halsketten, Armreifen, Ringe –, exquisit. Sie bewahrt sie in einer alten Blechdose unter ihrem Bett auf.«

»Hat sie keine Angst, dass jemand sie stiehlt?«

»Haddba bestehlen? Das würde niemand wagen.«

»Und woher stammt das alles?«

»Tja, das ist wieder eine andere Frage. Manche sagen, König Faruk von Ägypten ...« Er machte eine unbestimmte Handbewegung. »Aber niemand weiß es wirklich. Ich jedenfalls mag Geheimnisse«, schloss er und stand auf. »Sie nicht?«

Elizabeth sah zu, wie er seinen Mantel vom Stuhl nahm.

»Gehen Sie?«, fragte sie und merkte erst zu spät, wie enttäuscht sie klang.

»Verzeihen Sie, ich habe Ihre Zeit schon zu lange in Anspruch genommen.«

»O nein, keineswegs.«

»Haddba hat gesagt, ich soll Sie zu einer Fahrt auf dem Bosporus einladen. Sie wissen ja, wie sie sich diese Ideen in den Kopf setzt.«

Er deutete auf Elizabeths Laptop und ihre Mappe. »Allerdings sehe ich, dass es Ihnen heute nicht passt.«

»Ach nein, äh, wirklich ...«

»Aber Sie wollten doch zur Universität, nicht wahr?«

»Ja, das stimmt.« Was konnte sie sonst darauf antworten?

»Gut, in diesem Fall wäre es eine Störung Ihrer Pläne. Ein andermal vielleicht?«

»Ja, gern ein andermal.«

Sie schwiegen, und um ihre plötzliche Befangenheit zu überspielen, streckte Elizabeth zum Abschied die Hand aus. Doch statt sie zu schütteln, führte er sie an die Lippen.

»Auf Wiedersehen, Elizabeth.«

»Auf Wiedersehen.«

Elizabeth stand am Fenster und blickte Mehmets hochgewachsener Gestalt nach. Sie hörte, wie die Verriegelung eines Autos mit einem Klacken aufsprang, und sah dann, dass er an der Straßenecke in einen weißen Mercedes stieg. Er hatte sich nicht umgesehen, aber sie hatte das merkwürdige Gefühl, dass er ihren Blick im Rücken spürte und halb erwartete, sie werde ihm nachkommen. Und warum auch nicht? Was sollte sie daran hindern?

Von einer Sekunde auf die andere hatte der Tag etwas von seinem verheißungsvollen Flair verloren.

»Nun, Elizabeth ...« Unvermittelt stand Haddba neben ihr. Sie war lautlos ans Fenster getreten und blickte über Elizabeths Schulter zu der Stelle, wo Mehmets Auto gerade losfuhr. »Ah, Sie haben beschlossen, ihn warten zu lassen.«

»Es tut mir leid, Haddba.« Elizabeth drehte sich um, aber zu ihrer Überraschung machte Haddba ein ausgesprochen zufriedenes Gesicht. Ihre dunklen Äbtissinnenaugen funkelten.

»Das ist ganz in Ordnung, meine Liebe.« Anerkennend tätschelte sie Elizabeth die Wange. »Sie sind doch ein kluges Mädchen.« Sie lachte leise. »Erzählen Sie mir nicht, dass sie Euch *das* auf der Universität beibringen.«

Kapitel 24

Konstantinopel: 3. September 1599

Nacht

Celia wachte von ihrem eigenen Schrei auf. Zuerst wusste sie nicht, was sie im Schlaf so erschreckt hatte. Die Erkenntnis, dass es der Kanonendonner gewesen war, der den Tod von Gülay Haseki angezeigt hatte, löste in ihr ein Entsetzen aus, wie sie es bisher nur einmal im Leben empfunden hatte. In dem Sekundenbruchteil zwischen Schlafen und Wachen stand sie wieder an Deck, während die Wellen tosend an die Felsen und über die Reling krachten, der Mast mit einem schrecklichen Splittern brach, ihre durchnässten Röcke wie Blei an ihr hingen, der Wind und die salzige Gischt ihr ins Gesicht peitschten und eine blitzende Klinge auf ihren Vater niedersauste, der blutüberströmt auf dem Deck des sinkenden Schiffs zusammenbrach.

Nach Luft ringend, setzte sie sich auf. Trotz der warmen Decken war ihre Haut kalt und klamm. Es war so finster in ihrer Kammer, die wie alle Räume der *kislar* keine Außenfenster besaß, dass Celia buchstäblich die Hand vor Augen nicht sah. Erging es einem so, wenn man blind war? Celia glaubte Schritte zu hören – schlich da etwa ein unbekannter Eindringling leise durch ihr Zimmer? Erst nach einer Weile begriff sie, dass ihr laut pochendes Herz das Geräusch verursachte.

Allmählich erkannte sie Formen und Umrisse. An der hinteren Wand schliefen ihre beiden Dienerinnen zusammengerollt unter ihren Decken auf dem Fußboden. Celia streckte die Hand aus und tastete nach dem Armband der Haseki. Sie ergriff es und ließ sich wieder in die Kissen zurücksinken, um nachzudenken. Wer steckte wirklich hinter der Verschwörung gegen die Haseki? Hanza war ehrgeizig, aber sie war so jung und unerfahren, dass sie sicher nicht auf eigene Faust gehandelt hatte, davon war Celia felsenfest überzeugt. Gülay hatte ihr noch verraten wollen, was es mit der dritten Nachtigall auf sich hatte – war das womöglich ein Grund? Jetzt ist es zu spät für Enthüllungen, dachte Celia traurig.

Nachdem Hanza und Gülay von den Eunuchen weggebracht worden waren, hatten die Valide und die Meisterinnen keine Zeit verloren und sofort die Ordnung wiederhergestellt. Für den Rest des Abends war das Schweigegebot verkündet worden, um die *kislar* ruhig zu halten. Niemand wusste genau, was mit Hanza geschehen war, aber das Schicksal von Gülay Haseki war besiegelt, das wussten sie alle tief in ihrem Inneren, und die schockierten, bleichen Gesichter bestätigten es.

Ein Schicksal schlimmer als der Tod. So nannten sie es. Celia versuchte, die Bilder wegzuschieben, die sich ihr aufdrängten, aber sie musste dennoch immer wieder daran denken, wie es wohl war, wenn man in einen Sack eingenäht und von groben Händen hochgewuchtet wurde; dann eine Stimme, die flehte und schrie ›nein, nein, tötet mich gleich, alles, nur das nicht‹, hilfloses Um-sich-Schlagen und Beißen, dann das Entsetzen, wenn das Wasser in den Sack sickert, über Ohren und Augen rinnt und schließlich Mund und Nase erfüllt.

Und dann nur noch Kälte, Kälte, Kälte.

Panische Angst stieg in Celia auf und schnürte ihr die Kehle zu. Sie sprang auf und lief keuchend zur Tür. Nach einigen Minuten in der lauen Nachtluft fand sie ihr Gleichgewicht wieder. Sie legte die Hand auf die Brust, um ihren hastigen Atem zu beruhigen, und spürte dabei die Kette mit dem Schlüssel zum Vogelhaustor.

Es wäre Wahnsinn, oder …? Celia ging zögernd ein paar Schritte über den Hof. Wie still alles war, kein Laut. Das Mondlicht flutete so hell über die Steine, dass sie die rote Farbe ihres Kleiderstoffs erkennen konnte. Niemand würde sie sehen oder hören. Schon lag der Schlüssel in ihrer Hand.

Nein, lieber doch nicht. Annettas Worte fielen ihr ein: *Sie beob-*

achten. Sie lauern und warten ab. Und sie hatte recht – wer immer ›sie‹ waren. Die Nachtigallen? Celias Gedanken rasten. Annetta und die Haseki hatten sie mit ihrer Angst angesteckt. Sie glaubte sich von Blicken verfolgt, bei allem, was sie tat, vielleicht sogar in diesem Moment. Ein Versuch, das Vogelhaustor zu öffnen – und wozu überhaupt? –, wäre mehr als Wahnsinn, es wäre ihr Tod.

Bei diesem Gedanken wurde ihr erneut die Brust eng, nur war es diesmal nicht die Angst vor dem Sack, die die Beklemmung auslöste. Celia blieb stehen. Dieser Ort, dieses Leben, sie sind schlimmer als Ertrinken. Ein Gefühl von ohnmächtiger Verzweiflung überkam sie.

Und bevor sie es sich anders überlegen konnte, lief sie los.

Später wusste sie nicht mehr, wie sie zum Vogelhaustor gelangt war. Ohne sich einmal umzublicken, lief sie leise und zielstrebig durch leere Gänge und Korridore, über Treppen und Pfade auf denjenigen Teil der Haremsgärten zu, in dem sie einmal mit offizieller Erlaubnis den neuen *cariye* beim Ballspiel zugesehen hatte, nachdem sie *gözde* erklärt worden war und die restlichen Frauen noch in der Sommerresidenz der Valide weilten. Sie rastete nicht, bis sie vor der äußeren Gartenmauer stand und dort, wie Hanza gesagt hatte, zwischen zwei Myrrhenbüschen in Übertöpfen den Umriss eines Eisengitters erkannte, das zu einem inzwischen vollständig von Efeu bewachsenen Tor gehörte. Das Gitter war so klein und überwuchert, dass sie es nie entdeckt hätte, wenn sie nicht genau gewusst hätte, wo sie es suchen musste. Celia steckte den Schlüssel ins Schloss, und nachdem sie rasch ein wenig Efeu beseitigt hatte, schwang das Tor geräuschlos auf.

Zuerst blieb Celia unschlüssig auf der Schwelle stehen, wie ein Vogel im Käfig, der das Fliegen verlernt hat. Sie drehte sich um und lauschte angespannt in den silbrigen, vom Mondlicht beschienenen Garten hinein, aber alles blieb still. Nicht die leiseste Brise wehte. Dann entdeckte sie auf der anderen Seite der Mauer das Geschenk der Engländer. Es war viel größer, als sie es sich vorgestellt hatte, ein riesiger, kastenförmiger Gegenstand, dreimal so groß wie sie selbst, der in etwa zehn Meter Entfernung stand. Wie im Traum sah sie ihre eigene Gestalt im Mondschein darauf zuschweben.

Celia betrachtete das merkwürdige Objekt von allen Seiten. Der untere Teil bestand aus einer Tastatur mit Tasten aus Ebenholz und Elfenbein, die an ein Spinett erinnerten. Hier und da steckten kleine Papierstückchen, als seien die Tasten erst kürzlich angeklebt worden. Darüber waren an einem Kopfbrett in aufsteigender Größe die Orgelpfeifen angebracht. In der Mitte dieses seltsamen Apparats befanden sich eine Uhr, die die Zeit anzeigte, und rechts und links davon je ein Engel mit Silbertrompete an den Lippen, der eine stumme Fanfare erklingen ließ. Ganz oben auf dem Gerät wippte eine Art Strauch aus Drähten, auf denen Nachbildungen verschiedener Vogelarten saßen, die ihre Schnäbel weit aufgesperrt hatten, als wollten sie singen. Ihre kleinen glitzernden Augen schienen Celia zu folgen, während sie das Objekt umkreiste und die ausgeklügelte Handwerkskunst seiner Erbauer bewunderte.

Paul, ach, Paul! Celia stand versunken vor dem Kunstwerk. Schönes gibt ew'ge Freude – wie wahr! Hast du etwas damit zu tun? Tränen stiegen ihr in die Augen, doch ihr Mund lächelte. Sehnsüchtig strich sie mit den Fingerspitzen über die Tasten. Paul, mein liebster Paul! Sie wusste nicht, ob sie lachen oder weinen sollte. Das ist ein wahres Kuriositätenkabinett! Ich wette, es war deine Idee. Celia legte die Stirn an das hölzerne Gehäuse und breitete die Arme aus, als wolle sie mit dem Holz verschmelzen. Sie streichelte das Holz, spürte jede Maserung, jede Verästelung, und atmete den herben Geruch ein.

Ein leises Geräusch ließ sie erstarren. Etwas knisterte unter ihren Füßen, und sie bückte sich, um nachzusehen. Mit zitternden Fingern ertastete sie einen Graphitstift, den einer der Handwerker vergessen hatte.

Sie zog einen Papierstreifen zwischen den Tasten hervor und riss ein Stück ab. Dann hielt sie inne: Was immer ich schreibe, dachte sie, es muss etwas sein, das keinen von uns beiden verrät. Furcht umklammerte ihr Herz. Keine Wörter, Paul, sondern – ja, das ist es! – ein Zeichen.

Rasch zeichnete sie drei Linien auf das Papier. Dann huschte sie, so schnell sie konnte, durch das Vogelhaustor zurück und rannte den ganzen Weg durch die Gärten und die verlassenen Korridore, treppauf und treppab.

Als sie ihren Hof erreichte, war sie außer Atem und überwältigt, wie einfach alles gewesen war. Annetta und ihre Warnungen! Sie, Celia, war durch das Vogelhaustor geschlüpft, und niemand hatte sie gesehen. Man hatte sie nicht beobachtet, und niemand war ihr auf die Schliche gekommen. Die Schatten im Hof waren kaum weitergerückt; sie musste den Hin- und Rückweg in weniger als zehn Minuten bewältigt haben.

Berauscht von ihrem Erfolg, hatte Celia wenig Lust, gleich wieder in ihre dunkle Kammer zu gehen. Die Neugier trieb sie an den Eingang zur Unterkunft von Gülay Haseki. Das hatte sie vorher noch nie gewagt. Ein Türflügel hing an zerbrochenen Angeln und stand offen. Sie spähte vorsichtig ins Innere des ersten Raums. Er sah aus, als sei er in aller Eile verlassen worden – auf dem Boden lagen eine zersprungene Tasse, ein besticktes, zusammengeknülltes Tüchlein und daneben eine tote Schmeißfliege. Celia tappte auf nackten Füßen weiter und stieß mit dem Fuß gegen etwas. Sie beugte sich hinunter und erkannte ihn sofort: ein kleiner Pantoffel, mit Gold- und Silberfäden bestickt. Sie seufzte schwer.

Sie war schon wieder auf dem Rückweg zu ihrer Kammer, als sie aus dem Augenwinkel eine Bewegung auszumachen glaubte. Sie blieb stehen und wartete. Da, noch einmal – der Schein einer Lampe irgendwo auf den Dächern, gleich über dem Eingang. Es war also doch jemand in der Wohnung der Haseki.

Celia zögerte. War sie in dieser Nacht nicht schon genug Risiken eingegangen? Nein – sie hatte im Gegenteil erlebt, wie leicht es war, sich ungesehen im Palast zu bewegen, wenn man den Mut dazu hatte. Ein paar weitere Minuten machten jetzt auch nichts mehr aus. Sie schlich in ihre Kammer zurück und wie sie erwartet hatte, schliefen die Dienerinnen fest. Da drehte sie sich auf der Schwelle um und huschte zurück in die leere Wohnung der Haseki.

Es war still wie in einem Grab. Celia erinnerte sich an das Gespräch mit Annetta, nachdem man den Schwarzen Obereunuchen gefunden und Esperanza Malchi den farbigen Sand vor ihrer Tür verstreut hatte. Was hatte Annetta erfahren, was ihr entgangen war? Was hatte sie gesagt?

Sehr schlau, hörte sie im Geiste Annettas vertraute Stimme. Es muss mindestens drei Eingänge geben, und auch eine Verbindung zum Badehaus der Valide.

Annetta war aufgefallen, dass die Wohnung der Haseki in ihrer Anlage komplexer war, als man zunächst vermutete; sie musste sich über zwei Stockwerke erstrecken, und es gab mehr als einen Eingang.

Vorsichtig sah sich Celia um. Ihr gegenüber befand sich eine Tür, die, wie Annetta vermutet hatte, wohl zum Hamam der Valide führte, aber einen zweiten Ausgang, durch den man ins Obergeschoss gelangen würde, sah sie nicht gleich. Nur zwei Holzschränke. Celia öffnete einen der Schränke und lugte hinein. Nichts, außer einer zusammengerollten Matratze. Dann versuchte sie es bei dem anderen. Die Tür ließ sich nicht so leicht öffnen wie bei dem ersten, aber schließlich gelang es ihr. Nichts, auch er war leer.

Dann hatte sich Annetta also doch getäuscht. Wenn es wirklich ein zweites Stockwerk gab, konnte man es von hier aus nicht erreichen. Celia fröstelte. Sie war plötzlich sehr müde, doch gerade als sie umkehren wollte, hörte sie von oben ein leises, aber eindeutiges Geräusch: Schritte über einen knarrenden Holzboden, aus der Richtung des ersten Schranks. Celia lief rasch hin und sah sich noch einmal gründlicher darin um. Sie nahm die zusammengerollte Matratze heraus. Dahinter befand sich eine zweite Tür.

Sie zog die Tür auf, und tatsächlich – eine Treppe führte nach oben.

Die Treppe war krumm und sehr steil und die Decke so niedrig, dass Celia den Kopf einziehen musste, damit sie sich nicht an den Balken stieß. Sie wünschte, sie hätte daran gedacht, ein paar Kerzen aus ihrer Kammer mitzunehmen. Glücklicherweise fiel ein Streifen Mondlicht auf den oberen Treppenabsatz. Celia tappte darauf zu und befand sich in einer kleinen runden Mansarde mit einem Kuppeldach. Dies musste der Raum sein, den ihr Annetta von ihrer Kammer aus gezeigt hatte. Und von hier war auch der Lampenschein gekommen.

Bis auf die Spinnweben an den Wänden war der kleine Raum leer. Vom Fußboden stieg ein modriger Geruch auf, dessen Ursache wohl die verrottenden Bastmatten waren. Hier hatte nie jemand gewohnt, es musste sich um einen geheimen Beobachtungsposten handeln. An der Basis der Kuppel war die Mauer ringsum von kleinen Luken durchbrochen, durch die das Mondlicht flutete. Celia lugte durch eine der Öffnungen: Wer hier stand, konnte ungehindert den gesamten Hof überblicken. Man sah genau, wer kam und ging, wer in eine der beiden Wohnungen eintrat oder sie verließ.

Dann bemerkte sie tief unten an der Wand eine zweite Tür. Auch sie sah wie ein Schrank aus, aber als sich Celia vorbeugte, um ihn genauer zu betrachten, stellte sie fest, dass es der Eingang zu einem weiteren Korridor war. Und dort, ganz weit vorn, flackerte schwach eine Lampe.

Der Korridor, in den sich Celia nun vorwagte, war noch enger und niedriger und wirkte noch älter und behelfsmäßiger als andere Teile des Haremsgebäudes. Sie hatte einmal gehört, dass dieser Teil des Harems gründlich erneuert worden war, bevor der neue Sultan in den Palast einzog. Vielleicht gehörte dieser Korridor zu dem alten Gebäude, und man hatte ihn einfach überbaut, statt ihn abzureißen.

Mit gekrümmtem Rücken tastete sie sich vorwärts. Der Gang schlängelte sich nach rechts und links, auf und ab, eine Stufe hier, zwei oder drei Stufen da, bis Celia völlig die Orientierung verloren hatte. Zunächst glaubte sie, sich über dem Hamam der Valide zu befinden, aber dann kam ihr der Gedanke, dass dieser Gang wahrscheinlich parallel zu dem im unteren Stockwerk verlief, der am Eingang zu den Gemächern der Valide vorbeiführte und im Hof der Cariye endete.

Als sie um eine Ecke bog, stand sie unvermutet vor einer Weggabelung. Auf der linken Seite führte der Gang in Windungen steil nach unten. Auf der rechten Seite bog er scharf nach rechts ab und war so schmal, dass Celia Zweifel hatte, ob sich jemand – der womöglich noch eine Lampe trug – dort hindurchzwängen konnte.

Es war jetzt stockdunkel. Die einzige Lichtquelle – das Mondlicht, das durch die Schlitze in der Kuppel fiel – lag weit zurück. Celia ließ sich auf die Knie sinken und rieb sich den schmerzenden Nacken. Es hatte keinen Zweck, sie musste umkehren. Hatte sie sich den Lampenschein bloß eingebildet? Sie dachte an die Geschichten über Ghule und Ifrit, die bei Nacht klagend und fahl wie das Mondlicht durch die Palastgänge irrten. Manche hielten sie für die Seelen der toten *cariye*, verstoßener Favoritinnen, die an gebrochenem Herzen starben oder im Bosporus ertränkt worden waren.

Nein, nein. Solche Gedanken waren jetzt nicht erlaubt. Celia zwang sich, ruhig zu bleiben. Der Gang zur Linken gähnte sie tiefschwarz an, doch als sie sich auf den rechten konzentrierte, glaubte sie in der Ferne einen schwachen, gräulichen Lichtschein wahrzunehmen.

Celia holte tief Luft und betrat den rechten Gang. Unter ihren Füßen knirschte Abfall, der sich in dem engen Durchgang angesammelt hatte. Der Geruch nach altem Holz stieg ihr in die Nase, und noch etwas anderes, ekelerregendes, fauliges – Vogelkot? Ein totes Nagetier? Sie versuchte nicht daran zu denken, womit ihre nackten Füße in Berührung kamen.

Der schmale Durchgang wurde noch enger, und Celia befürchtete, bald endgültig festzustecken. Sie drehte sich zur Seite und schob sich noch ein Stück vorwärts. Hatte sich die Haseki so gefühlt, als sie sie in den Sack steckten? Celia spürte, wie Platzangst ihr die Kehle zuschnürte.

Dann sah sie das Loch in der Wand. Es lag genau auf Augenhöhe, war aber so klein, dass man schon das Gesicht ganz nahe an die Wand bringen musste, um es nicht zu übersehen. Die Quelle des grauen Lichtscheins. Celia konnte nur vermuten, dass durch das Loch ein heimlicher Blick über den Hof der Cariye gewährt wurde. Sie legte das Auge dicht davor und spähte hindurch.

Zuerst war sie von dem hellen Licht so geblendet, dass sie gar nichts erkannte. Nach einer Weile hatte sich das Auge jedoch an die Helligkeit gewöhnt, und als sie schließlich wieder scharf sehen konnte, fuhr sie zurück, als hätte eine Biene sie gestochen. Großer Gott! Ein Blick in die Schlafkammer des Sultans hätte sie nicht weniger erschreckt. Vor ihr lag keineswegs der Hof der Cariye, sondern das Herz des Harems. Sie blickte direkt in die Wohnung der Valide Sultan.

Das Loch war durch eine der Fliesen gebohrt worden und befand sich so hoch an der Wand, dass man es nicht sah, selbst wenn man Bescheid wusste. Eine perfekte Tarnung. Und das war gut so, denn welche Strafe stand wohl auf das heimliche Ausspionieren der Valide? Celia überlief ein Schauer.

Der Raum entsprach ihrer Erinnerung. Die dunkelblauen, türkisfarbenen und weißen Fliesen an der Wand tauchten ihn in ein merkwürdig mattgrünes Licht, wie das Licht in der Grotte einer Meerjungfrau. Niemand war zu sehen, aber im Kamin brannte ein Feuer. Celia konnte sogar die Stelle erkennen, an der sie sich mit der Valide so unerklärlich vertraut unterhalten und auf die Schiffe hinuntergeblickt hatte, die am Goldenen Horn sicher vor Anker lagen. War das wirklich erst drei Tage her?

Annettas Worte fielen ihr ein: *Bemühe dich vor allem, nicht zu viel zu sprechen. Sie wird alles, was du zu ihr sagst, verwenden, capito?* Aber als der Moment gekommen war, hatte sie Annettas Warnungen vergessen.

Was hatte sie gesagt, was hatte sie ihr anvertraut? Nach einigem Nachdenken fiel es ihr wieder ein: Wir haben über die Schiffe gesprochen. Sie hat mich gefragt, ob es etwas gibt, was mich an mein früheres Leben erinnert. Und sie hat mir die Schiffe im Hafen gezeigt.

Demnach war die Valide längst über das englische Schiff im Bilde gewesen.

Selbst jetzt, mitten in der Nacht, waren die Fensterläden weit geöffnet. Eine Decke mit Pelzbesatz lag wie flüchtig hingeworfen auf den Kissen, als hätte hier gerade jemand gesessen und in den nächtlichen Garten hinuntergeblickt. Schlief sie denn nie? fragte sich Celia. *Sie beobachten und warten ab*, hatte Annetta gewarnt, und das stimmte. Was hatte Safiye getan, um Valide zu werden? Gab es keine Ruhepausen, kein Atemholen? Celia konnte sich des Eindrucks nicht erwehren, dass die Szene etwas Melancholisches ausstrahlte.

Plötzlich nahm sie eine Bewegung wahr. Hätte der Gang ihre Bewegungsfreiheit nicht so eingeengt, hätte sie instinktiv den Kopf zurückgezogen. So aber stellte sie fest, dass die Pelzdecke ein Stück verrutscht war. Kater! Celia sah zu, wie sich das Tier geschmeidig von seinem Ruheplätzchen erhob und sich streckte. Verflixtes Biest – hast du mich erschreckt!, dachte sie erbost.

Der Kater leckte sich die Pfoten, aber mit einem Mal hielt er inne und schien zu lauschen. Auch Celia hörte etwas. Sie schloss die Augen, um sich besser auf das Geräusch konzentrieren zu können. Richtig, da war es wieder, diesmal sehr deutlich. Jemand weinte.

Es kam aber nicht aus dem Raum der Valide, sondern vom Ende des kleinen Durchgangs. Celia wandte den Kopf nach vorn und schob sich mühevoll weiter durch den Gang, an dessen Ende ein Stück Stoff wie ein Vorhang aufgehängt war. Vorsichtig zog sie den Stoff zur Seite und fand sich in einem hohen Schrank wieder, in dem sie mit Leichtigkeit aufrecht stehen konnte. Die Seiten bestanden aus Holz, das im oberen Teil gitterartig durchbrochen war. Jetzt hörte sie das Weinen ganz deutlich. Celia spähte in den Raum, in dem der Schrank stand. Gerade wollte sie sich zurückziehen, als das Weinen erneut einsetzte. Es klang so verzweifelt, so hilflos und einsam, dass ihr selbst die Tränen in die Augen stiegen. Sie zögerte. Idiotin!, schalt sie sich, du hast keine Ahnung, wer das ist. Es ist zu gefährlich, kehr um! Doch stattdessen stellte sie sich auf Zehenspitzen und versuchte, mehr zu erkennen.

Der Raum, der von einer einzelnen Lampe erleuchtet war, hatte die Größe und elegante Ausstattung des Salons einer hochrangigen Dame. Die mit Tulpen und Nelkensträußen bemalten Keramikfliesen an der Wand waren fast so kostbar wie die bei der Valide. An einem Wandhaken hing ein pelzbesetzter Kaftan aus herrlicher buttergelber Seide, und Felle und Brokatdecken waren über die Polster gebreitet. Gegenüber dem Schrank, in dem Celia stand, befand sich ein Alkoven. Von dort drang das Weinen. Ein Mensch, der so unglücklich war, konnte nicht gefährlich sein. Oder doch? Celia stieß die Schranktür auf und trat in den Raum.

Sofort hörte das Weinen auf. Im Alkoven richtete sich eine dunkle Gestalt mühsam auf. Erst war es ganz still, dann flüsterte eine Stimme:

»Bist du ein Geist?«

Die Stimme war leise und sanft, und Celia kannte sie nicht.

»Nein«, flüsterte Celia zurück, »Ich bin Kaya Kadin.«

Die Frau saß nun auf ihrem Lager, aber Celia konnte nur ihre Silhouette erkennen.

»Habt Ihr mir etwas mitgebracht?« Die Stimme bebte, als würde die Frau gleich wieder in Tränen ausbrechen.

»Nein.« Celia ging einen Schritt auf sie zu. »Aber ich tue Euch nichts, das verspreche ich.«

Es war sehr warm in dem Raum, und in der Luft hing ein scharfer Geruch, als habe kürzlich etwas gebrannt.

»Sie haben gesagt, sie würden mir etwas bringen, aber sie haben es nie getan ...« Die klagende Stimme wurde immer leiser. Die Frau zog die Decken über ihre Schulter. Ihr Arm war ganz dünn. »Mir ist so kalt«, klagte sie. »Es ist immer so kalt hier. Legt Kohlen auf das Becken, *kadin*.«

»Wie Ihr wünscht.« Celia trat an das kleine Kohlebecken, das am Fuß des Alkoven stand. Was hatte wohl diesen merkwürdigen brenzligen Geruch verursacht? »Aber es ist gar nicht kalt ... Hier ist es warm wie im Hamam.«

Sie legte Kohlen nach. Die Frau zog sich in die Schatten zurück.

»Seid Ihr auch bestimmt kein Geist?«, flüsterte sie noch einmal ängstlich.

»Bestimmt nicht«, versicherte Celia ihr mit tiefer, tröstlicher Stimme, als spräche sie zu einem Kind. »Geister und Ghuls gibt es nur in Träumen.«

»Oh, nein, nein! Ich habe sie gesehen!« Die Frau fuhr auf, und Celia erschrak. »Lasst mich Euer Gesicht betrachten.«

»Gut.« Celia hob die Lampe vom Boden auf und hielt sie in die

Höhe. Dabei fiel ein Lichtstrahl in den Alkoven. Es war nur ein kurzer Moment, aber er genügte, um eine Frau mit tief eingesunkenen Augen und dem Körper eines ausgemergelten Kindes zu zeigen.

Sobald das Licht auf sie gefallen war, hatte die Frau den Arm schützend vor das Gesicht gehoben. Doch dann ließ sie ihn zögernd wieder sinken, und Celia sah, dass das Gesicht kein menschliches Gesicht war, sondern eine Maske, ein Mosaik aus farbigen Steinen, die auf der Haut klebten. Ihr offenes Haar war schwarz wie Tinte und hatte einen fast bläulichen Schimmer. Schwarze, mit Kohlestift umrandete Augen glommen zwischen funkelnden Steinen. Der Effekt war unheimlich und faszinierend zugleich, als habe sich eine byzantinische Prinzessin aus ihrem Grab erhoben.

»Was haben sie mit Euch gemacht?« Celia sank neben ihr auf die Knie.

»Was meint Ihr? Niemand hat etwas mit mir gemacht«, sagte die Frau traurig. Forschend betastete sie ihr Gesicht und befühlte erstaunt die harten Konturen, als habe sie die Steinchen ganz vergessen. »Sie haben gesagt, ich hätte mich gekratzt. Ich weiß nicht … Ich erinnere mich nicht. Aber jetzt sehe ich mich nicht mehr gern an, deshalb bedecke ich mich.«

Sie begann sich am Oberarm zu kratzen, und Celia stellte fest, dass sie dort eine offene Wunde hatte.

»Bitte nicht, Ihr verletzt Euch«, bat sie und hielt die Frau am Arm fest; er war leicht wie ein ausgebleichter Knochen. Wie alt mochte die Frau sein? Dreißig? Vierzig? Hundert? Es war unmöglich, ihr Alter zu schätzen.

»Habt Ihr mir etwas mitgebracht?«, wiederholte die Frau nun erwartungsvoll. »Die Spinnen sind wiedergekommen, sie krabbeln überall auf mir herum, *kadin*.« Mit einem schwachen Schrei fuhr sie sich durch die Haare und wischte über die Decke. »Scheucht sie weg, scheucht sie weg!«

»Keine Angst, hier sind keine Spinnen«, beruhigte Celia sie und versuchte, ihre Hand zu ergreifen, aber die Frau zog sie weg.

»Keine Spinnen?«

»Nein.« Celia beugte sich vor. »Darf ich Euren Namen erfahren, *kadin*? Wer seid Ihr?«

Die Frau blickte kläglich zu ihr auf. Die Augen hinter der glitzernden Maske waren trüb wie die einer Greisin. »Alle wissen, wer ich bin.«

»Natürlich.« Celia lächelte in plötzlicher Erkenntnis. »Ihr seid die Favoritin des Sultans, nicht wahr? Ihr seid Handan. Handan Kadin.«

Beim Klang ihres Namens fing die Frau abermals an, sich zu kratzen. Als der Anfall vorbei war, sank sie erschöpft in die Kissen zurück. Celia merkte auf einmal, wie viel Zeit schon vergangen war, und sah sich unruhig um.

»Ich muss jetzt zurück«, flüsterte sie.

Aber als sie sich umwandte, hielt Handan sie an einer Falte ihres Kleids fest.

»Woher wusstet Ihr, dass ich hier bin?«

»Gülay Haseki hat mir von Euch erzählt.«

»Gülay Haseki?« Handans Stimme war ausdruckslos, als kenne sie den Namen nicht.

»Ja...« Celia war unschlüssig, ob sie ihr das Schicksal der Haseki offenbaren sollte, und entschied sich dagegen. Außerdem wusste Handan in ihrer Gefangenschaft wohl wenig von den Vorgängen im Harem und interessierte sich sicher kaum dafür. Dann durchschoss Celia ein Gedanke und sie setzte sich wieder.

»Gülay Haseki hat mir noch etwas erzählt, oder besser, sie hat angefangen, es mir zu erzählen. Ich denke, Ihr wisst etwas darüber, *kadin*. Über die Nachtigallen von Manisa.«

Sofort veränderte sich Handans Haltung und sie starrte Celia misstrauisch an.

»Jeder kennt die Nachtigallen von Manisa ...« Ihre Stimme verklang und ihr Blick folgte einer Fliege, die über die Holztäfelung kroch.

»Ihr wolltet sagen ...« Celia fasste sie am Arm, damit sie sich wieder konzentrierte.

»Drei Sklaven wurden dem alten Sultan von seiner Cousine Humaschah geschenkt. Sie wurden wegen ihrer schönen Singstimmen auserwählt.«

»Wer waren sie? Wie hießen sie?«

Aber Handan versank wieder in ihrer eigenen Welt. Mit leerem Blick fiel sie in die Kissen zurück.

»Bitte ... Versucht Euch zu erinnern, wer sie waren.«

»Das weiß jeder. Safiye Sultan und Hassan Aga natürlich.«

»Und der dritte Sklave?«

»Die dritte Sklavin hieß Cariye Mihrimah.«

»Wer ist Cariye Mihrimah? Ich habe nie von jemandem mit diesem Namen gehört.«

»Sie ist gestorben. Die Valide hat sie geliebt, sie sagen, sie habe sie zu sehr geliebt. Wie eine Schwester. Oh, die Valide hätte alles für sie getan. Aber sie wurde getötet. Sie haben sie in einen Sack gesteckt und ertränkt. Das behaupten sie jedenfalls. Aber ... Ich werde es nie jemandem verraten« – sie rückte näher an Celia heran –, »ich werde nie verraten, was ich weiß.«

Die beiden Frauen schwiegen. Dann fragte Celia leise: »Soll ich lieber Gülay Haseki fragen?«

»Sie weiß es?« Handan klang überrascht.

Celia nickte.

»Sie kennt ihr Geheimnis? Dass Cariye Mihrimah noch hier ist, im Palast?«

»Ja, *kadin*.« Celia nickte wieder. »Ich glaube, sie weiß es genau.«

Safiye, die Valide Sultan, die Mutter von Gottes Schatten auf Erden, setzte sich ans offene Fenster. Sie legte sich den Zobelpelz um die Schultern und rief Kater, der am anderen Ende des Diwans seine Pfote leckte.

Es war tiefe Nacht. Safiye schlug die Beine unter, nahm die schweren Ohrgehänge aus Bergkristall ab und rieb sich die schmerzenden Ohrläppchen. Sie stieß einen Seufzer des Behagens aus und atmete tief den Duft ein, der mit der kühlen Nachtluft aus den Gärten aufstieg. Dahinter lag die Stadt, bei Nacht besonders schön anzusehen. Sie erkannte die vertrauten Umrisse der Schiffe und Galeeren, der

Anlegeplätze am Ufer, die schwarze Silhouette des Galata-Turms und dahinter die Villen und Weinberge der fremdländischen Gesandten. Unvermutet kam ihr der Engländer in den Sinn; sie hatte sowohl das Gespräch mit ihm als auch seine Höflichkeit sehr genossen – und noch etwas, was sie nicht benennen konnte. Es hatte mit der Art zu tun, wie er stand. Schlanke Hüften, Männerhüften.

War es voreilig gewesen, ihn erneut zu sich zu rufen? Der Gedanke an ihn war irritierend. In all den Jahren, seit sie Valide geworden war, hatte sie keinen Fehler gemacht. Sie sollte das auch jetzt besser verhindern. Sein Blick hatte lange auf dem Gitter der Sänfte verweilt, das hatte sie sehr wohl bemerkt ...

Der Zobelpelz lag schwer wie Blei auf ihren Schultern.

Seufzend streckte sich die Valide auf ihren Seidenkissen aus. Sie schlief nicht gut dieser Tage, das ließ sich nicht leugnen. Aber es störte sie nicht besonders, denn schon als junge Frau hatte sie es sich angewöhnt, mit sehr wenig Schlaf auszukommen – was in Murads Harem ein unschätzbarer Vorteil war, denn es gab ihr Zeit, die niemand sonst hatte: Zeit nachzudenken und zu planen und den anderen immer zehn Schritte voraus zu sein. Und als sie nach zwanzig Jahren der äußersten Selbstdisziplin zu der geworden war, die sie immer hatte sein wollen – die Valide Sultan, die mächtigste Frau des Osmanischen Reichs –, stellte sie fest, dass alte Gewohnheiten die besten waren.

Einsamkeit war für ihre Seelenruhe wichtiger geworden als Schlaf. Im Haus der Glückseligkeit allein zu sein hatte sie mehr genossen als die Gunst des Sultans, und auch heute noch war es ein Luxus, den sie sich nur selten gönnte. Sie dachte an Nurbanu, die griechische Dame, die in alten Zeiten Safiye wegen ihrer Neigung zum Alleinsein gescholten hatte. Für die gewöhnlichen *cariye*, die zusammengedrängt wie die Hennen im Hühnerhaus lebten, war das Alleinsein undenkbar, für die Konkubinen des Sultans wiederum galt es als völlig unangemessen. Da sie nach der Valide Nurbanu als Haseki den zweithöchsten Rang bekleidete, wurde von Safiye erwartet, dass sie immer Dienerinnen um sich hatte.

Wäre es nach Nurbanu gegangen, hätten die Dienerinnen sogar über Safiyes Schlaf gewacht. Die Valide lächelte in sich hinein. Könntest du mich jetzt nur sehen, Griechin, dachte sie, und drehte die Hand so, dass Nurbanus Smaragd an ihrem Finger aufleuchtete. Der Ring hatte auf der Seite einen Schnappverschluss, unter dem in einem Hohlraum eine Opiumtablette lag, dieselbe wie vor über fünfzehn Jahren, als sie den Ring von Nurbanus noch warmem Finger abgezogen hatte. O ja, meine Beste, dachte Safiye Sultan lächelnd, ich kenne jetzt all deine Geheimnisse.

Ein leises Geräusch riss sie aus ihren Gedanken. Sofort war sie hellwach. Instinktiv spannten sich ihre Muskeln an und ihre Blicke suchten den Raum ab – aber da war nichts. Die Wandfliesen mit ihren Blüten und Ranken lagen im Schatten. Sie schloss die Augen, atmete tief und schickte ihre geschärften Sinne in den Raum hinein – Ohren, Nase, sogar die Haut an ihrem Körper war gespannte Aufmerksamkeit. Das war ihre liebste Jagdfinte, eine frühe Lektion ihres Vaters, hatte sie Cariye Mihrimah einmal anvertraut. Sie versagte nie. Noch der kleinste Luftwirbel, ein Schatten, der unter der Tür vorbeihuschte, der Geruch der Angst – ihr entging nichts. Sie spürte sie alle auf.

Nein, diesmal war es nichts. Nur Kater.

Safiye lehnte sich zurück. Selbst in den schlimmsten Momenten ihres Lebens – dem Tag, an dem Murad schließlich eine andere, jüngere Konkubine genommen hatte, oder dem Tag, an dem sie Cariye Mihrimah abführten – war sie nicht in Versuchung gewesen, die vergoldete Kapsel zu schlucken, wie so viele andere Frauen es getan hätten. Oder Handan, die arme dumme Handan, die zugelassen hatte, dass eine andere sie verdrängte, die auf alles verzichtet hatte und nur noch für die Droge lebte.

Safiye ließ den Ring zuschnappen. Es gab schließlich andere Träume, andere Genüsse, selbst jetzt noch. Unter einem der Kissen zog sie einen kleinen Handspiegel hervor, dessen Rahmen mit Smaragden und Rubinen besetzt war, und betrachtete im schmeichelhaften Nachtlicht ihr Gesicht. War sie wirklich schon alt? Im Halbdunkel sah es nicht danach aus. Sie war noch keine fünfzig. Esther

Nasi hatte ihr viel Nützliches beigebracht. Sicher, auf den Handrücken und am Hals war die Haut inzwischen ein wenig runzelig, aber damit wollte sie sich jetzt nicht aufhalten. Ihr Teint war immer noch rein und hell und samtweich wie die Blütenblätter der Gardenien. Das jedenfalls hatte Murad immer gesagt, wenn sie beieinanderlagen. In jenen Tagen hatte sie keine Spiegel gebraucht, denn er war ihr Spiegel gewesen. Was war sie, seine Haseki, anderes als ein Spiegelbild in seinen Augen?

Sie erinnerte sich daran, wie er sie, obwohl sie sein Kind trug und er sie nicht umarmen durfte, dennoch jede Nacht zu sich rufen ließ. Er hätte andere Konkubinen nehmen können, das wäre zulässig gewesen, aber zur Bestürzung aller tat er es nicht.

Sie waren damals selbst noch fast Kinder gewesen. Er war neunzehn, sie sechzehn, als sie ihr erstes Kind erwartete. Er hatte sie gebeten, sich neben ihn zu legen, nur weil er sie so gern bei sich hatte. Dann hatte er sie ausgezogen und ihr nur ihren Schmuck gelassen, und sie hatte ganz still dagelegen, wie er es liebte, während er ihre Brüste und die Innenseite ihrer Schenkel streichelte.

Sie erinnerte sich, wie er gestaunt hatte, wenn sich das Kind in ihr bewegte, wie sie immer auf der Seite lag, als ihr Bauch zu dick geworden war, und wie die Felldecken – es war kalt gewesen in jenem Winter in Manisa – ihren Nacken und die empfindlichen, schweren Brüste gekitzelt hatten. Wie sie ihn betrachtet hatte, wenn er ihren Körper mit den Augen verschlang, sie mit seinem hungrigen Blick verzehrte, bis sie zitterte und brannte vor Begehren und um Liebe flehte.

Murad, mein Löwe.

Langsam löste Safiye die Zöpfe und Haarbänder, die ihr die Dienerinnen so mühevoll um den Kopf gewunden hatten, bis das Haar offen bis zur Taille fiel. Sie legte den schweren Gürtel ab und schob die Hand zwischen ihre weichen Oberschenkel. Versonnen zog sie die Hand etwas höher. Dort, wo einst, in all den Jahren als Haseki, nur glatte Haut gewesen war, wuchs jetzt Haar. Sie bettete sich in die weichen Kissen und schloss die Augen.

Später durchflutete sie ein Gefühl von Wärme, aber auch eine andere, weniger angenehme Empfindung, ausgelöst von einem Erinnerungsfetzen, ähnlich einer fernen Wolke oder ein paar halb vergessenen Tönen aus einem Kinderlied. Sie hatte in letzter Zeit nicht oft an Murad gedacht. Er hatte sie lange geliebt. Lange war er ihr treu gewesen, mehr als zehn Jahre in Manisa, und dann noch einmal fast so viele Jahre in Konstantinopel, was auch die anderen unternommen hatten, um sie auseinanderzubringen. Es sei nicht schicklich, hatten sie erklärt, wenn der Sultan nur bei einer Konkubine lag, selbst wenn sie in den offiziellen Rang einer Haseki erhoben worden war. Seine Mutter Nurbanu und seine Schwester Humaschah hatten im ganzen Reich nach den schönsten Sklavinnen gesucht und sie ihm geschenkt. Sie hatten sogar einen Boten zu Esther Nasi geschickt, die nach fast zwanzig Jahren immer noch in Scutari ihrem Gewerbe nachging. Sie konnte zwar wegen ihres Alters und ihrer Fettleibigkeit nicht mehr laufen, berichteten Safiyes Informanten, war dafür aber steinreich wie ein Pascha.

Safiye hatte sich lange erfolgreich gewehrt. Zuerst half ihre Schönheit, und als diese nicht mehr genügte, halfen Kleine Nachtigall und Cariye Mihrimah. Denn von Anfang an, seit den ersten Monaten in Manisa, hatten die drei einen festen Bund gebildet. Jeder der drei hatte einen Eid geschworen, alles in seiner Macht Stehende zu tun, den anderen beiden zu helfen. Und sie hatten Wort gehalten. Als das Schicksal einer von ihnen zulächelte, hatte sich dieses Lächeln auf alle ausgewirkt. Unter Safiyes schützender Hand wurde Kleine Nachtigall zu Hassan Aga, dem Oberhaupt der Schwarzen Eunuchen, und in dem alten Harem, über den noch Valide Sultan Nurbanu herrschte, wurde Cariye Mihrimah – Safiye benutzte immer noch den alten Namen – zur zweithöchsten Amtsträgerin im Harem, die nur der obersten Haremsvorsteherin Janfreda Khatun unterstellt war.

Kleine Nachtigall und Cariye Mihrimah waren die ersten und wichtigsten Elemente in dem einzigartigen Netz, das Safiye mit der Zeit geknüpft hatte, ein Netz, dessen Aufbau ein ganzes Leben beansprucht hatte. Als Jägerin verließ sich Safiye auf das Überraschungsmoment und die Tarnung, und oftmals wusste nur sie, wo sich alle aufhielten – die Stummen, die Eunuchen, die Palastsklaven und vor allem die Haremsfrauen, die sie zu hohen Preisen einkaufte und dann nach nur wenigen Jahren freiließ, um sie vorteilhaft an dankbare Paschas oder Wesire zu verheiraten.

Aber nur die Nachtigallen taten wirklich alles, was sie verlangte, das wusste Safiye; nur ihre Loyalität war absolut. Sie hätten für sie gelogen, spioniert, geschmeichelt, gestohlen – vielleicht sogar gemordet. Sie hätten, kurz gesagt, alles getan, was notwendig war – und am Ende ging es um alles.

Als Safiye die Aufmerksamkeit des Sultans nicht länger fesseln konnte, war es Kleine Nachtigall gewesen, der für sie einen Arzt gefunden hatte. Und als man ihm auf die Schliche gekommen war, hatte Cariye Mihrimah – wer sonst – die Schuld auf sich genommen.

Ein Geräusch, das noch schwächer war als das frühere, drang in ihr Bewusstsein; es klang, als nage eine Maus an der Täfelung. Safiye Sultan blickte zur dunklen Decke empor und lächelte. Gut, gut, meine kleine Judasziege. Es wird Zeit, dass wir diese Angelegenheit ein für alle Mal regeln.

Kapitel 25

Istanbul: Gegenwart

Ein Samstag Mitte Dezember wurde schließlich für Elizabeths Fahrt auf Mehmets Boot festgelegt.

Haddbas Anweisungen folgend, nahm sie am frühen Morgen ein Taxi zu einer kleinen Anlegestelle an der Galata-Brücke, wo das Boot vor Anker lag. Mehmet sollte sie dort treffen. Sie tippte die Nummer in ihr Handy, die Haddba ihr gegeben hatte, und wartete fröstelnd am Kai auf ihn.

»Elizabeth!«

Er war größer, als sie ihn in Erinnerung hatte.

»Hallo!«

Sie erwartete fast, dass er ihr wieder die Hand küssen würde, aber er tat es nicht.

»Es sieht aus, als hätten wir einen guten Tag erwischt.«

Da war sie wieder, die Stimme die ihr so gefallen hatte.

»Haddba hat gesagt, ich soll das hier mitnehmen.« Elizabeth zeigte auf ihren Korb.

»Ein Picknick? Oh, Haddba denkt auch an alles. Darf ich?«

Er nahm ihr den Korb ab. »Es hat Ihnen nichts ausgemacht, an einem Samstag so früh aufzustehen?«

»Nein, ich mag das.«

»Dann sind wir uns darin ähnlich«, sagte er und lächelte ihr über die Schulter zu. »Mein Onkel meinte immer, wer früh aufsteht, schöpft dem Tag die Sahne ab.«

Das Boot erwies sich als Motorboot mit einer kleinen geschlossenen Vorderkabine. Sie legten sofort ab und fuhren am Goldenen

Horn entlang in Richtung Bosporus. Zu dieser Tageszeit war auf dem Wasser noch wenig los. Es war ein kalter, klarer Tag mit einem fast wolkenlosen Himmel, der von rosaroten und goldenen Streifen überzogen war. Auf dem Marmara-Meer entdeckte Elizabeth ganze Tankerflotten, die sich wie schwarzrot bemalte Ungeheuer vorwärtsschoben.

Mehmet folgte ihrem Blick. »Gefallen sie Ihnen?«

»Sie sind einfach unglaublich.«

Ihr Enthusiasmus schien ihn zu amüsieren.

»Lachen Sie über mich?«, fragte sie, aber es störte sie eigentlich nicht. Marius hätte sie auch ausgelacht, und sie hätte sich dadurch herabgesetzt gefühlt. Doch heute fühlte sie sich nicht abgewertet, sondern beschwingt, ja, geradezu berauscht durch die vielfältigen Eindrücke.

»Die meisten Menschen würden sich lieber Segelboote anschauen, eine schöne Schaluppe vielleicht oder die Ozeanriesen, die hier manchmal ankern. Aber nicht die ... wie sagt man?« – er grinste sie an – »hässlichen ollen Tanker.«

»Hässlich?«, erwiderte Elizabeth. »Sie sind fantastisch! So riesig, und trotzdem gleiten sie am Horizont entlang. Wie Wolken, als wären sie schwerelos.«

»Sie warten auf die Durchfahrt durch den Bosporus. Die meisten sind auf dem Weg ins Schwarze Meer. Es ist eine so enge Passage, dass sie genau navigieren müssen. Früher, als die Häuser der Menschen noch direkt am Wasser standen, konnte es vorkommen, dass man aufwachte und das Gefühl hatte, ein Tanker stünde beinahe im Zimmer.«

Mehmet fuhr mit Elizabeth zuerst zum westlichen Bosporusufer, vorbei an Palästen und kleinen Anlegestellen, eleganten Yachten und Kreuzfahrtschiffen im Hafen von Bebek. Auf dem Wasser erreichte sie der Stadtlärm nur noch gedämpft. Elizabeth sah fliederfarbene Quallenschwärme, die blass und durchsichtig wie Nixenhaar im Wasser trieben. Sie fühlte sich in Mehmets Gegenwart rundum wohl. Sie unterhielten sich oder schwiegen, und beides fühlte sich gleich gut an.

»Sie sind sehr nachdenklich«, sagte er nach einer Weile.

»Ich versuche mir vorzustellen, wie die Stadt früher ausgesehen hat, bevor ...«

»Bevor was? Bevor das Auto erfunden wurde und alles verstopft hat?«

»O nein, noch viel früher«, sagte sie. »Im sechzehnten Jahrhundert.«

Obwohl sie es eigentlich nicht vorgehabt hatte, erzählte sie ihm die Geschichte von Celia und Paul. Sie ließ nichts aus – nicht die Kaufleute der Levante-Kompanie und ihr großartiges Geschenk an den Sultan, nicht die mechanische Orgel mit den astronomischen Uhren und den Trompete spielenden Engeln und singenden Amseln, nicht den Schiffbruch und die fehlenden Teile des Manuskripts.

»Aus diesem Grund bin ich nach Istanbul gekommen. Ich will es finden – den Rest des Fragments, meine ich.«

Mehmet hatte aufmerksam zugehört, ohne sie zu unterbrechen. Jetzt sagte er: »Ich hätte nie gedacht, dass Wissenschaft so spannend sein kann. Bei Ihnen klingt es nach Detektivarbeit.«

»Genau so kommt es mir manchmal vor«, bestätigte Elizabeth. »Deshalb liebe ich die Arbeit ja auch so – obwohl ich weiß, dass Haddba mich für völlig verrückt hält, weil ich den ganzen Tag über Büchern sitze.«

Ein Windstoß rüttelte an der Kabine. Elizabeth spürte die Kälte und zog den Mantel enger um sich. Die anderen Gründe für ihre Reise nach Istanbul erwähnte sie nicht.

Über den Hügeln am östlichen Ufer stieg endlich eine bleiche Wintersonne auf. Ihr Licht fiel auf die Hausdächer und färbte das graue Wasser bläulich.

»Und haben Sie schon Hinweise gefunden?«

»Bisher nichts über Celia. Ich habe um die Erlaubnis gebeten, in den Staatsarchiven zu recherchieren, aber die Verantwortlichen lassen sich Zeit und wollen immer mehr Papiere, Briefe von meiner Betreuerin und alles Mögliche«, sagte Elizabeth. »Es ist immer dasselbe. Die Archive wollen, dass man ihnen genau sagt, welche Dokumente man sucht – was man natürlich nicht kann, ehe man dort ist und in Erfahrung bringt, was vorliegt.« Sie seufzte.

»Alles sehr byzantinisch«, bestätigte er lächelnd mit einem Seitenblick zu ihr. »Dann ist sie also noch ein Geheimnis, Ihr kleines Sklavenmädchen?«

»Vorläufig. Aber ich habe das Gefühl, wissen Sie ...«

»Was für ein Gefühl?«

»Ach, je mehr ich darüber nachdenke, desto sicherer bin ich, dass sie am Ende entkommen ist – es muss einfach so sein.« Elizabeth merkte, dass sie die Hand schützend auf ihren Magen gelegt hatte. »Wie hätte sonst ihre Geschichte überliefert werden können?«

»Warum muss sie dazu entkommen sein?«, fragte Mehmet. »Haben Sie schon einmal überlegt, dass es dafür eine viel einfachere Erklärung geben könnte? Allgemein wird immer angenommen, dass die Menschen damals ihr Leben lang versklavt waren, aber nach allem, was ich in der Schule gelernt habe, traf das auf das osmanische System selten zu. Immer wieder wurden Sklaven freigelassen, und zwar aus allen möglichen Gründen.«

»Sogar aus dem Harem des Sultans?«

»*Besonders* aus dem Harem des Sultans! Wenn eine Frau den Sultan nicht interessierte, bekam sie nach einigen Jahren eine Mitgift und wurde an einen hoch gestellten Beamten verheiratet – das galt vor allem für die Kammerdienerinnen der Valide. Es wurde ihr als besonders verdienstvolle Handlung angerechnet. Aufgrund ihrer Ausbildung und ihrer Beziehungen zum Palast waren diese Frauen sehr begehrt. Es ist durchaus möglich, dass es auch Celia Lamprey so ergangen ist.«

»Ja, vielleicht haben Sie recht.«

Elizabeth dachte an die seltsame Atmosphäre, die sie an jenem Tag im Harem gespürt hatte. Sie war sich nicht nur in den Wohnräumen der Valide mit den doppelten Mauern und Geheimgängen, sondern auch im Gewirr der modrigen, engen Kammern, in denen die gewöhnlichen Frauen lebten, vorgekommen wie in einem fensterlosen Labyrinth. Elizabeth war überzeugt davon, dass Celia irgendwann den Palast verlassen hatte, aber Mehmets Erklärung klang ... nun ja, zu simpel.

»Und wenn sie fortgegangen ist, was dann wohl aus ihr geworden ist?«

»Das versuche ich herauszufinden.«

»Sie denken, sie hat ihren Kaufmann wiedergefunden?«

»Das würde ich gern glauben, ja.«

»Ah!« Er lächelte. »Sie sind nicht nur Detektivin, sondern auch Romantikerin. Wenn Sie wirklich wissen wollen, wie Istanbul im 16. Jahrhundert aussah …« – er wandte sich um und deutete in die Richtung, aus der sie gekommen waren –, »dann ist das der richtige Blick.«

Elizabeth drehte sich ebenfalls um und betrachtete die Silhouette der Altstadt, die am Horizont aufragte. Die Sonne stand jetzt höher, und die Bauwerke waren in einen goldenen Dunst gehüllt. Graue Mauern wanden sich bergab und mündeten in grünschwarzen Parklandschaften; goldene Kuppeln und Minarette und die spitzen Wipfel der Zypressen strebten in den blassblauen Winterhimmel. Und durch ein merkwürdiges Lichtphänomen schien die ganze Stadt über einer blendend hellen Wasserfläche zu schweben, wie eine von Dschinns herbeigezauberte Zitadelle.

Etwa um die Mittagszeit erreichten sie Anadoluhisari, die letzten Häuser am asiatischen Ufer vor der Öffnung zum Schwarzen Meer. Das Ufer war dicht bewaldet. Über der dunklen Vegetation hingen noch die Schwaden des Frühnebels, auf den Felsen standen Fischer mit Angeln.

In einer kleinen Bucht gingen sie vor Anker. Die Bäume spiegelten sich im trüben, mattgrünen Wasser.

»Kommen Sie«, sagte er, »ich lade Sie zum Essen sein. Wenn wir Glück haben, sehen wir ein paar Delfine.«

»Und was ist mit Haddbas Picknick?«

»Im Dezember? Lieber nicht.« Er hielt ihr die Hand hin. »Keine Sorge, Haddba wird uns nicht böse sein.«

Er kannte ein Fischrestaurant nahe am Wasser, das geöffnet hatte, obwohl noch keine Saison war. Ein beflissener Kellner führte sie zu einem Tisch am Fenster. Nachdem sie bestellt hatten, unterhielten sie sich und sahen hinaus auf die Fischerboote und die riesigen Möwen, die wie Korken auf dem Wasser tanzten.

Mehmet erzählte Elizabeth von seiner Familie, dem türkischen Vater, der französischen Mutter, den vier Brüdern; sie sprach von ihren Eltern, die in einem Dorf in Oxfordshire lebten. Geschwister gab es nicht, nur ihre liebste Freundin Eve. Elizabeth und Mehmet waren so aufeinander konzentriert, dass sie nicht viele Worte brauchten, um sich zu verstehen.

»Sind Sie mit jemandem zusammen?«, fragte er. »In England, meine ich.«

»Ich war.« Elizabeth folgte mit den Blicken einem Schwarm Kormorane, die mit kräftigem Flügelschlag knapp über dem Wasser flogen. »Es ist vorbei.«

Eine längere Erklärung schien nicht nötig. Marius' Bild stieg kurz vor ihr auf, und sie merkte, dass sie den ganzen Tag noch nicht an ihn gedacht hatte.

Sie lächelte Mehmet an.

»Und Sie?«

»Genauso«, sagte er. »Oder so ähnlich.«

Um die Wartezeit zu verkürzen, bestellte er ihnen einen Teller frische Mandeln. Während er mit dem Kellner sprach, betrachtete Elizabeth ihn unauffällig. Er beeindruckt nicht so sehr durch gutes Aussehen, dachte sie, sondern durch seine starke körperliche Präsenz.

»Was ist Ihr Lieblingsgetränk?«

»Lassen Sie mich raten ... Ihres ist Ananassaft«, konterte sie.

»Ananassaft? Das meinen Sie doch nicht ernst!«

»Was dann?«

»Wodka. Grey Goose natürlich. Und Ihres?«

»Meines erraten Sie nie.«

»Wollen wir wetten?«

Sie schüttelte den Kopf. »Ich wette eine Million Pfund, dass Sie es nicht erraten.«

»Champagner.«

»Champagner? Ich muss zugeben, der kommt an zweiter Stelle, aber es stimmt nicht.«

Die Worte flirrten zwischen ihnen hin und her wie an goldenen Fäden.

»Was dann?«

»Tee aus der Thermoskanne.«

»Tee aus der Thermoskanne«, wiederholte er lachend. »Na gut, dann dürfen Sie wohl Ihre Million Pfund behalten. Aber« – er lehnte sich zurück – »ich wette, dass ich erraten kann, was Sie am liebsten essen.« Seine Augen waren schmal geworden.

»So?«, gab sie lächelnd zurück, und als er ihrem Blick standhielt, spürte sie plötzlich eine so überwältigende erotische Anziehung, dass sie sich festhalten musste.

»Baklava«, sagte er, während sein Blick über ihre Lippen wanderte. »Ich würde alles darum geben, Sie noch einmal Baklava essen zu sehen.«

Ihre Gerichte kamen, aber Elizabeth brachte kaum einen Bissen herunter. Sie hatte seine Anspielung auf das Baklava, so gut es ging, ignoriert und so getan, als habe sie ihn nicht recht verstanden. Aber jetzt befürchtete sie, sich auf andere Art zu verraten. Sie wusste, dass ihre Hände zittern würden, wenn sie die Gabel hob, und dass sie das Wasserglas nur mit Mühe ruhig halten konnte. Dann hatte er sie also doch erkannt! Und natürlich hatte sie das, wenn sie ehrlich war, die ganze Zeit geahnt.

Obwohl sie scheinbar munter weiterplauderten, hatte sich die Atmosphäre verändert. Die Unbekümmertheit war verflogen, die Luft zwischen ihnen knisterte, als sei jedes einzelne Molekül geladen. Womit? Elizabeth konnte es nicht benennen – sie wagte es nicht.

Ich bin noch nicht so weit, schärfte sie sich immer wieder ein. Ihm musste doch auffallen, wie reserviert sie plötzlich war.

»Sie frieren, Elizabeth.« Eine Feststellung, keine Frage.

»Mir geht es gut.« Aber sie merkte selbst, dass sie zitterte.

»Ich bestelle Ihnen ein Glas Wein.«

»Nein, wirklich …«

»Doch. Ich glaube, Sie sollten eines trinken.«

Er gab dem Kellner ein Zeichen, und der Wein wurde umgehend gebracht.

Als sie das Glas an die Lippen setzte, folgte sein Blick ihrer Hand. Er bringt es fertig, dass ich mich wie eine Königin fühle, dachte sie, und gleichzeitig wie ... Ganz anders eben. Durch eine bewusste Willensanstrengung schaffte sie es, nicht mehr zu zittern. Als er sich über den Tisch beugte und einen Finger an ihren Mund legte, zuckte sie unwillkürlich zusammen.

»Ein Haar«, erklärte er, während seine Finger über ihre Lippen glitten, »Sie haben ein Haar im Mund.«

Ihre Lippen kribbelten, wo er sie berührt hatte.

»Elizabeth ...«, begann er.

»Ich will nicht ... ich kann nicht ...«, unterbrach sie ihn hilflos.

In diesem Moment klingelte sein BlackBerry. Sie fixierten beide das Gerät, das zwischen ihnen auf dem Tisch lag.

»Was meinen Sie, soll ich drangehen oder nicht?«, fragte er.

Elizabeth stützte das Kinn in die Hand. »Vielleicht wäre es besser.«

Er drückte auf einen Knopf. »*Evet?*« Er sagte etwas auf Türkisch, dann fuhr er auf Englisch fort: »O ja, natürlich, einen Moment bitte.«

Es dauerte ein paar Sekunden, bis sie verstand, dass er ihr das Telefon hinhielt.

»Es ist für Sie ...« Seine Augen blitzten.

»Für mich?« Elizabeth nahm ihm das Handy ab. »Hallo ... oh, *hallo!* Noch in Istanbul, ja. Aber wie ...? Ach so. Wie nett von Ihnen ... tatsächlich? Aber das sind ja fantastische Neuigkeiten ... Ich werde es mir sofort ansehen. Ja, vielen Dank.«

Als das Gespräch zu Ende war, trafen sich ihre Blicke.

»Darf ich raten ...?«

Sie mussten beide lachen.

»Haddba hat ihr die Nummer gegeben.«

»Wer war das? Ihre Freundin Eve?«

»Nein, meine Doktormutter in Oxford. Dr. Alis. Da sie mich nicht auf meinem Handy erreichen konnte, hat sie im Gästehaus angerufen, und Haddba hat ihr Ihre Nummer gegeben.«

Als Elizabeth ihm das Gerät zurückgab, griff er nach ihrer Hand und hielt sie fest. Sie entzog sie ihm nicht.

»Gibt es Neuigkeiten?«

»Ja«, sagte sie und blickte auf seine Finger, die ihr Handgelenk umschlossen. »Sehr gute Neuigkeiten. Sie glaubt, dass es ihr gelungen ist, die Quelle für das Porträt von Paul Pindar zu finden. Das Bild, das ich als Reproduktion in einem Buch gefunden habe, wissen Sie.«

»Ja, ich weiß.«

Mit immer noch gesenktem Blick drehte Elizabeth ihre Hand langsam um, bis die Handfläche nach oben zeigte.

»Die Reproduktion war so schlecht, dass ich keine Details erkennen konnte.«

Sie sah zu, wie Mehmet mit dem Daumen ihre Handlinien nachzeichnete.

»Aber es könnte sein ...« Ihre Stimme verlor sich. »Nun, es steht alles in einer E-Mail.«

»Wollen Sie das hier benutzen?« Er deutete auf sein BlackBerry.

»Nein«, erwiderte sie, »das kann warten.«

Sie schwiegen. Als sie aufschaute, sah sie sein Lächeln, und plötzlich war die Befangenheit zwischen ihnen verflogen.

»Wollen Sie nicht etwas sagen?«, fragte er.

Vielleicht war es der Wein, der ihr Mut machte. Sie beugte sich vor. »Sie sind dabei, mich zu verführen.«

»Wirklich?« Er nahm ihre beiden Hände zwischen seine und küsste erst ihre Handgelenke, dann die Handflächen. »Und ich hatte gedacht, es sei andersherum.«

Kapitel 26

Konstantinopel: 4. September 1599

Morgendämmerung

Der Morgen dämmerte gerade herauf, als sich Paul auf den Weg zu seiner Audienz bei der Valide machte.

Palastbeamte hatten verlauten lassen, ein Boot der Valide Sultan würde ihn erwarten. Doch das kleine, von nur sechs Sklaven geruderte Kaik bot nicht genügend Platz für die Begleiter, die Paul so sorgfältig ausgewählt hatte. Unter den stummen Blicken der Gesandtschaftsangehörigen Reverend May, Mr Sharpe, Mr Lambeth, John Hangar, dem Lehrling John Sanderson und Kutscher Ned Hall kletterte er in das Boot, worauf die enttäuschten Männer in ihren Gala-Uniformen kehrtmachten und den Rückweg nach Vigne de Pera antraten.

Die stummen Ruderer steuerten nicht den Palast an, wie Paul erwartet hatte, sondern fuhren in der entgegengesetzten Richtung den Bosporus hinauf. Nach nur einer halben Stunde hatte das Boot die sieben Hügel der Stadt hinter sich gelassen. Mit der Strömung machten sie schnelle Fahrt entlang dem europäischen Ufer. Gegenüber am östlichen Ufer erkannte Paul eben noch die Dächer und Minarette von Üsküdar, dem Dorf, in dem der Sultan seine Pferde kaufte und verkaufte. Die Zier- und Obstgärten der vielen Häuser und Villen nahmen einen großen Teil des Ufers ein. Die Valide besaß, wie Paul wusste, hier mehrere Sommerresidenzen, und er vermutete, dass sie vor einer von ihnen anlegen würden. Doch das Kaik machte keine Anstalten, den Bosporus zu überqueren, und weder der Kapitän noch sein Begleiter, einer der Palasteunuchen, antworteten ihm, als er sie nach dem Ziel fragte.

Bald hatten sie alle menschlichen Ansiedlungen hinter sich gelassen. Nach einer weiteren halben Stunde schweigsamen Ruderns bewegte sich das Kaik endlich auf das asiatische Ufer zu und glitt unter dem Schatten von Bäumen dahin.

Das Wasser war hier seicht und grün, die Oberfläche glatt wie Glas. Als Paul sich ein wenig über Bord beugte, roch er Süßwasser. Das Laub der Kastanien, der Mandelbäume und Eschen war wie von mattem Gold überstäubt. Reiher hockten in einer Schirmkiefer, und einmal zogen Kormorane mit glänzendem Gefieder dicht über dem Wasser an ihnen vorbei. Hin und wieder bemerkte Paul ein Haus auf Holzstelzen, das über das Ufer hinausragte, oder Fischer, die auf den ufernahen Felsen standen. Doch die meiste Zeit säumten nur tiefe, undurchdringliche Wälder das Ufer.

Paul fröstelte. Obwohl der September gerade erst begonnen hatte und die Tage im Allgemeinen noch warm waren, hatte man ihm beim Einsteigen einen pelzgefütterten Umhang gegeben, und dazu einen kleinen, mit einem bestickten Tuch ausgekleideten Korb voller Kirschen und Granatäpfel. Er warf sich den Umhang um die Schultern.

»Wie weit noch?«

Der stumme Eunuch gab einen unverständlichen Laut von sich und machte eine Kopfbewegung. Paul versuchte sie zu deuten. Sie fuhren gerade in eine Bucht ein. Und dort tauchte ein kleines rosenfarbenes Gebäude auf, das ihnen entgegenzuschweben schien.

Paul stieg aus und wurde von zwei weiteren Eunuchen in Empfang genommen. Sie geleiteten ihn in eine gepflegte Gartenanlage, die direkt am Wasser lag. Marmorrinnen mit klarem, frischem Wasser führten durch Reihen von Orangen- und Zitronenbäumen; Schirmkiefern und Platanen warfen ovale Schatten auf die Rosenbeete. Es gab Brunnen und einen Fischteich, in dem sich mehrere fette Karpfen träge treiben ließen.

Im Mittelpunkt des Gartens stand im Schatten eines Judasbaums ein Pavillon. Paul hatte solche zierliche Gartenhäuschen – nicht unähnlich den neuerdings in England so beliebten Lustschlösschen – schon oft gesehen, aber dieses bestand nicht aus einem festen Baustoff, sondern fast vollständig aus Glas. Er wartete, aber nichts geschah und niemand kam. Er war allein in dem Garten. Die beiden Eunuchen waren verschwunden. Dann bemerkte er aus dem Augenwinkel eine winzige Bewegung, etwas Grünes blitzte auf – aber als er sich dorthin umdrehte, war alles wieder ruhig und er immer noch allein.

Nein, doch nicht. Auf dem Gartenpfad schritt ihm eine große weiße Katze entgegen, eine Katze mit sonderbaren Augen, einem blauen und einem grünen.

»Hallo, Pussi.«

Als Paul sich hinunterbeugte, um das Tier zu streicheln, rieb es sich kurz herablassend an seinem Bein und stolzierte weiter. Es spazierte bis an den Rand des Wassers, wo es sich mit dem Rücken zu ihm niederließ und wie eine Sphinx ins Leere starrte. »Ihr mögt meine Katze, Paul Pindar Aga?« Eine Stimme – *die* Stimme – ertönte wohlklingend aus dem Glaspavillon.

Paul konnte seinen Drang, auf dem Absatz herumzuwirbeln, gerade noch bezähmen. Stattdessen zog er den Hut und blieb mit geneigtem Kopf stehen.

»Ah, sehr gut, Engländer!« Sie lachte in einem Ton, an den er sich gut erinnerte. »*Sta bene.* Es ist gut. Ihr könnt Euch umdrehen.«

Sie saß tatsächlich im Pavillon, doch wie sie dahin gekommen war, wusste er nicht. Vor den Eingang war ein dichter Stoff gehängt worden, der sie seinen Blicken entzog.

»Kommt, habt keine Furcht. Ihr dürft näher treten. Wie Ihr seht, sind wir ganz allein.«

Mit gesenktem Blick ging Paul langsam auf den Pavillon zu.

»So sehen wir uns wieder, Paul Pindar Aga.« Sie schwieg. »Ich bedauere, dass auf meinem kleinen Boot kein Platz für Eure Begleiter war, aber so ist es besser, da werdet Ihr mir sicher zustimmen.«

»Ihr erweist mir eine große Ehre, Majestät.«

Paul verneigte sich tief vor dem Schatten hinter dem Vorhang.

»Ja?« Sie klang amüsiert. »Aber Euer Gesandter hoffte doch sicher auf ... wie soll ich es ausdrücken? Etwas mehr Zeremoniell, vielleicht.«

»Mein Gesandter ist sich sehr wohl der großen Ehre bewusst, die Ihr uns erweist«, antwortete Paul. »Er bat mich, Euch zu versichern, dass er – wie wir alle – Euch auf jede erdenkliche Art zu dienen wünscht.«

»Wohlgesprochen, Paul Pindar Aga. Beginnen wir mit dem Geschäftlichen – warum auch nicht? Es gereicht Euch zur Ehre. Wir alle wissen, dass Ihr die Kapitulationen erneuern wollt – und unter uns gesagt, vermute ich, dass Ihr damit keine großen Schwierigkeiten haben werdet, so großzügig sich de Brèves dem Großwesir gegenüber auch erweist. Handel kommt uns allen zugute, das habe ich ihm schon gesagt: Unsere große Stadt war immer darauf angewiesen. Zudem können Frankreich und Venedig nicht erwarten, dass die anderen Länder für immer unter ihrer Flagge Handel treiben, nicht wahr? Wie ich höre, wünschen vor allem die Holländer dieser Tage unter dem Schutz Englands Handel zu treiben. Aber all dies ist von geringerer Bedeutung. Vorrangig sollten wir uns als Verbündete betrachten, nicht wahr? Euer prachtvolles Schiff ... wie heißt es?«

»Die *Hektor*, Ma'am.«

»Richtig, die *Hektor* ... Das war ein wunderbarer Einfall. Von diesem herrlichen Schiff spricht die ganze Stadt, hat man mir berichtet. Nur ein sehr mächtiger Herrscher konnte ein solches Gefährt schicken, sagen die Menschen. Und nun stellen wir zudem durch einen glücklichen Zufall fest, dass wir in Spanien einen gemeinsamen Feind haben. Wir werden sehr nützlich füreinander sein, meint Ihr nicht? Selbst die Spanier würden in Bedrängnis geraten, wenn sie es mit uns beiden aufnehmen müssten.«

»Freundschaft mit Eurem großen Reich ist der innigste Wunsch unserer Königin.«

»Wie galant ausgedrückt, Paul Pindar Aga.«

Paul verbeugte sich tief und registrierte dabei, dass ein kleiner weißer Fuß mit gewölbtem, glattem Spann unter dem Vorhang hervorlugte. Rasch wandte er den Blick ab.

»Aber ich habe Euch natürlich nicht holen lassen, um über derlei Dinge zu sprechen«, sagte Safiye. »Sagt, wisst Ihr, wo Ihr seid?«

»In Eurer Sommerresidenz?«, riet Paul.

Die geschmückten Zehen an dem kleinen Fuß krümmten sich.

»Dieses Häuschen soll meine Sommerresidenz sein? Seht Euch um, Paul Pindar, das glaubt Ihr doch nicht im Ernst?«

Paul sah sich gehorsam um und stellte fest, dass das Holzgebäude, das er vom Schiff aus gesehen hatte, nichts weiter als ein Torhaus war. Er befand sich demnach in einem schlichten Lustgarten, der offensichtlich nicht ohne Grund möglichst weit von der Förmlichkeit und Etikette des Hofes entfernt lag.

»Ma'am, das hier ist kein Palast«, sagte er, »aber dieser Garten – so etwas habe ich noch nie gesehen. Er ist einer Königin würdig.«

»Nein, nicht einer Königin, Paul Pindar«, erwiderte die Valide. »Es ist ein Garten für die Haseki, die Favoritin des Sultans. Der alte Sultan Murad, mein Gebieter, hat mir diesen Garten vor vielen Jahren geschenkt. Wir kamen zusammen hierher, um uns am Ufer zu ergehen und die Schiffe zu betrachten. In warmen, mondhellen Sommernächten war dies sein liebster Ort. Er ließ kleine Lampen an die Zweige der Bäume hängen, sodass sie sich wie Sterne im Wasser spiegelten.«

Jenseits des Gartens tanzten Sonnenflecken auf dem Bosporus. Paul sah, wie die weiße Katze interessiert an einem der Teiche schnupperte. Die goldenen Karpfen schien ihre Anwesenheit nicht zu stören.

»Mein Leben lang, das heißt, seit mein Gebieter mit seinem Hofstaat von Manisa hierherzog«, fuhr sie fort, »habe ich die Handelssegler auf diesem Gewässer vorüberziehen sehen. Ich fragte mich, ob einer von ihnen wohl in mein Land fuhr – ein gefährlicher Gedanke für eine Sklavin.« Die schöne Stimme schmeichelte sich in Pauls Gehör ein. »Und dann später, viel später, geschah es, dass ich vorübergehend die Gunst des Sultans verlor. Dieser Ort wurde meine Zuflucht. Der *einzige* Ort, an dem ich zuweilen allein sein konnte. Bis die alte Valide Nurbanu dem ein Ende setzte.« Safiye seufzte traurig. »Es sei unschicklich, meinte sie, dass ich als Haseki ohne Begleitung herkäme. Ich sollte Dienerinnen und Gefährtinnen mitnehmen. Mir wurde untersagt, mich ohne sie hier aufzuhalten.«

Über den Hügeln auf der asiatischen Seite war die Sonne aufgegangen und der Garten begann sich mit Licht zu füllen. Hinter dem Vorhang wedelte ein Fächer durch die Luft. Paul bemühte sich angestrengt, etwas mehr zu sehen. Gab es einen Mann auf Erden, der nicht versucht hätte, das Gesicht zu dieser Stimme zu erkennen? Existierte ein Mensch, der es ihm beschreiben konnte? Ihr Fuß war immer noch in seinem Blickfeld. Er riss sich mühsam von dem Anblick los.

»Wisst Ihr, warum ich Euch riefen ließ, Engländer?«

»Nein, Ma'am.«

»Zum Teil natürlich, weil ich Euch für die Geschenke danken wollte, die Ihr mir von Eurer Königin überbracht habt. Und um Euch zu sagen, dass Euer Diener – Euer Koch – in die Freiheit entlassen wurde. Ein sehr bedauerliches Missverständnis. Das werdet Ihr Eurem Gesandten ausrichten.« Die Silhouette im Pavillon bewegte sich graziös. »Doch ich tat es auch«, fuhr sie mit einem fast wollüstigen kleinen Seufzer fort, »nun, sagen wir, weil ich es kann.«

Im Garten regte sich kein Lüftchen. Paul spürte, wie die Sonne auf seinen unbedeckten Kopf brannte. Was immer sie mit ihm vorhatte, es schien ihr nicht eilig zu sein, und er konnte warten. Er hätte nichts dagegen gehabt, für immer in diesem Garten zu verweilen.

»Ihr habt demnach eine Schwäche für Gärten, Paul Pindar Aga?«, fragte sie nach einer Weile.

»O ja. Als Lehrling habe ich von meinem Meister – Parvish war sein Name – viel darüber erfahren.«

»So? Und was hat er Euch sonst noch beigebracht?«

»Er unterwies mich in der Kunst der Landkartenmalerei, der Mathematik und der Seefahrt. Er war natürlich ein Kaufmann, doch auch ein guter Astronom. Und ein Gelehrter. Es gab nichts, das nicht seine Neugier erregte. Er sammelte alle möglichen Instrumente – Geräte zur Navigation vorwiegend, Kompasse, Astrolabien, aber auch Kuriositäten wie Uhren oder Kinderspielzeug, sofern sie einen geheimen Mechanismus besaßen. Ich war noch ein Junge, als ich zu ihm in die Lehre geschickt wurde. Er hat mich mit seiner Begeisterung angesteckt.«

Ihr Fußrist war gewölbt und weiß, bemerkte er, und die Fußnägel waren poliert, sodass sie wie Muscheln glänzten. Über den Knöchel zog sich eine kleine schwarze Tätowierung.

»Dann seid Ihr auch ein Gelehrter?«

Paul lächelte. »Nein, nur ein ganz gewöhnlicher Kaufmann, Ma'am, und ich danke Gott dafür.«

»Aber hört, an dem Leben, das Ihr führt, ist wahrlich nichts Gewöhnliches! Ihr englischen Kaufleute könntet bald die Beherrscher der Meere sein, sagt man mir, und sehr wohlhabend dazu. Vom Bug Eurer Schiffe aus gesehen, schrumpft die Welt jeden Tag ein wenig mehr. In diesem Moment plant Eure Gesellschaft neue Handelsrouten zu den Gewürzinseln und sogar nach Indien. Sie hatte nie Angst vor Risiken. Das gefällt mir.« Die Valide lachte leise. »Wundert Ihr Euch, dass mir das alles bekannt ist? Nun, wir haben erfahrene Agenten, Paul Pindar Aga. Wir wissen, dass Ihr als Händler das Gehör und die Zunge Eurer großen Königin besitzt. Sie hat sogar ihren Gesandten aus Euren Reihen gewählt – ein rechter Skandal, wenn man die anderen Franken hört, die das für eine große Ungehörigkeit halten, wo es doch im Grunde von großer Wertschätzung zeugt.

Wenn ich ein junger Mann wäre, der sein Leben selbst in die Hand nehmen kann, würde ich vielleicht einen Weg wie den Euren einschlagen. Freiheit, Abenteuer, Reichtümer ...« Seide raschelte, als sie sich dem Vorhang zuneigte. »Bleibt und arbeitet für uns, Paul Pindar Aga. Der Sultan hat Männer wie Euch schon immer geschätzt und willkommen geheißen, Männer mit Intelligenz und Ehrgeiz. Ihr wärt mit dem größten Reich verbunden, das die Welt je gesehen hat. Wir suchen Euch ein großzügiges Haus, viele Sklaven, schöne Ehefrauen.« Sie schwieg für einen Moment. »Vor allem schöne Ehefrauen.«

Paul wollte etwas antworten, aber ihm versagte die Stimme. Er steckte die Hand in die Tasche und tastete nach dem Kompendium, das sich glatt wie immer in seine Hand schmiegte.

»Aber Ihr sagt ja nichts.« Die Stimme hinter dem Sichtschutz klang enttäuscht. »Ihr seid abgelenkt, Paul Pindar Aga.«

Als er immer noch nicht antwortete, fuhr sie fort: »Dann habt Ihr womöglich bereits eine Ehefrau und eine Familie, die auf Eure Rückkehr warten?«

Ein abenteuerlicher Gedanke schoss ihm durch den Kopf. *Hier ist deine Chance, ergreife sie! Zeig ihr Celias Porträt!*

»Ich kannte einst eine Frau, Majestät«, hörte er sich sagen. »Sie war mir sehr, sehr teuer.«

»Wart Ihr verheiratet?«

»Wir hatten die Absicht zu heiraten.« Pauls Puls raste. Er sah sie vor sich: ihre Haut, ihre Augen, das schimmernde Gold ihrer Haare. Die Farben des Gartens schienen sich vor ihm aufzulösen. »Sie war die Tochter von Parvishs Partner Tom Lamprey. Er war Kapitän auf See, in den Tagen der alten Venezianischen Kompanie. Wenn es je einen ehrenhaften und furchtlosen Mann gab, dann ihn. Bevor ich mich als unabhängiger Kaufmann der Levante-Kompanie anschloss, arbeitete ich viele Jahre als Parvishs Faktor in Venedig. Ich habe Tom gut kennengelernt. Sein größter Wunsch war es, dass ich seine Tochter heirate.«

»Sein Wunsch, aber nicht der Eure?«

»Oh, es war auch mein Wunsch. Die Verbindung war in jeder Hinsicht passend ...«

Zeig es ihr!

»Dann hegte *sie* diesen Wunsch also nicht?«

»Ich glaube, sie liebte mich – sehr«, zwang er sich zu antworten, »so sehr wie ich sie liebte, wenn das überhaupt möglich ist. Aber sie ... ist verloren.«

»Verloren?«

»Für mich verloren.«

»Wieso?«

Du wirst keine zweite Chance bekommen!

»Die Kompanie bat mich, Sir Henry nach Konstantinopel zu begleiten. Und wie Ihr wisst, hat unsere Fahrt viel länger gedauert, als erwartet.« Paul zögerte. »Vor zwei Jahren fuhr sie auf dem Schiff ihres Vaters nach England zurück. Es war in jenem Jahr der letzte Handelssegler vor den Winterstürmen. Aber sie waren zu spät in See gestochen. Ein gewaltiger Sturm brach los, und das Schiff und alle Reisenden waren verloren. All unsere Fracht. Tom und seine Tochter ebenfalls. Vor der dalmatischen Küste untergegangen, wie es heißt.«

Sein Daumen spielte mit der Schnappfeder.

»Und ihr Name?«

»Celia, Majestät«, sagte Paul. Er zog die leere Hand aus der Tasche. »Ihr Name war Celia.«

Bis auf das Wasser, das durch die marmornen Kanäle plätscherte, war alles still. In den dichten Wäldern, die den Garten auf beiden Seiten umgaben, sang kein einziger Vogel.

Nach einer Weile ließ sich Safiye Sultan wieder vernehmen.

»Nurbanu, die Valide war zu jener Zeit, als ich nach Konstantinopel kam, hat mich alles gelehrt, was ich weiß. Sie war eine ausgezeichnete Lehrerin, wie Euer Meister – wie hieß er noch?«

»Parvish.«

»Richtig. Wie Parvish. Diese frühen Lektionen vergisst man nie, da werdet Ihr mir sicher zustimmen. Obwohl ich annehme, dass meine sich von Euren sehr unterschieden.

Nurbanu wusste nichts über Landkarten oder Mathematik, aber sie kannte sich sehr gut in der Welt aus. Überrascht Euch das? Ihr Franken glaubt immer, dass wir Frauen, nur weil wir innerhalb der Grenzen unseres Harems leben, nicht wissen, was außerhalb der Mauern vor sich geht. Nichts könnte weiter von der Wahrheit entfernt sein. Nurbanu hat mich gelehrt, dass es nur zwei Dinge gibt, die wichtiger sind als Liebe: Macht und Loyalität. Teile nie die Macht, das hat mir die große Dame beigebracht. Und schätze bei deinen Untergebenen Loyalität höher als alles andere.«

Das Schweigen, das nun folgte, kam Paul endlos vor.

»Es ist lange her, seit ich diesen Garten zum letzten Mal aufgesucht habe, Paul Pindar Aga«, fuhr Safiye dann endlich fort und Paul glaubte eine Spur Melancholie in ihrer Stimme zu hören. »Ich habe die Rosen immer sehr geliebt, besonders die Damaszenerrosen. Der Sultan hat sie für mich aus Persien herbringen lassen. Stellt Euch das vor: Die Karawanen transportierten sie, in Eis verpackt, durch die endlos weite Wüste. Meine Rosen seien wertvoller als Smaragde, sagte er. Ich glaube, das hat die Valide nie erfahren.«

»Darf ich Euch eine pflücken?«

»O ja ... ja, pflückt eine für mich, Engländer.«

Paul brach eine einzelne, halb geöffnete Rose. Er hielt sie mit ausgestrecktem Arm vor sich hin und sah, wie die Gestalt hinter dem Vorhang sich nach vorn neigte.

»Mein Rat lautet: Fahrt nach Hause, fahrt nach England zurück, Paul Pindar Aga. Solange die Loyalität gewahrt bleibt, werdet Ihr Eure Kapitulationen bekommen.« Sie war ihm jetzt so nahe, dass er ihren Schmuck funkeln sah, ihre Haare erahnte und fast meinte, ihren duftenden Atem zu riechen. »Aber behaltet meine Rose, Mr Pindar. Das wäre nur gerecht – denn es scheint, ich habe bereits etwas genommen, das Euch gehört.«

Kapitel 27

Konstantinopel: 4. September 1599

Tag

Als Paul später wieder in die Gesandtschaft zurückkehrte, herrschte dort helle Aufregung. Am Eingang wimmelte es von Dienern, die teils zur Gesandtschaft, teils zu mehreren osmanischen Würdenträgern gehörten, und das Tor wurde von einem Bataillon Janitscharen mit hohen, weißen Kopfbedeckungen bewacht, deren Federschmuck im Wind flatterte. Zwei Pferde mit prachtvollen blauroten Schabracken und geschmückten Halftern stampften unruhig auf den Pflastersteinen.

Im Hof traf Paul auf Thomas Glover.

»Wird allmählich Zeit!« Glover stülpte sich einen enormen Federhut auf den Kopf. »Wir wollten schon einen Suchtrupp losschicken.«

»Was ist denn da los?«, fragte Paul und deutete auf die wartenden Pferde, »mein Begrüßungskomitee?«

»Die Leute des Großwesirs. Er ist gerade bei Sir Henry.«

Paul hob die Augenbrauen. »Und Ihr habt sie mit ihm allein gelassen?«

»Es handelt sich nur um einen Höflichkeitsbesuch. Sie sind nicht hier, um über Geschäftliches zu reden, demnach kann er auch nicht viel Schaden anrichten.«

»Darauf würde ich mich nicht verlassen.«

»Keine Sorge. Ich bin gerade auf dem Weg nach oben.«

»Ein bisschen in der Grütze rühren?«

»So könnte man es ausdrücken.« Glover grinste. »Ich soll Sir Henry sofort Bescheid geben, wenn Ihr wieder da seid. Es gibt gute

Neuigkeiten, Paul. Dallam ist mit seinen Reparaturen fertig, und sie haben gerade eben ausrichten lassen, dass Lello jetzt endlich sein Beglaubigungsschreiben überreichen kann. Ich muss mich beeilen, bevor er etwas anstellt, wodurch sie ihre Meinung ändern.« Er zupfte sich die Schlitzärmel zurecht, die mit kirschrotem Stoff unterlegt waren. »Wie sehe ich aus?«

»Nun ja, nicht genügend Pailletten für meinen Geschmack«, sagte Paul grinsend, »aber sonst sehr hübsch.« Er begleitete Glover bis zum Fuß der Treppe.

»Und die Valide?«, fragte dieser neugierig. »Was ist mit Euch, mein Bester? Ihr seht völlig erschöpft aus.«

»Nichts. Ich bin nur ein wenig seekrank. Diese Eunuchen könnten nicht geradeaus rudern, selbst wenn man ihnen alle Piaster aus der Schatzkammer des Sultans gäbe.« Paul legte Glover die Hand auf den Arm. »Könnt Ihr noch mehr gute Neuigkeiten vertragen? Wir werden die Handelsverträge bekommen. Ich berichte Euch später davon. Geht jetzt, man sollte Sir Henry nicht allzu lange allein lassen.«

Glover stieg die Stufen hoch.

»Welche Mühlen mahlen langsamer, was meint Ihr? Die Gottes oder die des Großwesirs?«, rief Paul ihm nach.

»Fragt mich etwas anderes.« Auf der Hälfte der Treppe blieb Thomas Glover noch einmal stehen und drehte sich um. »Ach, und übrigens habe ich noch mehr gute Neuigkeiten – wenn man es so nennen kann. Dieser Schuft von Carew ist heute aufgetaucht, so unverschämt wie eh und je. Es hat sich wohl um einen Irrtum gehandelt. Die Janitscharen haben offenbar den Falschen verhaftet, ich habe seine Erzählung nicht ganz verstanden, aber das ist ja nichts Besonderes. Wenn Ihr mich fragt, es hätte ihm nicht geschadet, noch ein Weilchen in Ketten zu schmoren. Nun, jedenfalls ist er wieder da.«

Glover bog um die Ecke und verschwand in Richtung auf das Empfangszimmer des Gesandten.

Wieder saß Carew auf der Gartenmauer, als sich Paul näherte.

»Sie haben dich also freigelassen?«

»Auch Euch einen guten Morgen, werter Sekretär Pindar.«
»Wo warst du? In den Sieben Türmen?«
»Nein, im Keller deines Freundes Jamal. Danke für die Blumen«, erwiderte Carew ohne aufzublicken. In einer Hand hielt er eine Zitrone, die er aufmerksam zu mustern schien. Sein gewohnt mürrisches Gesicht war unter der ungepflegten Haarmähne verborgen.

»Wenigstens für eines können wir dankbar sein: Du trägst immerhin diesmal ein Hemd.« Paul setzte sich neben ihn auf die Mauer. »Und es heißt inzwischen guten Tag, glaube ich. Solltest du dich nicht irgendwo nützlich machen?«

Carew zog eines der Messer aus dem Ledergurt, der an seinem Gürtel befestigt war, und brachte der Zitrone mit der Fingerfertigkeit einer Näherin einen kleinen Schnitt bei.

»Zeigt Gnade, ich bin ein Todgeweihter.«
»Das war gestern.«

Carew grunzte. »Scheint, dass Cuthbert, der Rüpel, sich seinen Finger wieder annähen lassen konnte«, sagte er missmutig, »und ich darf wieder in die Küche. Um Zimtröllchen für Lady Lello zu backen. Als hätte sie nicht schon genug Röllchen am Leib.« Mit grimmiger Konzentration begann er, spiralförmig die Schale von der Frucht zu schälen. »Lach nicht!«, brummte er, »Lieber würde ich wieder in Jamals Keller Ratten jagen.«

»Und ich kenne ein paar Leute, die dich nur zu gern wieder hineinstecken würden«, sagte Paul. Als Carew nichts erwiderte, fuhr er fort: »Lello hat dir erlaubt, deine Messer wieder an dich zu nehmen?«

»Wie du siehst.« Carew hatte ein Stück Zitronenschale aufgespießt und hielt das Messer in die Höhe. Seine Hände waren über und über mit Narben und alten Brandwunden übersät.

»Wann hat Jamal dich freigelassen?«
»Heute früh.«
»Hat er gesagt, warum?«
»Diese alte Frau, die ganz in Schwarz gekleidet war, … erinnerst du dich? Esperanza Malchi. Sie hat ihm eine Nachricht gebracht. Das scheint sie ja häufiger zu tun.« Carew blinzelte in die Sonne.

Die Narbe auf seiner Wange hob sich weiß von der gebräunten Haut ab. »Sie muss eine Art Brieftaube für die Valide sein. Sie sind bestens informiert, genau, wie du vermutet hast. Wusstest du, dass Jamal für jemanden im Palast Horoskope erstellt?«

»Nein, aber das leuchtet mir ein. Er ist schließlich ein Sterndeuter.«

»Na, ich frage mich, ob das wirklich seine einzige Beschäftigung ist«, sagte Carew. »Anscheinend haben sie herausgefunden, wer den Schwarzen Obereunuchen wirklich vergiftet hat – und deshalb haben sie mich freigelassen. Eine Frau aus dem Harem war es. Hast du letzte Nacht die Kanonen gehört? Das war das Signal, hat Jamal mir erklärt.« Er wischte sich sein Messer gründlich am Ärmel sauber. »Sie haben das arme Wesen in einem Sack in den Bosporus geworfen.«

»Ja, ich habe die Kanonen gehört.« Paul sah auf das Goldene Horn hinunter, dessen Fluten glatt und unschuldig in der Sonne glänzten.

»Du hattest recht wegen Celia. Sie ist wirklich dort.«

Carew sah ihn fragend an. »Woher weißt du das?«

»Die Valide hat es mir gesagt.«

»*Was?*«

»Nicht direkt, dafür ist sie zu klug.«

»Wie dann?«

»Es ist eine merkwürdige Geschichte«, sagte Paul stirnrunzelnd, »aber ich glaube, aus diesem Grund hat sie mich überhaupt holen lassen. Grützkopf gegenüber soll ich behaupten, dass es um die Geschenke der Gesandtschaft ging und dass sie sich mit mir verständigen kann, weil ich Venezianisch spreche. Das sollen alle glauben, auch ihre eigenen Leute. Aber eigentlich geht es um etwas ganz anderes.

Sie hat mich nicht zu ihrer Sommerresidenz bringen lassen, sondern zu einem kleinen Pavillon am asiatischen Ufer. Der alte Sultan hat ihn ihr geschenkt, als sie noch die Favoritin war. Ein Garten am Wasser.« Paul dachte an die Färbung der spätsommerlichen Pflanzen und an das zauberhafte Licht, den weißen, gewölbten Fuß, den

Fuß einer Tänzerin.«Einer der schönsten Orte, die ich je gesehen habe, John, wie aus einem Traum.«

»Was hat sie gesagt?«

»Das ist es ja, sie hat im Grunde nichts gesagt. Sie hat über alles Mögliche geredet – nun ja, *wir* haben geredet. Über Gärten. Über das Leben als Kaufmann. Über Parvish und seine Sammlung exotischer Reiseandenken.« Paul merkte, wie absurd sich das anhörte. »Dann sagte sie sinngemäß: ›Ich habe etwas genommen, was Euch gehört‹.« Paul griff in eine robuste Umhängetasche. »Und sie gab mir das.«

Carew nahm gleichmütig das Zuckerschiff entgegen, das Paul zum Vorschein brachte, und gab es gleich wieder zurück. »Ich habe wegen diesem Ding gerade zwei Tage in einem Keller voller Ungeziefer verbracht, nimm du es.«

Paul nahm das Schiffsmodell wieder an sich und hielt es gegen die Sonne, sodass die Segel, die Seile aus Zuckerwatte und die karamellfarbenen Figürchen das Licht einfingen.

»Du hast dich diesmal selbst übertroffen, mein Freund«, sagte Paul. »Es ist die *Celia*, so wahr ich lebe und atme – bis auf das letzte Stück Takelage Lampreys Handelssegler.« Er setzte das Schiff vorsichtig ab. »Und am Rumpf steht sogar ihr Name.«

»Kann die Valide unsere englische Schrift lesen?«

»Kaum. Allerdings, es muss viele andere geben, die es können.«

»Aber es ist doch unwahrscheinlich, dass sie eine Verbindung zur echten Celia hergestellt hat. Warum sollte sie?«

»Vergisst du nicht etwas, du raffinierter Zuckerbäcker?«, fragte Paul trocken. »Deine nicht besonders subtile Zuckerskulptur stand im Mittelpunkt eines handfesten Haremsskandals. Der Schwarze Obereunuch wäre fast gestorben. Die Sache scheint sehr erfolgreich vertuscht worden zu sein – warum, wissen wir nicht –, aber eine Zeit lang glaubten sie offenbar, dass das Schiff etwas damit zu tun hat.« Er ließ es sorgsam wieder in die Segeltuchtasche zurückgleiten. »Ihr entgeht nicht viel. Ich wette, sie ist uns allen drei Schritte voraus.« Paul schloss die vor Müdigkeit schmerzenden Augen. »Glaub mir, Carew, sie hat uns durchschaut.«

»Bist du sicher?«

»Ganz sicher.« Paul zerrte ungeduldig an seinen Jackenärmeln, bis einer sich löste. Sein Gesicht wirkte eingefallen, und große, dunkle Schatten lagen unter seinen Augen.

»Was, glaubst du, wird sie unternehmen?«

»Wenn sie etwas unternehmen wollte, hätte sie es bereits getan.«

»Ob sie wohl jemandem davon erzählt hat?«

»Wenn irgendjemand an der Pforte wüsste, dass wir auch nur im Entferntesten in eine Haremsintrige verwickelt sind, wären wir längst mausetot.«

»Vielleicht soll es nur eine Warnung sein.«

»Vielleicht.« Paul fuhr sich durch die Haare. »Ich kann mich des Gefühls nicht erwehren, dass das alles Teil von etwas anderem ist … von einem größeren Plan.«

Die beiden Männer schwiegen. Paul blickte auf das Goldene Horn mit seinem regen mittäglichen Schiffsverkehr. An Bord der *Hektor* kletterte ein Matrose in die Takelage. Die Sonne stand jetzt hoch über den goldenen Dächern des Sultanspalastes.

»Sie will uns loswerden, John. Wenn die *Hektor* in zwei Tagen nach England zurücksegelt, sollen wir an Bord sein.«

Carew befingerte seine Messer und nickte stumm.

»Und ich werde es den anderen erklären müssen.«

»Was, du willst es Grützkopf erklären?« Carew verzog die Mundwinkel.

»Bist du verrückt? Natürlich nicht. Ich meine Thomas Glover und die anderen. Vor allem Thomas, er war länger hier und hat härter für die Kompanie gearbeitet als alle anderen. Anscheinend ist Dallam mit seinen Reparaturen endlich fertig, und wir haben gerade erfahren, dass Lello sein Beglaubigungsschreiben vorlegen kann. Wenn das vorbei ist und die *Hektor* nach Hause segelt, segeln wir mit.«

»Wie du meinst.«

»Keine heimlichen Botschaften an Celia mehr.«

»Wie du meinst.«

»Zum Glück hat sich Jamal geweigert, uns zu helfen …«

»Ich danke ihm jeden Tag dafür.«

»So weiß Celia nicht, dass wir hier sind. Und was sie nicht weiß, tut ihr nicht weh.«

»Richtig.«

In das betretene Schweigen, das nun folgte, tönte der klagende Ruf des Muezzins, der die Gläubigen zum Gebet bei Sonnenuntergang rief. »Ich hätte es ihr fast gesagt, Carew.«

»Wem?«

»Der Valide.«

»Gütiger Gott, Pindar, und du wirfst mir vor, zu viel zu riskieren!«

»Ich war nahe daran, ihr Celias Porträt zu zeigen.«

Vor Pauls innerem Auge stieg Celias Bild auf. Nicht die Miniatur in dem Kompendium, sondern die Meerjungfrau mit den um den Hals gewickelten Haarsträhnen, die grün und golden in den Tiefen des Ozeans schwebte. Warum habe ich sie nur nicht gefragt?, dachte er benommen. Ich hatte die Chance und habe sie nicht ergriffen. Ich hätte mich ihr auf Gnade und Ungnade ausliefern sollen, sie anflehen sollen, Erbarmen mit mir zu haben.

Paul drückte die Handknöchel gegen die Augen, bis er nur noch explodierende Farbwirbel sah. Die einzige Person, die in der Lage gewesen wäre, mir Gewissheit zu geben. Manchmal glaube ich, ich würde es lieber wissen und sterben, als es nicht zu wissen.

»Kann es denn wahr sein?«, murmelte er ungläubig. »Ist Celia wirklich von den Toten auferstanden, Carew? Sag mir, dass ich nicht träume.«

»Du träumst nicht«, antwortete Carew.

In diesem Augenblick betrat eine bekannte Gestalt in Handwerkerkleidung den Garten. Es war Thomas Dallam, der Orgelbauer. Als er die beiden Männer bemerkte, beschleunigte er seinen Schritt.

»Seid gegrüßt, Tom, was gibt es Neues?« Paul kletterte von der Mauer. »Ich höre, man darf Euch gratulieren. Das Geschenk des Sultans ist so gut wie neu.«

»Aye.«

Dallam, der nie viele Worte machte, drehte verlegen seinen Hut in den Händen.

»Was kann ich für Euch tun, Tom?«

»Es ist vermutlich nicht wichtig, Mr Pindar, aber ...«

»Aber?«

»Diese Angelegenheit, die Ihr kürzlich erwähnt habt ...«

»Heraus damit, guter Mann.«

Dallam blickte unsicher von Paul zu Carew und wieder zurück.

»Bei Gott, wenn Ihr auch nur eine Silbe ausgeplaudert habt ...«

»Ich habe das hier bei der Orgel gefunden«, platzte Dallam heraus. Er zog ein Stück Papier aus seinem Wams. »Ich weiß nicht, was es bedeutet, aber ich dachte, Ihr solltet es sehen.«

Paul griff nach dem Papier.

»Was ist das?«, fragte Carew, der ihm über die Schulter lugte. »Sieht aus wie ein Bild, eine Zeichnung ...«

»Wann habt Ihr es gefunden?«, fragte Paul. Er war totenblass.

»Heute früh, Sir, als ich die Orgel zum letzten Mal überprüft habe«, sagte Dallam. »Jemand muss es letzte Nacht da liegen gelassen haben.«

»Seid Ihr sicher?«

»Vollkommen.«

»Wo genau befand sich das Papier?«

»Auf der Orgel. Zusammengerollt in einer der Engelstrompeten. Man konnte es nicht übersehen.«

»Ihr seid sicher, dass es von keinem Eurer Männer stammt? Bucket oder Watson?«

»Ganz sicher.«

»Was soll das Bild denn darstellen?« Carew machte einen langen Hals. »Sieht aus wie ein Wurm ... nein, eher ein Aal. Ein Aal mit Flossen ...«

»Brillant, Carew. Erkennst du es nicht, du Tölpel?« Paul versuchte, seine Hand ruhig zu halten. »Es ist ein Neunauge, auch Lamprete genannt. Verstehst du? Lamprete, wie Lamprey. Großer Gott, John, es stellt Lamprey dar!«

Kapitel 28

Konstantinopel: 4. September 1599

Nacht

Jamal al-Andalus hatte in seinem Observatorium in Galata die ganze Nacht über gearbeitet.

Wie üblich saß er in seiner Schreibstube im obersten Stockwerk des Turms. Dieser Raum, ein geheimes Laboratorium, das niemand kannte, nicht einmal seine eigenen Diener, lag noch über dem Observatorium, in dem er die meisten Instrumente und Bücher aufbewahrte und Besucher oder durchreisende Gelehrte empfing. Jamal saß mit gekreuzten Beinen auf dem Fußboden vor einem breiten, niedrigen Tisch und schrieb Zahlen in ein Buch. Vor ihm lagen eine große Himmelskarte, die an den vier Ecken mit Steinen beschwert war, und mehrere astronomische Tabellen. Seit Stunden hörte man im Raum nur das Kratzen seiner Feder auf dem Papier. Hin und wieder warf er einen erwartungsvollen Blick zur Treppe, aber niemand zeigte sich.

Hätte jemand Jamal beobachtet, so hätte derjenige bemerkt, dass sein Gesicht ganz anders aussah als sonst, wenn er sich außerhalb dieses Raums bewegte. Wirkte er hier älter oder bedeutend jünger? Der Beobachter hätte Mühe gehabt, das zu entscheiden. In seinen Ruhestunden machte die Verspieltheit, die seine Züge belebte, wenn er in Gesellschaft war, einer großen Konzentration Platz. Denn hier, in diesem Raum, fand Jamals wahres Leben statt – ein vergeistigtes Leben, ein Eintauchen in die tiefsten Tiefen, sodass er, wenn er daraus auftauchte, noch eine Weile lang wie betäubt wirkte und den entrückten Blick eines Manns besaß, der mit Engeln gespeist hat.

Der Tisch, an dem er arbeitete, war übersichtlich und schlicht wie die mathematischen Figuren, mit denen er sich in dieser Nacht beschäftigte. Die andere Seite seiner Geheimkammer erinnerte dagegen eher an die Werkstatt eines Künstlers. Mörser und Stößel, verschiedene Becher, Trichter und Siebe; schwarze Tinte, feinste, in Blattgold gewickelte Stoffe, dazu gläserne Phiolen mit rotem, grünem und blauem Puder, das aus Lapislazuli, Malachit, Zinnober, weißem und rotem Graphit, Eisenvitriol, Hämatit, Alaun, Grünspan und Gips gewonnen war. Kleine Pinsel, Lineale und Federkiele waren ordentlich nebeneinander aufgereiht, und daneben lag, auf dem Boden ausgebreitet, der Gegenstand, an dem er gerade arbeitete: ein langes, vorn offenes Hemd, geschnitten wie ein Kaftan. Eine Seite war noch leer, die andere mit so winzigen Talismansymbolen bedeckt, dass man an das Werk von Dschinns glauben mochte.

Jamal nahm seine Brille ab und rieb sich die Nasenwurzel, wo ihn der Metallbügel gedrückt hatte. Er legte die Brille in ein Holzkästchen zurück und nahm zwei Instrumente vom Tisch. Dann schob er hinter sich einen Wandvorhang zur Seite und stieg über eine kleine Treppe aufs Dach.

Es war eine wunderbare Nacht – der Himmel war wolkenlos, kein Lüftchen wehte und der Vollmond schien. Jamal holte die Teile eines Astrolabiums aus seiner Tasche und baute es mit geübten Bewegungen zusammen, indem er zwei Metallscheiben in ein kreisförmiges Gehäuse einsetzte. Zuerst das Tympan, das den richtigen Breitengrad und die Koordinaten für Konstantinopel angab, dann darüber einen mit Schnörkeln bedeckten durchbrochenen Datumsring, die *rete*. Zur *rete* gehörte eine zweite, kleine Scheibe, der Ekliptik-Kreis, auf dem man die zwölf Tierkreiszeichen erkannte. Als die Scheiben alle auf die richtige Art übereinanderlagen, hob Jamal den Blick zum Himmel und empfand dasselbe schwindelerregende Staunen, das ihn hier oben immer überkam. Über ihm glühten die Sterne am Firmament. Einige waren heller als die anderen und blinzelten ihm mit ihrem überirdischen Licht zu: Aldebaran, Beteigeuze, Markab, Alioth, Wega. Schon allein ihre Namen, dachte er, klingen wie ein Zauberspruch, wie machtvolle Poesie.

Welchen von euch soll ich heute benutzen, meine Brüder?, fragte sich Jamal. Tief am Horizont entdeckte er den Hundsstern. Ah, da bist du ja, Sirius, mein Freund, du kommst mir gerade recht. Geschickt hielt er sich das Astrolabium an dem Metallring vor die Augen und drehte den Doppelzeiger, die Alhidade, hinten am Gehäuse, bis das Loch an einem Ende auf Augenhöhe war. Als sich Sirius genau in der Öffnung befand, hielt er das Gerät ganz ruhig und adjustierte durch vorsichtiges Drehen die *rete*, bis einer der dornenförmigen Zeiger, der dem Sirius entsprach, korrekt ausgerichtet war.

Er senkte das Instrument und hatte gerade begonnen, die Ergebnisse abzulesen, als hinter ihm eine Stimme ertönte.

»Nicht nötig, Jamal. Es ist die siebte Stunde nach Sonnenuntergang, wie Ihr es gewünscht habt.«

Der Astronom wandte den Kopf nicht, sondern erwiderte lächelnd: »Das Messen der Zeit nach dem Sternenlicht ist eine Liebhaberei, die ich nicht mit vielen Menschen teilen kann.«

»Auch nicht die ungleichen Stunden, Jamal?«

Endlich drehte sich der Astronom um und antwortete mit sanfter Stimme: »Ich war es nicht, der sie ungleich gemacht hat, mein Freund.«

Vor ihm im Schatten stand eine dunkle Gestalt.

»*As-salam alaikum*, Jamal al-Andalus.«

Jamal legte die Hand aufs Herz und verbeugte sich. »*Wa-alaikum as-salam*, Engländer. Ich dachte schon, Ihr würdet nicht mehr kommen. Es ist lange her, seit wir zusammen in die Sterne geschaut haben.«

»Ihr habt recht, es ist sehr lange her.« Paul trat aus dem Schatten auf das Dach hinaus.

»Eure Miene ist ernst, Paul. Man hat Euch auf dem Weg hierher doch nicht aufgehalten? Mein Freund John Carew ist nicht erneut in Schwierigkeiten, hoffe ich?«

»Nein, zum Glück nicht. Vergebt mir, Jamal. Ich habe Euch noch nicht für all das gedankt, was Ihr für ihn getan habt. Und für mich – für uns alle.«

»Es war nicht genug, fürchte ich. Diese andere Angelegenheit, Paul, das Mädchen ... Als Ihr das letzte Mal hier wart, habe ich Euch eine Bitte abgeschlagen und Ihr wart verärgert. Es tut mir leid ...«

»Nein, bitte nicht.« Paul hob abwehrend die Hände. »Sprecht nicht weiter, es war falsch von mir, darum zu bitten.«

Gemeinsam blickten sie in den Himmel.

»Und Carew?«, fragte Jamal schließlich. »Geht es ihm gut?«

»Ja, danke.«

»Ich vermute, es braucht mehr als paar Tage im Keller, um ihn aus der Fassung zu bringen.«

»Das stimmt.«

»Und Euer Gesandter, Sir Henry Lello? Er hat es nicht zu schwer genommen, hoffe ich, dass ein ganzes Janitscharen-Bataillon an seine Tür hämmerte?«

»Es ist uns gelungen, Sir Henry damit zu verschonen, bis Carew wieder frei war. Auch er hat keinen Schaden genommen. Ich höre, dass der Wesir die Sache erwähnte, als er heute früh beim Gesandten vorsprach und sich tausendmal für den Irrtum entschuldigte. Die Gesandtschaft hat also durchaus nicht gelitten, sondern eher noch davon profitiert. Die mechanische Orgel ist endlich wieder ganz und soll dem Sultan überbracht werden. Morgen schon.«

»Dann wird Sir Henry sein Beglaubigungsschreiben präsentieren?«

»Ja.«

»Und alles ist gut?«

»In dieser Hinsicht ja«, sagte Paul. Er sah sich auf der Dachterrasse um. »Ihr wolltet mir etwas zeigen?«

»Ja, etwas, woran ich seit Monaten arbeite. Ich wollte, dass Ihr es als Erster seht.«

Er hielt ein zylinderförmiges, ledernes Objekt von etwa sechzig Zentimetern hoch, das sich an einem Ende verjüngte.

»Das ist es?« Paul schien erheitert. »Ein Kinderspielzeug?« Er nahm Jamal den Zylinder ab.

»Ah, dann kennt Ihr es schon?«, fragte Jamal eifrig.

»Ja, von einem fahrenden Händler, glaube ich«, antwortete Paul. »Und aus dem Laden des guten Mr Pearl in Bishopsgate, wo Kaufmann Parvish immer seine Brillen erstand.«

Er inspizierte das Instrument von beiden Seiten; es war bei genauer Betrachtung nicht nur *ein* Zylinder, sondern es waren drei, miteinander verbunden und mit Chagrinleder überzogen.

»Ein Kinderfernrohr, Jamal? Ein sehr hübsches, zugegeben, aber ... ich dachte, Ihr hättet den Stein der Weisen entdeckt!«

»Was soll ich mit dem Stein der Weisen? Ihr redet Unsinn«, sagte Jamal und nahm den Zylinder wieder an sich. »Und in der Tat waren es Augengläser, die mich auf die Idee gebracht haben. Aber dies ist kein Kinderspielzeug, das kann ich Euch versichern. Die Genialität liegt in diesen beiden einfachen Linsen – hier und hier.« Er deutete auf zwei dicke Glasscheiben, die an beiden Enden des Zylinders befestigt waren. »Das hier ist eine leicht konvexe Linse, die andere eine stark konkave Linse. An beiden ist nichts Besonderes. Aber wenn man sie so kombiniert, dass die konkave Linse am Auge liegt ...« Er legte ein Ende des Rohrs ans Auge und hob das andere Ende zum Himmel. »Ich habe Euch hergebeten, damit Ihr es selbst ausprobieren könnt. Es ist recht schwer, stützt es hierauf ab.« Er zog ein Holzgestell zu sich und half Paul, das Gerät darauf abzulegen. »Jetzt seht selbst, Paul.«

Er trat zurück, während Paul das Auge an die Öffnung des Rohrs legte.

»Ich sehe nichts«, sagte er nach einer Weile, »nur Schwarz.« Er reichte Jamal das Gerät zurück.

»Ihr müsst Geduld haben«, bat Jamal, »Eure Augen müssen sich erst daran gewöhnen. Und es ist leichter, wenn Ihr mir sagt, was Ihr sehen wollt.«

»Wie wäre es mit dem Mond? Er ist groß genug.«

»Nein. Ich möchte, dass Ihr das hier seht.«

Jamal richtete den Zylinder auf ein helles, milchiges Band aus, welches sich über den Nachthimmel zog. Paul nahm das Instrument wieder entgegen und sah hindurch. Als er sich danach Jamal zuwandte, machte er ein ungläubiges Gesicht.

»Sterne, Jamal, Tausende, nein Millionen Sterne ...«

»Millionen und Abermillionen, Paul. Mehr Sterne, als wir je für möglich gehalten hätten.«

»Das ist unglaublich.«

»Mein Instrument hat die Macht, alles näher heranzurücken. Das liegt an den Glaslinsen. Ich hatte diese Idee, nachdem ich selbst eine Brille tragen musste. Ein wenig hat mir auch das Werk von Ibn al-Haitham über die Optik geholfen, das *Kitab al-Manazir*«, erklärte Jamal bescheiden. »Wenn man die Linsen allein verwendet, sind sie nicht sehr wirkungsvoll, aber zusammen, eine hinter der anderen ... Ihr seht selbst, welche Wirkung sie haben.«

»Ganz außergewöhnlich.« Paul griff noch einmal nach dem Zylinder. »Wie viel näher sehen wir alles?«

»Ich schätze etwa zwanzig Mal näher«, sagte Jamal, »vielleicht auch etwas mehr.«

»Dann besteht der leuchtende Dunst am Nachthimmel in Wirklichkeit aus Sternen«, wiederholte Paul, »Millionen und Abermillionen von Sternen. Das ist unglaublich.«

»Ich habe Dinge gesehen, die Ihr Euch nicht vorstellen könnt, Paul.«

»Auch den Mond näher als sonst?«

»Ja, natürlich. Und die Venus. Mit diesem Instrument konnte ich erkennen, dass die Venus Phasen hat wie der Mond. Ich kann sie Euch zeigen.«

Paul rieb sich die Augen und stützte sich auf die Balustrade der Dachterrasse, um das bestirnte Firmament noch einmal staunend zu betrachten.

»Ich glaube, Euer ketzerischer Doktor hatte mit seinem Modell ganz recht«, sagte Jamal.

»Nikolaus Kopernikus.«

»Ja.« Jamal lächelte. »Was ich Euch gerade gezeigt habe, beweist zweifellos, dass das Universum unendlich viel größer ist, als man je angenommen hat.«

»Und dass nicht der Himmel sich bewegt, sondern wir?«

»Warum nicht? Ich nehme sogar an, dass meine Instrumente dies beweisen können«, sagte der Astronom mit seinem schelmischen Lächeln. »Ihr Christen seid so starrköpfig!«

Jamal stellte sich neben Paul, und beide versenkten sich einträchtig in die Betrachtung des Sternenhimmels.

»Als ich mich vor Jahren der Astronomie zuwandte«, sagte Jamal nach einer Weile, »hatte ich die Aufgabe, Karten anzufertigen. Himmelskarten und Karten der Fixsterne. Ich sollte die Bewegungen der Sonne, des Mondes und der Planeten voraussagen, sowie den Zeitpunkt, an dem bestimmte Ereignisse eintreffen würden, Sonnenfinsternisse, Oppositionen, Konjunktionen, Sommer- und Wintersonnenwende, Tagundnachtgleiche und derlei mehr. Die Frage nach den Gründen hatte mich nicht zu interessieren. Aber jetzt ...« – er deutete auf den Zylinder – »kann ich mich damit nicht mehr zufriedengeben. Ich muss nach den Gründen für die Vorgänge am Himmel suchen.«

»Auch ich muss nach den Gründen für Vorgänge suchen, Jamal«, sagte Paul. »Ich habe heute weiter geblickt als vielleicht je ein Engländer vor mir, und doch ... Und doch, Jamal, muss ich ehrlich mit Euch sein und Euch sagen, dass direkt vor meiner Nase Dinge vor sich gehen, die ich nicht durchschaue. Ich muss Gewissheit haben, bevor ich fahre, versteht Ihr?«

»Bevor Ihr fahrt?«

»Sie will, dass ich aufbreche, Jamal. Die Valide. Wenn die *Hektor* übermorgen Segel setzt, sollen Carew und ich an Bord sein.«

Jamal sah Paul traurig an. »Ich werde Euch vermissen, Paul Pindar Aga, mehr als ich ausdrücken kann.«

»Aber Ihr seid nicht überrascht? Wollt Ihr nicht fragen, warum sie mich loswerden will?«

»Wir kennen doch beide die Antwort, nicht wahr?«

Jamal zog sich die Kapuze über den Kopf, sodass sein Gesicht im Schatten lag. Paul hatte den merkwürdigen Eindruck, dass er auf einmal größer und schmaler wirkte.

»Was ist mit Euch, Paul?« Jamal trat einen Schritt auf ihn zu. »Ihr seht mich so merkwürdig an.«

Unwillkürlich wich Paul zurück. »Vielleicht gehört das zu den

Gründen, die *ich* herausfinden muss. Worum geht es wirklich? Wer seid Ihr, Jamal?«

»Was soll das heißen? Ihr wisst, wer ich bin. Der Astronom Jamal al-Andalus.«

»Und sonst niemand?«

»Ich wusste nicht, dass Ihr Euch für Metaphysik interessiert«, bemerkte Jamal trocken.

»Ich kam neulich her, weil ich Euch um Hilfe bitten wollte, weil ich wusste, dass Ihr im Palast ein- und ausgeht. Keiner von uns ahnte jedoch, wie ungehindert ... Diese Frau, die Euch aufgesucht hat, Esperanza Malchi ...«

»Ah, Ihr habt Euch erkundigt. Das dachte ich mir fast.«

»Carew war das, es ist seine Stärke. Diese Malchi ist eine der engsten Vertrauten der Valide. Und eine der gefürchtetsten, sagen meine Informanten. Und doch steht Ihr mit ihr auf bestem Fuße ...«

»Eure *Informanten* ...«

»Ihr wusstet Bescheid über den Obersten der Schwarzen Eunuchen und das Zuckerschiff«, fuhr Paul fort. »Ihr habt Carew hier versteckt, um ihn zu schützen, und dann freigelassen, als die wahre Schuldige gefunden wurde. All das ging klammheimlich vor sich, ohne dass auch nur das winzigste Gerücht aus dem Palast drang.« Paul schwieg. »Wie habt Ihr das alles gemacht?«

»Nun, ich muss gestehen, dass ich selbst ein wenig stolz darauf war, wie reibungslos es vor sich ging ...«

»Und dann das hier.« Paul deutete auf Jamals neues Instrument. »Carew hatte recht, der Teufel soll ihn holen! Ihr besitzt eine außerordentliche Sammlung, Jamal. Die präzisesten Geräte, die ich je zu Gesicht bekommen habe – Astrolabien, Globen, Landkarten, Bücher ... Woher stammt das alles?«

»Vielleicht möchtet Ihr Eure Informanten auch danach fragen?« Jamal lächelte nicht mehr. »Ihr spioniert mir nach und besitzt die Dreistigkeit, mich zu bitten, dass ich für Euch spionieren soll.«

»Nein, nicht spionieren. Ich wollte nur einige Informationen ...«

»Ist das ein Unterschied?«

»Aber natürlich.«

»Niemand im Palast würde es so deuten. Ihr Fremden seid alle gleich, wie die Kinder. Ihr wollt immer etwas über Dinge erfahren, die *haram* sind. Denkt nicht, dass Ihr der Erste seid, der es bei mir versucht hat.«

»Es tut mir leid, aber Gott weiß, dass ich gute Gründe hatte. Das versteht Ihr doch?« Paul fuhr sich durch die Haare. »Wir sprechen über Celia, die Frau, die ich geliebt habe – die ich noch immer liebe.« Man hörte Paul seine Verzweiflung an. »Die Frau, die ich heiraten wollte. All die Jahre dachte ich, sie wäre tot, Jamal! Und dann stellt sich heraus, dass sie nicht tot ist, sondern lebt, und zwar hier in Konstantinopel.« Paul verbarg das Gesicht in den Händen. »Hier, ganz nahe, und ich habe nichts getan, um ihr zu helfen.«

»Und wenn sich Carew getäuscht hat?«

»Er hat sich nicht getäuscht.« Paul drückte Jamal ein Stück Papier in die Hand. »Hier, seht Euch das an.«

»Was ist das?«

»Es stellt eine Lamprete dar, einen Fisch, der wie ein Aal aussieht. Es ist eine Anspielung auf ihren Namen Lamprey. Dallam hat es gefunden, es war in der Orgel versteckt.«

Stumm reichte Jamal Paul das Papier zurück.

»Was? Habt Ihr nichts zu sagen? Sie weiß, dass ich hier bin, Jamal, ich bin mir sicher …«

»Ihr versteht immer noch nicht, Engländer. Die Wohnquartiere der Frauen im Haushalt eines jeden Manns – und ganz gewiss in dem des Sultans – sind *haram*«, wiederholte Jamal langsam, »das bedeutet verboten, tabu für alle anderen Männer. Für Blicke, für Worte, sogar für Gedanken. Wenn sich Eure Celia Lamprey wirklich im Haus der Glückseligkeit befindet, wie Ihr sagt, gehört sie jetzt dem Sultan. Sie existiert für Euch nicht mehr. Ganz gleich, was sie vorher war – jetzt ist sie seine Sklavin, sie gehört ihm. Kein Mensch kann daran etwas ändern, höchstens ein Wunder.« Jamal seufzte. »Und ich dachte, Ihr wärt anders als die anderen, Paul. Ich dachte, Ihr wärt gekommen, weil Ihr Euch ausschließlich für meine Arbeit interessiert.«

»Das tue ich auch, wie Ihr sehr wohl wisst«, rechtfertigte sich Paul betroffen.

»Ja«, lenkte Jamal ein, »das weiß ich. Ich habe in mein Herz geblickt und darin gesehen, wer Ihr wirklich seid: ein ehrlicher Mann.«

»Ich hatte geglaubt, Euch zu kennen«, sagte Paul und schüttelte den Kopf, »und dann kamt Ihr mir plötzlich wie ein Fremder vor.«

»Dabei wart Ihr der Fremde, Paul«, erwiderte Jamal betrübt. »Ich vergesse manchmal, wer Ihr seid: ein Fremder in unserem Land. Ihr müsst mir sagen, was Ihr mir anvertrauen wolltet. Aber kommt erst mit hinein, die Nacht wird kalt und Ihr friert.« Er nahm Paul behutsam am Arm.

Jamal führte Paul in sein Observatorium. In einer Ecke brannte ein wärmendes Kohlefeuer. Einer der Diener brachte zwei Gläschen mit heißem Minztee.

»Setzt Euch und wärmt Euch auf«, bat Jamal. »Und während Ihr Tee trinkt, will ich Euch etwas erzählen, das hoffentlich erklärt, warum ich Carew geholfen habe.«

Paul ließ sich in der Nähe des Feuers nieder.

»Als Kind von kaum zehn Jahren«, begann Jamal, »kam ich zu einem Schreiber in die Lehre, der im Palast als Kalligraph diente. Ich war anstellig und klug und lernte schnell, was man mir beibrachte, aber ich war nie damit zufrieden. Ich wollte mehr erreichen als nur kopieren, was andere Menschen geschrieben hatten, selbst wenn es sich um heilige Worte, zum Beispiel Suren aus dem Qu'ran handelte. An die Werkstatt meines Meisters im Palast grenzte die Werkstatt eines anderen Handwerkers, der Uhren, Sonnenuhren und Instrumente aller Art für den Sultan herstellte. Diese Dinge faszinierten mich immer mehr, nicht nur weil sie so schön waren, sondern auch wegen ihres Nutzens. Ich verbrachte so viel Zeit wie möglich bei dem anderen Meister und brachte ihn mit gutem Zureden dazu, mir sein Wissen weiterzugeben. Dazu gehörten auch die Grundlagen der Arithmetik und Geometrie, was die anderen Handwerker verblüffte und meinen eigentlichen Meister zur Verzweiflung trieb. Glücklicherweise war er ein guter Mensch und wie ein Vater zu mir, und als er erkannte, dass er diesen Wissensdurst nicht aus mir herausprügeln konnte und ich eine echte Begabung für die Mathematik hatte, sorgte er dafür, dass ich die Palastschule besuchen durfte.

In der Schule war ich sehr glücklich. Endlich hatte ich das Gefühl, das zu tun, was Gott für mich vorgesehen hatte. Bald wurde klar, dass ich ungewöhnliche Fähigkeiten besaß. In wenigen Jahren hatte ich alles über Mathematik gelernt, was die Lehrer mir beibringen konnten, und so lernte ich allein weiter. Ich hatte nichts anderes im Kopf als Zahlen, deren Schönheit und Klarheit. In der christlichen Welt denkt ihr, dass sich das Universum zur Sphärenmusik dreht, aber wisst Ihr, Paul, die wahre Sprache des Universums, seine tiefste und innerste Musik, sind die Zahlen.« Jamal lehnte sich lächelnd zurück. »Die meisten Jungen meines Alters interessierten sich nur für Bogenschießen oder Pferde, und ich brütete über den Sätzen von Euklid!

Als ich dreizehn war, starb Sultan Selim, und sein Sohn, Sultan Murad, der Vater des gegenwärtigen Sultans, kam an die Macht. Er brachte seinen alten Lehrer, den Gelehrten Hodscha Sa'd al Din mit, der sich für mich zu interessieren begann. Dieser Mann war durch einen glücklichen Zufall ein Freund des bedeutenden Astronomen Takiuddin. Takiuddin wollte seit Jahren in Konstantinopel ein neues Observatorium bauen lassen. Die verfügbaren astronomischen Tabellen waren veraltet und er wollte neue zusammenstellen, die sich auf jüngste Beobachtungen stützten. Als er seine Bitte dem Sultan und dem Diwan – dem Rat der Wesire – vortrug, war Hodscha Sa'd al Din einer der stärksten Befürworter des Plans. Takiuddin baute sein Observatorium unweit von hier im Tophane-Viertel von Galata, und als es zwei Jahre später fertig war, wurde ich einer seiner Assistenten.«

Jamal seufzte. »Ihr wisst, was dann passiert ist. Im Jahr 1577 erschien am Himmel ein großer Komet. Der Sultan verlangte von Takiuddin eine Deutung. Der Komet, sagte dieser, sei der Überbringer guter Nachrichten und ein Zeichen, dass die osmanischen Armeen den Krieg gegen Persien gewinnen würden. Er behielt natürlich recht. Die Perser wurden besiegt – aber die osmanischen Armeen erlitten große Verluste. Zudem wütete in jenem Jahr die Pest in unserer Stadt und viele hohe Würdenträger starben kurz nacheinander. Das waren kaum die günstigen Entwicklungen, die mein Meister vorausgesagt hatte.

Mein alter Gönner Hodscha Sa'd al Din und sein Verbündeter, der Großwesir Soqullu Mehmet Pascha, hatten sich am Hof einflussreiche Feinde gemacht. Einer von ihnen war Scheik al Islam, der wichtigste Vertreter des islamischen Rechts in Konstantinopel. Er ging zum Sultan und versuchte ihn davon zu überzeugen, dass das Observatorium der Grund allen Übels sei. Der Wunsch, die Naturgesetze zu erforschen, sagte er, würde uns alle nur ins Verderben stürzen. Reiche, in denen Observatorien erbaut wurden, behauptete er, fielen in der Regel einem raschen Verfall anheim.

Zuerst wollte der Sultan nicht auf ihn hören, denn er war ein Mann, der die Gelehrsamkeit sehr schätzte, aber nach einigen Jahren setzten sich der Scheich und seine Anhänger doch durch. Man sandte Männer, die das Gebäude zerstörten und abrissen und … den Rest der Geschichte kennt Ihr.«

Jamal schwieg für einen Moment. »Wir wurden nicht gewarnt, sie fielen eines Tages einfach über uns her. Der Aussichtsturm, all unsere Instrumente, die Bibliothek, unsere unersetzlichen Tabellen … Vernichtet. Und das Schlimmste war, dass unsere Gruppe auseinandergerissen wurde. Wir waren entehrt. Wohin sollten wir gehen? Die meisten von uns hatten Familien, zu denen sie zurückkehren konnten. Ich nicht. Ich kam hierher, in diesen Turm.

Dieses Gebäude, das damals noch von Feldern umgeben war, hieß früher das Kleine Observatorium. Es wurde ebenfalls von den Hellebardieren des Sultans zerstört, aber nicht so gründlich wie das größere Observatorium. Es war noch so viel stehen geblieben, dass ich mir in einem Teil eine improvisierte Unterkunft einrichten konnte. Und ich konnte auch einige Bücher und kleinere Instrumente retten.

Als die Menschen in der Stadt hörten, dass hier noch einer der Astronomen lebte, wild wie ein Eremit, kamen sie her. Zuerst verstohlen. Es waren meist einfache Leute, die nur eine grobe Vorstellung von Astronomie hatten. Anfangs baten sie mich um Kleinigkeiten: Ich solle ihnen ihre Träume deuten oder einem Neugeborenen ein

Horoskop stellen oder einen günstigen Zeitpunkt für eine Hochzeit oder Beschneidung ermitteln. Dann wurden ihre Bitten komplizierter. Manchmal baten sie um Amulette oder Talismane, um Schutz gegen den Bösen Blick, gegen Krankheit und dergleichen. Und gelegentlich ... um etwas Mächtigeres.«

»Hexerei, meint Ihr?«

»Ist das Euer Wort dafür?« Jamal warf Paul einen kritischen Blick zu. »Oft war es recht harmlos. Manchmal handelte es sich nur um ein paar Verse aus dem Qur'an, die in ein kleines Stoffbeutelchen gelegt wurden. Ich besaß immer noch die Handschrift eines Kalligraphen. Wie gesagt, harmlose Dinge. Meistens.«

»Und dann?«

»Dann bekam ich eines Tages Besuch, und alles änderte sich. Der Besucher war einer der Schwarzen Eunuchen aus dem Palast. Sein Name war Hassan Aga.«

»Der Schwarze Obereunuch?«

»Derselbe. Aber das ist zwanzig Jahre her, und damals war er noch nicht Obereunuch.«

»Und er hat Euch um ein Horoskop gebeten?«

»Nicht direkt. Er sagte, eine hochgestellte Dame wünsche meine Dienste, aber es sei eine Angelegenheit von höchster Geheimhaltung. Wenn ich ihr helfen könne, würde der Lohn meine kühnsten Träume übersteigen. Gäbe ich jedoch die Art ihrer Bitte jemals preis, würde ich enden wie er – als Beschnittener.«

»Und habt Ihr ihr geholfen?«

»Ich habe mich zunächst geweigert. Ein kluger Mann wagt es in der Regel nicht, eine Bitte aus dem Palast abzuschlagen, aber ich habe es getan. Die Art der Bitte flößte mir ein solches Entsetzen ein, dass ich sie nicht zu erfüllen wagte – selbst wenn ich dazu in der Lage gewesen wäre, was ich bezweifelte. Doch sie setzten mir immer weiter zu. Ich dürfe den Turm wieder aufbauen, versprachen sie, und sie würden mir neue Instrumente und neue Bücher besorgen. Ich könne wieder als unabhängiger Gelehrter arbeiten und all meine Interessen verfolgen, diesmal unter dem Schutz der Dame. Also stimmte ich schließlich zu.«

»Eine mächtige Dame.«

»O ja.«

»Was wollte sie von Euch?«

»Sie wollte, dass ich den Sultan mit einem Bann belege. Der ihn daran hindert, mit einer anderen Frau das Bett zu teilen als mit ihr.«

»Mit anderen Worten: Ihr solltet ihn impotent machen.«

»So ist es.«

»Wer war diese Frau?«

»Damals war sie die Haseki, die Favoritin des Sultans. Ihr kennt sie als Safiye Sultan.«

Paul starrte Jamal an.

»Hat er gewirkt?«

Jamal lachte auf. »Mein Talisman? Natürlich hat er gewirkt.« Dann wurde er wieder ernst und fuhr fort: »Für eine Weile. Sultan Murad war Safiye fast zwanzig Jahre lang treu gewesen. Das war geradezu ein Skandal, glaubt mir. Es war öffentlich bekannt, dass er keine anderen Konkubinen nahm und nur von ihr Kinder hatte. Aber als er Sultan wurde und nach Konstantinopel kam, änderte sich die Lage. Zum einen lebte hier seine Mutter Nurbanu und sie hasste Safiye und war eifersüchtig auf deren Macht über ihren Sohn. Sie tat alles, um Murad für neue Konkubinen zu begeistern. Sie und ihre Tochter Ismihan suchten landauf, landab nach den schönsten Sklavinnen des Reiches, aber vergebens. Obwohl Safiye damals nicht mehr jung war, hatte er nur Augen für sie.« Jamal nahm einen Schluck Minztee und stellte die Tasse dann auf einen kleinen Tisch neben sich. »Eines Tages«, erzählte er weiter, »fanden sie zwei Frauen, zwei Sklavenmädchen, schön wie Engel. Sobald Safiye sie sah, wusste sie, dass sie besiegt war. In dieser Situation schickte sie nach mir.«

Jamal nahm noch einen Schluck Tee. »Der Talisman, den ich für sie anfertigte, wirkte für eine lange Zeit. Sosehr er sich auch bemühte, der Sultan konnte keine andere ehren als die Haseki. Aber dann fanden sie ihn.«

»Den Talisman?«

Jamal nickte. »Eine ihrer Dienerinnen nahm die Schuld auf sich, sagte man mir, und wurde dafür in den Bosporus geworfen.«

»Und Safiye – was geschah mit ihr?«

»Von da an suchte sie die Mädchen für den Sultan selbst aus, und jede war schöner als die vorige. Insgesamt zeugte er vor seinem Tod neunzehn Kinder ...«

»Aber sein Herz blieb ihr treu?«

»So wird es wohl gewesen sein.«

»Auf diese Weise seid Ihr zu Eurem Turm gekommen. Und zu den Astrolabien, den Globen, Eurer Bibliothek.«

»Ja. Safiye Sultan hat ihr Wort gehalten. Sie ist eine große Gönnerin und sehr freigebig.«

»Und Ihr seid für sie manchmal noch tätig?«

»Hin und wieder.« Jamal nickte. »Aber bis zu diesem Vorfall mit Hassan Aga hatte sie mich lange um nichts mehr gebeten, obwohl ich mich oft im Palast aufhalte und in der Schule unterrichte. Die Valide wusste, dass Carew nichts mit dem Gift zu tun hatte, und hat um Hilfe nachgesucht. Das ist alles.

Ihr solltet wissen, dass ich nicht der Einzige bin, den sie für ihre Zwecke benutzt, Paul. Es gibt viele Personen, die der Valide zu Hilfe eilen, wenn sie sie braucht. Sie nennt mich ihren Leibarzt. Als Hassan Aga vergiftet wurde, rief sie mich. Ich zögerte auch da.« Jamal schüttelte den Kopf. »Der Mann hatte so viel Gift geschluckt, dass ich ihm nicht helfen konnte, und das muss sie auch gewusst haben. Es ist allein Gottes Wille, dass er noch am Leben ist. Das, und ...«

»Was?«

»Wer weiß?« Jamal zuckte die Achseln. »Es muss etwas sehr Kostbares sein, was ihn am Leben hält. Aber da er Eunuch ist – was könnte es sein?«

Als Jamal zu Ende erzählt hatte, blieb Paul einen Moment lang stumm sitzen, den Blick auf die Hände gesenkt. Er war auf einmal so müde, dass seine Gedanken ihm entglitten.

»Und was ist mit mir, Jamal?«, fragte er mit geschlossenen Augen, den Kopf gegen die Wand gelehnt. »Darf ich nichts Kostbares haben, was mich am Leben hält?«

»Ihr habt alles, was Ihr braucht.« Jamal sah ihn mitfühlend an. »Aber erlaubt mir, Euch etwas zu raten. Kehrt nach Hause zurück,

Paul. Die Valide hat Euch eine Chance gegeben. Ihr werdet keine zweite bekommen.«

Die Morgendämmerung brach bereits an, als die beiden Männer voneinander Abschied nahmen.

»Bis zum Wiedersehen, Paul Pindar Aga.«
»Bis zum Wiedersehen.«
Sie umarmten sich.
»Jamal?«
»Mein Freund?«
»Eine letzte Gunst?«
»Jede«, lächelte Jamal. »Worum geht es?«
»Mein Kompendium.«
Paul hielt ihm die geöffnete Hand hin, auf der das Kompendium lag.
»Bringt es ihr. Bitte.«
Der Astronom betrachtete es so lange schweigend, dass Paul die Stille schließlich nicht mehr ertragen konnte.
»Es ist kein Blick, es ist kein Wort und nicht einmal ein Gedanke«, sagte er, »aber sie wird verstehen. Wenigstens wird sie wissen, dass ich es versucht habe.«
»Gut.« Jamal nahm das Kompendium an sich. »Wie ich schon gesagt habe, Paul Pindar, es gibt keinen *Menschen* auf Erden, der Euch helfen kann – aber vielleicht gibt es jemand anderen.«

Kapitel 29

Istanbul: Gegenwart

Erst am Morgen nach ihrem Ausflug mit Mehmet konnte Elizabeth die E-Mail ihrer Betreuerin Dr. Alis öffnen.

Meine liebe Elizabeth,
ich freue mich sehr, dass Ihre Zeit in Istanbul so produktiv ist. Gute Neuigkeiten auch von hier: Das Dekanat hat Ihre Umschreibung vom Magister- zum Promotionsstudiengang genehmigt. Wir können die weiteren Schritte diskutieren, wenn Sie zurück sind, aber vorläufig schicke ich Ihnen schon einmal das eingescannte Porträt, um das Sie gebeten haben. Ich hoffe, es ist klarer als Ihre Kopie ...

Ohne den Rest der Mail eines Blickes zu würdigen, klickte Elizabeth auf die Anlage. Nach einigen Sekunden erschien auf dem Bildschirm der Satz *Ein Anwendungsfehler ist aufgetreten. Wiederholen Sie die Eingabe.* Sie klickte auf *Wiederholen*, die Sanduhr drehte sich ein Weilchen, aber es passierte immer noch nichts.

Verdammt! Sie scrollte weiter durch die Mail, bis sie an der richtigen Stelle war.

... hoffe, es ist klarer als Ihre Kopie. Falls Sie sich fragen, was er in der Hand hält: Das ist ein Kompendium, ein teils mathematisches, teils astronomisches Instrument. Wenn Sie genau hinsehen, erkennen Sie, dass es aus verschiedenen Teilen besteht – einer Sternenuhr, einem Magnetkompass, einem Breitengradmesser und einer Äquinoctialsonnenuhr. Das Ganze war in ein kleines Messingge-

häuse eingepasst, das man ohne Weiteres in die Tasche stecken konnte (wie eine moderne Taschenuhr), aber wie Sie sehen, hält er es dem Betrachter hin. Und was noch ungewöhnlicher ist, dieses Gehäuse scheint am Boden ein zusätzliches Fach zu haben, in dem man etwas aufbewahren konnte. Zeichengerät vielleicht? Was Sie sich fragen sollten, ist Folgendes: Warum hat er sich damit abbilden lassen? Welche Bedeutung hat es? Die Elisabethaner liebten Symbole und Codes dieser Art. Vielleicht kann Ihnen das Datum (an der rechten unteren Ecke gerade noch erkennbar) einen Hinweis geben.

Das steht ein Datum? Verdammter Kasten! Ungeduldig versuchte Elizabeth noch einmal, den Anhang zu öffnen, aber es erschien wieder dieselbe Botschaft: *Ein Anwendungsfehler ist aufgetreten. Wiederholen Sie die Eingabe.* Warum klappte in diesen Internetcafés immer irgendetwas nicht? Es half nichts, sie würde bis Montag warten und es an einem der Terminals in der Universität versuchen müssen.

Als sie wieder in Haddbas Gästehaus eingetroffen war, wartete ein offiziell aussehender brauner Umschlag auf sie. Er war mit einer türkischen Briefmarke beklebt und an Bayan Elizabeth Staveley adressiert. Am Abend rief sie Eve an.

»Stell dir vor, die Genehmigung für die Archive ist endlich gekommen.«

»War aber auch Zeit. Was gibt's Neues?«

Elizabeth berichtete ihr von dem Porträt Paul Pindars mitsamt Kompendium, und von Thomas Dallams Tagebuch.

Dann fiel ihr noch etwas ein. »Weißt du, woran ich dauernd denken muss? An Pindars Haus. Ich habe dir mal davon erzählt.«

»Es war groß, das weiß ich noch.«

»Mehr als groß. Neulich habe ich eine ganze Weile gegoogelt und das ist dabei herausgekommen. Hör zu, ich lese es dir vor.« Elizabeth holte ihre Notizen hervor. ›Eines der besten Beispiele für Londoner Privathäuser in Fachwerkbauweise, das der wohlhabende

Londoner Kaufmann Paul Pindar um 1600 errichten ließ‹, las sie laut vor. »Die Fassade muss damals ziemlich berühmt gewesen sein. ›Die Fassade erstreckt sich über zwei Stockwerke und besteht aus beschnitztem Eichenholz mit reich verzierten Paneelen unter den Bogenfenstern der ersten und zweiten Etage. Die Fenster selbst sind aus zahlreichen kleinen Glasscheiben zusammengesetzt.‹«

»Gibt es das noch?«

»Nein. Das Haus wurde 1787 zu einem Pub umfunktioniert und in den 1890er Jahren abgerissen, da für die Erweiterung der heutigen Liverpool Street Station Platz benötigt wurde. Aber die Fassade befindet sich im Victoria & Albert Museum. Eines Tages werde ich mal hingehen und sie mir ansehen.«

»Okay, ich kann's mir vorstellen.« Eve schien genervt. »Aber ich verstehe nicht, was dir das bei dieser Geschichte mit Celia Lamprey hilft.«

»Na ja, eigentlich nichts – jedenfalls nicht direkt«, gab Elizabeth zu. »Ich habe mit der Suche nach Bildern von Pindars Haus angefangen, und es gab tatsächlich welche. Jemand hat sich die Mühe gemacht, einen Text von 1791 mit dem Titel *Smiths Antiquities of London* ins Netz zu stellen, und darin war nicht nur das Haus abgebildet, sondern auch Bilder vom Gartenhaus in dem ursprünglichen Park, der damals offenbar noch existiert hat. Die Ortsangabe war Half-Moon Alley.« Elizabeth las vor: »›Derzeit lebende Personen erinnern sich an die Maulbeerbäume und andere Überreste des Parks.‹«

»Na und? Er hatte ein protziges Haus mit einem Garten. Bishopsgate lag gleich außerhalb der alten Stadtmauern, und im späten sechzehnten Jahrhundert bestand die Gegend weitgehend aus Wiesen und Ackerland.«

»Aber verstehst du denn nicht? Da steht, das Haus wurde 1600 erbaut, das ist nur ein Jahr, nachdem die Kaufleute dem Sultan die Orgel überbracht hatten. Wir wissen, dass auch Pindar bis mindestens 1599 in Konstantinopel war, weil Thomas Dallam ihn in seinem Tagebuch erwähnt. Pindar war einer der beiden Sekretäre, die den Gesandten begleiteten, als er sein Beglaubigungsschreiben vorlegte. Aber das Entscheidende ist: Das Haus war nicht irgendein hübsches Häuschen, es war ein riesiger Herrensitz, genauso bedeutend wie das von Thomas Gresham und anderen reichen Londoner Finanziers. Wenn er allein lebte, als Junggeselle, ohne Ehefrau und Familie – wozu hat er dann etwas so Großes gebraucht?«

»Hm, weil er sehr reich war?«, schlug Eve vor. »Das hast du selbst gesagt. Pindar war eine Mischung aus Kaufmann und Bankier. Was sollte er sonst mit seinem Geld anfangen? Ich dachte, darum sei es den Elisabethanern immer gegangen: Angeberei und Extravaganz.«

»Aber das ist es ja! Auf ihn trifft keines von beidem zu.« Elizabeth dachte an das Porträt von dem Mann mit dem schlichten schwarzen Samtwams. »Du machst ihn zu einem dieser schrecklichen Emporkömmlinge, aber genau das war er nicht. Er war ein Gentleman, ein Gelehrter.«

»Vielleicht war er schwul«, konterte Eve. »Überleg doch mal, all diese plüschigen Innenräume!«

»Das glaube ich nicht«, widersprach Elizabeth, »bei einem Haus wie seinem geht es um die Zukunft, um die Nachkommenschaft. So etwas will man an die nächste Generation weitergeben.«

»Vielleicht hat er eine andere geheiratet. Hast du daran schon mal gedacht?«

»Natürlich habe ich alle Möglichkeiten durchgespielt. Aber er hat nie eine andere geliebt. Celia ist entkommen, da bin ich mir ganz sicher.«

Elizabeth hob den Blick und sah durch ihr Fenster das Goldene Horn und den Palast – ein Logenplatz für das Schauspiel vom alten Konstantinopel, so wie ihn auch die Kaufleute der Levante-Kompanie in ihren Villen in Galata gehabt hatten. Wie seltsam, dass ihr das in ihrer ersten Zeit in Istanbul nicht aufgefallen war!

Eve hatte gerade etwas gesagt.

»Entschuldige, ich habe dir nicht zugehört.«

»Ich sagte: Schön und gut, aber du hast keine Beweise.« Die beiden letzten Worte sprach sie langsam und betont aus.

»Du musst wirklich nicht mit mir reden, als wäre ich schwachsinnig. Ich kann nicht erklären, warum es so ist, aber ich weiß es einfach«, blaffte Elizabeth verärgert. »Und ich *brauche* keine Beweise. Dafür nicht.«

Die Worte waren ihr entschlüpft, bevor sie sie aufhalten konnte. Schweigen in der Leitung.

»Für eine Dissertation?«, bemerkte Eve schließlich schnippisch. »Ich denke schon.«

»Was ich meine, ist … ach, zum Teufel, was meine ich eigentlich?«, murmelte Elizabeth wie zu sich selbst. »Hast du je … hast du je das Gefühl gehabt, dass die Vergangenheit zu dir spricht?«

Keine Antwort.

»Nicht auf diese esoterische Art, wie du jetzt denkst.«

Schweigen.

»Du klingst müde«, sagte Eve schließlich.

»Stimmt.« Elizabeth rieb sich die Augen. »Ich schlafe zurzeit nicht sehr gut.«

Wieder ein beredtes Schweigen.

Dann fragte Eve: »Gibt es noch etwas anderes? Marius hat sich nicht zufällig bei dir gemeldet? Ich habe gehört, dass er ein paarmal im College angerufen hat.«

»Marius?« Elizabeth musste fast lachen. »Nein.«

Das Bild eines Manns tauchte vor ihr auf, aber es war nicht Marius, sondern Mehmet. *Marius gelöscht.* Hatte sie das tatsächlich geschafft?

»Na, immerhin.«

Das Schweigen war schon fast peinlich.

»Okay, dann machen wir mal Schluss.«

»Gut. Tschüs.«

»Tschüs.«

Elizabeth lag auf dem Bett und starrte an die Decke. Was war los? Zum ersten Mal hatte sie sich fast mit Eve gestritten. Sie hätte ihr von Mehmet erzählen können, aber sie hatte es nicht getan – warum nicht? Sie, die Eve sonst immer alles erzählte! Sie drehte sich auf den Bauch, griff erneut nach dem Handy und rief die Bilder auf, die sie am Tag zuvor von Mehmet gemacht hatte. Sie betrachtete sein Profil, die ausgeprägte Nase. Was gäbe sie darum, ihn jetzt leibhaftig vor sich zu sehen und seine Stimme zu hören! Aber er war verreist, hatte geschäftlich in Ankara zu tun, und würde zwei Tage fortbleiben.

Elizabeth schaltete das Handy aus und rollte sich wieder auf den Rücken. Die Stimme des Muezzins, der die Gläubigen zum Gebet rief, drang aus der Ferne an ihr Ohr.

Sie schloss die Augen. Eve hatte recht gehabt, sie war müde. Sie hatte letzte Nacht so viel an Mehmet denken müssen, dass sie kaum zur Ruhe gekommen war. Sie war öfter aufgewacht und hatte wirre Bilder im Kopf gehabt. Manchmal war sie im Hamam und glaubte wie an jenem Vormittag seinen Blick auf ihrem nackten Körper zu spüren. Immer wieder erlebte sie den Augenblick, als er im Restaurant ihre Hand genommen hatte, und fühlte seinen Daumen an der zarten Haut ihres Handgelenks.

Auf der Rückfahrt hatten sie dicht nebeneinander gestanden. Ihre Körper berührten sich nicht, aber sie spürte seinen Atem an ihrem Hals.

»Geht es dir gut?«

»Ja.«

»Du zitterst schon wieder.«

»Nein, es ist alles in Ordnung.«

Er schob ihr eine lange Haarsträhne hinter das Ohr.

»Ich will dir etwas zeigen.«

Er wies auf eine Reihe hübscher Holzhäuser, die in einer kleinen Bucht dicht ans Ufer gebaut waren. »Das sind die *yalis*, von denen ich dir erzählt habe. Das dort«, er deutete auf das größte, »soll ich dir zeigen, meint Haddba.«

»Es ist sehr schön«, sagte Elizabeth. »Wem gehört es?«

»Meiner Familie«, antwortete Mehmet. »Eine meiner Großtanten, die jüngste Schwester meiner Großmutter, bewohnt es noch, aber sie verbringt den Winter in Europa.« Er warf ihr einen fast unsicheren Blick zu. »Ich zeige es dir eines Tages. Wenn du möchtest.«

Sie fuhren eine Zeit lang schweigend weiter. Die Sonne war hinter Wolkenbändern verschwunden. Wieder zogen Kormorane dicht über der Wasserfläche an ihnen vorbei.

»Hast du Angst?«, fragte er.

»Nein.«

»Das ist gut. Es gibt nichts, wovor du Angst haben müsstest, das weißt du doch?«

Elizabeth nickte.

Und so hatten sich die Gedanken an ihn immer wieder in ihren Schlaf geschlichen. Ab und zu wusste sie nicht einmal mehr, ob sie wach war oder träumte. Einmal hatte sie geglaubt, die Tür sei mit einem Knall aufgeflogen und jemand sei von draußen ins Zimmer gestürmt. Elizabeth hatte sich mit klopfendem Herzen im Bett aufgesetzt.

Der Schatten einer jungen Frau mit zerzaustem Haar und einer Perlenkette um den Hals.

Sie hörte eine Stimme – ihre eigene? –, die schrie.

Celia?

Aber da war niemand.

Kapitel 30

Konstantinopel: 5. September 1599

Vormittag

Erst zwei Tage, nachdem sie Handan gefunden hatte, ergab sich für Celia wieder die Gelegenheit, mit Annetta zu sprechen. Ihre Freundin saß allein inmitten von Kissenbergen. Sie war zwar noch blass, aber immerhin vollständig bekleidet, und sie hatte sich die Haare gekämmt und geflochten.

»Du siehst besser aus.«

»Und du schrecklich.« Annetta begutachtete Celia kritisch und spähte dann in den Gang. »Wo sind deine Frauen?«

Celia senkte den Blick. »Die Haremsvorsteherin hat gesagt, sie bräuchte sie für etwas anderes.«

»Bedeutet das, dass du nicht länger *gödze* bist?«, fragte Annetta unverblümt.

»So scheint es.« Celia dachte an den Sultan, seinen massigen hellhäutigen Körper, den blonden Ziegenbart, die schlaffen Wangen. Sie erinnerte sich an Hanza, die mit ihrem dünnen kleinen Körper auf dem des Sultans gesessen und gewippt hatte und an ihr merkwürdiges Glucksen, das klang, als unterdrücke ein Kind seine Tränen. Sie packte Annettas Hand. »Und es ist mir gleich, was du sagst, mir tut es nicht leid.«

»Schon gut, Gänschen.«

»Vermutlich werde ich bald wieder hier bei dir wohnen.« Celia sah sich in dem fensterlosen Kämmerchen um, das Annetta mit fünf anderen *cariye* teilte. »Und das wird mir auch nicht leidtun.«

»Wir halten zusammen« – Annetta erwiderte ihren Händedruck –, »was auch immer geschieht, jetzt erst recht.«

»Genau, und deshalb musst du mir auch erzählen, was in jener Nacht wirklich passiert ist, als Hassan ...«

»*Madonna*, nicht schon wieder die Geschichte!« Annetta ließ sich in die Kissen sinken und ihre eben noch heitere Miene verfinsterte sich. »Warum kannst du es nicht einfach vergessen?«

»Vergessen? Du *wolltest* es mir doch erzählen! ›Keine Geheimnisse mehr‹, hast du gesagt. Meinst du, es wird sich alles von allein regeln? Bestimmt nicht. Wenn Hassan Aga dich wirklich gesehen hat, bist du genauso in Schwierigkeiten wie ich.« Celia verstummte. »Psst, was war das?«

»Was? Ich habe nichts gehört.«

»Warte mal.« Celia lief zur Tür und warf einen raschen Blick nach rechts und links und geradeaus in den Hof der Cariye. Es war niemand zu sehen. Als sie zurückkam, war sie blass und außer Atem. »Weißt du, sie haben meine Sachen durchsucht. Alle beobachten und belauschen mich, wohin ich auch gehe. Selbst Gülbahar und Hyazinth – Menschen, zu denen ich Vertrauen hatte. Du hast keine Ahnung, wie das ist. Ich traue niemandem mehr über den Weg.«

»Warum? Wegen des Zuckerschiffs? Aber sie haben doch bewiesen, dass das nichts mit dem Gift zu tun hatte ...«

»Da bin ich mir nicht so sicher. Ich muss immer daran denken, Annetta. Und wenn sie nun das mit Paul herausgefunden haben und er auch in Gefahr ist?« Celia drückte die Hand gegen die Stelle, an der der Schmerz sich eingenistet hatte. »Annetta, es ist noch nicht vorbei. Mein Name stand auf dem Schiff!« Sie hatte das Gefühl, keine Luft mehr zu bekommen. »Wir haben nicht mehr viel Zeit. Sag mir, was du gesehen hast. Glaube mir, von allein wird sich gar nichts regeln.«

»Aber es ist bestimmt das Beste für uns, wenn wir warten, bis sich alles von allein gelöst hat. Und das wird passieren, solange nicht irgendwelche Unruhestifter herumlaufen und alles wieder aufrühren«, widersprach Annetta in scharfem Ton. »Bisher ist nichts geschehen.« Sie setzte sich auf. »Sie haben herausgefunden, wer es getan hat, Hanza oder die Haseki, oder beide, wer weiß, und das tut mir leid, denn ich weiß, dass du die Haseki mochtest. Aber Hassan

Aga scheint mich nicht gesehen zu haben, sonst hätte er inzwischen etwas gesagt. Glaubst du denn, ich hätte mir keine Sorgen gemacht? Aber niemand hat etwas erwähnt und niemand wird etwas erwähnen – können wir es also bitte auf sich beruhen lassen?«

»So würdest du nicht reden, wenn du dabei gewesen wärst, Annetta. Ich war da, als sie abgeführt wurden.« Celia deutete auf ihr Handgelenk, an dem das Armband der Haseki hing. »Der Schwarze Obereunuch wurde vergiftet und zwei Frauen sind deshalb gestorben. Sie wurden in Säcke eingenäht und in den Bosporus geworfen. Stell dir das vor!« Nervös ließ Celia die Glasperlen durch die Finger gleiten. »Dass Hassan Aga dich nicht erwähnt hat, kann ein gutes Zeichen sein. Vielleicht hat er dich gar nicht gesehen. Oder er wartet nur auf den richtigen Moment. Denn das ist hier der Brauch, nicht wahr? Du hast es mir selbst eingeschärft: Sie beobachten und warten ab.«

Annetta drehte sich von Celia weg und hielt sich die Ohren zu.

»Die Haseki wollte mir etwas mitteilen, aber sie ist nicht mehr dazu gekommen!«, sagte Celia und rüttelte Annetta an den Schultern. »Du glaubst, dass Esperanza Malchi dich mit dem Bösen Blick belegt hat, aber ich kann mir nicht vorstellen, dass das etwas damit zu tun hat. Jemand anderes muss seine Hand im Spiel haben. Jemand, der viel gefährlicher ist, das hat die Haseki angedeutet.«

»In diesem Fall wäre es noch viel wichtiger, sich da rauszuhalten«, sagte Annetta mit immer noch abgewandtem Gesicht.

»Das kann ich nicht.«

Sie schwiegen beide.

»Du hast es getan, stimmt's?«, fragte Annetta und drehte sich zu Celia um.

»Was?«

»Spiel nicht die Unschuldige! Du warst am Vogelhaustor, oder etwa nicht?«

Celia blinzelte nervös, aber vor Annetta konnte sie sich nicht verstellen. »Niemand hat mich gesehen.«

»Glaubst du wirklich?« Annetta schloss verzweifelt die Augen. »Das darf doch nicht wahr sein!«

»Du solltest noch etwas anderes wissen.«

Schnell erzählte ihr Celia von den Entdeckungen der vorletzten Nacht und von Handan. Annetta hörte sich alles schweigend an. Dann zischte sie ärgerlich: »Was ist nur in dich gefahren? *Santa Madonna,* nicht wegen *mir* solltest du dir Sorgen machen, du selbst steckst in den größten Schwierigkeiten!«

»Schhhh!« Celia legte den Finger an die Lippen. »Denk lieber nach. Hast du den Namen Cariye Mihrimah schon einmal gehört?«

»Ich weiß, dass der Schwarze Obereunuch früher Kleine Nachtigall genannt wurde. Aber Cariye Mihrimah? Nein.« Annetta schüttelte den Kopf.

»Wenn wir wissen, wer diese Person ist, haben wir den Schlüssel.«

»Welchen Schlüssel?«

»Den Schlüssel zu allem. Wer den Schwarzen Obereunuchen vergiftet hat und wer wirklich hinter dem Tod von Gülay Haseki steckt.« Celia konnte ihre Ungeduld nicht mehr verbergen. »Den Schlüssel zu der Frage, warum das Zuckerschiff mit meinem Namen in diese Sache verwickelt ist. Alles ist miteinander verknüpft, das wollte mir die Haseki mitteilen, aber sie hatte keine Gelegenheit mehr dazu.«

»Aber sie haben doch herausgefunden, wer es getan hat! Und es war die Haseki!« Annetta schrie jetzt fast.

»Daran habe ich nie geglaubt, du etwa? Jeder kann das Horoskop versteckt haben. Erinnerst du dich an den Tag, als wir gesehen haben, wie Esperanza Malchi etwas bei ihr abgeliefert hat? Jemand hat das Päckchen entgegengenommen, aber wer es war, konnte ich nicht erkennen. Ich glaube, Gülay hat gewusst, was geschehen würde. Das hat sie mir indirekt zu verstehen gegeben. Sie wusste auf jeden Fall, dass sie Feinde hatte. Feinde, die sie dazu bringen wollten, auf ihre Stellung als Haseki zu verzichten.«

»Das hat sie dir weisgemacht?« Annetta warf Celia einen vernichtenden Blick zu. »Vergisst du nicht eine Kleinigkeit? Gülay hatte einen *Sohn.* Er kommt als Nachfolger des Sultans infrage. In diesem Fall wäre sie die nächste Valide geworden. Höher kann man nicht aufsteigen! Als der gegenwärtige Sultan den Thron bestieg, wurden seine neunzehn Brüder alle ermordet. Hast du Cariye Lalas Geschichten vergessen? Gülay hat genau gewusst: Wenn sie sich nicht durchsetzt, geschieht das auch mit ihrem Sohn.«

»Das leugne ich nicht. Aber ich glaube, es gehörte zu ihrem Plan.«

»Ist dir je in den Sinn gekommen, dass sie dir diesen Gedanken absichtlich in den Kopf gesetzt hat? Dass sie ihre Gründe hatte, dir von den Nachtigallen zu erzählen?« Annetta fröstelte und zog sich die Decke enger um die Schultern. »Je mehr ich darüber höre, desto weniger gefällt mir die Geschichte.«

»Du täuschst dich«, widersprach Celia. »Du musst mir unbedingt vertrauen. Und kannst du mir jetzt bitte genau erzählen, was du gesehen hast?«

»Wie du willst.« Annetta seufzte tief auf und schloss die Augen.

»In der Nacht, in der du zum ersten Mal zum Sultan gebracht wurdest, konnte ich nicht schlafen«, begann sie. »Ich musste an dich denken. Ich habe mich gefragt, ob du – ob es dir gut geht. Und welche Tricks Cariye Lala aus dem Ärmel ziehen würde. Ob sie wohl das viele Geld wert war, das wir ihr gegeben hatten.« Annetta lächelte müde. »So viel hing davon ab, und ich wusste, es war unsere einzige Chance. Dutzende von Mädchen werden in den Harem gebracht und die meisten würdigt er keines Blickes. Aber du, Celia, du bist schön und freundlich und hast eine Haltung wie eine Adelige. Ich wusste, dass du auffallen würdest.« Sie lachte leise. »Ich dagegen bin ein dürres Ding mit schwarzen Haaren, wie die Nonnen immer sagten. Niemand himmelt mich an, und schon gar nicht der Sultan. Aber ich kann scharf und schnell denken, und zu zweit sind wir stark – auf jeden Fall besser als jede für sich allein.

In jener Nacht konnte ich also nicht schlafen. Es waren nur wenige von uns hier, wenn du dich erinnerst. Abgesehen von den Neuen hielten sich die meisten Frauen noch in der Sommerresidenz der Valide auf und sollten erst am folgenden Tag zurückkehren. Ich ging ins Badehaus, um mir Wasser zu holen. Es war ganz still. Ich sah meinen eigenen Schatten im Mondlicht und dachte, so muss man sich als Geist fühlen.

In diesem Moment hörte ich leises Stimmengemurmel aus den Wohngemächern der Valide. Ich dachte, es könnte vielleicht etwas mit dir zu tun haben, deshalb schlich ich zu der Tür, die den Hof der Cariye mit den Vorzimmern verbindet, um sie besser zu verstehen. Gerade als ich davor stand, wurde die Tür heftig aufgestoßen und Cariye Lala stand vor mir. Sie trug etwas in der Hand – das Zuckerschiff. Wir erschraken beide ganz furchtbar und hätten fast aufgeschrien, und einen Moment lang war ich starr vor Schreck, weil ich dachte, sie würde mich zur Haremsvorsteherin schicken. Aber sie gab mir nur das Zuckerschiff und sagte, man hätte ihr aufgetragen, es ins Zimmer des Schwarzen Obereunuchen zu bringen, aber das könne ich ja auch tun.«

»Dann hast *du* es dorthin gebracht? Du warst das? Mein Gott, Annetta ...« Celia starrte ihre Freundin an. »Dann wissen jetzt zwei Menschen, wo du in jener Nacht warst?«

»Ach, Cariye Lala ist harmlos, das weiß jeder.« Annetta schnalzte ungeduldig mit der Zunge. »Die Frage ist, wer hat *sie* geschickt?«

»Ja, ja, aber eins nach dem anderen.« Celia hob abwehrend die Hände. »Erzähl mir erst, was dann weiter geschehen ist.«

»Das war merkwürdig – Hassan Agas Zimmer war leer«, begann Annetta erneut. »Ich stellte das Schiff auf ein Tablett, das neben dem Diwan stand, aber vorher sah ich es mir genauer an. Es tut mir so leid, Gänschen, ich weiß, ich hätte es dir sagen sollen ... Nachdem ich es abgestellt hatte, wusste ich nicht recht, was ich tun sollte. Ich wollte warten und Hassan Aga sagen, was ich ihm gebracht hatte, aber es kam keiner, und so dachte ich, dass ich eigentlich die Gelegenheit nutzen und mich ein bisschen umschauen könnte ...«

»Was?« Jetzt war Celia entsetzt. »In Hassan Agas Kammer?«

»Ausgerechnet du sagst das!«, gab Annetta zurück. Leiser fuhr sie fort: »Und stell dir vor, ich habe wirklich etwas gefunden, oder besser, etwas gehört. Ich habe eine Katze gehört.«

»Eine Katze – und was ist daran so außergewöhnlich? Hier wimmelt es von Katzen.«

»Ja, aber das Geräusch kam aus der Wand. Ich habe die Ohren gespitzt und schließlich die Stelle gefunden – es kam von hinter den Kacheln, die an der Wand gegenüber dem Diwan angebracht sind. Die arme Katze hat immer lauter gemauzt, und ich bin mit der

Hand über die Kacheln gefahren, bis ich eine Art Haken gespürt habe. Ich habe daran gezogen, und plötzlich öffnete sich ein ganzes Wandstück.«

»Eine Geheimtür! Noch eine!«

»Genau. Hinter der Tür ist ein ziemlich großer Schrank, in dem sich mit Leichtigkeit jemand verstecken kann, sogar ein dicker fetter Eunuch. Und da war auch die Katze …«

»Armes Tier.«

»Aber nicht irgendeine. Denk dir, es war die große weiße Katze der Valide, du kennst sie doch? Die mit den unheimlichen Augen.«

»Natürlich«, sagte Celia verblüfft, »aber was um alles in der Welt hat Kater da gemacht?«

»Dazu komme ich gleich. Als ich die Tür aufstieß, schoss die Katze heraus. Sie ist fast gegen mich geprallt, so eilig hatte sie es. Und da sah ich, dass sich an der Rückwand des Schranks eine weitere Tür befindet.«

»Ich glaube, ich weiß, wie es weitergeht …«

»Ja. Hinter der zweiten Tür fand ich eine geheime Treppe. Genau wie die, die du in der Wohnung der Haseki entdeckt hast.«

»Deshalb hast du dich so für die verschiedenen Eingänge in ihre Wohnung interessiert. Glaubst du, die beiden Geheimgänge hängen zusammen?«

»Natürlich! So muss Kater hereingekommen sein. Er muss durch einen der Gänge gelaufen sein und konnte dann nicht mehr zurück. Er saß in der Falle. Wie auch immer, ich war noch im Schrank, als ich Stimmen hörte.« Annetta schüttelte sich bei der Erinnerung. »Was sollte ich tun? Ich hätte nicht mehr rechtzeitig weglaufen können. Ich konnte gerade noch die Schranktür hinter mir zuziehen, bevor Hassan Aga das Zimmer betrat.«

Celia starrte sie fassungslos an.

»Ich weiß.« Annetta zuckte die Achseln. »Es war dumm von mir, aber vielleicht doch nicht so dumm, wie es scheint. Das alte Rhinozeros war nicht allein. O nein, er hatte ein Mädchen bei sich, Cariye Lalas Dienerin aus dem Badehaus der Valide. Ich sah die beiden ganz deutlich durch ein Guckloch in der Schranktür.«

»Das Mädchen mit den Zöpfen?«, fragte Celia bestürzt. »Sie hat in jener Nacht geholfen, mich vorzubereiten. Ich habe sie seitdem nicht mehr gesehen.«

»Weil sie tot ist.«

»Tot?«, wiederholte Celia. »Sie auch?«

»O ja.«

»Aber wie?«

»Dieses Mädchen, dieses scheinbar so unschuldige kleine Ding, war in Wirklichkeit der höchstpersönliche *culo* des Schwarzen Obereunuchen.«

Als Annetta Celias entsetztes Gesicht sah, lachte sie trocken auf. »Du glaubst, dass diese Eunuchen, nur weil sie beschnitten sind und nicht richtig kopulieren können, keine Gefühle, keine Begierde haben? Oder dass sie eine Frau nicht auf andere Weise befriedigen können?« Sie legte den Kopf schief. »Nun, nach allem, was ich in jener Nacht sah, gilt eher das Gegenteil.« Sie rümpfte angeekelt die Nase. »Von allen unnatürlichen, widerwärtigen Akten, die ich je gesehen habe ...«

»Du hast doch nicht etwa ...«

»Ach weißt du«, sagte Annetta abermals mit einem Achselzucken, »ein Bordell ähnelt dem anderen. Aber mich hat nicht so sehr gestört, was er getan hat oder sie tun ließ, sondern dieses ganze Gegurre und Geturtele und Gebettele. Uahhh!« Sie schauderte. »Davon ist mir richtig übel geworden. Ich glaube, er hat wirklich etwas für sie empfunden, der arme Tropf. Dauernd flötete er: ›Mein kleiner Faun, mein Blümchen, zieh dich für mich aus, meine kleine Singdrossel, ich will dich nackt sehen, darf ich deine kleinen Füßchen küssen, ich will an deiner Brust saugen, so weich, so süß, wie zarte rosarote Tulpen.‹« Annetta zog eine Grimasse und imitierte die hohe, brüchige Falsettstimme des Eunuchen. »Dieses kindische Getue, schrecklich! Und dann war dieses monströse alte Nashorn mit seinem Mund überall an ihr dran. Ich wäre am liebsten aus dem Schrank gestürzt, sage ich dir, und hätte ihm einen ordentlichen Schlag in sein hässliches Gesicht verpasst.«

Celia starrte sie mit weit aufgerissenen Augen an.

»Aber wie du siehst, habe ich es nicht getan.«

»Offensichtlich.«

»Und dann sah ich, wie sie die Hand nach dem Zuckerschiff ausstreckte und ein Stück davon in den Mund gesteckt hat.«

»Ein Stück der Zuckermasse, meinst du?«

»Nein«, sagte Annetta stirnrunzelnd, »ich glaube, es war etwas, das im Schiff versteckt lag. Ich habe es selbst nicht gesehen, weil es dunkel war und ich ja auch nicht darauf geachtet habe, aber sie hat anscheinend gewusst, dass es da war, weil sie es ohne Zögern herausgeholt und sich in den Mund geschoben hat.«

»Und er hat sie nicht dabei beobachtet?«

»Nein, er hatte sich umgedreht, um einen Schal für sie zu holen. Sie hat gewartet, bis er ihr den Rücken zugekehrt hatte.«

»Und dann?«

»Als er sicher war, dass sie es bequem hatte – er wollte ihr zu Diensten sein, stell dir vor, der Schwarze Obereunuch ist wie eine Zofe um sie herumgeschwänzelt –, da hat er sie auf den Mund küssen wollen. Sie hat sich zuerst geweigert, aber er bestand darauf. Er drückte sie auf den Diwan und hielt sie so fest, dass sie sich nicht bewegen konnte. Ich hörte, wie seine schmatzenden dicken Lippen – oh, es war ekelhaft – an ihr lutschten und wie er ihr wie ein Hund das ganze Gesicht ableckte. Igitt! Aber nicht lange danach merkte ich, dass etwas nicht stimmte. Zuerst jammerte das Mädchen, es schien Schmerzen zu haben. Und ich dachte, er muss etwas mit ihr angestellt haben, ihr auf irgendeine Weise Gewalt angetan haben, mit den Fingern vielleicht oder einem falschen Glied …« Sie sah Celias entsetzte Miene und sagte gleichmütig: »Ach, glaub mir, ich habe schon Schlimmeres gesehen. Aber dann hat auch er aufgeschrien. Und dann kamen andere Geräusche, und es fing an zu stinken … o Gott, Gänschen, du kannst es dir nicht vorstellen.« Annetta war blass geworden. »Überall Erbrochenes, Ausscheidungen, Gestank! Dann ging alles schnell. Das Mädchen war in wenigen Minuten tot.«

»Du glaubst also, sie hat das Gift in den Mund genommen«, sagte Celia langsam, »und als er sie küsste, hat sie ihn auch damit vergiftet.«

»Nein, nein«, widersprach Annetta vehement. »Ich wette tausend Dukaten oder mehr, dass sie nicht wusste, dass es Gift war und dass sie schon gar nicht den Eunuchen vergiften wollte. Wahrscheinlich hielt sie es für eine Art Liebesdroge …«

»Stimmt, sie hatte Zugang zu allen möglichen Arzneien. Cariye Lala hat viele Essenzen in ihrer Truhe. Es wäre für das Mädchen eine Kleinigkeit gewesen, etwas herauszunehmen, als gerade niemand da war.«

»Aber warum sich die Mühe machen und es im Zuckerschiff verstecken? Und vor allem kann sie nicht gewusst haben, dass ich es bringen und auf das Tablett stellen würde … O Gott!« Annetta stützte die Stirn in die Hände. »Mir dreht sich der Kopf. Nein, es muss eine andere Erklärung geben. Warum sollte sie die Hand beißen, die sie füttert? Als Geliebte des Schwarzen Obereunuchen – auch wenn das für dich und mich abscheulich klingt – hatte sie mehr Macht, als sie sich je erträumt haben kann. Fast so viel Macht wie die Haseki. Nein, jemand anderes hat sie benutzt. Sie hat nicht gewusst, was sie tat. Eine andere Person steckte dahinter, ganz bestimmt.«

»Jemand, der wusste, dass sie ihn in der Nacht besuchen würde.«

»Vielleicht sogar jemand, der sie mit Absicht hingeschickt hatte, wer weiß? Aber warte, bis ich dir den Rest erzählt habe.« Annetta machte eine Pause, als die Erinnerung sie zu überwältigen drohte. »Ich habe sehr lange in diesem Schrank gehockt. Ich hatte so große Angst, dass ich mich kaum rühren konnte. Wenn mich jemand findet, dachte ich, glauben sie, ich hätte etwas damit zu tun. Schließlich, nach Stunden, wie es mir vorkam, hatte ich gerade die Tür aufgedrückt und wollte mich durch den Raum nach draußen schleichen, als ich erneut Stimmen hörte. Also kroch ich schnell zurück in den Schrank. Was blieb mir anderes übrig? Und siehe da, herein kamen die Valide und hinter ihr Gülbahar und Esperanza Malchi.«

»Die Valide? Aber niemand hat Alarm geschlagen. Woher um Himmels willen wusste sie es?«

»Jemand muss ihr Bescheid gegeben haben.« Annetta schüttelte den Kopf. »Zuerst blieben sie in der Tür stehen, als hätten sie Angst, den Raum zu betreten. Aber ich konnte trotzdem jedes Wort verstehen. Ich war mir sicher, dass sie mich finden würden. Einmal habe ich mich sogar bewegt, aber zum Glück dachten sie, das Rascheln käme von der Katze ...«

»Was haben sie gemacht?«

»Die Valide hat gefragt: ›Sind sie tot?‹ Da ging Esperanza näher zu den beiden hin und sah nach. Sie sagte: ›Das Mädchen ja.‹ Dann hat sie Hassan Aga ganz genau untersucht und ihm sogar einen Spiegel vor die Nase gehalten. Und als sich zeigte, dass er noch nicht tot war, hat sie angeboten, nach dem Leibarzt zu schicken, aber die Valide sagte etwas wie: ›Nein, noch nicht‹.«

»Sie hat sich geweigert, ihm zu helfen?«

»Das nicht. Es war mehr, als ob ...« Mit gefurchter Stirn versuchte sich Annetta zu erinnern. »... als ob sie schon einen anderen Plan hätte. Als ob sie gewusst oder zumindest erwartet hätte, dass so etwas geschehen würde.«

Celia schwieg nachdenklich. Dann flüsterte sie: »Glaubst du, sie hat es getan? Die Valide?«

»Sie könnte es getan haben, aber warum sollte sie? Der Schwarze Obereunuch ist einer ihrer wichtigsten Verbündeten. Er ist ihre rechte Hand. Sie kann immer auf ihn zählen. Und wenn sie es getan hätte, wäre sie dann so schnell an den Schauplatz der Tat geeilt? Nein, sie hätte sich ferngehalten.« Annetta schüttelte den Kopf. »Nein, ich glaube, die Valide kam, weil sie die Absicht hatte, es zu verhindern.«

»Du meinst, sie wusste, was geschehen würde?«

»Ich glaube, sie ahnte, dass *etwas* geschehen würde.«

»Und seither hat sie den Täter geschützt.«

»Oh, sie weiß sicher, wer es war«, sagte Annetta. »Du kennst sie nicht so gut wie ich. Warum, glaubst du, hat es keine richtige Untersuchung gegeben?«

»Das versteht sich von selbst«, sagte Celia und stand auf.

»Ja?«

»Natürlich. Wen außer dem Sultan würde die Valide mit so viel

Umsicht schützen? Die anderen Nachtigallen natürlich. Nun, da sich Kleine Nachtigall nicht selbst vergiftet hat, muss es ...«

»Die dritte Nachtigall gewesen sein?«

»Genau.«

»Cariye Mihrimah.«

»Ich werde herausfinden, wer Cariye Mihrimah ist«, sagte Celia entschlossen, »und es gibt nur eine, die mir helfen kann.«

»Und zwar?«

»Ich muss noch einmal zu Handan.«

»Das ist verrückt!« Annetta packte Celia am Ärmel. »Bitte nicht, das ist Wahnsinn. Sie werden dich entdecken und ergreifen, und selbst wenn nicht, weißt du nicht, ob Handan dir die Wahrheit sagt. Sie ist selbst halb verrückt, heißt es. Es ist keine gute Idee, glaub mir.«

»Sie hat mir von Cariye Mihrimah erzählt, oder nicht?«

»Ja, aber ...«

»Vielleicht kann ich sie dazu bringen, mir den Rest auch zu erzählen. Außerdem halte ich sie keineswegs für verrückt. Sie ist geschwächt und krank durch das viele Opium, aber sie ist nicht verrückt.«

Vom Hof drangen Stimmen zu ihnen. Annetta wollte Celias Arm nicht loslassen.

»Bitte, Gänschen, ich flehe dich an. Geh nicht!«

»Ich muss«, sagte Celia und küsste sie auf die Wange. Bevor Annetta ihr durch ihre Worte noch mehr Angst einjagen konnte, schlüpfte sie hinaus.

Celia lief die enge Holztreppe hinunter in den Hof der Cariye. Zwei alte schwarze Dienerinnen fegten ihn gerade mit Palmwedelbesen. Als sie Celia sahen, wichen sie ihr unter respektvollen Verbeugungen aus. Plötzlich erinnerte sich Celia an den Morgen, an dem Annetta sie zur Valide gebracht hatte. Nebeneinander an die Wand gelehnt, hatten sie vor der Tür zu den Wohnräumen von Safiye Sultan gewartet. War das wirklich erst eine Woche her? Und dieses Mädchen, diese Celia – Kaya Kadin, die *gödze* war – gab es sie noch?

Mit lautem Klappern ließ eine der Dienerinnen den Besen fallen, und Celia sah sie sich zum ersten Mal genauer an. Waren das dieselben Frauen, die auch neulich den Hof gefegt hatten? Annetta hatte sehr unwirsch mit ihnen gesprochen, aber an mehr erinnerte sie sich nicht. Sogar im Haus der Glückseligkeit, wo alle so dicht gedrängt lebten, sahen die Dienerinnen irgendwie gleich aus. Hatte sich Cariye Mihrimah das zunutze gemacht? Hatte sie sich etwa als Dienerin verkleidet wieder in den Harem geschlichen, ohne erkannt zu werden?

Spontan blieb Celia stehen und drehte sich zu den beiden Frauen um. Die hielten ebenfalls an und neigten die Köpfe.

»*Kadin*.« Celia wollte gerade weitergehen, als sie begriff, dass die eine Frau sie meinte. »Herrin.«

Sie trug ein goldenes Fußkettchen. Die andere, deren dünnes, krauses Haar mehr Grau enthielt als das ihrer Gefährtin, schielte ein wenig. Die alte Frau mit dem Fußkettchen nahm die zweite an der Hand, und gemeinsam schlurften sie auf Celia zu.

»Bitte, Herrin …«

Sie schienen nicht recht zu wissen, wie es weitergehen sollte.

»Willst du etwas von mir, *cariye*?«, fragte Celia neugierig. »Wie ist dein Name?«

Die mit dem Goldkettchen antwortete: »Cariye Tusa.«

»Und deiner?«, fragte Celia die andere.

»Cariye Tata, Herrin.«

Hand in Hand standen sie vor ihr. Sie sind hilflos wie Kinder, dachte Celia, und dann dämmerte es ihr.

»Ihr seid Schwestern, nicht wahr? Zwillingsschwestern.«

»Ja, *kadin*.« Cariye Tusa legte die Hand fürsorglich auf den Arm ihrer Schwester. Die Frau mit dem Silberblick schien an Celia vorbeizusehen. Celia drehte sich um, um zu erfahren, ob jemand hinter ihr stand, aber der Hof war leer.

»Cariye Tata«, sprach Celia sie an. »Weißt du, wer ich bin?«

Die alte Frau heftete ihr gutes Auge auf Celia. Die Hornhaut war milchig blau. Ihre Schwester setzte an, etwas zu sagen, aber Celia unterbrach sie.

»Nein, nein, lass sie antworten.«

»Ich … ich …« Verwirrt schüttelte Cariye Tata ihren krausen Kopf. Sie starrte immer noch mit dem leerem Blick einer Greisin über Celias Schulter, als sähe sie dort die Gespenster der Vergangenheit. »Ihr seid eine der *kadin*«, sagte sie endlich. »Ja, so ist es. Ich weiß, wie ich Euch nennen muss. *Kadin* …« Sie verneigte sich mehrmals tief. »So muss ich Euch nennen. Wenn es Euch genehm ist, Herrin.«

»Bitte«, bat Cariye Tusa mit Tränen in den Augen, »verzeiht, Kaya Kadin. Vergebt meiner Schwester, sie will nicht respektlos sein.«

»Aber nein, ihr müsst mir vergeben, *cariye*«, beruhigte Celia sie mit sanfter Stimme. »Ich habe nicht bemerkt, dass deine Schwester blind ist.«

In diesem Moment stand Celia deutlich vor Augen, wie sie einmal ausgesehen haben mussten: zwei kleine Sklavinnen mit schwarzer Haut und blauen Augen, einander ähnlich wie zwei vollkommene Perlen. Alle Frauen im Harem hatten eine Geschichte – wie mochte wohl die ihre lauten? Wie alt waren sie gewesen, als man sie hergebracht hatte? Sechs Jahre, oder sieben? Wie sie sich aneinandergeklammert haben mussten, die beiden verängstigten Kinder, so fern von zu Hause. Und so klammerten sie sich immer noch aneinander, nachdem sie im Dienst des Sultans alt, schwerfällig und blind geworden waren. Während Celia diesen Gedanken nachhing, streckte Cariye Tusa die Hand aus, und Celia sah, dass sie ihr etwas geben wollte, etwas Rundes, das sie aus ihrer Tasche gezogen hatte und das wie Messing leuchtete.

»Für Euch, Kaya Kadin«, sagte sie und umschloss mit ihren dürren Fingern Celias Hand. »Das wollten wir Euch geben. Eine der *kiras* hat es für euch dagelassen.«

Celia öffnete die Hand. Vor ihr erstrahlte im hellen Sonnenlicht das Metallgehäuse von Pauls Kompendium.

»Was ist mit Euch?«, fragte Cariye Tusa und legte Celia die Hand auf den Arm, »fühlt Ihr Euch unwohl, *Kadin*?«

Celia antwortete nicht. Sie betätigte die verborgene Feder und ließ das Kompendium aufschnappen. Ihr eigenes Gesicht blickte ihr entgegen.

Wie Tag und Stunde rasch verwehn,
So muss des Menschen Zeit vergehn.
Sei dessen eingedenk, bewahr dein Glück,
Verlor'ne Stund bringt keine Macht zurück.

Ohne zu wissen, was sie tat, setzte sich Celia auf eine Treppenstufe vor dem Badehaus und weinte. Sie weinte und weinte, und die Tränen entsprangen einer tiefen Quelle in ihrem Inneren, die bisher verschlossen gewesen war. Sie weinte um Cariye Tata und Cariye Tusa, zwei alte Frauen, die sie bis zu diesem Tag nicht gekannt hatte; um Gülay Haseki, die tot auf dem Grund des Bosporus lag. Aber vor allem weinte sie um sich, weil sie den Schiffsuntergang überlebt hatte, und um die Matrosen, weil sie nicht mehr am Leben waren, und sie weinte um ihren toten Vater und ihren verlorenen Liebsten, um eine Liebe, die, kaum wiedergefunden, nun für immer verloren war.

Kapitel 31

Istanbul: Gegenwart

Am Tag nach ihrem Traum blieb Elizabeth fast den ganzen Tag in ihrem Zimmer und las. Als sie am späten Nachmittag hinunterging, in der Hoffnung, Rashid zu finden und sich von ihm ein paar Sandwiches holen lassen zu können, wartete Haddba im Flur schon auf sie.

»Elizabeth, Sie sind doch da! Ich habe gerade in Ihrem Zimmer angerufen. Gut, dass ich Sie antreffe.« Mit undurchdringlicher Miene winkte sie sie in ein Eckchen unter der Treppe. »Sie haben einen Besucher, meine Liebe.«

»Mehmet?«, fragte Elizabeth mit klopfendem Herzen. »Ist er zurück?«

Sie wollte gerade in den Salon laufen, als Haddba sie mit einer Handbewegung zurückhielt. »Nein, meine Liebe, nicht Mehmet ...« Aber bevor sie zu Ende sprechen konnte, hörte Elizabeth von hinten schon eine vertraute Stimme.

»Hallo, Elizabeth.«

Sie fuhr herum. Und da stand er – ganz der Alte. Verwaschene Jeans, Lederjacke, Schlafzimmerblick. Und gegen ihren Willen durchfuhr sie das Verlangen nach ihm wie ein Stromstoß.

»Marius!«

»Hallo, meine Schöne.«

»Was machst du denn hier?« Was für eine hirnrissige Frage. »Wie hast du mich gefunden?« Noch schlimmer. Und warum musste sie ihn so blödsinnig anlächeln?

»Ich wollte dich sehen, Baby.« Seine Stimme war weich und fast schmachtend, mit diesem Ton, der in der Vergangenheit bewirkt hatte, dass sie jede Demütigung ertrug, nur um sie wieder zu hören.

»Es tut mir leid, Marius, aber ich kann nicht –«

Doch bevor sie noch weiter protestieren konnte, legte er einen Arm um sie und küsste sie auf den Mund.

»Du bist vor mir weggelaufen«, flüsterte er.

»Nicht ...« Elizabeth versuchte sich seinem Griff zu entziehen und stieß mit den Hüften schmerzhaft gegen ihn.

Was ist nur los mit ihm? hörte sie im Geist Eves bitteren Refrain. *Er will dich nicht wirklich, aber er kann dich auch nicht in Ruhe lassen.*

»Wie hast du mich gefunden?« Bei seinem Anblick überlief sie ein leiser Schauer – Furcht oder Erregung? Seine ewig zerzausten Haare waren noch länger geworden und ringelten sich über den Jackenkragen. Er stand so dicht vor ihr, dass sie seinen Geruch wahrnahm, diese ureigene Mischung aus männlichem Körper, Zigaretten, ungewaschenen Laken und leicht säuerlichem Leder.

»Du hast mir gefehlt, Baby«, sagte er. Ihre Frage war damit nicht beantwortet. Elizabeths Hand lag in seinem Nacken und ihre Finger spielten mit seinen Haaren. Fast sechs Wochen Zeit, ihn zu vergessen, und wozu das Ganze?

»Sollen wir in dein Zimmer gehen? Wir müssen reden.« Sein Finger glitt an ihrem Rückgrat nach unten. »Ich habe die Concierge zu überreden versucht, dass sie mich zu dir lässt«, murmelte er ihr ins Ohr, »aber sie war eisern. Was ist das überhaupt für eine alte Ziege?«

Elizabeth erinnerte sich plötzlich daran, dass Haddba, unergründlich und majestätisch wie immer, nur wenige Schritte von ihnen entfernt stand.

Er spielt mit deinem Herzen.

Erschrocken drehte sie sich zu Haddba herum. »Was haben Sie gesagt?«

»Ich habe nichts gesagt.« Haddba rührte sich nicht von der Stelle. Man konnte an ihrem Gesicht ablesen, wie ungeheuerlich sie Marius' Benehmen fand, und ihr Blick wirkte auf Elizabeth wie eine eiskalte Dusche. Beschämt machte sie sich los.

»Entschuldigung ... Haddba, das ist Marius. Marius, das ist meine Vermieterin, Haddba.«

Marius streckte die Hand aus, aber Haddba übersah sie geflissentlich. Die Smaragde an ihren Ohrringen funkelten im Dämmerlicht wie Katzenaugen. Sie bedachte Marius mit einem Blick, unter dem sich die meisten Menschen gekrümmt hätten wie unter einem Peitschenhieb.

»Einen guten Tag.« Mit diesen Worten war er entlassen.

Als sie draußen standen, wirkte Marius etwas verstört.

»Mein Gott, was für eine grässliche alte Hexe!« Zu Elizabeths Enttäuschung, aber auch Erleichterung, machte er keine Anstalten, den Arm um sie zu legen, sondern vergrub die Hände tief in den Jackentaschen und ging ein Stück vor ihr her die Straße entlang.

»Lässt du dich von ihr immer so behandeln? Ja, klar, keine Frage.«

»Sprich nicht so über sie. Sie ist eine Freundin.«

»Die Portiersfrau?«

»Sie ist keine *Portiersfrau*.« Elizabeth rannte jetzt fast, um mit ihm Schritt zu halten. Die Luft war so kalt, dass ihre Zähne schmerzten.

»So?«, fragte er säuerlich. »Sie sieht aber so aus.«

Elizabeth unterdrückte ein Lächeln. Es geschah nicht oft, dass Marius' Charme an einer Frau abprallte, keine schien dagegen immun, ganz gleich, welchen Alters. Kein Wunder, dass er wütend war.

Eine Weile lang gingen sie schweigend nebeneinander her. Die enge Straße führte zur Istiklal Caddesi. Am Abendhimmel hingen leuchtend violette Wolken. In den Hauseingängen suchten knochige Katzen Schutz. Elizabeth und Marius kamen an den *bufes* vorbei, winzigen Imbissläden, in denen Rashid Tee und Zeitungen kaufte, an den alten Barbierläden und Patisserien, an dem Mann, der geröstete Kastanien verkaufte. Wie vertraut mir diese Gegend in den wenigen Wochen geworden ist, dachte Elizabeth.

An einer Ecke stand ein verfallenes Haus, dessen Eingang mit Brettern vernagelt war. Marius blieb plötzlich stehen und zog Elizabeth an sich, drückte sie dabei gegen den Eingang.

Seine Lippen waren nur Zentimeter von ihren entfernt. »Wie kann ich dich küssen?«

Er zog sie an den Mantelaufschlägen noch näher zu sich.

Nein!, schrie eine Stimme in ihrem Inneren, aber es nutzte nichts. Sie spürte seinen Atem an ihrem Hals und in ihrem Haar. Seufzend schloss sie die Augen und hob ihm das Gesicht entgegen. *Er wollte mich sehen,* war der einzige Gedanke, der jetzt noch zählte. *Wie oft habe ich davon geträumt! Es gab eine Zeit, da hätte ich meine Seele für eine solche Situation verkauft.* Aber als sie ihn küsste, fühlte sich seine Zunge kalt an.

»Verdammt, ist das eisig.« Er ließ sie los. »Wo können wir hingehen?«

»Ich habe eine Idee.«

Sie führte ihn in ihr Lieblingscafé an der Istiklal Caddesi. Es war inzwischen dunkel geworden und so kalt, dass Elizabeth Schnee zu riechen glaubte. Diesmal ging sie voraus, durch eine Straße, in der Musikinstrumente verkauft wurden, am Friedhof der Derwisch-*tekke* vorbei, wo die Turbane auf den Grabsteinen das erste Mondlicht einfingen.

»Wo sind wir überhaupt?«, fragte Marius.

»Wir sind in Beyoglu, das früher Pera hieß. Hier haben die Ausländer gelebt.«

Sie nahm eine Abkürzung durch einen der engen *pasajs*. Er führte auf einen kleinen Platz, auf dem dickvermummte alte Männer im Licht einer Straßenlampe aus den 1930er Jahren Tee tranken und Domino spielten. Sie blickten auf, als sie Elizabeth sahen. Marius blieb ein Stück zurück.

»Sind wir hier auch sicher?«

»Sicher?« Lachend wandte sich Elizabeth zu ihm um. War es ihre Fantasie, oder sah er wirklich mit einem Mal anders aus? Kleiner. Weniger real. »Das hängt davon ab, was du unter ›sicher‹ verstehst.«

Im Café war es warm und hell; Messinglampen, die an Wiener Kaffeehäuser erinnerten, verströmten ein freundliches Licht. Die Wände waren mit Glas und Mahagoni verkleidet. Elizabeth bestellte Tee und Kuchen. Als die Kellnerin gegangen war, merkte sie, dass Marius sie beobachtete.

»Du hast dich verändert«, sagte er schließlich. Nicht in verliebtem Ton, sondern nachdenklich. »Du bist schön, Elizabeth. Richtig schön.« Sie hatte das eigenartige Gefühl, dass er sie zum ersten Mal im Leben wirklich ansah.

»Danke«, erwiderte sie.

»Ich meine es ernst.«

Früher hätte Elizabeth jedes Schweigen sofort mit Worten gefüllt, aber diesmal, dachte sie, würde sie ihn den Anfang machen lassen.

»Du hast auf meine SMS nicht geantwortet.«

»Nein.«

Wieder Schweigen. Er griff nach einem Teelöffel und trommelte sich damit auf die Handfläche. Mein Gott, dachte Elizabeth, das kann nicht wahr sein. Marius ist nervös!

»Du hast mir gefehlt, Baby.«

»Tatsächlich?«

»Ja.«

Wie sonderbar, ging ihr durch den Sinn, wie ausgesprochen sonderbar, dass sie hier mit Marius saß. Sie führte eine Unterhaltung, die gar nichts mit ihr zu tun hatte. Nachdem sie den ersten Schock des Wiedersehens überwunden hatte, betrachtete sie ihn nun mit einem gewissen Gleichmut. Gut aussehend, unrasiert: die verlotterte Attraktivität eines Karussellkartenabreißers.

»Was willst du, Marius?«, fragte sie ohne große Neugier. »Was ist aus ihr geworden? Der Blonden, meine ich.« Aber selbst der Gedanke an diese Frau, der ihr einmal schier das Herz zerrissen hatte, besaß keine Macht mehr über sie.

»Ach, die … Die hat mir nichts bedeutet.«

Elizabeth setzte die Teetasse ab. Ihre Hand zitterte nicht. »Also, warum bist du hier?« Sie konnte selbst kaum glauben, wie sie mit ihm sprach.

»Ich bin gekommen, um dich zu holen. Ich will dich mit nach Hause nehmen.«

Er spielt mit deinem Herzen.

Elizabeth hörte den Satz glasklar. Sie sah sich um, weil sie meinte, jemand müsse auf der Bank neben ihr sitzen. Woher kamen diese Worte? Von Eve, hatte sie in Oxford einmal geglaubt. Und dann von Haddba. Aber diesmal war niemand neben ihr.

Stattdessen erblickte sie auf der anderen Seite des Cafés eine junge Frau in einem dunkelblauen Mantel, der die langen Haare über die Schulter fielen. Elizabeth war beeindruckt, welch selbstbewusste Gelassenheit die Frau ausstrahlte, und erst in diesem Moment erkannte sie, dass es ihr Spiegelbild war.

»Worüber lachst du?«, fragte Marius. »Ich habe gesagt, dass ich dich nach Hause holen will.« Er wiederholte den Satz, als habe sie ihn nicht gehört.

»Du meinst, du bist gekommen, um mich zu retten?«

»So könnte man es ausdrücken«, erwiderte er verdutzt. »Ich verstehe nicht, was daran so komisch ist.«

»Entschuldige.« Elizabeth wischte sich die Augen. »Du hast ganz recht, es ist nicht komisch. Es ist … eigentlich ziemlich traurig.«

In ihrer Handtasche klingelte das Handy. Sie warf einen kurzen Blick auf das Display und legte das Gerät wieder zurück.

Für eine Weile schwiegen beide.

»Du hast jemanden kennengelernt.«

Als Elizabeth den Blick hob, ergriff sie abermals dieses merkwürdige Schwindelgefühl, doch diesmal stürzte sie nicht ab, sondern wirbelte hinauf, hoch und immer höher.

»Ja, ich habe, wie du es ausdrückst, jemanden kennengelernt.«

»Aber das ist nicht der Grund.«

»Wofür?«

»Warum du nicht mit mir zurückfährst.«

Sie stand auf, beugte sich vor und küsste ihn leicht auf die Wange. Er sah zu, wie sie nach ihrer Tasche griff und sich die Bügel über die Schulter hängte.

»Ich hoffe, du weißt, was du tust, Elizabeth!«, rief er ihr nach. »Ich hoffe, dass du deine Entscheidung nicht bereust?«

»Bereuen?« Sie blieb an der Tür stehen. »Nein, ganz im Gegenteil.« Sie glaubte, auf Wolken zu schweben. »Ich werde frei sein.«

Kapitel 32

Konstantinopel: 5. September 1599

Vormittag

Die beiden alten Frauen ließen Celia in Ruhe weinen. Sie führten sie gemeinsam ins Badehaus und schoben sie hinter eins der Marmorbecken. Dort war sie vor den Blicken der anderen Frauen und der Aufseherinnen, die hin und wieder bei ihrer Patrouille den Hof überquerten, geschützt. Sie sprachen nicht mit ihr, aber sie strichen ihr abwechselnd übers Haar und schnalzten mitfühlend mit der Zunge.

Schließlich versiegten Celias Tränen. Erschöpft saß sie zwischen den beiden Becken auf dem Marmorboden und ließ zu, dass die Frauen ihr das Gesicht trockneten und ihr feuchte Tücher über die Augen legten. Ihr Atem beruhigte sich, doch nun überkam sie eine so unendliche Woge von Müdigkeit, dass sie sich am liebsten auf den kalten Stein gelegt und geschlafen hätte.

»Aber ich darf nicht bleiben«, murmelte sie mehr zu sich selbst als zu den Frauen. Und als sie daran dachte, was ihr noch zu tun blieb, verdrängte langsam die Angst ihre Erschöpfung.

Ihr Blick wanderte über die goldenen Wasserhähne, die wie Delfine geformt waren, und dabei versuchte sie, ihre Gedanken zu ordnen. Zum letzten Mal war sie mit Annetta und den andere Dienerinnen der Valide hier gewesen. Sie hatten sich unterhalten, aber worüber nur?

Sie betrachtete die beiden alten Frauen, und ein vages Gefühl von Beunruhigung überkam sie. Sie ergriff Cariye Tusas Hand.

»*Cariye*«, sagte sie, »wie alt bist du?«

»Ich weiß nicht, Kaya Kadin«, nuschelte die alte Frau, »alt eben.«

Ein Gedanke – oder war es eine Erinnerung? – tauchte wie aus dem Nebel auf.

»Erinnerst du dich an den alten Sultan?«

»Natürlich erinnern wir uns an ihn.«

»Wir waren vor allen anderen da«, erklärte ihre Schwester stolz. »Die anderen wurden in den Palast der Tränen geschickt, aber wir nicht. Wir dienten der Haremsvorsteherin, Janfreda Khatun.«

Dieser Name, *Janfreda Khatun*. Also doch eine Erinnerung. Ganz bestimmt eine Erinnerung.

»Richtig, alle sind fort. Sogar die kleinen Prinzen. Alle neunzehn. Tot, alle tot. Wie wir geweint haben!«

Wo hatte sie das schon einmal gehört? Celias Herz machte einen Satz. Und diese Augen – dieses milchige Blau ... Wo hatte sie diese Augen schon einmal gesehen?

»Dann könnt ihr – da ihr schon so lange hier seid – mir vielleicht helfen, jemanden zu finden.« Sie lächelte die beiden Alten ermutigend an und sprach langsam weiter, um nicht zu viele Gefühle preiszugeben. Ihr Mund war wie ausgetrocknet. »Könnt ihr mir helfen – kennt ihr – Cariye Mihrimah?«

Cariye Tusa schüttelte den Kopf. »Sie ist schon lange fort. Wusstet Ihr das nicht?«

»Was sagst du da, Schwester?« Cariye Tatas blinde Augen weiteten sich vor Erstaunen. »Ich höre sie noch oft.«

Cariye Tusa drehte sich zu ihr um. »Du hörst sie?«, fragte sie verwundert. »Das hast du mir noch nie erzählt.«

»Du hast nie gefragt.« Cariye Tata machte ein unschuldiges Gesicht. »Sie ist zurückgekommen, hierher ins Badehaus.«

»Bist du sicher?« Celia merkte, wie ihr schon wieder Tränen in die Augen stiegen. »Du bist sicher, dass es Cariye Mihrimah ist?«

»Oh, so wird sie nicht mehr genannt, *kadin*. Sie haben ihr den alten Namen wiedergegeben, warum, weiß ich nicht. Sie nennen sie Lily, das heißt, Hassan Aga nennt sie so. Lily. So ein hübscher Name! Aber wir anderen nennen sie nicht so, wir sagen Lala zu ihr.« Die alte Frau strahlte Celia an. »So müssen wir sie jetzt nennen, wenn es beliebt. Cariye Lala.«

Celia rannte in den Hof der Valide, wo sie die Wohnräume der Haseki unverändert vorfand. Auf dem Fußboden lagen immer noch die zerbrochene Tasse und der perlenbestickte Slipper. Die Tür an der Rückwand des Schrankes brachte Celia zu der schmalen Treppe, und durch die zweite Tür am oberen Ende gelangte sie in den Geheimgang, durch den sie sich wie am Tag zuvor vorwärtstastete, vorbei an der Weggabelung und dem Guckloch bis in den Schrank, der den Zugang zu Handans Raum verbarg.

Der Raum war so überhitzt und stickig wie am Vortag. Trotz der vornehmen Möblierung, den Wandbehängen aus Brokat, den Stickereien und den pelzbesetzten Roben an den Wandhaken wirkte er verwahrlost und roch abstoßend. In einer Ecke stand eine Truhe aus Sandelholz. Darauf befanden sich eine Schale mit welken Blumen und ein goldenes, mit Bergkristallen und Rubinen besetztes Kästchen, aus dem Schmuckstücke hervorquollen, Diamanten und ein herrlicher Kopfschmuck mit einem taubeneigroßen Smaragd. Aber sogar sie waren verstaubt und klebrig – die nutzlosen Juwelen einer degradierten Konkubine.

Beim Geräusch von Celias Schritten regte sich etwas auf dem Bett.

»Handan Sultan!« Celia kniete sich neben das Lager. »Habt keine Angst, ich bin es, Kaya.«

Unter den Decken drang ein leises Seufzen hervor.

»Handan Sultan, ich glaube, ich weiß jetzt, wer Cariye Mihrimah ist«, sagte Celia, »aber ich muss von Euch wissen, ob es stimmt.«

Handans Maskengesicht hob sich von den Kissen, und schwarz umrandete Augen starrten Celia an. Sie waren zwar weit geöffnet, aber so glasig, dass sich Celia fragte, ob die Frau überhaupt ansprechbar war.

»Handan! Bitte, könnt Ihr mich hören?«, flüsterte sie ihr ins Ohr. Sie schüttelte sie sanft an der knochigen Schulter, und dabei glitt die Decke hinunter. Ein widerlich süßer, ranziger Geruch stieg Celia in die Nase, der so ekelerregend war, dass es sie unwillkürlich würgte.

»Ich glaube nicht, dass sie Euch versteht, *kadin*.«

Celia wirbelte herum und stieß fast das Kohlebecken um.

»Aber sorgt Euch nicht«, fuhr die Stimme fort, »sie ist weder ganz wach, noch schläft sie. Handan tut das, was sie am besten kann. Sie träumt. Viele wunderschöne Träume. Wir wollen sie doch nicht stören, nicht wahr?«

»*Ihr*? Aber wir dachten alle, Ihr wärt ...«

»Tot?« Gülay Haseki trat ins Zimmer. »Wie Ihr seht, bin ich sehr lebendig.« Sie lächelte. In einer Hand hielt sie ein Pantöffelchen. »Schaut her, ich habe meinen Schuh gefunden.« Sie ließ ihr fröhliches Lachen erklingen. »Armes Kind, Ihr seht aus, als würdet Ihr gleich in Ohnmacht sinken. Es tut mir so leid, dass ich Euch erschreckt habe. Wollt Ihr mich berühren?« Sie streckte liebenswürdig die Hand aus. »Damit Ihr Euch vergewissern könnt, dass ich kein Geist bin?«

Celia ergriff ihre Hand und presste sie an die Lippen. »Oh, Gott sei Dank, Gott sei Dank!« Glücklich küsste sie Gülays Finger und legte ihre heiße Wange in die kühle Hand. »Ich glaubte, sie hätten Euch ...« Ihre Augen füllten sich mit Tränen. »Oh, ich dachte ...« Die Stimme versagte ihr.

»Ich weiß, was Ihr dachtet«, sagte Gülay. »Es war klar, dass sie versuchen würden, mich zu beschuldigen. Diese unselige Geschichte mit dem Oberhaupt der Schwarzen Eunuchen kam ihnen sehr gelegen. Die Valide hatte ein Horoskop anfertigen lassen, das Hassan Agas Tod vorhersagte, und ließ es in meinem Zimmer verstecken. Glücklicherweise habe ich es gefunden und ausgetauscht, und als sie es im Thronsaal öffneten, während alle die Gaukler bestaunten, fanden sie nur ein Rezept für Seife.« Sie lachte leise. »Stellt Euch ihre Gesichter vor! Stellt Euch *ihr* Gesicht vor, die arme kleine Närrin!« Sie entzog Celia die Hand. »Sehr ungeschickt von ihnen, findet Ihr nicht? Die Valide fängt an, Fehler zu machen.«

»Dann war es also die Valide.« Celia konnte kaum sprechen. »Oh, ich habe gewusst, dass Ihr es nicht sein konntet. Und was ist mit Hanza?«

»Ach, um sie braucht Ihr euch nicht zu sorgen.« Gülay lachte fröhlich. »Sie kehrt nicht von den Toten zurück.«

Gülay ging zu Handans Diwan. Beim Gehen schwenkte sie übertrieben die Hüften, und der steife Brokatstoff ihres Kleides raschelte dabei. Sie setzte sich auf den Bettrand, nahm Handans Hand und fühlte ihren Puls. Gülays ebenmäßigen Züge, die samtige Haut, das weiche, dunkle Haar und die himmelblauen Augen beeindruckten Celia noch ebenso sehr wie bei ihrer ersten Begegnung. Diamanten glitzerten an ihren Ohren und waren in so großer Zahl in den Kopfschmuck eingearbeitet, dass er aussah wie mit Reif bedeckt. »Hanza«, murmelte die Haseki wie zu sich selbst. »Das kleine Biest hat sich übernommen mit seinen hochfliegenden Plänen. Das wisst Ihr so gut wie ich.«

Celia öffnete den Mund, um etwas zu erwidern, und schloss ihn wieder.

»Ihr solltet allem, was Euch heilig ist, danken, dass man Euch nicht zur Botin gemacht hat«, sprach Gülay weiter. »Zuerst war ich mir nicht sicher, wen von euch beiden sie aussuchen würde. Aber dann wurde mir klar, dass es Hanza sein musste. Die Ehrgeizigen sind immer am leichtesten zu manipulieren. Diejenigen, die glauben, sie könnten alles allein bewerkstelligen. Das war eine Lektion, die ich sehr früh gelernt habe.«

»Aber was ist mit Eurer Wohnung geschehen? All Eure Habseligkeiten sind fort«, sagte Celia. »Zieht Ihr nun doch in den Alten Palast um?«

Abermals lachte Gülay laut auf.

»Glaubt Ihr wirklich, das würde ich tun? Fortgehen, und *ihr* das Feld überlassen?« Die Haseki presste die Lippen zusammen. »Wenn Ihr das ernsthaft annehmt, seid Ihr einfältiger, als ich dachte. Nein, ich ziehe in eine neue Wohnung um. Die letzten beiden Tage habe ich bei unserem Sultan in der Sommerresidenz verbracht. Nach all dem Verdruss an jenem Abend hielten wir das für das Beste. Außerdem wurde es in der alten Wohnung ein wenig – zugig.«

»›Verdruss‹ nennt Ihr das, was an jenem Abend geschehen ist?«

Handans ausgemergelte Gestalt regte sich. Unter der Decke erklang ein Geräusch wie das Miauen einer Katze. Gülay ließ angewidert die dürre Hand fallen.

»Wie das stinkt!«

»Seht Ihr nicht, dass sie leidet?« Celia zitterte. »Ich kann nicht glauben, dass die Valide ihr das angetan hat.«

»Hmmm«, summte Gülay Haseki mit ihrer weichen Stimme, »nicht die Valide, nein, die nun gerade nicht.«

»Wer dann?«

»Ach, kleine Kaya, ich natürlich.« Gülays blaue Augen fixierten Celia. »Es war sogar sehr freundlich von mir. Wisst Ihr, als ihr Sohn Prinz Ahmet geboren wurde, hatte sie gewisse Schwierigkeiten – Frauenleiden, Ihr versteht? Sie war sehr krank. Sie gaben ihr Opium, um die Schmerzen zu lindern. Nun, wir haben alle unsere kleinen Schwächen. Anschließend haben sie alles versucht, um Handan wieder davon abzubringen, die Valide hat sie sogar hier oben einschließen lassen, das arme Ding, aber irgendwie fanden ihre Freundinnen immer einen Weg. Man findet *stets* einen Weg, so wie ich auch einen fand, Euch zu helfen.«

»Ihr habt mir geholfen?«

»Natürlich. Sobald Ihr *gözde* geworden wart, dachte ich mir: ›Ich muss dem armen Kind helfen, diese Prüfung zu überstehen.‹ Deshalb schickte ich die kleine Dienerin mit dem Getränk.«

»Oh!« Celias Wangen glühten. »Und ich dachte, Cariye Lala hätte mir zu viel Opium gegeben!«

»Es war leider unvermeidlich.« Gülay zuckte die Achseln. »Wisst Ihr, ich hatte wirklich befürchtet, er würde Euch mögen.«

Celia erwiderte mit hohler Stimme. »Er hat Hanza vorgezogen.«

»Dieses dürre Knochengestell?« Gülay spielte mit ihren Ringen. »Die Hanzas kommen und gehen. Ich habe mit den Jahren viele von ihnen erlebt, sie haben sich nie lange gehalten. Ein paar schnelle Stöße« – sie machte eine vulgäre Geste mit den Fingern – »und unversehens sind sie wieder in ihren überfüllten Schlafsälen. O nein, wegen der Hanzas habe ich mir nie den Kopf zerbrochen. Was er mag, ist Weichheit und Zartheit.« Sie lehnte sich gegen Handans Kissen, sodass Celia durch das duftige Gewand ihre cremeweißen Brüste sehen konnte. »Zartes, süßes Fleisch.« Gülay ließ ihren Blick fast lüstern über Celias Körperformen wandern. »Du liebe Zeit, schaut mich nicht so an. Wir alle tun, was geboten ist, um unsere Haut zu retten. Das gilt sogar für die, die uns am nächsten stehen. Selbst Eure Freundin Annetta ...«

»Nein, das würde sie nie tun!«

»Das glaubt Ihr? Wie reizend!« Gülay kräuselte die Lippen. »Wir alle tun es, und Ihr ebenso.«

»Was meint Ihr damit?«

»Ich meine, dass Ihr mir helfen werdet, die Nachtigallen von Manisa zu vernichten.«

Schon wieder die Nachtigallen. Warum ging es letzten Endes immer um sie?

»Warum sind die Nachtigallen so wichtig?«

»Wenn ich die Nachtigallen vernichten kann, kann ich auch *sie* vernichten.«

»Wen meint Ihr?«

»Na, wen wohl?«, schnaubte Gülay ungeduldig. »Die Valide natürlich.« Sie seufzte gereizt, als hätte sie ein besonders begriffsstutziges Kind vor sich. »Nun gut, ich sehe schon, ich muss es Euch ein wenig ausführlicher erklären. Obwohl Ihr mir in der Tat schon beträchtlich geholfen habt, mehr als ich je erwartet hätte.«

»Dann hatte Annetta also doch recht«, sagte Celia langsam. »Ihr habt mich für Eure Zwecke benutzt. Ihr wusstet auch nicht, wer Cariye Mihrimah ist. Deshalb habt Ihr mich ins Spiel gebracht, damit ich ihr auf die Spur kam.«

»Was hättet Ihr an meiner Stelle gemacht?« Gülay lachte. »Ich in meiner Position konnte nicht allzu viele heikle Fragen stellen. Ihr habt selbst gesehen, wie die Valide mich von ihren Spionen verfolgen ließ. Ich musste jemanden finden – jemanden, für den, sagen wir, das Leben hier noch den Reiz des Neuen hat, etwas älter als die gewöhnlichen *cariye* und angesehen genug, um sich einigermaßen ungehindert im Palast bewegen zu können. Aber vor allem musste diese Person selbst auf der Suche nach etwas sein. Sie sollte ein wenig für Unruhe sorgen ...«

»Aber ich hatte überhaupt keinen Grund, etwas über Cariye Mihrimah in Erfahrung zu bringen«, entgegnete Celia. »Ich wusste nicht einmal, dass ich nach ihr gesucht habe, bis …«

»Ja?« Die blauen Augen der Haseki wirkten im Halbdunkel fast schwarz.

»Bis zu der Sache mit dem Zuckerschiff.« Celia ließ sich auf den Bettrand sinken. Sie konnte sich kaum noch auf den Beinen halten, der Kopf schwirrte ihr und die Hitze im Raum setzte ihr sehr zu.

»Schlau von mir, nicht? Ich habe dafür gesorgt, dass Ihr von der Anwesenheit der englischen Gesandtschaft erfahren habt. Und dass sie das Zuckerschiff geschickt haben …«

»… mit dem angeblich Hassan Aga vergiftet wurde.«

»Bekannt auch als Kleine Nachtigall.«

Celia verstummte.

Die Haseki stand auf und trat ans Kohlebecken. Sie nahm etwas Harz aus einer Schale und zerkrümelte es zwischen den Fingern, dann warf sie die Bröckchen auf die brennenden Kohlen. Sofort loderten Flammen auf, und ein süßlicher Geruch breitete sich in dem muffigen Zimmer aus.

»Ihr täuscht Euch, wenn Ihr glaubt, ich hätte nicht gewusst, wer Cariye Mihrimah ist. Ich habe seit Langem geargwöhnt, dass Cariye Lala die dritte Nachtigall ist, aber ich konnte es nicht beweisen und musste sicher sein. Die unbedeutende Zweite Meisterin aus dem Badehaus eine Vertraute der Valide und des Obereunuchen! Das schien kaum möglich. Deshalb fing ich an, sie sehr genau zu beobachten. Bei den wenigen Gelegenheiten, zu denen ich sie mit der Valide zusammen sah, ließ sich keine von beiden auch nur durch die winzigste Regung anmerken, dass es eine Verbindung zwischen ihnen gab. Aber Hassan Aga war nicht so klug. Bei Nacht, wenn alle schliefen, nahmen sie sich nicht sehr in Acht. Ich konnte sie häufiger zusammen beobachten. Wenn Hassan Aga und seine Eunucheneskorte mich nachts zum Sultan begleiteten, war Cariye Lala oft in der Nähe.

Beim ersten Mal fing ich nur einen Blick auf, den sie miteinander wechselten, aber im Verlauf der Monate bemerkte ich kleine, eindeutige Gesten, die andere nicht wahrgenommen hätten – geflüsterte Worte, eine Berührung mit der Hand. Ja, ich habe seit Monaten vermutet, dass sie Cariye Mihrimah ist, die dritte Nachtigall, doch noch immer hatte ich keine Beweise.«

»Aber warum überhaupt die Geheimhaltung?«

»Weil Cariye Mihrimah eigentlich tot sein müsste.«

»Tot?«

»Ja, wie Hanza. In einen Sack gesteckt und im Bosporus versenkt.«

»Was hat sie getan?«

»Es war noch zu Zeiten des alten Sultans und wurde vertuscht, weil auch Safiye Sultan darin verwickelt war. Aber es gab jede Menge Gerüchte. Zuerst hörte ich sie von einem der alten Eunuchen, als ich noch in Manisa lebte, bevor wir alle herzogen. Es hieß, die alte Valide habe ein Komplott gegen Safiye geschmiedet und versucht, ihr durch neue Konkubinen die Gunst des Sultans abspenstig zu machen. Safiye Sultan hatte große Angst, dass sie ihren Einfluss verlieren und der Sultan ihr eine andere vorziehen könnte. Oder, schlimmer noch, dass er den Sohn einer anderen Konkubine zum Nachfolger bestimmten könnte. Es hieß, sie habe den Sultan mit einem Zauberbann belegt und dazu Hexerei oder gar schwarze Magie verwendet, damit er nicht in der Lage wäre, eine andere Frau zu lieben. Aber eines Tages wurden ihre Machenschaften aufgedeckt. Man weiß nicht, wer sie verriet, vielleicht eine ihrer Dienerinnen. Doch letzten Endes gab man Cariye Mihrimah die Schuld. Sie wurde zum Tode verurteilt, aber irgendwie ...« Die Haseki zuckte die Achseln. »Sie ist dann doch nicht gestorben.«

»Was ist stattdessen mit ihr geschehen?«

»Das weiß ich nicht. Vermutlich wurden die Wachen bestochen und man hat sie in ein Versteck gebracht, bis der alte Sultan starb. Damals wurden alle Frauen seines Harems in den Alten Palast, den Eski Saray, geschickt, nur die Safiye Sultan nicht, da sie Valide wurde und dem Haushalt ihres Sohnes vorstand.«

Und Cariye Tata und Cariye Tusa auch nicht, dachte Celia. Aber sie sagte nichts.

»In Sultan Mehmets Harem gab es keine Frau mehr, die Cariye

Mihrimah kannte«, fuhr Gülay fort, »keine, die sie enttarnen konnte. Darum holten sie sie zurück, gaben ihr einen neuen Namen, und die Sache geriet in Vergessenheit. Aber was tut das jetzt noch zur Sache?« Gülay warf noch mehr Harzbröckchen ins Feuer, das zischte und glühte. »Es hat mich viele Jahre gekostet. Jahre des Beobachtens und Wartens – lächeln, lächeln, lächeln, als wäre ich immer sorglos und unbeschwert. Aber schließlich entdeckte ich ihre Schwachstelle. So, wie ich *ihre* entdeckte ...« Sie legte Handan die Hand auf den Kopf und drehte mit einer raschen Bewegung das maskenhafte Gesicht mit den traurigen Augen zu sich her. In den Pupillen der blicklosen Augen tanzten zwei Flämmchen.

»Haseki Sultan«, sagte Celia, als sie sich wieder gefasst hatte, und verwendete mit Absicht die formale Anrede, »Cariye Lala ist eine alte Frau, warum wollt Ihr ihr Schaden zufügen?«

»Mir geht es nicht um sie, Närrin, sondern um die Valide. Versteht Ihr nicht? Wenn der Sultan erfährt, dass sie einen herrscherlichen Befehl missachtet hat, nach dem Cariye Mihrimah getötet werden sollte, wird sie in seinen Augen so unglaubwürdig, dass er sie endgültig von hier verbannt.«

»Ihr glaubt, das würde der Sultan seiner eigenen Mutter antun?«, fragte Celia ungläubig. »Es heißt doch, er täte keinen Schritt ohne ihren Rat.«

»Der Sultan ist fett, schwach und faul«, erklärte Gülay und verzog dabei den Mund, als habe sie etwas Saures gegessen. »Als er vor vier Jahren Sultan wurde, brauchte er sie, das ist wahr. Aber glaubt Ihr wirklich, ihre ständigen Einmischungen hätten ihm gefallen? Sie versucht, all seine Entscheidungen zu beeinflussen – welchen ausländischen Gesandtschaften er Gehör schenkt, wen er zum Großwesir ernennt und so weiter. Sie hat sogar einen geheimen Zugang zu seinem Ratszimmer bauen lassen, damit sie bei seinen Audienzen im Geheimen zugegen sein kann. Es gab zudem eine Zeit, da wollte sie ihn daran hindern, mich zu seiner Haseki zu machen, weil sie aus irgendeinem Grund glaubte, ich sei weniger leicht zu kontrollieren als diese da ...« Sie deutete auf Handan. »Und das war ihr größter Fehler.«

Celia spürte, wie ihr der Schweiß ausbrach. Während des gesamten Gesprächs hatte Gülay mit derselben sanften, heiteren Stimme gesprochen wie schon bei ihrer ersten Unterredung im Garten. Aber als Celia ihr ins Gesicht sah, entdeckte sie darin wieder die glasklare Intelligenz und darüber hinaus eine so große Willenskraft, dass sie unwillkürlich den Blick senkte.

»Nichts kann verhindern, dass mein Sohn der nächste Sultan wird.«

»Und Ihr werdet die nächste Valide.«

»Und ich werde die Valide.«

Beide schwiegen.

»Ihr seht also, kleine Kaya, dass ich in meiner Stellung alles zu gewinnen oder alles zu verlieren habe.« Die Haseki strich mit ihren beringten Fingern über den Gazeschleier an ihrem Kopfschmuck. »Wenn ich verliere, riskiere ich nicht nur, mit den anderen in den Alten Palast verbannt zu werden, sondern auch, dass mein Sohn ermordet wird. Er wird mit einer Bogensehne erdrosselt werden, wie so viele vor ihm.« Sie holte tief Luft. »Ich habe es mit angesehen. Neunzehn kleine Leichentücher, an denen die Frauen um ihre Kinder weinten. Ihr habt keine Vorstellung davon, Kaya Kadin.« Ihre Stimme war immer heiserer geworden.

Hinter ihr machte sich Handan durch schwache Bewegungen bemerkbar.

»Der Sultan ist die Intrigen seiner Mutter leid. Er hat oft gedroht, sie in den Alten Palast zu schicken, und diesmal – merkt euch meine Worte – würde er ernst machen.«

»Und die beiden anderen?«

»Hilflos ohne ihren Schutz. Vielleicht würde sie Hassan Aga mitnehmen, aber Cariye Lala würde wohl kein zweites Mal dem Bosporus entgehen.«

»Aber Cariye Lala ist alt«, wandte Celia leise ein. »Warum sollte sie die Schuld für etwas auf sich nehmen, was sie nicht getan hat?«

»Nun, diesmal hat sie ja etwas getan. Der Schwarze Obereunuch wurde doch von Cariye Lala vergiftet!«

Nein!, wollte Celia herausschreien. Aber sie zwang sich dazu, in ruhigem Ton zu erwidern: »Ihr sagtet doch, dass Hassan Aga ihr Freund ist.«

»Ich glaube, er war mehr als ein Freund.« Gülay lachte. »Ich habe ein Gespür für solche Dinge. Habt ihr noch nie etwas von Beziehungen dieser Art gehört? Harmlose Techtelmechtel meistenteils, die nicht lange halten – man schenkt sich Blumen, hält Händchen, gibt sich verstohlene Küsse. Das passiert ständig.« Gülay beugte sich über das Schmuckkästchen, holte ein Paar Diamantohrringe heraus und hielt sie sich an die Ohren. »Manche dieser Beziehungen sind allerdings sehr leidenschaftlich, und einige halten angeblich ein ganzes Leben.« Achtlos ließ sie die Ohrringe wieder fallen. »Deshalb wusste ich, dass sie etwas unternehmen würde, möglicherweise sogar etwas Drastisches, wenn sie ihn mit einer anderen überraschen würde.«

»Was meint Ihr damit?«

»Ich meine, dass ich mich ihrer entledigen wollte«, erwiderte Haseki in ungehaltenem Ton, »ihre Tarnung sollte auffliegen. Sie sollte etwas tun, durch das sie sich verriet.« Gedankenverloren nahm sie den Smaragd in die Hand und drückte die scharfe Spitze gegen ihren Zeigefinger. »Deshalb habe ich es so eingerichtet, dass eine meiner Dienerinnen ihn verführte. Ich fand die geeignete Nacht dafür, und durch Zufall war es dieselbe Nacht, in der Ihr auserwählt wurdet, den Sultan zu besuchen. Auch das hatte übrigens die Valide arrangiert. Wenn Ihr Euch erinnert – falls Ihr Euch überhaupt an etwas erinnern könnt –, war der Harem fast leer, denn die meisten Frauen und Eunuchen hielten sich noch im Sommerpalast auf. Nun, nachdem ich Euch losgeworden war, haben der Sultan und ich eine Weile lang ... geruht, und als er schlief, schickte ich einen der Wächter nach Cariye Lala. Ich gab ihr das Zuckerschiff, das am Bett des Sultans stand und das nach unserem Ruhestündchen nun mir gehörte, und trug ihr auf, es in das Zimmer des Schwarzen Obereunuchen zu bringen.« Gülay lächelte. »Mit meiner Entschuldigung, dass ich ihn am Abend noch störe.«

»Und Ihr wusstet, dass sie das Mädchen bei ihm finden würde.«

»Ja.«

Gülay warf den Smaragd beiseite. Er landete auf Handans Bettdecke.

»Und – hat sie das Mädchen gesehen?« Celia spürte, wie ihr der Schweiß zwischen den Brüsten hinunterrann. Sie hoffte, dass ihre Stimme sie nicht verraten würde.

»Selbstverständlich! Ihr wisst, was dann geschehen ist. Sie hat sie beide vergiftet. Wer sonst sollte ihren Tod gewünscht haben?«

»Aber ...«, setzte Celia an, doch dann verstummte sie wieder. Mühsam erhob sie sich. Auch Gülay war aufgestanden. Die Luft kam Celia immer stickiger vor und sie kämpfte gegen ein Schwindelgefühl an.

»Er ist am Ende doch nicht gestorben, aber wir müssen Geduld haben, Ihr und ich, viel Geduld ...«

»Ihr und ich?«

»Ja, natürlich. Eines müsst Ihr noch lernen: Die Dinge entwickeln sich selten so, wie man es erwartet.« Gülay sprach jetzt mehr zu sich als zu Celia. »Die Valide hat immer alles verschleiert, doch nicht einmal sie kann Cariye Lala ewig schützen.«

»Aber Cariye Lala ...«, setzte Celia nochmals an.

Gülays Augen funkelten. »Cariye Lala, Cariye Mihrimah, oder wie diese erbärmliche, vertrocknete alte Vettel sich nennt – die Valide muss sie wirklich *lieben*.« Sie spuckte die Worte geradezu aus. »Die Rettung dieser nutzlosen Alten war wohl ihr einziger Fehler.« Auf ihren Wangen hatten sich zwei rote Flecken gebildet. »Nun, immerhin hat mir das meine Chance eröffnet. Ich werde sie bloßstellen, und Ihr werdet mir dabei helfen. Ich werde sie ruinieren. Ich werde ihre Macht brechen. Und ihr Herz!«

»Aber Cariye Lala hat es nicht getan.«

»Was?«

»Cariye Lala hat es nicht getan!« Celia schrie fast. »Cariye Lala hat den Schwarzen Obereunuchen nicht vergiftet. Ihr wart es!«

Auf dem Gesicht der Haseki erschien ein Ausdruck blanker Wut. Ihre Augen verengten sich zu Schlitzen.

»Ihr seid verrückt.«

»Nein, keineswegs.«

Die Frauen starrten sich entrüstet an.

»Das werdet Ihr nie beweisen können.«

»Ich kann beweisen, dass Cariye Lala es nicht getan hat.«

»Ich glaube Euch nicht.«

»Sie hat das Zuckerschiff nicht in Hassan Agas Zimmer gebracht. Es war eine andere Person.«

Celia wich zurück, aber die Haseki war schnell. Sie packte sie am Handgelenk. »Wer?«

»Ich wäre wirklich verrückt, wenn ich Euch das verraten würde, oder?« Celia spürte, wie sich Gülays Fingernägel in ihre Haut gruben. »Aber diese Person hat gesehen, wie das Mädchen etwas von dem Tablett nahm und sich in den Mund steckte – und das hatte nicht das Geringste mit dem Zuckerschiff zu tun.« Celia schwieg für einen Moment. »Ihr habt es ihr gegeben, nicht wahr? Und ihr gesagt, es sei ein Aphrodisiakum, doch in Wirklichkeit war es Gift …«

»Sagt mir, wer es war, oder ich bringe Euch auch um.«

Gülays Finger umschlossen Celias Handgelenk wie ein glühendes Brandeisen.

»Sie starb einen qualvollen Tod«, stieß Celia hervor, »und er hat nur durch ein Wunder überlebt. War es das, was Ihr mit ›sich ihrer entledigen‹ gemeint habt? Das sollte Cariye Lala miterleben?«

Ein grauenhaftes Wehklagen erfüllte plötzlich den Raum. Aus dem Augenwinkel sah Celia etwas Grünes aufleuchten, und dann stürzte Handans ausgemergelte, nackte Gestalt wie eine Furie auf Gülay zu. Die Haseki ließ Celias Handgelenk los und griff sich mit einem Schmerzenslaut an den Hals. In ihrem Nacken steckte die Nadel der Smaragdbrosche.

»Kleines Luder – seht, was sie getan hat!«

Wütend fuhr Gülay herum und schlug nach Handan, die sofort zu ihrem Lager zurücktaumelte. Teerschwarzes Blut tropfte aus der Wunde.

»Dafür wirst du bezahlen!«

Mit erhobenem Arm ging die Haseki auf Handan los. Doch dann sah Celia, wie sie mitten in der Bewegung erstarrte. Ihr Mund öffnete sich zu einem stummen ›O‹ des Erstaunens, dann warf sie sich der Länge nach zu Boden und drückte das Gesicht in den Staub.

»Dazu ist es zu spät, Gülay«, sagte eine vertraute Stimme.

Das Wandstück, an dem sich die Haken mit Handans Kleidern befanden, hatte sich geräuschlos geöffnet.

»Ich bedauere sehr«, sagte die Valide, »aber Ihr seid es, die dafür bezahlen wird.«

Kapitel 33

Konstantinopel: 6. September 1599

Morgen

Safiye, die Valide Sultan, die Mutter von Gottes Schatten auf Erden, saß in einem Pavillon in den Palastgärten und blickte auf das Goldene Horn und den Bosporus hinunter. Eine leichte Brise kräuselte die Wasserfläche zu sanft aufschäumenden Wellen, die türkisfarben, violett und perlmutt schimmerten. Wenn der Wind sich in ihre Richtung drehte, hörte sie in der Ferne schwach das Hämmern der Zimmerleute.

»Es heißt, wir werden das Geschenk der englischen Gesandtschaft für den Sultan heute zu sehen bekommen«, sagte sie zu ihrer Begleiterin. »Hört Ihr sie, Kaya Kadin?«

Celia nickte.

»Es soll eine Orgel sein, die selbstständig Musik spielt, und dazu eine Uhr mit Sonne und Mond, und Engel mit Trompeten, alle möglichen Wunderdinge.«

»Wird sie dem Sultan gefallen?«

»O ja, er hat Uhren sehr gern.«

»Dann wird die englische Gesandtschaft Gehör finden?«

»Ihr wollt wissen, ob sie ihre Kapitulationen bekommen wird und in unserem Reich freien Handel treiben darf? Die Franzosen haben dieses Recht schon immer für sich beansprucht und werden nicht ohne Weiteres darauf verzichten. Es heißt, der französische Gesandte habe dem Großwesir sechstausend Zechinen gegeben, damit er dem Ansinnen der Engländer nicht nachgibt …« Sie hing dem Gedanken einen Moment lang nach. »Aber ich würde mir wegen dieser englischen Kaufleute keine Sorgen machen, sie sind sehr einfallsreich.« Safiye nahm eine karmesinrote Damaszenerrose von einem Tablett mit Obst und Süßigkeiten und roch an ihr. »Und auch sie haben viele Freunde.«

Die beiden Frauen versenkten sich in den herrlichen Blick über die Zypressen und das Wasser. Rings um den Pavillon blühten Jasminsträucher, die einen zarten Duft verströmten. Celia sog die weiche Luft ein, in der sich Meersalz und Blumenduft mischten, und konnte für Sekunden glauben, dass das Haus der Glückseligkeit für sie immer ein Ort der Schönheit und Vornehmheit gewesen war, in dem sie nie Angst empfunden hatte. Sie betrachtete die Valide von der Seite, diese Frau mit ihrer samtweichen Kurtisanenhaut, die fast keine Spuren des Alters aufwies, geschmückt mit den Geschenken des Sultans, die golden und türkisfarben an Ohren und Hals blitzten. Doch trotz all des Schmucks ist etwas merkwürdig Ungekünsteltes an ihr, dachte Celia. Wie still sie dasaß, das elegante Profil dem Horizont zugewandt. Immer in Betrachtung versunken, immer in Erwartung – wessen?

Celia senkte den Blick auf ihre Hände und fragte sich, wie sie das heikle Thema anschneiden sollte. Dufte sie Fragen stellen? War sie deshalb geholt worden? Seit dem Vorfall mit Handan hatte sie kein Sterbenswörtchen darüber gehört, was aus den Frauen geworden war.

»Majestät«, begann sie, bevor sie es sich anders überlegen konnte.

»Ja, Kaya Kadin?«

Celia holte tief Luft. »Diese Frauen, Handan und Gülay Haseki, was wird aus ihnen?«

»Handan wird wieder gesund werden. Es war sogar mir lange Zeit ein Rätsel, warum das Opium sie so krank gemacht hat. Doch dann regte sich in uns der Verdacht, dass Gülay ihr heimlich immer mehr davon beschaffte. Deshalb ließ ich Handan in dem Raum über meiner Wohnung einquartieren, dem sichersten aller Orte. Doch Gülay kannte die verborgenen Korridore, die seit den Tagen des alten Sultan versiegelt waren.«

»Was geschieht mit ihr?«

»Mit Gülay? Sie wird in den Alten Palast geschickt, wo sie keinen Schaden mehr anrichten kann.«

»Sie bleibt nicht Haseki?«

»Nein!« Die Valide lachte kurz auf. »Haseki wird sie gewiss nicht mehr sein. Der Sultan hat auf meinen Rat hin beschlossen, dass es künftig keine Haseki geben wird. Sie kann sich glücklich schätzen, dass sie mit dem Leben davonkommt, nach allem, was sie getan hat.«

Celia sah sich in dem Pavillon mit den weißen Marmorwänden um – demselben, in dem sie mit Gülay gesessen und gesprochen hatte.

»Ich habe ihr alles geglaubt«, gestand sie kopfschüttelnd, »alles.«

»Nehmt Euch das nicht übel. Es ist vielen so ergangen.«

»Woher habt Ihr gewusst, dass Gülay die Nachtigallen von Manisa kannte?«

»Das habe ich letzten Endes durch Euch erfahren. Erinnert Ihr Euch an den Tag, an dem Gülay Euch rufen ließ? Damals hat sie Euch gegenüber Andeutungen über die Nachtigallen gemacht, nicht wahr? Hanza hat mir das erzählt.«

»Ja, sie war die Dienerin, die das Obst brachte.«

»Hanza hatte ein sehr gutes Gehör. Sie wusste nur nicht, was die Worte zu bedeuten hatten. Aber Gülay hat mit ihrer Erwähnung einen großen Fehler gemacht.«

»Dann habt Ihr Hanza geschickt, um Gülay zu ...« – Celia suchte nach dem richtigen Wort – »um sie im Auge zu behalten?«

»Nein, ich habe sie geschickt, um *Euch* im Auge zu behalten.«

»Mich?«

»Ihr und Eure Freundin Annetta waren ein Geschenk der Haseki an mich. Ihr wart ungewöhnliche Mädchen. Die meisten *kislar* sind sehr jung, wenn sie herkommen. Ich selbst war erst dreizehn. Ich habe mich immer gefragt, was Gülay mit ihrem Geschenk in Wahrheit bezweckt hat, wozu sie Euch benutzen wollte. Und ich hatte recht, nicht wahr? Es war nicht schwer, das herauszufinden. Wenn die Männer in den Bergen jagen, stellen sie einem Tier oft mit einem anderen Tier eine Falle ...«

»Das war ich also? Eine Falle?«

»Etwas in dieser Art.« Die Valide lächelte sie strahlend an. »Aber spielt das jetzt noch eine Rolle? Alles ist vorbei, Kaya Kadin.« Mit der langstieligen Rose in der Hand versank sie in einen Tagtraum, den Blick in die Ferne gerichtet.

»Ich halte nicht nach Bergen Ausschau, falls Ihr das vermutet«, sagte sie nach einer Weile, als könne sie Celias Gedanken lesen. »Das tue ich schon lange nicht mehr. Es sei denn, man könnte das dort einen Berg nennen. Schaut!«, rief sie, plötzlich erregt.

Auf einer tiefer liegenden Terrasse spazierten zwei Gestalten langsam durch die Bäume. Eine war unverkennbar das Oberhaupt der Schwarzen Eunuchen, wenn auch etwas gebückt und mit schleppendem Gang. Neben ihm ging eine viel kleinere weibliche Gestalt im einfachen Gewand einer Palastdienerin.

»Meine Nachtigallen. So haben sie uns genannt, müsst Ihr wissen, als wir Sklaven wurden.« Die Valide schloss die Augen und streichelte sich mit den zarten Blütenblättern der Rose die Wange. »Oh! Ihr könnt Euch nicht vorstellen, wie weit entrückt das alles inzwischen scheint. Wir hatten so schöne Stimmen ...«

Ihr trauriger Tonfall gab Celia den nötigen Mut.

»Und was ist mit Cariye Lala? Wird ihr auch nichts geschehen?«

»Ich habe mit dem Sultan gesprochen«, erwiderte die Valide nur.

Und Celia, die wusste, dass sie sie nicht drängen durfte, fragte nicht weiter.

»Sie ist glücklich, seht nur.« Safiye Sultan lächelte versonnen. »Seine kleine Lily, so nannte er sie immer. *Meine* kleine Mihrimah. Sie war so winzig, so verängstigt. Ich sagte zu ihr, ich werde immer für dich da sein, ich werde dir jeden Jagdkniff beibringen, den ich kenne. Aber am Ende hat sie mich gerettet.«

Celia folgte ihrem Blick. Die beiden Gestalten waren stehen geblieben. Sie sprachen nicht viel, aber sie standen nahe beieinander und sahen auf das offene Meer hinaus, wo die Silhouetten der Segelschiffe am Horizont entlangglitten.

»Ist es wahr, dass sie ihn geliebt hat?« Celia staunte über ihre eigene Kühnheit.

»Geliebt?« Über das ebenmäßige Gesicht der Valide glitt ein Anflug von Befremden. »Was hat Liebe damit zu tun? Liebe ist etwas für Dichter, törichtes Kind. Bei uns ging es nie um Liebe, sondern um das Überleben. Sie hat ihn gerettet, müsst Ihr wissen. Das hat er jedenfalls immer beteuert.«

»Wodurch?«

»Das war vor langer Zeit. In der Wüste.«

»In der Wüste?«

»Ja. Nachdem sie ihn beschnitten haben. Vor sehr, sehr langer Zeit.«

Die Valide zupfte ein paar Blütenblätter von der Rose und warf sie in den Wind. »Seine Lily. Seine Lala. Seine Li.«

Und ich? Wie geht es mit mir weiter? fragte sich Celia nervös. Sie wird doch sicher gleich sagen, was aus mir werden soll. Aber die Valide schwieg, und man hörte nur den schwachen Ruderschlag der Boote, die zwischen den beiden Ufern kreuzten. Selbst das Hämmern am Vogelhaustor hatte aufgehört. Es war sehr still in dem nachmittäglichen Garten.

Nach einer Weile hielt Celia es nicht mehr aus.

»Die Kapitulationen …«, begann sie atemlos.

»Ja?«

»Ich habe gehört, dass sie nicht nur aus Handelsrechten bestehen.«

»So?«

»Sie beinhalten auch, heißt es, dass jeder Engländer, der gefangen genommen wurde, freigelassen werden muss, vorausgesetzt, der Kaufpreis wird in vollem Umfang erstattet. Ist das so?«

»So war es, ja. Aber Ihr müsst bedenken, dass der Vertrag seit vier Jahren, seit dem Tod des alten Sultans, nicht mehr in Kraft ist und noch nicht erneuert wurde.«

An Bord der *Hektor*, des Handelsseglers, neben dem alle anderen Schiffe zwerghaft wirkten, sah Celia winzige Gestalten über die Takelage ausschwärmen, während hoch oben im Krähennest ein einsamer Matrose Wache hielt.

»Wie ich sehe, bereitet sich das englische Schiff auf die Heimreise vor«, stellte die Valide fest.

»Das habe ich gehört«, antwortete Celia, aber dann versagte ihr die Stimme. »Es tut mir leid …« Ihre Kehle war wie zugeschnürt, und sie griff sich an den Hals. »Es tut mir leid, Majestät …«

»Aber, aber, grämt Euch nicht. Alles wird gut werden, Kaya Kadin. Es geht alles seinen Weg.« Während die Valide sprach, grub sie ihre Finger tief in das dichte weiße Fell der Katze, die neben ihr auf einem Kissen schlief. »Als wir uns zum ersten Mal begegnet sind, prophezeite ich Euch, dass Ihr mir eines Tages Eure Geschichte erzählen werdet. Und nun ist es so weit. Werdet Ihr es tun? Werdet Ihr mir vertrauen?«

Das weinende Mädchen blickte auf und stellte zu seiner Überraschung fest, dass auch in den Augen der Valide Tränen standen.

»Ja«, sagte Celia nach einem langen Schweigen, »ja, ich vertraue Euch.«

Kapitel 34

Istanbul: Gegenwart

Als Elizabeth das Café verließ, in dem sie Marius zurückgelassen hatte, waren die ersten Schneeflocken gefallen, und bald lag die ganze Stadt unter einer weißen Decke. Es war sehr kalt geworden.

Wie beim ersten Mal traf Elizabeth Mehmet an der Anlegestelle.

»Hier, bitte, ich dachte, das könntest du vielleicht gebrauchen«, sagte er und legte ihr etwas um die Schultern. Es war weich, aber überraschend schwer.

»Was ist das?«, rief sie verwundert.

»Ein Nerz.« Er sah ihren Gesichtsausdruck und hob entschuldigend die Hände. »Ich weiß, was du sagen willst. Erschrick nicht, betrachte ihn einfach als Antiquität. Was er auf gewisse Weise auch ist, denn er hat meiner Großmutter gehört. Eine ziemlich praktische Antiquität. Du wirst ihn brauchen, es ist sehr kalt auf dem Wasser.«

Er nahm ihre Hand und führte sie mit einer raschen Bewegung an die Lippen. »Du siehst wie eine Königin aus«, sagte er, zog sie näher zu sich heran und küsste ihre Handfläche.

»Ich fühle mich auch wie eine Königin«, erwiderte sie, und sie lächelten sich an.

Als sie ablegten, lagen die Wasser des Bosporus wie von silberner Tinte übergossen vor ihnen.

An diesem Abend waren nur wenige Schiffe unterwegs; hin und wieder passierten sie einen Kutter, der im Dunkeln wie ein Glühwürmchen leuchtete.

»Wann bist du zurückgekommen?«

»Heute Nachmittag.« Er hielt immer noch ihre Hand. »War es richtig, dass ich dich angerufen habe? Haddba sagte, du seist mit jemandem ...« Er sah sie von der Seite an.

»Haddba! Ich hätte mir denken können, dass sie dahintergesteckt hat!« Elizabeth lachte. »Deine SMS kam genau im richtigen Augenblick.« Sie hielt inne. »Ja, ich war mit jemandem zusammen.« Sie wusste nicht, wie sie Marius' unerwartetes Auftauchen begründen sollte.

»Schon gut, du musst mir nichts erklären.«

»Ich würde es aber gern tun. Ich mag gar nicht daran denken, was Haddba dir erzählt hat ...«

Sie erinnerte sich voller Scham an die Szene unter der Treppe. Wie nahe sie daran gewesen war, Marius nachzugeben und ihm wie ein braves Hündchen zu folgen.

»Mach dir keine Sorgen. Haddba ist durch nichts zu erschüttern. Sie glaubt nur, dass er nicht gut für dich ist, das ist alles.«

»Das ist – das war er auch nicht«, sagte Elizabeth, »allerdings ist es mir ein Rätsel, woher Haddba das zu wissen glaubt. Ich habe ihn ihr gegenüber nicht ein einziges Mal erwähnt.«

»Haddba ist – wie sagt man? – eine *sorcière*. Davon bin ich überzeugt.«

»Eine Hexe?«

»Wenn es um Herzensangelegenheiten geht, ja. Das ist natürlich ein Scherz. Aber sie hat eine erstaunliche Intuition bei diesen Dingen ..., schwer zu erklären.« Mehmet lächelte Elizabeth an. »Schließlich hat sie uns zusammengebracht.«

Ein schwer zu beschreibendes Gefühl überkam sie. Leichtigkeit, Klarheit.

»Kann man unsere Beziehung so beschreiben – eine Herzensangelegenheit?«

Bei jedem anderen wäre ihr diese Frage geziert, fast kokett vorgekommen. Aber nicht bei ihm. Trotz der wärmenden Schwere des Nerzes zitterte sie ein wenig.

»Unbedingt«, erwiderte er.

Sie standen dicht nebeneinander, doch ohne sich zu berühren. Elizabeth verspürte ein unendliches Verlangen.

Mehmet sah ihr in die Augen. »Meine schöne Elizabeth.«

Er hatte nicht erzählt, dass sie zu einem *yali* fahren würden – einem der Holzhäuser am asiatischen Ufer, die er ihr beim letzten Mal gezeigt hatte –, aber sie hatte es geahnt. Als sie anlegten, half ihr ein Mann, der offenbar als Hausmeister fungierte, von dem schmalen Landesteg und machte das Boot fest. Hinter dem Haus fuhr der Wind heulend durch schneebedeckte Bäume. Elizabeth tapste vorsichtig über den vereisten Boden und folgte Mehmet in eine Art Vestibül. Das Haus war hell erleuchtet und warm, als ob Gäste erwartet würden, doch abgesehen von dem Hausmeister, der nicht wieder erschien, war niemand in der Nähe.

»Wartest du hier auf mich? Nur einen kleinen Augenblick.« Mehmet küsste Elizabeth auf den Mund. »Ich muss noch etwas erledigen.«

»Ja, ich warte auf dich«, sagte sie, doch er blieb stehen.

Er küsste sie noch einmal, und als sie ihn schmeckte und seinen Geruch wahrnahm, durchströmte eine süße Hitze ihren ganzen Körper.

»Ich bin nicht lange fort.«

»Gut.«

Er küsste sie immer leidenschaftlicher, auf den Mund, die Haare, den Hals.

»Bist du sicher?«

Sie drängte sich an ihn.

»Ja, ganz sicher.« Zärtlich streichelte er ihre Wange.

»Mehmet?«

»Ja?« Er blickte voller Verlangen auf ihren Mund.

»Ach, nichts ...«

Sie schloss die Augen, spürte, wie er mit den Fingern die Kontur ihrer Lippen nachzeichnete, sie teilte und in die weiche Höhlung dazwischen eindrang.

»Es ist dir wirklich recht, dass ich dich hierher gebracht habe? Ich kann warten, weißt du.« Als sie seinem Blick begegnete, setzte ihr Herzschlag fast aus.

»Ich bin sicher. Und nun geh«, sagte sie und machte sich los, »ich warte auf dich.«

Sie stieg, seinen Instruktionen folgend, eine Treppe hinauf und gelangte in einen schmalen Salon, der über die gesamte Breite des Hauses verlief. In der Mitte gab es einen leicht erhöhten Erker, der einen ungehinderten Blick auf das Wasser erlaubte. Auf drei Seiten des Erkers waren auf einer Sitzbank die Seiden- und Brokatkissen so drapiert, dass jeder, der dort saß, das Gefühl hatte, über dem Wasser zu schweben. Auf der mittleren Bank schlief zusammengerollt eine große, schwarze Katze.

»Hallo, Mieze«, sagte Elizabeth und ließ den Nerz von den Schultern gleiten. Sie setzte sich neben die Katze und kraulte sie zart unter dem Kinn. Die Katze hielt demonstrativ die Augen geschlossen. Nur an einem schwachen, vorwurfsvollen Zucken der Schwanzspitze ließ sie erkennen, dass sie Elizabeths Anwesenheit zur Kenntnis genommen hatte.

Durch die Fensterfront glitzerten die Lichter vom europäischen Ufer. Vor dem Haus tuckerte ein kleines Boot vorbei.

»Wenn mir dieses Haus gehören würde, ginge ich hier nie wieder fort«, sagte sie halb zu sich, halb zu der Katze.

»Gefällt es dir?« Mehmet hatte den Raum betreten.

»Sehr, sehr gut.«

»Das freut mich. Die Osmanen haben diese hölzernen *yalis* als Sommerhäuser so nahe am Wasser gebaut, weil es hier kühler war.« Er setzte sich neben sie. »Aber wegen der Holzbauweise geriet häufig eines in Brand. Also wurden sie nicht mehr bewohnt und verrotteten im Laufe der Jahre. Erst in letzter Zeit sind sie wieder in Mode gekommen.«

Gemeinsam betrachteten sie die Lichter der Stadt am gegenüberliegenden Ufer. »Im Winter ist es hier doch auch schön, oder nicht?«

»O ja, wunderschön«, bestätigte Elizabeth.

Sie schwiegen.

»Ich sehe, du hast Milosch entdeckt.« Mehmet beobachtete, wie sie die Katze streichelte.

»So heißt sie?«

Stille.

»Ein Engel geht durch den Raum«, murmelte Elizabeth. »Das sagen wir, wenn es so still wird wie gerade eben.«

Sie fragte sich plötzlich, wie viele Frauen er wohl schon hergebracht hatte. Der Ort bot sich eindeutig für eine Verführungsszene an.

Als könne er ihre Gedanken lesen, sagte er: »Ich sehe dir an, dass du Fragen hast. Du kannst alles fragen.«

Elizabeth lächelte ihn an.

Mehmet zog sie an sich und küsste ihren Nacken.

»Ich würde dich gern fragen, wie viele Frauen du schon hergebracht hast«, sagte sie und wunderte sich über ihre Direktheit. »Aber ich bin mir nicht sicher, ob ich es wirklich wissen will.«

»Die Wahrheit ist, dass ich vor dir nur eine Person mit hierher genommen habe«, sagte er. Er löste Elizabeths Haar, sodass es wie ein dunkler Wasserfall auf ihre Schultern fiel.

»Vor Kurzem?«

»Nein. Das ist alles lange her.« Er streifte ihre Schuhe ab. »Die Liebesgeschichte ist vorbei«, erklärte er lächelnd, »sie ist jetzt mit einem anderen verheiratet, aber sie ist immer noch eine sehr gute Freundin.«

»Ah, ich verstehe.« Sie versuchte sich vorzustellen, wie es wäre, mit Marius gut befreundet zu sein. Es gelang ihr nicht.

Sie sah zu, wie Mehmet sein Hemd aufknöpfte und dann den Nerz auf den Kissen ausbreitete.

»Werden wir auch Freunde sein?«, fragte sie, während sie sich in die Kissen zurücksinken ließ und ihn beim Ausziehen beobachtete.

Aber ich fühle mehr als Freundschaft, dachte sie. Was ist das, diese Wehrlosigkeit? Ist das Liebe? Sie erschrak über den Gedanken.

»Elizabeth, warum denkst du an das Ende, wenn wir gerade erst am Anfang sind?« Er küsste die zarte Haut an ihrer Schulter. »Lass uns doch erst einmal ein Liebespaar werden.« Er lachte leise auf.

Auch Elizabeth musste lachen. Sie legte sich auf ihn und hielt seine Hände über dem Kopf fest. Und da war es wieder, dieses Gefühl von außerordentlicher Leichtigkeit und Klarheit. Ihr kam in den Sinn, dass sie vielleicht ganz einfach glücklich war.

Staunend blickte sie auf ihn hinunter und sagte: »Ja, so ist es gut.«

Kapitel 35

Istanbul: Gegenwart

Im dritten Hof des Topkapi-Palasts wartete Elizabeth vor dem Direktionsbüro auf ihren lang ersehnten Termin für den Besuch der Palastarchive.

»Elizabeth Staveley?« Ein Mann in elegantem braunen Anzug und weißem Hemd hielt ihr die Tür auf.

»Ja.«

»Ich bin Ara Metin, einer der Direktionsassistenten. Bitte kommen Sie herein.«

Elizabeth folgte ihm in sein Büro.

»Bitte nehmen Sie Platz.« Der Mann wies auf einen Stuhl vor seinem Schreibtisch. »Sie haben die Genehmigung zum Besuch unserer Archive beantragt?«

»Ja, das stimmt.«

Elizabeth sah, dass ihre Papiere vor ihm ausgebreitet lagen – ihr Antragsformular und das Empfehlungsschreiben ihrer Betreuerin Dr. Alis.

»Hier steht, dass Sie sich für die englische Handelsmission von 1599 interessieren, das betrifft die Zeit Sultan Mehmets III.«, las er von dem Blatt vor sich ab. »Außerdem möchten Sie die Orgel sehen, die der Sultan von den britischen Kaufleuten erhielt.«

»Ja, sehr gern.«

»Und aus welchem Grund?« Er warf ihr durch seine Brillengläser einen wohlwollenden Blick zu.

»Für meine Dissertation.«

»Über Handelsmissionen?«, hakte er freundlich nach.

»Ja.«

Warum komme ich mir wie eine Hochstaplerin vor? fragte sich Elizabeth und rutschte unbehaglich auf ihrem Stuhl hin und her. Sie erinnerte sich an Dr. Alis' Rat: Das Wichtigste ist es, einen Fuß in die Tür zu bekommen; wenn Sie nicht genau wissen, wonach Sie suchen, fragen Sie einfach nach einem Dokument, von dem Sie wissen, dass es im Archiv vorhanden ist.

»Ich gratuliere«, sagte ihr Gegenüber mit einer angedeuteten Verbeugung, »dann werden Sie bald Doktor der Philosophie sein? Dr. Staveley.«

»Das wird noch eine Weile dauern.« Elizabeth versuchte, das Gespräch in andere Bahnen zu lenken. »Vielen Dank, dass Sie so kurzfristig Zeit für mich hatten.«

»Hier steht, dass sie nur noch wenige Tage in Istanbul bleiben. Ist das wahr?«

»Ich fliege zu Weihnachten nach Hause.«

»In diesem Fall müssen wir Ihnen unseren Express-Service anbieten.« Der Mann lächelte charmant. »Vor allem, da dies schon Ihr zweiter Antrag ist. Der erste betraf ... Lassen Sie mich nachsehen ...« Er verschob einen Stapel Papiere.

»Ich habe nach Informationen über eine junge Engländerin namens Celia Lamprey gesucht«, erklärte Elizabeth. »Ich vermute, dass sie eine Sklavin von Sultan Mehmet war, zu etwa derselben Zeit, in der sich die besagte englische Handelsgesellschaft hier aufhielt.«

»Aber Sie hatten kein Glück?«

»Nein.«

»Das ist nicht verwunderlich. Über die Frauen ist kaum etwas Schriftliches erhalten, abgesehen von sehr hoch gestellten Frauen wie der Sultanmutter, der einen oder anderen Konkubine oder mächtigen Haremsvorsteherin. Nicht einmal die Namen sind bekannt, die allerdings ohnehin nicht ihre Geburtsnamen waren. Ihre Celia Lamprey hätte einen arabischen Namen erhalten. Aber das wissen Sie sicher.« Ara Metin spähte über den Brillenrand zu Elizabeth hinüber und schüttelte den Kopf. »Warum ist der Westen nur so besessen von den Harems?«, murmelte er halblaut. Dann fuhr er in forscherem Ton fort, als sei ihm das Thema peinlich: »Dann wollen wir mal sehen, ob wir Ihnen diesmal behilflich sein können.«

Er zog ein Blatt aus Elizabeths Antrag und las, was darauf stand. »Es tut mir leid«, sagte er schließlich und blickte mit betrübter Miene auf, »es sieht so aus, als könnten wir abermals nicht viel helfen.«

»Gar nicht? Es muss doch irgendetwas geben!«

»Diese Notiz hier stammt von einer Kollegin.« Er hielt einen Zettel hoch, der an Elizabeths Brief geheftet war. »Sie schreibt, dass ein offizieller Bericht über die Geschenkübergabe existiert, der jedoch nur aus einer Liste der einzelnen Posten besteht. Nicht sehr ergiebig, muss ich gestehen, obwohl wir Ihnen die Liste natürlich zeigen können. Die Orgel dagegen existiert nicht mehr. Sie ist vor langer Zeit zerstört worden.«

»Was heißt ›vor langer Zeit‹?«

»Sehr lange«, erwiderte er. »Zur Zeit von Sultan Ahmet, dem Sohn Mehmets III. Er war offenbar im Gegensatz zu seinem Vater ein sehr religiöser Mensch und glaubte, dass die Orgel der englischen Königin – wie sagt man … sie war mit Bildern von Personen geschmückt, was wir im Islam nicht zulassen.«

Elizabeth dachte an die Engel mit den Trompeten und den Strauch mit den Amseln. »Sie widersprach dem Bilderverbot?«

»Ja, so ist es.«

»Und deshalb wurde sie zerstört?«

»Ich fürchte, ja.« Er wirkte aufrichtig enttäuscht.

»Ich verstehe.« Elizabeth stand auf. »Vielen Dank, dass Sie mir Ihre Zeit geopfert haben.«

»Aber es gibt noch etwas anderes, Miss Staveley.«

»Ja?« Elizabeth blieb stehen.

»Meine Kollegin glaubt, dass es Sie interessieren könnte.«

Er hielt plötzlich ein Beutelchen aus verblichenem rotem Samt in der Hand, in dem ein Gegenstand steckte.

»Was ist das?«

»Man fand es bei Berichten aus dem Palast über die englische Mission. Niemand weiß so recht, wie es dahingelangt ist. Aber man kann ihm ein genaues Datum zuordnen, das dem Jahr 1599 im europäischen Kalender entspricht.«

Elizabeth nahm den Beutel entgegen. Durch den fadenscheinig gewordenen Samt spürte sie einen soliden Metallgegenstand, der schwer in ihrer Hand lag. Er war rund und glatt und etwa so groß wie eine altmodische Taschenuhr. Elizabeth zog an den Schnüren und ließ den Inhalt des Beutels vorsichtig in ihre Hand gleiten. Das Objekt war kleiner als erwartet und sah sehr alt aus. Das mit ziselierten Blumen und Blättern verzierte Metallgehäuse schimmerte matt.

»Öffnen Sie es nur. Meine Kollegin glaubt, dass es astronomische Instrumente enthält«, sagte Ara Metin.

Mit dem Daumen schob Elizabeth den Verschluss zur Seite. Das Gehäuse sprang auf, als wäre es gerade erst geölt worden, und gab seine Bestandteile preis. Sie betrachtete sie stumm.

»Man nennt es Kompendium«, sagte sie leise.

»Dann haben Sie so etwas schon einmal gesehen?«, wollte Ara Metin überrascht wissen.

»Nur auf einem Bild. Einem Porträt.«

Fast ehrerbietig bewunderte sie die beeindruckende Kunstfertigkeit des Erbauers.

»Das ist ein Quadrant«, erklärte sie und deutete auf den Innenteil. »Und das ein Magnetkompass. Das hier eine Äquinoctialsonnenuhr. Auf der Rückseite des Deckels – sehen Sie die Gravuren? – stehen die Breitengrade der Städte in Europa und der Levante.«

Elizabeth hielt das Kompendium auf Augenhöhe. Und richtig, in der unteren Hälfte der beiden äußeren Hüllen befanden sich zwei aufklappbare Deckel, die von winzigen Schnappverschlüssen in Form einer rechten und einer linken Hand gehalten wurden. »Und wenn ich mich nicht täusche, wird hier unten …« Sie blickte fragend zu Ara Metin hinüber. »Darf ich?«

Er nickte, und sie drückte die Verschlüsse leicht zur Seite, wodurch ein verborgenes Fach zum Vorschein kam.

Das Bildnis einer jungen Frau mit heller Haut und dunklen Augen erschien. Die Haare der Frau schimmerten rötlich golden, Perlen schmückten ihr Dekolleté und ihre Ohren. Über ihrer Schulter lag ein Kleidungsstück, das durch angedeutete Pinselstriche wie ein Pelz aussah. Die andere Schulter war entblößt und schneeweiß. In der Hand hielt sie eine einzelne rote Nelke.

Celia? Elizabeth hatte das Gefühl, dass sie mit dem Bildnis über die Jahrhunderte hinweg einen langen Blick wechselte. *Celia, bist du das?* Dann war der Bann gebrochen.

»Wie außerordentlich«, sagte Ara Metin, der neben sie getreten war. »Wussten Sie von dem Porträt?«

Elizabeth schüttelte den Kopf. Sie fühlte sich wie betäubt. Vierhundert Jahre, dachte sie, vierhundert Jahre im Dunkeln.

»Hätten Sie etwas dagegen, wenn ich kurz Ihren Computer benutze?« Sie zeigte auf den Laptop auf seinem Schreibtisch.

»Ähh …«

Er runzelte zweifelnd die Stirn, aber Elizabeth blieb hartnäckig. »Bitte. Es dauert nicht lange.«

»Wissen Sie, der Computer gehört eigentlich dem Direktor, und ich weiß nicht …«

»Hat er einen Internetanschluss?«

»Ja, wir haben hier natürlich WLAN …«

Elizabeth hatte sich bereits in ihre E-Mails eingeloggt und eine neue Nachricht mit Anhang gefunden.

Dr. Alis! Gott segne Sie! Ohne sich bei der Mail ihrer Betreuerin aufzuhalten, klickte sie direkt auf den Anhang, und diesmal erschien sofort das Porträt von Paul Pindar auf dem Bildschirm.

»Da ist es, sehen Sie«, sagte Elizabeth aufgeregt, »können Sie erkennen, was er in der Hand hält?«

»In der Tat, es sieht genauso aus – derselbe runde Gegenstand.« Verblüfft spähte Ara Metin über ihre Schulter.

»Es sieht nicht nur so aus – es ist derselbe!«, rief Elizabeth begeistert. »Die Frage ist nur, wie um Himmels willen er hier gelandet ist. Könnte er zu den Geschenken für den Sultan gehört haben?«

»Nein.« Der Assistent schüttelte den Kopf. »Sonst stünde er auf der Liste. Da bin ich mir absolut sicher. Wer ist der Mann auf dem Bild überhaupt?«

»Ein Kaufmann. Er hieß Paul Pindar und war Gesandtschaftssekretär jener Levante-Kompanie, die dem Sultan die Orgel gebracht hat. Ich glaube, dass das Kompendium einmal ihm gehört hat. Hier ist sogar die Inschrift, die ich auf dem Porträt nicht entziffern konnte. Es ist Lateinisch.« Sie las vor: »*Ubi iacet dimidium, iacet pectus meum.*«

»Können Sie das übersetzen?«

»Ich glaube schon.« Elizabeth starrte auf den Bildschirm. »Es heißt ungefähr: Wo meine andere Hälfte liegt, da liegt mein Herz.«

»Was bedeutet das?«

»Ich weiß es nicht«, antwortete sie langsam. »Es sei denn …« Sie nahm das Kompendium in die Hand und studierte die Miniatur noch einmal genauer. »Ja, tatsächlich, sehen Sie her!« Sie hielt die Miniatur neben das Porträt auf dem Bildschirm und ließ sich dann plötzlich in den Stuhl zurückfallen. »Ich fasse es nicht, dass mir das nicht schon längst aufgefallen ist! Es ist ein Paar!«

»Glauben Sie wirklich?«, fragte der Assistent des Direktors ungläubig.

»Ja. Sehen Sie sich ihre Haltung an. Sie blickt nach rechts und hält eine Nelke in der linken Hand. Er blickt nach links und hält das Kompendium in der rechten Hand. Ich habe es nicht gleich erkannt, weil die Reproduktion so schlecht war, aber das Porträt von Pindar muss auch eine Miniatur sein. Kein Wunder, dass es so körnig aussieht. Es muss mehrfach vergrößert worden sein, um auf eine Buchseite zu passen.« Ihre Gedanken rasten. »Könnte es ein Hochzeitsporträt sein? Was meinen Sie?«

»Gibt es einen Hinweis auf das Jahr, in dem die Porträts gemalt wurden?«

»Sie haben recht, irgendwo müsste ein Datum stehen. Dr. Alis hat es sogar erwähnt.« Elizabeth setzte sich wieder an den Computer. »Kann ich damit zoomen? Ah ja, so geht es.« Auf dem Schirm erschien eine Vergrößerung der Inschrift. »Oh«, sagte Elizabeth enttäuscht. »Aber das kann nicht sein!«

In schwacher, doch gut erkennbarer Schrift war die Zahl 1601 zu sehen.

Ara Metin sprach als Erster.

»Vielleicht sind es doch keine Hochzeitsporträts. Das Bild der Frau muss vor 1599 entstanden sein. Und das von Ihrem Kaufmann« – er deutete auf den Bildschirm – »mindestens ein Jahr später.«

»Aber wie ist das möglich?« Elizabeth griff nach dem Samtbeutelchen. »Sie sagen, es befindet sich seit 1599 im Palast, und doch lässt er sich 1601 damit porträtieren … In diesem Fall kann es nicht dasselbe Kompendium sein, oder? Mal sehen, wie groß ich es bekomme.« Sie lenkte den Zoom auf das Instrument selbst. »Sehen Sie«, fuhr sie fort, auf das Geheimfach deutend, »so kann man es gut erkennen. Da ist keine Miniatur. Kein Porträt. Anscheinend habe ich mich die ganze Zeit geirrt. Ich habe mich geirrt!« Sie schob den Stuhl zurück und stand auf.

»Miss Staveley, geht es Ihnen gut?«

Ara Metin sah, dass sie sehr blass geworden war.

»Ja.«

»Bitte setzen Sie sich doch wieder.« Er legte die Hand unter ihren Ellenbogen.

»Nein, danke.«

»Ein Glas Wasser?«

Elizabeth schien ihn nicht zu hören. »*Wo meine andere Hälfte liegt, da liegt mein Herz*«, wiederholte sie plötzlich laut. »Verstehen Sie nicht? Es ist alles ganz einfach: Es bedeutet genau das, was da steht.« Sie sah Ara Metin erwartungsvoll an. »Es ist eine Art Geheimsprache, ein Bilderrätsel, wenn Sie so wollen. Das *ist* die andere Hälfte, aber nicht nur die der beiden Porträts. Ich glaube, es bedeutet, dass *sie* die andere Hälfte ist.« Sie blickte auf das Porträt des Mädchens mit den freundlichen Augen und der Porzellanhaut. »Die andere Hälfte seines Herzens, seiner Seele. Und sie liegt hier. Buchstäblich, hier in diesem Palast.«

Er hatte es gewusst, dachte sie, er wusste die ganze Zeit, dass sie hier war. Hatte Paul Pindar, wie Thomas Dallam, einen Blick durch das Gitterfenster werfen dürfen und sie gesehen? Elizabeth erschauerte. Und Celia? Sie hatte sich immer vorgestellt, wie sie lachend und leichtfüßig über den verlassenen Hof auf ihn zulief. Aber so war es nicht gewesen. Er wusste, wo sie war, und er ließ sie hier zurück.

»Wie können Sie sich so sicher sein –«

»Doch, es war so«, unterbrach Elizabeth ihn ohne zu zögern. »Bisher habe ich mich mithilfe von Mutmaßungen und Gefühlen vorangetastet. Aber diesmal habe ich Beweise.« Sie wies auf die untere Hälfte des Kompendiums auf dem Bild, in der sich Celias Porträt hätte befinden müssen. »Sehen Sie, hier ist keine Miniatur, weil er sich nicht mit dem Original des Kompendiums malen ließ. Das Original war nämlich irgendwie in diesen Palast gelangt. Wie es dazu kam, werden wir wohl nie erfahren. Aber etwas anderes befindet sich anstelle des Porträts in seinem Kompendium.«

»Ich sehe nichts, nur eine Gravur auf dem Metallgehäuse.« Ara blinzelte angestrengt, um auf dem Bildschirm etwas zu erkennen. »Sie sieht aus wie ein Fisch, möglicherweise ein Aal?«

»Die Elisabethaner nannten ihn Lamprete.« Elizabeth drückte das Kompendium mit der Miniatur an ihre Brust. »Und das hier ist Celia Lamprey, das Mädchen, von dem ich Ihnen erzählt habe.« Bestürzt merkte Ara Metin, dass Elizabeth Tränen über das Gesicht liefen. »Das Porträt ist kein Hochzeitsbild. Es ist ein Andenken. Ein Andenken an einen Menschen, der schon gestorben war.«

Kapitel 36

Konstantinopel: 6. September 1599

Abend

»Celia!«

»Annetta!«

»Du bist wieder da!«

Im Hof der Valide legte Annetta die Arme um ihre Freundin und drückte sie fest an sich.

»Was ist denn? Du zitterst ja!« Celia lachte.

»Ich dachte …, als sie dich holen ließ … Ach, spielt keine Rolle, was ich dachte!« Annetta umarmte sie gleich noch einmal stürmisch. »Was hat sie gesagt? Was wollte sie von dir? Ich kann nicht fassen, dass sie …« Sie legte die Hand zärtlich an Celias Wange und sah ihr forschend ins Gesicht. »Nein, du bist es wirklich, aus Fleisch und Blut. Du musst mir alles erzählen!« Sie warf einen raschen Blick in den Hof. »Aber nicht hier draußen, komm herein.«

Annetta zog Celia in deren ehemalige Kammer. Celia sah sofort, dass sie leer war. Ihre Kleider und die wenigen Habseligkeiten waren weggeräumt worden. Das Zimmer schien sie nicht mehr zu erkennen und schon auf die nächste Bewohnerin zu warten.

»Dann musstest du bereits umziehen? Wohin?«, fragte Annetta.

»Ich weiß nicht«, entgegnete Celia verwirrt, »sie haben mir noch nichts gesagt.« Eilig lief sie zu der Nische über dem Bett und fasste hinein. »Wenigstens haben sie das hier nicht gefunden.« Sie holte das Armband der Haseki und einen anderen kleinen Gegenstand hervor, den sie in der Hand verbarg.

»Das werde ich sicher nicht mehr brauchen«, sagte sie und warf das Armband mit den blauweißen Augenperlen in die Nische zurück. »Ich hätte gleich auf dich hören sollen. Du hattest recht, was Gülay betraf. Als sie mir im Thronsaal das Armband zugeworfen hat, hätte ich merken müssen, dass es nicht für mich gedacht war. Es sollte Cariye Lala treffen, ein Fingerzeig sein. Sie wollte, dass ich anfange, Erkundigungen über sie einzuziehen und dadurch für Unruhe sorge – ihre Tarnung sollte auffliegen, so hat sie es ausgedrückt. Auf diese Weise wollte sie die Valide bloßstellen. Für sie war es ein Spiel, eine Art Schachpartie.«

»Oh, sie war schlau, das muss ich zugeben. Der Valide fast ebenbürtig«, sagte Annetta, »aber doch nicht ganz.«

Celia blickte sich ein letztes Mal in ihrem alten Schlafraum um, aber sie wirkte weder traurig noch ängstlich, sondern geradezu freudig erregt, wie von einem geheimen Wissen beschwingt.

»Es ist sehr still hier, findest du nicht?« Sie trat in die offene Tür und sah hinaus. »Erinnerst du dich an das letzte Mal? Als Esperanza Malchi uns so erschreckt hat?« Sie lachte.

»Ich erinnere mich.«

»Und jetzt sind alle hinübergelaufen, um das englische Geschenk anzuschauen, diese wunderbare Orgel, die von allein Melodien spielen kann – wusstest du das? Sie haben es heute dem Sultan überreicht.«

»Aber du wolltest nicht hin?«

»Nein. Oh …« Celia zuckte zusammen und legte die Hand auf die Stelle, die inzwischen ständig schmerzte.

»Erzähl mir von der Valide.«

»Sie war sehr liebenswürdig, du weißt ja, wie sie sein kann …« Celia ging im Zimmer auf und ab, plötzlich wie von einer inneren Unruhe angetrieben.

Ein winziger Verdacht regte sich in Annetta. »Was hat sie zu dir gesagt?«

»Nichts«, erwiderte Celia und wich ihrem Blick aus.

»Und was hast du zu ihr gesagt?«

»Auch nichts.«

»Du wirkst … so anders!«

Celias Wangen färbten sich rot.

»Gänschen?«

Celia antwortete nicht.

»Ach, Gänschen.« Annetta ließ sich entmutigt auf den Diwan sinken. »Und du behauptest, du wüsstest nicht, wohin du gehen wirst? Nachdem du nicht mehr *gödze* bist?«

»Ich soll hier warten ...«

»Worauf?«

»Auf die Abenddämmerung.«

Einen Moment lang herrschte absolute Stille.

»Auf die Abenddämmerung? Was passiert dann?«

Celia gab auch diesmal keine Antwort. Sie betrachtete den Gegenstand, den sie aus der Nische genommen hatte; er war rund und aus Metall.

»Was passiert bei Anbruch des Abends?«, bohrte Annetta.

Celia wandte den Kopf und strahlte sie an. »Das Vogelhaustor, Annetta! Sie sagt, ich kann ihn dort noch ein letztes Mal sehen.«

»Das hat sie dir tatsächlich gesagt?«

Aber Celia schien die Freundin nicht zu hören. »Wenn ich ihn nur noch einmal sehen könnte, sein Gesicht sehen, seine Stimme hören, dann wäre ich so glücklich.« Sie hob den Blick. »Ich weiß, dass er da ist. Das hier hat er mir geschickt. Schau!« Sie ließ den Deckel des Kompendiums aufspringen.

»Das bist ja du!« Annetta riss vor Erstaunen die Augen auf.

»Das bin ich. Vor langer Zeit gab es einmal eine junge Frau namens Celia Lamprey.« Celias Stimme wurde dunkel und traurig. »Aber ich erinnere mich nicht mehr an sie, Annetta. Sie ist verloren gegangen ... fort.«

»Aber das Vogelhaustor? Du wirst doch ...«

»Ich habe ihren Segen.«

»Das ist eine Falle, und du weißt es.«

»Aber ich muss hin, das verstehst du doch, oder? Ich würde alles – *alles* – darum geben, ihn noch einmal zu sehen. Und das ist meine Chance. Ich muss sie ergreifen!«

»Nein!« Annetta war außer sich. »Es ist eine *Falle*! Sie stellt dich auf die Probe! Damit sie sieht, ob sie sich auf dich verlassen kann. Wenn du gehst, hast du versagt ...«

»Aber ich war schon dort, Annetta, ich war schon auf der anderen Seite des Tors. Als ich neulich nachts auf der Schwelle stand, wusste ich für einen Moment wieder, wie sich Freiheit anfühlt.« Celia sah sich mit leuchtenden Augen in der fensterlosen Kammer um. »Ich kann so nicht mehr leben, Annetta ... Ich kann es einfach nicht.«

»Du kannst, ich werde dir dabei helfen wie bisher.«

»Nein.«

»Geh nicht – lass mich nicht allein ...« Annetta weinte jetzt. »Wenn du heute Abend zu diesem Tor gehst, wirst du nicht zurückkommen. Das weißt du so gut wie ich!«

Aber Celia antwortete nicht. Sie legte nur den Arm um Annetta, küsste sie und strich ihr über das dunkle Haar. »Natürlich komme ich zurück, Dummchen. Ich werde ihn ein letztes Mal sehen dürfen, das hat die Valide versprochen.« Sie zog Annetta an sich und wiegte sie wie ein Kind. »Wer benimmt sich jetzt wie ein Gänschen?«

Dann stand sie auf und ging zur Tür. Dort hob sie den Kopf, um einen Blick auf den schmalen Ausschnitt des Himmels zu erhaschen, der über der Mauer sichtbar war.

»Ist es Zeit?«

Der Nachmittagshimmel hatte eine rosige Färbung angenommen.

»Nein, noch nicht.« Celia setzte sich wieder neben Annetta. Sie löste den Schlüssel von ihrer Halskette und nahm ihn in die Hand. Minuten vergingen, während die beiden jungen Frauen eng beieinander saßen, Arm in Arm, und sich nicht rührten. Schließlich stand Celia wieder auf. Es war in der Kammer dunkler geworden.

»Ist es Zeit?«

Celia sagte nichts. Erneut trat sie an die Tür und sah hinaus. Das Rosarot des Himmels war zu einem Grauton verblasst, und eine Fledermaus huschte über den Hof. Celia ging noch einmal zu Annetta zurück. Den Schmerz in ihrer Seite spürte sie nicht mehr.

»Ich liebe dich, Annetta«, flüsterte sie und küsste die Freundin sanft auf die Wange.

Sie holte ein Stück Papier aus ihrer Tasche.

»Was ist das?«

»Das ist für Paul.« Celia faltete das Blatt zusammen und drückte es Annetta in die Hand. »Wenn mir etwas … wenn ich nicht … Wirst du ihm das zukommen lassen? Versprich mir, Annetta, versprich mir, dass du einen Weg finden wirst, es ihm zu geben.«

Annetta blickte stumm auf den Zettel in ihrer Hand.

»Dann ist es jetzt Zeit?«, brachte sie nur hervor.

»Ich kann es nicht glauben, ich kann es nicht glauben, dass ich ihn wiedersehen werde, Annetta! Sei glücklich um meinetwillen!« Celia blieb mit strahlendem Gesicht an der Tür stehen. »Versprich es mir.«

»Aber du kommst zurück, denk immer daran«, sagte Annetta und bemühte sich zu lächeln.

»Versprich es mir trotzdem.«

»Ich verspreche es.«

»Und wenn du dein Versprechen nicht hältst …, dann komme ich zurück und spuke, du wirst schon sehen!«

Mit diesen Worten war sie aus der Tür. Lächelnd, hüpfend, leichtfüßig und geräuschlos in ihren weichen Slippern lief sie über den Hof in Richtung des Vogelhaustors.

Epilog

Oxford: Gegenwart

An einem bitterkalten Januarmorgen in der ersten Woche des Wintersemesters traf Elizabeth ihre Doktormutter Dr. Alis auf den Stufen zur Orient-Bibliothek. Matschiger Schnee lag auf den Straßen und sogar die goldenen Backsteine des Sheldonian Theatre auf der anderen Straßenseite wirkten im trüben Vormittagslicht grau.

»Sie sehen großartig aus!« Susan Alis, eine energische Frau von Mitte sechzig, küsste Elizabeth zur Begrüßung auf die Wange. »Istanbul ist Ihnen gut bekommen.«

»Ich habe mich von Marius getrennt, wenn Sie das meinen«, entgegnete Elizabeth und konnte sich ein Lächeln nicht verkneifen.

»Ha!«, rief Dr. Alis triumphierend aus. »Das hatte ich mir schon gedacht.« Sie zog Elizabeth zur Seite, wo sie sie gleich noch einmal herzhaft küsste. Ihre Wangen dufteten dezent nach einem altmodischen Gesichtspuder. »Aber Sie sind trotzdem gern wieder hier?«

»Das hätte ich doch um nichts in der Welt verpassen wollen!«

»Sie meinen unsere Manuskriptexperten? Ja, es scheint, als müssten sie nun doch zu Kreuze kriechen. ›Nicht sehr interessant‹, sagten sie zuerst hochnäsig. Aber das behaupten sie ja immer, besonders, wenn es etwas mit Frauen zu tun hat.« Ihre klugen Knopfaugen funkelten.

In der Nähe schlug eine Uhr mit dumpfem Schlag die Stunde. Ein Grüppchen Studenten radelte vorbei; die Fahrradlampen glommen schwach in der nebligen, nasskalten Luft.

»Neun Uhr.« Dr. Alis stampfte mit ihren Schneestiefeln auf, um sich warm zu halten. »Kommen Sie, wir warten drinnen auf ihn. Es ist zu eisig hier draußen.«

Obwohl die Beleuchtung eingeschaltet war, wirkte die Orient-Bibliothek sehr dunkel. Elizabeth folgte Dr. Alis durch einen Korridor mit Linoleumbelag in den Lesesaal. Er sah immer noch so aus, wie sie ihn in Erinnerung hatte: ein relativ kleiner, funktional eingerichteter Raum, lange, nackte Holztische, Bücherregale entlang der Wände, Schubladen mit altmodischen Registerkarten, das Porträt von Sir Gore Ouseley, der mit seiner Hakennase distinguiert von der Wand zwischen den Fenstern herabblickte.

Der Pindar-Nachlass, zwanzig in Leder gebundene Manuskriptbände in arabischer und syrischer Sprache, lag auf einem Rollwagen für sie bereit. Elizabeth nahm einen Band nach dem anderen in die Hand, schlug jeden auf und bewunderte die schöne Schrift. Hinter der Ausleihtheke klingelte schrill ein Telefon.

»Das sind also die Pindar-Manuskripte?« Dr. Alis war neben Elizabeth getreten.

»Paul Pindar war ein Freund von Thomas Bodley. Der hat ihn offenbar gebeten, auf seinen Reisen nach neuen Werken Ausschau zu halten, und das hier ist das Ergebnis.«

»Wann wurden sie erworben?«

»Der Nachlass stammt von 1611, aber die Bücher müssen natürlich viel älter sein.«

Dr. Alis nahm eines der Bücher in die Hand und sah auf das hintere Vorsatzblatt. »Und sehen Sie sich die Katalogdaten an, danach gehörte der Band zu den ersten zweitausend, mit denen die Sammlung der Bodleiana begründet wurde. Kennen wir den Inhalt der Bücher?«

»Vor allem mathematische und medizinische Werke, glaube ich. Ich habe eine Auflistung ihres Inhalts aus dem alten lateinischen Katalog.« Elizabeth durchwühlte ihre Tasche nach ihrem Notizbuch.

»Eine ungewöhnliche Wahl für einen Kaufmann, finden Sie nicht?«

»Mag sein«, räumte Elizabeth ein. »Aber Paul Pindar war offenbar ein ungewöhnlicher Mann. Ein Gelehrter, so wie es aussieht, nicht nur ein Kaufmann und Abenteurer.«

»Klingt wie der Traummann.« Dr. Alis stieß ein rauchiges Lachen aus, das man ihr nicht zugetraut hätte. »Bekomme ich seine Telefonnummer?«

Sie holte eine Brille mit modernen ovalen Gläsern hervor. »Er hatte auch etwas für technische Spielereien übrig, Ihr Paul Pindar. Denken Sie an das hübsche Kompendium. Die Elisabethaner liebten Instrumente und Rätsel aller Art, und genau das ist dieses Kompendium, wissen Sie – ein wunderbares, nützliches Spielzeug. Man konnte damit die Uhrzeit messen, nicht nur am Tag, sondern auch nachts mithilfe der Sterne, mit dem Kompass fand man sich zurecht – und man konnte die Höhe von Gebäuden messen. Was wäre wohl sein Lieblingsgerät, wenn er heute leben würde? Nicht irgendein simples Handy, o nein, er hätte ein todschickes BlackBerry oder ein iPhone. Auf jeden Fall den letzten Schrei.«

»In diesem Fall wäre ein schlichtes Buch auch nichts für ihn.«

»Nur noch E-Books, keine Frage.«

»Und er würde sicher nicht mit dem Bibliotheksleiter korrespondieren.«

»Wo wir doch diese faszinierenden neuen Professoren für Cyberspace Studies am Oxford Internet Institute haben? Auf keinen Fall.«

Elizabeth lachte. Dr. Alis' Begeisterung für technologische Neuerungen war ein steter Quell der Verwunderung für ihre jüngeren Kollegen, die, wie sie gern witzelte, vor den einfachsten Videorekordern kapitulierten.

»Und sehen Sie, da ist der Band, in dem das Fragment steckte.«

Mit Herzklopfen griff Elizabeth nach einem der Bände. Er war kleiner, als sie ihn in Erinnerung hatte. *Bodley Or. 10*. Sie verglich die Beschriftung mit ihrem Eintrag im Notizbuch.

»Ja, da steht es: *Opus astronomicus quaorum prima de sphaera planetarum*.«

Das Manuskript war viel später in Leder gebunden worden, aber als sie den Band aufschlug, rochen die Seiten schwach nach Pfeffer, und das Bild einer alten Schiffstruhe stieg vor ihrem geistigen Auge auf. Sie betrachtete die schrägen schwarzen und roten Schriftzeichen und strich mit den Fingerspitzen nachdenklich über die rauen Kanten und das dicke, leicht wulstige Papier.

Auch das, vierhundert Jahre … *Vierhundert Jahre im Dunkeln*, dachte sie.

»Es ist wirklich erstaunlich, dass wir noch die lateinischen Katalogeinträge haben«, unterbrach Dr. Alis ihre Träumereien.

»Wir werden uns solche Manuskripte sicher bald online ansehen können«, erwiderte Elizabeth, »aber es wird nicht dasselbe sein.«

»Und das bedeutet?«, fragte Dr. Alis mit ihrem bohrenden Adlerblick.

»Nun ja, ich weiß noch, wie ich mich gefühlt habe, als ich das Fragment fand. Wie ich mich gefühlt habe, als ich Paul Pindars Kompendium in der Hand hielt. Wie ich mich jetzt fühle, wenn ich das hier sehe …« Elizabeth senkte den Blick auf das Buch.

»Meine Liebe, Sie waren schon immer hoffnungslos romantisch.«

Elizabeth erwiderte ruhig ihren Blick. »Ich glaube eigentlich nicht. Es liegt daran, dass …« Sie suchte nach den richtigen Worten. »Dass es um Menschen geht. Die Manuskripte wurden geschrieben und weitergegeben, menschlicher Atem hat sie vor Hunderten von Jahren berührt. Es ist, als enthielten sie die Geschichten der Menschen, denen sie einst gehört haben. Diese Seite, die ich jetzt anfasse, hatte einst ein unbekannter Astronom in der Hand, der auf Syrisch schrieb.« Sie schwieg nachdenklich. »Wer könnte er gewesen sein, was glauben Sie? Ich nehme nicht an, dass wir es je erfahren werden, oder auch nur wissen werden, wie ein Kaufmann der Levante-Kompanie an dieses Manuskript gelangt ist.«

»Ich bin ganz Ihrer Meinung. Aber ich weiß auch, wie oft der Zufall bei solchen Dingen eine Rolle spielt. Und dass wir uns immer hüten müssen, meine Liebe, zu viel in diese alten Bücher hineinzulesen.« Dr. Alis nahm ihr das Buch ab und begutachtete eine der Seiten genauer. »Immerhin wissen wir, dass er eine sehr schöne Handschrift hatte«, sagte sie, über die roten und schwarzen Zeichen gebeugt, »und einen Blick für Farben. Und ich kann Ihnen noch etwas anderes verraten, was nicht im Katalog steht: Das ist kein Lehrbuch, sondern vielmehr das Tagebuch eines Astronomen. Einige der Seiten sind noch leer.«

»Ja, tatsächlich!«

Elizabeth blätterte durch die leeren Seiten. Im Anschluss gab es eine Seite, auf die mit roter Tinte Gitter gezeichnet waren; manche der Gitter waren leer, andere zum Teil mit merkwürdigen Zahlen und Symbolen gefüllt, die sie nicht deuten konnte. Dann hörten die Einträge plötzlich auf, als sei der Astronom bei seiner Arbeit unterbrochen worden.

»Dr. Alis?«, fragte eine Stimme hinter ihnen.

»Ja, ich bin Susan Alis. Und Sie müssen der Manuskriptexperte sein.«

»Richard Omar.« Der junge Mann schüttelte ihr die Hand. »Waren Sie es, die das Fragment gefunden hat?«

»Nein, Elizabeth war es, Elizabeth Staveley, meine Studentin.«

Er wandte sich an Elizabeth. »Dann werden Sie sicher froh sein, es wiederzusehen.«

Er holte einen versiegelten Plastikumschlag aus seiner Aktentasche.

»Großartig, Sie haben das Original mitgebracht. Ich war mir nicht sicher ...« Elizabeth war auf einmal atemlos vor Aufregung. »Darf ich?«

»Natürlich.« Er gab ihr den Umschlag. »Sie können es herausnehmen.«

Elizabeth zog das Blatt heraus und hielt es sich vorsichtig unter die Nase. »Oh ...«

»Ist etwas damit?«

»Es riecht nicht mehr.«

»Natürlich nicht. Es wurde behandelt, seit Sie es zuletzt in der Hand hatten. Das ist sicherer, wenn man es untersuchen will.« Beim Lächeln bildeten seine Zähne einen auffälligen Kontrast zu der schwarzen Haut. »Wonach hat es vorher gerochen?«

Elizabeth entgegnete verlegen: »Nur ... nur nach altem Papier.«

Sie legte das Fragment behutsam vor sich auf den Tisch – ein dünnes Blatt von der Farbe alten Tees, am Rand ein Wasserzeichen.

Theurer Freund, hab ich bekomen Euren brieff &ct. Ihr wolt erfaren was sich zugetragen vnd begeben hat bei der unseligen fahrt vnd dem unthergang vun dem gros schiff Celia vun die traurig historie der Celia Lamprey

Elizabeth überflog die bekannten Worte.

Die Celia hat segel gesezt vnd ist mit einem starken wind den 17. vun Venedig in see gestochen ...
Es ist ein grosser sturm windt khommen vun norden ...
vnd auch seine tochter Celia, vnd sie verwart halten ... gothlose, reudige, vermaledeite hundsfott ... haltet ein, nehmt mich verschont meinen armen vater ich flehe euch an ... vnd ir gesicht war leichen blaß

Schweigend schob Elizabeth das Blatt in den Umschlag zurück.
»Wissen Sie, wer sie war?«
Richard Omar holte seinen Laptop aus der Umhängetasche und stellte ihn auf den Tisch.
»Celia Lamprey?« Elizabeth legte den Umschlag daneben. »Sie war die Tochter eines Kapitäns.«
»Natürlich«, erwiderte er belustigt, »ich habe das Fragment auch gelesen. Was ich wissen will, ist: Haben Sie mehr über sie erfahren? Sie haben doch über sie recherchiert. Ich weiß immer gern, wie eine Geschichte ausgeht, Sie nicht auch?« In seinen Augen blitzte freundliche Ironie. »Kriegen sie sich? Kriegt das Mädchen den Jungen?«
»Wieso glauben Sie, dass es einen Jungen gibt?«
»Den gibt es doch immer.« Er konzentrierte sich mit gerunzelter Stirn darauf, die Kabel an sein Gerät anzuschließen, und suchte die Steckdose im Schreibtisch. »Ich meine Folgendes: Sie hat den Schiffbruch überlebt, so viel wissen wir, aber hat sie die Rettung überlebt?«
»Das ist eine gute Frage«, erwiderte Elizabeth nachdenklich. »Ich war lange überzeugt, dass Celia Lamprey freigelassen wurde, dass sie am Ende dem Harem entkam. Wie sonst hätte ihre Geschichte

überliefert werden können, wenn sie sie nicht geschrieben hat? Sie ist so lebendig, so voller Details – zum Beispiel, dass ihr Kleid derart mit Wasser getränkt war, dass es wie Blei an ihr hing. Glauben Sie, ein Mann hätte das geschrieben?«

»Nein, wahrscheinlich nicht.«

»Eben, deshalb war ich mir erst ganz sicher. Doch inzwischen glaube ich, dass sie nie entkommen ist. Das Mädchen, wie Sie sich ausdrücken, hat den Jungen nicht gekriegt.«

»Aber wenn sie den Bericht nicht geschrieben hat, wer dann?«

»Und warum wurde er geschrieben? Genau das versuche ich herauszufinden.«

»Na, ich muss sagen, für mich liest er sich wie ein Augenzeugenbericht«, griff Dr. Alis in die Unterhaltung ein.

»In diesem Fall wäre es nicht Celia gewesen, sondern eine andere Person, die sich an Bord des Schiffes befand, als es unterging«, spekulierte Richard Omar. »Dann haben wir die Lösung: Es war eine der Nonnen.«

»Eine der Nonnen?« Dr. Alis lachte.

»Ich meine es ernst.«

»Sie glauben doch nicht im Ernst, jemand an Bord eines türkischen Kriegsschiffes hätte sich die Mühe gemacht, eine Nonne zu retten? Die armen alten Dinger wurden wahrscheinlich allesamt geradewegs über Bord geworfen.«

»Was macht Sie so sicher, dass sie alt waren? Mindestens eine von ihnen war noch jung, wenn ich mich recht entsinne.«

»Das stimmt, und ich habe diese Variante auch in Erwägung gezogen«, sagte Elizabeth, »aber selbst wenn eine von ihnen mit Celia gefangen genommen wurde, wäre sie wohl kaum an denselben Ort gebracht worden. Doch der Originalbericht enthält angeblich Celias gesamte Geschichte. Wie sollte eine der Nonnen das Ende von Celias Geschichte erfahren haben?«

»Na ja«, sagte Omar achselzuckend und schien auf einmal das Interesse zu verlieren, »Sie sind die Historikerin.«

»Mr Omar«, machte sich Dr. Alis in geschäftsmäßigem Ton bemerkbar, »was können Sie uns über das Fragment sagen? Ich bin überrascht, dass Sie sich damit beschäftigt haben. In der Regel ist es nicht leicht, Euch Burschen für solche Sachen zu interessieren.«

»Da haben Sie recht. Ich fand es anfangs auch nicht besonders spannend. Meistens arbeite ich mit Manuskripten aus Pergament, die viel älter sind als das hier. Aber zum Glück für Sie ist der Typ, der sich sonst mit diesem jüngeren Zeug beschäftigt, gerade in Urlaub, und man hat es an mich weitergereicht. Mich hat die Story gereizt: eine junge weiße Engländerin, die als Sklavin am Hof des Großtürken landet. Ich hatte nicht einmal gewusst, dass es so etwas wie weiße Sklaven gab.« Er wandte sich zu Elizabeth um. »Und dann ist mir etwas aufgefallen. Etwas, das Sie selbst sehen sollen – vor allem nach dem, was Sie mir gerade erzählt haben. Es ist leichter zu erklären, wenn Sie einen Blick darauf werfen.«

Er tippte etwas auf der Tastatur.

»Wenn wir uns heute mit diesen Manuskripten befassen, lassen wir sie als Erstes digital fotografieren – das ist ganz unkompliziert. Hier, sehen Sie.«

Ein Foto des Fragments erschien auf dem Schirm.

»Eine saubere, klare Schreibschrift«, sagte Dr. Alis, die über Elizabeths Schulter spähte, »leicht lesbar. Jeder beliebige Student wäre dazu in der Lage. Was können Sie uns noch darüber sagen?«

»Das Papier ist höchstwahrscheinlich osmanischen Ursprungs, obwohl seltsamerweise auch sehr schwache Abdrücke eines italienischen Siegels zu erkennen sind. Wahrscheinlich wurde es auf der Außenseite angebracht, die nicht erhalten ist. Um genauer zu sein, eines venezianischen Siegels.«

»Aha, daher stammt Ihre Nonnentheorie.« Elizabeth wandte sich an Dr. Alis. »Sie erinnern sich, dass die Nonnen aus dem Kloster Santa Clara in Venedig stammten?«

»Okay, sonst noch was?«

»Ja, mir ist aufgefallen, wie viel von der Seite *nicht* beschrieben war. Sehen Sie, wie breit die Ränder sind?« Er deutete auf das Original. »Aber noch auffälliger fand ich die Rückseite.« Er holte eine zweite Fotografie auf den Bildschirm. »Sie ist leer, absolut leer.«

»Was heißt das?«

»Papier war im sechzehnten Jahrhundert Mangelware. Zu wertvoll, um so viel davon ungenutzt zu lassen. Wie schon gesagt, beschäftige ich mich in letzter Zeit vorwiegend mit Pergament, also mit Manuskripten, die älter sind als dieses hier. Pergament war so wertvoll, dass die Mönche im Mittelalter eine Methode erfanden, wie sie das Material durch Waschen und Schaben reinigen und wieder neu beschreiben konnten.«

»Sie meinen ein Palimpsest?«

»Genau, ein Palimpsest. Heute gibt es eine Methode, nämlich die Fluoreszenzfotografie, durch die man den Originaltext wieder sichtbar machen kann.«

»Sie meinen doch nicht etwa, dass sie dieses Manuskript mithilfe von Fluoreszenzfotografie untersucht haben?«

»Nein, das hier nicht«, sagte Omar lachend, »aber es hat mich auf eine Idee gebracht. Dazu brauchte ich nur eine ziemlich simple Software, nicht viel komplizierter als das gute alte Photoshop.« Er machte eine kleine Pause. »Jeder beliebige Student wäre dazu in der Lage.«

»Sie sind völlig im Recht«, verkündete Dr. Alis feierlich, »ich nehme alles zurück. Aber jetzt seien Sie so nett und lassen uns nicht länger zappeln.«

»Also, ich habe mich gefragt, was die leeren Stellen auf dem Fragment zu bedeuten haben, und kam auf die Idee, dass sie vielleicht gar nicht leer sind. Tintenschrift hält sich recht gut, wie Sie sehen, aber wenn nun jemand mit einem anderen Material geschrieben hätte, Bleistift zum Beispiel?«

»Dann könnte das Graphit mit der Zeit abgerieben worden sein!«

»So ist es. Bei Bleistift verblasst die Schrift mit der Zeit zwar, aber die Rillen im Papier, die der Stift hinterlassen hat, sind noch da. Das kenne ich von den Pergamentmanuskripten. Wie auch immer, man kann es relativ leicht überprüfen, man muss nur unter verschiedenen Lichtspektren testen, ob sich etwas zeigt. Bei Ultraviolettlicht war nichts zu sehen, aber dann habe ich es mit Infrarot versucht ...«

Er verstummte wie ein Zauberer, der gleich das Kaninchen aus dem Hut ziehen wird.

»Und?«

Er machte sich am Computer zu schaffen.

»Hier ist das Ergebnis.«

Auf dem Schirm tauchte das gespenstische Negativ des Originals auf, weiße Schrift auf einer schwarzen Seite. Elizabeth kniff die Augen zusammen.

»Ich kann nichts Neues erkennen.«

»Auf dieser Seite nicht, aber sehen Sie sich die Rückseite an.«

Er ließ das zweite Bild erscheinen, und urplötzlich war auf der eben noch leeren Seite eine Schrift sichtbar. Es war eine so winzige, zierliche Schrift, dass Elizabeth kaum die Worte entziffern konnte, die da in überirdisch blauem Licht aufleuchteten, als seien sie mit Ektoplasma geschrieben.

Eine Weile lang starrten alle drei stumm auf den Bildschirm.

»Du meine Güte«, ächzte Dr. Alis, die sich als Erste der beiden Frauen gefasst hatte, »was steht denn da?«

»Ich weiß nicht recht ... Die Schrift ist zu klein.« Elizabeth wandte sich an Richard Omar. »Können Sie sie vergrößern?«

Er nickte stumm.

»Oh, mein Gott ...« Elizabeth traten Tränen in die Augen. »Es ... es sieht aus wie ein Gedicht.«

»Lesen Sie es vor«, bat Dr. Alis, »lesen Sie es mir vor, Elizabeth.«

Und Elizabeth las:

Leb wohl, mein Lieb –

Als ich am Thor dich sah, ein Weilchen bloß,
da ich, gekettet an mein Sklavenlos,
Wohl wusßte, was mein ganzes Sein begehrt –
dein Anblick – wird für immerdar verwehrt:
O Lieb, da brach mein Herze schier,
Heiß strömten Thränen für und für.

So wünsch ich mich zu dir, dass ich dir sag:
Vielleicht nimmt ja nach diesem bitt'ren Tag

Das Schicksal einen gütigeren Lauf,
Hebt uns're allzu bitt're Trennung auf:
Und hält es mich auch noch gefangen hier,
Mein wehes Herz, o Liebster, ist bei dir.

Doch in der allertiefsten Nacht,
Wenn selbst der Mond ums Augenlicht gebracht,
Und von den dunklen Thürmen der Moscheen
Der Heiden seltsam klagend Seufzer wehn,
Da lieg ich wach und hör der Wahrheit Wort:
Du bist verloren mir, auf immer fort.

O denk an mich, vergiss mich nicht,
Siehst du von Englands sanftem Licht
Mit weichem güld'nem Schimmer übergossen
Die Gärten, die einst wandelnd wir genossen,
Da unser war die Welt und alle Zeit,
Unendlich der Gedanken Seligkeit.

O denk an mich, die am Gestade
Des Bosporus verlassen, ohne Gnade,
Geht unter fremder Bäume Blütenflor,

Den theuren Namen flüstert vor dem Thor.
Denn meine Liebe lebt und wird bestehn,
Muss auch mein Herz daran zugrundegehn.

Das Telefon an der Ausleihtheke meldete sich erneut mit seinem schrillem Klingelton und riss sie aus ihrer Versunkenheit. Susan Alis fand als Erste die Sprache wieder.

»Ich muss schon sagen … gratuliere, junger Mann, das ist großartig, wirklich großartig.«

Richard Omar bedankte sich mit einem leichten Nicken. »Ich weiß, dass es sich nicht um das fehlende Stück des Berichts handelt«, sagte er zu Elizabeth, »aber es sieht so aus, als hätten Sie die

Lösung gefunden. Ich fürchte, das Mädchen hat den Jungen nicht gekriegt.«

»Sie wussten es also schon.«

»Nur, wenn das Gedicht wirklich von Celia Lamprey verfasst wurde. Glauben Sie das?«

»O ja«, entgegnete Elizabeth, »zweifellos. Obwohl man es wohl nie wird beweisen können. Ich muss daran denken, was Sie vorhin gesagt haben«, fuhr sie, an Dr. Alis gewandt, fort. »Über die Zufälle, die bei unseren Erkenntnissen über die Vergangenheit eine Rolle spielen. Manchmal wissen wir gerade eben so viel« – sie hielt Daumen und Zeigefinger einen Zentimeter auseinander –, »dass wir uns fragen können, was wir alles *nicht* wissen.«

Sie sah wieder auf den Bildschirm. *Als ich am Thor dich sah.* Welches Tor? Könnte sie Thomas Dallams Gitterfenster gemeint haben? Nein, wenn es ein Fenster gewesen wäre, hätte sie das hingeschrieben … Elizabeth fuhr sich ungeduldig durch die Haare.

»Es scheint, als hätte sie ihn ein letztes Mal gesehen oder wenigstens darauf gehofft. Aber wann war das? Wir werden es vermutlich nie erfahren.«

»Aber irgendjemand hat es gewusst«, warf Dr. Alis ein und nahm das Fragment in die Hand. »Wer immer das Gedicht verfasst hat – vielleicht war es wirklich Celia Lamprey selbst –, wusste, dass sie nie freikommen würde. Aber vielleicht wurde eine andere Person freigelassen, Jahre später, die sie und ihre Geschichte kannte, möglicherweise eine andere Konkubine. Die ihr nahe genug stand, um alles aufzuschreiben und es an Paul Pindar, ihren ›theuren Freund‹ zu schicken.«

»Oder Richard hat recht, und es war doch eine der Nonnen.«

»Sie meinen, dass sie gemeinsam den Schiffbruch überlebt haben könnten?«, sagte Dr. Alis. »Das klingt plausibel. Aber dann muss ein Sklavenhändler beide Frauen exakt zum selben Zeitpunkt gekauft haben. Und dann zusammen an den Serail als Konkubinen weiterverkauft haben. Die Chancen dafür stehen nicht sehr hoch, oder?«

»Das stimmt natürlich«, gab Elizabeth zu.

»Aber kennen wir das nicht alle?«, fragte Richard Omar und

steckte den Laptop in die Umhängetasche. »Seltsame Zusammentreffen. Zufälle. Es passieren doch dauernd die unwahrscheinlichsten Dinge, scheinbar willkürlich und unerwartet.« Er zog den Reißverschluss zu. »Überlegen Sie mal – wie hoch standen die Chancen, dass Sie nach all den Jahren das Fragment finden? Oder dass ich das Gedicht auf der Rückseite entdecke? Und überhaupt – ein oder zwei Jahre früher hätten wir es übersehen, weil die Technologie noch nicht so weit war.«

Als sie aufstanden, um den Lesesaal zu verlassen, nahm Elizabeth das Fragment ein letztes Mal in die Hand. »Sie hat sich Zeit gelassen. Auf genau den richtigen Moment gewartet.«

»Was meinen Sie damit?«, fragte Richard, der sich schon Mantel und Schal anzog.

»Celia. Sie halten das sicher für ein Fantasiegespinst, aber ich hatte von Anfang an das Gefühl, dass Celia mich gefunden hat – und nicht umgekehrt. Ich weiß nicht, warum.« Elizabeth reichte den Umschlag an Richard zurück. »Hier, nehmen Sie es, ich brauche es nicht mehr.«

Dr. Alis und Elizabeth verabschiedeten sich auf den Stufen der Bibliothek von dem jungen Mann.

Als er fort war, hob Susan Alis die Nase in die Luft und schnupperte. »Sehen Sie, es ist doch noch ein schöner Tag geworden.«

Und das stimmte. Der Himmel war inzwischen blau, und auf dem Schnee glitzerte die Sonne.

»Und wohin jetzt?«, fragte Dr. Alis mit einem listigen Seitenblick zu Elizabeth.

»Wollen Sie wissen, ob ich nach Istanbul zurückfahre?« Elizabeth lachte. »Ja, ich denke schon.«

»Ich meinte eigentlich *jetzt*.«

»Ich treffe mich mit Eve, allerdings erst später.« Elizabeth ergriff den Arm der älteren Frau. »Darf ich Sie zum College begleiten?«

»Aber gern.«

»Wissen Sie, ich frage mich ständig, was aus ihr geworden ist«, sagte Elizabeth gedankenvoll. »Und mir ist gerade in den Sinn gekommen, dass Celia Lampreys Geschichte auf gewisse Weise jetzt zu Ende ist. Wir haben das Fragment gefunden, dann das Kompendium und nun auch noch das Gedicht. Wir haben die Teile ihrer Geschichte zusammengesetzt ...«

»... nach vierhundert Jahren im Dunkeln.«

»Was?« Elizabeth lachte fast erschrocken auf. »Was haben Sie gerade gesagt?«

»Ich sagte, ›nach vierhundert Jahren im Dunkeln‹.«

»Ja, so hat es sich für mich angehört.«

Sie blieben stehen und starrten sich an.

»Wie merkwürdig«, sagte Dr. Alis und runzelte verwundert die Stirn. Sie legte den Kopf schief, als lausche sie auf etwas. »Was hat mir diese Worte nur eingegeben?«

Danksagung

Ich möchte Doris Nicholson vom Oriental Reading Room der Biblioteca Bodleiana danken, die den Nachlass von Paul Pindar für mich ausfindig machte und mir half, die syrischen und arabischen Texte zu entziffern. Im Britischen Museum erklärte mir Silke Ackermann geduldig die Funktion eines Astrolabiums. Ich danke auch Ziauddin Sardar, Dr. Ekmeleddin Ihsanoglu und Professor Owen Gingerich für Gespräche über den Islam und die kopernikanische Astronomie, Abdou Filali-Ansari für seine Hinweise zur Transkription arabischer Begriffe und vor allem John und Dolores Freely, die zu Beginn meiner Recherche für dieses Buch vor zwölf Jahren äußerst großzügige und unterhaltsame Führer durch das Istanbul der Vergangenheit und Gegenwart waren. Mein aufrichtiger Dank geht an Professor Lisa Jardine, Reina Lewis, Charlotte Bloefeld, Melanie Gibson, Maureen Freely, Simon Hussey, Tom Innes, Dr. David Mitchell und meine Agentin Gill Coleridge. Von Herzen danke ich Lucy Gray und Felice Shoenfeld, die mir während der dreijährigen Arbeit an diesem Buch tatkräftig halfen, Haus und Familie in Ordnung zu halten.

Schließlich möchte ich A. C. Grayling für die vielen Stunden danken, die er mit der gründlichen Lektüre verschiedener Fassungen des Romans verbrachte, sowie für Celias Gedicht. Und *last but not least* ein großer Dank an alle bei Bloomsbury in London und New York, aber in erster Linie an meine Lektorin Alexandra Pringle, ohne deren Fantasie und außerordentliches diplomatisches Talent dieser Roman womöglich nie geschrieben worden wäre.